그곳에 가지 않았다

시의 아포리아와 시 읽기의 반성

그곳에 가지 않았다 : 시의 아포리아와 시 읽기의 반성

초판발행일 | 2018년 10월 31일

지은이 | 오태환
펴낸곳 | 도서출판 황금알
펴낸이 | 金永馥

주간 | 김영탁
편집실장 | 조경숙
인쇄제작 | 칼라박스
주소 | 03088 서울시 종로구 이화장2길 29-3, 104호(동숭동)
전화 | 02) 2275-9171
팩스 | 02) 2275-9172
이메일 | tibet21@hanmail.net
홈페이지 | http:/ / goldegg21.com
출판등록 | 2003년 03월 26일 (제300-2003-230호)

값은 뒤표지에 있습니다.

ISBN 979-11-89205-15-7-93800

*이 도서는 한국출판문화산업진흥원의 출판콘텐츠 창작 자금 지원 사업의 일환으로
  국민체육진흥기금을 지원받아 제작되었습니다.
*이 도서의 국립중앙도서관 출판예정도서목록(CIP)은 서지정보유통지원시스템 홈페
  이지(http://seoji.nl.go.kr)와 국가자료종합목록시스템(http://www.nl.go.kr/
  kolisnet)에서 이용하실 수 있습니다. (CIP제어번호 : CIP2018031337)

오 태 환 비 평 집

그곳에가지않았다

시 의 아 포 리 아 와 시 읽 기 의 반 성

황금알

들어가며

『그곳에 가지 않았다 : 시의 아포리아와 시 읽기의 반성』은 한국 시사 연구의 방향을 지금까지와 다른 각도에서 살피고, 오래 타성적으로 수용되어 온 시 연구와 시 읽기에 대해 다른 시선을 제안한다. 시문학사에서 난제로 여겨졌던 시들을 촘촘한 눈금으로 다시 읽으며, 올바른 해석의 가능성을 타진한다. 아울러 당대에 생산된 좋은 시들을 톺아 드러내, 한국 현대시의 유니크한 풍경들을 과거완료형이 아니라 현재진행형으로 인양한다.

1부 '한국 현대시사의 공간구조와 70년대 주요 시집 분석'에서는 한국 현대시사의 모습을 공간구조의 형식으로 이해한다. 이 모식도(模式圖)는 '서정주와 정지용을 대립항으로 놓는 가로축' '한용운과 임화'를 대립항으로 놓는 세로축, '김소월과 이상을 대립항으로 놓는 깊이축'으로 구성된다. 가로축은 '언어에 대한 인식과 심미적 실현', 세로축은 '문학관의 향배와 실현', 깊이축은 '자의식의 확장과 집중'의 의미를 담는다. 이 방법론은 현대시사를 정지태가 아닌 운동태로 관측할 수 있게 한다. 이는 시인들과 시들을 단선적 시간의 매듭 속에 영치(領置)하는 것이 아니라, 미학적 · 시의식적 파장의 역학구도 속에서 그것들의 운동에너지와 운동벡터를 입체적이고 효율적으로 정리하는 효과가 있다.

70년대 시사의 획을 그을 수 있는 시집을 간추리고 그 안에 수록된 시들을 분석하면서, 시인의 시세계 안에서 그것들이 지니는 위상과 의미를 조망한다. 김수영의 『거대한 뿌리』에 수록된 「푸른 하늘을」「사랑의 변주곡(變奏曲)」「풀」은 문제적이다. 「사랑의 변주곡(變奏曲)」은 서민과 서민의 일상적 드라마가 "사랑"임을 밝히고, 민중혁명에 대한 불신을 직설적이고 신랄한 어조로 드러낸다. 특히 「풀」은 절대언어라는 언어의 새 지평을 개간한다. 여기에서 비로소 그가 집요하게 모색해 왔던 무의미시는 빛나는 육체를 얻게 된다. 김춘수의 『처용(處容)』에서는 「꽃」 「나의 하나님」 「처용단장(處容斷章)」에 주목한다. 「꽃」의 아마추어리즘을 오롯하게 극복한 지점에 「나의 하나님」이 있으며, 그의 언어는 「처용단장(處容斷章)」에서 꿈과 환상의 도저한 백과전서로 완성된다. 고은의 『문의(文義)마을에 가서』에 게재된 「투망(投網)」과 「문의(文義)마을에 가서」는 10년 정도를 격해 개작된다. 이는 그의 문학지형이 고답적 인식론에서 실존적(역사적) 당위론으로 변모하는 경로에 있음을 뜻한다. 냉랭한 자기검열보다 프로퍼갠더를 떠올리는 이러한 행위는 「문의(文義)마을에 가서」에 이르러 문학적 참극을 빚는다. 문학사적 명편이 무모한 자가세탁 과정에서 어떻게 붕괴되는가를 고통스럽게 보여 준다. 김종삼의 『북 치는 소년』에서는 「북 치는 소년」을 중심으로 그의 현실과 문학에 대응하는 자세를 가늠한다. 그의 윤리는 타자에 대해서는 연민의 표정으로, 자신에 대해서는 죄의식의 고립된 성찰로 유통된다. 그의 시편은 "내용 없는 아름다움처럼" 순하고 쓸쓸하고 아프다. 『아침의 예언(豫言)』은 오탁번의 20대 청년기에 겪은 방황과 좌절을 반영한다. 「라라에 관하여」는 바람과 성애적 환상이 연대하면서 생의 모호하고 우울한 예감을 불러일으키고, 「상징(象徵)의 언덕에서」는 의미를 걷어내면서 랜덤으로 명멸하는 이미지의 이합집산을 묘파한다. 「굴뚝소제부(掃除夫)」는 실존적 불안과 실존적 고독을 서사적 문맥 속에서 다루고, 「순은(純銀)이 빛나는 이 아침에」는 눈 내리는 아침의 정경을 통해 언어 감수성의 섬세한 순도(純度)를 경험하도록 유인한다.

2부 '현대시의 여덟 가지 서경과 전망'에서는 개성과 보편성의 영역을 심화·확장하며, 당대 시문학의 갈무리에 기여하는 시들을 살핀다. 송재학·안도현·황학주·문인수·장석남·정진규·고재종·문정희 등 8명의 시인과 그들의 주요 시 4·5편을 선정하여 집중 분석한다. 그들의 미학적 해조(諧調)와 실천은 한국 현대시의 의미 있는 가능성을 시사한다. 3부 '시집, 톺아 읽기'에서는 장석주의 『일요일과 나쁜 날씨』, 이화은의 『미간』, 박무웅의 『지상의 붕새』, 이희숙의 『울 엄마』, 백명숙의 『말, 말』을 따져 읽는다. 4부 '현대시의 두 풍향'에서는 송상욱과 윤관영의 시편을 다룬다. '현대미술과 빈티지풍 원본의 시학'은 '새것'을 추수하는 요즘 경향의 조급성과 스노비즘의 대척점에 서 있는 송상욱 시의 고졸한 원본적(原本的) 의미를 탐색한다. '맛의 혈, 세상의 혈, 시의 혈'은 음식, 또는 레시피를 통해 구현되는 윤관영의 독자성과 만난다. 그에게 맛의 혈을 포착하며 세상의 혈을 탐험하는 것은 언어의 혈을 짚는 행위와 같은 값을 지닌다. 5부 '시인을 읽는 창(窓)'에서는 정진규·박의상·강신애 시인의 문학과 사사로운 기억을 독필(禿筆)일지언정 한데 얼려 그리려 했다.

6부 '현대시에 관한 질문과 어젠다'에서는 한국 현대시에 내재된 문제적 국면에 대해 논의한다. '평면적 서정성, 그 관념화와 긴장의 이완에 대하여'는 김광섭·유치환·황동규·한용운 등의 시들을 통해 관념을 날것으로 펼치려 했을 때 노출되는 위험성을 다룬다. 그것은 필연적으로 서정성의 위기, 시의 위기로 이어지게 된다. '현대시 공간에 드러난 아포리아의 두 지형'은 시의 오독과 난해성 문제를 정지용의 「파라솔」과 서정주의 「문(門)」을 중심으로 개진한다. 정지용의 「파라솔」은 '명모(明眸)'로 표상되는 미인의 모습을 연꽃으로 비유해 그린 것이 아니라, 파라솔과 연꽃의 형상과 동작태의 유사성에 착안해 둘을 등가로 인식한 즉물적인 시로 이해한다. 서정주의 「문(門)」은 무속적 세계관의 프레임 속에서 바라볼 수 있다. 시에 드러난 극채색 수성(獸性)의 이미지는 무속적 제차인 신체할단(dismemberment)의식을 적극적으로 환기한다. '혼과의 소통, 또는 무적(巫的) 제의의 문학적 층위'에서는 김소월·이상·백석의 시에 내재된 무속적 스펙트럼에 대해 기술한다. 김소월의 「무덤」「묵념(黙念)」「접동새」는 사령(死靈)과의 교감을 통해 한(恨)을 무속적 언어로 체현하는 구체적인 사례다. 이상의 「오감도(烏瞰圖)」의 「시 제14호(詩第十四號)」와 「문벌(門閥)」은 임사체험과 문벌에 대한 강박의식을 무속적 사유로 구성한다. 백석의 「가즈랑집 할머니」「소금덩이라는곧」「마을은 맨천 구신이 돼서」는 북방지역 토속공간의 원형성을 무속적 도구를 이용해 원색적이고 핍진감 있게 묘사한다. 겨레정서의 원형질을 이루는 무속을 광원으로 우리 현대시를 조명하는 작업은 필요성 이전에 당위성을 띨 수 있다.

시의 아포리아는 그것을 추동하는 미적 형식에 의해 결정된다. 그리고 모든 시가 해석의 난해성 여부와 무관하게 아포리아를 품을 수밖에 없다는 점은 운명적이다. 아포리아는 시를 사상과 율법과 잡념과 풍속으로부터 구별할 수 있도록 하며, 시를 비로소 시가 될 수밖에 없도록 인도한다. 이 지점에서 시의 완성은 시인의 몫이 아니라, 비평가(독자)의 몫이라는 명제는 정당성을 얻게 된다.

차 례

1부 한국 시사의 공간구조와 70년대 주요 시집 분석

70년대 시사의 공간구조적 탐구를 위한 시론(試論) • 14
   1. 현대시사 기술의 현실과 반성 • 14
   2. 한국 현대시사의 공간구조 • 17
   3. 1970년대 시사의 공간구조적 의미 • 24

절대언어, 또는 언어의 해방과 자유를 향한 고투 • 34
―『거대한 뿌리』에 나타난 김수영의 시적 지향과 의미
   1. '참여'의 오독(誤讀), 김수영에 대한 오해와 편견 • 34
   2. 한 니힐리스트의 고독한 성명(聲明) • 39
   3. 해방의 언어, 자유의 언어, 그리고 절대언어 • 47
   4. 언어의 전위적 예술가 • 56

꽃의 알리바이와 투명하고 정치한 언어의 조도(照度) • 58
―『처용(處容)』에 나타난 김춘수 시의 지형과 풍향
   1. 「꽃」: 시의 부재증명, 또는 참을 수 없는 존재의 무거움 • 59
   2. 「나의 하나님」: 시적 언어와의 황홀한 접선 • 65
   3. 「처용단장(處容斷章)」: 도저한 꿈과 환상의 백과전서 • 71

자기 갱신의 현장, 또는 문학적 진실의 안과 밖 • 80
―『문의(文義)마을에 가서』에 보이는 언어와 세계의 대결국면을 중심으로
   1. 「투망(投網)」: 비극의 수용과 시적 전망의 갱신 • 80
   2. 「문의(文義)마을에 가서」: 문학적 참사의 현장 • 87
   3. 시문학사에 던지는 어젠다 • 93

연민과 피정의 시학, 그 환상적 칸타타의 순한 잔향 • 98
―『북 치는 소년』을 중심으로 읽는 김종삼 시의 미학적 향배
   1. 가슴 설레는 아름다움으로 충만한 평화 • 98
   2. 현실의 신산에 대응하는 방식 • 103
   3. 색채가 없는 윤곽, 윤곽이 없는 색채의 환상 • 109
   4. 진정성의 쓸쓸하고 아픈 맨살 • 112

젊은 날의 초상, 시적 궤적의 낭배 • 114
—『아침의 예언(豫言)』에 나타난 오탁번 시의 방향성
  1.『아침의 예언(豫言)』: 오연한 시정신의 물증 • 114
  2.「라라에 관하여」: 충동, 에로티시즘의 환상, 열패감, 쓸쓸하고 아스라
    한 • 116
  3.「상징(象徵)의 언덕에서」: 의미 띄우기와 의미 지우기의 건조한 반복 • 118
  4.「굴뚝 소제부(掃除夫)」: 실존적 불안과 실존적 고독의 참을 수 없는 황량
    함 • 122
  5.「순은(純銀)이 빛나는 이 아침에」: 사람과 우주의 순은빛 회통(會通), 또는
    감성의 투명한 순도 • 125
  6. 시세계 조명의 광원 • 129

2부 현대시의 여덟 가지 서경과 전망

송재학 • 132
  「흰뺨검둥오리」: '흰뺨'과 '퍼들껑'의 즐거운 교섭 • 132
  「늪의 내간체(內簡體)를 얻다」: 현대, 또는 현대적인 것에 대한 질문들 • 135
  「구름장(葬)」: 몸의 아픔, 몸의 슬픔, 낮달 • 140
  「소래 바다는」: 소래와 협궤, 표랑의식의 고단한 숙명성 • 143
  「공중」: 허공의 탐구를 위한 카메라 옵스큐라 • 146

안도현 • 151
  「국화꽃 그늘과 쥐수염붓」: 시에 대하여 시로 쓴 의제 • 151
  「매화꽃 목둘레」: 퇴계의 청매분(靑梅盆)과 매화치(梅花痴) • 154
  「설국(雪國)」: 눈보라 사냥 • 157
  「북항」: 북항, 슬프고 따뜻한 맨살 • 161
  「서울로 가는 전봉준」: 역사의 화인(火印)을 위한 장렬한 증언 • 164

황학주 • 171
  「나의 비애」: 비애의 겨드랑이, 사람의 아름다움 • 171
  「아담, 너는 어디에 있었나」: 생의 환멸과 고독, 혹은 • 175
  「어느 목수의 집 짓는 이야기」: 바다, 당신, 그리움의 아득한 음역 • 181
  「그해 여름」: 깊고 아픈 행려(行旅)의 날들 • 185

문인수 • 189

「채와 북 사이, 동백 진다」: 북채의 여백, 시와 언어의 파라곤 • 189

「가시연꽃」: 아수라도 속에 도사린 극채색 리얼리즘 • 193

「저 할머니의 슬하」: 애호박과 자궁 • 196

「동강의 높은 새」: 달빛 비치는 일자무식의 서경 • 199

「식당의자」: 플라스틱 의자, 즉물성의 희고 고요하고 무료한 온도 • 201

장석남 • 204

「새떼들에게로의 망명」: 찌르레기 울음과 환한 아궁이 • 204

「그리운 시냇가」: 우의로 빚은 조촐한 소우주 • 208

「배를 밀며」: 배를 미는 방식과 서정의 고도 • 211

「바위그늘 나와서 석류꽃 기다리듯」: 소박하고 은근한 수세의 미학 • 215

정진규 • 219

「들판의 비인 집이로다」: 그리운 물, 어머니의 불 • 219

「숲의 알몸들」: 회사후소의 묵적, 슬픔의 고요한 중량 • 224

「삽」: 삽의 에로티시즘과 죽음연습 • 227

「새는 게 상책(上策)이다」: 언어와 우주의 내통 • 232

고재종 • 236

「소쇄원에서 시금(詩琴)을 타다」: 소쇄원의 비잠주복들 • 236

「황혼에 대하여」: 무공용(無功用)과 저녁의 평등 • 239

「시린 생」: 미나리꽝의 사생(寫生) • 243

「저 홀로 가는 봄날의 이야기」: 청명햇살과 민중시 • 246

문정희 • 250

「"응"」: 페미니즘 문학의 한 승경(勝景) • 250

「율포의 기억」: 생명을 향한 연민과 경의의 제단 • 256

「치마」: 여성 해방의 적나라한 현장 • 259

「물을 만드는 여자」: 여성성과 관능미의 승리 • 265

3부 시집 톺아 읽기

떠나가는 것들을 위한 천칭(天秤)자리 또는, 서늘하거나 따사롭거나 · 270
　　― 장석주 시집 『일요일과 나쁜 날씨』

육체의 그리움, 그 황량한 에로티시즘의 미학 · 280
　　― 이화은 시집 『미간』

한 견인주의자의 꿈과 밥의 현상학 · 302
　　― 박무웅 시집 『지상의 붕새』

죽간과 목독으로 엮은 모국어의 점경(點景)들 · 312
　　― 이희숙 시집 『울 엄마』

파경 맞추기, 에로티시즘의 즐거운 점등(點燈) · 327
　　― 백명숙 시집 『말, 말』

4부 현대시의 두 풍향

현대미술과 빈티지풍 원본의 시학 · 336
　　― 송상욱론

맛의 혈, 세상의 혈, 시의 혈 · 352
　　― 윤관영론

5부 시인을 읽는 창(窓)

비백(飛白)의 철학과 율려(律呂)의 미학 · 362
　　― 정진규 스케치

뚜벅뚜벅 걷다가 길에서 말 걸기 • 366
    ― 박의상 스케치

바람꽃, 하쿠다케혜성, 어쿠스틱기타 6번줄의 떨림 • 371
    ― 강신애 스케치

6부 현대시에 관한 질문과 어젠다

평면적 서정성, 그 관념화와 긴장의 이완에 관하여 • 378
    1. 서정성과 관념의 안팎, 김광섭의 「성북동 비둘기」 • 378
    2. 관념과 현실 사이의 거리, 유치환의 「행복」과 황동규의 「즐거운 편지」 • 383
    3. 관념과 기교 사이의 거리, 한용운의 「님의 침묵」과 「알 수 없어요」 • 390
    4. 맺는 말 • 397

현대시 공간에 드러난 아포리아의 두 지형 • 399
    ― 정지용의 「파라솔」, 서정주의 「문(門)」을 중심으로
    1. 현대시의 오독과 난해성의 문제 • 399
    2. 정지용의 「파라솔」, 생략과 비유로 짜인 언어의 난처한 감광도 • 404
    3. 서정주의 「문(門)」, 통과제례를 배후에 둔 고통스럽고 찬란한 주물(呪物)의
       언어 • 413
    4. 맺는 말 • 421

혼과의 소통, 또는 무적(巫的) 제의의 문학적 층위 • 423
    ― 김소월·이상·백석 시의 무속적 상상력
    1. 현대시에 투영된 무속의 국면 • 423
    2. 김소월 : 사령과의 교감을 통한 한의 문학적 체현 • 427
    3. 이상 : 무적 임사체험과 문벌에 대한 강박의식 • 435
    4. 백석 : 무속적 사유와 토속공간의 원형성 • 441
    5. 맺는 말 • 449

1부

한국 시사의 공간구조와 70년대 주요 시집 분석

70년대 시사의 공간구조적 탐구를 위한 시론(試論)

1. 현대시사 기술의 현실과 반성

1940년 임화가 동아일보에 게재한 「조선문학 연구의 일과제—신문학사의 방법론」으로부터 최근에 이르기까지 한국문학사와 관련된 연구물들은 대부분 연대기에 의지하거나, 정치 · 경제 · 사회사 등과의 함수관계 속에서 해명하려는 노력을 보인다. 이러한 방법론은 문학사를 역사의 일부로 삼고, 문학사 기술을 문학과 삶의 관계를 규명하는 작업으로 여기는 태도에 의존한다.

문학사의 연대기적 시선과 문학작품을 생산한 현실에 대한 연구는 민족문학의 전모를 명료하고 체계적으로 드러낼 수 있다는 점에서 유용하다. 또 문학갈래의 생성 · 변전 · 소멸의 과정에 대한 이해와, 그것이 품는 의식체계에 대한 접근과 같은 광각의 시야 안에서는 꽤 합리적일 수 있다.

예컨대 조선 초기에 집중적으로 산출된 악장의 배경은 당시대의 정치사와 깊은 관계를 맺고 있다. 그 안에는 조선조 성립의 대주주였던 사대부들의 세계관과 정치적 이해(利害)가 짙게 어려 있다. 임진왜란과 병자호란 뒤 가파르게 융성한 소설은 그 무렵의 사회사와 거스를 수 없는 상관성을 띤다. 두 전란 이후 대중의 각성에 따른 세계관의 변화는 그들을 문학

소비층의 수면 위로 급히 떠오르게 했고, 그 여파로 소설은 풍속문란의 종범, 아니면 기껏해야 여기(餘技)라는 누명을 벗고 귀족문학인 시문과 겨룰 수 있는 소비영역을 확보한다. 개항기 무렵 유럽문화의 충격으로 나타난 개화가사와 창가는 당시대의 사상사적 기류 안에서 해석할 수 있다. 전통문화와 외래문화의 길항(拮抗)으로 일어난 세계관의 혼란은 전통문화의 묵수(墨守)와 외래문화의 맹신이라는 양극화된 방향으로 날카롭게 파열음을 낸다. 개화가사와 창가는 이 두 신념을 적극적으로 반영하면서, 근대적 매체로 발행되기 시작한 여러 지(紙)·지(誌)를 타고 널리 전파된다.

그러나 문학사 연구의 지향점을 일정한 시간의 매듭 안에서 문학작품의 산출원리와 변화과정을 밝히고 생산자의 위상(位相)과 의미를 드러내는 지점에 둔다면, 그러한 문학사 기술은 한계에 부딪히지 않을 수 없다. 이때 문학사를 '역사의 문학'으로 볼 것인가, '문학의 역사'로 볼 것인가 하는 물음이 불거진다.

위의 문학사 서술방법은 문학사를 '역사의 문학'으로 보는 문학안(文學眼)이 기저에 깔려 있다. 이 관점은, 문학사는 시간의 통일된 흐름에 기대어 있고, 문학사는 현실을 필연적으로 반영하며, 따라서 문학작품을 산출한 현실과 교섭하는 과정에서 이루어진다는 명제를 전경에 둔다. 물론 시의 생산주체인 시인은 당시기의 규범이나 윤리 또는 유행의 간섭을 어떤 농도로든지 받기 마련이다. 그러나 그 마디 안에서 생산된 시가 온전하게 그것들을 반사한다고 보는 시각은 무리가 있을 수밖에 없다. 시인에게 배타적 자율성은 본능과 같으며, 그런 이유로 시와 현실이 늘 함수관계 속에서 운동한다고 잘라말할 수 없기 때문이다.

1920년대 계급주의적 경향을 띤 시들이 러시아혁명으로 말미암은 정치·경제·사회적 패러다임의 세계사적 전환에 발아의 배후를 마련하고 있는 것은 사실이다. 하지만 그러한 경향이 20년대 한국 현대시의 전모를 아우른다고 볼 수는 없다. 또 그와 같은 시의식이 당대뿐 아니라 1970년대와 1980년대에도 한국시단의 한쪽 분위기를 거의 같은 무늬로 짠다는 것도 부인하기 어렵다. 1930년대 초 김기림 · 정지용 · 이상 · 최재서 등에 의해서 도입 · 수용되었던 모더니즘은 시와 언어에 대한 새로운 해석을 견 인하면서 현대시의 충격소가 된다. 하지만 그것이 30년대 생산된 시들의 모습을 밝히는 유일한 수단으로 작용하지 않는다는 것은 자명하다. 더욱 이 모더니즘을 기반으로 하는 방법론은 지금까지 그리고 앞으로도 시 생 산의 유용한 도구로 봉사할 것이다. 유물론에 힘입은 민중사관의 침투나 서구 모더니즘의 수입이 한국 시단에 사건으로서의 의미를 지닌다고 해 서, 그것들이 20년대와 30년대 우리 시단의 특수한 모습을 한꺼번에 아우 를 수 있는 시사의 마디를 보증하지는 않는다.

시사의 연대기적 기술은, 시들이 정치 · 경제 · 사회사적 장면들과 일 부 접착면을 지닐지언정 완미한 함수관계 속에서 생성하고 변형하는 것은 아니기 때문에, 현대시사가 수용하는 시인들과 시들의 위상을 밝히고 운 동 규칙과 향방을 지시하는 애초의 의도로부터 어긋날 가능성을 품는다. 이 위험을 피하고 한국 현대시사를 요량 있게 기술하는 지점에서, '문학의 역사'라는 컨셉을 문학사 기술의 배경으로 삼아야 한다는, 즉 문학 자체 를 그것의 준거로 삼아야 한다는 명제는 '필요'가 아니라 '당위'의 뜻을 지 닌다.

독일 문학사를 '괴테 이전의 문학'과 '괴테 이후의 문학' '토마스 만 이전 의 문학'과 '토마스 만 이후의 문학'으로 가르려는 기획은 '역사의 문학'의 프레임 안에서 문학사를 기술하는 태도에 대한 반성에 수원(水源)을 댄다. 그렇다고 한국 시사를 '최남선 이전의 시문학'과 '최남선 이후의 시문학, '정지용 이전의 시문학'과 '정지용 이후의 시문학' 등으로 갈라놓고 기술하 는 방식 또한 무턱대고 동의하기 어렵다. 이러한 시선은 문학사 기술의 거 점을 문학 바깥의 것이 아니라 문학 안의 것에서 찾는 의의는 있을지언정 그 이상은 기대할 수 없다. 이는 앞에서 말한 문학사 기술의 위험을 손쉽게 피해갈 뿐, 그 안에서 시인들과 시들이 서로 복잡다기하게 붐비며 역동하는 시사의 모습을 섬세하면서 박진감 있게 밝히기 쉽지 않기 때문이다.

2. 한국 현대시사의 공간구조[1]

한국 현대시사의 얼개를 가늠하는 작업은 편년체를 본받아 시인들과 시들을 자리매김하는 단선적인 것이 아니다. 현대시사 안에 놓인 시인들과 시들은 마치 우주공간에서 중력의 영향을 주고받으며 운행하는 별들처럼, 서로 미학적 · 시의식적 영향을 주고받으며 살아서 움직인다. 이 점에서 문학사가는 지층에서 오래전에 멸종한 동물들의 화석을 발굴 · 귀납하여 연대기를 기록하는 고생물연구가보다는, 현재 살아 움직이는 천체의 운동을 관측하고 그것의 원리와 질서를 규명해 천문도를 설계하는 천체물리학자에 가깝다.

여기에서는 의미 있는 원심력과 구심력을 지닌 시인들을 설정하고 그들의 미학적 · 시의식적 중력장이 교직하면서 형성하는 공간구조로서의 현대시사를 제안한다.

한국 현대시사의 공간구조는 (1) 서정주와 정지용을 대립항으로 놓는 가로축, (2) 한용운과 임화[2]를 대립항으로 놓는 세로축, (3) 김소월과 이

---

1) 이 컨셉의 출발은 필자의 석사논문 「한국 현대시사의 공간구조 분석」(2000, 고려대학교 교육대학원)을 바탕으로 한다. 여기에 대한 논의는 논문의 내용을 일부 보완 · 수정해서 전개한다.
2) 한용운의 시사적 위상과 대립적 성격을 띠면서 현대시사의 한 축을 형성할 만큼 개성과 전형성을 동시에 갖춘 시인을 고르는 문제는 쉽지 않다. 김기진은 1928년 『조선문단』 1호에 발표한 이른바 '문학의 대중화 논의'에서 프로시의 대중화 방안으로 첫째 소재를 사건의 소설적인 데서 취할 것, 둘째 시어는 세련된 것을 피하고 소박하고 생경한 "된 그대로의 말"을 사용할 것, 셋째 노동자들의 낭독에 편한 리듬을 창조할 것을 주장하였다. 이러한 교조적 분위기 안에서 활동했던 프로 계열의 시인들에서 문학성의 장력을 유지하면서 개성과 전형성을 두루 갖춘 시인은 기대하기 어렵기 때문이다. 이 가설은 임화를 선택했다. 임화는 카프의 핵심맹원이면서 1930년 '프로예술의 형식문제' 연작을 통해 프로시의 이념적 발판을 마련하고, 1929년 『조선지광』에 「네거리(街里)의순(順)이」 「우리옵바와화로(火爐)」 「우산(雨傘)밧은 요꼬하마의부두

상을 대립항으로 놓는 깊이축으로 빚어진다.

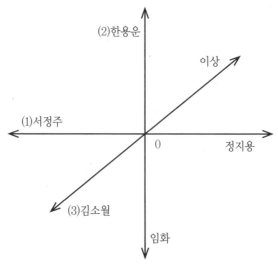

그림1. 한국 현대시사 공간의 기본구조

(1) 언어에 대한 인식과 심미적 실현 : 가로축은 시인이 어떻게 언어를 인식하고 미의식이 어떤 낙하를 거쳐 독자에게 수용되는가 하는 문제를 드러낸다. 서정주 시의 언어가 의미나 이미지를 실어 나르는 수레의 뜻을 지닌다면, 정지용 시의 언어는 거기에 더해 언어의 자족적 미학을 도모한다. 이러한 언어에 대한 이해의 온도차는 필경 미의식의 전달경로에서 차이를 유인한다. 서정주 시가 품는 미의식은 수용자의 정서적 반응에 기대어 호소하는 전통적 수법을 기초로 이루어진다. 이에 비해 정지용 시가 품는 미의식은 수용자의 이지적 반응에 의존하여 전달하는, 소위 모더니즘으로 알려진 방식을 매개로 이루어진다. 서정주 시가 서정(抒情)을 위주

(埠頭)」 등, 김기진이 이름 붙인 소위 '단편서사시'를 잇달아 발표한다. 이 점에서 그는—문학의 질적 완성도라는 문제를 어느 정도 유보한다면—이 가설의 의도에 기여할 수 있다고 생각했다. 그렇다고 다른 선택지가 있는 것도 아니다.

로 하는 '가슴으로 읽는' 시라면, 정지용의 그것은 감각과 기교를 중시하는 '머리로 읽는' 시다.

(2) 문학관의 향배와 실현 : 세로축은 시인이 조명하려는 것이 결국 세계 안의 인간인가, 아니면 인간을 둘러싼 세계인가 하는 문제와 얽힌다. 이는 시대나 현실의 외압에서 벗어난 삶의 근원적 풍경에 뷰파인더를 맞추는가, 유물론적 신념에 입각해서 사회·역사적 변화를 모색하는 지점을 지향하는가 하는 것과 같은 값을 지닌다. 한용운 시는 근원적인 삶의 모습 안에서 취재하며, 그의 시가 짜장 보여주는 것은 사랑과 그리움 같은, 인간이기 때문에 겪을 수밖에 없는 충동과 욕망의 원형질이다[3]. 이 언어 공간에서 사회·역사적 검열이 개입할 소지는 애초부터 닫혀 있을 수밖에 없다. 반면에 임화의 시들은 물질적 세계관에 뿌리를 둔 채 사회구조의 변

---

3) 한용운 시에 대한 이러한 입장은 그의 시에 등장하는 '님'을 불타나 조국으로 이해하려는, 현대 시의 역사만큼 오랫동안 관행이 되다시피 한 시 읽기의 흐름에 배치된다. 하지만 그렇게 읽을 수 있는 결정적 근거는 그의 전기적 사실 외에 시의 행간 어디에서도 찾기 어렵다.
  그의 시가 지니는 의미의 맥락은 그 무렵 김소월·김억·주요한·김동환 등에 의해 유행적으로 쓰였던 연애시들과 내용면에서 차이를 보이지 않는다. 만약 그가 단지 승려이고 애국지사라는 점 때문에 그의 시가 구원을 꿈꾸고 광복을 염원한다는 해석이 가능하다면, 신기료장수의 연애시는 구두 수선과정의 알레고리로 이해할 수 있고, 흥부외과의사의 연애시는 심장이식수술의 알레고리로 해석할 수 있어야 한다. 또 그의 시에 불교를 환기하는 시어가 나타난다고 해서 그것이 불교적 사유를 노래한다고 여기는 것도 지나치게 소박한 태도다. 그 낱말들은 사랑의 아픔과 그리움을 효과적으로 증폭시키기 위해서 봉사한다. 이는 음악에 관심 있는 시인이 연애시에 갖다 쓴 음악용어들이 음악적 사유를 전달하기 위한 게 아니라 연애감정을 효율적으로 표출하기 위한 것과 마찬가지다. 또 한용운 시 가운데 민족사의 현실을 직접 환기하는 작품은 「논개(論介)의 애인(愛人)이 되어 그의 묘(廟)에」와 「당신을 보았습니다」가 있다. 이를 근거로 그의 모든 시편 해석의 배후에 민족이나 역사를 두는 것은 상당한 무리가 따른다.
  한용운 시에 대한 관행적 해석은 문학을 문학 바깥의 것에 일방적으로 복속시켜 읽으려는 바람직하지 않은 시 읽기의 표본이다. 시 읽기는 무엇보다 정직하고 상식적인 지점에서 출발하여야 한다. 연애시가 사소하다는 뜻은 아니지만, 좋은 연구자라면 사소한 것은 사소하게 읽을 수 있어야 한다. 어떤 각도에서 읽어도 명확한 연애시를 철학이나 역사 같은 거대담론으로 애써 포장하는 모습은 연구자의 품위 있고 세련된 시 읽기를 증명하기보다는 되레 '남이 장에 가면 나도 장에 가기'식 무책임을 드러내기 십상이다.
  여기에서 한용운 시는 프로시의 유물론적 계급주의와 대립적 의미를 지니며 기능한다. 또 편의상의 이유로 한용운축의 눈금은 위로 올라갈수록 고답적이고 성찰적인 성격이 두드러지는 것으로 설정했다. 시의 성격만 주목하면 한용운 좌표에 놓일 시인으로 유치환이 더 적합할 수 있다. 그러나 유치환의 시는 현대시 공간의 한 축으로 설정할 만한 문학적 성취도 원심력과 구심력도 찾기 어렵다는 까닭으로 배제할 수밖에 없다.

혁을 탐색하고 전망하는 방향으로 한결같이 초점을 모은다. 평등국가라는 이데아를 실현하기 위해서는 먼저 농민과 노동자가 자본으로부터 해방되어야 하며, 그에게 시는 그것을 쟁취하기 위한, 선혈이 낭자한 낫이며 망치와 등가적 의미를 띤다.

(3) 자의식의 확장과 집중 : 깊이축은 화자가 시 안에서 갖는 의미와 역할을 지시한다. 이 축대의 한쪽은 실존적 인물인 화자가 시 속에서 희석되면서 하나의 보편적 전형으로 확장된다. 이와 같은 화자의 모습은 김소월 시에서 찾아볼 수 있다. 그의 시에 등장하는 화자는, 자의식은 고스란히 증발된 채 한(恨)이라는 겨레정서의 원형을 베끼는 필경사로 복무한다. 반대쪽은 화자가 시 속에서 임계치까지 실체화되면서 자의식의 깊이를 심화한다. 이상 시의 화자가 그리는 풍경은 그만이 경험할 수 있는 독특한 세계라서 일반적인 시야각 안에서 해명하기 어려운 것은 그 때문이다. 그의 시가 조명하는 풍속은 스스로 세계로부터 고립된 유폐상황에서 자기 내부의 어둠을 순연히(치열하게) 응시하는 과정에서 가능하다. 그의 시는 화자의 자의식이 극단적 깊이로 집중되었을 때 환상처럼 열렸다가 닫힌다.

축대(1)과 축대(2)와 축대(3)은 각각 작품론과 작가론과 창작론의 영역 안에 포섭될 수 있다. 물론 현대시사의 공간을 구성하는 축대의 준거는 문학사가들의 문학사관에 따라 다르게 상정할 수 있다. 여기에서는 작품론적 · 작가론적 · 창작론적 기본축대가 개별시인의 문학세계를 입체적이고 종합적으로 조망할 수 있는 유용한 수단이 된다고 여겼고, 더욱이 각 축대의 대극점들이 현대시사 초창기에 일정한 구심력과 원심력을 갖춘 시인들의 시세계의 한 특징과 조응할 수 있다고 판단했다.

각 축대의 대극점에 자리잡은 시인들의 시세계가 겹치는 부분이 있다[4]

---

4) 예컨대 한용운의 좌표에는 임화를 제외한 다른 축대의 시인들이 모두 들어갈 수 있다. 또 한용운은 서정주와 김소월의 좌표에는 들어갈 수 있지만, 정지용의 좌표에는 들어갈 수 없다. 그리고 정지용 · 임화 · 이상의 좌표에 다른 축대의 시인들이 들어가는 것은 어떤 경우에도 불가능하다.

고 해서 이 공간이 무너지는 것은 아니다. 한 시인의 시가 품는 여러 특징 가운데 하나를 기준으로 전형화해서 대극점을 설정했기 때문이다. 한 시가 동시에 여러 특징을 갖는 것은 본질의 문제이기 때문에 대극지점의 시들끼리 유사성을 보이지 않는 한, 이 가설의 안정성에 문제를 일으키지 않는다.

축대(1)과 축대(2) · (3)은 성격의 측면에서 차이를 드러낸다. 축대(1)의 두 대극점은 시소의 양끝과 같은 모순관계에 놓이지 않는다. 다시 말하면, 서정성과 기교 및 감각은 시인의 창작기법, 또는 글쓰기 수완에 따라 얼마든지 동시에 수준을 끌어올릴 수 있다. 반면에 축대(2)와 (3)의 대극점은 엄정한 모순관계 안에 있으므로 한쪽의 성격이 강하면 다른 쪽의 성격은 어쩔 수 없이 약해질 수밖에 없다. 이로 인해 축대(1)이 참여하는 얼개가 약간 느슨해지는 면은 있지만, 구조적 손상을 일으킬 정도는 아니다[5]. 여전히 두 대극지점의 성격을 온전히 배타적으로 반영하는 시들은, 서정주의 「바다」와 정지용의 「바다1 · 2」에서 확인할 수 있듯이 얼마든지 존재하기 때문이다.

위 시인들을 한국 현대시사를 구축하는 의미 있는 동인(動因)으로 여기고 시사를 관찰하는 방식은, 그들이 그것의 전체 문맥 속에서 차지하고 있는 개성이 하나의 분명한 전형을 이룰 가능성이 같은 시대의 다른 시인들보다 크다고 판단했기 때문이다. 그들이 구성하는 세 개의 축대가 교직하면서 빚어내는 공간은 한국 현대시사가 구체적으로 전개되는 역동적인 필드를 형성한다.

---

5) 축대(1)이 다른 2개의 축대처럼 분명한 모순관계에 있다면 이 가설은 보다 튼튼한 보장을 획득할 수 있을 것이다. 서정성의 추구와 기교와 감각의 지향은 현대시의 특성을 가늠할 수 있는, 제외하기 어려운 준거라는 점과 두 대극지점은, 그럼에도 불구하고 엄연히 대립관계를 형성하고 있다는 점 때문에 버리지 않았다. 또 한국 현대시사에서 주요 좌표를 이루는 서정주 시와 정지용 시의 대극지점을 그보다 선명히 드러내는 준거를 찾기 어려웠다는 것도 빼놓을 수 없는 이유다. 문학사기술 방법론은 끊임없는 반성과 모색을 통해 늘 새로워지려는 본능을 지닌다. 이 시론(試論)을 보완하고 수정할 준거의 개발을 기대한다.

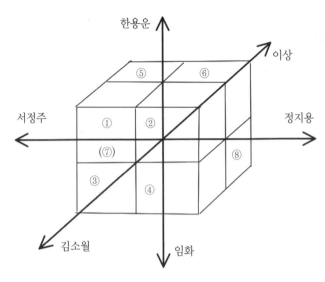

그림2. 8개의 하부공간으로 구성된 한국 현대시사의 공간구조

한국 현대시사의 공간구조는 어림으로 보아 난삽해 보일 수 있지만, 8개의 작은 입방체로 이루어진 큐브 같은 단순한 형태이며, 상하·좌우·전후 여섯 면의 중심을 세 개의 축대가 관통한다. 8개의 하부공간은 ① 서정주·한용운·김소월 축이 빚는 공간, ② 정지용·한용운·김소월 축이 빚는 공간, ③ 서정주·임화·김소월 축이 빚는 공간, ④ 정지용·임화·김소월 축이 빚는 공간, ⑤ 서정주·한용운·이상 축이 빚는 공간, ⑥ 정지용·한용운·이상 축이 빚는 공간, ⑦ 서정주·임화·이상 축이 빚는 공간(그림에서는 앞의 공간들에 가려져 보이지 않음), ⑧ 정지용·임화·이상 축이 빚는 공간으로 이루어진다.

이 시론(試論)은 한국 현대시사가 수용하는 시인들과 시들이 어떻게 교섭하면서 변형·생성되는가를 밝히는 동시에 그것들이 어떤 위상과 역할을 가지고 시사의 진행에 기여하는가를 따지는 데 의미를 둔다. 그 수단으로 시사적 의의를 지닌 시인들을 대립항으로 놓은 세 개의 축대를 프레임으로 현대시사를 입체화하고, 그들의 영향권 아래 있는 8개의 하부공간을 마련한다. 모든 시들은 이 하부공간들의 한 좌표에 참여할 수 있다. 이러한 현대시사 기술방식은:

첫째, 연대기적 문학사 기술이 노출할 수 있는 실증주의의 위험성을 극복하고 해석적 패러다임의 관점에서 그것의 내적 질서를 이해할 수 있는 계기를 제공한다[6].

둘째, 한국 현대시사의 모습을 정치 · 경제 · 사회사 등으로부터 닫힌 공간이 아니라, 열린 공간으로 조망할 수 있다. 이 모형은 역사의 변화에 흡수되거나 종속되지 않고, 오히려 그것을 포섭하거나 그것과 연대하며 한국 현대시사의 공간을 능동적으로 확장한다.

셋째, 한국 현대시사의 경위(經緯)를 단선적 나열이 아닌 입체적 파동으로 파악한다. 시의 생리가 시간의 일방향적 흐름에 기대어 진화하는 과학의 그것이 아니라 시간의 흐름과 필연적 상관관계 없이 스스로 미학을 구축하는 예술의 성격을 띠면서 영향을 주고받는다면 이 시론(試論)은 시사의 실체에 한층 가까이 다가설 수 있다.

넷째, 현대시사를 정지태가 아닌 운동태로 이해한다. 그 안에서 시인들과 시들을 일정한 시간의 매듭 속에 영치(領置)하는 것이 아니라, 미학적 · 시의식적 영향의 역학구도 속에 그것들의 운동에너지와 운동벡터를 효율적으로 간추려 보일 가능성을 높인다.

다섯째, 주변론의 시비에서 벗어나 한국문학의 특수성을 반영하는 자족

---

6) 실증주의는 사회와 역사를 관찰과 실험을 통해서 인식되고 검증되는 구조로 본다. 그리고 결과를 예측하고 일반화하기 위한 법칙의 창안과 발견을 중시한다. 연대기적 문학사 기술은 정치나 사회사 같은 역사의 향배에 의해 문학사에 접근하는 방식을 구하는 만큼 그것들과 문학작품이 인과관계에 있음을 전제로 한다. 이는 문학작품이 규칙지배적이며 연역적 논리로 설명이 가능하다는 생각을 바탕에 둔다는 점에서 실증주의와 겹친다. 그러나 그것은 작가나 작품에 대해 기계론적이고 수동적인 입장을 가짐으로써 문학작품이 작가의 문학관과 자유의지에 따른 선택의 결과라는 자명한 사실을 도외시하는 한계를 지닌다. 해석적 패러다임은 인간의 행위나 상호작용이 일정한 규칙에 지배되지 않는다는 점을 기저로 인간 행위나 상호작용을 개별적으로 해석하고 그것에 의미를 부여하는 미시적 성격을 띤다.

적인 공간으로 그릴 수 있다. 또 이 가설은 문예사조나 시대구분의 문제를 현대시사에 적용하면서 파생될 수 있는 이식론이나 단절론의 문제를 애초부터 차단하여 한국시사의 유니크한 모형을 설계할 수 있다.

3. 1970년대 시사의 공간구조적 의미

1970년 8월에 창간되어 1980년 6월 군부 쿠데타세력이었던 국보위의 언론통폐합 정책에 따라 강제 폐간된 『문학과 지성』(이후 『문지』로 통일함)은 통권 40호를 내면서 70년대 현대시사를 구성하는 주요문맥으로 자리를 매긴다. 김병익 · 김주연 · 김치수 · 김현 등이 편집동인으로 있던 이 책의 창간사에서 김현은 "폐쇄된 국수주의를 지양하기 위하여, 한국 이외의 여러 나라에서 성실하게 탐구되고 있는 인간 정신의 확대의 여러 징후들을 정확하게 소개 · 제시"하는 가운데, "한국적이라고 알려진 것에서 벗어나려는 노력, 보편적인 인식의 가능성을 추구하려는 노력"을 할 것이라 다짐한다. 그는 4 · 19를 경험한 한글세대가 본격적으로 현대시사에 진입하는 통로로 『문지』를 제의한다.

『문지』 동인들은 앞세대인 김동리와 서정주가 주축이 된 한국문협의 영향권 아래 있던 문단 일각의 분위기를 '패배주의' 또는 '샤머니즘'으로 규정하며 극복의 대상으로 삼았다. 그리고 그들은 이미 앞시기에 창간되어 활동하던 『창작과 비평』의 사실주의적 문학관에 기반한 정치참여론, 또는 유물론적 민중문학론도 문학이 정치 · 경제에 예속될 수 있다는 우려 때문에 거리를 두었다. 『문지』는 4 · 19정신의 계승을 표방한 점, 문협과 대립각을 세운 점에서 『창작과 비평』과 엇비슷한 출발선 위에 있지만, 그것과 분명히 구별되는 문학관을 선언하면서 독자적인 문학세력을 구축할 가능성을 확보한다. '경직된 사고를 거부하고 반성적 사유와 열린 지성을 옹호한다'는 입장은 문협과『창작과 비평』의 문제를 생산적으로 극복·지양하려는 의지를 드러낸다.『문지』를 주요 활동공간으로 삼은 시인으로 황동규·마종기·오규원·정현종·김광규 등이 있다.

1970년대는 유신정권의 서막과 종막을 아우른다. 정치적으로는 강고한 일인독재체제 속에서 그에 저항하는 인사들에 대한 조직적인 고문과 투옥이 전방위적으로 자행된다. 또 남한정권과 북한정권은 각각 미국과 소련의 비호를 받으며 같은 겨레끼리 반목과 갈등의 살얼음판을 걷는 대결구도를 획책한다. 경제적으로는 고도성장의 기류를 타고 도시화와 산업화가 빠른 속도로 진행된다. 그 과정에서 자본의 쏠림현상이 심각해지면서 영세농민과 도시빈민이 폭발적으로 증가하는 우울한 양상을 보인다. 이 같은 문제적 장면은 필연적으로 자본이나 경제구조 같은, 당시 사회를 지탱하고 있던 거대담론적 환경에 대한 회의와 반성을 유인한다. 이러한 시대사적 분위기는 이미 1966년 백낙청의 선도로 창간된『창작과 비평』(이후『창비』로 통일함)의 이념적 지향이 견고하게 착근할 수 있는 토양을 마련한다.

1920년대와 30년대 KAPF의 유물론적 계급사관을 능동적으로 계승하면서, 민중의 힘을 역사발전의 옥탄가 높은 에너지라고 믿는『창비』의 신념체계가 당시대 현실의 정치·경제·사회적 국면에서 거점을 확보하고 육체를 얻으려 노력한 것은 필연적이다.『창비』의 입장에서 보면 한반도는 여전히 패권적 제국주의와 그 하수인들에 의해 민족적 가치가 유린되는 식민지이며, 반민중적 매판자본에 의해 기층대중의 노동과 생계가 부당하게 수모를 겪는 비극의 현장이다. 그들의 문학관에 따르면 시는 독재세력에 저항해서 민주주의를 쟁취하며, 모든 외세를 배격하고 자주적 민족통일을 이룩하는 당면과제를 해결하기 위한 무기다. 또 시인은 열악한 노동환경을 뚫고 일어나 자본으로부터 인간을 해방시키는 민중혁명의 선봉에 선 전사(戰士)의 사명을 거스를 수 없다. 염무웅의 '농민문학론', 백낙청의

'시민문학론', 그리고 임헌영 등의 '제3세계문학론'은 이러한 문학관을 지탱하는 이론적 기초가 된다. 1980년 『문지』와 더불어 신군부에 의해 폐간될 때까지 『창비』의 신념에 동조하거나 그 무대에서 주로 활동한 시인으로 신경림 · 고은 · 신동엽 · 이성부 · 조태일 · 김지하 · 정희성 · 김남주 등을 들 수 있다.

『창비』가 조연현 · 김동리 · 서정주 등이 주도한 문협그룹을 '순수'로 가장한 채 반민주적이고 반민중적인 세력과 야합한 집단으로 의심의 눈초리를 보낸 것과는 달리, 『문지』는 그들 문학의 주제적 국면을 과거의 향수에 갇혀 음풍롱월을 일삼는 '샤머니즘적 패배주의'로 간주한다. 『창비』의 입장은 일제나 자유당 정권, 그리고 박정희 군부세력 등의 권력현실과 개인적인 이해 앞에서 그들이 일관해서 보였던 노회하고 굴종적인 행보로부터 분명한 정당성을 얻을 수 있다. 그러나 『문지』의 입장에는 석연치 않은 점이 있다. '반성적 사유와 열린 지성'을 천명한 상황에서 전통적 수원(水源)에서 시의 모티프를 길어올리는 그들의 작업을 극복하려는 모습은 얼핏 보아 긍정적인 반향을 얻을 수 있다. 하지만 전세대의 문학적 성취를 일방향적으로 비판하면서 문단의 헤게모니를 효과적으로 압수하려는(신진세력이 정당성을 얻기 위해 기득권층을 '구악(舊惡)'으로 몰아붙이는 수법은 꽤 고전적이다), 다만 선언적 의미에 머무는 정치색 짙은 포즈라는 혐의를 버리기 어렵다.

왜냐하면 문제는 한이나 그리움, 또는 자연 같은 모티프 자체가 아니라, 언어를 부려서 그것들을 미학적으로 형상화하는 방법론이라는 자명한 사실 때문이다. 한이나 그리움이 세계와 조우하면서 운명적으로 갈등과 고민을 겪는 인간의 원형질적 정서라는 점은 시대가 바뀐다고 달라지지 않는다. 자연도 언제까지든지 그러한 인간에게 위로와 안식을 주면서 형상과 생태의 다채로운 스펙트럼으로 삶의 은유와 알레고리를 예인할 수 있다. 정작 타매해야 할 부분은 그것들을 형상화하는 데 천편일률적인 수법을 버리지 못하거나, 그것들의 간섭권 밖에 있는 소재와 방법론을 인정하지 않으려는 완강한 의식일 터다. 박재삼·박용래·송수권은 전통적 서정과 동일한 방향성을 가지면서 개성적인 문법으로 시의 모티프를 구한다.

현대시동인 출신의 시인들도 70년대 시사에 적극적으로 동참한다. 그들은 1960년대 초·중반에 『현대문학』 등의 잡지와 각 신춘문예를 통해 등단해서 70년대 시사에 의미 있는 흔적을 새긴다. 현대시동인의 원적은 1962년 유치환·조지훈·박남수가 편집위원으로 있던 부정기간행물 『현대시』에서 찾을 수 있다. 『현대시』는 1972년 26집으로 종간하게 되는데, 특히 1964년 6집에 시를 집중적으로 발표한 당시기의 신예시인들부터 현대시동인으로 알려진다. 15집에 실린 이유경의 「정착의 좌표―현대시동인을 중심으로 본 한국 현대시의 전망」에서 그들의 시관을 추정할 수 있다. 그가 시의 형식을 '정지용, 청록파, 서정주로부터 시작되어 전봉건, 김춘수, 김광림 등에 의해 세련되고 구체화된 리리시즘'에서 찾으려는 것은, 설사 모든 동인들의 동의를 받지는 않았을망정 그들의 정체성에 대한 의미 있는 시사점을 던진다. 그들은 문협의 정치적 행보나 기관의 정통성에 대한 회의와 별도로, 관계된 시인들의 문학관이나 시적 지향과는 그다지 거리를 두려하지 않는 것 같다.

현대시동인이 느슨한 괄호에 묶인 채 70년대 시단에서 시운동의 전위적 결사(結社)로 나아가지 않은(또는 못한) 이유는 여러 가지가 있을 수 있겠으나, 동인들의 엘리트의식은 그것의 중요한 변수로 작용한 듯하다. 『문지』와 『창비』가 어젠다를 선점하고 당시단의 헤게모니를 쥘 수 있었던 까닭 가운데에서, 운동의 역량을 결집할 수 있는 이념적 토대를 마련하는 비평가를 가지고 있었다는 점은 무시하기 어렵다. 하지만 현대시동인들 중 상당수는 그것에 대해 시인의 배타적 권리인 창작의 자유를 제한하고 억압하는, 거추장스럽기만 한 정치적 제스처라는 자못 낭만적이고 고답적인 시각을 지녔을 가능성이 크다. 특정 이슈나 이념에 구속되지 않고, 자신들의 시적 정체성을 실험하고 모색한 현대시동인 출신의 시인들로 이유경 · 주문돈 · 정진규 · 이승훈 · 김종해 · 이수익 · 박의상 · 오세영 · 오탁번 · 이건청 등이 있다.

특정 그룹이나 시운동의 역세권 안에 들지 않으면서, 한국 70년대 시사에서 독자적 언어로 원심력과 구심력을 확보하면서 스스로 랜드마크가 된 시인으로 우선 김수영을 들 수 있다. 그는 1968년 타계했으며, 1974년 발간된 유고시집『거대한 뿌리』는 그의 첫 시집『달나라의 장난』이후 10년 가까운 기간 동안 발표한 시편을 망라한다. 그가 보여 준 언어적 감성의 첨단은 당시 풍미했던 언어의 나타(懶惰)와 노둔(老鈍)을 도발적으로 충격하며 한국 시사의 지평을 개간한다. 김춘수도 김수영과 마찬가지로 언어의 시인이다. 그가 데뷔 이후 오랜 기간에 걸쳐 행해 왔던, 존재의 통점에 대한 지난한 탐구의 끝에서 비로소 얻을 수 있었던 것이 시집『처용』이다. 여기에 수록된 시들은 의미의 질곡에서 해방된 언어의 결정(結晶)이다. 김종삼은『시인학교』와『북 치는 소년』을 상재한다. 얼핏 허술하고 서툴러 보이는 화법에서 그의 언어가 품는 매력적인 비밀을 눈치챌 수 있다. 소위 잔상효과는 일정 부분 이 어눌(語訥)에 힘입는다. 그리고 그것은 김종삼이 자주 보여 주는 죽음, 또는 죽은 자들에 관한 크리스마스카드 같은 환상을 슬프고 아늑하게 감싼다.

한 시인의 시세계는 늘 변모할 가능성을 지니며, 그렇다면 그것에 걸맞은 하부공간 안에서 다시 그의 시를 조명할 수 있다. 이 가설이 공정하는 70년대 시사의 공간구조는, 시인들의 시세계가 동일한 시기에 하부공간의 변화를 이끌 만큼 달라지지 않는 것을 전제로 한다. 또 같은 하부공간 안에 분포한 시인이라도 시의 성격에 따라 좌표눈금의 세부적인 차이를 노출할 수 있다. 70년대 시사의 공간구조가 형성하는 세목은 각론을 통해서 확인할 수 있겠지만, 개략적으로 살피면 아래와 같다.

『문지』의 시운동적 특징 안에 포섭될 수 있는 시인들의 좌표는 '② 정지용 · 한용운 · 김소월 축이 빚는 공간'과 '⑥ 정지용 · 한용운 · 이상 축이 빚는 공간' 안에 수용될 가능성이 크다. 그들은 전통적 소재와 서정을 부정한 측면에서 서정주축과 거리를 두며, 『창비』의 유물론적 사실주의의 문학관을 경계한다는 측면에서 임화축 안에 들기 어렵기 때문이다. 또 그들이 선언한 '반성적 사유와 열린 지성'이라는 이념적 지표는 화자의 전형성보다는 개성을 중시하는 창작론과 교응한다. 김소월축보다는 이상축 쪽으로 좌표이동이 깊게 이루어질 수 있다. 따라서 그들의 좌표는 '공간 ②'보다는 '공간 ⑥'에 집중적으로 수용될 것으로 보인다.

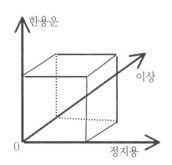

그림3. ⑥ 정지용 · 한용운 · 이상 축이 빚는 공간

『창비』의 신념에 동조하는 시인들의 좌표는 일단 임화 방향의 깊이축이 조직하는 '③ 서정주 · 임화 · 김소월 축이 빚는 공간' '④ 정지용 · 임화 · 김소월 축이 빚는 공간' '⑦ 서정주 · 임화 · 이상 축이 빚는 공간' '⑧ 정지용 · 임화 · 이상 축'의 하부공간 안에 들 수 있다. 그러나 이면에 본능처럼 대중에 대한 선전 · 선동을 시창작의 강령으로 깔고 있는 그들 입장에서는 정서에 호소하는 서정주 축을, 언어와 감각을 중시하는 정지용축의 '공간 ④'와 '공간 ⑧'보다 선호할 수밖에 없다. 또 그들 시의 화자가 많은 부분 자본으로부터 소외되고 정권으로부터 억압받는 민중이거나, 민족의 자주

통일을 위해 헌신하는 전사의 표정을 하고 나타난다는 점에서 개성보다는 전형성을 띠기 쉽다. 따라서 그들의 좌표공간은 더 많은 경우에서 이상축보다는 김소월축을 지향하게 되며, '공간 ⑦'보다 '공간 ③'에서 더 밀도 있게 분포할 가능성을 품는다. 이 분포도는 『문지』의 그것과 정확히 대각적으로 마주 보는 형국이다.

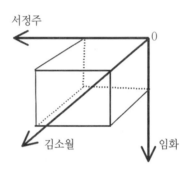

그림4. ③ 서정주 · 임화 · 김소월 축이 빚는 공간

전통적 서정의 영역 안에서 새로운 서정시를 탐구했던 시인으로 박재삼 · 박용래 · 송수권을 들었다. 시편이 품는 모티프나 어조 등을 살폈을 때 그들은 '① 서정주 · 한용운 · 김소월 축이 빚는 공간' 안에 자연스럽게 편입되고 있음을 어렵지 않게 알아챌 수 있다. 그런데 그들에게서 소위 '낡은 서정'의 혐의를 느끼기 어려운 것은 그들의 시가 드러내는 풍경이 서정주축을 향해 단선적으로 나아가지 않은 데 가장 큰 이유가 있다. 그들은 정지용축의 언어와 감각을 수단으로 전통적 서정의 선도(鮮度)를 높이는 데 성공한다. 특히 박용래의 시들에 나타나는 언어는 섬세하고 무봉한 이미지를 재단하며 전통적 서정시가 도달할 수 있는 새 구경(究竟)을 개척한다. 이 세 시인의 시편은 주석 5)와 관련해서, 서정주와 정지용이 지시하는 가로축대의 양 극단이 미학적으로 양립하는 사례가 된다.

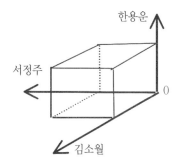

그림5. ① 서정주 · 한용운 · 김소월 축이 빚는 공간

현대시동인 출신들이 편입될 수 있는 공간은 한두 군데로 획정할 수 없다. 앞서 말한 대로 그들은 『문지』나 『창비』의 문학적 논쟁에는 한 걸음 비껴 있었으며, 그들의 시적 개성이 스스로 특정 어젠다에 집단적으로 추수하는 것을 용인하지 않았기 때문일 것이다. 그렇더라도 임화축이 간섭하는 하부공간에 누구도 능동적으로 참여하지 않는다는 사실은 문학을 역사와 사회를 변혁하는 도구로 여기는 태도에 생리적 거부감을 지니는 그들의 문학관과 무관하지 않다. 그들은 임화축을 제외한 4개의 하부공간, 즉 '① 서정주 · 한용운 · 김소월 축이 빚는 공간' '② 정지용 · 한용운 · 김소월 축이 빚는 공간' '⑤ 서정주 · 한용운 · 이상 축이 빚는 공간' '⑥ 정지용 · 한용운 · 이상 축이 빚는 공간'에서 소밀(疏密)의 차이는 있을지언정 다양한 좌표눈금으로 편재할 가능성을 지닌다. 데뷔 무렵부터 뚜렷한 시적 자의식을 지녔던 이승훈의 좌표는 '공간 ⑥'에 편입된다. 존재의 심연을 견고하게 응시하는 포즈는 그의 좌표공간을 이상 방향의 깊이축에서 임계치 근처까지 유인한다. 70년대의 많은 기간을 소설 쓰기에 바친 오탁번의 좌표도 이승훈의 그것과 같은 공간을 차지하지만, 점유하는 공간의 눈금은 그와 적지 않은 차이를 보인다. 그의 좌표눈금은 이상의 깊이축에서는 영점과 그다지 떨어져있지 않지만, 언어적 감성의 순도와 세련을 새로 제

안했다는 점 때문에 정지용축 선상의 상대적으로 먼 지점에서 분포한다. (예외가 있다면 박의상의 경우다. 그의 시가 예비하는 풍자와 골계와 냉소의 드라마가 자신이 아닌 세계로 열려 있다면, 그의 좌표공간은 임화축이 간섭하는 하부공간에 놓일 수 있다. 하지만 그의 관심은 유물론적 계급주의와 격절해 있기 때문에 좌표공간은 임화축의 영점에서 머지않은 지점에 위치한다)

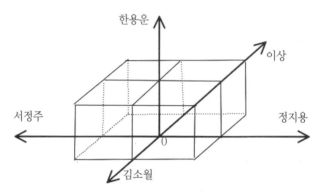

그림6. 임화축을 제외한 축대들이 빚는 4개의 하부공간

김수영과 김춘수의 좌표공간은 정지용 · 한용운 · 이상 축이 빚는 '공간 ⑥'에 놓인다. 김수영은 그의 현실에 대한 반성이 거의 개별적인 성격을 띤다는 점, 때로 노동이나 혁명 같은 사회 · 역사적 담론에 대해 환멸을 드러낸다는 점, 무의미시에 대한 동경이 엿보인다는 점, 무엇보다 그의 우수한 시들이 무의미시를 지향한다는 점 때문에 그의 시를 소위 참여시로 보는 어제오늘의 완고한 시각은 동의하기 어렵다. 여기에 대해서는 따로 논의를 전개하겠지만, 그의 좌표공간은 임화축이 포섭하는 하부공간에 분포할 수 없다. 김춘수 시의 화자도 이상축을 지향한다. 그의 시가 조형하는 세계를 비유나 상징의 도구로만 설명하기 어려운 것은 많은 부분에서 꿈이나 초현실주의적 풍경을 짙은 빛깔로 환기하기 때문이다. 이 포맷은 화자가 개성을 극명하게 발휘했을 때 비로소 실현될 수 있으며, 따라서 그

의 좌표공간이 이상축 선상에 놓이는 것은 이상하지 않다. 김종삼 시의 화자도 김소월축보다는 이상축에 가깝다. 그리고 좋은 시인들의 시가 대부분 그렇듯이, 그의 시도 서정성과 감각적 기교가 정치(精緻)하게 조화를 이룬다. 그의 좌표공간은 개별 작품의 성격에 따라서 '공간 ⑤'나 '공간 ⑥'에 분포할 수 있다.

지금까지 1970년대 한국시사의 윤곽을 살펴봤다. 물론 여기에서 언급한 문예지, 단체, 또는 개인이 당시대 시사의 공간구조를 빚는 충분조건을 지닌다고 잘라말할 수는 없다. 하지만 그것에 대해 효과적인 설명을 가능케 하는 필요조건의 요소를 능동적으로 갖춘다는 점은 분명하다.

절대언어, 또는 언어의 해방과 자유를 향한 고투[1]
— 『거대한 뿌리』에 나타난 김수영의 시적 지향과 의미

1. '참여'의 오독(誤讀), 김수영에 대한 오해와 편견

김수영은 1959년 「공자(孔子)의 생활난(生活難)」 「사령(死靈)」 등 40편을 수록한 첫 시집 『달나라의 장난』(청조사)을 상재한다. 『거대한 뿌리』(민음사)는 1968년 그가 타계한 뒤 6년이 지난 1974년 유고시집으로 출간된다. 이 시집은 『달나라의 장난』에서 고른 작품과, 그리고 그 이후 10년 가까운 기간 동안 쓴 시편에서 선정한 40여 편을 아울러서 모두 65편이 실린다.

여기에서는 그중 4·19혁명을 전후로 쓰인 작품들을 중심으로 살펴본다. 그 과정에서 한국시사를 종주하는 질풍노도의 아이콘이면서, 시의 이력만큼 이상한 오해와 편견을 불러온 그의 언어적 숙명과 시의 실체를 해명할 단서를 가늠할 수 있을 것이다.

푸른 하늘을 제압(制壓)하는/ 노고지리가 자유(自由)로왔다고/ 부러워하던/ 어느 시인의 말은 수정(修正)되어야 한다

---

[1] 여기에서 인용하는 「사랑의 변주곡(變奏曲)」과 「풀」에 대한 논의의 더 상세한 내용은 필자의 「한 정직한 퓨리턴의 좌절」과 「풀—즉물성의 건조한 아름다움」(이상 『경계의 시 읽기』, 고려대 출판부, 2008) 참조.

자유(自由)를 위해서/ 비상(飛翔)하여본 일이 있는/ 사람이면 알지/ 노고지리가/ 무엇을 보고/ 노래하는 가를/ 어째서 자유(自由)에는/ 피의 냄새가 섞여 있는가를/ 혁명(革命)은/ 왜 고독한 것인가를

혁명(革命)은/ 왜 고독해야 하는 것인가를

— 「푸른 하늘을」 전문

4·19가 터지고 두 달 남짓 지나 쓰인 이 작품에서 주목할 부분은 "혁명(革命)"과 "고독"의 등가성이다. 하늘로 비상하는 노고지리에서 자유를 연상하고 자유를 쟁취하는 데는 희생(피의 냄새)이 따른다는 진술은 상식적 프레임에서 벗어나지 않으며, 이는 결미에서 변주·반복되면서 의미의 부하가 실린 '혁명=고독'이라는 등식을 위해 봉사하는 전술적 장치로 기능한다. '혁명=고독'의 등식은 이 시를 이해하는 키워드가 되는 동시에 김수영 시의 공간을 추적하는 나침반이 된다.

문제는 불온한 정치권력에 대한 민중의 승리이며, 민족사의 혁혁한 발전을 뜻하는 혁명의 현장에서 '환희'나 '희망'을 구가하는 게 아니라, 홀로 '고독'을 응시하는 화자의 낯선 모습이다. 이 난처한 장면을 어떻게 해석하든 분명한 것은 그가 혁명을 정치·역사적 의미범주가 아니라, 사적 의미범주 안에 놓고 이해하고 있다는 사실이다. 이는 혁명 그 자체가 아니라 혁명주체의 의식세계를 탐구하고 있다는 점에서 혁명을 시의 주제가 아니라 소재로 접근한다는 것을 지시하며, 혁명을 육체가 아니라 관념으로 인식한다는 것을 의미한다.

여기에서 유추할 수 있는 것은 정치·역사 같은 거대담론적 환경에 '온몸으로' 투신하지 못하는(않는) 그의 성격이다[2]. 까닭은 두 방향에서 간추

---

2) 그의 시 가운데 정치나 역사가 중심모티프를 구성하는 본격적인 작품으로 「가다오 나가다오」가 거의 유일한 듯하며, 문학적 완성도는 급격히 떨어진다. 그 외 「조국(祖國)에 돌아오신 상병

릴 수 있다.

먼저, 김수영은 생래적으로 지사나 투사가 아니라 예술가라는 점이다. 그에게 시의 언어는 세계를 변혁하는 '대상'이 아니라, 미적 가치를 실천하는 '주체'의 성격을 띤다. 여기에 대한 상세한 논의는 뒤로 미룬다.

둘째, 생래적 예술가에게 운명적인 것이겠지만, 그의 본능은 정치현실에 대한 진지한 성찰을 허용하지 않는다. 따라서 일시적으로 관심을 보였다 하더라도, 피상적이고 감상적인 세계관이나 개인적 이해(利害)를 배후에 둔 태작을 생산할 가능성을 안게 되는 것은 필연적이다.

4·19 직후에 쓰인 「우선 그놈의 사진을 떼어서 밑씻개로 하자」[3]는 제목에서 비치듯이, 새 시대에 대한 성찰이나 전망이 아니라, 특정인에 대한 평면적인 증오만을 날것으로 분출한다. 「나는 아리조나 카보이야」가 빚는 알레고리도 이러한 사유형식의 동어반복에서 벗어나지 않는다. 더욱이 「육법전서(六法典書)와 혁명(革命)」에서는 탄생한 지 불과 두 달밖에 안 된 혁명정권을 경제적 혼란을 구실로 타매하며, 혁명주체들을 순식간에 혁명정권에 "속"고 만 "불쌍한 백성"으로 간주하는 역사관을 여과 없이 드러낸다. 문면에 나타난 이유는 자신의 생계수단인 "달걀값은 여전히 영하이십팔(零下二十八)환인데" "금값이 갑자기 이천구백(二千九百)환"으로 급등한 경제현실의 상대적 박탈감에 뿌리를 둔다. 「만시지탄(晩時之歎)은 있지만」도 의미가 모호하게 조합되어 있을지언정 처세술적 현실인식의 행간 속에는 4·19 정국에 대한 불신과 염증이 짙은 농도로 어려 있다. 그러한 인식

포로(傷病捕虜) 동지(同志)들에게」나 「기도(祈禱)」처럼 행사시나 그에 준하는 성격을 띤 작품도 보이나 문학적 수준은 위 작품과 별반 차이가 없다. 그의 작품 중 신경림·김지하·이성부·신동엽·조태일 등의 시에서 보이는 것처럼, 시적 화자가 정치·역사적 변혁의 주체임을 각성하고 그것을 위하여 고민하고 헌신하는 민중적 전형을 환기하는 시는 더 이상 찾아보기 어렵다.

3) 이 글에서 부분적으로 인용하거나 언급하는 시들은 『거대한 뿌리』에 수록된 것으로 제한하지 않았다. 시집에는 제외되었지만, 김수영의 시적 개성과 시집에 수록된 시들의 성격을 가늠하고 밝히는 데에 유용하다고 여겼기 때문이다.

은「중용(中庸)에 대하여」에서 "물론 현정부(現政府)가 그만큼 악독(惡毒)하고 반동적(反動的)이고/ 가면(假面)을 쓰고 있기 때문이다"에서 보듯이 노골적으로 에스컬레이트된다.

무엇보다 당시대의 민족사적 변곡점에 시인으로서 보였던 모습에서 그의 현실과 역사에 대한 무관심에 가까운 응전방식을 들여다볼 수 있다. 그는 그전에도 그러했지만 이승만 정권의 폭력성이 한계에 도달했던 50년대 후반부터 그것에 대해 어떤 형식의 이의도 제기하지 않는다. 4 · 19 직전에 쓰인 시로 유일하게 흔적을 보이는「하…… 그림자가 없다」의 "적(敵)"은 애초에 자유당 부패정권을 가리켰겠지만, 집필과정에서 "하늘에 그림자가 없듯이" 의미가 증발해, 일상의 모든 것이기 때문에 결국은 아무도 아닌 것이 되고 말았다. 말하자면 특유의 조사법(措辭法)으로 말미암아 현실은 소거되고 남는 것은 의미가 온전히 지워진 언어의 아슬아슬한 유희뿐이다. 혁명에 대한 반동적 쿠데타였던 5 · 16정변 이후에는 민족 현실에 대해서 끝까지 침묵을 견지한다. 그가 1961년 6월 3일에 시작한 '귀거래사' 연작은 그해 8월 25일까지 9편으로 완성을 본다. 이 연작은 정치 · 역사적 시선과는 결별해 있으며, 이후의 어떤 작품에서도 그것을 추적할 실마리를 찾을 수 없다.

김수영의 이러한 태도는 소위 참여시에 대한 입장에서 그대로 드러난다. 그가 시평란을 이용해 신동엽 등의 작품을 읽으면서 한 발언은 같은 맥락에서 읽힌다.

이들의('참여파'의—필자) 사회참여의식은 너무나 투박한 민족주의에 근거를 두고 있다. 미국의 세력에 대한 욕이라든가, 권력자에 대한 욕이라든가, 일제시대에 꿈꾸던 것과 같은 단순한 민족적 자립의 비전만으로는 오늘의 복잡한 상황에 놓여 있는 독자의 감성에 영향을 줄 수는 없다. 단순한 외부의 정치세력의 변경만으로 현대인의 영혼이 구제될 수 없다는 것은 세계의 상식으로

되어있다. 현대의 예술이나 현대시의 출발점이 여기에 있다.

—「변한 것과 변하지 않은 것—1966년의 시」(『김수영전집2산문』, 민음사, 1995, pp246~247)

이를 요약하면 민족의 정치적 현실을 극복하려는 참여시는 "현대인의 영혼"을 "구제"할 수 없기 때문에 현대시로서의 의미를 상실한다는 정도가 가능하다. 이러한 참여문제에 대한 인식은 그의 「반시론」에서 참여시에 대한 새로운 해석과 전망으로 발전한다.

참여시의 후진성은, 이미 가슴 속에서 통일된 남북의 통일선언을 소리 높이 외치지 못하고 있는 데에 있다. 이것은 우리의 참여시의 종점이 아니라 시발점이다. (중략) 우리의 시의 과거는 성서와 불경과 그 이전에까지도 곧잘 소급되지만, 미래는 기껏 남북통일에서 그치고 있다. 그 후에 무엇이 올 것이냐를 모른다. 그러니까 편협한 민족주의의 둘레바퀴 속에서 벗어나지를 못한다. 우리의 미래에도 과학을 놓아야 한다. 그리고 미래의 과학시대의 율리시즈를 생각해야 한다.

—「반시론」(앞의 책, pp263~264)

그에게 참여시는 당시대의 '참여파'들이 생각했던 것과는 전혀 다른 각도로 의미의 변화를 모색한다. 그의 생각을 유추하면 참여시는 민족과 정치에 닫힌 세계를 위하여 헌신하는 것이 아니라, 미래와 과학을 향해 열린 세계를 위하여 복무한다. 미래나 과학에 대해 더 진전된 언급이 없어 의미를 세부적으로 파악하기는 쉽지 않다.

이 의미의 차이를 혼동했을 때 "'기껏 남북통일'이라니! 이것은 남북통일은 기어이 이루어져야 하고 우리 손으로—내 손을 우리들의 손으로—이루어져야 한다는 생각을 절실하게 해 보지 않는 경우에나 나올 수 있는 말이다. '남북통일'은 남북의 통일만이 아닌 세계평화의 문제요 인간의 자기

회복을 위한 큰 발걸음을 내디디는 문제임은 우리가 통일을 향한 노력에서 장애에 부닥칠 때마다 절감하는 일이다"(백낙청, 「'참여시'와 민족문제」)와 같은 공소한 넌센스를 노출하게 된다. 김수영에 대한 딜레마—뭔가 분명히 의심스러움에도 불구하고 그를 참여시인의 명단에서 결코 제명하지 못하는—가 김수영 시 해석의 상수와 변수가 되어 지금까지 온존하고 있는 현실은 문제적이지 않을 수 없다.

2. 한 니힐리스트의 고독한 성명(聲明)

김수영의 「사랑의 변주곡(變奏曲)」은 당시대에 소위 참여파 시인들의 세계관, 또는 문학적 지향에 대한 그의 비판적 태도가 난삽하고 번다한 의미 체계 안일망정 더 분명히 드러난다.

욕망이여 입을 열어라 그 속에서/ 사랑을 발견하겠다 도시(都市)의 끝에/ 사그라져가는 라디오의 재갈거리는 소리가/ 사랑처럼 들리고 그 소리가 지워지는/ 강이 흐르고 그 강건너에 사랑하는/ 암흑이 있고 삼(三)월을 바라보는 마른나무들이/ 사랑의 봉오리를 준비하고 그 봉오리의/ 속삭임이 안개처럼 이는 저쪽에 쪽빛/ 산이

사랑의 기차가 지나갈 때마다 우리들의/ 슬픔처럼 자라나고 도야지우리의 밥찌끼/ 같은 서울의 등불을 무시한다/ 이제 가시밭, 덩쿨장미의 기나긴 가시가지/ 까지도 사랑이다

왜 이렇게 벅차게 사랑의 숲은 밀려닥치느냐/ 사랑의 음식이 사랑이라는 것을 알 때까지

난로 위에 끓어오르는 주전자의 물이 아슬/ 아슬하게 넘지 않는 것처럼 사랑의 절도(節度)는/ 열렬하다/ 간단(間斷)도 사랑/ 이 방에서 저 방으로 할머니가 계신 방에서/ 심부름하는 놈이 있는 방까지 죽음 같은/ 암흑 속을 고양이의 반짝거리는 푸른 눈망울처럼/ 사랑이 이어져가는 밤을 안다/ 그리고 이 사랑을 만드는 기술을 안다/ 눈을 떴다 감는 기술--불란서혁명의 기술/ 최근 우리들이 4.19(四.一九)에서 배운 기술/ 그러나 이제 우리들은 소리내어 외치지 않는다

복사씨와 살구씨와 곶감씨의 아름다운 단단함이여/ 고요함과 사랑이 이루어놓은 폭풍(暴風)의 간악한/ 신념(信念)이여/ 봄베이도 뉴욕도 서울도 마찬가지다/ 신념(信念)보다도 더 큰/ 내가 묻혀사는 사랑의 위대한 도시에 비하면/ 너는 개미이냐

아들아 너에게 광신(狂信)을 가르치기 위한 것이 아니라/ 사랑을 알 때까지 자라라/ 인류(人類)의 종언의 날에/ 너의 술을 다 마시고 난 날에/ 미대륙(美大陸)에서 석유(石油)가 고갈되는 날에/ 그렇게 먼 날까지 가기 전에 너의 가슴에/ 새겨둘 말을 너는 도시(都市)의 피로(疲勞)에서/ 배울 거다/ 이 단단한 고요함을 배울 거다/ 복사씨가 사랑으로 만들어진 것이 아닌가 하고/ 의심할 거다!/ 복사씨와 살구씨가/ 한번은 이렇게/ 사랑에 미쳐 날뛸 날이 올 거다!/ 그리고 그것은 아버지 같은 잘못된 시간의/ 그릇된 명상(瞑想)이 아닐 거다
　　　　　　　　　　　　　　　　　—「사랑의 변주곡(變奏曲)」 전문

1연 "욕망이여 입을 열어라 나는 그 속에서 사랑을 발견하겠다"는 진술 안의 "사랑"의 의미를 밝히는 것은 이 시 전체의 의미를 밝히는 것과 같은 뜻을 지닌다.

"사랑"의 의미를 처음 시사하는 것은 "사랑처럼 들리"는 "라디오"소리다. 그것은 "도시(都市)의 끝"에서 "재갈거리는" 소리로 표현된다. "도시(都市)의 끝"은 변방을 뜻한다. 변방은 글자 그대로 중심과 대척적인 공

간이며 후미진 공간이다. 그곳에서 들리는 라디오 소리는 가볍고 속되고 유쾌한 신변잡사일 가능성이 크다. 그것은 대중매체로서 가지는 라디오의 소비지향적 이미지와, 그 소리의 술어인 "재갈거리는"의 뒷받침을 얻는다. 이렇게 보면 "사랑"은 일단 도시의 후미지고 소외된 공간에서 들리는 가볍고 속되고 유쾌한 가십거리와 같은 의미를 지닌다.

2연 첫 문장은 "자라나고"와 "무시하고"의 주어가 나타나지 않는다. "자라나고"의 주어가 무엇이든 "우리들"의 "슬"픈 감정을 표현하는 것은 분명하다. 따라서 "슬픔처럼 자라나고"는, 그 구체적인 내용이 무엇이든지 '슬픔이 커지고'의 뜻으로 이해할 수 있다. 또 주어가 1인칭일 때 흔히 생략한다는 점에서 "무시한다"의 주어는 "우리들"로 추정할 수 있다. 그렇다면 이 구절은 '우리들은 사랑의 기차가 지나갈 때마다 슬퍼지고, 우리들은 도야지우리의 밥찌끼 같은 서울의 등불을 무시한다'로 해석할 수 있다. 이는 화자가 현재 "기차"를 매개로 하여 "사랑"을 목격할 때마다 그것이 "사랑"으로 받아들여지지 않는 현실을 확인하게 되고, 그래서 더욱 슬픔을 느끼게 되는 상황을 그린 것으로 보인다. "도야지우리의 밥찌끼/ 같은 서울의 등불"은 서민과는 상관없는, 거대도시의 환영 같은 이미지에 불과하기 때문에 "무시"된다. 화자는 "가시밭, 넝쿨장미의 기나긴 가시가지까지"를 "사랑"의 대상으로 포섭한다. 가시는 늘 외부의 것들을 상처 낼 여지가 있다. 이 부분을 사회환경의 비유로 읽는다면, 가시는 좀도둑, 펨프, 창녀, 삐끼 등 보통 유해하다고 여겨지는 사회 성원까지 의미영역을 확장할 수 있다.

3연의 "왜 이렇게 벅차게 사랑의 숲은 밀려닥치느냐"는 그러한 "사랑"의 깨달음에서 우러난 도취적 정서가 표출된다. "사랑의 음식이 사랑"이라는 규정은 역설의 화법에 기대며, "사랑"과 "음식"은 의미사슬을 이룬다. 또 '음식'은 생명을 존속하게 하는 자양분의 뜻을 지닌다는 면에서, '사랑이라는 생명을 존속하게 하는 자양분은 사랑'이라는 등식을 세울 수 있다. 이 구절은 '사랑은 사랑에 의해서 유지되고 생성된다'는 뜻으로 풀이할 수 있다.

4연은 "사랑의 절도(節度)"에 대해 말하고 있다. 그 "절도(節度)"의 한계를 가리키는 눈금은 "끓어오르는 주전자의 물이 아슬아슬 넘지 않"을 정도의 지점을 가리킨다. 이는 화자가 생각하는 "사랑"의 의미가 포섭할 수 있는 최대치의 분량을 언급한 것으로 추정할 수 있다. 다음에 이어지는 문장은 난해하다. '간단(間斷)'은 '①잠시 끊어짐. 잠시 그침. ②쉴 사이. 짬. 틈.'의 지시적 의미를 지닌다. 직역하면 '잠시 그침, 또는 짬도 사랑'이 된다. 앞의 문장과 연결시켜 열렬한 사랑과 열렬한 사랑 사이의 틈도 사랑이라는 추론이 가능하다. 이는 '사랑하는 순간이나 사랑하지 않는 순간이나 모두 사랑이다'로 의미를 간추릴 수 있다.

그리고 시인은 현재, 바로 우리 주변에서 "사랑"이 이어진다고 진술한다. "사랑"이 이어져 가는 공간은 "이 방에서 저 방으로 할머니가 계신 방에서/ 심부름하는 놈이 있는 방까지"가 함의하는 것처럼 서민적이며 일상적인 공간이다. "죽음"은 고요하고 정적인 암흑 상황을 강조하여, 그 속을 재빠르게 이동하는 "고양이의 반짝거리는 푸른 눈망울"에 동적이고 선명한 생기를 불어넣어 주는 기능을 한다. 이 부분은 "사랑"이 현재 활발하고 생생하게 이어지는 장면을 시각심상으로 구체화한다.

"사랑을 만드는 기술"은 "눈을 떴다 감는 기술"이다. "불란서혁명"과 "4.19(四.一九)"는 민중혁명적 성격을 띠며 역사발전의 한 매듭을 형성한다. '눈을 뜨는 기술'은 혁명의 주체적 에너지로서의 민중에 대한 인식과 각성을 뜻한다. '눈을 감는 기술'은 아래의 "그러나 이제 우리들은 소리내어 외치지 않는다"로부터 해석의 가능성을 찾을 수 있다. ①'소리내어 외치는 것'이 혁명을 향한 민중적 갈망의 포즈 또는 혁명 완수에 대한 민중적 환희의 함성이라 한다면, ②'소리내어 외치지 않는 것'은 혁명을 의식은 하되 표현하지 않거나, 아직 의식하지 않는 상태로 추리할 수 있다. 어쩌면 앞으로도 의식하지 못하는 상태일 수도 있다. '눈을 뜨는 기술'이 ①과 대응한다면, '눈을 감는 기술'은 ②와 대응한다.(4·19를 통해서 ②를 배웠다는 점은, 앞에서 말한 4·19 무렵의 시 「육법전서(六法典書)와 혁명(革命)」 등에 드러난 혁명정국에 대한 불신과 염증이 의식의 배경을 이루고 있다는 사실을 시사한다) 화자는 ①과 ②를 모두 "사랑을 만드는 기술"로 생각하고 있다. 하지만 ①은 화자가 정작 말하고 싶어하는 '사랑'의 뜻과는 거리가 떨어져 있다. 화자는 ②에 표현하고 싶은 "사랑"의 가치를 부과한다. 현재 화자가 진정한 "사랑"으로 깨달은 것은 ②다. 다음의 "이제 우리들은 소리내어 외치지 않는다"의 결기 어린 언명(言明)에서 확인할 수 있다. 이는 "사랑"의 성격을 해명하는 포인트가 된다.

"사랑"이 실체적 이미지를 획득하는 공간은 5연이다. "사랑"은 복사씨와 살구씨와 곶감씨로 구상화된다. 이 씨들은 첫째, 특정 계층의 배타적 독과점 아래 있지 않다. 누구든지 바라볼 수 있고 접근할 수 있으며 소유할 수 있는 성질을 띤다. 둘째, 과육이(자양분이) 제거된 상태로 남게 된(버려진) 것이다. 셋째, 1연의 "봉오리"가 그런 것처럼 다음 세대를 배고[孕] 생산할 가능성을 지닌다. 이러한 씨들의 성격은 서민의 성격과 쉽게 겹쳐진다. 주변에서 흔히 볼 수 있는 평범한 사람들이라는 점이 그러하며, 그들은 대체로 박탈되거나 상실하여 현재 상대적으로 헐벗고 있다는 점이 그러하다. 그러나 그럼에도 불구하고 현실을 딛고 다음(새로운) 세대(세계)를 열 가능성을 그 내부에 간직하고 있다는 점이 그러하다. 바로 이 때문에 서민 또는 서민들의 삶과 생활의 등가물로서 복사씨와 살구씨와 곶감씨는 "단단"할 수 있는 것이며, 동시에 화자에게 "아름다운" 것으로 인식된다.

다음 부분은 난삽하다. 이해하기 편하도록 구문을 바꾸면, "'봄베이, 뉴욕, 서울'과 같은 "폭풍(暴風)의 간악한 신념(信念)"은 "내가 묻혀사는 사랑의 위대한 도시"에 비하면 "개미" 같은 하찮은 것에 불과하다'가 된다. 문제는 "폭풍(暴風)의 간악한 신념(信念)"의 실체가 무엇인가 하는 점이다. 시의 표면에는 그것을 확인할 수 있는 단서가 희미하기 때문에, 그것과 대립적 의미를 거느리는 "내가 묻혀사는 사랑의 위대한 도시"의 뜻부터 조명해야 할 듯하다. 이 도시는 "라디오의 재갈거리는 소리"가 "사랑"처럼 들리고, "마른나무들이 사랑의 봉오리를 준비"하는 곳이다. 그리고 "사랑의 기차"가 지나가고, "가시밭, 넝쿨장미의 가시가지"까지 "사랑"인 곳이다. 또 "할머니가 계신 방에서 심부름하는 놈이 있는 방"까지 "사랑"이 이어가며, 그래서 현재 "벅차게 사랑의 숲이 밀려닥치"는 곳이다. 이 공간은 서민들이 삶과 생활을 꾸려나가는 곳이며, 어떤 정치적 관념이나 이념으로 치장되지 않는다. 그렇다면 "폭풍(暴風)의 간악한 신념(信念)"이 뜻하는 것은 "불란서혁명의 기술"과 "4.19(四.一九)에서 배운 기술"과 겹쳐진다. 그것은 역사 발전을 이끄는 혁명의 주체적 에너지로서의 인식과 각성을 뜻하는 것으로 해석할 수 있다. 주목할 점은 수식어 "간악한"에서 그것에 대한 화자의 신랄한 비판의식이 노골화된다는 사실이다. 이는 혁명으로 이룩한 세계에 대한 김수영의 태도와 의식을 예각으로 반향한다.

화자에게 봄베이나 뉴욕이나 서울과 같은 메트로폴리탄들은 설혹 혁명적 상황에 의해 이룩된 것은 아닐지라도, 서민들의 삶과는 직접 관련이 없는 정치 세계의 제유라는 점에서 "신념(信念)"과 같은 의미층위를 지닌다. 그것은 "내가 묻혀 사는 사랑의 위대한 도시", 즉 서민들의 삶과 생활이 어떤 정치적 관념이나 이념으로 치장되지 않은 날것 그대로의 공간에 비하면 "개미"처럼 하찮은 것이 된다.

이 "신념(信念)"은 6연에서 "狂信"으로 증폭되면서 화자의 부정적 태도를 한층 날카롭게 드러낸다. "광신(狂信)"은 4연과 5연에서 지적한 대로 민중을 역사 발전이라는 거대담론의 한 구성요소로 놓고, 그것이 역사 발전을 견인하는 주동적 에너지가 된다는(또는 되어야 한다는) 유물론적 역사관을 향한 믿음이다.

6연은 화자가 과거에 사랑이라고 믿었던 것이 "狂信"에 불과하다는 각성과, 현재 "사랑"이라고 믿고 있는 것에 대한 확신을 강조한다. 화자는 "아들"이 "사랑"을 "도시(都市)의 피로(疲勞)"에서 "배울" 것이라는 선언을 한다. "도시(都市)의 피로(疲勞)" 안에는 도시의 절대다수를 구성하는 서민들의 고민과 희망과 노동과 좌절과 기쁨이 얼룩져 있다. 그것은 서민들의 애환 그 자체다. 화자는 "아들"이 서민들의 삶과 생활의 현장을 경험하면서 "사랑"의 뜻을 체득하게 될 것이라는 기대를 비친다. "단단한 고요함"은 5연의 "복사씨와 살구씨와 곳감씨"가 갖는 외관의 물리적 특징으로부터 상상력이 발원한 것으로 보인다. 모든 씨들이 그러하듯이 위의 씨들도 내부를 보호하기 위해 견고한 외피를 두르고 있다. 그리고 자명하게 그것들이 놓여 있는 공간은 즉물적 고요로 채워져 있을 수밖에 없다.

"복사씨와 살구씨가 한번은 이렇게/ 사랑에 미쳐 날뛸 날이 올 거다!"는 화자가 생각하는 "사랑"이 보편적으로 인식되는 세상에 대한 염원을 표출한다. 그 세상은 "아들"뿐 아니라 모든 서민들이 "사랑"이 무엇인가를 깨닫게 되는 세상이다. 그 세상 안에서 서민들은 비로소 그때까지의 열패감과 상실감과 무력감에서 해방되어, 스스로 사회의 떳떳한 주체적 구성원으로 자각한다. 이 구절은 "복사씨와 살구씨"로 표상되는 서민들이 그 기쁨을 만끽하는 미래가 반드시 올 것이라는 예언이다.

"아버지 같은 잘못된 시간의 그릇된 명상(暝想)"은 "사랑"과 대립되는, 한때 시인이 "사랑"이라고 믿어 왔던 것이다. "명상(暝想)"의 구체적인 내용은 적시되어 있지 않지만 문맥 안에서 추적할 수 있다. 4연의 "불란서혁명의 기술" "4.19(四.一九)에서 배운 기술"과 연결되며, 5연의 "信念"과 연결되며, 6연의 "광신(狂信)"과 연결된다. 여기에서 화자는 과거(4 · 19를 경험한 그의 시들이 지니는 의미의 흐름으로 보아 4 · 19 직전까지의)에 옳다고 여겼던 신념의 그릇됨을 자백하고 반성한다.

「사랑의 변주곡(變奏曲)」에서 "사랑"은 정치적 · 역사적 의식이나 이념으로부터 조종되지 않는 서민들의 온전하고 생생한 드라마인 동시에 그것에 대한 애정이다. 유종호의 "여기서의 사랑은 민주적 이상에 의해서 실현된 정의로운 평화와 행복을 뜻한다"(「시의 자유와 관습의 굴레」)는 "사랑"의 의미를 김수영에 대한 선입견과 작품에 대한 예단 안에서 연역적으로 구하려 한다는 의심에서 벗어나기 어렵다. 이때 "사랑"을 정치적인 코드로 해석하려는 유혹에 빠지는 것은 필연적이다. 이 시의 "사랑"은 3연 "왜 이렇게 벅차게 사랑의 숲은 밀려닥치느냐"에서 명백히 알 수 있듯이 앞으로 당도할(또는 쟁취할) 미래형이 아니라, 지금 경험하고 있는 현재진행형이다. 그것은 1연에서처럼 늘 주변에 존재하는, 가십거리 같은 서민들의 삶과 생활에 대한 것이며, 2연에서처럼 건전하지 않은 의식을 가진 서민들까지 끌어안으며, 4연에서처럼 어떤 이념도 섞여있지 않은 일상의 에피소드까지 아우른다.

"사랑"은 서민들의 삶과 생활 그 자체를 의미한다. 아래에서 확인할 수 있듯이 역사의식의 강박관념에 채색되어 있지 않고, 계급의식의 콤플렉스에서도 비껴나 있는; 통속적일 수도 있고, 그렇지 않을 수도 있는 평범한 사람들의 평범한 드라마다.

전통(傳統)은 아무리 더러운 전통(傳統)이라도 좋다 나는 광화문(光化門)/ 시구문의 진창을 연상하고 인환(寅煥)네/ 처갓집 옆의 지금은 埋立한 개울에서 아낙네들이/ 양잿물 솥에 불을 지피며 빨래하던 시절을 생각하고/ 이 우울한 시대를 패러다이스처럼 생각한다// (중략)// 비숍여사(女史)와 연애를 하고 있는 동안에는 진보주의자(進步主義者)와/ 사회주의자(社會主義者)는 네에미 씹이다 통일(統一)도 중립(中立)도 개좆이다/ (중략)/ 요강, 망건, 장죽, 종묘상(種苗商), 장전, 구리개 약방, 신전,/ 피혁점, 곰보, 애꾸, 애 못 낳는 여자, 무식(無識)쟁이,/ 이 모든 무수(無數)한 반동(反動)이 좋다

—「거대한 뿌리」부분

그 드라마의 주연과 조연은 주변에서 늘 볼 수 있는 이웃이다. 그들은 정치적, 또는 이념적 전망을 공유하는 대중이 아닌 개별화된 날것으로서의 서민이다. "진창은 아무리 더러운 진창이라도 좋다/ 나에게 놋주발보다도 더 쨍쨍 울리는 추억(追憶)이/ 있는 한 인간(人間)은 영원하고 사랑도 영원하다"(「거대한 뿌리」)라는 고백도 "사랑"이 지니는 이러한 의미를 명징하게 시사한다.

오히려 "사랑"과 대척지점에 놓이는 것은 "불란서혁명"이며 "4.19(四.一九)"다. 김수영에게 역사 발전의 매듭을 형성하는 민중봉기의 승리는 그저 "폭풍(暴風)의 간악한/ 신념", 또는 "광신(狂信)"과 "그릇된 명상(瞑想)"으로 인식될 뿐이다. 이는 '참여', 또는 '참여시'에 대한 생리적 불신과 염오의 분명한 증좌다. 이러한 태도는 산문에서도 나타난다. 그는 "계급문학을 주장하고 노동조합이나 협동조합의 문화센터운동을 생경하게 부르짖을 만큼" "유치하지 않다"(「시(詩)의 뉴프론티어」), "민족주의를 문화에 독단적으로 적용하려 드는 것은, 종을 주로 바꾸어보려는 우둔한 소행이다"(「가장 아름다운 우리 말 열 개」)는 토로를 서슴지 않으며, 자신이 "참여시의 옹호자"로 불리는 데에도 거북함을 숨기지 않는다.

김수영은 소위 참여파 시인들이 생각하는 정치나 혁명, 또는 통일의 문제에 대해서 니힐리스트에 가깝다. 「사랑의 변주곡(變奏曲)」은 그러한 신념을 공표하는 고독한 성명(聲明)이다.

3. 해방의 언어, 자유의 언어, 그리고 절대언어

1945년 『예술부락』에 발표한 「묘정(廟廷)의 노래」 이후 1968년 「풀」을 남기고 타계할 때까지 20여 년은 독설과 냉소와 반성과 자조로 수놓인 위악과 내상의 경로다. 김수영의 시들에 나타나는 현실은 많은 부분 스스로 정치적·역사적 포커스를 이룬다기보다는 현실에 대한 개인적 성찰의 전경(前景)이나 배음(背音) 역할에 머문다. 그의 현실은 그의 시적 공간 안에서 다만 사유화되면서 존속할 따름이다. 이 경로의 종점에 놓인 「풀」은 그의 문학공간에서 점정(點睛)의 의미를 품는다.

풀이 눕는다/ 비를 몰아오는 동풍에 나부껴/ 풀은 눕고/ 드디어 울었다/ 날이 흐려서 더 울다가/ 다시 누웠다

풀이 눕는다/ 바람보다도 더 빨리 눕는다/ 바람보다도 더 빨리 울고/ 바람보다 먼저 일어난다

날이 흐리고 풀이 눕는다/ 발목까지/ 발밑까지 눕는다/ 바람보다 늦게 누워도/ 바람보다 먼저 일어나고/ 바람보다 늦게 울어도/ 바람보다 먼저 웃는다/ 날이 흐리고 풀뿌리가 눕는다

—「풀」전문

「풀」은 우리 현대시사의 문맥 안에서 많은 논의를 불러일으켰다. 그리고 그 논의의 중심을 관류하는 코드는 대부분 민초(民草)를 표상하는 "풀"과 외세나 정치적 압제를 표상하는 "바람"의 역학 관계 위에서 조명되어 온 게 사실이다. 그러나 이러한 시 읽기는 실제로 어떤 논리성이나 개연성의 뒷받침도 얻지 못하고 있다.

먼저 "풀"과 대척적 의미를 지닌 "바람"에 대해 살펴보자. "바람"은 1연에서 "동풍"으로 구체화된다. 북풍이 겨울바람을 뜻하는 것처럼, 동풍은 다른 전제가 없다면 대개 봄바람을 뜻한다. 봄바람은 대지에서 겨울의 한파를 걷어내고 생명이 움틀 환경을 제일 먼저 마련한다. 더욱이 이 시에서 봄바람은 "비를 몰아오는" 바람이다. "비"는 필경 봄비를 가리킨다. 봄비는 봄바람과 마찬가지로 대지를 촉촉이 적셔 겨우내 눈과 얼음에 움츠렸

던 생명을 깨우고 기른다. 봄비를 "몰아오는" 봄바람과 생명체의 속성을 지닌 풀을 대립구도 안에 세워놓고 해석하는 것은 사리에 어긋난다. 이렇게 보았을 때, 이 시에서 "바람"을 민중의 표상인 "풀"을 억압하는 어떤 권력의 표상으로 해독하려는 태도는 동의하기 어렵다.

이 시의 시어 가운데 "눕다"와 "울다"를 묶어서 민중의 굴복과 고통으로 읽고, "일어나다"와 "웃다"를 묶어서 민중의 항쟁과 환희로 읽는 방식 역시 해결하기 어려운 문제를 안고 있다.

1연의 2행과 3행을 그러한 관점에서 보면, '민중은 (억압에) 굴복하고/ 드디어 (억압 때문에) 고통스러워했다'로 풀이된다. 여기에서 눈여겨볼 낱말은 "드디어"다. 이 낱말은 화자가 마음속에서 예측했거나 소망했던 상황이 실제로 벌어졌을 때 쓰는 부사어다. 다시 풀이하면, '민중은 굴복하고/ 그 결과 예측했던 대로 고통스러워했다'와 같은 공허한 표현이 된다. 심지어 '민중은 굴복하고/ 그 결과 소망했던 대로 고통스러워했다'로 해독될 여지도 있다.

더 큰 문제는 2연과 3연에서 발견된다. 2연에서 민중은 억압적 폭력이 닿는 속도보다 빨리 굴복할뿐더러 그것보다 빨리 고통을 호소하며, 억압적 폭력이 와 닿기도 전에 그것에 항거한다. 3연에서 민중은 지속적으로 억압적 폭력에 굴복한다. 그러다가 억압적 폭력이 와 닿는 시점보다 늦게 그것에 굴복하여도, 억압적 폭력이 와 닿는 시점보다 먼저 그것에 항거한다. 그리고 억압적 폭력이 와 닿는 시점보다 늦게 그것 때문에 고통을 받아도, 억압적 폭력이 와 닿는 시점보다 먼저 환희에 겨워한다. 이 시를 "풀"과 "바람"의 역학구도 아래서 억압적 지배세력에 대한 민중의 끊임없는 좌절과 저항의 피 묻은 통사나 실록으로 읽으려 한다면 이러한 기이한 뜻풀이부터 해명할 수 있어야 한다.

이 작품 해석의 단초는 2연과 3연에서 찾을 수 있다. 바람이 불면 바람의 물리적 작용에 의해 풀은 지표 가까이 눕게 된다. 바람이 그치면 풀은 스스로의 유연성 때문에 원래 모습대로 일어난다. 풀은 바람이 불면 눕고, 바람이 그치면 일어난다. 이 장면은 자명히 원인과 결과의 지배를 받는다. 그러나 2연을 보면 풀은 바람의 작용보다 빠르게 눕고 울며, 바람의 작용보다 앞서 일어난다. 3연에서도 마찬가지다. 풀은 바람의 작용보다 앞서 일어나고, 바람의 작용보다 앞서 "웃"기도 한다.

이러한 원인과 결과의 시간적 역전 상황은 언어로는 표현할 수 있을망정, 적어도 우리가 살고 있는 현실공간 안에서는 실현될 수 없다. 이는 출구와 입구가 같은 '클라인 씨의 병'이 묘사는 가능할지언정 존재할 수 없는 것과 마찬가지 이치다. 이처럼 현실공간에서 이미 이루어질 수 없는 의미구조 안의 시어에 어떤 상징적 의미를 부과하여 논리적으로 완결된 메시지를 검출하려는 기도는 어떤 형식이라도 아예 원천적으로 가능하지 않다.

김수영의 「풀」에 나타난 언어세계의 규칙과 질서를 지배하는 요체는 음악이다. 이 시의 음악을 이해하는 것은 이 시에 나타난 언어 세계의 규칙과 질서를 이해하는 것이고, 이 시의 미학적 비밀을 탐험하는 통로가 된다.

이 시의 음악적 환경을 조성하는 중심요소는 율동이다. 율동은 반복에 의해서 이루어진다. 반복은 단순한 반복[α : α], 변주된 반복[α : (α)], 대비[α : β]로 갈린다. 「풀」은 주제부에 해당하는 구절과 장식부에 해당하는 구절이 반복의 원리에 따라 음악적 공간을 형성한다.

주제부에 해당하는 구절은 A'풀이 눕는다'와 B'풀이 일어난다'이다. 여기에서 A와 B는 대비관계에 놓인다. A의 변주된 형태는 (A)'풀이 운다'로 나타나고, B의 변주된 형태는 (B)'풀이 웃는다'로 나타난다. 이를 바탕으로 이 작품을 도시하면 아래와 같다.

　　1연 — [A : A : (A) : (A) : A]

2연 ─ [A : A : (A) : B]
3연 ─ [A : A : A : B : (A) : (B) : A]
　　　(이 그림에서 ' : '는 반복관계를 뜻한다)

　장식부에 해당하는 구절에는 a'바람보다 먼저'와 b'바람보다 늦게', 그리
고 c'발목까지'가 있다. 여기에서 a와 b는 대비관계에 놓인다. a의 변주된
형태는 (a)'바람보다도 빨리'로 나타나고, b의 변주된 형태는 나타나지 않
는다. 그리고 c의 변주된 형태는 (c)'발밑까지'로 나타난다.

1연 ─ [A : A : (A) : (A) : A]
2연 ─ [A : [(a) ─A : [(a) ─(A) : [a ─B]
3연 ─ [A : [c : (c) ─A : [b ─A : [a ─B : [b ─(A) : [a ─(B) : A]
　　　(이 그림에서 ' ─ '는 수식관계를 뜻한다)

　그림에서 알 수 있듯이, 「풀」은, 1연에서 3연으로 이행함에 따라 차츰
그 골격이 주제부가 장식부를 끼고 도는 론도형식과 닮아간다. 론도는 악
구가 [XYX / Z / XYX]의 형식으로 순환·반복하는 구조를 지닌다. 이는
바람의 작용으로 풀이 끊임없이 눕고 일어나는 모습과 교응한다.
　1연의 "드디어"는 사전적인 뜻 그대로 기능하지 않는다. "드디어"는 문
맥과 낯설게 충돌하면서 그 낯섦 때문에 애초의 뜻은 희석되고, 그것이 수
식하는 "울었다"를 강조하는 역할만 남게 된다. 그러면서 "드디어 울었다"
는 천천히 힘주어 읽히게 되고(여기에는 악음(惡音, cacophony) [드디어]의 무
겁고 거칠게 발음되는 소릿값도 일정 부분 영향을 준다), 상대적으로 다음
의 "날이 흐려서 더 울다가/ 다시 누웠다"는 자연히 더 여리고 가볍고 빠
르게 읽히게 된다. "드디어"는 이 부분의 리드미컬한 속도감을 자아내는
데 복무한다.

2연에서 2행과 3행의 "바람보다도"는 다음 행의 "바람보다"와 3연 4·5·6·7행의 "바람보다"와 달리 특수조사 '-도'가 덧붙여져 있다. '-도'는 원래의 역할대로 "바람보다"의 의미를 강조하면서, 행을 더 빠르게 읽히도록 유도한다. 거기에 반복의 효과가 덧대어져 2행과 3행의 풀이 눕는 장면은 더 광범위하고 더 격렬하며 더 가속적인 느낌을 불러일으킨다. 그에 비해서 4행의 풀이 일어나는 장면은 상대적으로 허약하고 속도도 떨어져 보인다.

3연의 "발목까지/ 발밑까지"는 불과 네 음절의 어구가 행을 가르며 반복·변주된다. 여기에 '-목-'과 '-밑-'의, 숨을 급하게 차단하면서 내는 끝소리가 다음의 된소리 '-까-'와 충돌하면서 느껴지는 격한 음감, 그리고 급작스럽게 줌인된 피사체 풀과의 거리감이 동시에 결합하면서, 이 부분의 율동은 이 시에서 가장 느리지만 가장 무겁고 강하게 느껴진다.

4·5·6·7행은, 구문은 단순하지만 쉽지 않은 음악적 경로를 거쳐 완성된다. 2연의 2·3행보다 속도감은 다소 떨어질지언정, 훨씬 더 활발한 역동성을 드러낸다. 이 부분은 이 시에서 가장 빛나는 음악적 환경을 조성한다.

먼저, 수식어와 피수식어 사이의 관계에서 그 음악적 요인과 프로세스를 살필 수 있다. 서로 교차하면서 반복하는 "늦게" "먼저"가 "누워도" "일어나고"와 그것들의 변주태인 "울어도" "웃는다"와 만나면서 하나의 음악 공간이 만들어진다. "늦게"가 "누워도"와 "울어도"를 수식하고, "먼저"가 "일어나고"와 "웃는다"를 수식한다. 여기서 눈여겨볼 대목은 "늦게" "먼저"가 교차하면서 수식하는 말들이 변주된 반복이라는 사실이다. "늦게"가 수식하는 것은 "누워도"와 그것의 변주인 "울어도"다. 동일한 "늦게"가, 의미가 살짝 어긋난 "누워도"와 "울어도"를 나란히 수식하면서, 독자들은 일종의 관성적인 기대(수식받는 말이 바뀌면 수식하는 말도 바뀔 것이라는)가 무너짐을 경험하며 혼란에 싸인다. 이때 독자는 거의 무의식적이겠지만 순간적으로, 마치 허방에 한쪽 발을 빠뜨리는 것 같은 당혹스러우면서도 불안정한 속도감을 느끼게 된다. 이러한 현상은 "먼저"가 수식하는 "일어나고"와 그것의 변주인 "웃는다"에서도 동일하게 일어난다. 동일한 현상을 반복적으로 겪으면서, 독자가 느꼈던 당혹스러우면서도 불안정한 속도감은 하나의 미묘한 율동감으로 치환된다.

다음으로 들 수 있는 것이 수식어 사이의 의미관계이다. "늦게"와 "먼저"는 정확한 대립관계에 놓여 있지 않다. '늦게'와 대립관계에 있는 말은 '이르게'이며, '먼저'와 대립관계에 있는 말은 '나중에'이다. '늦게'와 '먼저'는, 마치 살짝 삐친 단층의 경사면처럼 대립관계에서 살짝 어긋나 있다. "늦게"와 "먼저"의 쓰임은 독자들의 관성적 기대(대립적 의미관계의 말이 반복되리라는)를 비껴간다. 이때 독자들은 위 단락에서와 마찬가지로 거의 무의식적이겠지만, 당혹스러우면서도 불안정한 속도감을 느낀다. 2연의 "빨리"와 "먼저"도 동의관계에서 비껴 있다. '빨리'의 대립어는 '천천히'고, '먼저'의 대립어는 '나중에'다. 이에서 알 수 있듯이 '빨리'와 '먼저'는 일정한 의미거리 사이에 있다. 이러한 의미의 어긋남도 이 경우와 동일한 효과를 노린다. 이러한 현상이 반복되면서 당혹스럽고 불안정한 속도감은 통일된 율동을 얻게 된다.

이 두 가지 정황이 겹치면서 음악 공간은 효과적으로 입체화된다. 이러한 다소 복잡해 보일 수 있는 과정으로 조성된 음악적 환경은 다시 "바람보다"의 지배를 받는다. "바람보다"는 각행의 앞머리에서 나란히 네 번 단순 반복된다. 위에서 설명한 수식어와 피수식어 사이의 율동 관계는 "바람보다"(물론 이 부분의 속도감 형성에 기여하는 것도 중요한 몫이다)에 각각 음성적으로 안기면서 혼란스럽거나 들뜨지 않게 갈무리된다. 비로소 이 부분은 구조적인 통일성과 아울러 정서적 안정미를 획득하면서, 이 시의 독특하면서 역동적인 음악적 환경을 빚어낸다.

"풀뿌리" 역시 의미적 측면보다 음악적 측면이 더 크다. "풀뿌리"는

"풀"이 음악적 효과를 위하여 의도적으로 변주된 반복태이다. 시인은 한 음절인 "풀"을 세 음절로 늘임으로써 숨결을 큰 폭으로 느슨하게 만들고 있다. 이는 통상의 기악에서 종결부의 악구를 길게 늘여 완결된 형식미를 추구하려는 의도와 일치한다. 이 마지막 행은 바로 앞의 네 행에 비하면 율동의 속력이 급격히 떨어질뿐더러 시 전체에서 가장 부드럽고 완만한 속도를 보인다. "풀뿌리"의 늘어진 숨결은 완결된 형식미를 노린 것이다. 첨가하면, "풀뿌리"의 다른 효과는 이미지에서 찾을 수 있다. 이 시의 주조는 흐린 기후를 배경으로 한 낮은 채도의 초록빛이다. 여기에 풀뿌리의 가늘지만 하얀 빛깔은 풀의 식물적 이미지를 짙게 투사하면서, 이 시 전체의 색조에 종결부다운 탄력적인 변화를 견인한다. 역시 시상의 완결미를 얻는 효과를 지닌다.

각 연의 첫 행은 이 시의 구조적·형식적 안정감을 확보하는 데 봉사한다. 1연과 2연은 각각 "풀이 눕는다"로 시작하고 있고, 3연은 "날이 흐리고 풀이 눕는다"로 시작한다. 2연은 1연의 단순 반복, 3연은 1연과 2연의 변주 반복이라 할 수 있다. 이러한 형식은, 시조의 종장이 초장·중장의 변형된 율조로 시상을 안정감 있게 맺듯이 이 시 전체의 균형을 안정적으로 마무리한다. 밑변이 무거운 삼각형과 같은 이러한 구조는 각 연의 불규칙한 리듬을 자칫 혼잡하거나 산만하지 않도록 부드럽게 감싸안으며, 이 시 전체의 리듬에 쾌적한 통일감과 균제미를 제공한다.

이상으로 「풀」의 음악적 환경과 시구들이 지니는 음악적 효과에 대해 살폈다. 이 시를 해명하면서, 음악과 직접 연결되는 것은 아니지만 그냥 지나치기 어려운 시어가 있다. 3연 7행의 "웃는다"가 그것이다. 이 시에 상징적 의미를 주입하여 해석했을 때, 이 시어는 "뿌리가 뽑히지 않기 위해서 우는 풀은, 사실은, 뿌리가 뽑히지 않았음을 즐거워하며 웃는 풀이다"(김현, 「웃음의 체험」)와 같은 속되고 견강부회하는 상상력 안에서 의미를 설계할 수밖에 없다. 설사 그러한 해석이 가능할지라도 다음에 이어지는 "풀뿌리가 눕는다"와의 의미맥락을 밝힐 길은 전혀 찾을 수 없다.

"일어난다"가 "눕는다"의 대척점 위에 놓이듯이 "웃는다"는 "울다"의 대척점 위에 놓이며, "울다"가 "눕는다"의 변주된 반복태이듯이 "웃는다"는 '일어난다'의 변주된 반복태의 위상을 지닐 뿐이다. 다시 말해서 이 작품의 의미구조의 골격을 이루는 '풀의 눕고 일어남'과 그것의 변주된 반복태인 '풀의 울고 웃음'의 한쪽 축을 지탱하기 위한 장치로서의 역할을 맡는다. 표현적으로, 또는 전달하기 위한 기법적 장치로 "웃음"은 "울음"과 대립관계에 놓이지만, 실제로는 같은 소리일 수밖에 없다. 왜냐 하면 '풀의 울음'이, 바람이 풀의 표면을 훑고 지나가면서 발생한 마찰음을 가리키는 것처럼, '풀의 웃음' 역시 어떤 경우든지 바람이 풀의 표면을 훑고 지나가면서 발생한 마찰음이 아닐 수 없기 때문이다. 시인이든 화자든 독자든 '풀의 울음'과 '풀의 웃음'에 감정을 이입하여 더불어 슬픔과 환희를 느낄 소지는 시의 어디에서도 발견되지 않는다. '웃음'은 의미상으로 기여하는 것이 아니라 기능상으로 기여한다.

「풀」은 사람의 윤리와 풍속과 이념이 흔적 없이 증발된 언어유희의 공간이다. 초기시 「공자(孔子)의 생활난(生活難)」으로부터 「풀」 직전의 「의자가 많아서 걸린다」에 이르기까지 그의 시 도처에서 언어유희에 대한 경사가 드러난다. 그리고 그가 마침내 도달한 곳이 「풀」의 세계다. 이 공간은 그가 평생을 통해 지향해 왔던 무의미시의 현장이다.

> 모든 진정한 시는 무의미한 시이다. 오든의 참여시도, 브레히트의 사회주의 시까지도 종국에 가서는 모든 시의 미학은 무의미의—크나큰 침묵의—미학으로 통하는 것이다. 이것은 예술의 본질이다.
> —「변하는 것과 변하지 않는 것」(앞의 책, p245)

그의 시편 곳곳에 편재된 언어유희를 향한 집착의 기미는 많은 연구자들로 하여금 그의 시를 난해한 시로 여기게 하는 이유로 작용한다. 그러한 시를 난해시로 여기는 태도는 처음부터 정당성을 얻기 어렵다. 왜냐 하면 난해성과 언어유희는 유전자 자체가 다르기 때문이다. 난해성은 해석을 전제로 하며, 어렵고 복잡할지라도 그 안에 추적 가능한 의미골목을 반드시 가지게 된다. 하지만 언어유희는 본질적으로 해석을 전제로 한 심각한 텍스트가 아니라, 그저 즐기기 위한 도구이기 때문에 애초부터 의미골목이 존재하지 않는다. 언어유희를 일반적인 독법으로 해석하는 것은 전기밥솥 뚜껑을 귀에 대고 통화하려는 것과 마찬가지로 무모하다.

김수영의 「풀」이 가지는 의의는 언어의 발견에 있다. 이 언어 안에는 시인의 세계관과 기호(嗜好)도, 사람들의 역사도, 윤리와 종교도, 시간도, 시간 안의 물리학도 모두가 무의미해진다. 오로지 언어만이 자기들끼리의 규칙과 질서 안에서 숨 쉬며 역동한다. 이 언어는 사람과 정치와 역사의 질곡으로부터 해방되어 처음으로 자유를 쟁취한다. 그것은 오로지 언어 자신만을 위해 봉사하는 절대언어다. 문학성을 배제하고 순수한 음의 세계만을 구현하려는 절대음악처럼, 물리세계가 갖는 모든 형상을 거부하고 순수한 빛과 선의 세계만을 탐구하는 절대주의미술처럼 「풀」의 언어는 사람과 정치와 역사가 모두 증발된 채 자신의 규칙과 질서에 의해 스스로 진화하면서 진동한다.

그 언어의 미학은 음악과의 가슴 떨리는 내통으로부터 형성된다. 이 점에서 「풀」은 우리 현대시사에서, 음악에 의해서 언어가 완성되고 언어에 의해서 음악이 완성되는 희귀하고 독특한 미학의 어젠다를 마련한다.

4. 언어의 전위적 예술가

지금까지 『거대한 뿌리』에 수록된 「푸른 하늘을」 「사랑의 변주곡(變奏曲)」

「풀」을 중심으로 김수영의 시에 간섭하는 비밀을 밝히려 했다. 「푸른 하늘을」은 '혁명'이라는 거대담론을 사유화하는 징후를 보이면서, 그의 관심이 정치나 역사나 민족에 있지 않음을 시사한다. 「사랑의 변주곡(變奏曲)」에서는 서민과 서민의 일상적 드라마가 "사랑"임을 밝히고, 민중혁명에 대한 불신을 직설적이고 신랄한 어조로 드러낸다. 이 작품은 그의 문학이 소위 참여파 시인들의 그것과 대극적 공간에 놓였음을 선언하는 성명서와 같은 값을 지닌다. 「풀」은 절대언어라는 언어의 새 지평을 개간한다. 이를 수단으로 비로소 그가 데뷔 무렵부터 언어유희의 방법론으로 집요하게 모색했던 무의미시는 빛나는 육체를 얻게 된다.

김수영 문학의 연구자들이 대부분 겪는 딜레마—뭔가 분명히 의심스러움에도 불구하고 그를 참여시인의 명단에서 결코 제명하지 못하는—는 그가 생래적 예술가임을 간과한 데 책임이 있다. 수많은 반증들을 인정하면서 그를 참여시인으로 보는(보고 싶어하는) 것은 어쩌면 척박한 시대환경이 강요한, 일종의 '의도적 오류 범하기'와 다르지 않다. 작품들에 나타나는 현실은 앞에서 말했듯이 대부분 사적인 반성을 위한 전경이나 배음에 머물며, 반성이 결국 언어를 지향하는 것은 예술가인 김수영에게 필연적이다.

그는 언어를 구속하는 언어 이외의 모든 것을 뚫고, 언어에 자유를 안겨 주려는 언어의 해방자라는 점에서 언어의 전위적 예술가라 할 수 있다. 이러한 시야에서 『거대한 뿌리』에 실린 시들은 모두 「풀」이라는 한국 시사의 범상치 않은 언어공간에 도달하기 위한 피 맺힌 디딤돌로 기능한다. 「풀」은 언어 이외의 일체에 대항해 언어가 거둔 온전한 승리를 기록하는 최초이자 최후의 물증이다.

꽃의 알리바이와 투명하고 정치한 언어의 조도(照度)

─『처용(處容)』에 나타난 김춘수 시의 지형과 풍향

대여(大餘) 선생님께,

저승에도 비가 내리는지요. 이곳, 그러니까 서력 2013년 3월 1일 새벽
의 서울 수유리는 올해 들어 처음 내리는 봄비에 호졸근히 감겨 있습니다.
봄비 치고 먼지잼 정도가 아니라, 제법 보슬보슬 날리는 품이 후미진 외등
의 아세틸렌불빛까지 낙낙하니 적시고 남을 기세입니다.

선생님에 대한 기억의 뒷맛은 도낏자루를 삶아 건져낸 국물처럼 그저
맨숭맨숭 싱겁기 그지없다는 게 제 솔직한 심경입니다. 살뜰한 정분을 교
차할 틈이 애초부터 없었던 까닭이겠지만, 떠나시기 한두 해 전쯤 식은
맥주잔을 사이에 놓고 뵀던 서슬에도, 잘 모르는 이의 집에 처음 방문해
서 낯선 방에 우두커니 혼자 남아 있는 듯이 그저 뻘쭘했던 느낌이 떠오
릅니다. 제 머릿속에 인화된 선생님의 인상은 고등학교 교과서의 「꽃」과
「부다페스트에서의 소녀의 죽음」을 통해 만났던 증명사진 같은 표정 이상
의 것은 아니었습니다.

그럼에도 불구하고 번지수도 동네이름도 모르면서 선생님께 대뜸 몇 자
글월 올리려 작정한 것은, 그 김에 성글고 초라할지언정 선생님의 운필과
묵적의 가리사니를 톺고 따질 핑계를 댈 수 있지 않을까 여겨서입니다. 필
경 귓불이 붉어지시고 회초리를 들고 야단치실 줄 모를 만큼 제 눈치가 잼

병은 아닙니다. 궁리가 설뿐더러 글솜씨마저 손방인 주제에 마른 바닥에 후두둑후두둑 비꽃 들이치듯이, 그냥 천둥벌거숭이처럼 갈긴 꼴로 치부하시기 바랍니다.

제가 간추리려는 책은 1974년에 간행된 선생님의 시집 『처용(處容)』(민음사)입니다. 이 책은 처녀시집 『구름과 장미』(1947), 『늪』(1949), 『기(旗)』(1951), 『인인(隣人)』(1953), 『제일시집(第一詩集)』(1954), 『꽃의 소묘(素描)』(1958), 『부다페스트에서의 소녀(少女)의 죽음』(1959), 『타령조기타(打令調其他)』(1969) 등 그때까지 발간된 시집의 시 일부와 『현대시학(現代詩學)』에 연재했던 「처용단장(處容斷章)」을 포함하여 그 뒤에 발표한 시편을 아우르는 시선집의 성격을 띱니다. 앞의 시집들에서 선별한 시 38편은 '가을 저녁의 시(詩)' '꽃의 소묘(素描)' '나목(裸木)과 시(詩)' '소묘집(素描集)' '우계(雨季)' '타령조(打令調)' 등 6개의 소제목에 편입되어 있습니다. 그리고 이후 쓰여진 시 26편은 '샤갈의 마을에 내리는 눈' '동국(冬菊)' '처용단장(處容斷章[제1부(第一部)]' 등 3개의 소제목 안에 수록되어 있습니다.

독자들은 『처용(處容)』을 통해서 마치 구글에서 보는 위성사진처럼 그때까지 선생님 시세계의 지형을 한눈에 조망하면서, '샤갈의 마을에 내리는 눈' 이후 우뚝 떠오른 선생님의 시적 미장센까지 함께 누리는 눈맛을 제공합니다.

1. 「꽃」 : 시의 부재증명, 또는 참을 수 없는 존재의 무거움

소제목 '우계(雨季)'에 이르기까지 이 시집에 수록된 시편의 안팎은 대부분 '존재'라는 꽤 사변적인 의제에 기여하고 있습니다. 「꽃」은 그중에서도 총론의 성격을 띱니다.

내가 그의 이름을 불러주기 전에는/ 그는 다만/ 하나의 몸짓에 지나지 않았다.

내가 그의 이름을 불러주었을 때/ 그는 나에게로 와서/ 꽃이 되었다.

내가 그의 이름을 불러준 것처럼/ 나의 이 빛깔과 香氣에 알맞은/ 누가 나의 이름을 불러다오./ 그에게로 가서 나도/ 그의 꽃이 되고 싶다.

우리들은 모두/ 무엇이 되고 싶다./ 너는 나에게 나는 너에게/ 잊혀지지 않는 하나의 눈짓이 되고 싶다.

—「꽃」 전문

이 시는 흔히 호명행위를 통해서 사물의 존재론적 가치가 획득된다는 사유형식을 '꽃'을 수단으로 풀어나가는 것으로 이해합니다. 서양 중세철학사의 한 장을 구성하는 소위 '보편논쟁(Universalienstreit)'의 한 축인 실재론(Realism), 즉 보편은 사물에 앞서 존재한다는 입장을 배후에 둔 듯합니다. 실재론은 개별을 아우를 수 있는 이데아의 실체를 인정한 데서 논의의 기초를 세웠겠지요. 경위야 어쨌든 제가 궁금한 것은 건조한 철학적 이론의 한 장면을 시 비슷한 언어로 얽어놓고 간고등어 도막 치듯 적당히 행을 쳐내 다듬은 이 글이 선생님의 대표작이고, 심지어 한국 시사의 명편으로 여겨지는 참 불편하고 곤혹스런 현실입니다. 저는 다만 사변적 관념을 비유와 상징의 언어로 요약하여 단순히 재포장하려는 창작의도도 수용하기 어렵지만, 그것을 애송시 가운데 으뜸으로 놓는 모습(몇 년 전「꽃」은 시인들이 뽑는 최고의 애송시로 선정됐습니다)도 납득하기 어렵습니다.

다만 철학적 논쟁의 한 축을 형성하는, 그것도 수백 년 묵은 논의에 기대었을지 모를 관념적 이론을 '애송'하는 모습은 황당한 시트콤에나 나올만한 코미디입니다. 저는 이 시를 애송시로 품에 넣는 광경은 적지 않은 부분에서 착시의 영향 때문이라고 생각합니다. '나'와 '너'가 교응하는 의미틀 속에서 전 생애를 봉헌하는 간절한 소망을 다스리는 듯한 문맥은 충분히 연애시로 착각하게 만듭니다. 하지만 본질적으로 연애시는 충동과 맹목과 불합리를 연료로 순연하게 연소합니다. 사랑, 또는 그리움이라는 가슴 두근거리면서 춥고 어두운 카오스가 그런 것처럼 그 안에 이성과 질서와 논리가 틈입할 여지는 아예 봉쇄될 수밖에 없습니다.

> 눈이 부시게 푸르른 날은/ 그리운 사람을 그리워 하자// 저기 저기 저, 가을 꽃 자리/ 초록이 지처 단풍 드는데// 눈이 나리면 어이 하리야/ 봄이 또오면 어이 하리야// 내가 죽고서 네가 산다면!/ 네가 죽고서 내가 산다면?// 눈이 부시게 푸르른 날은/ 그리운 사람을 그리워 하자
>
> — 서정주, 「푸르른 날」 전문

자연의 에너지와 화자의 에너지가 전일적(全一的)으로 교감하면서, 화자 스스로 그것에 겨워 종당 도단(道斷)의 도저한 지경에 좌초되는 미당의 「푸르른 날」은 연애시의 그러한 속성을 여지없이 투시하고 있습니다. 4연의 '!'와 '?' 사이의, 차라리 허황하다고 표현할 수밖에 없는 하염없는 깊이를 언어로 다스릴 수 없는 비감 어린 화자의 절망 속에 바로 연애시의 운명이 놓이겠지요. 이에 비해 선생님의 「꽃」은 기승전결을 자로 잰 듯한, 결곡한 언어구조 안에서 화자의 얼음장처럼 냉랭한 분변(分辨)만 비칠 뿐입니다. 선생님의 기획과 상관없이 연애시로 읽을 수 없는 가장 큰 까닭입니다. 백 걸음 양보해서, 설사 그렇게 읽을지언정 시가 전달하는 것은 '그대 없는 세상은 오아시스 없는 사막'과 같은, 박제된 절대화가 수반하는 감상적이고 경화된 메시지에서 반 발짝도 벗어나지 않습니다.

또 하나의 의문은 어휘의 선택에 관한 부분입니다. 1연의 "몸짓"이 '존재의 의미를 획득하기 전'의 모습을 지시한다면, 4연의 "눈짓"은 '존재의 의미를 획득한 후'의 모습을 뜻합니다. '눈짓'이 '몸짓'의 하위개념임에도

불구하고 상반된 상징성을 띤다는 점에서 의미의 혼효를 불러일으킵니다. 이 무렵 '눈짓'이 선생님 시에서 자주 발견된다는 사실에 비추면, 선생님답지 않게 언어적 타성에 저항 없이(아무 고민 없이) 굴복하고 있다는 의심까지 듭니다. 만약 누군가 시어 선택과 의미 부여는 시인의 배타적 권한이기 때문에 침해받을 수 없다고 한다면, 이는 시인의 언어 선택의 무감각과 나타(懶惰)를 정당화하는 강변과 다르지 않습니다.

더구나 시의 핵심 모티프랄 수 있는 '호명행위를 통한 존재의미 탐구'는 "「꽃이여!」라고 내가 부르면, 그것은 내 손바닥에서 어디론지 까마득히 멀어져 간다."(「꽃Ⅱ」)에서 보듯이 전혀 다른 양상으로 바뀌기도 합니다. 호명행위가 되레 존재의미를 가망 없이 무화시키고 있습니다. 이러한 모습은 불행히도 의미의 변주나 발전 가능성의 모색보다는 의미의 착종이나 모순을 먼저 떠오르게 합니다. 당시기 선생님의 존재론적 성찰과 문학적 접근이 존재와 언어에 대한 삼엄한 고뇌로부터 시작된 것이 아니라, 서양의 인문학적 교양에 대한 단순한 동경과 호기심에서 출발했을지 모른다는 의문의 단서로 작용할 수 있습니다.

이 어려운 문제는 「꽃」만의 문제로 국한되지 않습니다. 같은 시기의 시들은 밀도와 경사의 차이는 있겠지만 대부분 「꽃」이 형성하는 존재론적 구심력의 필드에 놓인다는 점에서 「꽃」의 각론적 성격을 띤다고 하겠습니다. 필연적으로 「꽃」이 지니는 한계에서 파생된 문제를 노출할 수밖에 없습니다.

선생님 시의 경우, 세계를 육화되지 않은 관념으로 읽으려 했을 때 감수할 수 있는 위험이 평면적 센티멘탈리즘과 생경한 포즈로 드러나는 듯합니다.

비교적 초기시에 집중적으로 나타나는 것이 평면적 센티멘탈리즘입니다. 「가을 저녁의 시(詩)」 「늪」 「길바닥」 「부재(不在)」 「서풍부(西風賦)」 등이 그러한 범주 안에 놓입니다. 이 시들에 흐르는 정서는 대타적(對他的) 소외가 아니라 즉자적(卽自的) 소외를, 실존(Existentia)적 고독이 아니라 본질(Essentia)적 고독을 환기합니다. 정황에 대한 치열한 성찰을 전제하지 않으면 감상의 덫에 빠지기 쉬울 수밖에 없습니다. 선생님은 그것을 피해가지 못했습니다. 누군가에 대한 간절한 그리움을 진술하는 「가을 저녁의 시(詩)」는 얼핏 이러한 시야에서 벗어난 것으로 볼 수 있습니다. 그러나 그것은 서정적 프레임을 마련하기 위한 형식적 장치에 불과합니다. "온 누리 위에 스며 번진/ 가을의 저 슬픈 눈" 속에서 "오직 한 사람의 이름을 부르면서" 죽어가는 "비할 수 없이 정한 목숨"은 관계에 닫힌 비극성보다는 목숨 가진 것들의 근원적인 비극성에 더욱 닿아 있습니다.

동질의 존재론적 비극성을 지니지만 다른 질의 감상을 드러내는 작품으로 「분수(噴水)」가 있습니다. 분수의 형태적 특징에서 그리움의 숙명성을 유추하는 이 작품은 주지(主旨)가 아니라 주지를 형상화하는 방식에서 감상의 징후를 발견할 수 있습니다. 시를 구성하는 모든 문장이 '-야 하는가'의 당위적 종결어미로 감싸인 채, "네가 네 스스로에 보내는/ 이별(離別)의/ 이 안타까운 눈짓"이 결미에서 "선연한 무지개"로, 도식적 구도 속에서 너무나 손쉽게 변모하는 형국은 경직된 형식논리에 침윤되고 있다는 인상입니다. 의미의 안팎이 판에 박은 듯이 맞아떨어지는 모습에서 비유의 정교함과 구조의 견고함에 대한 감탄 대신 어떤 속스러운 기색을 먼저 느끼게 되는 것도 거기에서 이유를 찾을 수 있을지 모르겠습니다.

이러한 센티멘탈리즘이 내면화되면서(고착화되면서) 나타나는 다른 현상은 난해함입니다. 엄밀한 뜻에서 난해하다는 표현은 적절치 않습니다. 왜냐하면 그 낱말은 해석의 가능성을 배경에 두지만, 선생님의 시에서 발견되는 적지 않은 부분들은 그 가능성의 타진 자체가 어렵기 때문입니다.

죽음의 풋풋하고 의젓한 무명(無名)의 그 얼굴./ 죽음은 너를 향하여/ 미지(未知)의 제 손을 흔들 것이다.// 죽음은/ 네 속에서 다시/ 숨쉬며 자라갈 것이다.

—「죽음」 부분

네 미소(媚笑)의 가장자리를/ 어떤 사랑스런 꿈도/ 침범(侵犯)할 수는
없다.// 금술 은술을 늘이운/ 머리에 칠보화관(七寶花冠)을 쓰고/ 그 아가씨
도/ 신부(新婦)가 되어 울며 떠났다.// 꽃이여, 너는/ 아가씨들의 肝 을 조아
먹는다.

—「꽃의 소묘(素描)」 부분

시는 해탈(解脫)이라서/ 심상(心象)의 가장 은은한 가지 끝에/ 빛나는 금속
성(金屬性)의 音響과 같은/ 음향(音響)을 들으며/ 잠시 자불음에 겨운 눈을 붙
인다.

—「나목(裸木)과 시(詩)」 부분

어떤 신(神)은,/ 입에서 코에서 눈에서/ 돋쳐나는 암흑(暗黑)의 밤의 손톱으
로/ 제 살을 핥아서 피를 내지만/ 살점에서 흐르는 피의 한 방울이/ 다른 신
(神)에 있어서는/ 다시 없는 의미(意味)의 향료(香料)가 되는 것을,/ 라이너 ·
마리아 · 릴케,/ 당신의 눈은 보고 있다.

—「가을 저녁—릴케의 장(章)」 부분

위 화소들에서 어떤 의미의 흐름을 추적하고 수미상응하게 정돈하는
것은 가능하지 않습니다. 하지만 독자들은 그럴 수 있다는, 또는 그래야
한다는 강박관념 안에 놓입니다. 일관된 메시지를 건네고 있을 듯싶은,
시 전체의 분위기가 간섭하면서 생긴 착각 때문입니다. 그렇다고 이미지
의 순도(純度)를 위해 봉사하고 있는 것 같지도 않습니다. 단조된 이미지들
은 쾌적한 언어적 황홀경을 선사할 만큼 정련돼 있지 않습니다. 되레 미숙
하고 조악한 필치로 간신히 뭔가를 애써 꾸미는 듯한 흔적만 위태로울 정
도로 아슬아슬하게 노출하고 있을 뿐입니다. 진정성이 읽히기는 고사하고

포즈라는 의심을 살 우려가 있습니다.

이 무렵 선생님의 시에서 '꽃'은 셀 수 없을 만큼 등장하지만, 꽃의 실명(實名)이 한 차례도 등장하지 않는 점은 꽤 함축적입니다. 꽃은 존재하지 않고, 꽃이라는 낱말만 존재하는 모습입니다. 선생님이 세계를 실체가 아니라 관념으로 해석하고 있다는 것을 시사합니다. 이때의 시들이 대부분 평면적 감상으로 치장되거나 생경한 포즈에 머물 수밖에 없는 까닭의 원인과 근인은 서구적 관념, 특히 존재론적 의제를 시에 투과시키려 한 데 있습니다. 철학의 무게에 예술이 휘둘리고, 언어적 의미의 무게에 언어적 감성이 질식하는 형국입니다. 많은 시편이 제스처만 남은 채 실체가 휘발하고 만 것은 고통스럽지만 필연적일 수밖에 없습니다. 꽃의 알리바이는 불행히도 선생님의 시적 정체성 부재증명을 뜻합니다.

꽃의 실명이 처음 나타난 것은 '타령조 연작'입니다. 「타령조(打令調)(4)」에서 "나팔꽃"이, 「타령조(打令調)(6)」에서 "수국"이 눈에 띕니다. 이는 '타령조 연작'에 와서 선생님이 세계를 관념이 아니라 실체로 바라볼 수 있게 되었다는 사실과 무관하지 않습니다. 실제로 질기게 행간을 장악하고 있던 존재론적 사유는 거의 희석되고 없습니다. 의미의 무게도 많이 덜어져 있습니다. 선생님은 비로소 그때까지 짓눌렀던 존재의 참을 수 없는 무거움으로부터 벗어날 틈을 발견합니다. '타령조 연작'은 시의 완성도와는 별개로, 철학과 의미로부터 예술과 시를 해방시킬 가능성과 극적으로 조우하는 언어공간이라 할 수 있습니다. 꽃의 실명을 처음 기입하는 순간은 선생님이 시적 정체성을 처음 의식하는 순간이기도 합니다.

2. 「나의 하나님」: 시적 언어와의 황홀한 접선

선생님은 참으로 긴 우회로를 지나 소제목 '샤갈의 마을에 내리는 눈'에 와서 시적 정체성을 획득하게 됩니다. 그 중「나의 하나님」은 시적 정체성의 방향타가 되면서, 선생님의 언어가 최초로 시적 양감과 질감을 얻는 데 성공합니다.

> 사랑하는 나의 하나님, 당신은/ 늙은 비애(悲哀)다./ 푸줏간에 걸린 커다란 살점이다./ 시인(詩人) 릴케가 만난/ 슬라브여자(女子)의 마음 속에 갈앉은/ 놋쇠 항아리다./ 손바닥에 못을 박아 죽일 수도 없고 죽지도 않는/ 사랑하는 나의 하나님, 당신은 또/ 대낮에도 옷을 벗는 어리디 어린/ 순결(純潔)이다./ 삼월(三月)에/ 젊은 느릅나무 잎새에서 이는/ 연두빛 바람이다.
>
> —「나의 하나님」 전문

이 시가 관념과 의미의 질곡으로부터 해방돼 있다는 근거는 일단 형식에서 찾을 수 있습니다. "하나님"을 꼭짓점으로 하여 서로 다른 이미지가 단순 나열됩니다. "하나님"을 "손바닥에 못을 박아 죽일 수도 없고 죽지도 않는" 존재로 본 것은 기독교 고사의 야훼를 예수와 혼동한 때문인 듯합니다. "하나님"과 비유관계를 구성하는 요소는 다섯 가지입니다.

"하나님"은 기록상으로 최소한 6,000년을 살았기 때문에 그의 슬픔이 '늙은 悲哀'로 표현되는 모습은 자명합니다. "늙은 비애(悲哀)"와 "슬라브여자(女子)의 마음 속에 갈앉은/ 놋쇠 항아리"는 같은 내포를 거느리는 것으로 보입니다. "죽음에 흔들리는 시간(時間)은/ 내 가는 늑골(肋骨) 위에/ 하마(河馬)를 한 마리 걸리고 있다"(「새봄의 선인장(仙人掌)」)가 아내의 임파선 수술로 인한 비애를 표현한 것과 유사한 수법을 통한 데서 확인할 수 있습니다. 공통적으로 "놋쇠"와 "하마(河馬)"의 중량감을 이용해서 가슴을 무겁게 누르는 슬픔을 물질화합니다. 중량감에 주목한다면 "푸줏간에 걸린" "살점"의 무겁게 건들거리는 유기질적 이미지도 부분적으로 슬픔의 정서에 호응할 수 있습니다. 살아 숨쉬던 생명에너지가 빠져나가고 살과 피와

뼈가 날것으로 엉긴 채 그저 무심한 중량감만 남아 건들거리는 그것은, 어떤 시야각에서는 더욱 절실하고 근원적인 슬픔을 자아냅니다.

"순결(純潔)"은 여성의 성기를 환기합니다. 선생님의 시구, "하이힐의 뒷굽이 비칠하는 순간/ 그대 순결(純潔)은/ 형(型)이 좀 틀어지긴 하였지만"(「처용(處容) 3장(三章)」)에서 명확히 드러납니다. 오규원도 그것을 "바람이 불면 보일 듯 보일 듯한 그 한 잎의 순결"(「한 잎의 여자(女子)」)이라 한 적이 있지요. 이는 '바람이 불어 치맛자락이 들리면 보일 듯한 그녀의 순결'로 달리 표현할 수 있습니다. 이 부분은 "하나님"을 어린 창녀로 은유한 셈입니다. 창녀의 의미는 화자의 따사로운 시선에 감싸여 있습니다. 그것은 이미 처녀성을 상실했을 그녀의 성기를 "순결(純潔)"로 표현한 데서 알 수 있습니다. 현실적인 처지 때문에 처녀성을 거래할망정 영혼은 여전히 순결하다는 믿음을 드러냅니다. 하물며 낮과 밤을 가리지 않고 육신을 팔아야 하는 그녀의 척박하고 궁핍한 환경은 그녀가 아직 어리기 때문에 더욱 아릿한 슬픔을 유인할 테지요.

그렇다면 이 시는 '슬픔의 하나님'을 간증하기 위해 쓰였을까요? 저는 그렇게 생각하지 않습니다. 선생님의 이전 시기 시편을 상투적으로 두루 적셨던 감상어린 슬픔의 흔적이 여태 온존한 채 "하나님"을 향한 의미회로에 그저 무심히(우연하게) 내장된 것에 불과합니다. 선생님도 슬픔이 아니라 그것을 자재로 쌓아올린 이미지, 슬픔의 정서가 고스란히 휘발된 이미지의 형상만 전달되기를 기대하리라 생각합니다. 그래서 선생님은 결미에서 하나님에 대해 "젊은 느릅나무 잎새에서 이는/ 연두빛 바람"이라는 전혀 엉뚱한 화법으로 딴전을 피우셨겠지요. 그러니까 결미는 독자의 시선이 슬픔에 집중되는 것을 차단하고, 그것을 다채롭게 충돌과 파장을 일으키는 이미지의 만화(萬華)로 돌리려는 일종의 트릭이라 하겠습니다.

말씀드린 것처럼 이 시의 슬픔은 "늙은 비애(悲哀)" "커다란 살점" "놋쇠 항아리" "어린/ 순결(純潔)" "연두빛 바람"으로 육체를 얻습니다. 그 과정에서 감정의 찌끼는 침전되고 순한 이미지만 웃물처럼 서리게 됩니다. 슬픔의 물질화라 할 수 있습니다. 「인동(忍冬)잎」과 「디딤돌 Ⅰ」은 슬픔의 물질화가 다른 각도에서 다른 깊이의 반향을 일으킵니다.

눈 속에서 초겨울의/ 붉은 열매가 익고 있다./ 서울 근교(近郊)에서는 보지 못한/ 꽁지가 하얀 적은 새가/ 그것을 쪼아먹고 있다./ 월동(越冬)하는 인동(忍冬)잎의 빛깔이/ 이루지 못한 인간(人間)의 꿈보다도/ 더욱 슬프다.
　　　　　　　　　　　　　　　　　　　　　　　—「인동(忍冬)잎」 전문

디딤돌이 달빛에 젖어 있다./ 아내의 한쪽 발이 놓인다./ 어디선가 가을 귀뚜라미가 운다./ 무중력상태(無重力狀態)의 한없이 먼 곳에/ 아내는 떠있는 느낌이다.
　　　　　　　　　　　　　　　　　　　　　　　　　—「디딤돌 Ⅰ」 전문

「인동잎」을 읽을 때 독자들의 시선은 "이루지 못한 인간(人間)의 꿈"에 맺히게 됩니다. "꽁지가 하얀 적은 새"가 "눈 속에서" "초겨울의/ 붉은 열매"를 "쪼아먹는" 모습이 그것의 전경에 놓입니다. 그런데 흰빛과 붉은빛이 가위로 오린 듯이 선연하게 교응하는 조촐한 스케치는 단순히 전경만을 장식하는 게 아니라, "이루지 못한 인간(人間)의 꿈"의 내막에 창호지에 얼비치는 물무늬처럼 간섭합니다. 독자들이 그 뜻이 품는, 통속적일 수도 있고 그렇지 않을 수도 있는 슬픔의 기미를 느끼지 않는 까닭은 거기에서 찾을 수 있습니다. 독자들은 흰 눈과 붉은 열매와 꽁지가 흰 새의 풍경이 투과하고 남은, 슬픔이 아니라 저물녘 사금파리같이 반짝이는 슬픔의 잔상을 아득한 깊이로 느낄 따름입니다. 그렇기 때문에 마지막 행 "더욱 슬프다"도 추상어로 구성된 설명적 진술로만 읽히지 않고, 자모음의 소리맵시로 구성된 시각적 이미지로 떠오를 수 있겠지요.

「디딤돌 Ⅰ」에서는 슬픔의 정서가 시의 전체를 흐르는 한없을 듯싶은 고요 속에 가려져 있습니다. 시의 뒷갈피에서 슬픔을 끌어낸 것은 일단 선생님의 「새봄의 선인장(仙人掌)」에서 확인할 수 있는, "아내"가 암으로 투병 중이라는 정보에 힘입었겠습니다. 하지만 이 시의 점경을 이루는 밤, 달빛, 가을, 귀뚜라미처럼 조락과 사멸의 분위기를 불러일으키는 요소들에서도 그 가능성을 어느 정도 확인할 수 있습니다. 중핵을 이루는 이미지는 "아내의 한쪽 발이" "디딤돌" 위에 놓이는 순간입니다. 선생님은 그 한 장의 스냅사진을 "무중력상태(無重力狀態)의 한없이 먼 곳에" "아내"가 "떠있는" 것으로 묘사하였습니다. 저는 그 장면에서 순간과 영원이 돌연 하나의 소실점에 집중되는 환상을 겪습니다. 그 아스라한 우주적 깊이 속에서 화자의 슬픔은 달빛을 받은 디딤돌의 정적(靜寂)과 한몸으로 물질화할 도리밖에 없습니다.

선생님, 「나의 하나님」은 낯설게하기 수법에 기대서, 이전 시기 시들에 비하면 파격적인 이미지를 투영하고 있습니다. 그러면서 이전 시기를 관통했던 호명행위의 지루한 관념과 의미의 사슬로부터 완전히 벗어납니다. 시쓰기 수단이 상징에서 비유로 바뀌면서, 바야흐로 선생님다운 시의 레이아웃이 독창적인 빛을 뿜기 시작합니다.

관념과 의미를 최대한 걷어내고 이미지의 선도와 채도를 임계치까지 끌어올리려는 노력은 이후 시쓰기의 근간을 이룹니다. 화자는 행간 속에 보이지 않도록 숨어 있으며, 행간 밖으로는 오직 손만 드러납니다. 그 손은 마치 펜화를 그리듯이 눈에 보이는 풍경을 베끼고 곧 사라집니다. 그러한 수법의 흔적은 「적은 언덕 위」「시(詩) Ⅰ」「시(詩) Ⅱ」「시(詩) Ⅲ」「유년시(幼年時)」「라일락 꽃잎」「눈물」 등 도처에서 발견됩니다.

풍경을 선묘(線描)하는 이러한 수법에 더해 눈에 띄는 것은 그림을 적극적으로 채용하고 있다는 사실입니다. 선생님은 그림의 소재를 직접 원고지에 선묘합니다. 물론 그 안에는 선생님의 상상력이 일정 부분 개입합니다. 시각예술인 그림을 언어예술인 시로 변전시키는 방식은 이 시기의

이중섭, 〈바닷가의 아이들〉, 1951년

보티첼리, 〈비너스의 탄생〉, 1485년

또 다른 특징입니다.

그 모습은 우선 「동국(冬菊)」에서 찾아볼 수 있습니다. "아이들의 구기자(枸杞子)빛 남근(男根)이/ 오들오들 떨고 있다"는 물고기나, 게, 복숭아 등과 벌거벗은 채 놀고 있는 이중섭(1916~1956)의 그림들에서 모티프를 가져오고 있습니다. 배경을 이루는 "미(美) 8군(八軍) 후문(後門)/ 철조망(鐵條網)"과 "모닥불"은 선생님의 디자인입니다. 하지만 "오륙인(五六人)"의 아이들이 남근을 드러낸 채 불을 쬐는 모습은, 특히 현실적으로 가능하지 않은 설정이라는 측면에서 이중섭이 그린 스케치의 한 장면을 그대로 가져온 듯합니다. 이 수법은, 다음 시집 『처용이후(處容以後)』(1982)의 '이중섭 연작'에서 그러한 상상력이 희석되기 시작하면서 한층 노골성을 띱니다. 「봄바다」도 같은 맥락으로 이해할 수 있습니다. "저 멀리 물거품 속에서/ 제일 아름다운 인간(人間)의 여자(女子)가/ 탄생(誕生)하는 것을 본다"(「봄바다」)는 보티첼리(Botticelli, Sandro, 1446~1510)의 〈비너스의 탄생〉을 글씨로 베끼는 폭입니다. 선생님은 "모발(毛髮)을 날리"는 캐릭터를 비너스에서 화자로 옮겨놓고, 비너스를 "인간(人間)의 여자(女子)"로 슬며시 변모시키며 시치미를 떼고 있습니다. 보티첼리의 그림은 바다의 물거품 위에서(물거품 위의 조개 속에서) 머릿결을 바람에 한껏 나부끼며 온전히 성인인 채로 태어나는 미의 여신을 담고 있습니다. 누구라도 선생님의 "인간(人間)의 여자(女子)"에서 보티첼리의 이미지를 떠올릴 것입니다.

3. 「처용단장(處容斷章)」: 도저한 꿈과 환상의 백과전서

선생님은 다른 방향에서 그림의 수법을 활용하기도 합니다. 관련해서 눈여겨 볼 작품이 「샤갈의 마을에 내리는 눈」입니다. 샤갈(Chagall, Marc, 1887~1985)은 눈 내리는 마을의 풍경을 한 번도 화폭에 옮긴 적이 없습

샤갈, 〈나와 마을〉, 1912년

니다. 따라서 시의 제목은 선생님의 상상에서 나온 것이겠지요. 또 시를
지탱하는 몇 개의 에피소드도 내용 면에서는 샤갈의 그림과 직접 연관시
켜 해명할 근거가 없습니다.

　그렇다면 선생님은 왜 갑자기 샤갈을 인용했을까요? 샤갈은 우체부 차
림의 남자, 시계와 바이올린, 고딕양식의 작고 푸른 마을, 소대가리, 비취
빛 잎새가 무성한 나무와 꽃다발, 어깻죽지에 흰 날개를 단 천사, 곡마단
의 어릿광대, 붉은 볏을 한 닭과 검은 나귀, 막 결혼식을 마친 듯한 남녀,
노란 뿔의 염소 같은 소재를 자주 다룹니다. 이들이 이루는 균제미는 많은
부분 색채의 절묘한 부림에 힘입습니다. 샤갈은 대비에 따른 착시를 이용
해 캔버스 안에서 색보정의 효과를 극대치로 끌어올립니다. 그의 조색은

중간색의 은은한 깊이를 아우르면서 원색을 오히려 앞지르는 명도와 채도를 뿜어내곤 합니다. 이 시에서 급격히 줌인된 "사나이"의 옆모습과 마을 풍경의 희미한 묘사나, "쥐똥만한 겨울열매들"의 "올리브빛" 색채감 같은 부분들이 굳이 샤갈의 그림을 연상시킨다고 한다면 그럴 수도 있겠지요.(선생님은 실제로 샤갈의 그림에서 느낄 수 있는 절묘한 조색에 매료되었을 가능성이 큽니다. 그리고 그 영향이 선생님 시의 섬세하면서 볼륨 있는 색채감으로 나타났을 수 있습니다) 저는 그보다 그림의 형식에서 까닭을 찾고 싶습니다.

샤갈은 인과적 관계에 놓이지 않을 성싶은 여러 에피소드를 한 화폭 안에 아우르는 구성법을 쓰곤 합니다. 그 에피소드들은 드라마적 환경 속의 유기적 장치로 기능하지 않습니다. 각각 파편으로 존재하지만, 전체적으로 조명했을 때 긴장된 미학적 조화와 균형을 유지하지요. 선생님의 「샤갈의 마을에 내리는 눈」도, "사내의 관자놀이에/ 새로 돋은 정맥(靜脈)"의 떨림, "샤갈의 마을의/ 지붕과 굴뚝을 덮는" "수천수만(數千數萬)의 날개"를 단 눈, "올리브빛으로 물"드는 "쥐똥만한 겨울열매들" "그해의 제일 아름다운 불을/ 아궁이에 지"피는 "밤"의 "아낙" 등 인과관계에 놓이지 않는 에피소드들로 짜이며 긴장된 조화와 균형을 얻고 있습니다.

샤갈은 자신의 페인팅수법과 관련하여 어느 강연에서 의미 있는 말을 남깁니다. "나에게 그림은 논리와 설명이 전혀 필요하지 않은, 그러나 어떤 질서를 갖는 것들(사물, 동물, 인간)로 채워진 표면이다. 이때 구도의 시각적 효과가 중요하다"(『마음을 그리는 작품(The Works of the Mind)』, 시카고대학출판사, 1947) 선생님께서 샤갈의 발언을 간취했든 그렇지 않든, 「샤갈의 마을에 내리는 눈」을 구성하는 4개의 에피소드는 인과관계와 결별하고 시각이미지의 전략적인 배치를 통한 미학적 효과에 봉사합니다.

이러한 시적 방법론은 「겨울밤의 꿈」 등과, 「시(詩) Ⅰ」 등 앞에서 열거한 시들에서도 발견됩니다. 앞에서 언급한 「나의 하나님」은 에피소드의 배열이 아니라 이미지의 배열을 주된 수단으로 미학적 효과를 예인한다는 점에서 약간 차이를 둘 수 있습니다. (선생님의 시에서 에피소드와 이미지의 경계가 불투명하기 때문에 세목에 대해서는 이견이 있을 수 있습니다) 에피소드는 이미지를 품을 수 있지만, 이미지는 에피소드를 품기 어렵겠지요. 이 수법은 인과관계로부터 해방되며 의미의 통일성으로부터 자유로울 수 있습니다. 몇몇 에피소드의 직관적 배치만으로 시의 장력을 얻을 수 있습니다. 적어도 방법론적으로는 매우 손쉽게 시를 대량생산할 길을 열어 줍니다. 특히 의미에 얽매어 시의 통일성에 골몰하던 선생님에게 시의 금맥을 발견한 것과 같은 값의 의미를 지니겠지요.

여기에 꿈과 환상의 무늬가 더욱 짙은 농도로 투사되면서, 가장 선생님다운 시의 영토를 개척하는 작품이 「처용단장(處容斷章)」입니다. 전편이 1장부터 13장까지로 짜인 장시입니다. 제목은 '처용'을 포함하고 있지만, 내용은 습속이나 서지(書誌) 속의 처용과 완전히 멀어져 있습니다. 「시(詩) Ⅰ」 「시(詩) Ⅱ」 「시(詩) Ⅲ」도 내용은 '시'를 연상할 어떤 소지도 찾을 수 없습니다. 당시기에 와서 의미를 버리고 시를 탐구하려는 선생님 시세계의 또 다른 물증이랄 수 있지요. 제가 살펴보려는 것은 'Ⅰ의 Ⅰ'입니다. 13장 150행가량 되는 분량을 따지기에는 공간에 제한이 있을 수밖에 없습니다. 또 각 장이 다른 내용을 담지만 거의 같은 방법론으로 조직되었고, 그것들이 유기적으로 덩어리지지 않고 개별적으로 나열되어 있기 때문에 한 장을 다루어도 전체의 성격을 드러내는 데 큰 무리가 따르지 않는다고 생각했습니다.

바다가 왼종일/ 새앙쥐 같은 눈을 뜨고 있었다./ 이따금/ 바람은 한려수도(閑麗水道)에서 불어오고/ 느릅나무 어린 잎들이/ 가늘게 몸을 흔들곤 하였다.

날이 저물자/ 내 늑골(肋骨)과 늑골(肋骨) 사이/ 홈을 파고/ 거머리가 우는 소리를 나는 들었다./ 베고니아의/ 붉고 붉은 꽃잎이 지고 있었다.

그런가 하면 다시 또 아침이 오고/ 바다가 또 한 번/ 새앙쥐 같은 눈을 뜨고 있었다./ 뚝 뚝 뚝, 천(阡)의 사과알이/ 하늘로 깊숙이 떨어지고 있었다.

가을이 가고 또 밤이 와서/ 잠자는 내 어깨 위/ 그 해의 새 눈이 내리고 있었다./ 어둠의 한쪽이 조금 열리고/ 개동백의 붉은 열매가 익고 있었다./ 잠을 자면서도 나는/ 내리는 그/ 희디흰 눈발을 보고 있었다.

—「처용단장(處容斷章) Ⅰ의 Ⅰ」전문

선생님의 이 작품도 샤갈의 그림처럼 조각난 에피소드들이 선명한 보색 관계 속에서 어우러지며 이미지의 선도(鮮度)를 높이는 전략을 씁니다.

이 시는 필경 선생님이 유년기를 보냈을 통영 앞바다를 중심으로 에피소드를 설계합니다. "새앙쥐 같은 눈을 뜨"는 바다, "느릅나무 어린 잎들"을 흔들며 "한려수도(閑麗水道)에서 불어오"는 바람, "늑골(肋骨)과 늑골(肋骨) 사이"에서 우는 거머리, "베고니아의" 붉은 꽃잎, "하늘로 깊숙히 떨어지"는 "천(阡)의" 사과알, "어둠의 한쪽이 조금 열리"면서 익는 개동백의 붉은 열매, 화자가 "잠을 자면서" "보"는 흰 눈발 등 7개의 에피소드가 4개의 연 속에서 포진하고 있습니다. 그리고 각 연은 봄에서 겨울까지 계절의 흐름에 따라 순차적으로 배열됩니다.

"새앙쥐 같은 눈을 뜨"는 바다는 낯설게하기 수법의 매뉴얼과 같습니다. 단순히 기발함으로 그치지 않고, 바다를 카메라옵스큐라 안에 맺혀 자수정(紫水晶)처럼 반짝이는 이미지로 맑고 또렷하게 현상합니다. 바로 코앞까지 끌어당긴 바다 전체가 하나의 물방울처럼 고요하면서 생동감 있게 머금는 것 같다고 할까요. 어찌 보면 지용이 언어의 예기(銳氣)를 드러낸 비유, "밤비는 뱀눈처럼 가는데"(『카페 프란스』)와 비슷한 상상력의 질감을 지니는 듯싶기도 합니다. 이 표현은 3연에서 한 번 더 쓰이면서 누름돌처럼 작용해, 자칫 산만하게 들뜰 수 있는 다른 에피소드들을 적당한 무게로 진정시키며 갈무리합니다.

낯설게하기 수법은 2연에서 한 번 더 효과를 발휘합니다. 물론 거머리는 늑골과 늑골 사이에 서식하지도 않고 우는 소리를 낼 리도 없습니다. 굳이 의미를 추적한다면 화자의 슬픔과 관련이 있는 듯합니다. 어떤 슬픔을 나타낼 때 '가슴 아프다'고 표현하곤 하지요. '늑골 사이의 홈'은 가슴의 통증을 유발할 수 있다는 점에서, 그것을 파고 "거머리가 우는 소리를" 듣는 화자의 모습은 슬픔을 다스리는 모습으로 비칠 수 있습니다. 이때 베고니아 꽃잎이 붉게 지는 장면은 김영랑식으로 말하면 '찬란한 슬픔'으로 형용할 수 있겠지요. 하지만 선생님이 이런 의도를 가졌을 가능성은 희박합니다. 설사 그렇더라도 그것은 중요하지 않습니다. 독자들은 이 부분에서 어둡고 선득선득한 거머리의 이미지와 베고니아 붉은 꽃잎이 선연하게 지는 이미지가 충돌하면서 발생하는 파장을 경험하는 것으로 충분하기 때문입니다. 그 파장은 예민하게 받아들이면, 열대우림지역 샤먼의 비의(秘儀)처럼 그로테스크하고 섬뜩한 아름다움을 불러일으킵니다.

3연의 "천(阡)의" 사과알이 "하늘로 깊숙히 떨어지"는 광경은 물리세계의 질서를 교란하면서 이미지의 효과를 높입니다. 사과알이 지상으로 떨어지는 모습에 비하면, 이미지가 훨씬 더 선명하고 광범위하고 속도감 있게 느껴집니다. 더불어 초현실주의적 분위기를 짙게 자아냅니다. 이러한 효과는 4연의 "개동백의 붉은 열매"의 채도로 이어집니다. "어둠의 한쪽이 조금 열리고"는 발광체가 아닌 그것을 발광체로 가장하면서, "개동백의 붉은 열매"를 마치 전원이 켜진 붉은 전구알을 보는 듯한 착시에 빠지게 합니다.

결미, 화자가 잠을 자면서 내리는 흰 눈발을 바라보는 에피소드 역시 물리세계의 질서가 교란되면서 나타날 수 있는 현상입니다. 화자는 잠의 안과 잠의 밖, 꿈과 현실계에 동시적으로 존재합니다. 축자적으로 해석했을 때 그렇다는 뜻입니다. 화자는 현실에서 보았던 눈 내리는 풍경을 꿈에 그대로 베껴 다시 경험하고 있을지 모릅니다. 그러면서 꿈에 보는 것과 현실에서 겪는 것이 착란을 일으킵니다. 꿈에 본 상황이 문득 눈을 떴을 때의 현실 상황과 판을 뜨듯이 일치하는, 형언할 수 없으면서 가슴 서늘한 경험은 누구에게나 어린 시절에 한 번쯤 있었을 것입니다. 결미의 내막은 그와 유사한 정황으로도 이해할 수 있을 성싶습니다. 이러한 설정은 이 시가 성공하는 데 기여합니다. 그렇지 않았으면 명석하고 인상적인 이미지를 품은 에피소드의 냉연한 조합에 머물 이 시를 촘촘하게 감싸며 사실보다 더 박진하는 리얼리티를 불어넣습니다.

이 작품의 이미지들은 대부분 비유의 틀로 설명하기 어렵다는 점도 빼놓을 수 없는 특징입니다. '새앙쥐처럼 눈을 뜨는 바다' '늑골 사이에서 우는 거머리' '하늘로 떨어지는 천 개의 사과' '잠을 자면서 바라보는 흰 눈' 같은 환경을 구성하는 소재에서 소위 원관념과 보조관념의 경계를 획정 지어 해석하는 수단은 가능해 보이지 않습니다. '새앙쥐 같은 눈'이나 '거머리의 울음'이 실제로 지시하는 것은 행간의 안팎 어디에서도 찾을 수 없습니다. '하늘로 떨어지는 천 개의 사과'와 '잠을 자면서 바라보는 흰 눈'의 '하늘' '사과' '잠' '눈'도 낱말 자체의 사전적 의미를 위해서 봉사하지 다른 사물들을 대신 표현하지 않습니다.

비유로 해명할 수 없다면 가능한 수단은 무엇일까요? 그것은 초현실주의자들이 말하는 소위 '경험의 무의식적 영역'으로 설명할 수 있습니다. 그 세계는 꿈이나 환상의 형태로 실현됩니다. 과연 에피소드들이 형상화하는 이미지는 꿈이나 환상의 세계와 많이 닮아 있습니다. 확실히 경험의 의식적 영역을 굴절·변형시키는 과정에서 생겨났지만, 그것들은 오히려 현실 공간보다 더욱 핍진감 있고 더욱 명징하게 조형되어 있습니다.

그렇습니다. 선생님의 「처용단장(處容斷章)」은 비유의 수단만으로 조명할 수 없습니다. 그것은 꿈과 환상의 세계에 육박하기 때문입니다. 그 세계들은 저물녘 성냥불처럼 무수히 켜졌다 꺼지며, 독자들의 소맷자락을 초현실주의의 하염없는 몽환 속으로 잡아끌고 있습니다. 저는 이 방대한 분량을 지닌 시의 제목에 왜 '단장(斷章)'을 붙였으며, 1부의 뒤를 잇는 2부나 3부가 왜 보이지 않는지 알지 못합니다. 하지만 이 작품이 선생님 시의 공간에서 가장 화려한 지형을 형성하고 있다는 점은 분명히 말씀드릴 수 있습니다.

대여(大餘) 선생님,

앞에서, 선생님은 「나의 하나님」으로부터 시적 정체성을 정립할 수 있었다고 말씀드렸습니다. 그것은 참으로 기적과 같은 사건입니다. 전작들은 대부분 평면적 감상과 생경한 포즈에서 더 나아가지 못하고 있습니다. 존재와 의미라는 사변적인 사유의 하중에 눌려 시와 언어는 실종되고 말았습니다. 잘 알려진 「꽃」「분수(噴水)」「꽃의 소묘(素描)」「나목(裸木)과 시(詩)」「가을 저녁—릴케의 장(章)」 등 많은 작품들은 수미(首尾)에 맞춰 뭔가를 궁색하게 짜깁기하려는 모습이 날것으로 드러납니다. 미신과 고정관념을 걷어냈을 때 맨눈에 보이는 것은 아마추어리즘의 지루하고 당혹스러운 그림자뿐입니다. 비록 '타령조 연작'의 세례를 거쳤다 할지라도, 「나의 하나님」의 등장은 선생님의 시적 공간에 기적적인 충격파를 일으킵니다. 내용면에서는 의미에서 무의미로, 표현면에서는 상징에서 비유로 향하는 경로에서 선생님은 처음으로 선생님의 시와 황홀하게 접선하게 됩니다. 거기에 초현실주의적 꿈과 환상이 포개지면서 「처용단장(處容斷章)」이 탄생합니다. 이 작품은 서사적 구도를 지니지 않으면서, 이미지의 조도(照度)와 에피소드의 조합만으로 200행에 가까운 언어의 장엄미사를 집전합니다. 이 작품으로부터 한국시사는 최초로 도저한 꿈과 환상의 백과전서를 가질 수 있게 됩니다.

선생님은 서정주처럼 영리하면서 귀기 어린 천재성도, 김수영처럼 난폭하면서 위악적인 천재성도, 박용래처럼 수줍으면서 섬세한 천재성도, 김종삼처럼 순하면서 어눌한 천재성도 타고나지 못했습니다. 하지만 이십여 년 손바닥과 발바닥에 핏물 서리는 노역의 끝에서, 「처용단장(處容斷章)」이라는 아무도 흉내 내지 못하는 투명하고 정치(精緻)한 언어공간을 벼려냅니다.

선생님, 저승에도 바람이 불고 또 산다화(山茶花)가 피는지요. 이곳은 봄기운이 완연히 목덜미를 스칠망정 봄꽃을 구경하려면 더 기다려야겠습니다. 선생님, 설혹 무례한 부분이 자주 눈에 띄더라도 너무 노여워하지는 마십시오. 그냥, 참 조야하고 혼탁한 한국 현대시사를 견뎌내려는 한 허술한 서생의 무모한 노력 정도로 이해해주시기 바랍니다. 안녕히 계십시오.

2013년 3월, 서울 수유리에서
오태환 올림

자기 갱신의 현장, 또는 문학적 진실의 안과 밖

— 『문의(文義)마을에 가서』에 보이는 언어와 세계의 대결국면을 중심으로

1. 「투망(投網)」: 비극의 수용과 시적 전망의 갱신

고은은 시집 『문의(文義)마을에 가서』(민음사, 1974년)에 수록된 「투망(投網)」을 시전집 『고은시접집(高銀詩全集)1』(민음사, 1983년)에서 개작해 선뵌다. 이 작업은 단순히 한 편의 시를 가필·윤색하여 독자들에게 다시 묻는 것 이상의 뜻을 함축한다. 1970년대 중·후반은 남북관계를 정략적 지렛대로 삼은 유신정권이 파쇼를 정당화한 정치적 암흑기였고, 1980년대 초는 유신정권의 붕괴 후 싹을 틔우던 '민주화의 봄'을 총칼로 유린한 새 군사정권이 준동하던 시기였다. 이 개작 과정의 뒷골목은 준열한 시대에 막무가내로 노출된 한 시인의 고민이 오롯이 침전되어 있다. 그 길들을 되짚으며 고민에 동참하는 것은 그의 문학과 세계에 응전하는 자세의 가리사니를 탐색하는 행위와 같은 값을 지닌다.

　①최근 나에게 비극(悲劇)이 없었다.
　　어이할 수 없었다.
　　그리하여 새벽마다
　　동해(東海) 전체(全體)에 그물을 던졌다.

처음 몇 번은 소위(所爲) 허무(虛無)를 낚아올렸을 뿐,

내 그물에서 새벽 물방울들이 발전(發電)했다.

캄캄한 휘파람소리,

내 손이 타고 온 몸이 탔다.

그러나 새벽마다 그물을 던졌다.

이윽고 동해(東海) 전체(全體)를 낚아 올려서

동해안(東海岸)의 긴 줄에 오징어로 널어 두었다.

한반도(韓半島)여 아무리 가난할지라도 내 오징어를 팔지 말라.

　　　　　　　　　—「투망(投網)」 전문(『문의(文義)마을에 가서』, 민음사, 1974)

②최근 나에게 비극(悲劇)이 없었다.

나 이제까지 지탱해 준 건 복(福) 따위가 아니라 비극(悲劇)이었다.

어이할 수 없었다.

그리하여 새벽마다

동해(東海) 전체(全體)에 그물을 던졌다.

울릉 너머 수수리목 지나서까지

왜지(倭地) 추전현(秋田縣) 바닷가까지……

처음 몇 번은 소위(所爲) 보수적(保守的) 허무(虛無)를 낚아올렸을 뿐,

내 그물에서 새벽 물방울들이 발전(發電)했다.

휘잉! 휘잉! 깜깜한 휘파람소리,

내 손이 타고 내 사대색신(四大色身)이 탔다.

그러나 나는 참나무숯이 된 채

신새벽마다 그물을 던졌다.

비극(悲劇) 한 놈 용(龍)보다도 더 흉흉한 놈이냐!

이윽고 동해(東海) 전체(全體)를 낚아 올려서

동해안(東海岸)의 긴 바닷가 모래밭에 오징어로 널어 뒀다.

한반도(韓半島) 권세(權勢)여 아무리 다급할지라도 바로 이 비극(悲劇)만

은 팔지 말아라.

    내 오징어로 눈부시게 마르는 비극(悲劇)만은 안 돼! 안 돼!

                    —「투망(投網)」전문(『고은시전집1』, 민음사, 1983)

   화자는 최근 자신에게 "비극"이 생기지 않는 정황을 견딜 수 없다. 그는 "비극"을 얻기 위해 동해에 그물을 던진다. 그러나 아무것도 건져내지 못한 채 전신은 감전된 듯이 고통스럽다. 몇 차례의 기도(企圖) 끝에 결국 낚아올린 것은 "오징어"다. 화자에게 "오징어"는 "비극"의 에피파니인 셈이다. 그는 그것들을 동해의 해안선을 따라 널어놓고, 상업적 거래를 완강하게 거부한다.

   이 두 편에서 모티프 자체에 변화를 주려는 흔적은 없어 보인다. 차이는 모티프를 형상화하는 기술적인 면에서 두드러진다. 시인은 행간에 의미를 보충하거나 삽입하여, 메시지를 더 구체화하거나 발전시키는 효과를 노린다.

   ①의 1행과 2행 사이에 삽입된 ②의 2행은 "비극"의 의미를 구체화하면서 화자의 인생관을 암시한다. "비극"은 흔히 세속적 부귀·영화를 함의하는 "복(福)"('복'은 의미범주가 매우 제한되어 있어, 거기에서 벗어난 용례는 찾기 어렵다)과 대립개념으로 쓰이면서, 화자가 현실에 영합·안주하지 않으며 살아왔음을 드러낸다. 나아가 자신의 정체성을, "비극"을 감수하는 치열한 정신에서 찾고 있음을 시사한다.

   또 ②에서 "동해 전체"는 "울릉 너머 수수리목"과 "왜지(倭地) 추전현(秋田縣) 바닷가"로 경계의 윤곽이 분명해진다. 이러한 구체성은 그의 문학관이 관념으로부터 탈피하여, 비로소 민생과 현실에 더욱 절실히 육박하는 사실주의문학관으로 자리매김했다는 사실을 반영하는 흔적으로 읽혀진다.

   ①의 5행 "허무"는 ②에서 "보수적 허무"로 극적인 변모를 보인다. '극

적'이라고 표현한 것은 이 지점에서 처음으로 개작의 방향을 구체적으로 암시하고 있기 때문이다. "비극"을 포획하기 위해 그물을 던지는 행위가 "허무"에 불과하다는 진술은 그것이 헛된 노력에 그쳤다는 표현과 다르지 않다. 여기에서 헛된 노력에 "보수적"이라는 수식어를 씌워 의미를 선명히 한다. 문면만으로는 노력의 내용이 무엇인지 알 길이 없다. 시인으로서의 화자를 염두에 두면, 그것은 일단 시창작 행위로 유추할 수 있다. 이러한 시각에서 "보수적 허무"는 전 시기의, 역사와 현실에서 유리된 고답적 언어공간을 뜻하며, 이 부분은 그것에 대한 반성을 함의할 수 있다. "허무"는 그의 시를 이해할 때 자주 언급하는 '허무주의'를 의식한 표현이라는 개연성을 버릴 수 없다. "허무" 앞에 '흔히 말하는 대로'라는 뜻의 "소위"라는 말을 넣은 데서 설득력을 높일 수 있다. 그렇다면 화자는 그때까지 자신이 이루어 놓은 모든 문학적 집적물들을 불신, 또는 부정하고 있다는 추정도 가능하다.

이어서 감전되는 장면을 ①보다 더 생생하고 상세하게 묘사한다. 상상의 영역 안에서 가능하겠지만, 손바닥과 그물을 당기는 줄 사이에 생긴 마찰 때문에 정전기가 발생할 수 있다. "새벽 물방울이 발전(發電)"하는 모습은 그것을 현재화한다. "휘파람소리"는 "발전(發電)"과 호응하면서, 전선을 타고 흐르는 바람소리를 연상시킨다. ②에서는 이 장면에 의성어 "휘잉! 휘잉!"을 추가하고, "캄캄한"을 "깜깜한"으로 교체하면서 현장감을 살리려 한다. "캄캄한"과 "깜깜한"의 음성자질적 차이, 즉 거센소리와 된소리의 차이는 어감의 미묘한 차이 이상의 효과는 유도하지 않는다. 불교적 개념을 차용한 "사대색신(四大色身)"은 인간의 육체도 삼라만상처럼 땅[地]·물[水]·불[火]·바람[風]으로 구성된다는 인도철학적 사유에서 유래한다. 뒤이어 감전된 화자가 "참나무숯"처럼 타들어가는 장면이 추가된다.

①의 "새벽"은 ②에서 "신새벽"으로 바뀌어 쓰인다. '신새벽'은 '날이 막 밝기 시작하는 첫새벽'이라는 뜻을 품는다. 사전적 의미만 본다면 좀 더

이른 새벽으로 시간대를 변경한 폭에 불과하다. 하지만 화자가 다만 그것을 노렸다고 볼 수는 없다. 언중의 언어관행에 비추어, '새벽'보다는 '신새벽'이 한층 깊은 대역의 의미진폭을 거느린다. '새벽'보다는 '신새벽'이 더 절실한 정서를 담아낼 수 있을뿐더러, 원래의 뜻에 '해방의 여명'이나 '혁명의 첫걸음' 같은 정치·경제사적 의미를 침윤시키는 데 용이하다. 이러한 어휘 선택은 이 시 전체의 개작방향에 전략적으로 조응한다.

②에는 "비극"이 "용(龍)보다도 흉흉한 놈"으로 묘사된다. 동양문화권에서 상서로운 동물로 여겨지는 용을 "흉흉한" 대상의 표지(標識)로 이해하는 것은, 보기에 따라 화자의 전래적 가치에 대한 무의식적 거부감을 드러낸 것으로 볼 수 있다. 이는 앞의 "보수적 허무"에 대한 그의 인식과 같은 맥락으로 볼 소지도 있다. 문제는 자신의 삶을 "지탱해" 왔던 "비극"을 "흉흉한"으로 수식하는 모습이다. 그러나 "흉흉한"이 "비극" 자체에 대한 화자의 정서를 드러낸 게 아니라, 아무리 그것을 잡으려 노력해도 손아귀에 잡히지 않는 안타까운 형편에 대한 감정 노출로 이해하면 의미의 충돌을 피해갈 수 있다.

결미는 "비극"의 의미를 강조하는 수사적 장치로 기능한다. 화자는 "비극" 대신 건져 올린 "오징어"를 대용품이 아니라, 등가물로 인식한다. ①에서 그는 자신이 낚아 올린 그것의 거래를 금지하면서 끝을 맺는다. ②는 같은 내용을 담고 있으나 표현면에서 차이를 노출한다. "한반도"로 나타난 당부의 대상이 "한반도 권세"로 구체화된다. 이는 화자의 현실인식이 한반도의 지정학적 전반에서 정치적 국면으로 집중되고 있음을 뜻한다. 또 "가난할지라도"에서 "다급할지라도"로의 이행은 한반도 정치현실의 절박한 국면에 대한 인식을 반영했다기보다는 그것을 위태롭게 바라보는 화자의 절박한 심리를 더 짙게 반영하는 것으로 읽을 수 있다. ②의 마지막 행에 부연한 "내 오징어로 눈부시게 마르는 비극(悲劇)만은 안 돼! 안 돼!"의 어조는 그러한 심리를 적극적으로 뒷받침한다. 또 ①의 금지명령어 "말라"가 ②에서 "말아라"로 변화하는 점도 지나치기 어렵다. '–지 말라'가 격식 있는 환경에서 쓰는 문어체라면 '–지 말아라'는 비격식적인 상황에서 쓰는 구어체다. 문어체에서 구어체로 향하는 어투의 변모는 시인이 세계를 귀족적이기보다는 민중적으로, 관념적이기보다는 현실적으로 이해하려 한다는 것을 증명한다.

①과 ②를 아울러 화자의 "비극"에 대한 태도는 경사(傾斜)를 넘어 편집(偏執)에 가까워 보인다. 이 난처한 역설은 만해의 "타고 남은 재가 다시 기름이 됩니다."(「알 수 없어요」) 같은 불교적 전복의 고답적인 깊이와는 다른 채색을 띤다. 오히려 지용의 '비극'과 닮아 있다.

> 〈비극(悲劇)〉의 흰얼굴을 뵈인적이 있느냐?
> 그손님의 얼골은 실로 美하니라.
>   (중략)
> 그의 발옴김이 또한 표범의 뒤를 따르듯 조심스럽기에
> 가리어 듣는 귀가 오직 그의 노크를 안다.
> 묵(墨)이 말러 시(詩)가 써지지 아니하는 이 밤에도
> 나는 맞이할 예비가 있다.
> 일즉이 나의 딸하나와 아들하나를 드린일이 있기에
> 혹은 이밤에 그가 예의(禮儀) 가추지 않고 오량이면
> 문밖에서 가벼히 사양하겠다.
>   — 정지용, 「비극(悲劇)」 부분

지용과 고은이 '비극'에 공통적으로 대응하는 방식은 긍정과 수용이다. 이상이 말하는 소위 '절망 끝의 기교'라는 아포리즘을 배후에 둔 듯한 그들의 태도는 출발선에서는 일치하지만, 그것에 참여하는 방향과 방식에서는 서로 다른 길을 모색한다. 지용이 '비극'을 사적인(또는 인문학적인) 영역 안에서 살얼음판을 디디듯이 조심스럽게 운용하고 있다면, 고은은 공적인

(또는 역사학적인) 영역으로 나아가며 더욱 단호한 어조로 다루고 있다.

이러한 벡터의 기대치는 「투망(投網)」의 문학적 의미를 가늠하는 저울추와 같다. 이 작품이 의도한 효과를 담보하기 위해서는, 비극의 긍정과 수용이라는 역설이 개인적 사유를 넘어 민족사를 환기하는 거대담론으로 변모하는 과정을 설득할 수 있어야 한다.

시의 앞부분에 명시했듯이, "비극"은 화자에게 삶을 영위하는 에너지의 의미를 띤다. 그럴망정 그것을 되찾기 위해 헌신적인 노력을 기울이는 화자의 모습이 작위적이고 비현실적인 설정일지 모른다는 의심은 잘 지워지지 않는다. 왜냐하면 비극의 긍정과 수용은 자신의 앞에 닥친 비극에 대응하는 태도의 문제지, 그것을 구태여 찾기(얻기) 위해 노력을 쏟아붓는 의지의 문제가 아니기 때문이다. 또 그렇게 해서 끌어올린 자신의 "비극"을 "한반도 권세"가 외부에 매도하는 행위를 가정하여, 격정적인 어조로 경계하는 의미설계 역시 난해하다. 그것을 매도하는 이유나 목적을 문면에서 전혀 추론할 수 없다는 점은 이해의 어려움을 가중시킨다.

하지만 우의(愚意)의 한 장면으로 읽는다면 이러한 문제를 비껴갈 수 있을 듯하다. 그는 "시와 물질, 시와 현실·역사행위들을 구별함으로써 시를 봉건체제의 현실유리를 위한 수작으로 오도시킨 시의 역사를 깨부수는 일이 급하다"(『고은시전집1』의 서문)라 말한 바 있다. "'비극'-'오징어'"는 앞의 "보수적 허무"와 대립하는 의미로 보아, 전 시기의 현실과 유리된 "봉건체제"의 시를 극복한, "시의 역사"를 새로 쓰는 시라는 해석이 가능하다. 그렇다면 "'비극'-'오징어'"를 팔지 말라는 진술은 비로소 그것을 얻게 된 데 대한 오연한 자부심의 우회적 표출이라는 설명도 가능하다. 비로소 자신이 꿈꾸었던 시를 얻었다는 것은 문학적 전망을 새로 갖게 되었다는 의미이기도 하다. 이러한 관점에서 "비극"에 대한 화자의 편집에 가까운 태도는 설득력을 얻을 수 있지만, 자신을 그때까지 "지탱"한 힘은 "비극"이라는 2행과의 충돌을 피해갈 수는 없다.

2.「문의(文義)마을에 가서」: 문학적 참사의 현장

「문의(文義)마을에 가서」도「투망(投網)」과 동일한 경로에서 개작이 이루어진다. 이 작품은 1967년 시인 신동문의 모친장례식이 거행되었던 〈문의마을〉의 경험을 전경에 놓고 쓰인 것으로 알려져 있다. 따라서 죽음에 대한 사유가 모티프의 근간을 구성한다는 점은 어렵지 않게 추정할 수 있다. 그러나 개작이 진행되면서 죽음에 대한 내성적 사유는 정치·경제적 성찰로 가파르게 핀트를 바꾼다. 「투망(投網)」이 애초의 의미를 보충·심화하는 방향으로 개작된다면, 「문의(文義)마을에 가서」는 그것을 변주·확장하는 방향으로 개작된다.

> ①겨울 문의(文義)에 가서 보았다.
> 거기까지 다다른 길이
> 몇 갈래의 길과
> 가까스로 만나는 것을.
> 죽음은 죽음만큼 길이 적막하기를 바란다.
> 마른 소리로 한 번씩 귀를 달고
> 길들은 저마다 추운 쪽으로 뻗는구나.
> 그러나 삶은 길에서 돌아가
> 잠든 마을에 재를 날리고
> 문득 팔짱 끼어서
> 먼 산이 너무 가깝구나.
> 눈이여 죽음을 덮고 또 무엇을 덮겠느냐.
>
> 겨울 문의에 가서 보았다.
> 죽음이 삶을 껴안은 채
> 한 죽음을 받는 것을,
> 끝까지 사절하다가

죽음은 인기척을 듣고
저만큼 가서 뒤를 돌아다본다.
모든 것은 낮아서
이 세상에 눈이 내리고
아무리 돌을 던져도 죽음에 맞지 않는다.
겨울 문의(文義)여 눈이 죽음을 덮고 또 무엇을 덮겠느냐.
　　　—「문의(文義)마을에 가서」 전문(『문의(文義)마을에 가서』, 민음사, 1974)

②겨울 문의(文義)에 가서 보았다.
거기까지 다다른 길이
몇 갈래의 길과
가까스로 만나는 것을.
죽음은 죽음만큼
이 세상의 길이 신성하기를 바란다.
마른 소리로 한 번씩 귀를 달고
길들은 저마다 추운 소백산맥(小白山脈) 쪽으로 뻗는구나.
그러나 빈부에 젖은 삶은 길에서 돌아가
잠든 마을에 재를 날리고
문득 팔짱 끼고 서서 참으면
먼 산이 너무 가깝구나.
눈이여 죽음을 덮고 또 무엇을 덮겠느냐.

겨울 문의(文義)에 가서 보았다.
죽음이 삶을 껴안은 채
한 죽음을 무덤으로 받는 것을.
끝까지 참다 참다
죽음은 이 세상의 인기척을 듣고
저만큼 가서 뒤를 돌아다본다.
지난 여름의 부용꽃인 듯

준엄한 정의(正義)인 듯

모든 것은 낮아서

이 세상에 눈이 내리고

아무리 돌을 던져도 죽음에 맞지 않는다.

겨울 문의(文義)여 눈이 죽음을 덮고 나면 우리 모두 다 덮이겠느냐.

　　　　　—「문의(文義)마을에 가서」전문(『고은시전집1』, 민음사, 1983)

　이 작품은 "길"과 "죽음"과 "눈"이 서로 간섭하면서 하나의 의미망을 짜올리는 형식을 지닌다. "죽음"은 종내 하나로 통할 수밖에 없는 길 위에서 "삶"과 끊임없는 길항과 갈등을 일으킨다. 그리고 "눈"은 그 위를 소리 없이, 아무 일도 없었던 것처럼 덮으며 내린다. 그것을 온전히 바라보는 화자에게 "눈"은 춥고 공허한 위로에 불과하다. 왜냐하면 눈은, 숙명적으로 화해에 이르지 못하며 길항과 갈등을 거듭하는 "삶"과 "죽음"의 준열한 포즈까지 덮지는 못할 것을 알기 때문이다. 모든 것을 체감하는 화자의 입장에서 세상이 "눈" 속에 지치도록 하얗게(아름답게) 파묻힌 〈문의마을〉의 풍경은 그저 아득할 뿐이다.

　이러한 장례의식의 추체험에 기초한 삶과 죽음에 대한 도저한 성찰이 ②에서는 겨레의 정치·경제적 현실을 각성하고 탐색하는 윤리관으로 급격히 변모된다.

　①에서 "죽음은 죽음만큼 길이 적막하기를 바란다"의 "길"은 ②에서 "이 세상의 길"로 변주된다. 이는 "적막"이 "신성"으로 바뀌는 것과 같은 맥락에서 개작 의도를 지시한다. ①의 "길"이 삶과 죽음이 교섭하며 이합과 집산을 거듭하는 숙명적 행로를 뜻한다면, ②의 "이 세상의 길"은 현재, 여기에서 세계와 대결하는 뭇 군상들이 걸어야 하는 여정을 의미한다. 또 ①의 "적막"이 삶과 죽음의 변전규칙을 직시하는 자의 외로운 우수를 비친다면, ②의 "신성"은 세상의 부조리를 헤쳐나가려는 자의 종교적 믿음

에 가까운 결의를 환기한다. 이러한 낱말의 선택은 본질적 인간에서 역사적 인간으로 화자의 관심이 이동하고 있음을 뜻한다.

①의 "추운 쪽"을 ②에서 "소백산맥 쪽"으로, 지명을 통해 구체화하는 장면 역시 마찬가지의 의도로 설명할 수 있다. 소백산맥은 한반도 남부를 동서로 나누며 가른다. 이 시의 배경인 〈문의마을〉은 충북 청원군에 소재했으며, 지금은 대청댐에 수몰된 상태로 알려져 있다. 하지만 충북지방을 관통하는 소백산맥의 지리적 친연성 때문에 그것을 인용했을 가능성은 작다. 특히, 소백산맥의 산봉을 이루는 지리산과 태백산은 해방공간에 빨치산들이 웅거하며 투쟁을 벌였던 전술적 거점이었다. 남부군 사령관 이현상은 지리산 빗점골에서 마지막 남은 대원들과 행군하다가, 10여 발의 탄환을 한꺼번에 맞고 장렬한 최후를 맞는다. 소백산맥은 현대사의 비극적 부조리를 기록하는 아픈 연감(年鑑)인 동시에 해방과 혁명의 선혈 낭자한 부호인 셈이다. "길"들이 "소백산맥 쪽"으로 나 있다는 것은 현대사의 비극적 부조리를 극복하고, 그들이 남겨놓은 해방과 혁명의 소명을 이어야 한다는 당위성을 시사한다.

"삶"이 "빈부에 젖은 삶"으로 이행하는 지점에서 화자의 육성은 더욱 노골화된다. "빈부에 젖은 삶"은 '빈부가 공존하는 삶'이 아니라, '빈부의 타성에 얽매인 삶'을 함의한다. 동시에 자본에 의한 소외가 구조적으로 고착된 당시대의 경제적 모순을 집약한다. 이러한 시각은 사회주의적 경제관으로 무장한 채 세계에 개입하려는 그의 자세를 분명히 가리킨다.

①의 "끝까지 사절하다가"와 ②의 "끝까지 참다 참다"는 화자와 대상과의 거리에 차이가 있음을 드러낸다. 전자는 상황에 대한 중립적 진술에 가까우며, 이는 대상에 화자가 관조적인 태도를 견지하고 있음을 뜻한다. 이에 비해 후자는 상황에 감정을 직접 이입시키면서, 화자가 어떤 형식이든지 대상에 적극적으로 참여하려 하는 징후를 반영한다. 또 "인기척"은 "세상의 인기척"으로 바뀐다. 이러한 변화 역시 앞에서 "길"이 "이 세상의 길"

로 변주되는 정황과 같은 의미를 거느린다. 인간적인 것에서 역사적인 것으로, 본질적인 것에서 실존적인 것으로 이행하는 이 시의 중심모티프와 무관하지 않다.

"길"과 더불어 중핵적 의미를 구성하는 "눈"은 ②에서 비로소 실체적 내포를 노출한다. "지난 여름의 부용꽃"과 "준엄한 정의(正義)"는 "눈"의 의미를 밝힌다. 부용은 '아욱과(—科 Malvaceae)에 속하는 낙엽관목에 핀 꽃(Hibiscus mutabilis)'을 이르기도 하고, '연꽃과(蓮—科 Nelumboaceae)에 속하는 여러해살이 수초에 핀 꽃(Sacred Lotus)'을 이르기도 한다. 문면을 통해서 "부용꽃"이 어느 꽃을 가리키는지는 확인할 수 없다. 하지만,

이제염오(離諸染汚) 불여악구(不與惡俱), 즉 아무리 무잡한 환경 속에 있을지라도 개결하고 청초한 품성을 지키는 연꽃을 지칭할 가능성이 크다. 이 장면은 연꽃의 한 빛깔인 붉은빛이 상징할 수 있는 '피의 혁명'을 포개 놓고 보면, 사회주의적 신념을 관철하기 위해 역사의 부조리 속에 身命을 초개처럼 여기고 투신하는 빨치산들의 모습을 상정한다는 추정이 가능하다. 이러한 시야는 "눈"의 다른 표현인 "준엄한 정의(正義)"라는 직설화법과도 호응한다. "정의(正義)"는 어떤 고난과 대결하더라도 반드시 쟁취해야 하고, 동시에 필연적으로 쟁취할 수밖에 없는 이념이기 때문에 "준엄"할 수 있는 것이다. ②의 "눈"은 역사의 부조리를 덮어 세계의 정의를 실현하는 혁명가로 복무한다.

2연 결미에서는 더욱 극적인 변화를 도모한다. ①의 "겨울 문의(文義)여 눈이 죽음을 덮고 또 무엇을 덮겠느냐."와 ②의 "겨울 문의(文義)여 눈이 죽음을 덮고 나면 우리 모두 다 덮이겠느냐."의 차이는 화자가 자신이 놓인 국면을 부정적으로 해석하는가, 긍정적으로 해석하는가의 문제와 관련 지을 수 있다. ①은 삶과 죽음의 숙명적 변전 속에서 벗어날 수 없음을 자각한 자의 어떤 형언 못할 막막한 예감을 환기한다. 그에 반해 ②는 "눈"에 의해 시대의 부조리가 척결된 뒤 (눈이 세상을 평등하게 덮는 것처럼) 인민

이 자본으로부터 해방된 세상이 온다는 믿음을 둘러서 내보인다. 두 결미에서 드러나는 의미의 격절은 이 작품의 개작의도를 가장 적극적으로 반영한다.

이러한, 전작과는 판이한 모티프를 견인하는 개작의 프로세스 안에는 두 가지 해결하기 어려운 문제가 도사리고 있다.

먼저, "삶"과 "죽음"이 교섭하면서 벌어지는 에피소드들이 의미전개의 근간을 구성함에도 불구하고, ②에서 내용의 변화를 꾀하지 않고 그대로 답습되고 있다는 사실을 들 수 있다. 차이가 있다면 에피소드들의 일부 내용을 구체화하거나, 그것들 사이에 새로운 의미를 추가하는 정도다. 문제는 그러한 부분적인 변화만으로 중심모티프의 개편을 기대하기 버겁다는 점이다. 어찌 보면 개가 꼬리를 흔드는 것이 아니라, 꼬리가 개를 흔들기를 바라는 형국을 떠올리기도 한다. 무엇보다 ②의 2연의 "삶"과 "죽음"과 관련된 에피소드들이 이 시를 종단하는 의미프레임 속에서 해석의 통로를 찾기 어려운 것은 그러한 이유 때문이다.

또 ②의 2연 결미는 ①의 "겨울 문의(文義)여 눈이 죽음을 덮고 또 무엇을 덮겠느냐."에 변형을 가하지만, ②의 1연 결미는 ①의 "눈이여 죽음을 덮고 또 무엇을 덮겠느냐."에 어떤 변형도 가하지 않는다는 점도 의문스럽다. 행간의 모티프를 수정한다면, 그것을 집약하는 결미에 걸맞은 변화를 꾀한다는 일반적인 문법에서 벗어나 있다. 어쩌면 시행이 주는 진폭이 큰 울림을 놓치기 싫어서일 수도 있고, 전체의 흐름에 미려하게 녹아드는 적절한 표현을 구하기 어려워서일 수도 있다. 2연 결미가 1연 결미와 호응하면서 발전해야 하는 것은 자명하다. 1연 결미에 변화를 구하지 않는 방식은 이 시 전체의 의미에 구조적 손상을 입힌다. 위의 "'눈"에 의해 시대의 부조리가 척결된 뒤 인민이 자본으로부터 해방된 세상이 온다는 믿음을 비친다'는 해석은 이러한 언어환경 속에서는 어쩔 수 없는 선택이다. 여기에서 또다시 어쩔 수 없이 느껴지는 옹색하고 속스러운 기미는 일정 부분 거기에 원인(遠因)이 있겠다.

3. 시문학사에 던지는 어젠다

고은의 『문의(文義)마을에 가서』는 1960년 『피안감성(彼岸感性)』을 낸 이후, 『해변(海邊)의 운문집(韻文集)』 『제주가집(濟州歌集)』(뒤에 '신(神)·언어(言語)의 마을'로 개제), 『여수(旅愁)』를 거쳐 1974년에 간행된다. 모두 70편의 작품이 실린 이 시집은 그의 문학지형이 고답적 인식론에서 실존적(역사적) 당위론으로 변모하는 하나의 변곡점을 이룬다는 점에서 의미가 있다. 바야흐로, 화엄에서 가르치는 '무공용(無功用)'의 텅 빈 어둠이 통사(通史)를 종단하는 침묵의 절규로 채워지고, '무명무상(無名無相)'의 '일중일체다중일(一中一切多中一)'이 민중의 승리를 향한 강철대오의 강령으로 바뀐다. 그전의 시편에서 현실과 역사에 대한 성찰의 기미를 찾아볼 수 없지는 않지만, 여기에서 그러한 흔적이 더욱 명료한 깊이로 인각되는 것은 부정하기 어렵다.

이 시집에서 주목할 점은 뒷날 전집을 내면서 상당수의 작품들이 개작되었다는 사실이다. 그렇다면 과거의 시를 부정하고, 심지어 새로 고쳐 쓰는 절박한 결의는 어디에서 발원한 것일까. 말할 것도 없이 유신독재의 폭정과, 5·18광주민주항쟁의 시민학살로 점철되는 70년대와 80년대 초의 엄혹하고 척박한 시대를 육체로써 견뎌낸 한 지식인의 실존적 각성과 눈물겨운 반성을 먼저 떠올릴 수 있겠다. 그 이면에는 고은 스스로 밝혔듯이 "그 시들이 나를 나의 외상(外傷)에 대한 일종의 피고(被告)로 만"(『고은시전집1』의 서문)들었다는 자괴감이 스며들어 있을 테다.

그것은 "내 사생활(私生活) 십여 년 전까지는 허깨비 근친상간으로/ 흰옷 입은 누이/ 흰 인조치마 누이/ 죽은 누이 어쩌구 저쩌구 했으나/ 그건 새빨간 거짓말"(『누이에게』, 『입산(入山)』)이라 고백했을 때, 이미 예고된 일로 볼 수 있다. 그리고 "나의 시는 여기에 수록된 것으로 정본시를 삼는다. 이 시전집 이전의 것은 백지로 돌릴 결심이 서 있다"(앞의 인용처와 동일)고 선언했을 때, 돌이킬 수 없는 일이 된다. 1983년 시전집을 내면서 단행한 개작은 자신이 과거에 썼던 시편을 갱신하는 행위뿐 아니라, 자신의 과거를, 그때까지 참여해 온 자신의 전 세계를 갱신하는 행위와 같은 값을 지닌다.

개작의 전 과정은 시인에게 절절한 깨달음의 투영이고, 가열한 반성의 화인(火印)이고, 시적 정체성(또는 시인의 정체성)을 위한 혼신의 전투였을 것이다. 그리고 과거의 작품을 현재의 문학관에 따라 수정하여, 더 나은 작품을 얻으려는 순전한 욕망 이외의 의도가 간섭했다고 여길 이유도 없다. 하지만 배경이 정당하다고 해서 결과의 정당성을 늘 보증하지는 않는다. 시인의 입장과 별개로, 그 행위가 과연 온당한가 하는 의문을 제기할 수 있다. 문학관이 변했다는 이유로 이미 10여 년 전에 독자의 품으로 넘어간 작품을 불시에 압류하여 없었던 것으로 돌리고 뒤늦게 다시 쓰는 행위는, 어떤 각도로 해석해도 자연스럽지 못하기 때문이다. 선언으로 엄연히 불가역적인 진실을 되돌릴 수 있다는 믿음은 너무 소박하다. 더구나 과거의 문학행위에 대한 반성이 개작의 이유로 작동했다면 또 다른 모순과 부딪히게 된다.

왜냐하면 개작행위는 과거에 잘못 쓴 것을 고쳐 쓴다는 의미도 지니지만, 동시에 과거의 잘못된 자신을 부정하고 은폐한다는 뜻도 지닐 수 있기 때문이다. 전비(前非)를 부정하거나 은폐하는 모습에서 진정성 있는 반성의 자세를 발견하기는 어렵다. 오히려 그것을 백일하에 인정하고, 중인환시 속에 스스로 폭로했을 때만이 반성은 설득력을 얻는다. 폴란드에서 아우슈비츠수용소를 아우슈비츠박물관으로 개장해 기념비적 유물로 지정한 것도 인류사적 치욕을 늘 현재진행형으로 곁에 둠으로써 더 철저한 반성의 계기로 삼기 위해서다.

앞 장에서 「투망(投網)」과 「문의(文義)마을에 가서」의 개작과정을 집중적으로 분석하였다. 그때 내가 느꼈던 것은 아쉬움 이상의 어떤 체감온도였다. 특히 「문의(文義)마을에 가서」의 개작경로를 따져읽으면서 맨 처음 머릿속에 떠오른 낱말은 '참사'였다. 개작과정에서 빚어지는 이 작품의 비극은, 웅숭깊은 진경(珍景)의 깊이를 마치 그 자체로 완미한 개펄의 섬세한 생태계를 포크레인으로 밀어붙여 개간하듯이, 콘크리트로 메워 버린 지점에 있다. 의욕은 시의 에피소드에 유연히 녹아들지 못하고 웃자란 채, 저 혼자 날것으로 쇠어 버린 형국이 되었다. 시를 타고 흐르는 의미는 통일성을 놓치면서, 결국 균제미도 긴장도 흡인력도 함께 놓치게 되었다. 무모한 비유수단은 전작이 갖는 비유의 玄玄히 아름다운 질서까지 삼투하면서 그것에 심각한 결함을 초래하고 말았다.

나는 「문의(文義)마을에 가서」(『문의(文義)마을에 가서』)를 한국 시사 전체를 통틀어 한 손으로 꼽을 수 있는 명편의 반열에 올리기를 주저하지 않는다. 삶과 죽음의 숙명성을 직시하는 자의 막막한 예감. 춥고 외롭고 황량한 적막의 심연에서 차라리 황홀경을 인양하는 그 속절없음 앞에서;

시인의 「콜레라」(『문의(文義)마을에 가서』)는 다만 기발함에 의지한 육성의 결연하면서 위태로운 메타포에 머물 것이고, 「화살」(『새벽길』)과 「조국의 별」(『조국의 별』)은 한 시기의 선전·선동을 위한 격문이나 대자보를 맵시 있게 치장하다가 무색해질 것이며, 지향은 다르지만 필경 만인산(萬人傘)에서 착상을 구했을 「만인보(萬人譜)」(『만인보(萬人譜)』)는 TV 속의 대하휴먼다큐 〈인간극장〉에 나은 점이 있지 않다.

나는 「문의(文義)마을에 가서」의 안타까운 참사는 불행한 시대를 종심(縱深)으로 역류하려는 시인의 가혹한 자기 검속과 착잡한 자기 연민에서 찾는다. 거기에서 찾을 수밖에 없다는 사실은 나를 더 안타깝게 하며, 그것이 바로 한국 시사의 현장이라는 사실은 나를 한 번 더 안타깝게 한다.

어차피 시인이란 언어를 부려서 시를 쓰는 사람이라는 사실은 변하지 않는다. 이 명제는 보험설계사가 보험상품을 안내·소개하여 설계를 돕는 금융종사자를 이르고, 미결수가 재판이 확정되지 않아 구치소에 구금 중인 형사피의자나 형사피고인을 이르는 것처럼 자명하다. 삶의 질문은 시인이 아니라 철학자의 몫이고, 대중의 교화는 시인이 아니라 계몽주의자의 몫이다. 마찬가지로 시대의 통증을 온몸으로 느끼거나, 혁명의 전위(前衛)에 서는 사람은 시인이라 하지 않고 우국지사라 부르거나, 혁명가라 부른다. 물론 시인도 세계 안에서 삶의 다양한 무늬에 부대낄 수밖에 없기 때문에 그것들을 절감하고 때로 시 안에 투사할 수 있다. 그러나 그러한 모습은 가능성의 영역에서 이해해야지, 당위성의 영역에서 이해해서는 안 된다. 예컨대 시인은 양심의 수호자와 시대의 파수꾼을 자임해야 하며, 그렇지 않으면 시인의 직무를 유기하는 것이라는 신념은 뚜껑으로 병을 막지 않고, 병으로 뚜껑을 막는 당착을 불러일으킬 위험을 항상 안게 되기 마련이다.

고은이라는 이름은 한국 시사 안에서, 고유명사에서 일반명사로 바뀐 드문 실체다. 그의 문학공간은 이미 시문학사의 상수와 변수로 기능한다. 그의 문학적 집적물들은 개인의 서고가 아닌 시문학사의 서고에 목록을 올린다. 그러므로 그의 문학적 선택에 주석(註釋)을 달려는 시도는 한 개인의 벌써 지나가 버린 행적을 불러내 시비를 가리는 것이 아니라, 현재 살아 숨쉬는 시문학사의 한 마디를 골라 시비를 가리는 것이 된다. 그의 문학에 의문을 제기하는 행위는 한 개인의 문학적 진실을 가늠하는 것이 아니라, 시문학사의 진실에 고통스러운 어젠다를 던지는 것과 같은 값을 지닌다.

나는 이 글을 마치면서 고은이라는 일반명사가 1983년에 그랬던 것처럼 다시 한 번 자신을 갱신하는 환상을 목격한다. 과거만이 아니라 현재까지, 미래까지, 더 먼 미래까지 갱신하는 환상을 목격한다. 이윽고 그가 성취해 온 모든 문학적 결과가 갱신의 붉디붉은 화염 속에 완전히 연소될 때, 재가 되어 세계 밖으로 사라질 때, 적수공권의 시인으로 남을 때 나는 한국시단에서, 단 한 편의 시도 쓴 적이 없는 대가를 목격하게 될 것이다. 그는 유일하게, 참으로 유일하게 그 역설의 현장을 자신의 육체인 채 증언할 수 있으므로.

연민과 피정의 시학, 그 환상적 칸타타의 순한 잔향

─『북 치는 소년』을 중심으로 읽는 김종삼 시의 미학적 향배

1. 가슴 설레는 아름다움으로 충만한 평화

김종삼은 1921년 황해도 은율[1]에서 태어났다. 그는 1953년 종합잡지 『신세계』에 「원정(園丁)」을 발표하면서 작품활동을 시작한다. 1957년 김광림 · 전봉건과 3인 사화집『전쟁과 음악과 희망과』(자유세계사)를 간행하고, 1969년 첫시집『십이음계』(삼애사)를 상재한다. 그 후 1977년 두 번째 시집 『시인학교』(신현실사), 1979년 시선집『북 치는 소년』(민음사), 1981년 세 번째 시집『누군가 나에게 물었다』(민음사), 1984년 시선집『평화롭게』(고려원) 를 차례로 발간한다.

「북 치는 소년」[2]은 김종삼 시를 이야기할 때 가장 자주 인용하는 작품이다. 3연 6행으로 구성된 이 시는 그가 부리는 언어의 얼개와 성격을 예

---

1) 외가인 은율은 유년시절을 보낸 곳이며 실제 출생지는 평양이라는 설이 있으나, 확인되지 않았기 때문에 일반적인 시각을 따른다.

2) 「북 치는 소년」은 이 글의 주요 텍스트인『북치는 소년』에 실린다.『시인학교』는 이 시집과 더불어 70년대 후반 비슷한 시기에 간행되었을뿐더러 수록된 작품들의 형식이나 성격, 또는 문학적 성취도에 거의 차이를 드러내지 않는다. 따라서 이 글은『북치는 소년』의 시들을 중심으로 하되,『시인학교』의 시들도 필요에 따라서 인용한다.

홀마크사의 1970년대 빈티지카드의 이미지.

각으로 반영한다. 동시에 그 언어 안에 은폐된, 현실과 환상의 함수가 품
는 방정식의 비밀을 추적할 단서를 마련한다. 그러니까 이 시를 해명하는
것은 70년대를 아우르는 김종삼 시공간의 전 지형을 조망하는 것과 동일
한 의미를 지닌다.

　　내용 없는 아름다움처럼

　　가난한 아희에게 온
　　서양 나라에서 온
　　아름다운 크리스마스 카드처럼

　　어린 羊들의 등성이에 반짝이는
　　진눈깨비처럼

　　　　　　　　　　　　　　　　　　─「북 치는 소년」 전문

이 시는 어쩌면 한국전쟁 이후 궁핍한 환경 속의 "아희"에게 홀연히 날아든 크리스마스카드에서 모티프를 구한 것으로 보인다. 유년시절 크리스마스는 신앙 여부와 무관하게 누구에게나 알 수 없는 설렘과 기대를 가지게 한다. 당시 가난에 찌든 "아희"에게, 그것도 동화 속에서나 접했던 "서양 나라"로부터 받은 뜻하지 않은 카드의 "아름다운" 그림은 기적을 경험하는 듯한 경이와 감동을 선사하리라는 것은 어렵지 않게 짐작할 수 있다.

그러나 이 시의 의미틀은 습자할 때 밑종이에 새겨진 윤곽선처럼 흐릿할 수밖에 없다. 까닭은 하나의 온전한 문장도 갖추지 않은 구문적 특징에서 찾을 수 있다. 생략되거나 비약된 문맥을 추리하는 과정에서 이 시의 의미는 더 선명히 밝혀질 것이다.

3개의 연이 모두 '—처럼'으로 끝을 맺는 이 시의 구문은 주어부와 서술부가 가려져 있다. 이 시 전체의 구문을 간추리면 [('A'가) '—처럼' '—처럼' '—처럼' ('B'하다)]이 된다. 문면에 드러난 정보만으로 주어부인 'A'와 서술부인 'B'의 의미를 추정하기는 가능하지 않다.

주어부로 자주 언급되는 것이 '북 치는 소년'이다. 제목이기도 하기 때문에 주어부로 여기게 될 개연성은 적지 않다. 하지만 개연성이 항상 정당성을 보증하지는 않는다. 그러한 시각이라면 이 시는 [(북 치는 소년이) '— 아름다움처럼' '— 크리스마스 카드처럼' '— 반짝이는 진눈깨비처럼' (모습이나 행동이 —하다)]이라는 의미를 거느린다. '북 치는 소년'을 크리스마스 캐럴 〈북 치는 소년(The Little Drummer Boy)〉에서 구상했든, 단순히 카드의 그림[3]에서 착상했든 특정 소년에 대한 비유의 내용이 곤혹스러

---

3) 바람에 흩날리는 눈발 속에서 누더기를 걸친 한 어린 소년이 즐거운 표정으로 북을 치고 있다. 소년의 왼쪽에는 어린 양 두 마리가, 오른쪽에는 토끼와 다람쥐가 배치되어 있다. 이 그림에서 빈궁함의 주체가 카드를 받는 아이가 아니라, 북 치는 소년으로 바뀌지만, 소재와 정서란 측면에서 「북 치는 소년」과 빼박은 듯이 겹친다. 김종삼이 1970년대 미국의 팬시용품 전문회사 홀마크(Hallmark)사(캔자스시티)가 제작하여 세계적으로 배포한 크리스마스카드의 이 그림을 시의 모티프로 삼았을 개연성을 배제하지 못할 듯하다.(본문의 그림 참조)

울 정도로 앞서 나가 설득력을 얻기 어렵다. 단지 노랫말이나 그림의 캐릭터를 난도 높은 비유로 묘사하는 모습 자체가 낯설기 때문이다. 더구나 이러한 묘사가 그의 시공간 안에서 어떤 의미를 지닐 수 있는가라는 의문에 대한 해명은 궁색할 수밖에 없다.

이 시의 주어부는 '세상을 살아가며 간난에 시달리는 인간군상'으로 추정할 수 있으며, 그렇다면 서술부의 의미는 '가슴 설레는 아름다움으로 충만한 평화 속에서 살기를 꿈꾼다' 정도가 가능하다. 이 시의 의미골격은 [(세상을 살아가며 간난에 시달리는 인간군상이) '— 아름다움처럼' '— 크리스마스 카드처럼' '— 반짝이는 진눈깨비처럼' (가슴 설레는 아름다움으로 충만한 평화 속에서 살기를 꿈꾼다)]로 짜인다[4].

이러한 소망의 이면에는 현실은 조야함으로 가득 찬 길항과 알력의 세계라는 비극적 인식이 가로놓인다.

① 사공은 조심 조심 노를 저어가고 있었다/ 울음을 터뜨린 한 嬰兒를 삼킨 곳/ 스무 몇 해나 지나가서도 누구나 그 수심을 모른다

—「民間人」 부분

② 가족 하나하나가 뒤로 자빠지고 있었다/ 크고 작은 인형 같은 시체들이다// 횟가루가 묻어 있었다// 언니가 동생 이름을 부르고 있다/ 모기 소리만하게// 아우슈뷔츠 라게르

—「아우슈뷔츠 라게르」 부분

①은 1947년 황해도 용당포 앞바다에서 벌어진 일을 소재로 삼는다. 엄

---

4) 김종삼이 기독교 신자라는 사실에 주목하면, 이 시의 의미는 [(예수가) '— 아름다움처럼' '— 크리스마스 카드처럼' '— 반짝이는 진눈깨비처럼' (재림하기를 바란다)]로 추정할 수도 있다. 특히 크리스마스의 분위기 속에서 이 간명한 추리는 간명한 만큼 가능성이 크다. 이 글의 논지는 이 추리와 충돌을 일으키지 않는다. 종교적 색채를 벗기고, 의미를 풀어서 설명한 것으로 보아도 무방하다.

혹했던 해방공간, 야음을 틈타서 북한 경비병의 눈을 피해 배를 타고 월남하던 난민 속에서 한 갓난아기가 울음을 터뜨린다. 발각될 게 두려운 누군가가 아기를 살을 에는 겨울바다 속에 살아 있는 그대로 밀어넣는다. 그러므로 한 아기가 영문도 모른 채 수장된 용당포 앞바다의 알 수 없는 "수심(水深)"은, 민족사의 결코 아물지 않을 내상과 부조리한 현실에 대한 참을 수 없는 노여움을 의미한다.

②는 2차대전 무렵 폴란드 아우슈비츠수용소에서 나치에 의해 자행된 유태인 대량 학살의 현장을 묘파한다. "언니"는 가스실에서 가족들이 중독되어 한 명 한 명 쓰러지는 광경을 바라본다. 이미 숨을 거둔 식구들의 모습이 흰 무기질의 마네킹처럼 낯설게 팽개쳐져 있다. 시신들 위를 가스실 바로 옆에 위치한 시체소각장 굴뚝에서 연기와 함께 쏟아져 나온 뼛가루의 먼지가 잿빛으로 내려앉는다. 그녀는 있는 힘을 다해 죽은 동생의 이름을 부르지만 소리는 목구멍 안에서 잦아들 뿐이다. 그녀도 숨이 끊겨가기 때문이다. "아우슈뷔츠 라게르"는 화자의 육성이다. 러시아어 'ла́герь[라게리]'에서 온 '라게르(lager)'는 '수용소'라는 뜻의 일본식 표현이다. 단말마의 비명과도 같은 화자의 육성은 글자 그대로 도단의 비극적 현실을 생생하게 증언한다.

이 두 에피소드는 비극의 첨예한 설계란 측면이 없지 않지만, 이러한 인식이 농도의 차이는 있을지언정 김종삼의 세계를 바라보는 방식의 배후를 이룬다는 점은 부정하기 어렵다. 그에게 현실은 "죽을힘을 다 하여 살" 수밖에 없는 "아열대"의 "어지러운 문명"(『가을』)이며, "주인 없는 마(馬)"만 남기고 병들어 죽은 한 여인의 "돌막 몇 개 뚜렷한"(『서부(西部)의 여인』) 무덤과 다르지 않으며, 스스로 "불치의 환자처럼 생존"해 온 "환멸의 습지"(『평범한 이야기』)를 뜻한다.

2. 현실의 신산에 대응하는 방식

김종삼이 이러한 현실의 신산에 대응하는 방식은 두 가지로 구별된다. 타자에 대해서는 연민이고 자신에 대해서는 도피다.

「북 치는 소년」이 보여 주는 '세상을 살아가며 간난에 시달리는 인간군상이 가슴 설레는 아름다움으로 충만한 평화 속에서 살기를 꿈꾸는' 모습은 타자에 대한 그의 연민에서 발원한다. 「미사에 참석(參席)한 이중섭 씨(李仲燮氏)」는 주어부와 서술부를 생략함으로써 수면 아래에 잠긴 이 작품의 의미를 직설화법을 통해 다시 인양한다.

> 내가 많은 돈이 되어서
> 선량하고 가난한 사람들을 위해 맘놓고 살아갈 수 있는
> 터전을 마련해주리니
>
> 내가 처음 일으키는 미풍이 되어서
> 내가 불멸의 평화가 되어서
> 내가 천사가 되어서 아름다운 음악만을 싣고 가리니
> 내가 자비스런 신부가 되어서
> 그들을 한번씩 방문하리니
>
> ―「미사에 참석(參席)한 이중섭 씨(李仲燮氏)」 전문

김종삼은 힘겹게 세상을 건너는 타자에 대한 연민의식을 변주한다. 그의 연민은 때로 노동을 끝내고 물을 마시는 소의 목덜미에 얹은 "할머니"의 "적막"한 "손"(「묵화(墨畵)」)에서 그 따사로운 온기를 더하기도 하며, 때로 "거지장님"을 부모로 둔 어린 소녀가 "청계천변 ―〇전(錢) 균일 상(床) 밥집" 주인에게 "어버이의 생일"이라고 내민 "―〇전(錢)짜리 두 개"(「장편(掌篇)2」)에서 서럽도록 환한 채색으로 내면화되기도 한다.

그러나 시선이 타자가 아니라 자신에게 닿아 있을 때 그의 현실대응 방식은 연민에서 도피로 가파르게 선회한다. 이유는 그가 타계하기 2년 전에 발간한 시집, 『누군가 나에게 물었다』의 「라산스카」(1982)에서 추정할수 있다.

> 바로크시대 음악을 들을 때마다/ 팔레스트리나 들을 때마다/ 그 시대 풍경 다가올 때마다/ 하늘나라 다가올 때마다/ 맑은 물가 다가올 때마다/ 라산스카/ 나 지은 죄 많아/ 죽어서도/ 영혼이/ 없으리
>
> —「라산스카」 전문

화자는 죄가 많아 죽음에 이르러도 "영혼"이 없으리라는 비감 어린 예감에 사로잡힌다. 여기에서의 "죄"는 기독교에서 말하는 원죄와는 거리를 두는 것 같다. 다른 작품의 "죄가 많다는 이 불구의 영혼"(「刑」)에서 보이는 인용화법은 "죄"가 기독교적 사유에 힘입은 것으로 여길 소지를 마련한다. 그러나 이러한 진술이 그의 죄의식을 정의하는 유일한 수단이 될 성싶지는 않다. 그의 시편에서 기독교적 세계관은 대개 전경의 역할에 머문다. 기독교적 도그마의 조명 아래 읽기에 그의 시편은 너무 순하고 너무 여리다. 시의 행간에서 발견되는 죄의식은 오래된 책에 기록된 선험적 관념으로 이해하기에는 물기가 너무 많다. 그보다 무잡하고 부조리한 현실을 투명한 그늘처럼 건너는(또는 견뎌내는) 거울 속 자신의 모습에서 싹튼 듯하다. 그의 염결한 생리는 현실 속의 그러한 자신에게 연민을 바치는 대신 고단한 죄의식을 짐지운다.

이 시는 그의 죄의식이 도피공간으로 선택한 곳이 환상의 세계이며, 그곳은 죽음의 세계에 닿아 있다는 점을 시사한다. "바로크시대의 음악" "팔레스트리나(Palestrina, Giovanni Pierluigi da, 1525~1594: 바로크시대 이탈리아의 작곡가, 현대 다성악의 모태로 평가되는 〈마르첼루스미사곡(Missa papae marcelli)〉 작곡)" "라산스카(Lashanska, Hulda, 1893~1974: 뉴욕의 소프라노가

수, 1919년 콜럼비아사에서 출시한 음반 〈앤니로리(Annie Laurie)〉의 표제곡 〈앤니로리〉를 부름)"처럼 음악이나 음악의 범주에 속한 요소들은 그의 시에서 대부분 현실의 오예에서 벗어난 아름다움의 기호로 복무한다. 또 "하늘나라"와 "맑은 물가"는 죽은 자들이 유숙하는, 근심과 고통이 존재하지 않는 군락지를 가리킨다. 음악은 환상을 유인하고, 환상은 천상세계를 환기한다. 아래 시편은 그 점을 선명히 전달한다.

① 물/ 닿는 곳// 신양(神恙)⁵⁾의/ 구름밑// 그늘이 앉고// 杳然한/ 옛/ G.마이나

― 「G.마이나―전봉래형(全鳳來兄)에게」 전문

② 아열대에서 죽을 힘을 다하여 살아온 나에게/ 햇볕 깊은 높은 산이 보였다/ 그 옆으론/ 대철교(大鐵橋)의 가설(架設)/ 어디로 이어진지 모를/ 대철교(大鐵橋) 마디마디는/ 요한의 칸타타이다

― 「가을」 부분

③ 김소월(金素月)/ 김수영(金洙暎) 휴학계/ 전봉래(全鳳來)/ 김종삼(金宗三) 한 귀퉁이에 서서 조심스럽게 소주를 나눔 브란덴부르크 협주곡 제五번을 기다리고 있음// 교사(校舍)/ 아름다운 레바논 골짜기에 있음

― 「시인학교(詩人學校)」 부분

④ 모짜르트의 플루트 가락이 되어/ 죽을 거야/ 나는 이 세상엔 맞지 아니하므로/ 병들어 있으므로/ 머지않아 죽을 거야/ 끝없는 평야가 되어/ 뭉게구름이 되어

― 「그날이 오면」 부분

---

5) '신양(神恙)'이 '정신에 온 병'이라는 뜻의 조어가 아니라면, '신양(身恙)'의 오기로 봐야 할 듯하다. '신양(身恙)'은 '몸에 생긴 질환'을 이른다.

①은 타계한 시인 전봉래에게 부치는 형식을 지닌다. 물이 흐르고 구름 그늘이 있고 G.마이나의 선율이 먼 곳에서 희미하게 흐른다. 현재 지병을 앓는 화자는 부산 남포동 〈스타다방〉의 한 구석이든, 어느 적산가옥의 어둡고 후미진 뒷방이든 현실의 한 공간에 놓여 있을 수 있다. 하지만 물과 구름그늘의 환상과 G.마이나 선율이 교섭하는 신비롭고 낯선 쾌적감에 매료된 화자는 그곳을 전봉래가 사는 천상계와 겹쳐서 인식한다. ②의 "햇볕 깊고 높은 산"은 화자가 현실의 질곡 속에서 신기루처럼 바라보는 천상계의 풍경이다. "대철교(大鐵橋)"는 천상계와 화자의 현실을 이어주는 교통로다. 화자는 끝없이 가설된 그것을 바라보면서 "요한의 칸타타"의 환청을 엿듣는다. ③에서 죽은 이들이 등록하고 있는 "시인학교(詩人學校)"는 "아름다운 레바논 골짜기"에 있다. 살아 있는 "김종삼(金宗三)"은 죽은 이들의 세계에 참여해 그들과 수줍게 "소주를 나"눈다. 그는 천상계의 환상 속에서 "브란덴부르크 협주곡 제五번을 기다"리고 있다. ④의 화자는 "끝없는 평야"와 "뭉게구름"이 되어 죽는 환상을 겪는다. 그러면서 그가 듣는 것 역시 모차르트의 플루트협주곡이다.

여기에서 주목할 부분은 그가 현실 도피처로 선택한 공간이 한결같이 음악으로 감싸인 천상세계를 환기한다는 점이다. 현실에 지친 화자는 그 환상에 미필적 고의로 포섭되면서 비로소 위로와 휴식을 느낀다. 「물통(桶)」은 그러한 미학이 다다를 수 있는 가장 완성에 가까운 무늬를 드러낸다.

희미한
풍금 소리가
툭 툭 끊어지고 있었다

그동안 무엇을 하였느냐는 물음에 대해

다름아닌 인간을 찾아다니며 물 몇 통 길어다 준 일밖에 없다고

머나먼 광야의 한복판 얕은
하늘 밑으로
영롱한 날빛으로
하여금 따 우에선

　　　　　　　　　　　　　　　　　　　　　　—「물통(桶)」전문

　화자는 죽어서 심판대 앞에 선다. 살아 있을 때의 행적을 가늠하여 죽은 자의 신병을 처결하는 신은 그의 선행에 대해 묻는다. 화자는 "다름아닌 인간을 찾아다니며 물 몇 통 길어다 준 일밖에 없다고" 대답한다. 시인인 화자를 생각하면 "물 몇 통"이 시를 뜻한다는 사실은 어렵지 않게 추정할 수 있다. "비시(非詩)일지라도 나의 직장(職場)은 詩이다"(「제작(製作)」), "세상에 남길 만한/ 몇 줄의 글이라도 쓰고 죽는다고/ 그러나/ 아직도 못 썼다"(「어머니」)는 시인으로서의 결연한 자각과 냉정한 반성은 그것을 뒷받침한다.

　1연은 에피소드의 배경을 이룬다. "풍금 소리가/ 툭 툭 끊어지"는 소리는, 풍금이 아코디언처럼 관에 끌어온 바람을 이용하여 건반을 눌러 음을 내는 악기라는 점에 비추면, 일반적인 상상력으로는 설명하기 어렵다. 기타나 바이올린 같은 현악기의 주법에 어울리는 표현이다. 이러한 낯선 일탈은 이 작품의 환상적 분위기를 이끈다. 그리고 이 표현의, 마치 나뭇잎이 가지 끝에서 하나씩 바람에 떨어져 내리는 듯한 조락(凋落)의 효과는 시의 화소인 죽음에 대한 사유에 근접한다.

　마지막 연은 구문과 의미의 결락으로 인해 난해함이 증폭된다. 1연과 마찬가지로 에피소드의 배경을 이루는 것은 틀림없으나 그렇게만 보기에는 석연치 않다. 사동을 지시하는 말인 "하여금" 때문이다. 문법적으로 살

피면, "영롱한 날빛으로" "하여금" '─하도록 시킨다'가 되어야 하는데, 반드시 필요한 성분인 '─하도록 시킨다'가 오려져 있다. 그것의 의미를 추리하는 시도는 가능할 성싶지 않다. 어쩌면 애초부터 그 부분은 비어 있었는지도 모른다. 1연 "풍금 소리"의 청각이미지와 연대하면서 천상계의 공간을 형성하는 이 연의 시각이미지는 "영롱한 날빛"이 중심에 놓인다. 그리고 불완전 구문과 의미의 생략으로 말미암아 의미적으로 완결감을 주지 못한다. 이어지는 "따 우에선"도 안에 놓여야 할 어떤 주체의 동작이나 형용이 전혀 드러나지 않는다는 점에서 동일하다.

하지만 이 빈 공간은 의미의 미완성이라는 느낌보다는 외려 형식의 완성이라는 느낌을 먼저 일깨운다. "잔상"작용(황동규, 「잔상(殘像)의 미학」)이라 하든 여백효과라 하든, 1연의 비현실적인 청각이미지와 2·3연의 몽환적 에피소드와 입체적으로 조응하면서, 무음(無音)의 배음(背音)이 되어 더 고양된 형식적 완성미를 지향한다. 「물통(桶)」에서 감동을 느낀다면 문면에 표출된 정서나 감각 때문이 아니라, 무엇보다 이 형언할 수 없는 역설적 국면에 자신도 모르게 동참하고 말았기 때문일 것이다.

이 시는 『신약성경』 '요한복음' 4장 3절에서 30절까지의 내용에서 모티프를 구했을 가능성이 있다. 예수는 유대를 떠나 갈릴리로 가는 길목인 사마리아지방에서, 정오 무렵 물통을 내려 우물물을 긷는 한 사마리아여인을 만난다. 예수와, 부족으로부터 소외된 채 남들의 눈을 피해 홀로 한낮에 물을 길을 수밖에 없는 한 죄 많은 여인과의 조우는 이 시의 신성하고 간절한 분위기에 적극적으로 조응한다. 시인이 끌어쓴 것은 이러한 분위기와 배경이다. 천상계로 묘사된 "머나먼 광야의 한복판 얕은/ 하늘 밑"과 "영롱한 날빛"이 비치는 곳은 팔레스티나의 옛 사마리아지방에 있는 '야곱의 우물'에서 바라본 풍경을 상정한 것일 수 있다.

3. 색채가 없는 윤곽, 윤곽이 없는 색채의 환상

앞에서 「북 치는 소년」은 [(세상을 살아가며 간난에 시달리는 인간군상이) '— 아름다움처럼' '— 크리스마스카드처럼' '— 반짝이는 진눈깨비처럼' (가슴 설레는 아름다움으로 충만한 평화 속에서 살기를 꿈꾼다)]는 의미를 담는다고 했다. 이러한 맥락에서 시의 본문을 구성하는, 3개의 연으로 짜인 보조관념은 '가슴 설레는 아름다움으로 충만한 평화'로 의미를 추상화할 수 있다.

1연의 "내용 없는 아름다움"은 이 작품의 키워드다. 2연은 그것의 내포를 구성하며, '가슴 설레는 아름다움으로 충만한 평화'의 정서를 있을 수 있는 정황을 통하여 드러낸다. 3연의 정경은 2연의 '아름다움과 평화'를 물질화한다. 포근한 털에 덮인 어린 양들의 등에 흰 진눈깨비가 내려앉는다. 진눈깨비가 여전히 녹지 않는 영하의 온도에도 불구하고 추운 느낌은커녕 어떤 환상적 아름다움을 경험하는 것은, 어린 양의 흰 털과 그 위를 덮는 흰 진눈깨비와 희미하고 투명한 햇빛의 잔광이 일으키는, 눈부시게 아른거리는 빛의 산란과 간섭 때문일 듯싶다.

이 작품에서 느껴지는 환상성은 위에서 언급한, 음악과 천상계가 서로 삼투하면서 형성하는 환상성과는 사뭇 다른 질을 노출한다.

이 시의 음악은 악기나 곡명, 또는 음악가 등을 문면에 전진배치하면서 연상기법으로 분위기에 젖게 하는, 그의 다른 많은 시들에서 채용하는 방식과는 다르게 조직된다. 언어의 형식을 통하여 직접 음악적 환경을 구현한다. 3개 연의 결미를 각각 '–처럼'으로 처리한 각운의 효과 때문에 음악적 틀이 편안하면서도 가벼운 리듬감으로 감싸인다. 거기에 2연 1행과 2행, 3연 1행 결미의 울림소리 '온' '–는'의 반복은 은은하면서 섬세한 속도감과 쾌적감을 더한다. 또 주어부와 서술어부를 송두리째 베어낸 조사법은 시 전체의 운율과 교응하며 역동적인 바이털리티를 조성한다. 의미가 음악적 환경에 뜻밖에 기여하는 드문 사례다. 이 시의 음악은 언어의 해조(諧調) 안에 내면화되면서 작용한다.

주어부와 서술어부를 쳐내고 보조관념으로만 구성된 형식은 비밀스런 분위기를 이끈다. 구체적인 의미는 완전히 가려진 채 정서와 감각만 표층에 떠오른 형국이다. 이는 그의 여러 시편에서 보이는, 죽은 이들의 세계에 참여하는 과정에서 겪을 수 있는 환상효과와 차이를 둔다. 적어도 의미를 분석하고 추정하기 전, 시에서 느낄 수 있는 것은 실체가 없이 돌연한 정서와 감각뿐이다. 색채가 없는 윤곽, 또는 윤곽이 없는 색채를 경험하는 듯한 난처한 이율배반은 또 다른 질의 아득한 환상성을 예인하게 된다.

여기에서 1연의 "내용 없는 아름다움"이 지니는 의미를 추정할 수 있다. 그것은 실체가 소거된 채 보조관념으로만 구성된 이 시의 성격에서 의미의 단서를 확인할 수 있다. 실체가 휘발된 세계 안에서 사고와 행위의 인과관계는 사건의 지평면 밖에 있으며, 어떤 형식의 거래와 타협도 성립되지 않는다. 이 세계는 사람과 살이의 가치와 노동과 규범에 대한 무중력공간과 다르지 않다. 따라서 2연과 3연에 노출된 정서와 감각은 어떤 물리량도 지니지 않은 채, 부싯돌의 불찌처럼 그저 무심히 명멸하고 있을 따름이다. "내용 없는 아름다움"은 어떤 공리성으로부터도 해방된 환상적 아름다움의 다른 표현인 셈이다.

앞에서 「북 치는 소년」의 의미를 '세상을 살아가며 간난에 시달리는 인간군상이 가슴 설레는 아름다움으로 충만한 평화 속에서 살기를 꿈꾸는' 것이라 했다. 이러한 해석은 김종삼 시지형의 연속성이 품는 뜻과, 그 안에 놓인 이 시의 위상을 검증하는 측면에 유용할 수 있다. 하지만 그뿐이다. 독자들은 누구도 그것을 기반으로 이 시를 감상하지 않는다. 다만 표현된 요소들의 질서와 지향을 추적하는 경로에서 미적 쾌감을 경험하게 된다. 시인이 처음부터 의도하고 노린 점이라 할 수 있다. 의미(또는 구문)의 빈틈을 이용해 표현된 것 이상으로 시적 울림을 증폭하는 수법은 이 작품뿐 아니라 앞의 「물통(桶)」을 포함하여 다른 많은 시들에서 셀 수 없이 발견된다. 바로 김종삼의 능기이면서 그의 시적 정체성의 중요한 부분을 차지한다.

전술한 것처럼 김종삼의 시들은 현실에 대한 비극적 인식을 배후에 숨겨 놓는다. 그리고 현실의 부조리와 질곡에 대응하는 방식이 타자에게는 연민의 태도로 나타나며, 자신에게는 도피의 모습으로 나타난다는 사실도 이미 밝혔다.

그의 도피공간은 피난처의 의미만을 지니는 것은 아니다. 음악, 그중에서도 대개 바로크시대의 고전음악으로 수놓인 그곳은 현실과 유리된 환상의 세계인 동시에, 죽은 이들과 일상으로 소통할 수 있는 피안의 세계다. 그곳은—설사 소박한 위트와 범속한 에피소드로 짜였다 할지라도—시인에게 위로와 휴식을 줄 수 있는 유일한 공간이다. 그가 의도했든 의도하지 않았든 그곳은 현실의 좌절과 비애와 소외와 외상(外傷)과 분노를 다스리는 치유의 공간이다. 따라서 '도피'라는 낱말은 엄밀한 시각으로 보아 적절하지 않다. 치유의 뜻에 충실하면 '비접[避接]'이 더 잘 어울린다. 또 기독교 신자로서의 김종삼에 주목하면 '피정(避靜)'을 떠올릴 수 있다. 물론 그가 예정에 따라 그 세계에 깃드는 것도 아니고, 더구나 그 안에서 명상이나 간구의 포즈를 보이는 것도 아니다. 적어도 그곳이 현실의 불화(不和)로부터 벗어나 호젓한 안식을 누릴 수 있는 최후의 거점이라는 이유에서 그러하다.

그러나 아무리 아름다운 세계를 불러일으킨다고 할지언정, 실존적 객체로서 현실에 수세적 입장에 놓인 시인에게 그 공간은 착시에 불과할 따름이다. 그러므로 아름다움의 빛이 조도를 더할수록, 그 안에 포섭된 시인의 자화상에 드리운 현실의 비극적인 그늘은 더 짙어질 수밖에 없다. 이 아이러니의 복판에 김종삼이 있다.

4. 진정성의 쓸쓸하고 아픈 맨살

그의 시에서 고전주의의 한 형식을 발견하든, 낭만주의적 세계관을 읽든, 모더니즘의 흔적에 주목하든, 그러한 시야는 의미 있는 의제를 제안할 수 있는 것 같지 않다. 실제로 누구의 시라도 다양한 문예사조를 투영해서 설명할 가능성은 상존한다. 많은 연구자들이 방법론으로 삼는 문예사조는 부분적인 타당성을 띨지라도, 김종삼이라는 개성적 캐릭터의 문학적 궤적을 아우르기에 어쩔 수 없이 허술하고 공허하다는 느낌을 지우기 어렵다.

그의 시편에서 뚜렷하게 읽히는 것은 휴머니티로 정의할 수 있는 윤리의식이다. 이미 밝혔지만 그의 윤리는 타자에 대해서는 연민의 표정으로, 자신에 대해서는 죄의식의 고립된 성찰로 유통된다. 한갓 경직된 신념에 머물 수 있는 이것이 그의 문학공간을 가늠하는 유효한 좌표가 되는 이유는, 거기에 육박하는 진정성의 맨살에서 찾을 수 있다. 전기적 사실에 비추면 그의 시편은 그의 생계와 죽음과 현실에 경계의 구별이 어려울 정도로 밀착된다. 진정성은 거기에 더해 공기처럼 투명하고 기슭물처럼 순한 정서의 결에 비문과 눌변으로 짜인 언어적 초매(草昧)가 결합하면서 물기 어린 온기를 살린다.

기독교적 교양과 사유에 적지 않게 빚진 작품들에서 종교적 도그마의 삼엄함보다 사람과 살이의 어떤 피로나 상처 같은 것이 먼저 감지되는 까닭은 거기에 있다. 또 그의 시에 빈번히 등장하는 외래어들에서 조악함이나 이물감을 느끼는 게 아니라, 문맥의 의미에 고스란히 녹아드는 음성자질의 산뜻한 선율감을 느끼는 것도 거기에 힘입는다.

비슷한 시기에 활동했던 김수영의 시는 현실에 대한 반성으로부터 출발한다. 그의 현실은 정치·경제나 역사와 같은 거대담론적인 환경과는 격절해 있다. 하지만 그것은 한 시인의 고뇌와 번민을 확인케 하는 통점인 동시에, 첨단의 풍속과 문명을 향한 도약을 가능케 하는 지렛대가 된다.

그의 시가 당도한 지점은 사람의 드라마가 온전히 삭제된, 오로지 언어 자신의 추동력과 질서로 완성한 절대언어의 공간이다. 김춘수에게 현실은 검지에 굳은살이 박히도록 시들을 지우고 다시 쓰는, 적당히 채광된 서재 한 모퉁이 이상의 뜻은 지니지 않는다. 그는 존재론적 사유라는 아마추어리즘의 길고 지난한 우회로를 거쳐 기적적으로 자신만의 시를 발견한다. 그 공간에 현실이 틈입할 여지는 존재하지 않는다. 대신 수사와 초현실주의적 몽유(夢遊)의 경치가 펼쳐진다. 경로는 다르지만 김수영과 김춘수의 시편이 도달한 곳은 결국 언어만이 존재하는 무의미의 세계다. 그곳은 현실에서 완전히 벗어난 만큼 고답적이다.

그들과 달리 김종삼의 시편은 현실에서 시작해서 현실에서 끝을 맺는다. 그가 빚어낸 가장 아름다운 환상도 현실 속 자신의 가장 고통스런 투사물(投射物)일 뿐이다. 시인과 예술가(Artist)를 구별하는 사뭇 낭만적인 준거가 가능하다면, 그는 김수영이나 김춘수와 달리 시인의 편에 선다. 이 점은 그의 시들에서 시사에 획을 그을 수 있는 작품을 찾기 어려운 이유가 되기도 한다. 그의 수작인 「북 치는 소년」과 「물통(桶)」에 이르러서도 마찬가지다.

김종삼은 예술에 투철한 게 아니라, 시에 투철하다. 이는 그가 자신의 현실에 투철한 것과 같은 값을 지닌다. 그는 현실에 투철한 만큼 현실에 정녕 터무니없이 굴복한다. 그러면서 그의 윤리는 어떤 이념으로도 정치로도 현실을 도포(塗布)한 적이 없다. 그는 막무가내로 시인일 수밖에 없다. 그의 시에 드러난 정서와 이미지가 그저 "내용 없는 아름다움처럼" 늘 공리에서 비켜 있다는 사실은 필연적이다. 그렇기 때문에 더욱 햇볕에 언제 증발할지 모르는, 유리창에 맺힌 물방울 같은 결정성(純晶性)을 띤다. 김종삼은 명석한 예술가가 아니라, 그냥 쓸쓸하고 아프고 선한 시인일 뿐이다. 신자유주의의 환경호르몬에 가망 없이 노출된 우리 현대시사는 그래도 김종삼이라는 그냥 쓸쓸하고 아프고 선한 캐릭터를 가질 수 있다는 것 자체만으로 위안을 얻을 수 있다.

젊은 날의 초상, 시적 궤적의 낭배

— 『아침의 예언(豫言)』에 나타난 오탁번 시의 방향성

1. 『아침의 예언(豫言)』 : 오연한 시정신의 물증

오탁번 선생은 1967년 중앙일보에 시 「순은(純銀)이 빛나는 이 아침에」가 당선된 후 1973년 조광출판사에서 낸 『아침의 예언(豫言)』으로부터 『너무 많은 것 가운데 하나』(1985, 청하), 『생각나지 않는 꿈』(1991, 미학사), 『겨울강』(1994, 세계사), 『1미터의 사랑』(1999, 1미터의 사랑), 『벙어리장갑』(2002, 문학사상사), 『손님』(2006, 황금알), 『우리 동네』(2010, 시안)에 이르기까지 여덟 권의 시집을 상재한다. 그러나 『아침의 예언(豫言)』에 수록된 시들이 『너무 많은 것 가운데 하나』의 2부에 전재되었다는 사실에 비추면, 실제로 묶은 시집은 일곱 권이다. 선생은 거의 45년에 접어드는 시력 안에서 대략 6~7년에 한 권꼴로 시집을 간행한 셈이다.

『아침의 예언(豫言)』은 변형 국판(菊版) 양장본에 96쪽으로 편집되었으며, 세로쓰기 형식의 조판으로 모두 38편의 시가 수록되었다. 제목 '아침의 예언(豫言)'은 '오탁번시집(吳鐸藩詩集)'과 함께 낙관 형태로 디자인한 정사각형의 홍매(紅梅)빛 배경지에 흰 예서체로 쓰여졌는데, 카키색 겉표지 한가운데에서 약간 위로 올려붙여졌다. 책등에는 금박으로 음각되었다.

화려하게 장정된 이 책은 선생의 시와 문학에 대한 매서운 염결의 정신

을 베낀다. 후기의 "시인이라는 신분을 엄숙한 소명처럼 받아들인다"는 선생의 진술은 그만두고라도 그다지 여유롭지 않았을 1973년, 자비를 들여 꽤 호사스럽게 출간한 이 책을, 비록 1,000원이라는 정가를 매겼을지언정 한 권도 시장에 내놓지 않고 고스란히 소장하면서 지인에게만 나눠주었다는 사실은 그것을 입증한다. 또 이 책은 목차와 시, 그리고 저자 후기와 저자 소개로만 구성되었는데, 흔한 해설이나 발문 한 줄 끼워넣지 않았다는 점 역시 선생의 시와 문학에 대한 오연한 자부심을 오롯하게 드러낸다.

내가 청탁을 받은 것은 선생의 시인론이다. 그러나 선생의 반세기에 가까운 시의 경륜을 날과 씨로 펼치고 옭아 의미를 밝히는 작업을 불과 일주일 남짓에 해치우려는 것 자체가 터무니없는 만행과 다르지 않다. 선생을 곁에서 자주 살피고 모신 깜냥에 선생의 살이와 속내의 가라사니를 잡고 사사로운 붓놀림이나마 옮겨 적는 것은 과거 다른 지면을 빌려 쓴 것과 겹치기 십상이라 망설여지지 않을 수 없다. 어떤 경우든지 주어진 환경과 조건에 비춰 나무거울 꼴을 못 면하거나, 기껏해야 고드름장아찌 비슷한 형국으로 떨어질 게 빤하다.

그나마 며칠을 미루고 미루다가 궁리해낸 것이 선생의 처녀시집 『아침의 예언(豫言)』을 다시 읽는 쪽이었다. 앞서 말했듯이 이 책은 갓 서른 살, 선생이 지니는 시와 문학에 대한 인식의 냉랭한 물증인 동시에 스스로 그린 젊은 날의 눈물겨운 초상이다. 후기에 따르면 수록된 시편은 선생이 스물네 살 되던 해인 1967년부터 서른 살 되던 1973년까지 만 7년 동안 쓰여진다. 이 책의 시들을 읽는 것은 20대 중·후반을 관통하는 선생의 좌절과 사랑과 치욕과 꿈과 잡념과 욕망과 기호(嗜好)와 환멸을 경험하는 것과 매한가지의 값을 지닌다. 그러니까 당 시기 선생의 시편을 읽고 다만 몇 편일망정 살피는 작업은, 그 시기 선생에 대한 시인론을 쓰는 행위와 진배없을 터다.

다른 까닭으로는, 데뷔작인 「순은(純銀)이 빛나는 이 아침에」는 부분적으로 논의된 적 있지만 이외의 작품들에 대한 논의는 거의 찾아보기 힘들다는 점을 들 수 있다. 시인이 한 생애를 걸쳐 그리는 시적 궤적의 향배는 다양한 각도로 진화하기 마련이다. 각도와 지향점이 어떻든지 그것은 초기 시들로부터 발원하게 된다는 점은 자명하다. 말하자면 시인의 초기 시들은 나중에 쓰여질 시들을 위한 낭배와 같다. 따라서 선생의 초기 시들을 살피는 일은 단순히 그 시기 선생의 안팎을 점묘한다는 의미를 넘어, 시세계의 원형을 탐색하는 의미를 지닐 수 있다.

2. 「라라에 관하여」 : 충동, 에로티시즘의 환상, 열패감, 쓸쓸하고 아스라한

원주고교(原州高校) 이학년 겨울, 그를 처음 만났다. 눈 덮인 치악산(雉岳山)을 한참 바라다보았다.

7년이 지난 2월달 아침, 나의 천정(天井)에서 겨울바람이 달려가고 대한극장 이층 나열(列) 14에서 라라를 다시 만났다.

다음 날, 서울역에 나가 나의 내부를 달려가는 겨울바람을 전송하고 돌아와 고려가요어석연구(高麗歌謠語釋硏究)를 읽었다.

형언(形言)할 수 없는 꿈을 꾸게 만드는 바람소리에 깨어난 아침, 차녀(次女)를 낳았다는 누님의 해산(解産) 소식을 들었다.

아아, 그 보잘 것 없는 계집이 돌리는 겨울 풍차(風車)소리에 나의 아침은 무너져 내렸다. 라라여, 본능(本能)의 바람이여, 아름다움이여.

—「라라에 관하여」 전문

자연 현상으로서의 바람은 신화와 종교와 문학을 아울러서 사람들의 상상력을 다기하고 중층적으로 불러일으켜 왔다. 발레리(Valéry, Ambroise Paul Toussaint Jules)의 「해변의 묘지(Le cimetière marin)」에 나오는 "바람이 분다… 살아야겠다(Le vent se lève… il faut tenter de vivre)"는 그 가운데서 널리 알려져 있다. 나는 이 한 구절에서 한 사람의 전 생애에 걸친 노여움과 비애와 사랑과 용서와 절망과 쓸쓸함이 한 파고(波高) 위에서 춤추다가 부싯돌의 불찌처럼 한순간에 가뭇없이 스러지는 환영을 목격하곤 한다. 늘 천지에 역동적으로 미만(彌滿)해 있는 속성 때문인지는 모르겠지만, 바람은 소위 4원소 중에서도 보다 다채로운 상상의 분광층을 환기한다.

이 작품은 모두 5연으로 구성된다. 1연은 파스테르나크(Pasternak, Boris Leonidovich)의 소설 「의사 지바고」를 읽고 난 후의 감격을 표현한 듯싶다. "눈 덮인 치악산(雉岳山)"은 주인공 지바고가 러시아 혁명 후 여주인공 라라와 전전했던 시베리아 설원의 모습과 겹치는 것으로 이해할 수 있겠다. 2연에서는 소설에서 만났던 라라를 영화 〈닥터 지바고(Doctor Zhivago)〉의 스크린을 통해서 다시 만나게 된 감회를 진술한다. 3연에서는 박병채의 연구서 『고려가요어석연구(高麗歌謠語釋硏究)』를 읽은 기억을 이야기하고, 4연은 "형언(形言)할 수 없는 꿈"을 꾼 어느 날 아침 둘째 딸을 낳았다는 "누님"의 출산 소식과 관련한 내용을 담는다. 5연은 4연과 이어지면서 그날 아침에 느꼈던 정서의 한 풍경을 보여 준다.

전체적으로 난해한 느낌이 드는 것은 시를 구성하는 다섯 개의 연이 분명한 유기적 질서 안에 놓이지 않은 듯싶기 때문이다. 다만 바람이 1연을 제외한 다른 연들에서 의미구조에 간섭하며 어떤 통일성을 부여한다. 따라서 바람의 의미를 밝히는 지점에서 이 작품 해석의 실마리가 풀릴 것이다.

바람은 "나의 천정(天井)"과 "나의 내부"를 "달려가"다가, 화자로 하여금 "형언(形言)할 수 없는 꿈"을 꾸게 만든다. 그리고 5연에서는 "풍차(風

車)소리"로 변용되고, 다시 "본능(本能)의 바람"으로 새로운 의미를 얻는다. 그렇다면 "본능(本能)"의 구체적인 내용은 무엇일까. 그것은 성애의 충동이며, 또 그것은 "라라"로부터 유인된다. 여기에서 "나의 아침은 무너져 내렸다"의 뜻은 분명해진다. 이 부분은 자위 뒤의 막막한 열패감을 표출한 것으로 여겨진다. "라라"를 "보잘 것 없는 계집"으로 치부하는 모습은 하찮은 욕구에 의해 자존이 덧없이 훼손됐다는 자의식의 표현과 다르지 않다. 이러한 해석은 정작 시인의 창작 현실에 비추어 엉뚱한 것일 수 있다. 그러나 의미의 흐름을 따졌을 때 다른 해석의 개연성을 상정하기 어렵다. 5연의 성애적 환경은, 페스타르나크의 작품에 대한 화자의 관심이 서사적 흐름보다 "라라"라는 한 캐릭터에 집중되고 있다는 점에서 어느 정도 뒷받침을 확보한다. 또 남녀의 정분을 주로 다루는 고려가요 해석서 『고려가요어석연구(高麗歌謠語釋研究)』가 갑자기 소재로 등장하는 3연의 의미맥락에 정당성을 부여할 수 있다.

여기서 눈여겨볼 부분이 4연이다. "형언(形言)할 수 없는 꿈을 꾸게 만드는 바람소리"는 "차녀(次女)를 낳았다는 누님의 해산(解産) 소식"을 위한 예견적(豫見的) 장치로만 기능하지 않는다. 그 대목은 생 자체의 어떤 불가해한 숙명론의 낌새, 또는 생에 대한 모호하고 우울한 예감 같은 것을 불러일으킨다. 그러면서 5연에 나타난 에로티시즘을 개인적인 환상에서 운명적이고 보편적인 차원까지 끌어올리면서, 그것에 쓸쓸하고 아스라한 무늬를 새긴다.

3. 「상징(象徵)의 언덕에서」: 의미 띄우기와 의미 지우기의 건조한 반복

장자(莊子)가 살던 고전(古典)의 처소에도 오해(誤解)는 내린다.
우리들의 아침에는 바람이 불고

지구(地球)는 연(蓮)닢인양 오무라들고…펴고…

내 이름을 부르며 날아오르는

제천(堤川)의 산새들도 둥주리 속으로 숨었다.

셈본숙제를 하던 유년(幼年)의 몽당연필이

하나의 상징이 될 줄은 몰랐다.

지나가는 것이 모두 상징이라면

다가와 있는 것도 상징이 아닌가.

이(李) 선생 윤(尹) 선생 오형(吳兄) 주형(朱兄) 김(金)양 이(李)양 조(趙)양 장(張)군 윤(尹)군 권(權)군

그대들도 모두 뼈아픈 상징이다.

유프라테스와 티그리스의 범람(氾濫)을

꿈에서 보는 그대는

잠을 깨어 울지만

발소리가 요란한 어느 층계 위에서

나는 오늘의 손익(損益)을 계산한다.

빈 주머니를 고의적(故意的)으로 흔들며

나는 꼬박꼬박 귀가(歸家)했는데

등(燈)이 꺼진 날은 길이 어두웠다.

우리들의 아침에는 흰 오해(誤解)가 내려쌓이고

회상(回想)과 산새와 상징과 공상(空想)을

각각 그 처소(處所)로 쫓으며

장자(莊子)가 살던 민중(民衆)의 시대(時代)에 기후가 변한다.

아침 언덕으로 굴러내리는 위선(僞善)의

덩이는 부피가 늘어난다.

태어나지 않은 한 방울의 액체(液體)에 경배(敬拜)하며

언덕 위에서 하나의 상징은 쌓여

나뭇가지를 무겁게 한다.

수천 마리의 산새가 되어

제천(堤川)의 벌판과 웨일즈의 벌판을

날아오르며

세월은 가고 사랑은 남는다.

—「상징(象徵)의 언덕에서」 전문

　이 작품은 눈[雪]과 "오해(誤解)"가 충돌하면서 발생하는 시적 긴장으로
부터 상상력의 수원을 얻은 듯하다. 그러나 눈은 "오해(誤解)"와 연대하면
서 의미를 심화하는 게 아니라, "위선(僞善)" "상징" 등과도 결합하면서 의
미를 확산시킨다. 더 정확히 표현하면 의미를 무화시킨다. 의미의 무화는
"상징"에 있어서도 마찬가지다. 6행에서 11행에 이르기까지 의미가 규정
되는 그것은 "회상(回想)과 산새와 상징과 공상(空想)을 각각 그 처소(處所)
로 쫓으며"나 "언덕 위에서 하나의 상징은 쌓여"에 이르면서 상징이 아닌
다른 어떤 것이 되면서 희석된다. 또 첫 행 "장자(莊子)가 살던 고전(古典)의
처소에도 오해(誤解)는 내린다"는 23행 "장자가 살던 민중(民衆)의 시대에
기후가 변한다"로 의미의 진전을 노리는 것처럼 보인다. 하지만 이 두 문
장은 시상의 흐름 안에서 두절된 상태로 존재할 뿐, 더 이상 의미의 발전
을 보이지 않는다. 다른 형태로 다른 공간에 놓이지만, 의미의 차이를 확
인하기 어렵다. 이는 두 문장이 애초부터 의미 전달에 봉사하기 위해 쓰이
지 않았음을 뜻한다.

　구문의 형태에서도 의미를 무화시키려는 의도가 자주 드러난다. 12행~
14행을 이루는 문장을 보자. 연결어미는 '―나'는 역접의 기능을 하기 때
문에 "그대"가 "잠을 깨어" 우는 모습과 화자가 "오늘의 손익(損益)을 계산"
하는 행동 사이에 놓일 수 없다. 이런 규범에 맞지 않는 문법은 이 시에
서 두루 나타난다. 바로 아랫부분의 '―데'도 같은 이유로 일상적인 어법에
어긋난다. 20행~24행, 30행~34행의 '―며'는 같은 의미층위를 지닌 행
위나 현상을 나란히 연결할 때 쓰는 어미지만 이 시의 문맥에서는 그렇지
않다. '각각의 것들을 제 처소로 쫓는' 행위와 '기후가 변하는' 현상, 그리

고 '산새가 날아오르는' 풍경과 '세월은 가지만 사랑은 남는' 인간사의 이 치는 구문상의 주어도 다르고, 의미의 단층면도 너무 커 도저히 '—며'로 연결지을 수 없다. 이처럼 규범문법에서 일탈된 어미의 사용으로 인해 앞 뒤 절의 의미는 필연적으로 무화되거나 약화된다.

또 시를 구성하는 작은 모티프들이 갖는 위치도 스스로 의미를 무화시 키는 데 영향을 준다. 모티프들의 순서를 바꾸고 엇섞어도 시 전체가 풍기 는 인상은 별다른 차이를 노출하지 않는다. 이는 각 모티프들의 의미가 희 석되고 있음을 뜻한다. 이런 형식은 각각의 모티프들의 의미거리가 매우 멀거나 단절되는 환경과 관련된다. 정지용의 「바다2」에서 그대로 빌려온 "지구(地球)는 연(蓮)닢인양 오무라들고…펴고…"와 박인환의 "사랑은 가도 옛날은 남는 것"(「세월이 가면」)을 패러디한 것으로 보이는 "세월은 가고 사 랑은 남는다"의 두 구절 안에서, 또는 이것들과 다른 시구들 사이에서 의 미의 연결고리를 찾으려는 노력은 무모할 수밖에 없다.

이 시를 쓰는 과정은 의미를 드러냈다가 삭제하는 행위의 반복으로 설 명할 수 있다. 아웃풋 되는 것은 의미가 희석된 채 명멸하는 이미지들의 조합이다. 설혹 어떤 부분이 사회나 역사 같은 거대담론의 기미를 비칠지 언정, 그것들은 메시지를 전달하는 데 기여하기보다는 이미지의 질감과 양감을 조율하는 데 봉사한다. 서로 무관한 모티프들을 소위 무의식의 자 동기술법과 비슷한 방식으로 헝클어뜨려, 의미를 걷어내고 랜덤으로 이미 지를 인양하는 이 작품은 1960년대 시단의 풍속에 비추면 혁신적이라 할 수 있다.

4.「굴뚝 소제부(掃除夫)」: 실존적 불안과 실존적 고독의 참을 수 없는 황량함

수은주(水銀柱)의 키가 만년필 촉만큼 작아진 오전 여덟 시
씽그의 드라마를 읽으려고 가다가 그를 만났다.
나는 목례(目禮)를 했다.
그는 녹슨 북을 두드리며 지나갔다.

나는 걸어가는 게 아니라 자꾸 내 앞을 가로막는
서울의 제기동(祭基洞)의 겨울 안개를 헤집으며 나아갔다.
개천의 시멘트 다리를 건너며
북을 치는 그를 생각해 보았다.

그냥 무심히
내 말을 잘 안 들어 화가 나는 그녀를 생각하듯
그냥 무심히

은이후니.

비극을 알리는 해풍(海風)이 문을 흔들고
버트레이가 죽고 그의 노모(老母)가 울고
막(幕)이 내린다. 씽그는 만년필을 놓는다.
강의실 창 밖에 겨울 안개가 내리고
아침에 만난 그를 잠깐 생각하다가
커피집에 가는 오후 약속을 상기했다.

말을 타고 바다로 내달리는
슬픈 사람들,
우리는 에리제에서 커피를 마셨다.

커피잔을 저으며 슬프고 가난한 시간(時間) 속으로 내달려 갔다.
아침의 그를 문득 생각해 보았다.

은이후니.

집으로 돌아오다가 석탄(石炭)처럼 검은빛
그를 다시 만났다.
길고 깊은 암흑을 파내어
아침부터 밤까지 골목을 내달리는
그에게 나는 목례(目禮)를 했다.

내 전신(全身)에 쌓인 암흑의 기류(氣流)를 파낼
그녀를 생각하며
나는 대문을 두드렸다.
은이후니
겨울저녁의 안개를 모호(模糊)한 우리의 어둠을 두드렸다.

—「굴뚝 소제부(掃除夫)」 전문

이 시는 마치 소설을 읽는 듯한 서사의 틀을 짜고 있다. 굴뚝소제부,
"씽그"의 드라마, 화자를 둘러싼 정황이 각각 에피소드를 구성하며 한 편
의 작품을 완성한다. 서사적 구성 안에서 패턴을 이루며 분위기를 지배하
는 것은 "모호(模糊)"로 집약되는 안개다.

굴뚝소제부의 얼굴이나 옷차림은 굴뚝 속에서 작업하기 때문에 "석탄
(石炭)처럼" 어두울 수밖에 없다. 그의 일은 굴뚝 내부에 오래 묵혔던 그을
음과 다른 이물질을 청소하여 연기가 잘 빠져나가도록 하는 것이다. 그가
작업하는 공간은 굴뚝 안의 어둠이며, 그의 작업은 결국 어둠을 파헤치는
것이 된다. 어둠은 사위의 구별이 어렵다는 점에서 안개의 속성과 겹친다.
그렇다면 화자에게 굴뚝소제부는 현재 자신을 감싸고 있는 안개를 걷어내

줄 가능성을 지닌 존재로 인식될 수 있다. 여기에서 화자가 아침저녁으로 조우한 그에게 "목례(目禮)"를 건네는 장면은 어느 정도 개연성을 확보하게 된다. (굴뚝소제부가 지인이 아니라면 어떤 경우든지 그에게 인사를 하는 장면은 부자연스러울 수 있다. 그러나 이 장면이 행위의 단순한 보고가 아니라, 그에게 품는 화자의 정서를 객관화하는 환유라 보면 문제될 게 없다)

인용된 드라마는 아일랜드의 극작가 씽(Synge, John Millington)의 단막극 「바다로 간 기사(騎士)들(Riders to the Sea)」로 추정된다. 이 극은 별다른 플롯을 갖추지 않으며, 분위기 위주로 짜인다. 주인공 모리아(Maurya)는 아들들이 죄다 바다에서 숨을 거두는 비운의 여인이다. 그러나 모든 비극적 사건들은 무대 바깥에서 벌어진다. 무대는 오로지 그녀를 중심으로 언제 빚어질지 모를 재앙에 대한 공포와 불안감과 팽팽한 긴장, 그리고 영원히 이어질 것 같은 불길한 기다림으로 감싸일 뿐이다. 그녀의 아들들이 죽음이 도사리는 걸 알면서도 바다로 향하는 것은 숙명성이라는 낱말 이외에 설명할 길이 없다.

화자는 학교에 가다가 굴뚝소제부를 만나고, 강의시간에 "씽그"의 드라마를 듣는다. 이어 "에리제"라는 찻집에서 "그녀"와 함께 커피를 마신 뒤, 귀갓길에서 다시 굴뚝소제부를 만나고 집으로 들어선다.

문제는 "그녀"에 대한 화자의 태도다. 그는 "그녀"가 말을 잘 듣지 않는다고 여긴다. 이는 둘의 관계가 적어도 멜로드라마다운 환경 속에 놓이지 않았음을 뜻한다. 그리고 자신과 "그녀"를 "말을 타고 바다로 내달리는/ 슬픈 사람들"이라 생각을 문면에 드러낸다. 이 대목은 자신과 "그녀"가 씽의 「바다로 간 기사(騎士)들」에 등장하는 인물들처럼 비극적 운명을 타고난 것으로 여기고 있음을 의미한다.

그는 "그녀"와 함께 커피를 마시면서도 생각은 굴뚝소제부에 가 있다. 너무 속된 해석일 수 있겠으나, 이 장면은 그들이 품고 있는 문제를 굴뚝소제부가 해결할 수 있다는 무의식의 반향일 수 있다. 이러한 해석은 마지막 연의 "내 全身에 쌓인 암흑의 기류(氣流)를 파낼/ 그녀"와 충돌한다. 하지만 굴뚝소제부는 그들이 처한 상황을 다만 상징적으로 해결할 수 있지만, "그녀"는 실제적으로 해결할 수 있다고 화자가 믿는다면 충돌을 피해 갈 수 있다. 이렇게 이해했을 때 파생하는 더 큰 문제는, 씽의 드라마에 관련된 에피소드의 인용은 과장될 수밖에 없으며, 더구나 화자의 세계관을 감상적인 것으로 떨어뜨릴 소지가 있다는 점이다.

그러나 이 시의 결미 "겨울저녁의 안개를 모호(模糊)한 우리의 어둠을 두드렸다"는 그러한 우려를 개운하게 희석시킨다. 이 구절은 이상의 "나는그냥門고리에쇠사슬늘어지듯이매어달렸다"(「가정(家庭)」)와 동일한 비극적 정황을 연상시킨다. 화자는 이상의 시구에서처럼 자신의 어둡고 모호한 현실을 타개할 '안개의 문'도 '어둠의 문'도 결코 열지 못하고, 언제까지나 두드리고 있을 도리밖에 없다. 이는 앞의 그녀에 대한 화자의 인식이 피상적 원망(願望)에 불과할 따름이며, 그의 의식 깊은 곳에서는 오히려 그것을 부정하고 있음을 시사한다. 이때 안개의 "모호(模糊)"는 낱말의 뜻을 넘어, 비로소 운명적인 것을 예감하는 자의 실존적 불안과 실존적 고독으로 황량하게 의미의 영역을 확장한다.

후렴구처럼 쓰인 "은이후니"는 소리맵시가 갖는 탄성과 조도 때문이겠지만, 이 시가 지니는 의미의 어려운 무게를 한결 가볍게 덜기도 하고, 행간에 감춰진 정서의 서러움을 절실하게 드러내는, 어찌 보면 모순적 기능을 동시에 수행한다.

5. 「순은(純銀)이 빛나는 이 아침에」 : 사람과 우주의 순은빛 회통(會通), 또는 감성의 투명한 순도

눈을 밟으면 귀가 맑게 트인다.

나뭇가지마다 순은(純銀)의 손끝으로 빛나는
눈 내린 숲길에 멈추어 선
겨울 아침의 행인(行人)들.

원시림(原始林)이 매몰될 때 땅이 꺼지는 소리,
천년(千年) 동안 땅에 묻혀
딴딴한 석탄(石炭)으로 변모하는 소리,
캄캄한 시간(時間) 바깥에 숨어 있다가
발굴(發掘)되어 건강한 탄부(炭夫)의 손으로
화차(貨車)에 던져지는,
원시림(原始林) 아아 원시림(原始林)
그 아득한 세계(世界)의 운반(運搬) 소리.

이층방(房) 스토브 안에서 꽃불 일구며 타던
딴딴하고 강경(強硬)한 석탄의 발언(發言).
연통을 빠져나간 뜨거운 기운은
겨울 저녁의
무변(無邊)한 세계(世界) 끝으로 불리어 가
은빛 날개의 작은 새,
작디작은 새가 되어
나뭇가지 위에 내려 앉아
해 뜰 무렵에 눈을 뜬다.
눈을 뜬다.
순백(純白)의 알에서 나온 새가 그 첫 번째 눈을 뜨듯.

구두끈을 매는 시간(時間)만큼 잠시
멈추어 선다.
행인(行人)들의 귀는 점점 맑아지고
지난밤에 들리던 소리에

생각이 미쳐
앞자리에 앉은 계장(係長) 이름도
버스·스톱도 급행(急行)번호도
잊어버릴 때, 잊어버릴 때,
분배(分配)된 해를 순금(純金)의 씨앗처럼 주둥이 주둥이에 물고
일제히 날아오르는 새들의 날갯짓.
지난밤에 들리던 석탄(石炭)의 변성(變性)소리와
비로소 눈을 뜬 새들이 날아오르는
조용한 동작(動作) 가운데
행인(行人)들은 저마다 불씨를 분다.

행인(行人)들의 순수(純粹)는 눈 내린 숲속으로 빨려가고
숲의 순수(純粹)는 행인(行人)에게로 오는
이전(移轉)의 순간,
다 잊어버릴 때, 다만 기다려질 때,
아득한 세계(世界)가 운반(運搬)되는
은빛 새들의 무수한 비상(飛翔) 가운데
겨울 아침으로 밝아가는 불씨를 분다.
— 「순은(純銀)이 빛나는 이 아침에」 전문

화자는 겨울 아침의 눈 내리는 길을 걷는 행인 가운데 한 사람이다. 밤새 눈은 세상을 덮으며, 숲길의 나뭇가지에 하얗게 내려 쌓인다. 나뭇가지마다 순은의 흰빛으로 빛나는 모습은 행인들이 발걸음을 잠시 멈추고 빠져들게 할 만큼 장관이다. 화자 역시 눈 내리는 겨울 아침의 풍경에 매료된다.

화자는 나뭇가지에 내리는 눈을 지켜보면서, 지난밤에 겪었던 환상을 상기한다. 그것은 지질시대 때 매몰된 원시림이 수천만 년, 또는 수억 년 동안 열과 압력을 받아 석탄으로 변성했다가 탄부의 손에 채굴되기까지의

전 경로다. 그 환상은 청각 심상으로 나타난다. 청각 심상의 환상을 유인하는 것은 눈이 내리는 풍경이다. 밤새 내렸을 눈을 화자가 지켜보았던 그렇지 않았든 달라지지 않는다. 설혹 잠들었을지라도 그 배경에 눈이 내리고 있었다면 마찬가지다. 눈은 잠이 든 화자의 의식, 저변 아득한 곳에서 이미 간섭하고 있기 때문이다. 눈 내리는 시각 심상이 어느 순간 청각 심상으로 전이되면서, 화자는 오랜 시간에 걸쳐 이루어졌을 석탄의 생성과정을 짧은 시간에 경험하는 특별한 환상과 만나게 된다.

3연에서 석탄은 화자의 2층방 난로에서 불타오르다 연기가 되어 연통을 빠져나온다. 그것은 다시 눈발로 변모하여 한밤내 나뭇가지에 내려앉는다. 나뭇가지가 연기의 전신인 석탄의 질료였다는 데 착안하면 그 장면은 회귀의 기미를 짙게 드러낸다. 이 시를 지탱하는 사유는 나무에서 석탄과 석탄의 불꽃으로, 그것이 연기를 거쳐 다시 나무에 가 닿는 순환과 변전의 원리와 닮아 있다.

이런 사유는 화자의 것만은 아니다. 행인들이 눈 내리는 모습에 도취되어 불현듯 갈 길을 멈추는 순간 그들도 의식하고 있든 의식하고 있지 않든 그것에 동참하게 된다. 바야흐로 "행인(行人)들의 순수(純粹)는 눈 내린 숲속으로 빨려가고/ 숲의 순수(純粹)는 행인(行人)에게로 오는" 바로 그 순간이다.

화자, 또는 행인들이 순환과 변전이라는 자연의 코드를 눈치채게 하는 것은 설경이다. 그리고 설경의 가장 깊은 곳에서 첫 행 "눈을 밟으면 귀가 맑게 트인다"는 인식은 의미 전개의 시프트로 구동한다. "귀가 맑게 트"이면서 그들은 비로소 "세계(世界)가 운반(運搬)되는" 전일적(全一的) 우주의 비의(秘儀)를 목격하게 된다.

그러나 막상 시의 중핵은 이러한 관념적 형식으로부터 비껴 있다. 관념은 그저 의미의 틀을 흐릿하게 짜는 지점에 봉사할 뿐이다. 이 시를 종단해서 다스리는 것은 "눈을 밟으면 귀가 맑게 트인다"의 단 한 행에서 느껴지는 감각의 도발이다. 이 진술은 현상이나 원리를 밝히는 추상명제다. 그럼에도 불구하고 어떤 구체어 못지않은 감성의 투명한 순도를 제안한다. 까닭은 텍스트수용자가 눈을 밝은 자신의 경험을 그것에 이입시키면서, 어떤 깨달음에 가까운 감각의 현란한 합일을 체험한 데에서 찾을 수 있을 것이다. 이로부터 충격된 감성의 물무늬는 알에서 부화된 어린 새가 맨 처음 뜨는 눈빛의 순정함으로, 다시 햇빛을 "순금(純金)의 씨앗"처럼 주둥이에 물고 날아오르는 날갯짓의 화려함으로 물살을 지으며 이 시를 갈무리한다.

6. 시세계 조명의 광원

지금까지 선생의 시 4편을 살폈다. 그렇지만 이 4편이 『아침의 예언(豫言)』에 실린 시 가운데 가장 뛰어난 시라는 뜻과는 거리가 멀다. 텍스트로 사용한 시들은 내가 문청시절, 그러니까 선생으로부터 시를 배운 30년 전 무렵, 선생의 시 가운데 인상적으로 읽었던 축에 속한다. 오랜만에 시집을 통독했지만 그런 느낌은 지금도 별반 차이가 없다.

4편에서 공통적으로 나타나는 배경적 요소는 '겨울'과 '아침'이며, 「굴뚝소제부(掃除夫)」를 제외하면 모두 '눈'이 주요한 소재로 기능한다. 소위 원형상징적 시야에서 '겨울'과 '아침'은 상극에 가까운 의미망을 거느린다. 그러나 겨울을 구성하는 '눈'을 폭력과 멸망의 상징이 아니라 정결과 순수의 상징으로 이해한다면, '겨울'과 '아침'이 어울리지 않는 것도 아니다. 선생의 시편에서도 '눈'은 폭력이나 멸망의 이미지와는 거리를 둔다. '겨울'과 '아침'은 대개 춥지만 맑고 깨끗한 이미지를 투사한다.

선생의 시편에서 자주 드러나는 유쾌한 에로티시즘은 농도와 채색의 격절은 있을지언정, 어쩌면 「라라에 관하여」에서 단서를 발견할 수 있을지

모른다. 「굴뚝소제부(掃除夫)」에서 보이는 서사적 맥락 속에서 서정적 길
찾기 수법은 이후의 시들에서 전술상의 차이는 비칠지라도 거의 전 시기
에 편재되어 나타난다. 「순은(純銀)이 빛나는 이 아침에」에서 느껴지는 언
어적 감성의 온도는 모국어의 채집과 발굴이라는 선생의 일관된 시적 전
략에 유용한 동력원으로 작용한다. 「상징(象徵)의 언덕에서」가 지니는 작
은 모티프 헝클기와 의미 지우기 방식은 단발적이어서 더 이상 접하기 어
렵다.

『아침의 예언(豫言)』이 선생의 청년기 무렵의 초상이며, 선생의 시세계를
조명하는 광원(光源)이 된다는 것은 앞서 말한 그대로다. 이 작업은 성글지
만 그것을 그리고, 그것의 의미를 밝히려는 노력의 과정이다.

2부
현대시의 여덟 가지 서경과 전망

송재학

흰뺨검둥오리

그 새들은 흰 뺨이란 영혼을 가졌네
거미줄에 매달린 물방울에서 흰색까지 모두
이 늪지에선 흔하디흔한 맑음의 비유지만
또 흰색은 지느러미 달고 어디나 갸웃거리지
흰뺨검둥오리가 퍼들껑 물을 박차고 비상할 때
날개소리는 내 몸 속에서 먼저 들리네
검은 부리의 새떼로 늪은 지금 부화중,
열 마리 스무 마리 흰뺨검둥오리가 날아오르면
날개의 눈부신 흰색만으로 늪은 홀가분해져서
장자를 읽지 않아도 새들은 십만 리쯤 치솟는다네
흰뺨검둥오리가 떠메고 가는 것이 이 늪을 포함해서
반쯤은 내 영혼이리라
지금 늪은 산산조각나기 위해 팽팽한 거울,
수면은 그 모든 것에 일일이 구겨지다가 반듯해지네

— 『기억들』(세계사, 2001)

'흰뺨'과 '퍼들껑'의 즐거운 교섭

이 시는 늪지 어디쯤에서 흰뺨검둥오리 한 마리가 불현듯 수면을 차고 날아오르는 광경을 목격한 감동으로부터 출발한다. 이어 주변에서 헤엄치던 다른 것들도 덩달아 떼를 지어 날아오르면서, 서슬에 부산하게 물결치던 늪은 일순 "홀가분"한 고요에 감싸인다. 화자에게 늪은 다시 찾아들 흰뺨검둥오리들의 비상을 기다리며 수면을 다스리는 듯이 여겨진다.

흰뺨검둥오리의 흰빛은 다른 새들의 흰빛에 비해 그다지 선연한 인상을 풍기지 않는다. 하지만 화자가 그 새를 "흰 뺨이란 영혼"으로 정의할 만큼 흰빛에 주목하는 것은, 실물보다는 명칭의 형태소들이 불러일으키는 환상과 매력 때문으로 보인다. '검둥'의 검은빛을 배후로 '흰뺨'의 흰빛은 뚜렷한 시각적 대조를 이룬다. 더구나 그 '흰'은 '뺨'과 교섭하면서 조도(照度)를 끌어올린다. '뺨'은 의미적으로 이해하면, '볼'이 그런 것처럼 보드랍고 여린 이미지를 품는다. 음운적으로 견고한 된소리와 날카로운 이중모음과 가벼운 울림소리가 합성된 형태소다. 예리하고 민감한 느낌의 소리맵시를 조직한다. '흰'과 이러한 '뺨'의 연합은 검은빛을 배경으로, 흰빛을 가위로 오려내듯이 더욱 명징하고 섬세한 이미지로 물질화한다.

화자의 흰빛에 대한 환상은 시의 주조(主調)를 이루며 관통한다. 흰빛은 "흔하디흔한 맑음의 비유"가 되기도 하고, "지느러미 달고 어디나 갸웃거"리기도 하며, 늪을 "홀가분"하게 만드는 "날개의 눈부신 흰색"으로 의미범주가 확산된다. 가리키는 뜻이 무엇이든 이 구절들에서 먼저 떠오르는 것은, 그 새들과 그것들의 비상이 빚어내는 늪의 풍경 안에서 군락하는 다기한 흰빛들의 등재명부다. 화자에게도 관심은 물상들이 지시하는 디테일한 내막이 아니라, 그 안에서 폭주(輻輳)하는 흰빛과 그 영역에 있을 성싶다. 흰빛은 다른 어떤 색도 입히거나 섞지 않은 빛깔이다. 그 흰빛에 온전히 참여하고 있는 화자에게 기심(機心)이 틈입할 여지가 있을 리 없다. 그러므로 흰뺨검둥오리가 물을 차고 날아오르는 날갯짓 소리는 그의 몸에서 먼저 공명을 일으키며, 그것들이 "떠메고 가는 것"에 자신의 "영혼"을 실어 올릴 수밖에 없겠다.

5행의 "퍼들껑"은 어느 사전을 펼쳐도 뜻풀이를 찾기가 쉽지 않다. ('퍼들껑'이 강원도 사투리라는 기사가 있다. 만약 사투리이기 때문에 등재하지 않는 것이라면, 편수자는 언어의식에 심각한 결함이 있다는 비판을 모면하기 어렵다. 사투리는 다만 공용어가 아닐 뿐 표준어와 마찬가지로, 그 이상으로 모국어의 순혈을 지키고 있다. 사투리의 실질형태소는 모국어 어휘의 경계면을 더욱 섬세하고 풍요롭게 확장한다. 사투리를 사전에서 제외하는 것은 모국어를 결국 고사시키려는 행위며, 모국어에 대한 미필적 고의에 의한 살해행위와 다르지 않다) 그나마 〈다음 어학사전〉에 '퍼들껑하다'가 '(새나 물고기 따위가)날개나 꼬리를 퍼드덕거리며 자꾸 움직이다'는 뜻으로 등재된다. '퍼들껑하다'와 '퍼들껑'의 관계처럼, 동사의 어간이 부사로, 부사가 동사의 어간으로 전용되는 모습은 언어생활에서 두루 발견된다.

이 시에 결정적으로 기운(氣韻)을 돋우는 부분이 바로 음성상징어 "퍼들껑"이다. 이 범상치 않은 언어의 채용은 시 전체의 사유와 감각의 흐름을 개운하게 세척하면서, 그것에 새뜻한 윤기와 생동을 불어넣는다. '퍼들껑'을 이루는 음절의 첫소리는 각각 입술소리 'ㅍ'과 혀끝소리 'ㄷ'과 입천장소리 'ㄲ'이다. '퍼들껑'을 발음하면 소리 나는 위치가 입술에서 윗니뿌리와 입천장 사이로, 다시 연구개로, 앞에서 뒤의 사선 방향으로 이동하면서 하나의 분명한 동선(動線)을 이룬다. 또 첫음절 '퍼'는 거센소리 'ㅍ'과 음성모음 'ㅓ'로 구성되어, 거세고 묵직한 소리를 낸다. 다음 음절 '들'은 예사소리 'ㄷ'에 음성모음 'ㅡ'와 유음 'ㄹ'이 결합해서, 소리자질이 약화되면서 한결 가볍고 부드러워진다. 끝음절 '껑'은 된소리 'ㄲ'과 음성모음 'ㅓ'와 울림소리 'ㅇ'으로 짜여, 새되고 큰 소리가 비강 안에서 깊은 공명을 일으킨다. '퍼들껑'을 조음(調音)할 때 강하면서도 탄력적이고 가파른 율동감을

경험하는 것은, 소리 나는 위치의 순차적 이행에 세 음절의 소리맵시가 차
례로 간섭하며 작용하기 때문이다.

　이 음성자질의 질감과 양감은 한 순간 수면을 차고 날아오르는 흰뺨
검둥오리의 날갯짓과 교응하면서, 박진감 이상의 심미적 즐거움을 선사
한다. '퍼들껑'에 대한 〈다음 어학사전〉의 '퍼드덕거리며 **자꾸** 움직이'는
것을 표현한다는 의견은 동의하기 어렵다. '퍼들껑'은 지속적 동작이 아닌
단발적 동작을 묘사하는 낱말로 보아야 한다. 딱 장닭만 한 몸피의 조류가
멀지 않은 곳에서, 갑자기, 그리고 반드시 **단번에**(이상의 굵은활자, 필자) 물
을 차며 날아오르는 모습을 형용하는 데 적합하다. 이 글의 맨 앞에서 새
들의 비상을 굳이 한 마리에서 시작된 것으로 읽는 까닭도 거기에 있다.

　「흰뺨검둥오리」는 새의 명칭에서 끌어왔을 흰빛의 환상과 늪을 차고 비
상하는 흰뺨검둥오리떼의 실경(實景)이 어울리며, 한 편의 또 다른 풍경을
짓는다. 그 환(幻)과 물(物)의 경계를 지우며, 또 다른 흰뺨검둥오리 한 마
리가 퍼들껑! 하고 날아오른다.

늪의 내간체(內簡體)를 얻다*

　너가 인편으로 붓틴 보자(褓子)에는 늪의 새녘만 챙긴 것이 아니다 새
털 미듭을 플자 믈 우에 누웠던 항라(亢羅) 하늘도 한 움큼, 되새 떼들
이 방금 붋고간 발자곡도 구석에 꼭두서니로 염색되어 잇다 수면의 믈
거울을 걷어낸 보자(褓子) 솝은 흰 낟달이 아니라도 문자향이더라 ㅂ람
을 떠내자 수생의 초록이 눈엽처럼 하늘거렸네 보자(褓子)와 미듭은 초
록동색이라지만 초록은 순순히 결을 허락해 머구리밥 스이 너 과두체

내간(內簡)을 챙겼지 도근도근 미둡도 안감도 대되 운문보(雲紋褓)라 몇
점 구롬에 마음 적었구나 흔 소솜에 유금(遊禽)이 적신 믈방올들 내 손
쏭에 미끄러지길래 부르르 소름 돋았다 그 만흔 고요의 눈씨를 보니 너
담담한 줄 짐작하겠다 빈 보자(褓子)는 다시 보닌다 아아 겨을 늪을 보
자(褓子)로 싸서 인편으로 받기엔 어름이 너무 차겠지 향념(向念)

— 『내간체를 얻다』(문학동네, 2011)

* 언니가 여동생에게 보내는 내간체의 느낌을 위해 본문에 남광우의 『교학고어사전』(교학사,
  1997년)를 참고로 한 고어 및 순우리말과 한자말 등을 취사했다.

현대, 또는 현대적인 것에 대한 질문들

각주에 미루어 보면, 이 시는 혼인 등의 이유로 격절한 처지에 놓인 언
니가 여동생에게 부치는 편지의 형식을 밟는다. 내간(內簡)은 부녀자들의
사적 교신수단으로 오로지 한글로 표기되기 때문에 언간(諺簡)이나 언찰(諺
札)이라 부르기도 한다. 시에서는 의미 전달의 편이를 위해 한자를 그대로
노출한 것으로 여겨진다. 실사(實辭)는 중세국어의 어법을 따르지만, 시제
선어말어미 '앗/엇'에서 보듯이 허사(虛事)인 경우 대개 현대국어의 어법을
따르는 수단도 비슷한 시각에서 설명할 수 있다.

시의 외형은 인편으로 받은 "보자(褓子)", 즉 보자기를 다시 인편으로 여
동생에게 보내는 언니의 소회를 풀어낸다. 화자는 여동생이 보낸 보자기
보따리의 매듭을 풀며 늪의 환상에 사로잡힌다. 여성화자에게 부녀자들의
일상품목인 보자기가 늪과 겹쳐 보이는 장면은 낯설지 않다. 내용물은 눈
에 들어오지 않은 채, 그녀는 보자기가 환기하는 늪의 온갖 경물(景物)에
일일이 참여하며, 여동생에 대한 그리움을 새긴다. 애초에 늪은 보자기의
비유로 비롯하지만, 화자의 환상이 깊어지면서 보자기는 늪의 보조관념으

로 전도되기도 한다. 이때 "빈 보자(褓子)"를 여동생에게 되돌려 보내는 행위는, 늪에 의지해서 자신의 심경을 전하는 내밀한 기호로 복무한다. 이시의 의미틀은, 어쩌면 자매만이 공유하는 사연을 품은 늪(또는 늪의 환상)을 언니가 홀로 바라보며, 여동생을 향한 곡진한 감정을 펼치는 것으로 읽힌다.

> 너가 인편으로 붓틴 보자(褓子)에는 늪의 새녘만 챙긴 것이 아니다 새털 미듭을 플자 믈 우에 누웠던 항라(亢羅) 하늘도 한 움큼, 되새 떼들이 방금 넓고 간 발자곡도 구석에 꼭두서니로 염색되어 잇다

늪의 "새녘만 챙"기지 않았다는 진술은, 화자가 보자기에서 바라본 늪의 모습이 일부에 그치는 것이 아니라, 그것이 거느리는 전 풍경과 아울러 여동생의 심사까지 아우른 것이라는 점을 시사한다. 굳이 "새녘"을 끌어쓴 까닭은 시의 앞부분 에피소드가 동틀 무렵의 시간대에 이루어지는 데 있다. 보자기의 매듭을 플자 그것은 하나의 온전한 늪으로 화자의 눈앞에서 재구된다. 늪의 수면에 항라처럼 성근 직조법으로 반영된 하늘은 아침노을을 받아 꼭두서니빛처럼 붉다. "넓고간 발자곡"은 늪 부근에서 막 경험했던 되새떼의 비행 잔상(殘像)을 같은 시공간 안에 형상화한 것으로 보인다. 보자기의 매듭을 "새털 미듭"으로 표현하는 난해한 수법도 아침노을빛이 간섭한 되새떼의 잔상과 무관하지 않을 성싶다.

> 수면의 믈거울을 걷어낸 보자(褓子) 솝은 흰 낱달이 아니라도 문자향이더라 ㅂ람을 떠내자 수생의 초록이 눈엽처럼 하늘거렸네 보자(褓子)와 미듭은 초록동색이라지만 초록은 순순히 결을 허락해 머구리밥 스이 너 과두체 내간(內簡)을 챙겼지 도근도근 미듭도 안감도 대되 운문보(雲紋褓)라 몇 점 구름에 마음 적었구나

여기에서 늪의 정경은 다시 내간의 글월과 비유관계로 얽힌다. "수면의 믈거울을 걷어낸 보자(褓子) 솝"은 수면을 투과해서 비치는 늪의 내부를 가리킨다. 화자가 그 안을 내려다보며 뜬금없이 "문자향"을 겪는 것은, 여동생이 보자기 보따리와 함께 송부했을 글월을 떠올렸기 때문으로 추정할 수 있다. 여동생의 서채(書彩)에서 풍기는 문자향(文字香)이 낮달처럼 맑고 아삼하게 눈시울에 밟힌다. 바람이 가시자 늪 안의 수초(水草)가 물결을 따라 야리게 일렁이는 것도 보인다. 늪은 안팎이 초록빛이다. 과두문(蝌蚪文)은 금석문(金石文)과 더불어 고체 한문의 전형을 이룬다. 죽편(竹片)에 옻물로 쓴 글씨가 올챙이떼가 헤엄치는 모습과 흡사하다 해서 붙은 명칭이다. 그녀가 언니와 떨어져 있으면서, 필경 숨죽이며 겪었을 신산(辛酸)이 글귀마다마다에 밴 채, 붓질이 이끄는 획 하나하나가 초록 늪속의 머구리밥 사이를 헤치는 과두, 즉 올챙이 무리처럼 부산하고 재바르다. 늪의 수면 가득 구름무리가 고스란히 반영된 채 흘러간다. 여동생의 가슴 도근거리는 황망함이 그 구름무늬 몇 점으로 전해지는 듯하다. 그녀의 정서를 구름무늬에 투영시켜 보여주는 장면은 둘 사이의 격절을 뜻하면서, 동시에 그녀에 대한 화자의 간절한 그리움을 부추긴다.

> 흔 소솜에 유금(遊禽)이 적신 믈방올들 내 손쯩에 미끄러지길래 부르르 소름 돋았다 그 만흔 고요의 눈씨를 보니 너 담담한 줄 짐작하겠다 빈 보자(褓子)는 다시 보닌다 아아 겨을 늪을 보자(褓子)로 싸서 인편으로 받기엔 어룸이 너무 차겠지 향념(向念)

순간 수금(水禽) 한 마리가 수면을 차고 날아오른다. 서슬에 튄 물방울이 손등에 닿으면서 화자는 소름이 돋는 것을 느낀다. "소름"은 여동생에 대한 그녀의 서늘한 근심을 감각적으로 체현한다. 수금이 날아서 사라지고 난 뒤, 늪은 느닷없는 고요로 감싸인다. 화자는 그 안에서 여동생의 심사도 이제 늪의 고요처럼 "담담"하리라 "짐작"한다. 그러나 이러한 태도의 배후에는 '추측'이 아니라, '원망(願望)'의 기미가 더욱 짙게 배어 있다. 여동생의 현재 형편을 전혀 알지 못하는 정황 속에서 눈앞에 펼쳐진 고요를 보며, 그녀가 그것처럼 "담담"하리라 믿는 설정보다는 그것처럼 "담담"하기를 바라는 설정이 훨씬 현실적이기 때문이다. '원망'을 굳이 '추측'으로 고쳐 쓰는 화자의 마음속에는 여동생이 평정을 얻기를 바라는 절박함이 가로놓인다. 이 장면은 그녀가 현재 그러지 못하리라는 안타까운 확신을 가졌다는 것을 함의하기도 한다. "빈 보자(褓子)"를 돌려보내는 행위도 화자의 그런 애틋한 마음을 전하려는 의도 외에는 설명하기 어렵다. 이어지는 탄식을 지시하는 감탄사 '아아'도 같은 맥락이 아니라면, 긴요하지 않은 수사에 불과할 수밖에 없다. "겨울 늪을 보자(褓子)로 싸서" 부치는 장면은 앞의 빈 보자기를 보내는 장면과 충돌을 일으키지 않는다. 보자기가 바로 늪이고 늪이 곧 보자기이기 때문이다. 겨울 늪을 보자기로 싸는 모습은 다만 보자기라는 물품의 속성에서 착안한 위트로 읽을 수 있다. 화자의 마지막 진술은 여동생에 대한 언니의 은근한 마음씀이 소박하게 드러난다. '생각이 향하다'는 뜻의 '향념(向念)'은 내간의 서식(書式)으로, 맺는 인사말에 상투적으로 사용하는 표현이다.

이 작품이 전달하는 미적 규범은 날것으로 노출된 중세국어에서 나타난다. 시인의 전략적 선택이랄 수 있는 이 수법은 화자의 심정을 누대를 격한 모국어의 속살에 의탁해 한결 절실하게 전달하는 효과를 노린다. 한편 가독성(可讀性)을 희생시킨 낯선 음운의 짜임새는 뜻밖의 방향으로 시적 비의(秘儀)를 도모하기도 한다. "새털 미듭" "흔 소솜에 유금(遊禽)이 적신 믈방올들" "고요의 눈씨를" 등에서 알 수 있듯이 현대어라면 감촉하기 어려운 이미지의 질감을 제의한다.

또 동일 언어공간에서 이루어지는 시차(時差)와 계절적 요소의 혼효(混淆)로 보아, 시의 구성적 특징이 전통예술의 형식과 닮아 있다는 점도 시사적이다. 그것은 한국화에서 제기하는 산점투시법(散點透視法)을 연상하게 한다. 다른 시각에서 바라본 다양한 풍경들을 하나의 회화공간 안에 밀집시키는 수단은, 원근법에서 느껴지는 사실감은 희석될지언정 피사체의 본모습을 더 예리하게 포착할 수 있다. 이 언어공간에서 보이는 다른 시간대와 계절의 밀집은 작품의 의제가 서사적 결속과 통일성에 기대는 게 아니라, 편재한 이미지들에 비치는 정서의 구경(究竟)을 살리는 데 있음을 의미한다.

'오래된 것', 또는 그래서 '지금은 존재(사용)하지 않는 것'으로 '새로운 것'을 모색하는 이 '시'는 현대시에서 '현대', 또는 '현대적인 것'이란 무엇인가, 하는 문제에 대한 고민과 성찰을 새삼스럽게 불러일으킨다.

구름장(葬)

낮달이 구름 속에서 머리 내밀 때마다 궁금한 배후, 씻긴 뼈 같은, 해서체 삐침 같은, 벼린 낫의 날 같은, 탁본 흉터 같은 것이 새털구름을 징검징검 뛰어 눈 속을 후비고 들어왔을 때, 낮달과 내 눈동자의 뒤쪽까지 궁금하다 풍장은 신열 앓는 구름 속 잡사이거니 했기에 아주 맑은 정강이뼈 한 줌이 자꾸 풍화되는 것이라 믿었다 그래도 낮달과 눈동자의 뒤를 하염없이 따라가고 싶었다 너무 시리거나 너무 여리기에 바람벽에 못질하여 걸 수 없으니 내 눈 속을 비집고 들어온 낮달이다 봄부터 시름시름 앓는 내 백내장의 침식(侵蝕)을 돕던 낮달 조각은 다시 구름 걷힌 서쪽 하늘 전체를 차지해 해말간 몸을 씻어내고 있다 저게 맑은 눈물의 일이거니 했다

— 『검은색』(문학과지성사, 2015)

몸의 아픔, 몸의 슬픔, 낮달

제목 '구름장'은 '구름을 위한 장의(葬儀)'가 아니라 '구름이 지내는 장의'라는 의미를 지닌다. 장의의 형식은 풍장(風葬)이다. 화자는 낮달을 보며 하늘의 구름들이 풍장하는 장면을 떠올린다. 낮달이 바람을 맞으며 새털구름 사이를 흐른다는 상상이 가능하다면 있을 수 있는 비유법이다. 화자는 낮달의 형상과 색상에 열중한다. 그리고 낮달과 그것을 응시하는 화자의 눈동자 속 백내장은 등가적 의미관계로 전이된다. 낮달의 희부윰한 빛깔과 백내장의 장애증세가 지닌 유사성에서 착안한 것으로 보인다. 화자는 낮달을 쳐다보면서 백내장을 생각하고, 백내장을 의식하면서 낮달을 떠올린다. 화자에게 몸의 아픔도 몸의 슬픔도 멀리 떠 있는 낮달처럼 그저 물질화되고 타자화된 "맑은 눈물의 일"이 된다.

이 시는 낮달에 대한 묘사로부터 시상을 튼다. 그것은 "씻긴 뼈" "해서체 삐침" "벼린 낫의 날" "탁본 흉터"로 이미지가 변용되면서 전개된다. "해서체 삐침"과 "벼린 낫의 날"은 초승달이나 그에 가까운 달의 위상(位相)을 지시한다. "탁본 흉터"는 낮달이 어탁을 뜨듯이 찍어낸 것 같다는 상상에 더해, 뒤의 "신열 앓는 구름"과 마찬가지로 시의 전반에 드리운 아픔의 정서와 무관하지 않다. 그리고 "씻긴 뼈"는 낮달의 형상뿐 아니라 담백의 색감에 조응한다. 그러면서 다음의 "아주 맑은 정강이뼈"와 연동하면서, '낮달의 풍장'이라는 시의 비유체계 안에 편입된다.

낮달이 "새털구름을 징검징검 뛰어 눈 속을 후비고 들어"가는 장면은, 단순히 화자가 그것을 바라보고 있다는 사실만을 의미하지 않는다. 화자는 낮달과 자신이 앓고 있는 백내장을 동일시하고 있다. 낮달이 눈 속에 들어왔다는 진술은 동시에 백내장을 앓게 되었다는 고백의 비유적 화법이기도 하다. "후비고" 역시 갈고리나 쐐기 같은 낮달의 형태를 지시하면서, 시각적 질환에 따른 날카로운 통증(현상적이기보다는 정서적인)을 함의한다.

그러므로 "낮달"의 "배후"와 "눈동자"의 "뒤쪽"을 "궁금"해 하고, 그것들의 "뒤를 하염없이 따라가고 싶"어 하는 화자의 모습은 백내장에 대한 관심과 근심의 우회적 표출일 수밖에 없다. 같은 시각에서 "아주 맑은 정강이뼈"의 "풍화"는, 외형적으로 풍장이라는 장의의 대상이 되고 있는 낮달에 관한 묘사일망정, 이면에서는 백내장의 진행을 뜻한다. 그렇다면 낮달의 "풍화"는 뒷부분에 나오는 "백내장의 침식(侵蝕)"과 같은 의미를 담는다고 할 수 있다.

　　너무 시리거나 너무 여리기에 바람벽에 못질하여 걸 수 없으니 ‖ 내 눈 속을 비집고 들어온 낮달이다(‖, 필자)

　어렵게 느껴지는 부분이지만, 일단 '‖'을 기준으로 앞뒤의 절(節)을 바꾸면 풀이가 다소 쉬워질 수 있다. '내 눈 속을 비집고 들어온 낮달이니 너무 시리거나 너무 여리기에 바람벽에 못질하여 걸 수 없다'. 화자는 망막에 비친 것은 낮달이지만 백내장으로 인식하고 있다. 또 '시림'과 '여림'의 피부감각과 시각의 효과는 낮달과 아울러서 백내장의 병증을 불러일으킨다. 낮달이 그런 것처럼, 민감한 눈동자 내부의 병소(病巢)인 백내장을 "바람벽에 못질하여 걸 수 없"는 것은 자명하다. 불가능한 일에 대한 제유적 표현으로 이해할 수 있겠다. 이 부분은 골자만 간추려서, '내가 앓는 백내장의 병증은 이제 어찌할 수 없게 되었다'로 해석할 수 있다. 백내장의 증세에 대한 화자의 곤혹스런 무력감을 에둘러 전달한다. 그런데 앞뒤 절을 환원해서 원래의 구문대로 다시 읽으면 뜻밖에 의미의 섬세한 차이가 드러나게 된다. '내가 어찌할 수 없으므로 내 눈 안의 백내장이다'. 화자는 무력감에 더해 병증에 대한 체념의 낌새까지 어렴풋이 비춰 보인다. 절을 바꾸어 기술하면서 파생된 효과다.

　"낮달 조각은 다시 구름 걷힌 서쪽 하늘 전체를 차지해 해맑간 몸을 씻어내고 있다"의 "낮달 조각"은 현재 화자의 눈에 비치는 실경이다. 동시에 그것은 앞에서 언급한 화자의 병증에 대한 인식이 물질화되고 타자화된 시각적 매개물이기도 하다. 낮달이 하늘에서 "해맑간 몸을 씻어"내는 광경은 화자가 백내장의 병세에 대한 강박적 의식을 말끔히 씻어내는 것을 뜻한다. 이 지점에서, 낌새만 비쳤던 그의 병증에 대한 체념이 선명해진다. 그러면서 결미를 이루는 낮달의 "맑은 눈물의 일"은 화자의 백내장에 대한 '맑은 체념'으로 읽히게 된다.

어찌 보면 '맑은'이라는 수식어도 그렇지만, 의료시술로 치유 가능한 질환에 대해 '체념'한다는 마무리가 궁색해 보일 수 있다. 그러나 그것이 특정병변을 지시하는 게 아니라, 중년 이후의 나이가 되어 경험하곤 하는 몸의 아픔과 몸의 슬픔을 아우른다고 보면, 그다지 어색한 결론은 아니다. 백내장이라는 질환은 단지 낮달의 이미지를 지원하기 위한 요식적 수단의 의미만을 지닐 뿐인지 모른다. 그때 '맑은 체념'이라는 표현은 정당성을 얻게 되고, 오히려 "맑은 눈물의 일"은 단순한 수사의 차원을 넘어 삶과 운명의 보편적 영역까지 그 울림을 확장하게 된다.

소래 바다는

돌아가신 아버지를 소래 포구의
난전에서 본다, 벌써 귀밑이 희끗한
늙은 사람과 젊은 새댁이 지나간다
아버지는 서른여덟에
위암으로 돌아가셨다 지난 날

장사를 하느라 흥해와 일광을 돌아다니며 얻은
병이라 하지만 아버지는 언제부턴가
소래에 오고 싶어 하셨다
아니 소래의 두꺼운 시간과 마주한 뻘과 협궤 쪽에 기대어 산
새치가 많던 아버지, 바닷물이 밀려나가는
일몰 끝에서 그이는 젊은 여자가 따르는
소주를 마신다, 그이의 손이 은밀히 보듬는
그 여자의 배추 살결이
소래 바다에 떠밀린다
내 낡은 구두 뒤축을 떠받치는 협궤 너머
아버지는 젊은 여자와 산다

—『푸른빛과 싸우다』(문학과지성사, 1994)

소래와 협궤, 표랑의식의 고단한 숙명성

소래포구의 어느 난전에서 화자는 어려서 세상을 떠난 아버지와 닮은
"늙은 남자"와 조우한다. 그 옆에서 "젊은 여자"가 동행을 한다. 그들을 지
켜보며 화자는 아버지에 얽힌 회상에 잠긴다. 흥해와 일광 일대를 전전하
던 아버지는 경기도 소래에 정주(定住)한 적이 있다. "늙은 남자"가 "젊은
여자"와 소주잔을 기울이는 모습을 보며, 화자는 자신이 겪는, 또는 겪어
야 할 삶의 유전(流轉)과 숙명에 대해 생각한다.

어린 시절 여의어 기억이 희미할수록, 아버지는 실물이 아닌 관념으로
인식하기 쉽다. 이때 아버지는 대개 규범 · 권위 · 이성 · 질서 같은 에토스
적 상징체계의 의미를 지닌다. 아버지의 부재 속에서 그에 대한 그리움은
'아버지 찾기(quest)'의 신화적 에피소드와 비슷한 채도를 띤다.

이 시의 서사를도 그런 맥락에서 이해할 수 있다. 화자가 아버지를 연상시키는 사람을 거리에서 보는 장면은 머릿속이 이미 아버지에 대한 그리움으로 채워져 있다는 것을 뜻한다. 아버지와 화자가 아버지를 닮았다고 여기는 "늙은 남자"의 유사성은, 문면에서 흰머리가 눈에 띈다는 점 외에는 확인하기 어렵다. 둘 사이의 유사성과 화자가 품는 그리움의 농도는 반비례한다. 아버지와 닮아서 아버지로 여기는 것이 아니라, 아버지라 믿고 싶어서 아버지로 여기는 것일 수도 있다. 시에서 화자가 아버지를 그리워하는 모습은 신화 속 '아버지 찾기'를 원형(原型)으로 하는 일종의 환유적 포즈와 다르지 않다. 그가 걸어온 삶의 전 궤적은, 적어도 무의식 안에서는 신화 속 '아버지 찾기'의 험로이며, 그가 소래포구에서 아버지를 닮은 사람을 목격하는 시간은 스스로 신화에 참여하는 시간인 셈이다. 그러니까 아버지를 닮은 "늙은 남자"는 찰나에, 그리고 아무렇지 않게 아버지로 화하여 화자 앞에 나타날 수 있게 된다. 이때 소래포구는 무시간적 신화의 공간으로 거듭난다. 그 공간 안에서 오래전에 세상을 등진 아버지가 여전히 "젊은 여자"와 살림을 차리고 있는 광경은 특별하지 않다.

"장사" 때문이라고 하지만, 경상남도 흥해와 일광 등지를 떠돌던 아버지가 정착지로 선택한 곳이 그로부터 멀리 떨어진 소래다. 소래에는 뻘이 있고 협궤가 있다. 뻘은 태고부터 시간의 지층이 밀집된 공간이면서, 수많은 수생동물들이 군락을 이루며 서식한다. 소래는 소금 운반을 위한 국내 유일의 협궤철도가 개통되어, 수인선 협궤열차가 운행됐던 곳이기도 하다. 뻘을 정주의 이미지로 볼 수 있다면, 협궤는 유랑의 뜻에 가깝게 이해할 수 있다. 광궤는 사적이기보다는 공적인 분위기가 짙어 유랑보다는 운송이나 여행의 이미지를 더 분명하게 전달한다. 아버지가 "협궤"에 "기대어" 사는 모습은 그의 피 안에서 여전히 유랑의 미련을 놓고있지 않다는 점을 시사한다. 이는 결미 "내 낡은 구두 뒤축을 떠받치는 협궤"에서 극적인 변전을 일으킨다. 이 지점에서 아버지의 "협궤"는 화자의 "협궤"로 모습을 바꾼다.

　바닷물이 밀려나가는/ 일몰 끝에서 그이는 젊은 여자가 따르는/ 소주를 마
신다, 그이의 손이 은밀히 보듬는/ 그 여자의 배추 살결이/ 소래 바다에 떠밀
린다

　그는 "일몰 끝에서" 아버지의 손길이 닿는 "젊은 여자"의 "살결"이
"바다에 떠밀"리는 고즈넉한 환영을 겪으며, 자신의 내부에서, 어쩌면 그
적까지 자신도 모르는 사이에 억눌러 왔을 그것의 실체가 바로 아버지의
표랑의식에서 비롯됐을 수 있다는 쓸쓸한 자각에 사로잡힌다.
　인생유전(人生流轉). 「소래 바다는」은 '아버지 찾기'가 벌어지는 신화적
사건 안에서, 어찌하지 못하고 아버지와 같은 고단한 유랑을 예감하는 자
의 하염없는 숙명성을 환기한다.

공중

　허공이라 생각했다 색이 없다고 믿었다 빈 곳에서 온 곤줄박이 한 마
리 창가에 와서 앉았다 할딱거리고 있다 비 젖어 바들바들 떨고 있다
내 손바닥에 올려놓으니 허공이란 가끔 연약하구나 회색 깃털과 더불
어 목덜미와 배는 갈색이다 검은 부리와 흰 뺨의 영혼이다 공중에서
묻혀온, 공중이 묻혀준 색깔이라 생각했다 깃털의 문양이 보호색이니
까 그건 허공의 입김이라 생각했다 박새과 곤줄박이는 갈필을 따라 날
아다니다가 내 창가에서 허공의 날숨을 내고 있다 허공의 색을 찾아보

려면 새의 숫자를 셈하면 되겠다 허공은 아마도 추상파의 쥐수염붓을 가졌을 것이다 일몰 무렵 평사낙안의 발묵이 번진다 짐작하자면 공중의 소리 일가(一家)들은 모든 새의 울음에 나누어 서식하고 있을 것이다 공중이 텅 비어 보이는 것도 색 일가(一家)들이 모든 새의 깃털로 바빴기 때문이다 희고 바래긴 했지만 낮달도 선염법(渲染法)을 기다리고 있지 않은가 공중이 비워지면서 허공을 실천 중이라면, 허공에는 우리가 갖추어야 할 것들이 있다 바람결 따라 허공 한 줌 움켜쥐자 내 손바닥을 칠갑하는 색깔들, 오늘 공중의 안감을 보고 만졌다 공중의 문명이란 곤줄박이의 개체수이다 새점을 배워야겠다

— 『검은색』(문학과지성사, 2015)

허공의 탐구를 위한 카메라 옵스큐라

이 시는 비 오는 날, 창턱에 내려앉은 곤줄박이를 보며 상상의 경계를 확장하는 방식을 선택한다. 화자는 그것의 비행을 머리에 떠올리다가, 문득 형체는 사라지고 깃과 몸통과 머리의 여러 빛깔들만이 공중에서 궤적을 그리며 이합집산하는 환영을 겪는다. 마치 어떤 물체를 오래 응시했을 때 망막에 한동안 남는 잔상 같다. 또 그것은 밤하늘이나 도시의 야경에 초점을 맞추고 카메라 렌즈를 긴 시간 노출했을 때, 인화지에 현상(現像)되는 별빛이나 자동차 전조등 불빛의 궤적을 닮았다. 형체 대신에 수많은 빛깔의 흐름만 붐비며 비칠 뿐이다. 차이가 있다면 이 모습이 평면적이고 정태적인 데 비해, 화자가 바라보는 환영은 입체적이고 역동적이라는 점이다. 화자가 겪는 공간은 곤줄박이 한 마리가 부산하게 날갯짓하며 횡행하는, 그래서 새의 흰빛과 담홍과 푸른빛과 검은색만 남아 "추상파"의 붓질처럼 어지럽게 얽히고설키는 카메라 옵스큐라의 내부처럼 여겨진다. 이

는 시의 근간적 화소(話素)를 이룬다. 다른 모든 설계는 이러한 이미지를 심화하고 보완하고 발전시키는 데 봉사한다.

작품의 세부를 이해하려면 먼저 "공중"과 "허공"이 지니는 의미의 차이부터 살펴봐야 할 듯하다. "공중"이 화자가 현재 지켜보는 공간이라는 점은 어렵지 않다. '허공'이 '비어 있는 공간'이라는 사전적 의미와 이 시에서 정의하는 "허공"은 거리를 두지만 완전히 별개는 아니다. "허공"은 적지 않은 부분에서 그 공간("공중")에 거주하는 곤줄박이를 가리킨다. 새를 손아귀에 쥐었을 때 느껴지는 터무니없이 가볍고 가녀린("연약"한) 느낌에서 일단 허공을 떠올릴 수 있다. 그리고 화자는 그것이 "공중"을 나는 상상을 하며, 형체는 사라지고 빛깔만 환영처럼 부유한다고 생각해서 빈 공간으로서의 허공과 곤줄박이의 비유관계를 설정했을 수도 있다.

여기에서 발전한 이미지는 곤줄박이, 또는 "허공"이 "갈필을 따라 날아다니"기도 하고, "추상파의 쥐수염붓을 가졌"다고 여기는 데까지 확장된다. 그러면서 색채가 부각되는 이미지가 주조로 떠오른다. "허공의 색을 찾아보려면 새의 숫자를 셈하면 되겠다" "공중이 텅 비어 보이는 것도 색일가(一家)들이 모든 새의 깃털로 바빴기 때문이다"와 "공중의 문명이란 곤줄박이의 개체수이다" 등은 위트를 주요 수단으로 사용하면서 일견 난해해 보인다. 각기 다른 내용을 담지만, 결국 곤줄박이, 또는 곤줄박이의 빛깔처럼 선명한 색도(色度)와 조도(照度)를 품는 새들의 밀생(密生)을 상상하며, "허공"이 품는 색감의 다채로움과 깊이를 강조하는 하나의 의미에 포섭된다. "일몰 무렵 평사낙안의 발묵이 번진다"와 "희고 바래긴 했지만 낮달도 선염법(渲染法)을 기다리고 있지 않은가"도 크게 다르지 않다. 고답적인 장식을 환기하면서 약간 일탈된 느낌을 주는 이러한 표현법도, 배후에서 시의 주조적인 색채감을 더 밀도 있게 살리는 데 기여한다.

바람결 따라 허공 한 줌 움켜쥐자 내 손바닥을 칠갑하는 색깔들, 오늘 공중

의 안감을 보고 만졌다

이 부분은 색채이미지가 절정을 이룬다. 화자가 쥐는 "허공 한 줌"은 곤줄박이다. 그의 손바닥은 곤줄박이의 깃에서 묻은 여러 빛깔들로 "칠갑"되어 있다. "허공", 또는 곤줄박이는 여기에서 "공중의 안감"으로 변모한다. 형체는 말끔히 사라지고 빛깔과 궤적만 남은 곤줄박이, 그래서 곤줄박이인 줄도 알지 못하는, 오로지 무심한 빛깔과 궤적뿐인 그것은 화자에게 곤줄박이와 "허공"의 본상(本相, essentia)에 육박한다. "오늘 공중의 안감을 보고 만졌다"에서 엷게 감지되는 정서의 흔적도 그와 관계있다고 하면 지나친 시읽기가 될지 모르겠다.

"새점을 배워야겠다"는 의미의 조직을 이룬다기보다는, 시의 소재인 새에서 착안한 결미다운 위트로 이해할 수 있다. 그런데 그저 위트로 보기에 까다로운 표현이 있다. "깃털의 문양이 보호색이니까 그건 허공의 입김이라 생각했다"는 곤줄박이의 공기처럼 여겨질 정도의 가벼운 특성을 표현한다는 추리는 가능할 수 있다. 하지만 그것의 깃털은 혼인색에 가깝다는 데 생각이 미치면 의미를 정돈하는 어려움이 가중된다. "공중이 비워지면서 허공을 실천 중이라면, 허공에는 우리가 갖추어야 할 것들이 있다"도 쉽지 않다. 앞부분이 시의 중핵적(中核的) 이미지, 즉 곤줄박이가 자신의 빛깔과 궤적으로 허공을 빚어내는 모습을 그린 것이라는 추정은 어렵지 않다. 그러나 다음의 "우리가 갖추어야 할 것"이 무엇을 지시하는가, 하는 문제에 이르면 막막해진다. 단순히 위트의 수법으로 읽기에는 의미질량이 너무 크다. 그것을 굳이 뒤에 이어지는 "허공 한 줌"—곤줄박이로 이해하는 시각은 너무 속돼서 생각조차 하기 어렵다.

이 작품이 지니는 의미의 결락과 비약, 위트, 시치미떼기 수법, 그리고 비유구조의 모호한 중층성은 두 방향으로 작용한다. 일차적으로 의미의 파악과 해석에 혼선이 따른다는 점을 들 수 있다. 그만큼 오독의 여지가 커질 수밖에 없다. 그러나 우연이든 필연이든, 오독의 가능성은 되레 시인이 미처 인식하지 못한(않은) 시의 실체적 비밀을 향해 더 근접할 가능성으로 언제든지 변모할 수 있다. 또 이러한 형식적 절충은 의미의 전달력을 버리는 대신 새로운 상상을 유인하면서, 어쩌면 시인이 의도하지 않은 온도와 채색으로 시 읽는 재미를 인양해내기도 한다. 시인의 정교한 미장센에 따른 의도적 선택일 수도 있고, 그렇지 않을 수도 있다. 분명한 점은 이것이 이 작품뿐 아니라 그의 시편에 두루 나타나면서, 송재학식 언어공법(言語工法)의 양식을 구성하고 있다는 사실이다.

「공중」은 허공의 탐구를 위한 매뉴얼이다. 시인의 허공은 곤줄박이의 비행궤적으로 붐비며 살아 움직인다. 새들이 뿌려놓은 빛깔들의 화려한 범람. 그것은 어린 시절 캄캄한 방안에 누워서 천장을 골똘히 쳐다보았을 때, 시야를 가득 채우며 종횡으로 누볐던 무수한 문양과 무수한 색상의 환영들을 떠올린다. 사물과 형편을 일없이 방문하고 참견하면서, 그것들에 새 뜻을 부과하는 일도 시인에게 빼놓을 수 없겠다.

안도현

국화꽃 그늘과 쥐수염붓

국화꽃 그늘이 분(盆)마다 쌓여 있는 걸 내심 아까워하고 있었다
하루는 쥐수염으로 만든 붓으로 그늘을 쓸어 담다가
저녁 무렵 담 너머 지나가던 노인 두 사람과 만나게 되었다
한 사람이 국화꽃 그늘을 얼마를 주면 팔 수 있느냐고 물었다
또 한 사람은 붓을 팔 의향이 없냐고 흥정을 붙였다
나는 다만 백년을 쓸어 모아도 채 한 홉을 모을 수 없는 국화꽃 그늘과
쥐의 수염과 흰 토끼털을 섞어 만든 붓의 내력에 대해 말해주었다
그 대신 구워서 말려놓은 박쥐 몇 마리와 박쥐의 똥 한 홉,
게으른 개의 귓속에만 숨어 사는 잘 마른 일곱 마리의 파리,
입동 무렵 해 뜨기 전에 채취한 뽕잎 일백이십 장, 그리고
술에 담가놓았다가 볶아 가루로 만든 깽깽이풀뿌리를 내어놓았다
두 노인은 그것들을 한번 내려다보더니 자신들은 약재상(藥材商)이
아니라고 했다
그러고는 바삭바삭 소리가 날 것 같은 국화꽃 그늘에 귀를 대보고

시에 대하여 시로 쓴 의제

화자는 쥐수염붓을 가지고 국화를 완상(玩賞)하다가 처소를 방문한 두 노인을 맞는다. 그들은 "국화꽃 그늘"과 "쥐수염으로 만든 붓"을 구입하려 하나, 화자는 그것들을 팔 뜻이 없다. "옛적 시인"인 그들은 한동안 아쉬 워하다가 "가을볕처럼" 바삐 자리를 뜬다. 간명한 서사틀 안에서 의미를 조직하는 이 시에서 "국화꽃 그늘"과 쥐수염붓은 해석의 키워드로 작용 한다.

"국화꽃 그늘"은 화자가 지향하는 이데아의 현현(顯現)이다. 그것의 실 체에 대해 잘라말할 수 있는 근거는 불분명하다. 화자의 태도나 이야기의 맥락에서 추정하면, 그것은 시인이라면 누구나 꿈꾸는 기운생동(氣韻生動) 한 시취(詩趣)를 가리킬 가능성이 크다. 그렇기 때문에 그것은 "백년"을 궁 구(窮究)하여도 "한 홉"이 되지 않는 소출을 거둘 수밖에 없다. "국화꽃 그 늘"은 시를 시답게 만드는 시안(詩眼), 또는 시의 비의(秘儀)를 표상한다. 시 인이 그것을 국화에 의탁해서 드러내는 데는 두 가지 이유가 있는 듯하다. 하나는 문맥 전반을 타고 흐르는 고전적 의장(意匠)―더 분명히 표현하면 앤틱풍보다는 빈티지풍에 가깝다―에 스며들 듯 편입되는 소재적 효과와 관련된다. 다른 하나는 '서릿발을 이겨내는 오연한 기개'(傲霜孤節)라는, 오 래 국화에 부여해 왔던 유가적(儒家的) 가치에 맞물린 것으로 보인다. 그러 나 여기에서 그것은 만난을 뚫고 한 군왕만을 섬기는 지절(志節)이나, 더 나아가 세계의 불의에 항거하여 신념을 관철시키는 혁명가적 기상(氣像)

등과는 거리를 둔다. 오히려 타자나 세계에 봉사하는 공리적 색채를 희석시킨 채, 어떤 간섭도 배척하는 자족적 미학의 한 지경을 향한다. "국화꽃 그늘"은 실천적이기보다는 고답적인, 시 한 편이 온전한 우주를 구축한다는 문학관을 내밀히 시사한다.

쥐수염붓, 즉 서수필(鼠鬚筆)은 고려조 「한림별곡(翰林別曲)」 3장에 양수필(羊鬚筆)과 더불어 명필의 붓으로 인용된다. 중국 북송의 소과(蘇過)는 「서수필」에서 '서리처럼 흰 토끼터럭과 섞어(分鬐雜霜兔)' 만들며, 그것으로 글씨를 쓰면 '종이에서 용과 뱀이 질주하는(落紙龍蛇鶩)' 듯하다고 했다. 동진의 왕희지(王羲之)가 잠견지(蠶繭紙)에 서수필로 쓴 「난정서(蘭亭序)」는 빼어난 필체로 서법의 파라곤이 되어 왔다. 시에서 쥐수염붓은 단순히 서체를 융성히 일으키는 데에 소용되지 않는다. 화자에게 그것은 시라는 예술 갈래를 검정(檢定)하고 추인하며, 그것에 참여하는 수단으로 복무한다. 그러므로 2행에서 그가 "쥐수염으로 만든 붓으로 그늘을 쓸어 담"는 모습은 그러한 행위의 알레고리로 읽힌다.

이를 잘 알고 있는 화자가 "노인 두 사람"에게 "국화꽃 그늘"과 쥐수염붓을 매도할 가능성은 없다. 그가 그들에게 대신 내놓은 것이 8행~11행까지의 "박쥐 몇 마리"와 "박쥐의 똥 한 홉" "파리 일곱 마리" "뽕잎 일백이십 장", 그리고 "가루로 만든 깽깽이풀뿌리" 등속이다. 그들은 "자신들은 약재상(藥材商)이 아니라"며 흥정을 포기한다. 이 가운데 실제로 전통적 약재에 사용된 것은 뽕잎과 깽깽이풀뿌리 정도다. 다른 것들은 문학적 상상력과 위트의 산물로 보이며, 서구 설화에 나오는 흑주술의 재료를 연상시키기도 한다. 이들은 소재라는 면에서 시의 전반을 간섭하는 이미지의 패턴에 기여하지만, 의미의 흐름에 직접 반응하지는 않는다.

문제는 두 "노인"이 그것들을 모두 "약재"로 인식하고 있다는 점이며, 그것들이 흥정을 깨는 구실로 작용하고 있다는 사실이다. 그들이 "약재"를 부정하는 장면에서 유추할 수 있는 요소는, "약재"가 함의하는 치유적 기능에 대한 인식이다. 치유적 기능을 문학적 범주 안에서 이해하면, 위로나 도락을 넘어 사회·역사에 대한 참여까지 의미영역을 확장할 수 있다. 그들은 소위 문학의 효용성을 믿지 않고 있다. 이 지점에서 "국화꽃 그늘"과 쥐수염붓을 원할지언정 "약재"를 부정하는 모습이 지니는 의미는 분명해진다. 그들이 결국 바라는 것은 현실적 이해(利害)로부터 해방된 채 자족하는 시의 본상(本相)이며, 그것을 체현할 수 있는 유용한 도구다.

"노인"의 캐릭터는 외형적으로 서사를 지탱하는 장치지만, 의미적으로 화자의 분신과 다르지 않다. 결미에서 "옛적 시인들이 나를 슬그머니 찾아온 적이" 있다는 진술은 화자가 시의 원론에 대해 고민한 적이 있다는 표현으로 대체할 수 있다. 화자는 그들의 행위를 통해서 자신의 시관을 풀어놓는다. 이 작품에서 시인이 전혀 새로울 게 없는 그것을 굳이 풀어 내놓는 모습은 스스로의 시관에 대한 확인이나 결의, 또는 새삼스런 각성의 코드로 읽히게 된다. 이 점에서 「국화꽃 그늘과 쥐수염붓」은 적어도 시인에게는, 시에 대하여 시로 쓴 하나의 의제(議題)로 기능한다.

매화꽃 목둘레

수백 년 전 나는 빨간 목도리를 두르고 마을에 나타난 나 어린 계집 하나를 지극히 사랑하였네 나는 계집을 분(盆)에다 심어 방 안에 들였네

하루는 눈발을 보여주려고 문을 열었더니 계집은 제 발로 마루 끝으로 걸어나갔네 눈발은 혀로 계집의 목을 빨고 핥았네 계집의 목둘레는 얼룩이 져서 옥골빙혼(玉骨氷魂)이라 쓰고 빙기옥골(氷肌玉骨)이라 쓴 옛

시인들을 희롱하였네 그러다 계집은 그만 고뿔에 걸리고 말았네

그날 나는 계집의 목둘레를 닦으려고 붓을 들었으나 붓끝만 살에 닿아도 싸락눈처럼 울었네 또 나는 붓을 들어 한 편의 시를 쓰려 하였으나 식솔들이 나를 매화치(梅花痴)라 비웃으며 수군대는 소리가 마당을 건너왔네

나는 늙었네 늙어 초췌해진 면상을 차마 계집에게 보일 수 없었네 생의 목둘레선은 끔찍이 외로워질 때 또렷해지는 법이어서 나는 아래채로 계집의 거처를 따로 옮겼네 나의 혹애(酷愛)는 서성거리는 발소리로 건너갈 것이었네

그해 섣달 초이렛날, 나는 매화 분(盆)에 물을 주라 겨우 이르고 나서 아득하여 눈을 감았네 그리하여 매화꽃은, 매화꽃은 목둘레만 남았네

—『북항』(문학동네, 2012)

퇴계의 청매분(靑梅盆)과 매화치(梅花痴)

조선 중기의 학자 퇴계(退溪) 이황(李滉)은 매화를 아끼는 마음이 유달랐다. 그는 스스로 진지매자(眞知梅者)라 일컫고, 매화를 소재로 시를 써서 자필시집 「퇴계매화시첩(退溪梅花詩帖)」을 묶었다. 단양군수 재임 무렵 20년 연하의 관기 두향(杜香)을 총애했는데, 그녀가 지닌 일품의 분매(盆梅) 솜씨도 이유의 한 몫을 차지했을 것이다. 그가 세상을 버리면서 매화에 물을 주라고 이른 말은, 매화뿐 아니라 그녀에 대한 지극한 심정을 반영한다. 두향은 퇴계의 부고를 듣고 단양에서 안동의 도산서원까지 4일에

걸쳐 도보로 달려간다. 그리고 먼발치로나마 문상한 뒤 돌아와, 일체의 곡기를 끊고 자진(自盡)한다. 그와 헤어진 지 21년, 그때까지 두향은 관기를 그만두고 오롯이 정절을 지킨다.

시의 화자는 "수백 년 전"으로 시간을 거슬러 퇴계의 배역을 맡는다. 행간에 드러난 에피소드의 대부분은 비유적이든 직서적이든 퇴계의 행장(行狀)과 깊은 관련을 맺는다. 화자의 매화를 향한 정서와 행동의 뒷갈피에는 퇴계의 두향에 대한 애틋한 연정이 그늘져 있다. 그는 매화를 말하면서 두향을 이야기하고, 두향을 말하면서 매화를 이야기한다.

"나 어린 계집"은 두향을 가리킨다. 그녀를 "심"은 분(盆)은 퇴계가 풍기 현감으로 이임하며 헤어지게 될 때, 두향이 그에게 선물한 청매화분을 지시한다. 화자에게 그것은 두향의 마음과 몸이 고스란히 담긴, 정표 이상의 뜻을 품는다.

2연에서 화자가 "눈발"을 "계집"에게 "보여주"는 행위는, 특히 눈을 맞았을 때 '옥골빙혼'과 '빙기옥골'로 상찬되었던 매화의 기품을 여실하게 드러내려는 설정의 성격을 띤다. "눈발"이 "혀"로 매화의 "목"을 "빨고 핥"아 생긴 "얼룩"은, 일단 냉해로 인한 붉은 상처를 가리키지만, 이면에서는 매화의 붉은 꽃망울을 지시한다. '옥골빙혼'과 '빙기옥골'은 눈을 뚫고 한두 송이 꽃을 틔우려는 순간의 매화의 자태에 박진하는 표현이면서, 아울러 두향을 향한 퇴계의 심경을 드러낸다. "계집"이 "고뿔"에 걸리는 장면은 그녀에 대한 화자의 알뜰한 심사를 암시할 뿐 아니라, 매화의 개화장면을 에둘러 묘사한다. 감기의 일반적 증상이 기침이라는 점에 주목하면, 이부분은 매화가 붉게 피어오르는 모습을 기침이라는 청각적 심상으로 비유한 것이라는 해석이 가능하다.

다음 연은 매화를 두고 100편 안팎의 시를 엮었던 퇴계의 매화사랑을 직접 보여준다. 이는 두향을 향한 그리움의 우회적 표현이기도 하다. 화자가 매화의 "목둘레를 닦으려고" "붓"을 드는 모습은 그것에 대한 애정 어린 시정(詩情)을 환기한다. "붓끝만 살에 닿아도 싸락눈처럼 울" 수밖에 없는 매화에서 그의 시정은 비애스러운 정서에 더해, 곡진하고 소쇄(瀟灑)한 감정까지 닿아 있음을 확인할 수 있다.

4연은 두향을 향한 퇴계의 마음씀이 그의 행적을 통해 구체적으로 드러난다. 화자는 자신의 노추를 매화에게 들키는 것을 꺼려 그것을 "아래채"로 옮긴다. 사뭇 고답적인 학덕을 쌓은 유생(儒生)일지라도 정인(情人)을 실망시키지 않으려는 배려가, 되레 가슴 아픈 호젓함을 자아낸다. 그리고 그리울지언정 자신의 모습을 숨기고, 다만 매화분의 주변을 배회할 따름이다.

"섣달 초이렛날"은 퇴계가 서거한 날을 가리키는 듯하다.(문헌에는 여드렛날로 기록되어 있다. 하루의 편차가 단순한 착오인지 의도한 것인지는 확실치 않다) "매화 분(盆)에 물을 주라"는 유언은 오래 헤어져 있었지만, 죽는 날까지 두향을 그리워한 퇴계의 심의를 절실하게 드러내 보여 준다. 화자가 임종한 후 "목둘레만 남"게 된 "매화꽃"은, 꽃을 다 버리고 남은 매화 나뭇가지의 빈 꽃자리를 형용한다. 이 장면은 퇴계가 세상을 뜬 뒤, 스스로 목숨을 끊고, 남한강변 강선대(降仙臺)에 묻힌 두향의 모습과 겹친다.

이 시는 매화분에 의지해서 기록한 퇴계의 두향을 향한 순애보(純愛譜)다.

설국(雪國)

1

첩첩산중이라 했다. 산비탈 참나무는 눈보라의 멱살을 잡고 부르르 떨고, 대숲은 눈보라가 쓰고 온 푸른 관을 이마로 들이받고, 으름넝쿨은 눈발을 거머잡고 울고 있다고 했다. 호랑이 사냥에 나선 포수들이 급히 보내온 서찰은 눅눅하였다. 눈보라는 한성부 북악 쪽을 폐허로 만들겠다는 듯 악을 써댔다. 야음을 틈타 남으로 도하하려는 백성들이 마포에 눈덩이처럼 불어나고 있다는 소식이 또 날아들었다.

2

서찰은 호랑이의 사살과 해체과정, 향후 용도를 조목조목 기록하고 있었다. 호랑이의 똥구멍에 정확하게 꽂힌 화살촉이 몸을 관통해 주둥이 밖으로 빠져나갔다고 했다. 눈보라처럼 울부짖다가 호랑이는 쓰러졌고, 배를 가르니 뱃속에서 붉은 눈발이 수만 길 치솟았다 했다. 계곡으로 흘러내린 핏물이 눈보라를 헤치고 경복궁을 감돌아 광화문을 적시더니 용산에 이르러 홀연히 사라졌다 했다. 하도 기이하여 망루를 설치하고 자세히 살펴보았으나, 망원경 안에 흰 새떼가 깃을 치는 소리만 요란하였다. 나의 불명을 탓하며 저녁을 굶었다.

3

호랑이 가죽은 만백성이 보라고 남산타워 끝에다 깃발로 내걸고, 뼈는 추려서 자연사박물관으로 보내고, 기름은 설해목(雪害木)의 찢긴 상처에다 바르고, 눈알은 깨지지 않게 잘 다뤄 판자촌 흉흉한 골목의 가로등으로 달고, 발톱은 노인정의 등긁개로, 꼬리는 전국 상공의 먹구름을 터는 총채로 쓰면 어떻겠냐고 물어왔다. 나는 좋다, 그리 하라 하고 즉시 보발꾼을 띄웠다.

4

그 다음날, 포수들이 하산하지 못했다는 전갈이 왔다. 아침에 일어나

보니 잡아놓은 호랑이는 온데간데없었고, 흰 고양이 한 마리가 사지를 뻗고 쓰러져 있었다고 했다. 통탄할 일이었다. 눈썹에 하얗게 눈을 뒤집어쓴 보발꾼은 고개를 들지 못했다. 나는 드는 칼로 눈 내리는 북악의 밑동을 싹둑 잘라서 칼등 위에 올려서는 동해로 내던지라는 영을 내렸다. 그리고 집안의 하인들에게 흰옷을 입고 모두 북악으로 가서 거사를 거들라 일렀다.

5

눈 내리는 텅 빈 집은 심해(深海) 같았다. 아내가 저녁 찬이 없다고, 뒤뜰 김치 광으로 가서 두어 포기 꺼내달라고 부탁했다. 체면도 아랑곳없이 신발 끌고 마당에 나와 북악 쪽을 바라보았으나 기별은 감감하였다. 김칫독 속으로도 눈발이 자욱하게 몰려들었다.

— 『북항』(문학동네, 2012)

눈보라 사냥

화자는 구한말 한성부(漢城府)라 불렸던 서울에 터를 잡은 유력한 부호로 추정된다. 그는 눈보라가 몰아치는 날 북악으로 포수들을 풀어 호랑이 사냥에 나선다. 그러나 그들로부터 날아온 서찰에 따르면 잡았다고 믿었던 것은, 과연 호랑이가 아니라 "흰 고양이"에 지나지 않는다. 그는 격노하여 가내 종복(從僕)들에 영을 내린다. 그의 백일몽은 여기까지다. 꿈(환상)에서 미처 헤어나지 못한 그는 아내의 성화에 "김치 광"으로 향한다.

이 시를 이해하기 위해서는 먼저 "호랑이"의 실체를 파악하는 데 초점을 맞춰야 할 듯하다. 단서는 '2'에서 찾을 수 있다. "호랑이"를 잡아 해체하고 있다는 소식을 들은 화자는, 그 장면을 직접 확인하기 위해 "망원경"

을 통하여 "자세히 살펴보"려 하나, "흰 새떼가 깃을 치는 소리"만 귀에 들릴 뿐이다. 그는 자신을 탓하지만, 그의 경험은 필연적일 수밖에 없다. 왜냐하면 "호랑이"는 바로 눈보라와 등가적 의미를 띠기 때문이다. 그가 들은 "흰 새떼가 깃을 치는 소리"는 눈보라가 나부끼는 형용을 공감각에 의지해서 표현한 비유물이다. 눈보라는 바로 "호랑이"를 가리킨다. 그는 "불명"해서 보지 못한 것이 아니라, 실제로 "호랑이"의 실상을 확인한 것이다. 그러므로 화살을 맞은 "호랑이"는 "눈보라처럼 울부짖"게 되며, 그것의 해체과정도 한성부와 인근 전역에서 몰아치는 눈보라의 묘사와 다르지 않다. 이런 시각에서 '2'의 "호랑이" 사냥 장면은 '1'의 눈보라 치는 장면과 동일한 값을 지닌다. '1'의 "야음을 틈타 남으로 도하하려"는 난민의 모습은, "호랑이"처럼 맹렬한 기세로 몰아치는 눈보라의 재난적 비상상황을 현실감 있게 드러내는 장치적 성격을 띤다.

그러니까 포수들이 "호랑이"를 찾아 사냥하는 행위는 그저 눈보라 속을 헤매는 행위와 매한가지일 수밖에 없다. 그들은 "호랑이"를 사냥했다고 여기지만, 포획물은 결국 '4'의 "흰 고양이 한 마리"일 뿐이다. 여기에서 그것은 피를 흘리고 숨을 쉬는 실체가 아니라, 그들이 현재 바라보는, 눈보라 내리는 북악의 하나의 시공간을 지시한다. 그들이 사냥한 것은 눈보라 그 자체이기 때문이다. "흰 고양이 한 마리"에 인생론적 의미를 주입하여, '용을 잡은 줄로 믿었는데 알고 보니 뱀이었다'라든가, '무지개를 찾으려 들다 인생을 탕진했다'와 같은 어떤 메타포나 아포리즘으로 이해하려는 독서법은 바르지 않아 보인다. 시에 대한 강박의식이나 콤플렉스에 따른 발상에 불과하다. 입증할 가리사니를 앞뒤 문맥에서 찾기 어렵다는 점을 따지지 않더라도, 적잖이 속악(俗惡)스러워서 상정하기 어렵다. 이 작품은 표면적으로 호랑이 사냥에 관한 보고서를 다루지만, 실제로 표현하려는 것은 눈보라가 나부끼는 광경의 역동적이고 광활한 묘사다.

'5'의 반전과 시치미떼기 수법은 서사와 서정에 있어서 시의 바이털리티와 미적 균형을 보장하는 요소가 된다. 화자는 백일몽(환상)에서 완전히 깬 상태는 아니다. 그는 한성부를 호령하던 권문(權門)의 주인에서, 졸지에 아내의 성화에 쫓기는 필부가 된 채, "신발 끌고" 광으로 향한다. 그 와중에 "북악"에서 "기별"이 오기를 기다린다. 희화적으로 보일 수 있는 이러한 시치미떼기 수법은 참을 수 없는 어떤 질의 아이러니를 반영한다. 그때 "김칫독 속으로도 눈발이 자욱하게 몰려"든다. 이 부분은 가장 성공적인 미장센이다. 백석의 "어두워 오는데 하이야니 눈을 맞을, 그 마른 잎새에는,/ 쌀랑쌀랑 소리도 나며 눈을 맞을,/ 그 드물다는 굳고 정한 갈매나무"(「남신의주 유동 박시봉방」)는 좌절과 미망과 환멸이 고스란히 침전된 자의 눈에 비치는 즉물적 아름다움의 고도(高度)를 제시한다. 이에 비해 결미의 "눈발이 자욱하게 몰려"드는 "김칫독"이 조명하는 풍경은, 사람이 운명적으로 품고 건널 수밖에 없는 세계의 아이러니를 서정적인 언어로 빚어낸다. 이 결미의 서정은 다른 부분과는 사뭇 이질적인 분위기를 지니는데, 뜻밖에 그 점이 미묘하게 작용하여 시 전체의 수준을 견인한다.

북항

나는 항구라 하였는데 너는 이별이라 하였다
나는 물메기와 낙지와 전어를 좋아한다고 하였는데
너는 폭설과 소주와 수평선을 좋아한다고 하였다
나는 부캉, 이라 말했는데 너는 부강, 이라 발음했다
부캉이든 부강이든 그냥 좋아서 북항,
한자로 적어본다, 北港, 처음에 나는 왠지 北이라는

글자에 끌렸다 인생한테 패할 수 있을 것 같았다

어디로든지 쾌히 달아날 수 있을 것 같았다

모든 맹세를 저버릴 수 있을 것

같았다 배신하기 좋은 북항,

불 꺼진 삼십 촉 알전구처럼 어두운 북항,

포구에 어선과 여객선을 골고루 슬어놓은 북항,

이 해안 도시는 따뜻해서 싫어 싫어야 돌아누운 북항,

탕아의 눈 밑의 그늘 같은 북항,

겨울이 파도에 입을 대면 칼날처럼 얼음이

해변의 허리에 백여 빛날 것 같아서

북항, 하면 아직 블라디보스토크로 가는 배편이

있을 것 같아서 나를 버린 것은 너였으나

내가 울기 전에 나를 위해 뱃고동이 대신 울어준

북항, 나는 서러워져서 그리운 곳을 북항이라

하였는데 너는 다시는 돌아오지 못한다 하였다

—『북항』(문학동네, 2012)

북항, 슬프고 따뜻한 맨살

'북항'은 고유명사가 아니라, '북쪽 바다에 연한 항구'라는 뜻으로 쓰인 듯하다. 이 시는 '북항'이라는 낱말에서 연상되는 이미지와 그에 따른 정서를 바탕으로 의미가 짜인다. '나'와 '너'의 관계를 조명하고 '북항'의 의미를 추적하는 과정에서, 시가 전달하는 메시지가 구체화될 수 있다.

1연에서 4연까지 '나'와 '너'의 차이를 드러내려는 구도로 짜인다. 그러나 "항구"와 "이별"은 그것을 드러내기 위한 수법으로 읽히지 않는다. 정지상(鄭知常)의 7언절구 「송인(送人)」으로부터 지금의 가요들에 이르기까지 "항구"와 "이별"은 독립항의 대응관계로 파악되는 것이 아니라, 하나의 의미덩어리 '항구의 이별'로 묶여 문학적 루틴이 되어 왔다. 또 "물메기와 낙지와 전어", 그리고 "폭설과 소주와 수평선"의 관계 역시 '나'와 '너' 사이의 의미 있는 차이를 도출하지 않는다. 그렇기 때문에 서로 바꾸어 읽어도 해석에 부담을 주지 않는다. 각 낱말들은 시의 정조와 분위기를 형성하는 데 기여한다. "부캉"과 "부강"이 지니는 발음상의 차이도 '나'와 '너'의 입장이나 성격의 차이를 확인할 단서와는 거리가 멀어 보인다. 표준발음과 사투리에서 발견되는 발음('ㅎ'을 묵음화하는) 이상의 차이를 끌어내기 어렵다. 결미에서는 1행과 수미상관하여 '나'와 '너'가 헤어지는 장면을 제시한다. '북항'은 '나'에게는 "서러워져서 그리운 곳"이지만, '너'에게는 "다시는 돌아오지 못"하는 이별의 공간이다.

'북항'은 '나'에게 "인생한테 패할 수 있을 것 같"고, "쾌히 달아날 수 있을 것 같"고, "모든 맹세를 저버릴 수 있을 것 같"고, "배신하기 좋"은 곳이다. 이 부분은, '북항'에서는 그때까지 '나'가 치열하게 견지해 왔던 모든 가치, 때로 자신을 옥죈다고 여겼던 모든 세계관이나 인생관으로부터 해방된 느낌을 받는다는 해석이 가능하다. 그러니까 그것은 "탕아의 눈빛의 그늘"처럼 묘사될 수 있다. 이런 시각이 맞다면, '나'는 지사나 혁명가적 결의와 웅지(雄志), 또는 그에 준하는 어떤 뜻을 품고 실천해 온 캐릭터로 이해할 수 있다. 그런데 '나'는 '북항'에서만큼은 모든 것을 버리고 기꺼이 무장해제된다. "북이라는 글자"에 매력을 느낀 게 문면의 이유지만, 왜 그런지 추정하기 쉽지 않다. '남(南)'에 매력을 느끼는 이유를 보편적인 수단으로 설명하기 어려운 것처럼, 그것은 개인의 기호나 사유의 경사(傾斜)와 관련된 문제일 터이다. (단순히 직관에 따른 것이지만, 아래의 "블라디보스토크"가 포함된 북간도 지역—독립투쟁이 벌어졌던—같은 북방에 대한 향수가 무의식 중 작용한 때문인지도 모른다)

문면에 따르면, '너'가 '나'를 "버린" 까닭은 "겨울이 파도에 입을 대면 칼날처럼 얼음이/ 해변의 허리에 백여 빛날 것 같아서" "아직 블라디보스 토크로 가는 배편이/ 있을 것 같아서"다. 전자가 자신의 자의식과 고통을 '북항'의 겨울풍경에 빗대 감각적으로 노출한다면, 후자는 신념과 결의의 내용을 시사한다. 연해주의 블라디보스토크, 해삼위(海蔘威)는 러일전쟁 전까지 조선의 우국지사와 독립투사가 홀로, 또는 솔가해 이주해서 무장 항쟁을 도모했던 곳이다. 얼핏 뜬금없어 보이는 "블라디보스토크"는 신념을 위해 전 생애를 투신하려는 자에게 꿈을 실천하는 현장의 뜻을 지니는 것으로 해석할 수 있겠다. 이런 추정이 가능하다면 '너'가 동지이기도 했을 '나'와 헤어지는 모습은, 그것을 위해 신명(身命)을 걸고 장도에 오르는 자의 비장한 뒷모습을 환기한다. 이를 인지하면서 부채의식에 시달리는 '나'에게, '너'와 결별하는 공간인 '북항'은 오래 "서러워져서 그리운 곳"으로 남을 수밖에 없다.

'나', 즉 화자에게 역사와 이데올로기의 하중으로부터 해방될 수 있는 '북항'은 낭만적인 색채에 가깝다. 이에 비해 '너'에게 그것은 더욱 현실적인 온도로 자신의 결의를 부추긴다. 한때 투쟁동지였을 둘 사이 관계의 엇나감에서 시대적 불화나 경직된 이데올로기와 갈등의 낌새가 아니라, 문명사 이전부터 그래 왔을 사람과 사람의 슬프고 따뜻한 맨살이 감촉되는 것은 분명히 이 시의 미덕이다.

서울로 가는 전봉준

눈 내리는 만경 들 건너가네

해진 짚신에 상투 하나 떠가네
가는 길 그리운 이 아무도 없네
녹두꽃 자지러지게 피면 돌아올거나
울며 울지 않으며 가는
우리 봉준이
풀잎들이 북향하여 일제히 성긴 머리를 푸네

그 누가 알기나 하리
처음에는 우리 모두 이름 없는 들꽃이었더니
들꽃 중에서도 저 하늘 보기 두려워
그늘 깊은 땅속으로 젖은 발 내리고 싶어하던
잔뿌리였더니

그대 떠나기 전에 우리는
목쉰 그대의 칼집도 찾아주지 못하고
조선 호랑이처럼 모여 울어주지도 못하였네
그보다도 더운 국밥 한 그릇 말아주지 못하였네
못다 한 그 사랑 원망이라도 하듯
속절없이 눈발은 그치지 않고
한 자 세 치 눈 쌓이는 소리까지 들려오나니

그 누가 알기나 하리
겨울이라 꽁꽁 숨어 우는 우리나라 풀뿌리들이
입춘 경칩 지나 수군거리며 봄바람 찾아오면
수천 개의 푸른 기상나팔을 불어제낄 것을
지금은 손발 묶인 저 얼음장 강줄기가

옥빛 대님을 홀연 풀어헤치고
서해로 출렁거리며 쳐들어갈 것을

우리 성상(聖上) 계옵신 곳 가까이 가서
녹두알 같은 눈물 흘리며 한 목숨 타오르겠네
봉준이 이 사람아
그대 갈 때 누군가 찍은 한 장 사진 속에서
기억하라고 타는 눈빛으로 건네던 말
오늘 나는 알겠네

들꽃들아
그날이 오면 닭 울 때
흰 무명 띠 머리에 두르고 동진강 어귀에 모여
척왜척화 척왜척화 물결소리에
귀를 기울이라

—『서울로 가는 전봉준』(민음사, 1985)

역사의 화인(火印)을 위한 장렬한 증언

이 작품은 1895년 일본에서 간행된 사진화보집에 〈동학당수령 전녹두와 조선순사〉라는 제목으로 게재된 사진에서 착안한다. 검은 제복의 순사와 벙거지를 쓴 군노(軍奴) 사이에 상투를 틀고 가마를 탄 전봉준이 카메라를 정면으로 응시하고 있다. 사진은 같은 해 2월 27일, 일본영사관에서 문초를 받던 전봉준이 법무아문(法務衙門)으로 이송될 때, 사진가 무라카미 덴신[村上天眞]이 촬영했다. 녹두장군으로 불렸던 전봉준은 그해 3월 29일부대시참(不待時斬)을 언도받는다. 그는 절명시 「운시(殞詩)」를 남기고 곧바로 서소문 밖 네거리에 효수(梟首)된다. 제목 '서울로 가는 전봉준'과 1연에서 보이는 장면은 전봉준이 우금치전투에서 패퇴한 뒤, 순창에서 김경천 등의 배신으로 체포되어, 서울로 압송되는 광경을 떠올린다. 체포될 때의 심각한 부상으로 이미 다리가 훼손돼 탈것에 의지해서 서울로 향할 수밖에 없다는 점, 무엇보다 그의 "타는 눈빛"이 다를 리 없다는 점에서 두 장면에 차이를 두는 태도는 무의미하다.

1984년 동아일보 신춘문예 당선작인 「서울로 가는 전봉준」은 전두환 쿠데타정권에 의해 소위 '민주주의의 봄'이 무산되고, 광주항쟁이 좌절된 철권통치시대와 맞물린다. 이러한 역사적 정세 속에서 '저항' '민중' '역사'와 같은 거대담론에 관심을 가지는 모습은 시민이기도 한 시인에게 부자연스럽지 않다. 동학혁명, 또는 전봉준은 그것을 실현하는 설득력 있는 아이콘이다.

시의 구성은 글쓰기의 정형(定型)을 보인다. 1연은 전봉준이 일본군에게 체포되어 서울로 호송되는 장면을, 2연은 아직 역사적 각성에 이르지 못한 민초를, 3연은 그에 대한 연민을 구체화하며 비로소 자각하는 민초의 모습을 그린다. 4연은 하나의 정치적 이데올로기로 연대한 민중으로 거듭나는 민초의 장엄한 봉기를 이야기하고, 5연은 시의 모티프가 된 전봉준의 사진을 제시하며 깨달음을 확인한다. 6연은 감탄사와 더불어, 승리를 예감하는 전쟁의 새벽에 동진강의 물결 소리를 들으며 혁명의 어젠다라 할 수 있는 '척왜척화(斥倭斥華)', 즉 일본과 청으로 표상되는 외세를 축출하고 자주적 민족국가를 세우는 결의를 새긴다.

시의 클리셰는 두 방향으로 나타나며 주지(主旨)를 빚어낸다.

먼저 들 수 있는 것이 "풀꽃" "들꽃" "풀뿌리"가 함의하는 민중이다. 민중을 풀과 그것의 카테고리에 드는 식물로 대신하는 수단은, 많은 부분 그것들이 지니는 익명성과 군집성과 생명력 때문이다. 서민대중을 뜻하는 민초(民草, the grass roots)도 이와 관련해서 조어한 낱말이겠다. 이 말들이 같은 정치적 이념을 공유하거나 그것을 실현하려는 군중이라는 뜻으로 쓰이는 사례는, 소위 현실참여계열의 시들에서 흔하다. 여기에서도 그것들은 "북향하여 일제히 성긴 머리를" 풀고 전봉준의 실패를 안타까워하며, "저 하늘 보기 두려워/ 그늘 깊은 땅속으로 젖은 발 내리"면서 폭정과 탐학에 굴복하는 패배의식에 젖어 있기도 하다. 또 "수천 개의 푸른 기상나팔을 불어제"끼며, 일제히 봉건적 억압으로부터 해방된 세계를 향해 진군한다.

다음은 '봄'과 '새벽'이 지니는 상징체계다. '겨울'과 '밤'이 갖는 고난과 굴종의 의미와 대척지점에 서 있는 그것은 저항과 승리라는 메시지를 전달하곤 한다. 사회와 역사에 적극적으로 대응하려는 수많은 현대시들에서 그러한 모습을 발견할 수 있다. 시에서 그것들은 "봄바람" "닭 울 때"로 변주되어 나타난다. "봄바람"을 맞으며 떨치고 일어난 민중은 벅찬 진격의 함성을 울린다. 또 "닭 울 때" 그들은 "동진강 어귀에 모여" 시대적 신념을 확인한다. (4연의 "손발 묶인 저 얼음장 강줄기" 역시 봉기의 주체가 강물결로 바뀌었을 뿐, 그것을 "얼음장"으로 억압했던 원인이 '겨울'에 있다는 점에서 논지에 벗어나지 않는다)

이러한 클리셰들은 대중에게 어렵지 않게 호소하는 이점을 갖는다. 어려운 시가 좋은 시를 담보하지 않는 것처럼, 쉬운 시가 좋은 시를 담보하지 않는다는 점은 자명하다. 특히 현실참여계열의 시들에 있어서, 손쉬운 만큼 창작적 타성에 빠질 위험에 노출될 가능성이 크다. 이를 도구로 한 대부분의 작품들에서 선거벽보와 별 차이 없는 구호나 도식화된 프로퍼갠더의 흔적이 발견될 뿐, 삶과 역사에 대한 진정성이나 미적 순도(純度)를 감촉하기 어려운 현실도 그 때문이다. 이런 시들은 대체로 한 줄로 내용을 완벽하게 설명할 수 있다. 기(起)를 읽으면 다음에 이어질 승(承)·전(轉)·결(結)은 대개 불을 보듯 뻔하다. 그건 시가 아니라 격문이고, 예술이 아니라 공학이다. 좋은 시는, 분명히 존재하나 조리 있는 해명이 원천적으로 불가능한, 암흑에너지와 같은 틈이 있다. 그 형언할 수 없는 공간에서 생긴 원심력과 구심력의 깊이와 질이 문학적 수준을 결정할 때가 많다. 또 그것들은, 화전민이 이 산 저 산 불을 지르며 이동하여도 수확물은 매번 귀리나 팥 등속으로 귀속되듯이, 아무리 멀고 복잡한 길을 우회해도 결과물은 피로한 동어반복에 그치기 십상이다.

그럼에도 불구하고 「서울로 가는 전봉준」이 이러한 위험에서 벗어나 있는 느낌을 주는 까닭은 리듬감과 표현효과에서 찾을 수 있다. 그의 리듬은 격정적이지만 조급하지 않게 숨결을 가다듬고, 비애스럽지만 슬픔에 매몰되지 않는 탄성을 유지한다. 그러면서 시의 정조를 건강하게 이끈다. 또 결미의 "척왜척화 척왜척화"는 동학혁명 2차 봉기의 기치(旗幟)를 동진강 물결소리의 음성상징어에 빗대 표현한다. 이 교묘한 위트는 시 전체를 타고 흐르는 의미와 이미지를 긴장감 있게 감싸며 성공적으로 갈무리한다.

5연의 "우리 성상(聖上) 계옵신 곳"은 의문스럽다. 단지 궁궐이 있는 서울을 가리키는 것으로 이해하기에는 의미질량이 커 보인다. 그의 관심은 국왕의 강녕과 안위보다는 전래적 질서와 가치의 혁파, 그리고 정치·경제·사회의 혁신에 방점을 찍는다. 하지만 시의 내용은, 더욱이 국왕 "가까이"에서 "녹두알 같은 눈물 흘리며 한 목숨 타오르"는 전봉준의 모습에 미치면, 그의 투쟁이 오로지 국왕을 향한 단심(丹心)에서 발원했다는 오해를 불러일으킬 소지가 있다. 해당 시기 국제정세에 무지하고 내치에 무능한 고종과 민비가 전봉준을 역적으로 치부하여 염오했다거나, 그가 이송되는 동안 대표적인 관변 어용집단인 보부상패가 타매(唾罵)하고 조롱하며 폭력을 가하는 모독을 안겼다는 기사와도 엇박자를 놓는 인상이다. 설혹 그가 포고문의 형식일지언정 국왕에 대해 미련을 드러낸 적이 있다 하더라도, 그것은 충이라는 유가적 도그마를 차마 부정하지 못하는 뭇 유생의 관념적 제스처와 별반 다르지 않을 듯싶다.

역사의 부조리가 필연적으로 반복된다면, 전봉준은 어느 시대든지 현재 진행형으로 살아 있을 수밖에 없다. 사진이라는 근대적 수단에 화인(火印)처럼 남은 그의 눈빛이 응시하는 것은 카메라가 아니라, 시대의 아유(阿諛)와 비겁이 될 것이다. 안도현의 이 작품은 그것에 대한 장렬한 증언이다.

황학주

나의 비애

사랑보다 더 늙은
몸이라는 비애를 만지며
금곡리 저자거리의 저녁을 지나네
퇴근길에 가을비 술국을 끓이고
다방 아가씨 손톱을 깎고
수북하게 마음 안쪽을 분지르네
나의 비애로 제압해야 하는 가을이
없는 길을 끝내 가게 하면
내 사랑 감출 곳이 없네
죽산품과 젓갈류, 채소전들 사이
나는 시장에 쌓인 고향들을
하나씩 입속에 굴려보며 지나네
팔려간 고향이 되어 객지와 살고 있으니
고향을 의심하는 나는 외롭네

눈만 남은 사람처럼 마르네
2단 협립우산을 든
비애가 신문지로 싼 찐빵을 끼고
잠시 전봇대 뒤로 사라지네
모든 것의 타향 쪽으로 가지 않으면
나는 더욱 어두워질 것 같은데
한 치 앞을 모르는 상처 속에 사랑이 있으니
사랑은 끝없네
비 맞은 비애의 겨드랑이 사이
길을 찾을 수 없는 날의 저녁이
또 하나 쏜살같이 지나가네

—『갈 수 없는 쓸쓸함』(미학사, 1991)

비애의 겨드랑이, 사람의 아름다움

화자는 비가 내리는 가을 저녁 금곡리의 시장통을 거닐며, 사랑과 고향과 관련한 상념에 잠긴다. 제목 '나의 비애'가 시사하는 것처럼 이 시는 화자로 하여금 거리를 헤매게 하는 비애의 원인과 형식을 규명하는 선에서 이해의 단초를 마련한다. 시의 외곽을 구성하는 '저녁'과 '가을'과 '비'가 지니는 원형적 함의에 주목하면, 비애의 진자(振子)는 일단 실물적이기보다는 근원적인 어떤 지점을 향하는 듯이 여겨질 소지가 있다.

그에게 비애는 "사랑보다 더 늙은 몸"으로 인식된다. 비애라는 정서적 프로세스가 "몸"이라는 육체적 환경에 스며들면서, 육체가 지니는 구체적인 절박함으로 치환된다. 그가 시장거리에서 가을비를 맞으며 "술국을 끓이"는 모습에 눈길을 보내는 무심한 식욕의 떨림은, 자신의 비애에 대응하는 자세와 무관하지 않을 터다. 한산한 시골 다방의 레지가 무료하게 깎고 있는 손톱에서 겪을 수밖에 없는 "마음 안쪽을 분지르"는 통각 역시 비애의 감각적 체현으로 이해하게 된다. 가을을 "비애로 제압해야" 한다는 독백은 가을을 '비애로 견뎌내야' 한다는 고백으로 들린다. 그에게 비애는 거부하거나 부정할 수 있는 게 아니다. 천라(天羅)에 갇힌 것처럼 그대로 받아들일 수밖에 없다. 화자는 스스로 "2단 협립우산을 든 비애"가 되어, "신문지로 싼 찐빵을 끼고" "전봇대 뒤로" 몸을 감춘다. 자신을, 또는 자신의 비애를 대상화하고 있는 이 장면은 "신문지로 싼 찐빵"이 함축하는 식욕의 황량함과 절실함이 삼투하면서 비애의 정량과 농도를 높인다. 여기에서 "협립우산을 든" 이는 화자의 눈에 비친 제3자일 수 있다. 그럴지언정 그에게 화자의 비애가 고스란히 투사(投射)되고 있다는 점에서 논지의 차이는 있지 않다.

시의 문면에서 드러나는 비애의 내포는 '사랑'과 '고향'으로부터 유추할 수 있다.

'사랑'의 뜻은 "가을이 없는 길을 끝내 가게 하면 내 사랑 감출 곳이 없네"와 "한 치 앞을 모르는 상처 속에 사랑이 있으니 사랑은 끝없네"에서 확인 가능해 보인다. 전자에서는 가을날 사랑으로 말미암아 방황하는 화자가 드러난다. "없는 길을 끝내 가"는 데에서는 이루어질 수 없다는 사실을 알면서도 그리움을 놓지 못하는 모습을 그린다. "내 사랑 감출 곳 없"다는 진술은 사랑의 감정을 참을 수 없다는 의미로 읽힌다. 후자는 자신의 사랑이 영원히 멈춰지지 않을 거라는 예감으로부터 발원한다. 이러한 예감은 그의 '사랑'이 "한 치 앞을 모르는 상처"를 준다는 데에 근거를 둔다. 여기에서 "한 치 앞을 모"른다는 표현은 '예견하지 못한다'는 의미보다는 '불안하다'는 의미가 더 짙게 배어 있는 것 같다. 이 부분을 일상적 화법으로 다시 쓰면, '나의 사랑은 불안한 고통과 더불어 영원히 이어질 것이다' 정도로 요약할 수 있다. 화자의 '사랑'은 이루어지지 않을 것을 알면서도, 버리지 못하고 고통스럽게 이어나가야 하는 그리움의 정서로 감싸인다.

화자는 금곡리 장거리에서 '고향'을 의식하며 여기저기 둘러본다. 그러나 그곳은 "팔려간 고향이 되어 객지와 살고" 있을 뿐이다. "죽산품과 젓갈류, 채소전들" 등, 자본주의와 산업화에 따른 이유 때문인지는 불투명하지만, 본래적이고 생래적인 가치가 유기된 풍경은 이종교배된 것처럼 낯설다. '고향'을 잃어버린 그는 거기에서 외로움을 느끼며, "눈만 남은 사람처럼" 야위어 간다. 그는 결국 "모든 것의 타향 쪽으로 가지 않으면" 스스로 "더욱 어두워질 것 같"다는 자각을 한다. 이는 '고향'의 변화를 인정하지 않으면, 더 나아가 사물과 현상의 변전을 수납하고 자신도 그 흐름에 편입하지 않으면, 외로움이 가중될 거라는 문맥으로 비친다.

> 모든 것의 타향 쪽으로 가지 않으면/ 나는 더욱 어두워질 것 같은데/ 한 치 앞을 모르는 상처 속에 사랑이 있으니/ 사랑은 끝없네

이 대목에서 비애를 조직하는 두 개의 이질적 화소인 '사랑'과 '고향'이 접점을 이룬다. 연결어미 '―는데'의 앞절은 '고향'에 관련된 내용을, 뒷절은 '사랑'에 관련된 내용을 담는다. 앞절은 화자가 현재 앞에서 제기한 변화의 흐름에 가담하지 않아 "어두"운 상태에 있음을 암시하고, 뒷절은 영원할 듯한 '사랑'의 고통을 예감한다. 여기에서 '―는데'는 두 절의 종속성을 지시하는 애초의 어법적 기능과는 거리가 있다. 두 절을 병치시키면서 하나에 다른 의미를 미러링하는 역할을 수행한다. 이런 시각에서 화자의 '사랑'은 '고향'에 대한 그리움, 즉 '향수(nostalgia)'와 닮게 된다. 이는 그를 지배하는 '사랑'의 대상이 개별적인 실체라기보다는 보편적인 이데아에 접근한다는 것을 뜻한다. 설혹 처음에는 실제적 인물일지언정 시간과 감정의 여과와 소진을 거치면, 그것은 필연적으로 이데아적 성격을 띠게 된다.

소위 아니마(anima)를 환기하는 이러한 그리움은 예리하고 격렬하지는 않지만, 적어도 의식의 깊은 지점에서 더 안타깝고 간절할 수 있다.

결미는 화자의 미망과 혼돈이, 그리고 비애가 이후로도 끝 모르게 이어질 것임을 암시한다. 부질없음을 알면서도 "비애의 겨드랑이"로 고통을 견디는 일은, 신이 아닌 사람이기 때문에 일어날 수 있으며, 그것은 어쩌면 사람이 신이 아니기 때문에 아름다울 수 있는 유일한 까닭인지 모른다.

아담, 너는 어디에 있었나

한 여자의 머리통을 붓이 털어 주었다
파리를 쫓는 두 살배기 손바닥이 천천히 쓸어갔다

아담, 너는 어디에 있었나
맨 앞에서 밤을 맞던
그 춥고 어두워지던 마음에 대해
백색전구 같은 얼굴들이 뒤늦게 웅성거리던
홀로 맞은 이브의 죽음에 대해
대체 들려줄 말 같은 건 없나
자카란타 보랏빛 꽃잎의 비린 피막을 열고
뒷걸음질하는 깊은 어둠에 대해

아담, 뱀의 억울함
혹은 에이즈의 억울함에 대해 누가 말할 수 있을까

여자는 이제 체중이 나가지 않아
모래 위에 엎어둬도 골반뼈가 묻히지 않는다
야훼의 검은 언덕, 기억을 놓아버린 새와 꽃들이
눈곱 낀 두 살배기를 떼어놓고 있다
스무 살 여자가 잠에서 나오면
사람을 지었으나 사람을 잃어버린 쓸쓸한 손이
빈 사막을 건널 것이다

100마일 빈 사막에
붉은 해만을 올려놓은 식탁 이쪽에서 저쪽까지
밥알 몇 개로 붙은 생들이 빠져 나간다
또 몇 사람의 장례가 오늘 치러진다는
회오리바람의 이야기를 듣게 될 때
아담, 너는 어디에 있었나
풀을 꼬아 여자의 마른 발목에 묶어 주며
내일 아침 식탁에서 우리는 또 속을 것이다
바오밥 나무껍질 씹어가며 옥수수 알갱이 한 줌, 썩은 소젖 한 컵으로
찾아간다는 내세, 무슨 얘기 끝엔가 나오는
그곳으로 가는 발목에 매달려

—『노랑꼬리 연』(서정시학, 2010)

생의 환멸과 고독, 혹은

이 시는, 최초의 인류로 알려진 루시와 그녀와 10㎞ 떨어진 지역에서
발굴된 "두 살배기" 아이에서 모티프를 구한다. 아직 발굴되지 않았으나,

루시의 남편이며 "두 살배기" 아이의 아버지로 상정한 "아담"을 청자로 삼아, 생이 어쩔 수 없이 지니게 되는 아이러니에 대한 쓸쓸한 환멸과 비애를 되뇌는 형식으로 이루어진다. 성서적 상상력을 배후에 두면서, 어쩌면 기독교를 불러일으키는 네거티브한 담론을 펼쳐 보이지만, 그것은 결국 근간(根幹)이 아닌 지엽(枝葉)에 머문다.

 "아담, 너는 어디에 있었나"하는 질문은 남자의 것은 없이 여자의 유골만 홀로 발견된 사실에서 착안한다. 물론 발굴지에 남자의 유해가 함께 발견되지 않았다는 점이, "여자"가 죽음을 홀로 맞았다는 사실을 증명하지는 않는다. 화자가 그러한 정황을 밑그림으로 그려 놓은 것은 극적인 배치와 진술의 효과를 위해서로 추정된다.

 인류사의 지평선 위에 문명의 별이 돋기 아직 한참 전인 어느 밤이다. 어두운 늪 여기저기에서 노란 독개구리 울음이 낭자하다. 습한 바람결에서 콜로부스원숭이의 피냄새를 맡은 하이에나의 조상뻘쯤 되는 무리가 두 눈을 헤드라이트처럼 밝히며, 어쩌면 등황색 파초과의 꽃무더기를 막 굵고 긴 앞다리를 허둥거리며 짓밟기 시작할 무렵이다. 현생인류에게 비록 흐린 흔적일지언정, 오래된 서명(署名) 같은 유전자적 근거를 남겼을 한 검정털복숭이 "여자"가 근처의 토굴 속에서 토굴 밖의 어둠에 하염없는 눈길을 던지고 있다. 필경 자신의 죽음을 인식조차 하지 못한 채, 홀로, 고요히, 무료히 숨결을 마저 내려놓는 그녀의 임종 장면은 시적 상상력의 매력적인 소재라 하겠다. (미국의 고고학자 도널드 요한슨이 루시를 발견한 지점은 사막지대가 아니라, 아파르삼각지에 속하는 하다르의 마른 호수 근처다. 하지만 사망시점과 발굴시점의 시간적 거리는 생태환경의 변화가 발생하기에 충분하다) 이 시의 모든 장치와 에피소드는 그러한 쓸쓸하면서 장엄한 광경을 위한 각주(脚註)에 불과한 게 될 것이다.

 2연의 두 가지 물음, "너는 어디에 있었나" "들려줄 말 같은 건 없나"는 구체적인 답변을 요구하지 않는다. 죽은 지 320만년 만에 무기질처럼 앙상한 형해(形骸)로 햇빛을 받는 "여자"에서 겪은 생명과 죽음에 대한 화자의 환멸과 안타까움을 둘러서 표현하는 감탄사적 성격이 더 짙다. "맨 앞에서 밤을 맞던 그 춥고 어두워지던 마음"은 죽음에 임박한 "여자"에 투사된 그의 감정을 드러낸다. "자카란타 보랏빛 꽃잎의 비린 피막을 열고/ 뒷걸음질하는 깊은 어둠" 역시 그녀의 정황과 관계있어 보인다. 이 장면은 "여자"의 죽음을 위로하는 화사하면서도 숙연한 보랏빛 산화제의(散華祭儀)를 떠올리면서, 신생대의 그 장소를 향해 역류하는 시간과 그것의 집중(集中)을 연상시킨다. "백색전구 같은 얼굴들이 뒤늦게 웅성거리던"은 1연의 "한 여자의 머리통을 붓이 털어 주었다"와 더불어 그녀의 발굴 장면을 묘사하는 것으로 보인다.

3연의 "뱀의 억울함"은 기독교설화에 의존한다. "여자", 혹은 "이브"의 발굴은『구약』'창세기'의 천지창조를 부정할 수밖에 없다. 설화 속에서 이브를 유혹한 뱀에 관한 이야기도 허구가 된다. 그렇다면 2천 년 동안 인류로 하여금 소위 원죄에 시달리게 한 주범으로 지목돼 온 뱀의 입장에서는 "억울"하게 여겨질 수 있다. 또 뱀을 남성성의 상징이라 보면, "뱀의 억울함"은 '남성성의 억울함'으로 읽히고, 같은 선상에 놓인 "에이즈의 억울함"도 비슷한 의미로 설명할 수 있을 듯하다. 에이즈는 남성의 호모섹슈얼로부터 대개 발병한다. 이러한 해석의 궁색함과 별개로 '에이즈'에 관한 언급은 난처하다. 어떻게 풀이할지언정 2연의 분위기에는 잘 스며들지 않을 듯싶다. 또 이어지는, "여자는 이제 체중이 나가지 않아 모래 위에 엎어둬도 골반뼈가 묻히지 않는다"가 환기하는 생의 아이러니에 대한 스산하고 쓸쓸한 환멸의 분위기와도 제대로 어울리지 않는다.

아프리카를 '검은 대륙'이라 이르고 있다는 점에 비추면, "이브"가 살았던 지역을 "야훼의 검은 언덕"이라 일컫는 것은 쉽게 이해된다. 이제 "기억을 놓아버린 새와 꽃들이" "이브"의 발굴 이후 "두 살배기" 유골의 발굴까지 걸린 26년의 거리를, 또는 모녀가 해후하는 데 걸린 3백여 만 년의 거리를 "떼어놓"는다. 하지만 정작 "기억을 놓아버린" 것은 "새와 꽃들이" 아니라, 그들을 수백만 년 동안 망각의 지층 속에 까마득히 매몰한 채 살아온 인류일 터다.

"스무 살 여자가 잠에서 나오면"은 "여자" 유해의 발굴이 완료되고, 고고학적 의미가 밝혀짐을 지시한다. 이는 위에서 말한 대로『구약』'창세기'의 허구를 입증하는 것일 수 있다. "야훼"는 한때 자신을 빚어낸 신으로 찬송하고 경배했던 인간으로부터 버림받아 "빈 사막"을 헤맨다.

3연의 초현실주의적 이미지를 불러일으키는, "100마일 빈 사막에 붉은 해만을 올려놓은 식탁 이쪽에서 저쪽까지"는 사람들이 비루한 식욕 하나로 피로하게 건너야 하는 세상이다. 오늘도 "바오밥 나무껍질"과 "옥수수 알갱이 한 줌"과 "썩은 소젖 한 컵"으로 연명하며 세상을 건너던 사람들이 어김없이 죽어나갈 것이다. 화자는 "풀을 꼬아 여자의 마른 발목에 묶어주"는 예장(禮葬)을 집전한다. 이는 생에 대해 좌절하면서도, 어쩔 수 없이 그것을 추인하고 고독하게 세상을 건너야 하는 인간의 숙명성으로 읽힌다.

수백만 년 동안 동아프리카 하다르계곡의 사암층에서 후예들에게 완전히 잊혀진 채, 태고의 어느 밤결 홀로 어둠을 응시하면서 맞는 "여자"의 죽음 앞에서, 더 이상 "모래 위에 엎어둬도 골반뼈가 묻히지 않는" 죽음의, 아니 생의 참을 수 없는 가벼움 앞에서, 그 모래바람처럼 건조하고 황량한 환멸 앞에서 인류의 기원을 밝히는『네이처 제네틱스』의 논문과 언론의 흥분이, 이스라엘의 사막신 야훼의 오래된 약속과 구원이, 우리가 문득 어느 아침 식탁 앞에서 빠지고 말 잡념이 다 무슨 소용이란 말인가.

제목 '아담, 너는 어디에 있었나'는 독일 작가 하인리히 뵐(Heinrich Böll, 1917~1985)의 소설「아담, 너는 어디에 가 있었나?(Wo warst du, Adam?)」에서 따온 듯하다. 두 작품은 죽음에 대한 사유를 다룬다는 점에서 공통점을 지닌다. 그러나 뵐의 소설이 2차대전이 빚어낸 학살의 참상에 대한 고발의 성격을 띤다면, 황학주의「아담, 너는 어디에 있었나」는 삶과 죽음에 대해 근원적인 회의를 노출한다.

이 시는 1974년 에티오피아 하다르에서 발굴된 루시(오스트랄로피테쿠스 아파렌시스(Australopithecus afarensis))와 그로부터 26년 뒤 10㎞ 떨어진 디키아에서 발굴된 세 살배기(작품에는 '두 살배기'로 등장한다), 그녀의 딸 셀람으로부터 착상을 구했다는 생각 아래 논의를 전개했다. 문맥에서는 루시를 "이브"라 칭한다. 고고학적으로 아프리카 이브(African Eve)는 따로 존재한다. 그녀는 모계로만 유전되는 미토콘드리아 DNA를 역산해서 발견한 현생인류의 어머니다. 동아프리카 헤르토계곡에서 약 16만년 전의 유골로 발견되며, 호모 사피엔스 이달투(Homo Sapiece Idaltu)라는 학명을 지닌다. 의미의 교란과 오독의 개연성에도 '루시'를 굳이 '이브'로 지칭한 것은, 그녀를 종교설화에 등장하는 최초의 인류로 설정함으로써, 기독교적 전경 속에서 메시지를 더 극적이고 효율적으로 전하려는 의도로 보인다.

시의 1연 2행과 3연 1 · 2행은 문맥의 통일성을 해치지 않은 채, 설득력 있는 해석을 얻기가 불가능해 보이기까지 한다. 다른 부분에서도 군데군데 비약과 결절 때문에 부드럽게 의미를 정돈하는 데 어려움이 적지 않다. 이런 의문, 또는 불편에도 불구하고 이 작품은 황학주의 시편 가운데 단연 수작으로 꼽기에 손색이 없다. 인류의 먼 조상인 검정털복숭이 "여자"가 죽음을 인식하기는커녕, 그것이 무엇인지 알지도 못한 채, 홀로 맞았을 죽음에 대한 상상력은 생에 대해 본질적이면서 절박한 질문을 던진다.

어느 목수의 집 짓는 이야기

기적처럼 바다 가까운 데 있는 집을 생각하며 살았다
순서가 없는 일이었다
집터가 없을 때에 내 주머니에 있는 집
설계도를 본 사람 없어도
집 한 채가 통째로 뜨는 창은
미리 완성되어 수면에 반짝였다

나무 야생화 돌들을 먼저 심어
밤바다 소금별들과 무선 전화를 개통해 두고
허가 받지 않은 채 파도소리를 등기했다
하루는 곰곰이 생각하다
출입문 낼 허공 옆 수국 심을 허공에게
지분을 떼 주었다

제 안의 어둠에 바짝 붙은 길고긴 해안선을 타고
다음 항구까지 갈 수 있는 집의 도면이 고립에게서 나왔기에
섬들을 다치지 않게 거실 안으로 들이는 공법은
외로움에게서 배웠다
물 위로 밤이 오가는 시간 내내
지면에 닿지 않고 서성이는 물새들과
파도의 도서관에 대해 이야기했다
개가식으로 정렬된 푸르고 흰 책등이
마을로 가는 징검다리가 되어줄 수 있을까

순서를 생각하면 순서가 없고
준비해서 지으려면 준비가 없는
넓고 넓은 바닷가
현관문이 아직 먼데 신발을 벗고
맨발인 마음으로 들어가는 집,
내 집터는 언제나 당신의 바닷가에 있었다
— 『노랑꼬리 연』(서정시학, 2010)

바다, 당신, 그리움의 아득한 음역

토마스 얀(Thomas Jahn) 감독의 영화 〈노킹 온 헤븐스 도어(Knockin' On Heaven's Door)〉는 1997년, 밥 딜런(Bob Dylan)이 부른 노래(1973년)의 제목을 빌려 제작된다. 두 주인공 마르틴과 루디는 각각 뇌종양과 골수암 말기 환자로 같은 병실에서 지낸다. 죽음이 멀지 않았음을 예감한 둘은 병원을 탈출해 그때까지 한 번도 본 적 없는 바다를 찾아 떠나기로 의기투합한다. 이 영화는 두 캐릭터가 파란과 곡절을 코믹하게 겪다가, 마침내 담배를 하나씩 입술에 물고 테킬라 한 병만을 든 채 바다에 도달하게 되는 로드무비다. 죽음에 임박한 그들이 온몸을 던져 안으려는 것은 가족도 연인도 아닌, 다만 바람과 수평선과 비린내와 거친 파도로 이루어진 바다의 풍경이다. 마지막으로 바다의 모습을 망막에 담으며 고요히 죽어가는 그들에게 바다는 온전히, 죽음만큼 외롭고 죽음만큼 쓸쓸한 그리움의 다른 이름이었던 셈이다. 그들뿐 아니라 지상에서 살아가는 우리 모두에게 바다는 그리움과 이음동의어(異音同義語)다.

설혹 도시의 아파트에서 나고 자랐을지언정, '고향'이라는 낱말을 들었을 때 먼저 떠올리는 것은 아파트단지 안의 울긋불긋 파스텔톤으로 단장한 어린이집도, 분주한 출퇴근길의 지하철 플랫폼도, 미니스커트와 귀 따가운 댄스곡으로 호객하는 대형 휴대폰대리점도 아니다. 우리가 무의식적으로 떠올리는 것은 채송화·살구꽃이 기댄 초가집의 울섶과, 초승달빛 속의 워낭소리와, 할미꽃·도라지꽃·까마중 핀 무덤가와, 금빛 논배미를 스쳐 흐르는 실개천이다. 할아버지와 할머니, 그 위로 수십 대, 또는 그 이상에 걸쳐 경험했던 풍경들이 유전자에 인각(印刻)되어 전해지다가, 그 순간 머릿속에서 이미지 형태로 발현된 까닭이다.

사람이 바다를 그리워하는 것도 비슷하지 싶다. 사람의 먼 조상들은 척색동물(脊索動物) 이전부터 바다에서 서식하다가, 고생대인 3억 5천만 년 전에 양서류 형태로 육지에 상륙한다. 그러니까 35억 년 전에 원핵세포가 바다에 처음 출현했다고 보면, 사람의 먼 조상들은 31억 5천만 년 동안 줄곧 바다에서 살았다고 할 수 있다. 유전자에 인각된 그 동안의 기록이 사람으로 하여금 필연적인 근거와 이유가 없이 바다를 그리워하게 했다면 비약이랄 수도 있다. 하지만 유전자는 생각보다 기억력이 좋다. 난자와 정자가 결합한 후 열 달 동안 세포가 분할하는 과정은, 스스로 겪은 진화의 전 경로를 그대로 복사한다. 바닷물을 모방한 양수(羊水) 안에서 태아의 얼굴에는 어류의 아가미 흔적이 나타나고, 손에는 양서류의 물갈퀴가 보이며, 전체적으로 파충류인 거북이새끼의 모습을 띠기도 한다. 유전자의 기억이 의식에 간섭하여 선험적으로 바다를 그리워하게 한다는 생각은 전혀 엉뚱한 비약은 아닐 것이다. 어쩌면 이 상상은 우리 몸의 염도가 바닷물의 염도와 비슷하다는 사실만큼 명백한 것일 수 있다.

이 시는 바다가 그리운 화자가 "기적적으로" 바다와 가까운 집을 설계하고 짓는 과정을 담는다. 건축의 컨셉은 자연의 질서를 따라 자연과 닮게 짓는 것이다. 따라서 집을 짓는 데에 따로 "순서"와 "준비"가 필요할 리 없다. '日出而作 日入而息 鑿井而飮 耕田而食(「격양가(擊壤歌)」)'이라는 옛 시가 있다. 생각나면 돌 하나 가져다 얹고, 그렇지 않으면 팔베개로 파도소리나 들으니 그만이다. 그렇게 지은 집이기 때문에 "소금별들과 무선 전화를 개통"할 수 있고, "허가받지 않"고도 "파도 소리를 등기"낼 수 있겠다. 또 "섬들이 다치지 않게 거실 안으로 들이는" "공법"을 이용했을 터다. 그 안에서 화자는 "물새"들과 "파도의 도서관"에 대해 이야기를 나눈다. 자연의 시방서대로 지은 집에서 자연을 맨몸으로 맞아들이는 그에게, 흰 포말을 물고 연속해서 밀려드는 파도가 "개가식으로 정렬된 푸르고 흰 책등"으로 비치는 것은 당연하다.

짚과 진흙으로 바람벽을 엮었든, 슬라브로 지붕을 얹었든, 연탄으로 난방을 계획하든 문제가 안 된다. 이 시의 집은 서가에서 책을 꺼내 읽을 수 있으며, 주방에서 커피원두를 갈고 물을 끓일 수 있는 실물(實物)의 공간임에 틀림없다. 그러나 정작 화자가 공들여 지은 것은 '집'이 아니라, '바다'라고 읽힌다. 그가 집을 완공해서 그 안에 깃들여 바다를 바라보는 순간, 이미 그것은 집이 아니라 화자의 또 다른 바다, 서까래와 60촉 백열전구와 책상과 돌계단을 자재로 건축된 바다가 된다. 하여 이 시는 바다가 그리워 지은 집이 바다로 환원되는 몽유(夢遊)의 현장이다.

결미 "내 집터는 언제나 당신의 바닷가에 있었다"는 진술은 다른 반전을 모색한다. 한때 실명을 간직했을지 모르는 "당신"은, 시간이 흐르고 감정이 침전될 만큼 침전된 지금에 이르러 그리움의 보통명사가 된다. "당신"은 화자의 몸 안에서 살며 끊임없이 매혹하는 아니마 같은 존재면서, 영원히 접촉할 수 없어서 영원히 그리워할 수밖에 없을 성싶은 곡두 같은 존재이기도 하다. 그래서 "당신"은 맨 마지막 행에서 단 한 차례, 지우개로 지운 습자지의 연필자국처럼 희미하게 등장한다. 또한 그래서 화자는 "현관문이 아직 먼데"도 "맨발인 마음"으로 조심조심 가슴 죄며, 자기의 "집터"에 들어갈 도리밖에 없을 것이다.

조선중기의 사대부 송순은 "십년(十年)을 경영(經營)하야 초려삼간(草廬

三間) 지어내니 나 한 간 달 한 간에 청풍(清風) 한 간 맛져두고 강산(江山)
은 드릴 듸 업스니 둘너두고 보리라"라고 했다. 이 노래가 자연과의 친화
를 통해 출세(出世)와 달관(達觀)의 자세를 읊조리려 하는 데 비해, 황학주
의 이 작품은 자연을 포섭하는 경로에서 그리움의 추운 극지(極地)를 향하
려 한다. 도해하면 '집→바다, 집→당신, 바다=당신'으로 간추려진다. 「어
느 목수의 집 짓는 이야기」는 바다로 건축한 집을 공명관으로 삼아 바다,
또는 "당신"을 향한 아득한 그리움을 중저음의 음역으로 다스린다.

그해 여름

멀리 간 날이었다
무서우리만치 많은 나무들이 몰려왔다
다함이 있어야 혼이 들어간다는 걸 알게 되었다
박물관 앞에서 여자를 처음 보고서
눈을 감았다 뜰 때 아주 먼 시간이 어둔 화덕에 피어 있었다
찌그려 신은 한 켤레 시간을 세족시키며
여강(驪江)가 꽃 피듯 일없이 여자가 앉았다
무슨 물고기를 먹은 그 오후와 저녁 사이
그 식당은 지금 없어졌다 침이 마르듯이

낌새가 없는 일이었지만 식당 뒤
공사장 붉은 흙더미와 고랑 건너 흑백 어딘가에
수줍은 중년이 어떻게 손을 들고 있었나

오색을 다 내줘버린 자작나무
몸 떨군 가장자리로 가만가만 가져가는
저녁처럼 여자 혼자 살고 있는 곳
이승에서 하루쯤이면 갈 수 있는 곳
요행히 떠나면 잊을 수 있을 듯도 해
그 한나절은 기념이 되었다

다 알 수는 없었지만
마음이 피는 일엔 다함이 있어야 한다는 걸
여자가 눈짓해 준 그해 여름

―『저녁의 연인들』(랜덤하우스, 2010)

깊고 아픈 행려(行旅)의 날들

　화자는 길고 먼 여정의 어느 박물관 앞에서 한 여자와 조우한다. 그는 그녀를 처음 본 순간 오래 묵혀둔 과거의 한 여자를 떠올린다. 한동안, 다른 여행길의, 어쩌면 중국 여강(驪江)가의 한 식당과 부근에서 있었을 그녀와의 만남과 결별의 기억 속에 빠져든다. 그리고 박물관 앞의 여자를 통해서 "마음이 피는 일엔 다함이 있어야 한다"는 깨달음에 이른다.

　2행의 "무서우리만치 많은 나무들이 몰려왔다"는 일단 화자가 빽빽하게 우거진 나무숲을 향해 탈것을 이용해서 이동했음을 지시하는 듯하다. 그다지 특별할 것 없어 보이는 정황을 새삼 드러내 기술하는 것에서 화자의 어떤 심리적 무늬를 간취할 소지를 얻을 수 있다. 마땅히 정지해 있어야 할 나무들이 자신을 향해 엄습해 온다고 믿는 수세적(守勢的)인 장면은, 화자가 아직 닥치지 않은 일에 대한 호기심이나 설렘 같은 유객다운 정서에 싸여 있지 않다는 사실을 의미한다. 그의 여행길은, 의식적이든 그렇지 않든, 미래를 위한 설계보다는 자신과 자신의 과거를 다독이는 데 더 기울어졌을 가능성이 있다. 그렇기 때문에 박물관 앞의 낯선 여자에게서 마음 속에 담아둔, 오래전에 알았던 한 여자를 떠올리는 화자의 모습은 어색하지 않게 비칠 수 있다.

"눈을 감았다" 뜬 순간 화자는 과거로 돌아간다. "어둔 화덕에 피어 있"는 것은 그 여자인 동시에 그녀와 함께 나눈 시간이기도 하다. 거기에서 그녀는 "찌그려 신은 한 켤레 시간을 세족시키며 여강(驪江)가 꽃 피듯" 그려진다. 문면에서 "시간을 세족시키"는 것은 그녀지만, 이는 화자의 그녀에 대한 인식을 에두른다. 그녀의 자태는 세족(洗足)을 하듯이 세상 물정에 피로해진 화자의 마음을 청량하게 유인한다. 구태여 '여강'이라는 구체적인 지명을 채용한 것은, 개인적이든 일반적이든 정형화된 이미지를 담고 있지 않다면, 그녀를 만난 지역을 드러내려는 의도로 보인다. 그는 여행지의 식당에서 "무슨 물고기"로 만든 음식을 함께 나눈다. 그리고 식당 뒤의 "공사장 붉은 흙더미와 고랑" 어디쯤에서 "수줍은 중년"이 되어 그녀와 작별한다.

헤어짐의 공간은 식당 뒤의 "흑백 어디쯤"이다. "흑백"은 "오색을 다 내줘버린 자작나무"나 그 숲을 가리킨다. 현실적으로 자작나무를 "오색"으로 형용할 여지가 크지 않다는 점에 주목하면, 이 부분은 화자가 청춘을 놓아 버린 "중년"으로서의 쓸쓸한 자의식을 드러낸 것으로 이해할 수 있다. 그는 자작나무가 잎을 다 내려놓은 겨울날 저녁에 그녀와 이별한다.

화자는 그녀가 그날 자작나무에 스며드는 "저녁처럼 혼자 살고 있는 곳"에 대해서 생각한다. 그녀가 헤어진 날의 저녁처럼 살고 있으리라는 상상은 그날의 이미지로 고정되어 있다는 점에서, 이후 한 차례도 그녀와 만나거나 연락을 하지 않았다는 사실을 의미한다. 동시에 그녀를 향한 자신의 감정이 그날과 변함이 없다는 점을 가리킨다. 또 "이승에서 하루쯤이면 갈 수 있는 곳"에서 '이곳'이 아니라 굳이 "이승"이라 표현한 것은, 그녀를 그리워하는 감정이 삶과 죽음의 경계면에 육박할 만큼 근원적이고 간절하다는 점을 시사한다. 그러니까 그녀를 "요행히 떠나면 잊을 수 있을 듯도" 하다는 말은 결코 잊을 수 없을 것 같다는 반어로 읽힐 도리 외에는 없다.

문제는 시의 수미에 상응하는 "다함이 있어야 혼이 들어간다"와 "마음이 피는 일엔 다함이 있어야 한다"는 명제다. 결국 동일한 내용을 담는 것처럼 보이는 두 문장은 해석이 쉽지 않다. '절망 끝의 기교'나 '궁구(窮究)하면 길이 열린다' 등과 어슷비슷한 의미로 여겨지기는 하나, 한 여자에 대한 삼삼한 그리움을 모티프로 하는 시의 얼개와 좀처럼 어울릴 성싶지 않다. 잠언적인 분위기가 농후한 이 부분에 대한 이해는 따로 남겨놓을 수밖에 없다. (이 부분을 정당화시켜서, 그리움의 임계점에서 마침내 여자를 잊게 되었다는 의미로 파악할 소지도 없지 않다. 그렇게 보면, 그것은 박물관 앞 여자의 "눈짓"에 힘입은 게 된다. 시 전체의 의미 흐름이 수습 곤란 상태에 빠진다. 뿐더러 내용의 속스러움을 피할 수 없어서 가능성을 열어두기 어렵다)

「그해 여름」은 두 차례의 여행에서 겪은 에피소드가 액자의 안과 밖을 구성하는 여행일지다. 하지만 정작 시의 내용은 일반적인 여행의 분위기와는 사뭇 거리를 둔다. 만져지는 것은 필경 여행 중에 만났을 여자에 대한 잔잔한 동통(疼痛) 같은 그리움과, 그 통점을 스스로 어루만지며 위로하는 화자의 쓸쓸한 모습이다. 이 점에서 이 작품은 화자의 끝없이 이어질 것 같은 행려(行旅)에 관한 예감과 그 기록이다.

문인수

채와 북 사이, 동백 진다

지리산 앉고,
섬진강은 참 긴 소리다.

저녁노을 시뻘건 것 물에 씻고 나서

저 달, 소리북 하나 또 중천 높이 걸린다.
산이 무겁게, 발원의 사내가 다시 어둑어둑
고쳐 눌러앉는다.

이 미친 향기의 북채는 어디 숨어 춤추나.

매화 폭발 자욱한 그 아래를 봐라.

뚝, 뚝, 뚝, 듣는 동백의 대가리들.

천둥
난타가 지나간다.

—『동강의 높은 새』(세계사, 2000)

북채의 여백, 시와 언어의 파라곤

판소리는 섬진강을 기준으로 동쪽의 동편제와 서쪽의 서편제로 갈린다. 동편제는 전라 동북방면, 구례 · 순창 · 운봉 등지에서 전승되는 소리제이며, 우조(羽調)의 매듭이 분명하고 웅혼한 기세를 살린다. 서편제는 전라 서남지역, 보성 · 광주 · 나주 일대에서 불렸으며, 계면조(界面調)를 주로 사용해서 섬세하고 기교적인 시김[飾音]새가 돋보인다.

시의 화자는 달 밝은 밤, 매화 난만(爛漫)한 그늘에서 멀리 지리산과 섬진강을 바라보며 판소리의 흐드러진 가락을 환각으로 겪는다. 또 그가 듣는 가락은 현실음이고, 그의 시야에 비친 대상물들은 동시에 그것의 비유적 등가소(等價素)로 작용한다는 해석도 가능하다. 이 두 가지가 섞여 있을 법도 하다. 어느 경우든지 이 시가 판소리적 요소와 풍경을 구성하는 분자들을 하나로 인식하는 틀을 짜고 있다는 점에서 다르지 않다.

1연은 소리청의 모습을 담는다. "지리산"의 능선은 두루마기 차림에 갓을 쓰고 북 앞에 비껴 앉은 고수(鼓手)의 실루엣을 떠올린다. "섬진강"은 노릇바치, 즉 소리광대를 가리킨다. 하지만 창의(氅衣)에 갖신을 신고 부채를 펼친 그의 형용이 아니라, 도도하고 융융한 그의 소리를 뜻한다. 2연은 1연에 시간적으로 앞선다. 이성과 윤리와 규범이 지배하는 낮의 질서가 "씻"긴 듯 스러져야, 비로소 "지리산"이 고수가 되고 "섬진강"이 노릇바치가 되는 신화적 공간이 당도할 수 있기 때문이다. "섬진강"의 흐름에서 판소리가락을 듣는 화자가 "중천"에 둥두렷이 뜬 달에서 북의 한 면을 겹쳐 바라보는 것은 있을 수 있는 일이다. "산"은 "발원의 사내"이며, "섬진강" 물결소리의 한배(tempo)를 잡으며 박(拍)을 풀고 나누는 고수다. "어둑어둑 고쳐 눌러앉는" 그의 모습은 달의 위치에 따라 산그림자가 바뀌는 것을 나타내며, 동시에 창의 정조에 맞춰 북소리의 강약과 장단이 노는 것을 시사한다.

4연부터 화자의 관심은 노릇광대의 창이 아니라 고수의 북, 또는 북소리에 집중된다. "매화 폭발 자욱한"은 매화가 은성(殷盛)한 장면을 폭음탄이 여기저기 터지고, 매캐한 화약연기가 자욱한 청각과 후각의 이미지로 변용한다. 이는 그가 환상 속에서 듣고 있었을 소리가락에 파급한다. 하여 그적까지 유장하게 이어지던 섬진강 물소리의 장단이 여기에 이르러, 한층 재고 가파른 자진모리나 휘모리로 급변한다. 북소리의 환상이 화자의 눈에 비친 매화의 실물에 투사(投射)된 셈이다. 그것은 다시 동백의 낙화로 발전한다. 동백꽃들이 참수(斬首)되듯이 땅에 뚝뚝 떨어지는 장면을 보며, 화자는 흥강에 낙뢰가 치는 것 같다. 과연 북소리가 더욱 비장하고 격렬하게 질주함을 의미한다.

화자는 섬진강 동북쪽 마을 어디쯤에서 판소리의 환상을 겪는 성싶다. 문면에서 추정할 수 있는 그것은 서편제의 계면조보다 동편제의 우조에 훨씬 가깝다. 섬진강 물결의 시김새가 그다지 섞이지 않은 중저음과, "천둥"이나 "난타"가 불러일으키는 대마치대장단의 단색조 탕탕(蕩蕩)한 소릿결이 그것을 뒷받침한다. 그리고 보면 우조의 이러한 분위기는 나긋나긋하거나 정밀한 문장의 맺음새와 거리를 둔 이 시의 문법과도 교응하는 듯싶다.

　　이 미친 향기의 북채는 어디 숨어 춤추나.

4연은 시의 중핵(中核)을 이룬다. "미친"과 "춤추나"는 두말할 나위 없이 뒤의 "난타"와 호응하여, 자진모리나 휘모리로 질주하는 북소리의 환청을 불러일으킨다. "향기"는 다음의 "매화 폭발", 또는 "뚝, 뚝, 뚝, 듣는 동백의 대가리들"에서 함초롬히 풀렸을 꽃향기와 무관하지 않겠다. 아니면 지리산을 안고 도는 섬진강 기슭에서 달빛과 달빛 속의 풍치에 감동한 화자의 서늘한 정취를 공감각(synesthesia)의 영역 안에서 포섭한 거래도 상관없다. 문제는 "북채"다. 북은 달이 되어 "중천"에 휘영청 걸려 있고, 화자는 여전히 북소리를 듣고 있는데, 북을 두드리는 "북채"는 시야에서 찾을 길이 없는 넌센스. 나는 이 부분에 대해서 아래와 같이 밝힌 적이 있다.

　　이 시는 달빛 아래 동백꽃이 지는 모습을 노을처럼 새뜻하고 번갯불처럼 화려하게 베낀다. 그런데 달빛을 비유하는 북은 빤히 드러나는데 북채는 과연어디 있는가. 북과 북채 사이에서 분명히 동백은 "듣"고 있음에도 불구하고, 그 "미친 향기의" 북채는 도저히 찾을 수 없다. 북채는 처음부터 존재하지 않았기 때문이다. 있는 북과 없는 북채 사이에서 동백을 이처럼 난타하는 북소리로 새뜻하고 화려하게 떨굴 수 있는 솜씨라니.
　　　　　　　　　　　　　　　　— 오태환, 「달의 원형심상과 시적 상상력」(시안, 2010. 가을)

　"북채"는 어디엔가 "숨어"서 찾기 어려운 게 아니라, 아예 존재한 적이 없다. 그것을 지시할 수 있는 상관물은 화자가 바라보는 풍경 어디에서도 애초부터 있지 않기 때문이다. 여전히 화자의 귓전을 울리는 북소리와 그것을 가능케 하는 "북채"의 부재. 이 도단(道斷)의 정황 안에서 화자는 존재하지 않는 "북채"의 향방을 가늠하려 한다. 존재하지 않는 사실을 알면서도 그것을 찾으려는 노력은, 어쩌면 북소리와 "북채" 사이의 심연 속에 은폐된 시인의 이데아, 또는 시와 언어의 파라곤을 꿈꾸는 절박한 포즈로 비치기도 한다.

　「채와 북 사이, 동백 진다」는 문인수의 시편 중 단연 빼어나다. 제목의 허허로우면서 아름다운 여백은 시의 흐름에 그대로 이어지며, 조밀하고 다채로운 상상력을 유인한다. 달빛 속에 펼쳐진 "지리산"과 "섬진강"의 실루엣을 담는 원경은 판소리 선율의 곡절을 따라 에돌며, "매화"와 "동백"이 피고 지는 근경은 핏물 어린 탁성의 잦은 박을 흥건히 그려낸다. 질박하면서 시김새를 삼가는 그의 조사법(措辭法)과 해조(諧調)는, 되레 시의 뜻과 정조에 정직하게 삼투하면서 효율적인 수단으로 구실한다.

가시연꽃

방패 같은 커다란 잎이 우포늪 가득 차 발려 있다. 잎의 표면엔 무슨 두드러기 같은 가시가 섬뜩섬뜩 돋아 있는데, 그렇듯 제 뿌리짬의 그 무엇을 무섭게 덮어 누르고 있다. 그런데 그걸 또 불쑥 뚫으며 솟아오른 꽃대궁, 창 끝 피칠갑의 꽃봉오리에도 줄기에도 그런 가시가 돋아 있다.
저 온갖 적의와 자해의 시간이 오래 무더웠겠다.

그러나 누가 말할 수 있으리.
마침내 고요히 올라앉은 만개(滿開), 만 개의 캄캄한 문, 만 번은 또 무너지며 신음하며 열어 젖혔겠다. 악의 꽃, 저 길의

끝

오, 저 고운 웃음에 대해 숨죽여라. 지금
소신공양 중이다.

　　　　　　　　　　　　　　　　　　— 『동강의 높은 새』(세계사, 2000)

아수라도 속에 도사린 극채색 리얼리즘

화자는 경남 창원 일원에 소재한 우포늪에서 가시연꽃 군락을 바라본 감회를 묘사한다. 무더운 여름날 늪의 수면을 까마득히 덮은 연잎의 세계는 "적의"와 "자해"로 얼룩진 아수라도(阿修羅道)와 다르지 않다. 이 가시투성이 연잎들을 찢고 마침내 대궁 끝에 피어오른 가시연꽃의 붉은빛은 제 몸을 살라 열반에 드는 승려의 모습을 함의한다.

불교에서 청정과 광명으로 짜인 불국토를 연화장계(蓮華藏界)라 이른다. 글자대로 연꽃으로 빚어진 세계다. 『범망경(梵網經)』에 따르면, 그곳은 1,000장의 꽃잎으로 구성된 거대한 연꽃 자체이며, 낱장의 꽃잎은 하나의 세계를 이룬다. 연꽃 중심의 비로자나불은 1,000의 석가모니불이 되어 각각의 꽃잎에 현신한다. 1,000의 석가모니불은 다시 100억 보살로 화해 보리수(菩提樹) 아래에서 설법한다.

그러나 우포의 연화장계는 불교적 사유와 거리를 유지한다. 불교에서는 연꽃을 처염상정(處染常淨)의 상징으로 이해한다. 진흙구렁, 즉 흉흉한 사바(娑婆)에 처해도 물들지 않으며, 오히려 깨끗하고 향기로운 꽃으로 피어 우주를 정화한다는 뜻이다. 시에서 진흙구렁에 대응하는 것은 가시연의 잎이다. 지름 2m에 육박하는 거대한 크기에, 진초록의 윤기 나는 표면이 샅샅이 주름과 가시로 덮인, 그로테스크하고 징그러운 생김새를 띤다. 이러한 형상은 청징도량(淸澄道場)은커녕 살의와 분노로 미만한 오예(汚穢)의 현장을 환기한다. 이 틈을 뚫고 올라온 꽃은 대궁까지 가시가 빼곡히 돋쳤지만 뜻밖에, 손가락 한두 마디에 불과한 작고 선연한 붉은빛을 기적적으로 피워 올린다. 화자는 불가사의한 이 감동 속에서 "고운 미소"와 "소신공양"의 환각을 경험한다.

이 시는 모독과 음해와 좌절로 가득한 아수라의 사회 속에서 오랜 인내와 고투를 거쳐 황홀한 적멸(寂滅)에 이른다는 정도로 간추릴 수 있다. 내용만 보면 과장기를 벗어나지 않은, 평면적이고 통속적인 멜로드라마의 도식적인 공식을 따른다.

그러나 시의 포인트는 의미의 흐름에 있는 것이 아니라, 실물에 박진하는 묘사의 힘에 있다. "착 발려 있다"는 풀 먹인 도배지로 도배한 것처럼, 연잎이 늪의 수면에 한 치의 틈도 없이 밀착되어 있음을 가리킨다. "섬뜩섬뜩 돋아 있는데"의 "섬뜩섬뜩"은 의미자질과 음성자질이 한 매듭으로 결속하면서, 화자의 끔찍하고 두려운 느낌에 아울러, 가시가 여기저기 단단하고 날카롭게 돋쳐 있는 이미지를 동시적으로 전달한다. "피칠갑"은 보라에 가까운 꽃봉오리의 붉은빛을 더욱 윤기 있고 선연하게 표현한다. 그리고 연잎의 가시 이미지와 무더위 속에 연출되는 "적의"와 "자해"의 불편한 카오스와 입체적으로 어울리면서 시의 분위기를 견인한다. 신기나 기발과는 거리를 둔, 일상에서 그다지 벗어나지 않는 언어공법이 극채(極彩)의 리얼리즘을 구현하는 사례라 할 수 있다.

하나의 음절로 하나의 연을 구성하는 3연 "끝"은 의도적이다. 진공 속에 돌출한 듯한 이 부분은 율조를 급하게 바꾸면서, 시 전체의 음악적 흐름에 팽팽한 긴장감을 부여한다. 그리고 2연 후미의 "악의 꽃"과 4연의 "고운 웃음" "소신공양"이 빚어내는 의미의 충돌과 모순을 일정 부분 희석시키는 효과를 지닌다. (이 같은 충돌과 모순을 반전으로 읽는 것은, 이를테면 "만개(滿開)"한 "악의 꽃"이 "저 길의 끝"에서 갑자기 그렇게 변모하였다고 보는 것은 의미흐름의 뒷받침이 허약하여 동의하기 어렵다. 또 4연의 그것을 "악"의 표정과 "악"의 행위로 읽는 태도가 있다면 무모한 정당화라는 의심을 살 여지가 있다)

저 할머니의 슬하

할머니 한 분이 초록 애호박 대여섯 개를 모아놓고 앉아 있다.
삶이 이제 겨우 요것밖엔 남지 않았다는 듯
최소한 작게, 꼬깃꼬깃 웅크리고 앉아 있다.
귀를 훨씬 지나 삐죽 올라온 지게 같은 두 무릎, 그 슬하에
동글동글 이쁜 것들, 이쁜 것들,
그렇게 쓰다듬어보는 일 말고는 숨쉬는 것조차 짐 아닐까 싶은데
노구를 떠난 거동일랑 전부
잇몸으로 우물거려 대강 삼키는 것 같다. 지나가는 아낙들을 부르는
손짓,
저 허공의 반경 내엔 그러니까 아직도
상처와 기억들이 잘 썩어 기름진 가임의 구덩이가 숨어 있는지
할머니, 손수 가꿨다며 호박잎 묶음도 너풀너풀 흔들어 보인다.

　　　　　　　　　　　　　　　　　　　　—『쉬』(문학동네, 2006)

애호박과 자궁

이 시는 한적한 시골 장터의 한 지점에 초점을 맞춘다. 그곳에는 꽤 나
이 들어 뵈는 할머니가 쪼그리고 앉아, 무릎 아래 애호박 몇 개를 벌여놓
고 호객을 한다. 화자는 이 흔해 빠진 정경을 새삼 바라보며, 생과 여성성
의 비의(秘儀)에 관한 사유에 잠긴다.

제목의 '슬하'는 '무릎 아래[膝下]'라는 뜻으로 보통 '자손을 양육하는 어
버이의 품'을 지시할 때 쓰는 어휘다. 할머니의 모습을 묘사하는 데 슬하

라는 낱말을 채용한 것은, 그녀가 좌판에 내놓은 상품이 단순한 상품 이상의 의미를 지녔음을 시사한다. "애호박"은 동시에 어린 자손을 지시한다. 늙은호박 따위가 아니라 굳이 "초록 애호박"인 점은 그런 까닭에서 의도적이라 할 수 있다.

이는 시 전편에 일관되게 이어진다. 5행의 "동글동글 이쁜 것들, 이쁜 것들"하며 경탄해 마지않는 그녀의 발언도 그러한 인식을 반영한다. 결미는 더 분명하다. 실제로 고령의 할머니는 아기집이 받아서 임신은 머나먼 과거의 일일 터다. 그러나 화자는 짐짓 "상처와 기억들이 잘 썩어 기름진 가임의 구덩이가 숨어 있는지"라 추측한다. 이 부분은 할머니가 스스로 "애호박"을 배태하고 출산했다는 그의 의중을 직접 드러낸다.

장터의 한 구석쯤에서 좌판을 끼고 앉은 할머니는 분명히 생활 속에서 늘 경험하는 필부(匹婦)임에 틀림없다. 하나 그렇게만 비치지 않는 점도 사실이다. 그녀와 어느 순간 겹쳐 보이는 것은 대모신(大母神, Magna Mater)의 이미지다.

> 할머니는 단군 적 박달나무 신발을 신고
> 두루미 우는 손톱들을 가졌었나니…….
> 쑥 같고 마늘 같고 수숫대 같은
> 숨쉬는 걸 조금 때 가르쳐 준 할머니는…….
> — 서정주, 「할머니의 인상」 전문

미당의 이 절창(絶唱)에 등장하는 할머니는 민족사를 관류하는 여성성의 원형이며, 목숨을 점지하고 주관하는 대모신이다. 미당의 그녀가 신화와 초자연적 사유에 의지한다면, 「저 할머니의 슬하」의 대모신은 일상과 생계의 범속에서 벗어나지 않는다.

그럼에도 불구하고 이 작품의 할머니에서 대모신을 감지할 단서는, 시 전체를 조망했을 때 따르는 정조의 질에서 확인할 수 있다. "귀를 훨씬 지나 삐죽 올라온 지게 같은 두 무릎"으로 겨우 지탱한 채 "꼬깃꼬깃 웅크리고 앉"은 할머니는 "숨쉬는 것조차 짐"스러워 보일 정도로 죽음에 가까이 묘사된다. 그러나 여기에 삶과 죽음에 대한 불안한 징조나 안타까움을 느낄 소지는 처음부터 마련되어있지 않다. "잇몸으로 우물거려 대강 삼키는" 장면은 저작능력의 상실이라는 문제적 현실보다는 섭생의 구애(拘碍)로부터 벗어나 있다는 인상이 앞선다. 그녀가 "손수 가꿨다며 호박잎 묶음"을 "너풀너풀 흔들어 보"이는 몸짓은, 호객을 서두르는 가난과 궁핍이 아니라, 아무리 나이를 먹을망정 "가임"과 출산을 놓지 않는 자신을 향한 눈부신 긍지가 배어 있겠다.

죽음을 목전에 둔 여항(閻巷)의 숱한 할머니들에 지나지 않는 그녀에게 생의 연민이나 쓸쓸함의 정서가 잘 느껴지지 않는 까닭은, 그 모습에서 자신도 모르게 대모신의 어떤 비의를 눈치챈 지점에 있다. 그녀를 바라보는 것이 바람이 불고 해가 비치고 비가 내리는 배경을 무심히 경험하는 것과 다르지 않다고 생각하는 순간에, 그녀는 이미 자연과 자연의 이법으로 화한다.

애호박 몇 개를 슬하에 두고 팔을 저어 호객하는 할머니의 자태는 생멸 변전의 아득한 배후가 되고, 소슬하면서 장엄한 오직 하나의 자궁이 된다. 대모신의 현신, 이제 "저 할머니"는 다만 품 안에 세계의 목숨들을 풀어 놓고 즐겁게 양육할 뿐이다. "동글동글 이쁜 것들, 이쁜 것들", 이미 육체의 폐허를 기다리는 그녀가 "잇몸으로 우물거"리며 뱉는 환하고 호들갑스런 육성이 과장되게 느껴지지 않는 것은 이 때문이다.

동강의 높은 새

동강 높이 새 한 마리 떴다.

저, 마음에 뚫린 구멍, 꼭 그만하다.

산의 뿌리가 다 만져진다.

단 일획 깊이 여러 굽이 새파랗게
일자무식의 백 리 긴 편지를 쓴다.

— 『동강의 높은 새』(세계사, 2000)

달빛 비치는 일자무식의 서경

동강은 강원도 정선군 영월읍 동쪽으로 흐르는 길이 65km의 남한강 수
계(水系)다. 강의 흐름이 구절양장(九折羊腸)을 떠올릴 만큼 잦은 굽이를 이
룬다. 시의 모티프는 동강의 이러한 형상에서 착안한 듯하다. 4연 5행으
로 구성된 이 작품은 행간의 의미적·정서적 거리 때문에 해석에 어려움
이 따를 수밖에 없다. 더구나 본문에서 눈길이 가는 쪽은 4연의 강줄기에
대한 묘사인데, 제목은 "새"에 의미가 집중되고 있다는 점도 난해성을 증
폭시킨다.

1연이 현실적 풍경의 사생(寫生)이라 한다면, 2연은 그것을 바라보는 화
자의 심정과 관계있다. 문제는 "마음에 뚫린 구멍"이 지시하는 실체다. 앞

의 "저"에 주목하면 그것은 필연적으로 1연의 "새"를 뜻할 수밖에 없다. 이때 '새=구멍'이라는 등식이 성립한다. "새"와 "구멍"의 이러한 등식은 시적 비유의 확장적 가능성을 염두에 두더라도 낯설고 불편해 보일 수밖에 없다. 뒤에 전개되는 내용과도 교합을 맞추기 어렵다.

그렇다면 "새"는 실체가 아니라 비유물일 개연성을 따질 필요가 있다. 상정할 수 있는 거의 유일한 선택지는 달이다. 정지비행을 할 수 있는, 예컨대 솔개와 같은 새를 떠올린다면 충분히 현실성 있는 비유다. 1연의 "새"는 '날'고 있는 것이 아니라 '떠' 있는 것으로 묘사된다. 또 "새"를 달의 은유로 이해했을 때, 2연의 "구멍"이 대개 지니는 원형의 이미지와도 호응이 가능하다. "마음에 뚫린 구멍"은 한이라고 불러도 좋을, 화자가 품는 마음의 상처를 시각화한다. "꼭 그만하다"는 직역하면, 달빛이 마음에 찰 정도로 밝다는 뜻으로 읽을 수 있다. 달빛을 보며 그리움이나 아픔을 달래는 그림은 전통적 시학의 클리셰에 닿아 있다. 이런 맥락에서 2연은 화자가 달을 바라보며 품은 한을 다스리는 장면으로 봄직하다.

"새"가 달을 가리킨다면 3연과 4연도 어렵지 않게 설명할 수 있다. 필경 보름이거나 그에 가까운 위상(位相)의 달은, 화자의 시야에서 "산의 뿌리가 다 만져"질 듯이 밝다. 이 부분은 시각적 풍경을 촉각적 이미지로 이전하면서, 달의 조도(照度)를 한껏 끌어올리는 효과를 노린다. 이처럼 밝은 달빛 속에서 멀리 굽이굽이 휘돌며 흐르는 동강의 줄기도 선명하게 보일 것이다.

　　단 일획 깊이 여러 굽이 새파랗게
　　일자무식의 백 리 긴 편지를 쓴다.

여기에서 동강은 기나긴 사연을 간직한 서한(書翰)의 두루마기로 변용된다. 앞행은 강물의 외형을 그리는 동시에, 거기에 투영된 화자의 정서가 지니는 내막을 지시한다. "일획 깊이"는 그의 한이 하나의 뿌리로부터 사무치도록 유로(流路)되었음을 뜻한다. "여러 굽이"는 그가 겪은 구절양장 같은 일들의 곡절을, "새파랗게"는 한이 여태 날것으로 살아 있음을 드러낸다. 다음 행의 "일자무식"은 지류가 없는 강의 형태를 암시하면서, 더욱 곡진하고 간절한 화자의 정서를 에둘러 표현한다. 동강. 즉 "백 리 긴 편지"는 서리서리 한 맺힌 채 세계를 건너는 생애의 한 서경(敍景)이랄 수 있다.

제목 '동강의 높은 새'는 동강 일대를 밝게 비추는 달이다. 화자는 달을 바라보며, 거기에 자신의 정서를 의탁한다. 달의 눈높이에서 그는 마치 하늘의 새가 지상을 조망하듯이, 산협을 감싸고 흐르는 동강을 내려다본다. 이런 의미틀이라면 제목은 엇나감 없이 본문에 스며들 수 있다.

이 시는 감정을 임계치에 가깝도록 절제하는 수법 때문에, 화자의 정서보다는 풍경의 이미지가 지배적으로 감지되는 게 사실이다. 먼저 떠오른 이미지는 백동전 같은 달과 그 아래 꼬불꼬불 엉성하게 채색된 채 흐르는 민화풍의 초록 강물이다. 화가 김환기의 화투장만 한 소품이랄까. 거기에 검은 새 한 마리 날든 말든 개의할 바 없겠다.

식당의자

장맛비 속에, 수성못 유원지 도로가에, 삼초식당 천막 안에, 흰 플라스틱 의자 하나 몇 날 며칠 그대로 앉아있다. 뼈만 남아 덜거덕거리던 소리도 비에 씻겼는지 없다. 부산하게 끌려 다니지 않으니, 앙상한 다리 네 개가 이제 또렷하게 보인다.

털도 없고 짖지도 않는 저 의자, 꼬리치며 펄쩍 뛰어오르거나 슬슬 기지도 않는 저 의자, 오히려 잠잠 백합 핀 것 같다. 오랜 충복을 부를 때처럼 마땅한 이름 하나 별도로 붙여주고 싶은 저 의자, 속을 다 파낸 걸까, 비 맞아도 일절 구시렁거리지 않는다.

상당기간 실로 모처럼 편안한, 등받이며 팔걸이가 있는 저 의자, 여름의 엉덩일까, 꽉 찬 먹구름이 무지근하게 내 마음을 자꾸 뭉게뭉게 뭉갠다. 생활이 그렇다. 나도 요즘 휴가에 대해 이런 저런 궁리 중이다. 이 몸 요가처럼 비틀어 날개를 펼쳐낸 저 의자,

젖어도 젖을 일 없는 전문가, 의자가 쉬고 있다.

—『배꼽』(창비, 2008)

플라스틱 의자, 즉물성의 희고 고요하고 무료한 온도

이 작품은 대구 수성못 부근 어느 식당 앞에 덩그러니 놓인 흰 플라스틱 의자로부터 시상이 전개된다. 때는 장마철이다. 손님이 끊겨 한산할 수밖에 없는 식당의 의자는, 비가 오면 비가 오는 대로 그치면 그치는 대로, 손길을 타지 못한 채 방치되어 있다. 한없이 무료해 보인다. 화자는 무료한 의자를 바라보며, 혼자서 유쾌한 상상에 사로잡힌다.

한때 붐비는 손님을 따라 우툴두툴한 바닥을 소리 내며 끌려다녔을 의자는, 이제 며칠째 한 지점에 머문다. 참 고요하고 안존(安存)한 소외. 화자는 그 광경에서 비로소 의자의 실체가 보이는 것 같다. "앙상한 다리 네 개"에서 흰 털을 가진 개를 떠올린다. 그러나 플라스틱으로 매끈하게 성

형된 의자에 털이 있을 리 없다. 하물며 "짖"거나, "꼬리 치며 펄쩍 뛰어오르거나 슬슬 기"어다닐 리 만무하다. 생각이 여기에 이르니, 꿈쩍 않고 자리를 지키는 의자가 희게 피어오른 한 포기의 "백합" 같다. 화자는 의자에 대해 무료한 상상을 하며, 오래전부터 알고 지낸 성싶은 친밀감을 느낀다.

의자는 동물적 이미지에서 식물적 이미지로, 다시 즉물성의 이미지로 바뀐다. 의자는 원래 한 덩어리였던 것을 파내고 남은, 희고 앙상한 뼈대 같은 고요한 물성이다. 그러니까 아무리 비를 맞아도 '비 맞은 중'처럼 "구시렁거리"는 짓은 처음부터 가능하지 않을 것이다.

화자는 손님들의 체중으로부터 해방된 의자가 "실로 모처럼" 쉬는 듯이 보인다. "팔걸이"나 "등받이" 같은, 편안을 위해 고안된 의자의 부위가 눈에 띄는 것은 자명하다. 그는 빈 의자를 보며, 문득 자신의 "생활"이라는 의자에 여름날 장마철의 묵직한 대기 같은 번요(煩擾)와 집착이 "엉덩"이를 얹고 누르는 게 아닌가 생각한다. 그는 "휴가"를 떠올린다. 팔다리를 "요가처럼 비틀어" 한껏 기지개를 켜며, "삼초식당"의 빈 의자 같은 가볍고 자유로운 휴식을 모색한다. "젖어도 젖을 일 없는 전문가"는 습기에 내성이 강한 플라스틱 재질로 제작된 야외 전용 의자를 의인화한 것으로 이해할 수 있다.

「식당의자」는 문인수의 다른 시들과는 창작수법이란 면에서 차이가 뚜렷하다. 위트를 전략적 수단으로 대상에 접근한다. 표층에 드러난 의미 이상의 뜻을 추론하고 상정하여 해석할 거추장스런 소지를 따로 마련하지 않는다. 문면을 타고 종횡하는 비유의 흐름에 몸을 맡기면서, 그것이 주는 재미를 즐기는 것 이상을 요구하지 않는다. 시에서 가장 눈에 띄는 표현은 흰 플라스틱 의자를 "백합"에 기대어 비유한 부분이다. 여기에서 가볍고 개운하고 산뜻한 손맛을 경험하는 까닭은, 다만 물(物)에 충실하여 그것을 부리며 노는 창작전략과 무관하지 않다.

장석남

새떼들에게로의 망명

1.
찌르라기떼가 왔다
쌀 씻어 안치는 소리처럼 우는
검은 새떼들

찌르라기떼가 몰고 온 봄 하늘은
햇빛 속인데도 저물었다

저문 하늘을 업고 제 울음 속을 떠도는
찌르라기떼 속에
환한 봉분이 하나 보인다

2.
누가 찌르라기 울음 속에 누워 있단 말인가

봄 햇빛 너무 뻑뻑해
오래 생각할 수 없지만
오랜 세월이 지난 후
나는 저 새떼들이 나를 메고 어디론가 가리라,
저 햇빛 속인데도 캄캄한 세월 넘어서 자기 울음 가파른 어느 기슭엔
가로 데리고 가리라는 것을 안다
찌르라기떼 가고 마음엔 늘
누군가 쌀을 안친다
아무도 없는데
아궁이 앞이 환하다

—『새떼들에게로의 망명』(문학과 지성사, 1991)

찌르레기 울음과 환한 아궁이

"찌르라기"는, 참새목에 속하는 여름철새이며 중부 이남에서는 거의 텃
새화된 찌르레기(grey starling)를 가리키는 것으로 보인다. 화자는 봄볕 속
에 떼로 몰려다니는 찌르레기를 바라보며 죽음과 삶에 대한 어떤 예감과
도 같은 상념에 사로잡힌다.

"찌르라기떼"의 요란하고 낭자한 울음소리는 시의 키워드다. 무리의 비
행에 따라 이리저리 몰리는 그것은 "쌀 씻어 안치는" 소리로 변형된다. 이
인상적인 비유는 새소리를 다른 빛깔로 필터링해서 전달하는 국소적인 효
과에 머무는 것이 아니라, 전반의 정서와 의미에 잔향처럼 간섭하면서 시
의 미학적 품새를 예인한다.

"쌀 씻어 안치는" 소리에서 느껴지는 것은 단순히 청각적 환상만이 아
니다. 거기에 시각과 촉각이 연대한 복합감각적 성격의 이미지를 생성

한다. 쌀알들이 금속성 그릇의 표면과 작용하며 내는 소란한 마찰음에 쌀의 깨끗한 흰빛과 손등에 감기는 선선하고 맑은 물의 감촉을 동시적으로 아우른다. 이는 수십에서 수백 마리씩 무리지어 날고 있는 찌르레기의 울음소리를 입체적으로 전달한다. 화자에게 찌르레기의 울음소리는 소란하지만 희고 쾌적한 선동(煽動)과 다르지 않다.

문제는 "안치는"이다. '안치다'는 밥이나 떡 등속을 만들기 위해 식재료를 솥에 넣는 행위를 뜻한다. 씻은 쌀과 밥물을 솥에 붓는 소리든, 그 동작에 수반된 다른 소리든 "안치는 소리"는 쌀을 씻는 소리와 달리 단발적일 수밖에 없다. 새울음 소리가 품는 연속적 이미지와 모순을 일으킨다. 이 말의 채용이 단지 낱말 자체가 풍기는 매력 때문이 아니라면, "쌀 씻어 안치는" 소리는 찌르레기 울음소리의 묘사 이상의 의미를 지닐 가능성을 품는다. 이러한 추정은 '2'의 "찌르라기떼 가고 마음엔 늘/ 누군가 쌀을 안친다"에서 근거를 얻는다.

"찌르라기떼가 몰고 온 봄 하늘은/ 햇빛 속인데도 저물었다"는 봄하늘을 덮을 듯이 무수히 날아오르는 찌르레기들의 모습을 그린다. 앞의 "검은 새떼"는 다소 과장스럽게 보일 수 있는 장면에 정당성을 부과한다. 그리고 찌르레기떼와 울음소리가 직조하는 "저문 하늘"은 화자의 시야에 비친 "봉분"을 "환한" 스포트라이트로 돋을새김한다. 찌르레기떼와 울음소리를 배경으로 돋올한 "봉분"은, 화자에게 죽음은 그것들이 유인하는 숙명성으로 여겨지고 있다는 점을 시사한다.

찌르레기떼와 그들의 울음소리가 일으키는, 죽음에 관한 소란하지만 희고 깨끗한 선동은 '2'에서 구체화된다. "누가 찌르라기 울음 속에 누워 있단 말인가"는 "봉분"의 주인에 대한 관심과는 거리를 둔다. 죽음 자체가 가지는 숙명성에 대한 화자의 자각이며 탄성이다. 그에게, "봉분"의 주인이 그러한 것처럼 자신도 찌르레기들이 "자기 울음 가파른 어느 기슭", 즉 죽음으로 인도하리라는 점은 자명하다. 그러므로 "봄 햇빛 너무 뻑뻑해"

는 봄햇살의 찬란함을 지시하기보다는, 자신의 운명에 대한 예감의 물기 어린 기표로 읽힌다.

> 찌르라기떼 가고 마음엔 늘
> 누군가 쌀을 안친다
> 아무도 없는데
> 아궁이 앞이 환하다

화자의 타나토스적인 경사(傾斜)는 여기에 이르러 변화가 감지된다. 찌르레기떼가 사라지고 난 뒤에도 그의 머릿속에서는 그것들의 울음소리가 환각처럼 남아 있다. 울음소리는 "쌀을 안"치는 행위로 대체된다. 앞에서 말한, 찌르레기떼의 울음소리가 감각현상에서 의미기재로 변모하는 순간이다. 쌀을 씻어 솥에 안치는 것은 두말할 나위 없이 밥을 짓기 위한 과정이다. 다른 음식물들에 주변적이거나 장식적인 함의가 있을 수 있다면, 쌀로 지은 밥은 오롯이 목숨을 도모하는 섭생의 수단이 된다. 죽음을 예감하는 자들에게 삶이 더욱 간절한 만큼, 쌀로 지은 밥은, 또는 식욕은 살아 있는 자들에게 더욱 간절할 수밖에 없다. 죽음의 사유를 부추기는 찌르레기 울음소리에서 "누군가 쌀을 안"치는 환상 속에 잠긴 화자의 모습은, 삶과 죽음에 대한 원시적이고 절박한 본능을 환기한다.

"아무도 없는데/ 아궁이 앞이 환하다"는 역설적 정황을 조성한다. "아궁이 앞"의 "환"함은 먼저 누군가의 손이 아궁이 속에 땔나무를 쟁여 넣거나, 불쏘시개로 잉걸불을 뒤적여 올리는 장면을 떠올리기 때문이다. 이 부분이 단순한 심미적 장치로만 느껴지지 않는 까닭은 시 전체를 관류하는 정서와 무관하지 않다. 화자는 환청처럼 들리는 찌르레기 울음소리에서 죽음의 숙명론적 예감을 느끼면서, 아울러 쌀을 씻어 밥을 안치는 소리를 듣는다. 죽음을 배후에 둔 식욕은 어미의 배를 뒤져 젖을 찾는 어린 짐승의 순한 맹목(盲目)을 환기한다. 하지만 그러한 포즈가 삶과 죽음의 원리

속에서 호젓하고 쓸쓸한 자기 위안에 머물 뿐이라는 사실은, 그 숙명성은 부정하기 어렵다. 화자 역시 그걸 모를 리 없다. 이런 시야각이라면 시의 결미 "아무도 없는데/ 아궁이 앞이 환하다"는 그 호젓하고 쓸쓸한 농도만큼 아름답다.

그리운 시냇가

내가 반 웃고
당신이 반 웃고
아기 낳으면
돌멩이 같은 아기 낳으면
그 돌멩이 꽃처럼 피어
깊고 아득히 골짜기로 올라가리라
아무도 그곳까지 이르진 못하리라
가끔 시냇물에 붉은 꽃이 섞여내려
마을을 환히 적시리라
사람들, 한잠도 자지 못하리
— 『새떼들에게로의 망명』(문학과 지성사, 1991)

우의로 빚은 조촐한 소우주

'나'의 '웃음'과 '당신'의 '웃음'이 절반씩 결합하여 이룬 하나가 "아기"다.

출생 후의 "아기"는 광물질인 "돌멩이"로 비유된다. 이후 "아기"는 봄이 되어 봄꽃 번지듯 계곡을 타고 피어오르다가 아무도 이르지 못할 지점에 당도한다. 그리고 봄꽃 지듯 "붉은 꽃"을 시냇물에 떨군다. 그것들은 시내의 물줄기를 타고 내려와 인환(人寰)을 붉게 물들인다. "사람들"은 그 안에서 잠을 이루지 못한다.

이 작품은 사뭇 고답적(高踏的)이고 우의적(寓意的)인 에피소드로 결곡하게 짜여 있다. 이면에는 연기(緣起)라는 불교적 사유가 짙은 그늘을 드리우는 듯하다. 연기는 인연생기(因緣生起), 즉 현상계의 모든 존재자들은 인(因)과 연(緣)의 교섭 속에서 변전한다는 뜻을 지닌다. 인은 직접적이고 생래적인 원인을, 연은 간접적이고 주변적인 원인을 이른다. 밥을 예로 든다면, 쌀은 인이고, 적량의 물과 열기는 연인 셈이다. 석가(釋迦)는 『잡아함경(雜阿含經)』'연기법경(緣起法經)'에서 '연기는 자신이 만든 것도, 다른 깨달은 이[餘人]가 만든 것도 아닌, 원래 법계에 있어 온[常住] 것이며 연기를 체득한 후에 여래가 될 수 있다(緣起法者非我所作亦非餘人作然彼如來出世及未出世法界常住彼如來自覺此法成等正覺)'고 설파한 적이 있다.

이러한 맥락에서 시는 '나'와 '당신'이 '웃음'을 나누는 인연으로부터 출발한다. 에피소드의 분위기 안에서는 둘의 관계, 또는 사랑은 경험 이전부터 점지(點指)된 듯이 여겨진다. 한없이 순해 보이면서, 한편 전형화되어 불상의 미소를 떠올리게도 하는 '웃음'은 에피소드의 세계를 더욱 원형적인 지경으로 인도한다.

인과 연의 간섭으로 나타나는 과(果)는 "아기"다. "돌멩이"로 태어난 "아기"는 "꽃"으로 변모한다. 둘 사이는 광물질과 유기질의 차이 이상의 기미를 노출한다. 무표정으로 색계(色界)에 미만한 "돌멩이"는 무명(無明)을 뜻하고, 화려한 붉은빛으로 발화한 "꽃"은 새 세계를 틔우는 깨달음의 징후를 드러낸다. 이렇게 보면 "꽃"은 복사꽃을 연상케 하는 에피소드의 흐름과 무관하게, 진흙구렁에서 정토를 구현하는 연꽃의 의미에 다가서지

싶다. 그러나 "돌멩이"와 "꽃"의 분별은, 그것들이 어떤 형(形)과 용(容)으로 비치든 세속세계의 경계 가르기에 불과하다는 해석도 있을 수 있다. 외양의 차이가 바탕의 차이를 그대로 가리키는 것은 아니기 때문이다. 이미 순전한 시의 분위기 안에서 둘의 의미를 나누어 이해하려는 태도는 거추장스럽고 누추한 사족에 머물 가능성이 적지 않다. "돌멩이"와 "꽃"은 다만 시 전체의 의미를 부드럽게 다듬어 전달하기 위한 기능적 장치로 볼 여지도 있겠다. 어떤 시각이든 지엽의 문제일 뿐, 시 전반의 이해에 두드러진 충돌을 일으키지 않는다.

"꽃"이 도달한 "골짜기"는 "깊고 아득"하여 "아무도" "이르"지 못하는 곳이다. 유현(幽玄)과 격절(隔絶)의 이 공간은 각성으로 향하는 복도와 같다. "붉은 꽃"이 "시냇물"에 "섞여내리"는 광경은 무릉도원과 겹쳐 보이기도 한다. 이 산화(散花)는 그러면서 공(空)이라는 깨달음을 짙게 환기한다. 용수(龍首)는 『중론(中論)』에서 '모든 법(法, 존재)은 인과 연에서 생겨나는데, 인과 연은 무상하다. 인과 연에 귀속되는 법은 자성(自性, 본성)이 있을 수 없으므로 공하다(衆因緣生法我說即是空何以故衆緣具足和合而物生是物屬衆因緣故無自性無自性故空)'라고 했다. 용수의 사변(思辨)에 견주지 않더라도, 산화하는 붉은빛이 시냇물에 떠 흐르는 모습은 능동적이면서 감각적으로 공의 실체를 제안한다.

낙화유수, 한동안 바라보면 시간과 공간의 바깥에서 자신도 떠 흐르는 것 같다. 어느 순간 흐르는 꽃의 유무에도 무심해지다가, 그걸 바라보는 자신마저 지워지는 듯한 느낌이 들 때가 있다. 봄이든 여름과 가을이든 구별될 게 없다. 붉은 꽃을 실은 시냇물이, 아니 없는 붉은 꽃을 실은 시냇물이 여전히 감싸고 흐르는 마을이라면 그 붉은빛에, 그 없는 붉은빛에 "환히 적"셔질 도리 외엔 없고, "사람들"도 까닭 모르는 법열(法悅) 때문에 잠을 청하지 못할 법하다.

「그리운 시냇가」를 읽으면서 먼저 감지된 것은 불교와 노장(老莊)의 동양적 스펙트럼이다. 그중 불교적 세계관이 더 짙은 빛깔로 시의 분위기를 지배하는 것 같다. 텍스트는 때로 시인의 의도와 무관하게 끊임없이 재해석되려는 본능을 지닌다. 이 시의 서사적 맥락은 간명함만큼 다기한 해석의 가능성을 유인한다. 내가 읽은 이 에피소드의 공간은 수천의 불타가 설법하는 연화장계(蓮華場界)이며, 우의(寓意)로 빚은 조촐한 소우주다.

배를 밀며

배를 민다
배를 밀어보는 것은 아주 드문 경험
희번덕이는 잔잔한 가을 바닷물 위에
배를 밀어넣고는
온몸이 아주 추락하지 않을 순간의 한 허공에서
밀던 힘을 한껏 더해 밀어주고는
아슬아슬히 배에서 떨어진 손, 순간 환해진 손을
허공으로부터 거둔다

사랑은 참 부드럽게도 떠나지
뵈지도 않는 길을 부드럽게도

배를 한껏 세계 밀어내듯이 슬픔도
그렇게 밀어내는 것이지

배가 나가고 남은 빈 물 위의 흉터
잠시 머물다 가라앉고

그런데 오, 내 안으로 들어오는 배여
아무 소리 없이 밀려들어오는 배여
　　　　　　　—『왼쪽 가슴 아래께에 온 통증』(창비, 2001)

배를 미는 방식과 서정의 고도

이 시는 뭍 가까이 정박해 있던 배를 다시 물에 밀어 넣는 경험을 바탕
에 둔다. 화자는 다리와 허리, 그리고 어깨에 힘을 배분하고 배를 물에 밀
어내는 순간의 감각을, 사랑과 이별에 따른 감정의 작용과 교응하여 드러
낸다.

1연은 두 손으로 배를 밀어내는 장면을 구체적으로 제시한다. 화자는
"희번덕이는 잔잔한 가을 바닷물"을 향해 밀다가, 배의 밑면이 바닥에서
분리되면서 완전히 수면에 떠 움직이는 순간에 손을 놓는다. 배는 관성에
의해 밀어내는 힘의 방향으로 진행하고, 배의 고물을 잡고 허리를 구부려,
몸의 무게중심을 앞으로 한껏 이동시키면서 배를 밀어내던 화자는 두 손
을 놓는다. 배에서 손을 뗀 순간, 그는 앞으로 쏠렸던 무게중심 때문에 잠
시 몸의 균형을 잃어버린다. 가까스로 중심을 잡은 그는 배를 밀어내던 손
바닥의 감촉에 집중한다.

이 감촉은 필경 물에 젖어 미끌거렸을 뱃전의 그것만을 가리키지 않
는다. 두 종아리에서 허리를 거쳐 어깨와 팔뚝을 타고 전달되는 근육감각
을 아우른다. 거기에 배를 놓아 버리는 찰나, 전신의 힘이 갑자기 빠지면
서 손바닥에 전해 오는 허허롭고 위태로운 느낌을 포함한다. 이 느낌 안에

는 손아귀에서 벗어난 배가 아슬아슬 흔들리면서 미끄러지는 시각적 경험이 투영되어 있다. 모든 감각이 총체적으로 작용하여, 그의 손바닥에서 피부감각으로 체현되다가, 다시 "환해진 손"의 시각적 국면으로 변용된다. 예사롭지 않은 이 같은 감각현상은 시의 모티프가 되면서, 사랑과 이별에 대응하는 화자의 자세를 섬세하고 절실하게 간섭한다.

2연은 이별의 모습을 손에서 멀어지는 배로 비유한다. 주목할 부분은 "부드럽게도"이다. 수면에 매끄럽게 떠 흐르는 배로부터 착안한 이 대목은, 통속적 관점에서 연인의 헤어짐을 수식하는 방식으로는 어울리지 않아 보인다. 통상 번뇌와 미련과 회한으로 점철하게 될 이별의 정황을 그렇게 표현하는 것은, 진정성을 놓친 미사(美辭)라는 의심을 살 수 있기 때문이다. 그러나 이별의 아픔을 굳이, 또는 짐짓 "부드럽게도"로 감싸안으려는, 행간에 가려진 화자의 표정을 간취한다면 문제가 되지 않는다. 그것은 이별로 말미암은 현실적 슬픔을 이기지 못하는 자의 간절한 자기 위로의 표지일 것이기 때문이다. 3연에서 "배를 한껏 세게 밀어내듯이/ 슬픔도 그렇게 밀어내"야 한다는 진술이 그것을 뒷받침한다. 또 "부드럽게도"가 구태여 반복되고 있는 문법도 간접증거가 될 수 있다. 그리하여 그러한 화자의 모습은 외려 더 막막한 통증을 느끼게 하며, 더 강렬한 진정성을 이끌 가능성을 높인다.

"배가 나가고 남은 빈 물 위의 흉터/ 잠시 머물다 가라앉고"는 이별의 통증이 남긴 가슴의 파문이 스러졌음을 뜻한다. 문제는 5연이다.

그런데 오, 내 안으로 들어오는 배여
아무 소리 없이 밀려들어오는 배여

화자는 자신의 "안으로" "밀려들어오는 배"를 바라보며 감격의 탄성을 발한다. "배"가 눈앞의 실체가 아니라, 환상이며 비유물로 작동한다는 사실은 자명하다. 이 "배"가 지니는 의미는 무엇일까.

먼저 상정할 수 있는 것은 사랑이다. 5연은 사랑이 다시 이루어지는 환희와 감동을 드러내는 것으로 이해할 수 있다. 대상이 화자와 헤어진 연인이든 그렇지 않든 중요하지 않다. 이와 같은 해석은 감탄사와 반복적 장치로 고조된 화자의 어투에도 잘 스며드는 성싶다. 하지만 고통이 끝나고 사랑이 시작되는 기쁨으로 마무리는 결미의 의미구도는, 평면적이고 도식적이어서 멜로물을 보는 듯하다. 여기에서 필연적으로 발생하는 속스러운 기미는 아무래도 지워지지 않는다.

다음으로 생각할 수 있는 것이 고통이다. 4연에서 보듯이, 완전히 사라졌다고 여겼던 이별의 통증이, 아무 일 없었던 듯이 도지는 정황을 드러낸다. 이 부분은 만해의 "타고 남은 재가 다시 기름이 됩니다. 그칠 줄을 모르고 타는 나의 가슴은 누구의 밤을 지키는 약한 등불입니까?"(「알 수 없어요」)와 닮아 있다. 만해는 님을 향한 그리움의 불길이 꺼진 줄 알았는데, 다시 살아나 끝없이 이어질 듯하다는 전망을 침착하게 둘러서 드러낸다.(「알 수 없어요」는 그의 대부분의 다른 시편과 마찬가지로 연애시로 읽어야 한다. 이 작품은 님의 외관 하나하나를 아름답다고 여기는 자연물로 모자이크해서 수사의문문의 형식으로 묘사한다. 이를 소위 절대적 존재를 탐구하는 구도자의 모습으로 읽는 여태까지의 모습—아마 수사의문문이라는 형식을 잘못 이해한 데서 발원했을—은 문학작품을 실체가 아닌 포즈로 이해하려는 그릇된 자세다. 문학적 생산품을 문학 외적인 부분에 기미(羈縻)된 채, 거대담론으로 바라보려는 것은 문학적 스노비즘에 불과하다. 김수영의 「풀」을 언어의 자족적 미학을 탐구하는 형식이 아니라, 굳이 정치·역사적 풍향의 밑그림 속에서 파악하려는 행태와 마찬가지로 문학연구자들이 버려야 할 풍토병이고 폐습이다)

그렇다면 이 연의 경탄은 뜻밖의 형편에 맞닥뜨린 화자의 아연한 감정을 드러내는 것으로 설명할 수 있겠다. 눈여겨볼 부분은 화자의 경탄에서 다시 이별의 고통을 겪어야 하는 자의 심회를 발견하기 어렵다는 점이다.

그러나 그것이 이러한 해석의 가능성을 희석하거나 부정하지는 않는다. 리듬과 어투에 단선적으로(또는 기계적으로) 노출된 비애는 서정의 격을 떨어뜨릴 위험을 안는다. 물기를 개운히 걷어낸 화자의 어조는 되레, 배를 밀어내는 순간의 "환"한 감각에 모티프를 두면서, 사랑과 이별의 정조를 풀어내는 시의 전략적 흐름에 쾌적하게 편승한다. 그러면서 시 전반에 밴 서정의 고도(高度)를 더 높은 수준으로 견인한다.

바위그늘 나와서 석류꽃 기다리듯

바위 곁에 석류나무 심었더니
바위 그늘 나와서는 우두커니
석류꽃 기다리네
장마 지나 마당 골지고
목젖 붉은 석류꽃 피어나니
바위는 웃어
천년이나 만년이나 감춰둔 웃음 웃어
내외(內外)하며 서로를 웃어
수수만년이나 아낀
웃음을 웃어
그러니까
세상에 웃음이 생겨나기 훨씬 전부터
울음도 생겨나기 이미 전부터
둘의 만남이 있었던 듯이

우리 만남도 있었던 듯이
— 『뺨에 서쪽을 빛내다』(창비, 2010)

소박하고 은근한 수세의 미학

바위 그늘께에 고즈넉이 피어 있는 석류꽃. 화자는 그 광경을 바라보며 세상에 존재하는 인연의 형언 못할 깊이에 대해 감동한다. 그리고 자신이 겪는 인연도 그와 다르지 않은 깊이에 연원(淵源)을 두고 있다고 생각한다.

앞에서 언급한 인연생기의 틀 안에서 이해하면, 이 시의 씨가 되는 모티프는 "바위" 옆에 드리운 "바위 그늘"이 기다리다 때가 되어, "석류나무" 가지에 돋은 "석류꽃"을 만나는 인연의 형식이다. "바위"와 "석류나무"는 고갱이랄 수 있는 "바위 그늘"과 "석류꽃"이 이 세상에 와서 인연을 이루는 설정을 가능케 하는 조건이나 환경에 가깝다. 시의 에피소드를 추상화하면, '바위 그늘(←바위) : 석류꽃(←석류나무)—인연생기'로 도해(圖解)할 수 있다.

"바위 그늘"이 "석류꽃"과 인연을 갖게 되는 희열은 "웃음"으로 구체화된다. "웃음"의 내막은 "천년이나 만년이나 감춰둔 웃음 웃어" "내외(內外)하며 서로를 웃어" "수수만년이나 아낀/ 웃음을 웃어"의 세 방향에서 의미를 추정할 수 있다.

첫째와 셋째는 거의 같은 뜻을 지녀 차별적인 꼬투리를 발견하기 어렵다. 그들의 만남은 현세의 사정에 따라 우연히 발생한 일이 아니라, 훨씬 먼 전세에서 의도적으로 설계되고 조직된 일이라는 점을 불러일으킨다. 둘째는 "내외(內外)하며"에 주목할 필요가 있다. "수수만년"을 기다린 만남에도 불구하고 부끄러워, 서로 시선을 피하며 모른 척하는 태도를 보인다. 그러면서 기쁨에 겨워 차마 "웃음"만은 참지 못하는 장면은 소박하고 은근한 수세(守勢)의 미학을 드러낸다.

소위 한국적 서정의 전통이라는 표현으로 개념화할 수 있는 이러한 정서는 남녀관계를 바라보는 요즘 시각과는 유리되어 보인다. 진부하고 뒤처진다는 의문을 넘어, 당대적 삶의 모습을 반영하지 못한 채 과거에 온존(溫存)하고 있다는 의심을 일으킬 소지가 있다. 그러나 이는 합리적인 문제 제기로 여겨지지 않는다. 단지 2천여 년 전의 우주관인 인연생기라는 사유틀을 시의 배후에 두고 있다고 해서, 낡아서 무가치하다고 폄하할 수 없는 것과 매한가지다. 그것은 현재에도 여전히 유효할 수 있는 이데올로기다. 또 "내외(內外)하"는 태도는 어떤 시기에 한정된 제도나 풍속이 아니라, 시대와 무관하게 인간 내면에 자리잡은 성정의 차원이다. 일반적이지 않다고 해서, 사람과 살이의 무늬를 다루고 드러내는 당대 문학의 재료로 적당하지 않다고 보는 관점 역시 완고한 편견에 지나지 않는다. 요는 그것이 다른 재료들과 어떻게 섞이고 어울리며, 어떻게 독자를 설득하는가, 하는 부분이다.

결미 "우리 만남도 있었던 듯이"는 논의의 여지를 마련한다. 화자의 바깥에서 전개된 모티프를 급격히 화자의 영역으로 수렴시켜 맺는 수법은 흔히 쓰여 왔다. 무엇보다 의미를 가위로 오리듯이 말끔하게 갈무리하는 결구법의 간명성과 간편성 때문이다. 그러나 자주 이용된다는 사실이 방식의 훌륭함을 입증하지는 않는다. 오히려 그것은 시 쓰기의 타성이 될 가능성을 항시 내포하며, 진정성을 떨어뜨릴 위험에 노출될 소지가 있다. "우리 만남도 있었던 듯이"의 명료한 결구에서 드라마가 발할 수 있는 공명(共鳴)보다 관념과 도식의 경직이 우선 느껴지는 것은 그 때문이다.

이 시를 포함하여 장석남의 다른 시 몇 편에서 서정주가 얼핏 겹쳐 읽히곤 한다. 연기(緣起)나 노장(老莊) 같은 동양적 의미체계를 떠올리는 에피소드를 다듬고 다루는 방식이나, 한국적 정조로 전형화된 정서를 그윽하면서 낙낙하게 맺고 푸는 형국과 해조(諧調)가 그렇다. 그도 한때 서정주에 매료되었던 적잖은 시인들과 마찬가지로 그의 영향을 받은 듯하다. 영향은 축적과 전달과 변화라는 문명적 생리의 한 형식이다. 시에서 발전이라는 표현이 가능하다면, 영향은 발전의 전제이며 에너지가 될 수 있다. 영향과 아류나 모방의 구별은 간단치 않을지언정, 개념은 전혀 다르다. 장석남 시에 드러나는 이미지의 섬세한 감광도(感光度)와 정서의 은연한 조탁(彫琢)은 문단 시류의 팬데믹과 결별되어 더 의미가 있다.

정진규

들판의 비인 집이로다

어쩌랴, 하늘 가득 머리 풀어 울고 우는 빗줄기, 뜨락에 와 가득히 당도하는 저녁나절의 저 음험한 비애(悲哀)의 어깨들 오, 어쩌랴, 나 차가운 한 잔의 술로 더불어 혼자일 따름이로다 뜨락엔 작은 나무 의자(椅子) 하나, 깊이 젖고 있을 따름이로다 전재산(全財産)이로다

어쩌랴, 그대도 들으시는가 귀 기울이면 내 유년(幼年)의 캄캄한 늪에서 한 마리 이무기는 살아남아 울도다 오, 어쩌랴, 때가 아니로다, 때가 아니로다, 때가 아니로다 온 국토(國土)의 벌판을 기일게 기일게 혼자서 건너가는 비에 젖은 소리의 뒷등이 보일 따름이로다

어쩌랴, 나는 없어라 그리운 물, 설설설 끓이고 싶은 한 가마솥의 뜨거운 물 우리네 아궁이에 지피어지던 어머니의 불, 그 잘 마른 삭정이들, 불의 살점들 하나도 없이 오, 어쩌랴, 또다시 나 차가운 한 잔의 술로 더불어 오직 혼자일 따름이로다 전재산(全財産)이로다, 비인 집이

로다, 들판의 비인 집이로다 하늘 가득 머리 풀어 빗줄기만 울고 울
도다

—『들판의 비인 집이로다』(교학사, 1977)

그리운 물, 어머니의 불

화자는 어느 저녁 뜰에 내리는 빗줄기를 바라보며 홀로 술을 든다. 그
에게 빗소리가 환기하는 것은 생의 아득한 비애일 뿐이다. 술이 끌어올렸
을 비애의 농도는 김지이지[金的李的]의 사적인 공간에서 발원한 듯싶지는
않다. 그 안에는 실존적 자각의 징후가 뚜렷이 감지된다. 이때 비애가 고
독과 허무의식으로 모습을 바꾸는 프로세스는 거의 필연적이다.

1연은 빗줄기를 "음험한 비애(悲哀)의 어깨들"로 인식한다. 빗줄기에서
"어깨"를 떠올리는 솜씨는 비를 맞은 자에게 먼저 눈에 띄는, 검게 젖은
어깨에서 채용했든, 빗소리를 (어깨뼈가 드러난) 알몸의 인격으로 착시했든
중요하지 않다. 이 비유의 질감은 가을날 손아귀에 잡힌 작은 새의 심박처
럼 섬세하고 슬프다. 문제는 "비애(悲哀)"를 수식하는 "음험한"이다. 이 발
언은 '겉보기와 달리 음흉하고 험악한'이라는 사전적 의미를 넘어선다. 적
의 서린 이 발성법은 일단 개인적 욕망이나 현실, 아니면 운명으로부터
소외된 자신과 그것을 발견한 좌절의 기미를 우회해서 드리우는 듯이 보
인다. 이러한 정서는 각 연의 모두(冒頭)에 놓인 "어쩌랴"라는 자포자기적
육성에서 현시된다. 시 전체를 지배하는 탄식 어린 어조와 유장하지만 격
렬하고 비장한 해조(諧調)도 같은 맥락으로 이해할 수 있다.

"차가운 한 잔의 술"은 두 방향에서 의미를 간추릴 수 있다. "술"은 흔히
그렇듯 화자의 정서를 고무하는 기능으로 소용된다. 분일(噴溢)하는 시의
어투 역시 이와 무관치 않다. "차가운"은 술이 지니는 보통의 정서적 함의

와는 대척적 지점에 가깝다. 이는 화자가 품는 감정의 연원에 생의 냉랭한 성찰이 도사리고 있음을 시사한다. 그렇다면 앞에서 말한 소외와 좌절의 까닭은 더 분명해진다. 그것은 생계나 풍속 등속과는 떨어진 실존의 근원적인 의제에 닿아 있다.

"술로 더불어 혼자"는, 누구나 생과 운명에 대응하는 자세는 고독할 수밖에 없다는 인식을 드러낸다. 그리고 이러한 자각은 천지간의 뭇 사상(事象)들이 "작은 나무 의자(椅子) 하나"나 "들판의 비인 집"과 다르지 않다는 허무의식으로 발전한다. 동시에 화자 자신의 은유이기도 한 두 소재는 "하늘 가득 머리 풀어" 우는 빗줄기에 젖으면서, 생과 운명에 대한 비애감을 증폭시킨다. 이 장면은 신념을 지키기 위해 형장에서 목을 내놓는, 참수(斬首)되기 직전 지사의 호곡(號哭)과 원한을 떠올리게 한다. 그렇다면 비애감보다는 비장감이 더 어울릴 수 있다.

"들판의 비인 집"의 '비인'은 두 가지 의미로 해석할 수 있다. 하나는 형용사 '비다[空]'의 어간 '비-'에 모음 '이'를 삽입해서 의미를 강화하려는 의도의 조사법이다. (여기에는 '빈'의 한 음절을 '비인'의 두 음절로 늘림으로써, 촉급한 리듬을 시 전체의 유장한 스텝에 매끄럽게 스며들게 하는 율적 효과를 노리려는 의도도 있겠다) 다른 하나는 '비인'의 '이'를 사동접사 '-이-'로 보는 경우다. 그렇다면 '비인 집'은 '비운 집'의 뜻으로 이해할 수 있다. 창작론적 관점에서든 독자의 직관에 따르든 전자일 개연성이 훨씬 크다. 두 해석의 가능성은 "집"을 생과 운명의 주체로 보는가, 대상으로 보는가의 차이를 노출한다. 후자라면 존재의 참혹하고 불온한 징조 때문에 참기 어렵다.

2연의 이무기는 아직 용이 되어 여의주를 물고 승천하지 못한 속신 속의 동물이다. 어두운 늪에서 1,000년을 견디다 구름과 바람을 모아 하늘로 오른다. "유년(幼年)의 캄캄한 늪"에 영어(囹圄)된 채 우는 그것의 울음을 듣는, 들어야 하는 화자의 모습은 생과 운명에 좌절한 자신을 추인하는 것과 다르지 않다. "때가 아니로다"는 자신 내부의 이무기가 현재는 아니지만 언젠가는 승천하리라는 믿음보다는, 시간이 흘러도 결코 승천하지 못하리라는 예감을 애써 부정하는, 자기위로의 절박한 육성으로 읽힌다. 세 차례의 반복을 거쳐 강조된 육성은 오히려 이러한 추론을 굳힌다. 하여 화자의 시야가 오롯이 "비에 젖은 소리의 뒷등", 1연에서 "음험한 비애(悲哀)의 어깨들"로 비유된 광막한 빗줄기로 채워지고 마는 것은 어쩔 수 없다.

2연에 나타난 유년의 환상은 3연에서 가시화된다. 물과 불은 세계를 구성하는 원형적 질료다. 두 씨앗은 모순적이거나 대극 관계를 구성하는 듯하지만, 정화 · 재생 · 창조 · 생명의 동일한 상징성을 띄기도 한다. 보완과 상생의 요소로 작동할 수 있다. 유년의 기억을 집약하는 "그리운 물"과 "어머니의 불"도 그런 시각에서 이해할 수 있다. 속신에 따르면 우물에 투영된 달은 용의 알[龍卵]이다. 비록 달이 구현되지 않았을지언정, 어머니가 부엌이라는 정제된 신성공간에서 물을 가마솥에 담고, "잘 마른 삭정이들"을 아궁이에 쟁여 넣어 "설설설 끓이"는 장면은 용의 알을 부화시키는 모습과 닮아 있다. 또 그것은 2연의, 어두운 늪 속에서 용이 되기를 꿈꾸는 이무기를 연상하게 한다.

기억은 잔상으로 존재할 수밖에 없는 불가역적 현상이다. 현실로 소환하는 설정은 자명하게 불가능하다. "나는 없어라", 당연히 없는 것을 새삼 들추어 확인하는 화자의 탄성은 위에서 제기한 대로, 어머니의 행위가 단순히 식솔을 거두어 먹이려는 취사가 아니라, 이무기의 승천을 위한 제의(祭儀)의 내밀한 집전으로 인식했기 때문이다. 그러므로 "나는 없어라"는 2연의 "때가 아니로다"에 숨겨진, 이무기는 어차피 승천하지 못할 것이라는 예감과 직접 연결된다. 이러한 태도는 1연에서처럼 "차가운 한 잔의 술"을 마주한 고독과 스스로 "들판의 비인 집"에 불과하다는 허무의식으로 귀결된다.

이 작품의 특징은 형식에서 찾을 수 있다. 그것은 반복의 전략적 기법으로 말미암는다. 각 연의 맨 앞부분에 놓인 "어쩌랴"는 시 전반의 들뜨기 쉬운 리듬을 안정감 있게 잡아 누르면서 형태미에 봉사한다. 그리고 각 연의 중간에서 한 번씩 변주되는 "오, 어쩌랴"는 화자의 감정을 더 밀도 있게 고조시킨다. 2연 "때가 아니로다"의 유일한 세 차례 반복은 화자의 곤혹스런 심경적 양태를 임계치까지 끌어올리면서, 의미의 변화를 모색하는 역설적 환경을 조성한다. "기일게"의 반복은 공간적으로 광활하고 자욱하게 내리는 빗줄기의 형상을 강조함과 더불어, 시간적으로 화자의 비애가 끝없이 이어질 수 있다는 초조감을 반영한다. 3연 "비인 집이로다"의 반복은 그의 허무의식이 점층적으로 깊어지고 있음을 드러낸다. 또 영탄조의 종결어미 '−도다'('−로다'는 음운환경에 따른 '−도다'의 이형이다)의 반복은 두 가지 상충되는 효과가 있다. 청각적으로 가파른 리듬감을 유인하는 데 반해, 심리적으로 그것을 다독이며 가라앉힌다. 이는 의고적 형태소인 '−도다'가 지니는 전아(典雅)하고 장중한 문어체적 어조 때문으로 여겨진다.

이러한 음악적 환경 안에서 울음과 비를 화소(話素)로 짜 올린 의미구조는 감상적 색채를 띨 위험을 안는다. 그리고 시 전반을 감싸는 고독과 허무의식은 화자 개인의 추체험적 각론보다, 생과 운명에 대한 근원적인 성찰에 가까이 닿아 있다는 점 때문에 자칫 경직된 관념으로 흐를 가능성을 노정(露呈)한다.

「들판의 비인 집이로다」에 스며들 수 있는 감상성과 관념성은 3연의 "그리운 물"과 "어머니의 불"에 의해 극적으로 희석된다. 가마솥 속에서 "설설설 끓"는 물과 아궁이에 쟁여진 "잘 마른 삭정이들"에 붙은 "불의 살점"의 이미지는 감상이나 관념보다 더 깊은 어느 지점을 자극하는 것 같다. 독자들에게, 이 부분의 추론과 해석 이후든 이전이든, 매한가지로 한없이 따사로운 감각적 작용으로 호소한다. 이는 "하늘 가득 머리 풀"고 내리는 빗줄기와 "차가운 한 잔" 술의 삼엄한 냉기와 조응(照應)하면서 더욱 눈물겹게 안온(安穩)하다. 생활의 일상적이면서 시원적(始原的)인 점경 한 컷에 대한 묘사가 어떤 문명적 사유보다 감정의 현을 더 간절하고 깊게 울릴 수 있다는 사실을 이 작품은 제시한다.

숲의 알몸들

올해는 대설주의보가 잦았다 회사후소(繪事後素)로 한밤내 눈 내린 아침 화계사 청솔 숲 작은 암자 한 채로 기울고 있었다. 눈빛 흰빛 음덕이 있다 직립(直立)이란 없다 서로를 버티게 해주는 이쪽 저쪽의 힘을, 사방 기울기를 내가 볼 수 있었던 것은 내린 눈들의 무게와 흰빛들의 비유가 숲의 알몸들을 분명하게 드러내 주었기 때문이다 이쪽 나무에서 저쪽 나무로 건너뛰는 청설모의 속도마저 한눈에 가늠할 수 있었다 나무들의 사이를 건드릴 수가 없었다 건드리면 쨍 소리를 낼 듯 공기들의 살얼음이 팽팽했다 이쪽 청솔이 오른쪽으로 기운 만큼 그만큼만 저쪽 청솔이 왼쪽으로 기울고 있었다 그런 사방 기울기의 연속무늬를 보았다 오늘 아침은 눈들이 담아 온 하늘 무게만큼 조금씩 더 기울고들 있었다 슬픔의 중량이 어제 오늘 더해졌다 하나

―『本色』(천년의시작, 2004)

회사후소의 묵적, 슬픔의 고요한 중량

화자는 큰눈이 내린 어느 날 아침 화계사 근처의 숲을 거닐고 있다. 숲을 촘촘히 채운 청솔들은 간밤에 내린 눈의 무게 탓에 일제히 가지를 아래

로 늘어뜨린다. 원경과 근경을 빼곡 메운 청솔가지들은 모두 어슷비슷한 기울기로 기울어졌다. 눈의 무게로 축축 휘늘어진 나뭇가지들은 마치 서로 다른 각도로 나란히 선 몇 장의 거울 속에서 난반사되는 것처럼 무수한 상(像)들을 끝없이 복제하며 증식한다. 흰 눈의 무게를 이기지 못한 청솔가지들의 깊고 맑은 기울기. 그 기울기들이 사방연속무늬로 다다른 소실점에 화자의 슬픔이 도사리며, 다시 청솔가지를 휘청 기울인다.

완당(阮堂)의 〈세한도(歲寒圖)〉에서 갈필(渴筆)로 지지른 격절(隔絶)한 세계가 베끼는 것은 지절(志節)과 견개(狷介)이며, 그 지절과 견개에 대한 감동이다. 이 시는 이런 퍼포먼스와는 다른 결을 지닌다. 그 고담(枯淡)한 미감과 한유(寒儒)의 외롭고 오연한 기개와는 무관해 보인다. 내가 겹쳐 읽은 것은, 투명하게 보일 정도로 날카로운 예각의 희디흰 눈빛이 감싸는 전경과, 서슬에 장력을 더하는 묵적(墨跡)의 삐침이다. 완당의 것에는 몰골(沒骨)이니 구륵(鉤勒)이니 하는 화법이 무색하다. 한 파람에 날아가고 남은 것은 때로 흐리고 때로 짙은 붓자국일 따름이다. 그에 비해 시인의 것은 정교하다. 얼핏 갈필인 채로 칠해진 것 같지만 붓자국의 앞뒤 마구리가 선명하다. 이 작품과 〈세한도〉의 교집합은 눈의 흰빛과 묵빛이 서로 간섭하면서 불거진, 살얼음처럼 금방이라도 깨져 가뭇없이 사라져 버릴 듯이 팽팽하게 긴장된 공간이다. 그 공간은 그냥 틈이고 각도다.

그 안에서 "슬픔의 중량"이 청솔가지를 기울이고 있다. 눈 내린 겨울 아침의 숲. 거기서 일제히 가지를 아래로 늘어뜨린, 툭! 툭! 금세 설해목(雪害木)으로 가지를 부러뜨리고 말 것 같은 나무들의 원경과 근경……. 눈의 흰빛과 눈에 젖은 가지의 검은빛, 그리고 겨울 아침 춥고 매운 공기의 투명함 때문에 세계는 더없이 맑고 깨끗하다. 그래서 중첩된 거울들 사이에서 무한히 반사되는 피사체를 바라보는 것처럼, 세계는 분명히 원근법의 지배를 받으면서도 거리감은 느껴지지 않는다. 그리고 정밀(靜謐)하다. 그 안에서는 다른 때 보지 못했던 것들을 합해서 다 볼 수 있다. 풍경의 맑고 깨끗함은 동시에 그걸 바라보는 자의 눈[眼]까지 맑고 깨끗하게 씻어 준다. 이 투명하고 정밀한 세계에서는 "이쪽 나무에서 저쪽 나무로 건너뛰는 청솔모의 속도"도, "내린 눈들의 무게와 흰빛들의 비유"도 모조리 눈치챌 수 있다.

이때 "슬픔의 중량"과 "내린 눈들의 무게와 흰빛의 비유"가 고스란히 겹친다는 건 내남없이 알 일이다. "슬픔의 중량"은 낙성관지(落成款識)를 환기한다. 남종문인화에서, 제발과 마찬가지로 낙관은 단순한 공리적 소품으로 소용되지 않는다. 제발이 그림에 대한 부연의 뜻 말고 그림과 뒤섞인 채 조형미에 봉사할 때가 많은 것처럼, 낙관은 붉은빛으로 수묵(水墨)의 꺼진 재와 같은 단조에 화룡점정의 생기를 불어넣어 주는 조형의 한 요소로 작용할 때가 있다. 완당의 〈불이선란(不二禪蘭)〉은 이를 명확히 보여준다. "슬픔의 중량"에서 낙성관지를 떠올린 것은, 그 부분이 시상의 마무리를 봄과 동시에 또 다른 방향으로 의미를 확산시키며 간섭하고 있기 때문이다.

이 시에서 눈의 흰빛과 눈에 젖은 가지의 검은빛 위에 낙관처럼 붉게 찍힌 "슬픔"은, 비록 완당에서 보이는 화폭 전체에 임리(淋漓)한 흰빛 틈과 예각처럼 고답적이지는 않을망정 관념에 가깝다는 느낌을 준다. 이 "슬픔"은 우주적 연민의 낌새를 비친다. 그것은 개인의 체험으로부터 연유한 것 같지 않다. 세계가 어느 순간, 무심히, 언뜻 펼쳐보이는, 천지에 공기처럼 편재(遍在)한 사람살이의 숙명론적 비극의 기호를 또한 무심히 보아버린 데서 발원한 것 같다는 말이다. 외려 개인의 체험에서 비롯된 슬픔보다 내밀하고 웅숭깊은 떨림을 반향하는 성싶다. 이 "슬픔"은, 한밤내 내린 눈의 무게로 청솔가지가 부러지기 직전 "서로를 버티게 해주는 이쪽 저쪽의 힘"의 아슬아슬하고 투명한 균형과 그것을 지탱하는 고통을 담는다.

시인은 '회사후소(會事後素)'를 '그림 그리는 일은 그 바탕이 희게 극복된 다음이라야 한다'로 정의한다. 이 말은 공자의 시대에는 예(禮)와 바탕[質]

의 선후 문제에 관한 담론이었으나, 수묵산수가 흥륭한 성당(盛唐) 이후에 이르러 그림에 관한 담론의 한 형식으로 쓰여지기도 한다. 신주니 구주니 해서 구문 자체의 해석뿐만 아니라 쓰임새에 대한 논란도 여태 분분하다.

"회사후소로 한밤내" 내린 눈은 세계를 흰빛으로 덮고 있다. 바탕이 희게 마련된 다음에 비로소 그림이 이루어지듯이, 흰빛으로 감싸인 세계는 그적까지 비유와 상징의 코드 안에 마련해 두었던 자신의 비밀을 슬며시 드러낸다. "숲의 알몸"과, "이쪽 나무에서 저쪽 나무로 건너뛰는 청설모의 속도"와, 청솔가지가 만드는 "사방기울기의 연속무늬"가 모두 흰빛의 세계 속에서, 아니 흰빛의 세계 때문에 비로소 선명해진다. "회사후소로" 내린 눈은 외관만 두드러지게 하는 것이 아니라 바라보는 사람의 심안(心眼)까지 밝힌다. 바탕이 희게 극복된 다음(後素)에 화자의 시야에 잡힌(繪事) 것은 "슬픔의 중량"이다. 이것은 세계를 팽팽하게 긴장시키며 아슬아슬하고 투명한 균형을 이룬다.

삽

삽이란 발음이, 소리가 요즈음 들어 겁나게 좋다 삽, 땅을 여는 연장인데 왜 이토록 입술 얌전하게 다물어 소리를 거두어들이는 것일까 속내가 있다 삽, 거칠지가 않구나 좋구나 아주 잘 드는 소리, 그러면서도 한군데로 모아지는 소리, 한 자정(子正)에 네 속으로 그렇게 지나가는 소리가 난다 이 삽 한 자루로 너를 파고자 했다 내 무덤 하나 짓고자 했다 했으나 왜 아직도 여기인가 삽, 젖은 먼지내 나는 내 곳간, 구석에 기대 서 있는 작달막한 삽 한 자루, 닦기는 내가 늘 빛나게 닦아서 녹슬

지 않았다 오달지게 한 번 써볼 작정이다 삽, 오늘도 나를 염(殮)하며 마
른 볏짚으로 너를 문질렀다

— 『껍질』(세계사, 2007)

삽의 에로티즘과 죽음연습

이 시는 삽이라는 낱말이 지니는 음성자질과 의미자질이 교섭하면서 새
로운 의미를 조성한다. 그것은 흙을 파고 뒤집는 연장에서 남자와 여자의
교합을 가능케 하는 에로티즘의 물증으로, 죽음에 대한 불편하지 않은(또
는 불편한) 사유로 의미의 경계를 확장한다. 이와 같은 흐름의 이면에는 중
년을 지난 화자의 남성성에 대한 자의식이 배어 있다.

삽(shovel)은 권근의『양촌집(陽村集)』, 홍만선의『산림경제(山林經濟)』등
에 '鍤'으로 표기되어 전한다. 애초에 농기구로 소용된 삽은 한자어에서 유
래한다. 삽은 마찰음 'ㅅ', 저모음 'ㅏ', 파열음 'ㅂ'으로 구성된다. 마찰음
은 발음기관의 좁은 틈으로 숨을 세게 밀어내는 소리다. 'ㅅ'은 윗니와 혀
끝 사이의 틈에서 발음된다. 저모음 'ㅏ'는 턱을 크게 벌린 채 혀를 최대한
낮춰 내는 소리다. 가장 개방적인 모음이다. 파열음은 발음기관을 막았다
가 날숨을 한꺼번에 터뜨려 낸다. 끝소리인 경우 터뜨리기 직전의 폐쇄상
태를 유지하면서 발성된다. 'ㅂ'은 입술에서 나는 소리다. 그러니까 삽은
자음의 마찰음이 첫소리에서, 모음의 개방음이 가운뎃소리에서, 자음의
폐쇄음이 끝소리에서 연합하면서 하나의 음절을 형성한다. 모음 'ㅏ'는 폐
쇄음 'ㅂ' 앞에서는 필연적으로 단모음으로 발음될 수밖에 없다. 땅을 파
고 뒤집는 농기구라는 사실에 주목하면, 삽의 이러한 음성자질은 하나의
이미지를 형성할 수 있다. 마찰음 'ㅅ'은 땅을 쳤을 때 삽날이 흙과 마찰
을 일으키며 내는 소리를 불러일으킨다. 여기에 단모음 'ㅏ'와 파열폐쇄음

'ㅂ'은 삽날이 흙을 파헤치는 동작의 연속이 아니라, 땅에 꽂힌 채로 일순 간 정지된 듯한 환상을 심어 준다.

한자어 삽은 수백 년, 그 이상을 거치면서 토박이말로 인지되어 왔다. 언중의 머릿속에서 무의식 중 뜻글자가 아닌 소리글자로 새겨질 여지는 충분하다. 화자의 상상도 그런 바탕 안에서 전개된다. 화자는 먼저 삽의 소리맵시에 감동한다. "겁나게"는 '매우'와 유사한 뜻이나 거기에 '두려울 정도로'라는 의미가 개입하면서, 감동의 정도가 객관적 정량에 의한 것이 아니라 주관적 정서에 따른 것임을 지시한다. 이는 삽에 대한 경이감뿐 아니라, 삽을 매개로 확산되는 의미골목에도 부드럽게 삼투한다.

땅을 '파는'이나 '헤치는'이 아닌, "여는"으로 표현하는 의중에서 땅에 대한 화자의 시각이 드러난다. 상대적으로 폭력성과 멀어 보이는 "여는"은 그 행위가 종자를 심고 움을 돋우려는 데 있음을 시사한다.

왜 이토록 입술 얌전하게 다물어 소리를 거두어들이는 것일까

앞에서 말했듯이 삽의 파열폐쇄음 'ㅂ'은 입술을 다물며 내는 입술소 리다. "입술"은 동시에 여성의 성기를 환기한다. 입술과 여성의 성기는 형 상적·기능적 유사성 때문에 동서를 가리지 않고 오래전부터 같은 의미층 위 안에서 이해돼 왔다. 과연 "땅을 여는" 모습은 종자를 심고 움을 돋우 려는 행위에서 남자와 여자의 성행위로 의미변화를 이끈다. 그렇다면 "소 리를 거두어들이는 것"은 여성의 성기가 정자를 받아들이는 모습의 알레 고리겠다.

음성학적으로 "아주 잘 드는 소리"는 치조마찰음 'ㅅ'의 작용 때문이고, "한군데로 모아지는 소리"는 단모음 'ㅏ'와 폐쇄음 'ㅂ'이 연계된 음절적 특 성과 관계있다. 이 부분은 원활하고 상쾌한 성행위를 뜻한다.

이후 삽을 통해 관철된 에로티즘은 급격하게 죽음에 관한 사유의 간섭

을 받는다. 속신에 낮이 살아 있는 자들의 세속적 시간이라면, 밤은 신, 또는 죽은 자들의 신성한 시간이다. "자정(子正)"은 첫째 시각인 자시의 한 가운데이면서 가장 깊은 밤을 가리킨다. 성행위가 주로 밤에 행해지는 것은 살아 있는 자들의 쾌락을 도모한다는 의미보다, 새 생명의 이룸이라는 탈세속적인 가치에서 연유를 확인할 수 있다. 남근이나 여근 숭배신앙도 같은 근거로 바라볼 수 있다. "네 속으로 그렇게 지나가는 소리"는 곧, "삽 한 자루로 너를 파"는 소리며, 성관계를 함의한다. 이는 바로 다음에서 "무덤 하나 짓"는 죽음이라는 신성공간의 사유로 직핍하게 된다.

에로티즘과 죽음의식을 자웅동체와 같은 것으로 보는 시각은 낯설지 않다. 조르주 바타이유(Georges Bataille)도 『에로티즘(Erotism)』의 서문에서 에로티즘을 죽음까지 파고드는 삶이라 정의한다. 죽음은 금기의 본질적인 이유이고, 에로티즘은 금기 위반의 적나라한 주체라는 점에서 둘은 다른 의미층위에 놓인 것처럼 보인다. 그러나 금기의 아슬아슬한 긴장을 사이에 두고 양 끝을 차지한, 죽음의 물질화 과정인 부패와 에로티즘의 내적 경험인 오르가즘은 혼돈과 어둠의 극지(極地)를 형성한다는 점에서 닮아 있다. 에로티즘의 외적 경험인 생명의 탄생은 모성의 죽음을 전제로 한다. 생명은 그 죽음과 부패를 잔인하리만큼 체계적이고 잔인하리만큼 이성적으로 갈취하며 연장된다. 이 둘은 서로 배타적인 위상을 지니는 듯이 보이지만, 더 큰 시야로 보면 서로 대체불가능한 입장에 있다는 점 때문에 한 공간의 질서 안에 포섭될 수 있다.

에로티즘과 죽음에 대한 어떤 관점에서든지, 시에서 삽질하는 소리로 언표된 성관계가 무덤을 파는 죽음의식으로 변용되는 것은, 이들을 하나의 현상으로 받아들이려는 화자의 태도를 드러낸다.

"왜 아직도 여기인가"를 질박하게 풀이하면, 무덤까지 파 놨음에도 불구하고, 아직 그대로인(생존해 있는) 자신에 대한 자문이다. "젖은 먼지내나는 내 곳간"은 중년을 지나 이성의 관심으로부터 멀어진, 후락(朽落)한 육신을 자백하는 것으로 비치기도 한다. 그렇다면 "구석에 기대 서 있는 작달막한 삽 한 자루"는 화자의 성기를 가리킬 수밖에 없다. 화자는 삽을 "빛나게 닦아서 녹슬지 않"게 보관했다가 "오달지게 한 번 써볼 작정"임을 밝힌다. 이는 두 가지 해석이 가능하다. 하나는 표현 그대로 육체의 생물학적 연령에도 남성으로서의 성적 능력을 잘 보전하여, 언제든 남성성을 늠름히 발휘할 수 있다는 자신감을 비친다. 다른 하나는 어쩌면 불임상태일지 모르는 자신의 성적 능력에 대한 회의와 조바심을 반어적으로 우회한 것일 수 있다. 어느 쪽이든 시 전체의 의미구조에 큰 변화를 끼치지 않는다. 그러나 전자라면 아무래도 속된 느낌이 없지 않다. 더구나 이어지는 내용에 비추면 후자로 이해하는 편이 더 설득적이지 싶다.

에로티즘과 죽음의식은 결미에서 더 선명히 교응한다. "나를 염(殮)"하는 모습은 이미 화자가 죽어 있음을 뜻하고, "마른 볏짚으로 너를 문"지르는 장면은 자신의 성기를 성행위를 위한 최적의 상태로 고양시킴을 가리킨다. 재생이나 부활은 죽음을 전제로 한다. 세상의 때를 씻고 새 옷을 갈아입은 채, 관속에 안치되는 화자의 환상은 강건하고 돌올한 남성성의 회복을 위한 통과제례(Right of Passage)의 성격을 띤다.

「삽」은 에로티시즘의 요소를 걷어내고 읽을 여지도 있다. 마당귀 텃밭에서 모종삽으로 흙일을 하던 화자는, 그것이 흙에 닿을 때 나는 소리와 손아귀에 느껴지는 감각에서 시의 꼬투리를 얻는다. 그는 부드러운 삽질의 감촉으로부터 뜻밖의 친밀감을 느낀다. 이 "오달"진 감동은 흙에 대한 그때까지 경험하지 못한 일체감으로 이어지고, 그것은 다시 죽음에 대한 부정(不淨)한 인식으로부터 벗어나, 죽음을 온몸으로 수납한 채 당장 땅에 묻혀도 좋다는 생각에 도달한다. 이는 삶, 또는 육신이 죽음, 또는 흙(자연)과 하나라는 오래된 관념을 육체적으로 터득하는 순간이다. 그는 자신의 행동이 모종삽으로 텃밭을 일구는 것이 아니라, 무덤을 짓는 것이라는 환상에 빠져든다. 이런 맥락이라면 시는 삽질을 하는 화자의 일상이 자신을 염

(殰)하는 죽음연습의 과정임을 보여 준다. 이 같은 독법이 어쩌면 시인이 설계한 프로토타입에 더 가까울지 모른다. 텍스트로서의 시는 시인이 아니라, 수용자의 해석에 따른 다양한 변형생성의 과정을 거쳐 비로소 완성되려는 본능이 있다.

새는 게 상책(上策)이다

새지 않으면 소리가 되지 않는다 음악이 되지 않는다 노래가 되지 않는다 구멍으로 새어야 소리가 된다 막히면 끝장이다 한 소식도 들을 수 없다 새는 게 상책(上策)이다 새지 않으면 사랑도 되지 않는다 몸을 만들지 못한다 새끼를 만들지 못한다 막히면 끝장이다 새는 게 상책이다 달도 뜨지 않는 그런 여자 하나가 바다가 출렁되지도 않는 그런 여자 하나가 오지도 않는 보름살이떼를 부르며 슬피 울고 간다 새는 게 상책(上策)이다

* 보름살이떼 : 미당(未堂) 「영산홍(映山紅)」

—『껍질』(세계사, 2007)

언어와 우주의 내통

랭보(Rimbaud, Arthur)는 자신이 모음에서 연상하는 색감을 'A'는 검은빛, 'E'는 흰빛, 'I'는 붉은빛, 'U'는 초록빛, 'O'는 파란빛이라 했다. 그는

이들에서 투사되는 이미지를 묘사하기도 했다. 이를테면 'E'에서는 아지랑이와 천막의 눈부신 백색을, 'I'에서는 분노와 붉은 앵두빛 입술을, 'O'에서는 이상한 나팔소리와 천체가 천사와 함께 지나가는 정적 따위를 상정하였다. 이는 언어가 의미 전달의 매개뿐 아니라, 독립적인 감각 내지는 이미지를 품는 것으로 여겨지고 있음을 의미한다. 시가 언어의 숨결과 맥박을 받아 이루어진 몸의 언어라는 명제 앞에서, 그러한 인식은 시인이 갖추어야 할 조건이다. 시인은 언어가 기류를 타고 파동을 일으키는 소리맵시의 섬세한 질감과 양감을 시에 적용한다.

이 작품은 '새다'라는 낱말이 지니는 조촐하고 맑은 소리맵시의 끌림에서 착상한다. 내게 '새다'는 입자가 밀집하지 않은 흰빛 공간을 환기한다. 기온은 섭씨 0도를 간신히 넘기는 정도, 약간 어둡고 투명한 저물녘 성글지만 새뜻이 밝은 흰빛의 눈발이 날리는, 크지 않을 성싶은 공간이다.

시의 앞부분은 '샘'의 의미와 효용성에 대해 말한다. "새지 않으면 소리가 되지 않는다"는 피리로부터 발상한 듯하다. 『악학궤범(樂學軌範)』에는 필률(觱篥)로 표기된다. 피리는 위아래 여덟 개의 지공을 손가락으로 짚어 조율하며, 대나무껍질이나 갈대로 만든 혀[簧,reed]를 진동시켜 소리를 낸다. "구멍"은 관대의 지공이 아니라 음이 퍼져나가는 서의 반대쪽 구멍을 가리킨다. 그곳이 막히면, 소리가 새나가지 못하고 악기로서의 의미는 사라진다. "한 소식도 들을 수 없다"에서 '샘'은 음악으로부터 세계의 이치로 음역을 확장한다. '샘'을 통해서 세계는 정상적인 운행이 가능하다. 남녀의 교합과 생식도 이 질서에서 벗어나지 않는다.

'새다'는 일반적으로 '누설(漏泄)되다'와 가까운 뜻을 지닌다. 그러나 여기에서는 '통(通)하다'의 뜻으로 읽힌다. 또 '새다'라는 낱말이 '꽉 조여지지 않은 아귀의 틈에서 조금씩 빠져나가다'라는 의미에 '은밀하게'나 '조심스럽게'라는 의미가 덧씌워 있다고 보면, '통하다'보다는 '내통(內通)하다'가 적절해 보인다. 버들피리든 당피리든 간에 구멍과 단지 교섭한 날숨이 음악이라는 새로운 질서, 또는 새로운 세계로 변모하는 순간을 생각하면 더욱 그렇다. 남녀의 교접이나 수태에 관해서도 마찬가지다. 몸을 받고, 몸을 나누어, 새 몸을 내리는 누대의 비밀스런 경로를 그냥 '통하다'라는 밋밋한 낱말로 표현하는 태도는 무책임하다. '내통하다'로 해야 한다. 이때 낱말이 원래 품고 있던 세속적 낌새는 우주적 비의(秘儀)를 염탐하는 분위기로 감싸인다.

시인이 '보름사리 때'를 굳이 미당의 「영산홍(映山紅)」에 나오는 "보름살이떼"로 표기하고 각주로 처리한 것은, 이 작품의 분위기와 내용을 "여자"에 투영시켜 읽으라는 뜻이다. 「영산홍(映山紅)」에 나오는 "소실댁(小室宅)"은 햇빛 밝은 봄의 낮결 동안 잠에 취해 있다. 낮잠 든 그녀에게서 한스러움이 영산홍 꽃빛처럼 야하게, 그리고 무료하게 점등(點燈)한다. 깨끗이 닦여 봄햇볕이 쨍하게 빛났을 툇마루의 놋요강도 그녀의 심리를 등가적으로 반영한다. "보름살이떼" 동안 무심히 잠든 그녀를 대신해서 울어 주는 것은 "산 너머" 바다의 갈매기다.

결미의 "여자"는 "달도 뜨지 않"고, "바다도 출렁대지 않"는다. 달도 없고 파도도 없다는 진술은 그녀의 몸이 조금 때의 바다처럼 텅, 빈 채 황량하다는 것을 시사한다. 바다는 보름사리 때 달의 기조력(起潮力)으로 수위를 최대치까지 끌어올린다. 조금의 몸을 가진 그녀가 보름사리의 바다를 "부르"는 의도는 어렵지 않게 이해할 수 있다. 흰 달빛 아래 보름사리의 꽉 메운 바다는 낭심에 탱탱하게 차오른 정액의 흰 이미지와 겹친다. 텅 빈 조금의 몸을 가진 그녀를 향해 "새" 나갈 도리밖에 없다. 「영산홍(映山紅)」에서 "소실댁(小室宅)"의 한(恨)이 식물적 이미지로 무료하게 발효한다면, 이 시에서 "여자"의 원(怨)은 동물적 이미지로 뜨겁게 분류한다.

이 시에서 "새다"라는 낱말을 통해 전달하는 게 우주의 질서에 관한 깨달음인지, 생의 허허롭고 무료함에 관한 환멸인지는 분명치 않다. 물론 문맥 안에는 이 두 가지가 잘 구별되지 않게 녹어 든 면이 있을망정, 내 개인적으로는 아무래도 뒤엣것에 더 눈길이 간다. 앞엣것에 주목하면 시가 고사목처럼 건조할뿐더러 관념적으로 비칠 소지가 있다. 시의 표현법을 빌리면 '제대로 새지 못하는 막힌 구멍'이 될 수 있다. "새는 게 상책(上策)이다", 이 육성은 "여자"의 원을 배후에 두고 역설적으로 관찰했을 때 더 절실히 호소한다. 시인의 생각과 무관하게 뒤엣것에 눈길이 더 끌리는 이유다.

고재종

소쇄원에서 시금(詩琴)을 타다

소쇄소쇄, 대숲에 드는 소슬바람
무엇을 마구 씻는가 했더니
한 무리 오목눈이가 반짝반짝 날아오른다

소쇄소쇄, 서릿물 스치는 소리
무엇을 마구 씻는가 했더니
몇 마리 빙어들이 내장까지 환하다

자미에서 적송으로 낙엽 따라 침엽 따라
괴목에서 오동으로 다람쥐랑 동고비 따라
빛나는 바람과 맑은 달이
비잠주복(飛潛走伏)을 다스리면

오늘은 상강, 저 진갈맷빛 한천 길엔

소쇄소쇄, 씻고 씻기는 기러기며와

소쇄소쇄, 씻고 씻기는 푸른 정신뿐

나 본래 가진 것 없어 버릴 것도 없나니

나 여기 와서는 바람 들어 쇄락청청

나 여기 와서는 달빛 들어 휘영청청

　　　　　—『그때 휘파람새가 울었다』(시와시학사, 2001)

소쇄원의 비잠주복들

소쇄원은 양산보가 훈구파에게 밀려나자, 세상을 버리고 낙향하여 향리인 지석마을에 은거하면서 계곡을 따라 조성한 원림(園林)이다. 그는 자신을 소쇄옹이라 일컬었다. '소쇄(瀟灑)'는 깨끗하고 시원하다는 의미를 지닌다. 화자는 '소쇄'의 음성자질로부터 시의 꼬투리를 얻으며, 스스로 소쇄원의 맑은 환경에 혼연하는 감동을 그린다.

'소쇄'는 치조마찰음 'ㅅ'이 반복되면서 소리맵시를 이룬다. 'ㅅ'은 윗니와 혀끝 사이의 좁은 틈으로 날숨을 강하게 밀어내는 음운이다. 'ㅅ'에 'ㅗ'와 'ㅙ'가 결합해 형성된 소리의 형태는 쾌적할 정도로 산산한 피부감각적 이미지를 이끌 수 있다. 화자가 "소쇄소쇄"에서 무언가 "마구 씻는" 소리를 듣는 것은, 여기에 '소쇄'가 지니는 의미가 간섭했기 때문이다.

1연의 문면에 따르면, "소쇄소쇄"는 대숲에 부는 "소슬바람"의 음성상징어로 기능한다. 'ㅅ'의 연쇄적 반복은 대숲의 바람이 입체적이고 광범위하게 부는 느낌을 불러일으킬 수 있다. "소슬바람"의 선택은 의도적이다. '소슬'은 '소(蕭)'와 '슬(瑟)'의 합성어로 '쓸쓸한 거문고소리'에서 유래하며, '쓸쓸하고 으스스한' 뜻을 지닌다. 그러나 언중에게 한자어보다는 고유어라는 인식이 더 강하다. '소슬'이 '오슬오슬'의 '오슬'과 대응할지 모른다는 그들의 무의식에 가까운 언어감각 때문으로 추정된다. 1연의 청명한 분위기가 "소슬바람"의 뜻과 적잖이 유리된다는 사실에 비추면, "소슬바람"의 선택은 '소슬'이라는 낱말이 갖는 소리자질의 질감과 관련 있겠다. 치조마찰음 'ㅅ'의 반복과 유음 'ㄹ'의 산뜻한 결속은 "소쇄소쇄"와 어울리면서, 풍경을 더욱 상쾌하게 스케치할 수 있다. "소쇄소쇄" "씻"기며 "반짝반짝" 날고 있는 "한 무리 오목눈이"의 모습에 맑고 섬세하고 서늘한 윤기를 더한다.

2연은 1연의 변주적 성격을 띤다. "소슬바람"은 "서릿물"로 대체되고, "오목눈이"는 "빙어"로 대체된다. "서릿물"의 뜻은 분명치 않다. 우선 떠오르는 것은 서리가 녹으면서 생긴 물이다. 4연의 "상강"에 비추면 가능성이 적지 않다. 문제는 "서릿물"이 『동의보감』에 약성(藥性)에 따라 분류된 물의 종류로 나올 뿐, 생활에서 체감할 정도의 의미질량을 갖지 않는다는 점이다. 이 낱말을 채용한 것은 "소슬바람"과 마찬가지로 의미보다는 소리맵시의 매력에 끌렸을 가능성이 크다. 거기에 서리가 지니는 희고 예리하고 찬 이미지도 개입했을 수 있다. "빙어들이 내장까지 환하다"는 차가운 이미지는 전달할지언정, 시의 청명한 분위기를 뚫아 펼치는 경로에서 기대했던 만큼의 효과는 거두지 못하는 듯하다. '빙어'의 '빙(氷)'은 얼음을 지시한다. 어종이 얼음 속에서 서식하는 데서 연유한다. 생태적 현실과 무관하게 독자들은 빙어의 형상과 얼음의 속성을 한 덩어리로 인식하곤한다. 얼음이 물의 투명한 결정체라는 점을 놓고 보면, "서릿물"에 "씻"겨 "빙어들이 내장까지 환하"다는 진술은 시의 다른 에피소드에 견주어 다소 둔탁한 느낌이다.

"자미"는 부처꽃과의 낙엽 소교목인 '자미(紫薇)'를 뜻한다. "적송" "괴목" "오동"과 더불어 소쇄원 주변의 식생(植生)을 이룬다. "다람쥐"와 "동고비"도 보인다. 이들은 소쇄원의 분위기를 짜올린다는 점에서 위의 "오목눈이"나 "빙어"와 진배없다. 모두 "빛나는 바람"과 "맑은 달"이 "씻"겨주는 "비잠주복(飛潛走伏)"의 물생들이다. 4연의 "기러기"도 매한가지다. "상강"과 "진갈맷빛 한천"은 소쇄원의 기후뿐 아니라, 시의 기후를 규정한다. 맑고 춥고 짙푸르고 또한 투명하다. 그 안에서 그것들을 바라보는 마음도 "소쇄소쇄", 맑고 춥고 짙푸르고 또한 투명할 수밖에 없다.

화자는 5연에 이르러 "소쇄소쇄" "씻고 씻기는" 자연적 운행과 질서의 주체인 동시에 대상이 된다. 그와 혼연하는 "바람"과 "달빛"은 "가진 것 없어 버릴 것도 없"는 무욕(無欲)과 청허(淸虛)의 에피파니다. "쇄락청청"은 '쇄락(灑落)'과 '청청(淸淸)'의 합성어다. 정결하고 투명하고 서늘한 소쇄원의 기운을 드러낸다. "휘영청청"은 '휘영청'에 '청'을 덧댄 조어다. "쇄락청청"과 운과 율을 교응하는 효과를 노린다. 그리고 뻐개지도록 환한 달빛을 수식하면서, "없나니"의 의고적 어조와 어울려 전아하고 안정적으로 결미를 매듭짓는다.

이 시는 강호가풍에 물아일체(物我一體)의 도가적 색채를 띤다. 그럼에도 교조적인 관념의 낌새를 비치지 않는다. 까닭은 많은 부분, 모국어의 절실한 부림과 음성상징어의 교묘하고 감각적인 운용에서 발견할 수 있다.

황혼에 대하여

마음이 경각에 닿을 듯
간절해지는 황혼 속
그대는 어쩌려고 사랑의 길을 질문하고
나는 지그시 눈을 먼 데 둔다.

붉새가 점점 밀감빛으로 묽어 가는

이런 아득한 때에

세상은 다 말해질 수 없는 것,

나는 다만 방금까지 앉아 울던 박새

떠난 가지가 바르르 떨리는 것하며

이제야 텃밭에서 우두둑 펴는

앞집 할머니의 새우등을 차마 견딜 뿐.

밝고 어둔 것이 서로 저미는

이런 박명의 순순함으로

뒷산 능선이 그 뒤의 능선에게

어둑어둑 저미어 안기는 것도 좋고

저만치 아기를 업고 오는 베트남여자가

함지박 위에 샛별을 인 것도 좀 보려니

그대는 질문의 애절함을

지우지도 않은 채로 이제 그대로고,

나는 들려오는 저녁 범종 소리나

어처구니 정자나무가 되는 것도 그러려니

이런 저녁, 시간이건 사랑이건

별들의 성좌로 저기 저렇게 싱싱해질 뿐

먼 데도 시방도 없이 세계의 밤이다.

—『꽃의 권력』(문학수첩, 2017)

무공용(無功用)과 저녁의 평등

저물 무렵, 누군가 화자에게 "사랑의 길"에 대해 묻는다. 그러나 그는 물음을 뒤로 한 채, 밝음에서 어둠으로 바뀌는 우주적 장관에 눈길을 줄 뿐이다. 그런 시간에는 세상의 한갓 우수마발(牛溲馬勃)이라도 새삼 구별되거나 정의되거나 사무치는 일이 있을 리 없다. 그저 경이롭고 아름다우며, 어둠이 모든 물상들에 골고루 미치는 것처럼 평등하다. 이때 사람의 말들일란 한갓 사족에 지나지 않을 터이다.

화자의 "경각에 닿을 듯 간절"한 심사는 저녁의 미명 속에서 세계의 비밀을 경험하는 설렘을 반영한다. 그 안에서 화자가 바라본 것은 박새가 앉았다 날아간 가지가 "바르르 떨리는 것"과, 노동을 끝내고 막 아픈 허리를 펴는 "할머니의 새우등"이다. 두 점경은 새와 사람의 차이, 어쩌면 유희(?)와 노동의 차이만큼 다른 성격을 띠는지 모른다. 하지만 그에게 둘은 지상을 건너는 목숨들이 자기들도 모른 채 드러내는 생계(生計)의 흔적이고 물증이라는 면에서 다르지 않다. 그는 이를 '보는' 것이 아니라, '견디는' 것이라 말한다. 이는 새든지 사람이든지 삶은 고통스럽다는 인식을 비친다. 아울러 세상의 목숨들에 대한 화자의 간곡한 연민의식을 시사한다.

이때 그의 시야에 비치는 풍경은 "뒷산 능선이 그 뒤의 능선에게 어둑어둑 저미어 안기는" "박명의 순순함"이다. 저물녘 날빛의 각도가 예리해지면서 능선의 그늘들이 겹쳐지다가 종내 어둠에 잠겨 스러지는 모습을 그리고 있다. 화자는 그것을 "저미어"를 이용하여 표현한다. 이 낱말 역시, 타자든 자신이든 목숨 붙은 이들을 향한 그의 아픈 연민을 우회해서 드러낸다. 이는 한(恨)과 유사한 질의 어떤 것으로부터 발원한 듯이 여겨진다. 그러나 이러한 정한은 "박명의 순순함"으로 온전히 희석되고 만다. '순순함'을 순명한다는 '순순(順順)함'으로 읽든, 잡티가 없다는 '순(純)함'의 강조어법으로 읽든 차이가 있지 않다. 이를 세상일에 대한 화자의 체념으로 이해하거나 화해로 이해하거나 극복으로 이해하거나, 다른 무엇으로 이해하거나 사소할 뿐이다. 밝음이 어둠으로 바뀌는 신비한 시간 안에서는 어떤 경우라도 속잡스럽고 부질없다.

다음에서 화자는 "아기를 업고 오는 베트남여자가 함지박 위에 샛별을 인" 장면을 겪는다. '겪는다'라는 말로 진술하는 것은, 그가 저녁의 장엄한 시간에 자신을 온전히 편입한 순간의 경험이기 때문이다. 여기에는 이국 여성에 대한 연민도 노동의 피로도 생애의 한 서림도 감지되지 않는다. 시야에 잡히는 것은 오로지 "함지박 위에" 반짝이는 "샛별"이며, "샛별"의 즉물성이다. 불교의 개념으로 '무공용(無功用)'이 있다. 의식의 모든 지향이 소멸된 상태이며, 따라서 대상을 분별하거나 규명하려 하지 않음을 뜻한다. 보아 주는 이 없어도 그저 빈 구멍처럼 존재하기만 한다. 달은 세계를 샅샅이 비추어 알지만 참견하는 법이 없다. "샛별"은 무공용의 의미 스펙트럼과 닮아 있는 듯이 보인다. 그것은 "베트남여자"의 "함지박 위에서" 어떤 의지의 경사(傾斜)나 감정의 동요 없이, 고즈넉이 화자의 시야를 비추고 있을 따름이다.

"샛별"의 즉물성은 화자에게 이입된다. 그는 저녁의 기적을 경험하면서 스스로 "저녁 범종 소리"가 되거나, "어처구니 정자나무"가 되는 환상에 빠진다. 범종소리는 대개 깨달음을 환기하지만, 여기에서는 미명을 가로지르며 울리는 한갓 음향에서 벗어나지 않는다. "정자나무"는 사양(斜陽)을 받으며, 때로 바람결에 바스락거리는 푸른 사물에 지나지 않는다. ("어처구니"의 채용은 의문스럽다. '몹시 덩치가 큰'의 수식은 시의 의미흐름에 제대로 스며드는 느낌을 받기 어렵다. '맷돌의 손잡이'로 풀이해도 그런 느낌은 가시지 않는다)

결미에서 화자의 저녁은 더 구체적으로 완성된다. 낮이 밤으로 바뀌는 삼엄하고 신비로운 풍경 안에서 세상은 "먼 데도 시방도 없"는, 삼라만상에 어떤 차별도 구별도 없는 평등한 시공이 된다. 모든 저녁 하늘에서 "성좌로 저기 저렇게 싱싱해"지는 "별들"은 그것을 목격하고 증언할 게다.

시린 생

살얼음 친 고래실 미나리꽝에
청둥오리 떼의 붉은 발들이 내린다

그 발자국마다 살얼음 헤치는
새파란 미나리 줄기를 본다

가슴까지 올라온 장화를 신고
그 미나리를 건지는 여인이 있다

난 그녀에게서 건진 생의 무게가
청둥오리의 발인 양 뜨거운 것이다

—『쪽빛 문장』(문학사상사)

미나리꽝의 사생(寫生)

어느 이른 봄, 화자는 물도 잘 들고 바닥도 깊어 기름진 미나리꽝을 바라본다. 청둥오리떼가 들고나는 미나리꽝에는 겨우내 잘 자라 무성해진 봄미나리가 푸르다. 추위가 가시지 않아 아직 살얼음이 낀 무논에서 긴 장화를 신은 "여인"이 힘겹게 미나리줄기를 걷어 올린다. 그 광경은 화자에게 삶에 대한 간절한 성찰을 불러일으킨다.

1행의 '살얼음'은 희고 투명하고 차가운 이미지에 더해, 금세 녹아 형체를 잃을 듯싶은 아슬아슬한 느낌까지 담는다. "친"의 '치다'는 일반적으로 '벌여 놓거나, 늘어뜨리다', 또는 '끼얹거나, 기울여 따르다'의 뜻을 지닌다. 이에 따르면 "살얼음 친"은 '살얼음을 벌여 놓은', 또는 '살얼음을 끼얹은' 정도로 이해할 수 있겠다. 그러나 시 전체를 타고 흐르는 어법에 비추면, 비유적 수단의 가능성을 염두에 둘망정, 의미의 맥락이 어색하고 억지스럽게 여겨진다. "친"을 타동사로 보는 경우다. 자동사로 이해해서 그것을 '낀'의 구개음화된 이형으로 읽을 수도 있다. "친"이 사투리인지는 불분명하나, 이때 의미는 한결 부드럽게 전달된다. 2행에서 청둥오리 떼의 하강을 "붉은 발들이 내"리는 것으로 표현한 대목은 인상적이다. 시야에서 청둥오리떼의 이미지는 흐려지고, "붉은 발들"에 눈길이 집중된다. 그러면서 눈앞에서 마치 붉은 비가 내리는 장면을 목도하는 것처럼 강렬한 이미지를 제시한다. 여기에는 '내려앉는다'가 아니라, '내린다'라는 단어의 범상치 않은 운용도 몫을 차지한다.

2연은 살얼음 사이사이 줄기를 올린 미나리밭의 정경을 묘사한다. "발자국마다"는 청둥오리들이 내려앉거나 헤엄치며 남긴 수면의 파문을 가리킨다. 동사 "헤치는"은 이 부분을 해석하는 키워드다. '나 있는'이나 '뚫고 올라온' 정도가 대체 가능한 표현이다. '나 있는'은 수사가 절제된 일상적 어법이며, 정태적으로 보일 만큼 동작성이 미약하다. '뚫고 올라온'은 동작성이 선명하나 수직방향으로 제한될 수밖에 없다. 이에 비해 '헤치는'은 동작의 방향이 수직과 수평으로 동시에 열리면서, 보다 다이나믹한 움직임을 환기한다. 이 효과는 미나리줄기의 형태를 제시할 뿐 아니라, 색감까지 간섭하며 작용한다는 점에서 의미가 있다. "헤치는"의 강한 동세는 "새파란" 미나리줄기의 명도와 채도를 더욱 밝고 새뜻하게 끌어올린다. 그리고 1연의 붉은 비가 내리듯이 청둥오리떼의 "붉은 발이 내"리는 환상과 조응하면서, 선홍과 진초록의 선연한 시각적 대비를 형성한다. 여기에 "살얼음"이 품는 맑고 예리하고 서늘한 감각을 전경에 두면, 이 이미지는 한층 심도 있게 입체화되면서 시가 품는 미학의 중핵(中核)을 예인한다.

"가슴까지 올라온 장화"는 미나리를 채취하는 "여인"의 위태롭고 신산한 생활을 지시한다. "그 미나리"는 물론 살얼음 낀 무논에서 생장한 것이다. 화자는 그것을 "건지는 여인"의 모습을 바라본다.

난 그녀에게서 건진 생의 무게가/ 청둥오리의 발인 양 뜨거운 것이다

4연에서 화자는 "여인"의 노동에 자신을 투사해서 표현한다. 그러면서 그녀가 채취한 미나리의 중량이 그녀가 그적까지 겪었을 삶의 신고(辛苦)를 가리킨다고 생각한다. 2행은 그에 대한 화자의 감정이 감각적으로 노출된다. "새파란 미나리 줄기"와 조응하며 선홍으로 물들여진 "청둥오리떼의 붉은 발들"은 이 지점에서 "뜨거운" 촉각적 이미지로 재편된다. "뜨거운"은 관용어 '눈시울이 뜨거워지다'(굵은활자. 필자)와 쓰임새가 닮았다. 이는 화자가 "여인"에게 눈물이 날 정도로 감정의 동요를 겪고 있음을 의미한다.

눈여겨볼 대목은 감정의 질이다. 친분이 있지 않을, 그래서 삶의 내역을 알지 못할 "여인"에게 느끼는 깊은 연민은. 필경 화자의 시야에 비치는 그녀의 외피에서 발원했을 터다. 그렇다면 그의 연민은 관념을 밑그림으로 형성됐을 가능성이 크다. 이것은 두 갈래로 의미를 타진할 수 있다. 하나는 화자가 "여인"을 기층민중으로 인식하는 경우다. 그녀가 자본으로부터 소외되고 권력으로부터 불합리하게 대상화되었다는 전제 아래, 낯선 그녀에 대한 연민은 학습된 것일 수 있다. 이런 맥락이라면 경직된 감상으로 떨어질 위험을 안는다. 다른 하나는 "여인"을 부조리한 세상을 고단하게 건너는 뭇 민생으로 인식하는 경우다. 그녀를 바라보는 순간은 실존적 각성의 순간이며, 그녀에 대한 연민은 자신에 대한 연민과 등치적(等値的) 적 관계에 놓이게 된다. 이때 "새파란 미나리 줄기"와 "청둥오리 떼의 붉은 발들"의 선명한 감각적 연대는 비극적 아름다움으로 시 전체가 일으키

는 공명대의 음역을 확장한다.

저 홀로 가는 봄날의 이야기

"얼씨구, 긍께 지금 봄바람 나부렀구만잉!"

일곱 자식 죄다 서울 보내고 홀로 사는 홍도나무집 남원 할매 그 반백머리에 청명햇살 뒤집어쓴 채 나물 캐는 저편을 향해, 봇도랑 치러 나오는 마흔두 살 노총각 석현이 흰 이빨 드러내며 이죽거립니다.

"저런 오사럴 놈, 묵은 김치에 하도 물려서 나왔등만 뭔 소리다냐. 늙은이 놀리면 그 가운뎃다리가 실버들 되야불 줄은 왜 몰러?"

검게 삭은 대바구니에 벌써 냉이, 달래, 쑥, 곰방부리 등속을 수북이 캐담은 남원할매도 아나 해보자는 듯 바구니를 쑤욱 내밀며 만만찮게 나옵니다.

"아따 동네 새암은 말라붙어도 여자들 마음 하나는 언제나 스무 살 처녀 맘으로 산다는 것인디 뭘 그려. 아 저그 보리밭은 무단히 차오르간디?"

"오매 오매 저 떡을 칠 놈 말뿐새 보소. 그려 그려, 저그 남원장 노루 장화라도 좋옹께 요 꽃 피고 새 우는 날, 꽃나부춤 훨훨 춤서 몸 한번 후끈 풀었으면 나도 원이 없겄다. 헌디 요런 호시절 다 까묵고 니 놈은 언제 상투 틀 테여?"

"아이고, 애기가 고로코롬 나가 분가? 허지만 사방 천지에 살구꽃 펑펑 터진들 저 봄날은 저 혼자만 깊어가는디 낸들 워쩔 것이요, 흐흐흐"

괜시리 이죽거렸다가 본전도 못 건졌다 싶은 석현이 이내 말꼬리 사

리며 멈추었던 발 슬금슬금 떼어가는 그 쓸쓸한 뒷모습에 남원할매 그
만 가슴이 애려와선 청명햇살 출렁하도록 후렴구 외칩니다.
　"이따 저녁에 냉이국 끓여 놓을께 오그라이. 우리 집 마당에 홍도꽃
도 벌겋게 펴부렀어야!"

— 『날랜 사랑』(창작과비평사, 1995)

청명햇살과 민중시

　이 시는 "남원 할매"라는 노파와 "석현"이라 불리는 노총각이 고샅길 어
디쯤에서 만나, 수작을 부리는 내용을 담는다. 때는 청명절, 바야흐로 옛
불을 치우고 새 불을 지피며, 논둑을 돋우거나 못자리판을 만드는 등 농삿
일을 개시할 무렵이다. 둘은 화창한 봄햇살 속에서 육두문자를 섞은 차진
대거리를 주고받는다. 그들의 대화에는 남도 특유의 넉살과 해학과 건강
과 인정이 깃들어 있어, 사뭇 거친 무례에도 날선 긴장은커녕 꼬리를 부여
잡고 이어질 말이 궁금할 지경이다. 시의 전경이 되는 "청명햇살"은 단순
히 배경으로만 복무하지 않는다. 그것은 대화의 내용에 들기름을 두르듯
반지르르한 윤기를 내며 흐벅진 감칠맛을 더한다. 나아가 이 둘의 구도를
일상적 정경을 넘어, 아득히 원형적인 어떤 포즈로 유인하는 것처럼 비치
기도 한다.
　내가 시를 읽으며 먼저 떠올린 낱말은 민중시다. 과거 수십 년간 민중
시라 일컬어지는 작품들에서 선반에 손가락이 잘린 노동자의 비애, 비룟
값도 못 건진 수확기 농부의 울분, 반독재 시위나 통일운동을 하다 구타당
하는 학생의 절규 같은 에피소드를 자주 만난 게 사실이다. 대부분 민족이
나 역사, 경제나 정치 같은 거대담론을 배후에 둔다. 생활인으로서의 시인
도 그에 자유로울 수 없으며, 자연인으로서의 시인도 불의와 부정에 분개

할 수 있다. 그것을 시의 형식으로 옮기는 행위는 시인의 권리일 테다.

문제는 시의 질이다. 작금 민중시라는 글들은 일정한 틀에 루틴화된 수단으로 구호에 가까운 메시지를 호소하기 십상이다. 아무리 치열한 사상으로 무장하고 견고한 의지를 드러내도 문학적 진정성과 아우라를 놓치면, 그것은 한낱 타성에 젖은 센티멘털리즘에 불과할 뿐이다. 시인이 사상가나 지사가 될 수는 있어도, 사상가나 지사가 시인이 될 수는 없다. 우리 현대사의 엄혹한 특수성에 기대어 문학성은 저버린 채, 민중을 상품 삼아 자본을 불리고, 민중을 인질 삼아 명예를 구하려는 감상과 위선(僞善)을 어렵지 않게 만날 수 있는 시절이 있었다.

나는 이념을 다룬 시만이 아니라, 이처럼 김지이지[金的李的]의 사사로운 물정을 다룬 것도 민중시로 여긴다. 하물며 시대를 관통하는 거대담론 못지않게, 한 개인의 조악하고 사소한 잡념 따위도 사기(史記)의 의미 있는 기사가 될 수 있다는 것이 현대역사관의 흐름이다. 「저 홀로 가는 봄날의 이야기」는 더 정직하고 더 유쾌한 민중시의 전범이 될 것이다. (고재종의 시편에서도 농촌을 배경으로 거대담론을 적극적으로 개진하려는 흔적이 간혹 보인다. 그러나 앞에서 제기한 민중시가 되기에, 그의 모국어를 향한 언어적 감광도는 너무 섬세하고, 정서의 결은 너무 여리다)

이 꼭지를 마감하며 시의 대화 부분을 도려내 살짝 다시 써 볼 요량이다. 「저 홀로 가는 봄날의 이야기」는 표현법에 자기검열을 한 기미가 적지 않다. 시인에게 자칫 실례가 될까 조심스럽다. 하기야 기왕에 발표된 시는 이미 배타적 권위가 있을 리 없다. 나는 독자에게 그걸 가지고 놀 자격이 있다고 생각한다. 전라도 사투리는 돌아가신 어머니에게 어려부터 꽤 들으며 자랐다. 그래도 태생이 아닌 터수라 어색하거나 잘못된 부분이 적잖을 성싶다. 꼭지도 채울 겸, 그냥 별 뜻 없이, 문득 정색을 걷어내고 재미 삼아 노는 정도로 이해하기 바란다.

"얼씨구, 긍께 시방 봄바람 나부렸구만잉!"

"저런 오살헐 눔, 묵은 짐채에 하도 물려서 포도시 나왔등만 뭔 씨나락 까묵는 소리다냐. 늙은 함씨 놀리면 좆대강이가 뻔디기코롬 되야불 줄은 왜 몰러?"

"아따, 지집 밑구녁 새암은 보타져도 맴 하나는 항시 수무 살 큰아그 맴으로 산다는 것인디, 워찌 그려. 아 저그 웃녘 보리밭은 무단히 차오르간디?"

"오매 오매, 저 주뎅일 살포시 능깔라 불 눔 느자구 없는 말뽄새 보소. 그려 그려, 저그 남원장 노루장화라도 좋응께 요 꽃 피고 새 우는 날, 항차 꽃나부 춤 훨훨 춤서 삭신 한번 후끈 풀었으면 원두 한두 없것당께. 헌디 요런 호시절 다 까묵고 니 눔은 원제 상투 틀 티여?"

"아이고메, 야그가 고로코롬 나가 분가? 하기사 사방 천지에 살구꽃 펑펑 터진들, 긍께 봄날은 즈그 혼자맹이로 짚어가는디 나가 워쩔 것이요. 흐흐흐"

"이따 해으름에 냉으국 쪼까 끓여 놀텅게 오그라이. 허청 밖에 홍도꽃도 벌겋게 펴부렀어야!"

문정희

"응"

햇살 가득한 대낮
지금 나하고 하고 싶어?
네가 물었을 때
꽃처럼 피어난
나의 문자
"응"

동그란 해로 너 내 위에 떠 있고
동그란 달로 나 네 아래 떠 있는
이 눈부신 언어의 체위

오직 심장으로
나란히 당도한
신의 방

너와 내가 만든
아름다운 완성

해와 달
지평선에 함께 떠있는

땅 위에
제일 평화롭고
뜨거운 대답
"응"

— 『나는 문이다』(민음사, 2016)

페미니즘 문학의 한 승경(勝景)

'응'은 훈민정음 해례본의 제자원리에 따르면, 중성 'ㅡ'의 위아래로 초성 'ㅇ'과 종성 'ㅇ'을 부서(附書)하여 만든 글자다. 종성 'ㅇ'은 소릿값을 온전히 지니지만, 초성 'ㅇ'은 소릿값 없이 형태에만 봉사한다. 모든 소리는 초성과 중성과 종성을 모두 갖춰야 한다(凡字必合而成音)는 당시의 성음규정에 의해 형식적으로 개입한 음운이다. '응'은 상대의 부름에 답하거나 상대의 제안을 긍정적으로 받아들일 때 발화한다. 이 시는 '응'의 형태미와 음성자질과 뜻에 착안하여, 남녀의 교합(交合)과 관련한 상상의 지평을 분방하게 확장한다.

"햇살 가득한 대낮", 남자는 여자에게 성행위의 의향을 묻는다. 재래의 인습에 의하면 성적 행동은 밤에 이루어진다. 이는 그것을 양지에 노출하는 태도를 불편해하는, 수치심이나 윤리의식 같은 심리적 환경 때문만은 아니다. 낮이 속(俗)의 시간이라면 밤은 신성의 시간이다. 남녀간 교합이 생명을 배태하여 후세를 잇고 씨족과 사회를 존속하기 위한 의례절차라는 시각이라면 낮보다는 밤이 더 어울릴 수밖에 없다. 이러한 관점에서 성행위의 전경(前景)으로 백주(白晝)의 시간대를 선택한 것은 시사점을 명료하게 노출한다. 먼저 그것에 관한 담론을 대명천지에 드러내면서, 기존의 인습적 관념으로부터 탈피, 더 적극적으로는 해방을 모색하는 부분을 들 수 있다. 그것은 더 이상 은폐되어야 할 부끄러운 대상도 아니며, 존재의 지속성을 담보하는 엄숙한 수단도 아니다. 대낮의 성행위는 신성의 세계가 속의 세계를 향해 극적으로 선회하는 순간에 이루어진다. 그것은 주머니 속의 사탕을 꺼내 빠는 일처럼, 언제든지 행하고 누릴 수 있는 육체의 사소한 몰입이고, 육체의 사소한 기쁨이다.

그렇기 때문에 "지금 나하고 하고 싶어?" 하는 네 어절의 발화 안에서 풍속이나 규범이나 윤리의 무게감은 거추장스럽다. 그 안에는 밝고 순한 욕망만이 해찰하듯 가벼운 빛을 발한다. 이 물음에 대한 화자의 반응 "응"은 그에 정치하게 교응하면서 시적 분위기를 끌어올린다.

"응"은 무심한 듯 던진 물음만큼 무심한 듯 여겨지는 대답이다. 그러면서 단음절 안에는 산뜻하면서도 입안에 침이 고일 것 같은 흐벅진 감정이 배어 있다. 까닭은 "응"의 소리맵시에서 찾을 수 있다. '응'의 모음 'ㅡ'는 영미언어에서 강세나 성조가 없는 슈와(schwa)인 'ə'와 대응한다. 모국어의 모음 가운데 'ㅡ'는 소리의 윤곽이 가장 희미한 음운이다. 세계에서 'ㅡ'를 모음의 한 형식으로 취급하는 언어는 한국어가 유일하지 싶다. 그러니까 '응'의 발음은, 모음은 약화된 채 끝소리 'ㅇ'의 음색이 도드라지며 전달된다. 'ㅇ'은 비강을 통해 나는 콧소리이고 성대가 떨리면서 나는 울림소리다. '응'은 모호한 모음 속에서 콧소리와 콧소리의 여운으로 전달된다. 의미보다는 감정의 전달에 적합한 이러한 발음은 음운적 경계가 뚜렷한 문명어라기보다는 비논리적이고 비사유적인 원시어의 그것에 가깝다. 시의 에피소드 안에서 화자의 답변 "응"은 육체의 몰입과 육체의 기쁨에 자신을 온전히 내맡길 준비가 된 화자의 순하고 은근한 즐거움을 오롯이 반영한다.

"응"은 "꽃처럼 피어난" "문자"로 표현된다. 발화맥락이 음성언어로 형성되었든, 휴대폰 따위를 통한 문자언어로 형성되었든 중요하지 않다. 굳이 "문자"를 언명한 것은 시의 착상이 "응"의 형태미에서 비롯되었음을 의미한다. "문자"를 "꽃"으로 비유한 지점에는 화자의 기쁨에 들뜬 화사한 심경이 놓인다. 꽃이 식물의 생식기라는 지적은 그녀의 화사한 심경에 비하면 초라한 꼬투리에 지나지 않는다.

2연에서 화자는 "응"의 형태미에서 성행위의 환상을 구체화한다. "ㅡ"를 사이에 두고 남자인 "너"는 "동그란 해"로 "위에 떠 있"고, 여자인 "나"는 "동그란 달"로 "아래에 떠 있"다. 남자와 여자를 "해"와 "위", 그리고 "달"과 "아래"로 표현하는 수법은 남녀에 대한 전통적 인습과 겹쳐 보일 여지가 있다. 하지만 그러한 생각은 무의미하다. "응"의 형태에서 착안한 정상위의 한 장면을 조형적으로 시각화하고 있을 뿐이다. 눈여겨볼 부분은 남녀가 공히 "동그란" 형상으로 "떠 있"으면서 성역할을 수행하고 있다는 점이다. 오히려 앞에서 언급한 것처럼, 남자를 지시하는 "응"의 첫소리 "ㅇ"은 성음법에 의거해 형식적으로 들어간 음운이다. 남자는 꽃으로 비유하면 헛꽃과 매한가지인 셈이다. 생명체의 진화와 관련지어서, 수컷은 원활한 생식을 위해 단지 필요와 편이를 충족하려 나중에 만들어진 도구에 불과하다. 물론 이러한 생각도 매한가지로 무의미하다. 여기에서 남녀는 역할에 따른 구별은 있지만 차별은 없는 평등한 위상을 지닌다.

이러한 관점은 다음 연들에서 일관된 흐름을 탄다. 3연과 4연의 "신의 방"과 "아름다운 완성"은 오르가슴의 현장을 환기한다. 오르가슴에 이르기 위해 "오직 심장으로/ 나란히 당도한"은 시사적이다. 가슴을 맞댄 남녀의 심장은 각자 왼편에 위치하기 때문에 겹치지 않고, 옆으로 "나란히" 만날 수밖에 없겠다. 부부일심동체라는 이데올로기는 심리적으로는 예속을, 정서적으로는 폭력을 불러올 가능성을 필연적으로 예비한다. 남녀의 구별을 부정할 때 나타나는 현상이다. 사랑하는 남녀, 또는 부부는 서로를 마주 보는 게 아니라, 같은 곳을 바라봐야 한다는 명제도 이와 무관치 않다. 남녀가 "심장"을 위아래가 아닌 옆으로 "나란히" 한 채 오르가슴에 도달하는 풍경은, 본질적으로 남녀의 구별을 인정할 때 가능하다. '우리가 만든'이 아니라, "너와 내가 만든" 역시 같은 방향성을 갖는다. '우리'가 아닌 '너와 나'는 구별을 인정함을 뜻하고, 함께 "만든"은 차별을 부정함을 뜻한다. 구별은 인정하지만 차별을 부정할 때, 오르가슴을 통해 "완성"된 남녀의 사랑은 "아름다"울 수 있다.

5연과 6연은 오르가슴 직후의 장면을 연출한다. 5연은 성행위가 막 끝난 남녀의 모습을 다시 "응"의 형태에 의탁해 정지화상으로 보여 준다. 6연에서 화자는 질풍목우의 오르가슴을 겪고 나서 온몸에 감도는 나른한 여운을 되새긴다. "평화롭고"는 이러한 그녀의 심경을 에돌아서 지시한다. 이때 그녀가 자신의 답변 "응"을 새삼 떠올리는 설정은 시의 틀을 안정적으로 마무리하면서, 남녀의 성적 연대에 대한 기대의 지속과 확장의 가능성을 탐색한다.

이 작품은 위트로부터 상상의 맥을 짚는다. 그러나 위트는 위트로 증발하지 않고 마지막까지 남아 생동하는 느낌을 준다. 위트가 위트로 머물지 않고 하나의 숨결로, 그러면서 풍부하게 해석할 수 있는 의미의 하중을 견디고 있기 때문이다. 여기에는 기의(記意)에 잘 스며드는 명랑하고 절제된 율조도 몫을 차지한다.

> 신라의 어느 사내 진땀 흘리며
> 계집과 수풀에서 그 짓 하고 있다가

떠러지는 홍시에 마음이 쏠려
또그르르 그만 그리로 굴러가버리듯
나도 이젠 고로초롬만 살았으면 싶어라.

쏘내기속 청솔 방울
약으로 보고 있다가
어쩌면 고로초롬은 될법도 해라.

— 서정주, 「우중유제(雨中有題)」 전문

이 시의 미학은 아슬아슬하고 숨 막히는 성행위에 몰두해 있던 "사내"
가, 무심히 떨어지는 홍시 한 알에 마음이 쏠려 그리로 "또그르르" 굴러가
버리는 데 있다. 팽팽히 긴장된 즐거움의 열도를 흔한 홍시 한 알과 통쾌
하게 맞바꾸는 광경은 기심(機心)과 깨끗하게 단절돼 있으며, 달관(達觀)과
무심(無心)으로 표상되는 도가적 자연의 순정성에 닿아 있다. 미당의 「우중
유제(雨中有題)」에 나타난 성애가 도저한 철학적 성찰을 모색한다면, 문정
희의 「"응"」에 나타난 성애는 삶과 그것의 현장을 실존적으로 직격한다.

페미니즘을 기치로 내건 시가 단순히 성적 불평등에 대한 각성이나, 남
성과 사회구조에 대한 적개심을 드러내는 것이라면, 아무리 잘 포장되었
을지언정 프로퍼갠더에서 벗어나지 못한다. 문정희의 이 시는 남녀의 문
제를 사람의 생태에서 가장 오래되었으면서 늘 현재형으로 작동하는 성의
프리즘에 투과해서 의제화한다. 안에는 분노도 좌절도 선전도 낌새를 비
치지 않는다. 의도와 방식, 메시지와 표현이 시침질한 자국 없이 혼연하면
서 결곡하고 정제된, 삶의 한 지경을 유쾌하게 선뵌다. 만약 페미니즘의
입장에서 이 시를 읽는다면, 페미니즘 문학의 썩 괜찮은 경치를 구경하게
되는 폭이다.

율포의 기억

일찍이 어머니가 나를 바다에 데려간 것은
소금기 많은 푸른 물을 보여주기 위해서가 아니었다
바다가 뿌리 뽑혀 밀려 나간 후
꿈틀거리는 검은 뻘밭 때문이었다
뻘밭에 위험을 무릅쓰고 퍼덕거리는 것들
숨 쉬고 사는 것들의 힘을 보여주고 싶었던 거다
먹이를 건지기 위해서는
사람들은 왜 무릎을 꺾는 것일까
깊게 허리를 굽혀야만 할까
생명이 사는 곳은 왜 저토록 쓸쓸한 맨살일까
일찍이 어머니가 나를 바다에 데려간 것은
저 무위한 해조음을 들려주기 위해서가 아니었다
물 위에 집을 짓는 새들과
각혈하듯 노을을 내뿜는 포구를 배경으로
성자처럼 뻘밭에 고개를 숙이고
먹이를 건지는
슬프고 경건한 손을 보여주기 위해서였다

—『양귀비꽃 머리에 꽂고』(민음사, 2004)

생명을 향한 연민과 경의의 제단

어머니가 자신을 바다로 데려간 이유는 바다를 보여주기 위한 것이 아니었다는 각성으로부터 시는 출발한다. 화자는 어머니와 함께 갔던 무렵이 아니라 그로부터 오랜 시간이 흘러서, 어쩌면 어머니 나이쯤 되었을 때 다시 찾은 율포 앞바다에서 그것을 깨닫는다. 그녀가 바라본 것은 생명을 영위하는, 영위해야 하는 물생들의 곤비(困憊)와 쓸쓸함이다.

화자의 어머니가 그녀에게 정작 보여주고 싶었던 것은 "검은 뻘밭"이고, 그 속에서 "위험을 무릅쓰고 퍼덕거리는 것들"이며, 그들을 "건지기 위해" "무릎을 꺾"고 "허리를 굽"히는 어민들의 모습이다.

생각해 보면 사람들이 일상 섭생하는 먹거리들 가운데 한때나마 생명을 지니지 않았던 것은 없다. 흰 사기그릇에 고봉으로 담긴 쌀밥이든, 고요히 발효하는 밴댕이젓갈이든, 시금치무침이든, 탁탁 기름을 튕기며 지글거리는 삼겹살이든, 고추냉이를 푼 물회든 마찬가지다. 그것들은 오로지 한 끼 분량의 음식물이 되기 위해 수개월에서 수년에 걸쳐, 때로 추위와 목마름을 견디고, 때로 질병이나 천적과 싸우면서 거기까지 왔다. 사람들의 시장기를 속이고 그들의 식탐을 위로하는 데 소용되려, 전 생애 동안 필사적인 생명활동을 펼쳐 왔을 거였다.

"바다가 뿌리 뽑혀 나간" 뻘밭에서 물생들을 "건지기 위해" "무릎을 꺾"고 "허리를 굽"히는 것은, 자명히 발치에서 "퍼덕거리는" 그것들을 캐내려 어쩔 수 없이 행하는 동작이다. 하지만 화자에게는 그렇게만 여겨지지 않는다. 그 모습은 다만 누군가의 식탁에 오르기 위해 전 생애를 고투한 생명을 향한 연민과 경의의 기호로 읽힐 수밖에 없다. 여기에서 평범하게 보일 수 있는 '건지다'라는 어휘의 선택은 적확하다. '잡다'나 '줍다' 같은 낱말은 시의 분위기나 메시지를 핍진하게 전달하기에는 적잖이 투박하다. '건지다'의 음감과 의미는 에피소드의 맥락에 제대로 녹아들면서, 그것을 극사실주의적 풍경으로 예인한다.

"물 위에 집을 짓는 새들"과 "각혈하듯 노을을 내뿜는 포구"는 시의 배경을 이룬다. 전자는 생명 있는 것들이 근원적으로 껴안을 수밖에 없는 위태로움과 표랑성을 지시한다. 후자는 시의 채도를 선연히 끌어올리면서 삶에 대한 비극적 예감을 환기한다.

"저 무위한 해조음"은 "소금기 많은 푸른 물"과 대응한다. 어머니가 자신에게 경험시키려하지 않았다고 믿는 바다의 환유로 기능한다. 어머니가 그녀에게 보여주려 한 생명 영위의 현장에 포커스를 선명히 맞추기 위해 끌어 쓴 전략적인 표현이다. 공허하고 작위적으로 보일 수 있는 위험에도 굳이 선택한 "무위한"은, 그러한 화자의 의도를 짙게 반영한다. 하지만 창작기술적인 측면에서, "물 위에 집을 짓는 새들"과 "각혈하듯 노을을 내뿜는 포구"와 더불어 에피소드의 배경으로 처리하지 하지 않은 부분에 대한 아쉬움이 남는다. 그렇게 되면 "해조음"은 시의 에피소드에 한층 웅숭깊은 입체적 깊이를 제공할 수 있다. 또 의미의 속됨을 피할 수 있을뿐더러, 시 전체의 흐름에 실존과 숙명성에 닿는 어떤 페이소스를 입힐 수 있다.

결미는 밀레(Millet, Jean Francois)의 〈만종〉이나 〈이삭 줍는 여인들〉의 분위기를 연상하게 한다. 노을 속에서 "고개를 숙이고/ 먹이를 건지는" 어민들의 실루엣. 그러나 어민들을 "성자"로 묘사하거나, 그들의 손을 "경건한"으로 수식하는 경로는 사뭇 직정적이어서 눈에 잘 들어오지 않는다. 밀레가 그림의 제목을 〈성부부(聖夫婦)〉나 〈이삭 줍는 경건한 손〉 등으로 붙이지 않은 것과 같은 이유일 테다. 이 수법은 메시지를 쉽게 이해하는 데 도움을 줄지 모르지만, 서정의 폭과 독자들의 상상력을 제한하면서, 시에서 느낄 수 있는 감동을 희석시킬 가능성을 안는다.

"생명이 사는 곳은 왜 저토록 쓸쓸한 맨살일까"는 화자의 깨달음이며, 작품의 시안(詩眼)이다. 이 육성은 말할 나위 없이 물이 빠진 후 시야를 메우는 "검은 뻘밭"에 관한 토로다. 그곳에서 "맨살"의 "쓸쓸"함을 감촉한 순간, 비로소 그녀가 바치는 연민과 경의의 제단은 뻘밭의 군생(群生)으로부터 사람과 지상의 모든 생명체(자신의 어머니와 자신을 포함하는)에 이르기까지 외연을 확장한다. 그러면서 대상에 대한 연민과 경의의 정서는 운명,

또는 운명적인 것들에 대한 참을 수 없는 막막함과 환멸로 이행하며 의미를 심화한다.

치마

벌써 남자들은 그곳에
심상치 않은 것이 있음을 안다
치마 속에 확실히 무언가 있기는 있다
가만두면 사라지는 달을 감추고
뜨겁게 불어오는 회오리 같은 것
대리석 두 기둥으로 받쳐 든 신전에
어쩌면 신이 살고 있을지도 모른다
그 은밀한 곳에서 일어나는
흥망의 비밀이 궁금하여
남자들은 평생 신전의 주위를 맴도는 관광객이다
굳이 아니라면 신의 후손인지도 모른다
그래서 그들은 자꾸 족보를 확인하고
후계자를 만들려고 애를 쓴다
치마 속에 확실히 무언가 있다
여자들이 감춘 바다가 있을지도 모른다
참혹하게 아름다운 갯벌이 있고
꿈꾸는 조개들이 살고 있는 바다
한 번 들어가면 영원히 죽는

허무한 동굴?
놀라운 것은
그 힘은 벗었을 때 더욱 눈부시다는 것이다
　　　　　　　—『양귀비꽃 머리에 꽂고』(민음사, 2004)

여성 해방의 적나라한 현장

　여자의 성기를 뜻하는 보지의 어원에 대해 여러 의견이 있어 왔다. 퇴계와 이항복의 고사에 '걸을 때 감춰지는 것'의 뜻을 지닌 '보장지(步藏之)'에서 '장'이 약화된 꼴로 설명하지만, 어원이라기보다 잔재미를 위해 부회(附會)한 자의적 말놀이에 가까워 보인다. 근대 중국에서 형태의 유사성에 근거하여 만든 '바즈[八子]'의 변형으로 보는 시각도 있다. 그러나 보지의 보편적 쓰임과 관련하면, 유통범위와 기간에 대한 의문이 생길 수 있다. 보지에서 어근 '볼pot[種]'을 추출하여 추적하려는 언어학적 접근사례는 설득력이 있어 보인다. 그것의 일본식 표현은 '호토'다. 이 낱말의 원형인 '보토'의 어근 '볼'은 모국어와 일치한다. 보지는 동북아문화권에서 이미 공통조어(祖語)를 둔 것으로 이해할 수 있다. '볼'에서 받침 'ㄷ'이 이형 'ㅈ'으로 바뀌고, 거기에 접사 '—ㅣ'가 결합해서 보지가 형성된다. 제주에서는 '볼'에 접사 '—엥이'가 작용해서 '보뎅이'로 표현된다. 봄[春]이 어근 '볼'에 접사 '—옴'이 붙으면서 만들어졌다는 점에 비추면, 보지와 봄은 접사의 차이가 있을 뿐 원래 같은 뜻을 지닌 낱말이다. '보리[麥]' 역시 '볼'에 접사 '—ㅣ'가 개입하면서 유음화를 일으켜 조어된다. 보지와 보리는 형태면에서 근사(近似)하다. (이후 '여근(女根)'은 가능하면 '보지'로 통일한다. 선진어로 인식돼 온 한자어를 통해 표현의 난처함을 덜려는 언어관습은, 신분사회 때부터 몸에 밴 우리나라 언중의 오랜 관행이다. 한자어의 언어적 권위가 사라진 이 시대에도 유효한가 하는 문제와 별개로, 이 언어공간에 가장 적당하다고 여겨지는 어휘를 사용하려는 뜻에서다. '여근(女根)'은 한자어가 지니는 제한성 때문에 사용에 불편함은 적지만, 토박이말 '보지'에 비해 대상에 대한 의미적·정서적 박진감은 떨어진다. '여근(女根)'은 뜻을 희석하거나 약화시키려는 발화자의 의중이 배어 있는 반면, '보지'는 그러한 사회적·심리적 콤플렉스에서 비껴나 뜻을 온전하고 분명하게 드러낸다. 이는 시의 의도와 분위기에 적극적으로 호응한다)

애초부터 불결하거나 불온한 의미와 거리가 먼 보지는 문명사와 더불어 금기에 가까운 말로 여겨져 왔다. 이유는 여러 가지가 있을 수 있겠으나, 언어생활의 규제를 통해 여성의 성적인 문란 가능성을 차단하여 가정의 안정, 나아가 사회의 질서를 유지하려는 지점에서 우선 원인(遠因)을 찾을 수 있겠다. 수렵과 채취에서 벗어난, 종교와 도덕이 중요한 규범을 이루는 문명지역일수록 가부장적 부계사회일 가능성이 크며, 그러한 의식이 강하다는 사실은 이를 뒷받침한다. 여기에서 필연적으로 수반되는 위험이 성적 억압이다. 소위 순결을 위해 성적 기쁨을 유인하는 성기의 일부를 절제거나, 음부를 봉쇄하는 이슬람 지역의 여성 할례(割禮, circumcision)는 극단적인 실례다. 유교문화권이 아니라도, 문명사회에서 성. 또는 성행위와 관계된 말들이 터부시되거나, 기껏해야 저급하게 여겨지는 데에는 사회의 안녕과 지속을 빌미로 한 여성(여성성)에 대한 무의식적 억압으로부터 발원했을 가능성이 크다. 그렇다면 여성의 성기에 대한 자유로운 언명과 개진은, 역으로 여성에 대한 억압에 저항하는 근원적이면서 유용한 퍼포먼스가 될 수 있다. 가령 페미니즘을 홍보하는 포스터를 가득 메운 무수한 보지들의 도상(圖象)은 이와 무관치 않을 것이다. 크게 보아 브래지어 거부운동도 같은 맥락을 지닌다.

문정희의 이 작품도 이러한 배경에서 이해할 수 있다. 지금까지 보지가 태음력(太陰曆)의 동혈(同穴) 속에서 은거해 왔다면, 여기에서 그것은 비로소 태양력(太陽曆)의 벌판을 역동하며 질주한다. 화자는 치마 속의 "그곳",

즉 보지를 남성성과의 조응(照應)을 통해 사유한다. 그리고 여성성의 황홀한 자부심, 또는 권능과 승리에 대해 생각한다.

"벌써 남자들은 그곳에/ 심상치 않은 것이 있음을 안다", 미당의 "애비는 종이었다"(서정주, 「자화상(自畵像)」)를 떠올리는 도발적이고 능청스런 진술은 시의 근간을 구성한다. 도입부임에도 불구하고 표현의 강렬함 때문에, 다른 모든 부분들은 그것을 보충하거나 부연하는 선에 머문다는 느낌을 준다. 남성은 여성의 아랫도리에 보지가 있다는 사실을 자신이 태어나기 이전부터, 문명 이전부터 알아채고 있다는 점은 설명할 필요조차 없다. 그것은 호모 사피엔스 이전부터 DNA에 기록돼 전하는 본능의 문제다. 보지가 "심상치 않은" 것은 학습된 이성과 윤리 바깥에서 늘 그들을 고혹(蠱惑)하고 통제하는 힘을 지녔기 때문이다. 더구나 그 안에는 성가신 뒷갈망을 예비해야 함을 알면서도, 스스로 감전(感電)되는 듯이 기쁘게 빠져들게 하는 마성(魔性)이 있다. 이 말은 여성화자가 육두문자나 음담패설의 흔적 없이 보지를 백일하에 드러내면서, 그것에 대한 사유를 능동적이고 환하게 유도한다는 측면에서 더욱 도발적이고 능청스럽다. "치마 속에 확실히 무언가 있기는 있다"는 시치미떼기수법을 이용해 보지가 갖는 생물학적·문명사적 의미의 확장을 노린다.

"가만두면 사라지는 달을 감추고/ 뜨겁게 불어오는 회오리 같은 것"은 해석이 쉽지 않다. 일단 평상시에는 없었던 것처럼 무감각하다가, 때로 정욕의 위태하고 불안한 감각의 지배를 받는다는 풀이가 가능할 듯하다. 그러나 "달"을 월경이라는 생리현상에 주목하거나, 음핵의 비유물로 활용하여 갖다 쓴 소재라는 추정과 상관없이, 의미를 무리하게 정돈하기 위한 작위적인 해석이라는 의심을 살 도리밖에 없다. 그럴망정 다른 해석의 가능성을 타진하기 어렵다.

"대리석 두 기둥"은 여성의 하체를, "신전"은 보지를 가리킨다. 거기에 "신이 살고 있"다는 생명을 창조하는 출산기능과 연관지을 수 있다. 이 부분은 평생 여성에 관심을 가지고 주변을 기웃거리는 남성의 본능을, 가이드의 설명을 성실하게 들으며 그리스나 로마 등의 신전을 탐방하는 관광객의 모습에 비유한다. 생명현상에 있어서 남성은 객체가 될 수밖에 없음을 은연히 노출한다. "흥망의 비밀"은 수사의 통일성을 위한 위트다. 남성을 "신의 후손"으로 보는 태도는 그들 역시 그곳에서 배태하고 그곳을 통해서 세상에 나온다는 사실에 근거를 둔다. 뭇 여성들의 보지를 통해 자신의 DNA를 품은 주니어들을 최대치로 퍼뜨리려는 모습은 모든 남성들의 거부할 수 없는 욕망이고 생태다.

이후 보지는 바다로 비유된다. 생명현상이 바다에 기원을 둔다는 점에서 그것과 바다는 등가적 의미를 띤다. "참혹하게 아름다운 갯벌"은 그것의 습윤한 질감과 닮아 있다. 물이 빠져나간 갯벌은 어둡고 탁하지만, 안에 무수한 생명들을 낳고 키우는 "아름다"움이 있다. "꿈꾸는 조개들"은 그것의 형상을 불러일으킨다. 보지와 조개의 동일시는 형태적 유사성 때문에 동서를 아울러 보편화된다. 한 예로 보티첼리(Botticelli, Sandro)의 〈비너스의 탄생〉을 들 수 있다. 머리를 헤쳐 푼 비너스가 바다에서 성숙한 모습으로 갓 태어나 디디고 선 조개는 보지를 상징한다.

"한 번 들어가면 영원히 죽는/ 허무한 동굴?"은 얼핏 정신분석학에서 이르는 '이빨 달린 여근(vagina dentata)'을 떠오르게 한다. 이 말은 남성이 성행위를 할 때 무의식적으로 품게 되는 여성에 의한 거세 공포증을 가리킨다. 신화 속 〈판도라의 상자〉 이야기도 비슷하다. 프로메테우스의 동생에피메테우스가 충고를 무시하고 상자를 열면서 인간의 비극은 시작된다. 상자가 유럽 언어들에서 여성의 질(膣)을 뜻하기도 한다는 점에서 상자를 여는 행위는 판도라와의 정사를 함의한다. 여성과의 접촉이 갖은 재앙을 부른 셈이다. 물론 시의 이 부분이 여성공포증 자체를 환기한다고 보기에는 어려움이 있다. '무서운 여근'이라는 개념보다 여성의 배타적 우월성을 드러내는 표현으로 이해하는 방향이 온당하다. 단순히 읽어서, 성행위의 지속성과 관련해도 남성은 상대적으로 열등할 수밖에 없다. 행위 이후 급격히 위축되는 남근을 생각하면, 남성의 입장에서 질은 "허무"하게 인식될 수 있다. "영원히"는 의미를 효과적으로 각인하려는 수사적 성격을 띤다. 치마를 벗었을 때 보지의 "힘"이 더욱 눈부시"다는 점에 "놀"란다는 결미는, 의미의 무게에 비해 표현이 다소 과해 공소(空疎)한 인상을 줄 소지가 있다.

보지에 대한 담화를 공론화하는 것은 성적 억압으로부터 성적 해방을 꿈꾸는 페미니즘적 지향 이상의 의미를 담는다. 구태와 인습에 영어(囹圄)된 삶과 세계를 정직하고 건강하게 이해하는 실존적 각성에 닿을 수 있다. 보지에 관한 판소리 「변강쇠타령」의 일부를 인용한다. 이 부분을 여성성을 대상화한 관음증으로 이해한다면, 본질을 조망하지 못한 편견에 불과할 것이다. 남성성에 대한 같은 시선이 사설 안에 공존한다는 사실은, 오히려 이면에 그러한 경직된 편견에 대한 저항과 야유와 풍자의 정신이 깃들어 있음을 의미한다. 외설과 음란과 저속의 혐의를 벗겨낸다면, 성을 바라보는 당시대 민중의 정직하고 건강한 익살을 누리는 눈맛이 쏠쏠할 수 있다.

천하 음골 강쇠놈이 여인 양각 번듯 들고 옥문관을 굽어보며, 이상히도 생겼구나 맹랑히도 생겼구나 늙은 중의 입일는지, 털은 돋고 이는 없다 콩밭 팥밭 지났든지, 돔부꽃이 비치였다 도끼날을 맞았든지, 금 바르게 터져 있다 생수처(生水處) 옥답(沃畓)인지, 물이 항상 고여 있다 천리행룡(千里行龍) 내려오다 주먹바위 신통하다 만경창파 조개인지, 혀를 삐쭘 빼였으며 임실 곶감 먹었든지, 곶감씨가 장물(臟物)이요 만첩산중 으름인지, 제가 절로 벌어졌다 연계탕(軟鷄湯)을 먹었든지, 닭의 벼슬 비치였다 파명당(破明堂)을 하였든지, 더운 김이 그저 난다 제 무엇이 즐거워서 반쯤 웃어 두었구나 무슨 말을 하려는지, 옴질옴질 하고 있노 조개 있고, 곶감 있고, 으름 있고, 연계 있고, 제사상은 걱정 없다

물을 만드는 여자

딸아, 아무데나 서서 오줌을 누지 마라
푸른 하늘 아래 앉아서 가만가만 누워라
아름다운 네 몸속의 강물이 따스한 리듬을 타고
흙 속에 스미는 소리에 귀 기울여 보아라
그 소리에 세상의 풀들이 무성히 자라고
네가 대지의 어머니가 되어가는 소리를

때때로 편견처럼 완강한 바위에다
오줌을 갈겨주고 싶을 때도 있겠지만
그럴 때일수록
제의를 치르듯 조용히 치마를 걷어 올리고
보름달 탐스러운 네 하초를 대지에다 살짝 대어라
그러고는 쉬이쉬이 네 몸속의 강물이
따스한 리듬을 타고 흙 속에 스밀 때
비로소 너와 대지가 한 몸이 되는 소리를 들어보아라
푸른 생명들이 환호하는 소리를 들어보아라
내 귀한 여자야

— 『양귀비꽃 머리에 꽂고』(민음사, 2004)

여성성과 관능미의 승리

문명사에서 여성, 또는 여성성에 대한 곡해와 폄훼가 고착화되어 온 한 원인에 서구문화의 축을 담당하는 기독교적 사유가 작동하고 있다는 사실은 부정하기 어렵다. 구약 창세기에 보이는 이브의 출현과 추방, 그리고 래디컬한 남성중심주의의 계보와 연혁(沿革)은 단초에 불과하다.

금성은 그리스와 메소포타미아의 미와 사랑과 풍요의 여신인 아프로디테와 이슈타르를 의미한다. 그러나 미와 사랑과 풍요의 상징으로 가장 밝게 빛나던 금성은 기독교 문명권 속에서 악마의 별, 루시퍼(Lucifer)로 극적인 위상변화를 겪는다. 그리스에서는 사랑을 구하는 화려한 축제의 날이었고, 메소포타미아에서는 화해와 축복의 날이었던 금성의 날, 즉 금요일은 기독교도들에 의해 예수가 악마에게 유혹받고 급기야 십자가에 못박히는, 불길한 저주의 날로 변질된다. 그뿐만 아니라 성배를 수호하는 템플기사단(Knights Templars)이 프랑스 필리프4세의 책략에 처참하게 궤멸된 날도 금요일로 전해진다. 그녀들은 결국 창녀의 신으로 전락하기도 한다. 열등한 여성이 신적인 존재가 되어 세상을 지배하는 모습은, 더구나 유일신을 믿는 그들의 입장에서 상상조차 할 수 없는 일일 것이다. 여신들에 대한 모독은 여성들에 대한 그들의 시각을 우회해서 드러낸 것일 뿐이다.

16C 중엽에서 18C 초에 유럽과 북미 전역에서 그들에 의해 자행된 마녀사냥은 인류사적 재앙이었다. 수백만 명에 이르는 여성들이 산파이기 때문에, 약초전문가이기 때문에, 치료사이기 때문에, 점성술사이기 때문에, 과부이기 때문에, 심지어 빼어난 미모를 가졌기 때문에 악마와 접선하고 통정한다는 혐의로 고문을 받고 화형에 처해졌다. 외형적 이유가 무엇이든 이러한 광범위하고 히스테릭한 유린과 학살은 심층부에 도사린 여성에 대한 기독교의 불편한 시선을 여실히 드러낸다.

그들이 유일하게 숭배하는 여성은 '성모 마리아'다. 그녀는 그들이 누대를 걸쳐 속화시킨 신화 속 여신들의 신성으로 치장되기도 한다. 때로 스테인드글라스에서 아프로디테와 동일시되어 에로스들로 배경을 장식한 채 묘사되며, 때로 피에타(Pieta)는 이집트의 여신 이시스와 아들 호루스의 모자상을 연상하게 한다. 그녀가 뭇 여신들과 다른 점은 관능미가 완전히 삭제되어 있다는 사실이다. 처녀로 잉태하고 출산했다는 전기도 이와 직접 관련된다.

가부장적 일신교인 기독교의 교리를 지탱하는 이론인 원죄의식은 낙원 추방에서 유추할 수 있듯이 관능미로부터 싹튼다. 기독교의 방정식에서 관능미는 상수(常數)를 이루는 죄악이다. 그들이 신성에 도달할 수 있는 낭하는 금욕이며, 그 가운데 성적인 금욕은 가장 넘기 어렵다. 육체의 쾌락은 성적인 금욕을 위협하는 악마성을 띤다. 그러므로 여성의 관능미는 의심과 경계(警戒)의 한계를 넘어 타매(唾罵)의 대상이 될 수밖에 없다. 그 자체가 신성모독이다. 관능미는 여성성을 상징한다는 면에서, 여성을 대하는 기독교 근본주의의 불편한 인식과 태도를 해독하는 단서가 된다.

2연에서 "딸"의 "하초"는 보름달로 나타난다. 달은 인력으로 바다의 조석(潮汐)을 운영한다. 뭇 생명체들은 그 질서에 순응해 산란을 하고 부화를 하는 생명활동을 이어 간다. 여성도 예외는 아니다. 몸에 흐르는 피는 붉은 바다와 다르지 않다. 그녀들도 달의 움직임에 따른 피의 조석을 경험하며 그 질서에 순응한다. 배란기 여성의 살갗은 윤택해지고 목청은 고와진다. 그믐은 달이 사라지는 때가 아니다. 달은 그늘에 가려져 있을 뿐 실체는 그대로 존재한다. 그 어둠의 지역은 무의 영토가 아니라 카오스의 영토다. 카오스는 늘 코스모스를 준비한다. 그믐의 어둠은 보름달을 예비한다. 여성성으로서의 달의 변전(變轉)은 그녀들이 잉태하고 부양하는, 때가 되면 꽃이 피고 눈이 내리는 세계의 변전과 닮아 있다.

문정희의 「물을 만드는 여자」는 여성성과 관능미를 모멸해 온 가부장적 가치체계에 대한 모반이고 혁명이다. 오래전부터 어머니에게로 딸에게로, 또 그 딸에게로 전수되어 왔고, 전수될 여성성과 관능미의 승리를 꿈꾼다. 여성성과 관능미로부터 대지와 우주는 조화로운 율동을 획득하면서, 아름다운 운행을 계속할 에너지를 얻는다. 여성은 곧 대지이고 우주이며 대모신(大母神, Mother Eearth)이다. 대모신인 "딸"이 오줌 누는 행위를 통해 세계와 내통하고, 세계를 잉태하고 부양하는 모습은 여성성의 스테레오타입을 구성한다. 시의 세목을 설명하고 그것에 의미를 덧씌우는 독법은 사족에 머문다.

3부

시집 톺아 읽기

떠나가는 것들을 위한 천칭(天秤)자리 또는,
서늘하거나 따사롭거나

— 장석주 시집 『일요일과 나쁜 날씨』

가을을 말할 때 흔히 끌어쓰는 표현이 '결실(結實)'과 '조락(凋落)'이다. '결실'은 봄과 여름에 투여했던 노동의 보상이라는 공리적인 색채를 띠는 반면에, '조락'은 생명활동의 종식이라는 숙명성과 허무의식의 그늘을 드리운다. 장석주의 시집 『일요일과 나쁜 날씨』(민음사)를 거의 전반에 걸쳐 간섭하는 것이 가을과 가을이미지다. 그의 시편에 투사된 가을은 '결실'보다는 '조락'의 의미맥락에 놓인다. 삶과 세계가 화해보다는 불화, 균형보다는 긴장, 조화보다는 길항으로 빚어져 있다고 믿는다면, 그리고 그 배후에 은폐된 기제(機制)를 탐구하려는 시인이라면 그것은 당연하게 여겨진다.

그의 '조락'은 대략 두 방향으로 갈리면서 변주된다. 하나는 소멸과 죽음이라는 타나토스적 지평으로 경사된 채, 세계를 해석하고 재구(再構)하며, 세계에 참여하는 도구로 작용한다. 다른 하나는 비록 많은 분량을 차지하지는 않지만, 동양적 미학 그중에서도 유가보다는 도가적 미학을 실천하는 소재로 발전한다.

> 종말이 얇게 펼쳐진 저녁,
> 헤어진 여자는 늙고 집들도 낡아 가지.
> 숨은 오차(誤差)들이 드러나면서

집들이 마른 풀과 함께 시들 때,
불운이 항상 늦는 행운을 대신하니
저녁에게 도덕을 배우려고 하지 마라.

　　(중략)

가난은 저녁을 다 탕진하고
우두커니 서 있지.
슬하의 가난을 들여다본 적이 있다.
가난은 팔과 다리가 없으니
무릎을 끌어안고 울지 못한다.
이 저녁과 저 저녁 사이로
흘러가는 인류,
아직 380만 년은 멀다!

　　　　　　　　　　　　—「종말을 얇게 펼친 저녁」부분

　　"저녁"은 가을과 이음동의어다. 화자는 가을 저녁의 풍경을 바라보며 소멸과 죽음의 피로한 메타포들을 경험하고 있다. 세계는 "종말" "헤어진 여자" "늙"음, "낡"음, "숨은 오차(誤差)" "마른 풀" "시"듦, 등 무채색계열 일색으로 그의 눈앞에 펼쳐진다. "불운"이 "행운"을 "대신"할 수밖에 없다는 우울한 인식은 다음 행에서 묵시록을 환기하는 비극적 전망으로 전개된다. 여기에서 "도덕"은 단순한 사회규범이나 윤리의 뜻을 넘어 문명사의 모든 목록을 아우르는 것 같다. 시 전체를 타고 흐르는 분위기도 그렇지만, 결미의 육성에서 느껴지는 도저한 감정의 기류는 이 부분을 축자적(逐字的) 읽기를 넘어, 인간이 여태 쌓아올린 모든 것들의 패배를 추인하는 듯이 읽도록 유인한다.
　　"이 저녁과 저 저녁 사이" "저녁"이 소멸과 죽음을 지시한다면, 그 사이를 "흘러가는 인류"의 운명은 소멸과 죽음의 소실점에서 시작해 소멸과 죽음의 소실점으로 끝맺을 수밖에 없다. 에티오피아 다하르에서 약 380

만 년 전에 살았던 오스트랄로피테쿠스 아파렌시스의 화석이 발견된다. 루시라고 알려진 그녀는 인류의 가장 오래된 어머니인 셈이다. "아직 380만 년은 멀다!", 인류가 아주 오래전부터 지금까지 일구고 살아온 생애의 전 영역을 "아직"이라는 미래형 부사어로 수식하고, "멀다!"라는 공간개념어를 빌려 탄식하는 화자의 모순어법은 인간의 삶, 또는 운명에 대한 화자의 환멸을 더욱 절박하고 아득한 온도로 다스린다. (이러한 이해는 소위 '의도된 오독'이 될 여지가 적지 않다. 시인의 "380만 년"은 루시와 관련된 것이 아니라, 사사키 아타루의 『잘라라 기도하는 그 손을─책과 혁명에 관한 닷새 밤의 기록』에서 가져왔을 가능성이 크기 때문이다. 책에 따르면 한 생물종의 수명은 대략 400만 년이고, 현생 인류는 20만 년 전쯤에 출현했다. 인간에게는 앞으로 380만 년가량의 생존기간이 허용된다. 그렇다면 이 부분은 인간에 대한 고통스러운 복음일 수도 있고, 시인이 시집의 서문에서 말한 "불운에 대한 송시(頌詩)"일 수도 있다)

"저녁을 다 탕진"한 "가난"은 소멸과 죽음을 응시하는 자의 다른 이름이다. 문맥 안에서 탈주체화되고 있는 이것은 과연 화자 자신이거나, 지상에 거류하는 모든 인간을 가리킨다. "팔과 다리가 없"어서 "무릎을 끌어안고 울지"도 못하는 "가난"의 불구성은 인간이 숙명적으로 지닐 수밖에 없는 불구성을 노출하면서, 이 시에 흐르는 비애의 농도를 임계치까지 끌어올린다.

「적막」은 이와 비슷한 정조를 담아내면서 화자의 눈길이 관념의 공간에서 생활의 공간 쪽으로 조금 더 밀착한다.

봄엔 모란과 작약,
가을 하늘엔 수리와 매.
  (중략)
네 편두통을 삼켜 석류는 붉고,
대추는 내 것도 네 것도 아닌 근심으로 다닥다닥 열렸다.

네 발등의 부기를 염려하면서
어둠 두 필을 안고 오는 가을 저녁의 적막,
고마워!
어디 한 군데 어여쁘지 않은 데 없는 가을 저녁의
늠름한 외로움.

가협마을 집집마다 늦은 저녁밥 안치려고
쌀 씻는 소리,
내년에도 죽지 마!

—「적막」 부분

봄은 "모란과 작약"으로 정의되고, 가을은 "수리와 매"로 정의되고 있다. 화자에게 봄이 화려한 미혹 속에 생명이 들끓는 생태의 계절이라면, 가을은 매섭고 서늘한 견인(堅忍)과 수세(守勢)의 자세로 세계를 지켜보는 정신의 계절이다. 가을 저녁이 "늠름"하고 "외"롭게 비쳐보이는 것은 그 때문이다. 문제는 가을 고샅길을 건너는 화자의 모습이다. 그는 길가 석류 열매의 붉음에서 "편두통"을 읽고, 대추나무의 무수한 대추알들에서 세상의 "근심"을 본다. 화자가 이념처럼 규정하는 가을과 화자가 생활 속에서 맨살로 경험하는 가을의 간극은 멀고 깊다. 그 참을 수 없는 간극 속에서는 서로 "발등의 부기를 염려하"는 모습도, 이웃 간에 쌀을 일어 "씻는 소리"를 엿듣는 장면도 씨족공동체다운 슬프고 황량한 유대 이상으로 보이지 않는다. 그렇다면 누군가에 전하는 "고마워!"와 "내년에도 죽지 마!"의 육성 역시 공허하게 들릴 수밖에 없다.

이러한 '조락'의 이미지는 "손톱은 비통(悲痛)에서 돋은 신체다" "우울은 슬픔의 저지대(低地帶)다"(이상, 「난간 아래 사람」)에서 보는 것처럼 수성(獸性)의 원시적 그리움을 함축하는 활유로 표현되거나, 깊게 습기를 머금은 감정의 쓸쓸한 지평면으로 나타나기도 한다. 또 "겨울 물고기와 봄풀들

이 울고/ 횡단보도 앞에서 식은 무릎들이 서서 운다."에서는 "생계와 상관
없"(이상, 「충주구치소 방향」)는 타자에 대한 연민의 포즈로 모습을 드러낸다.
「가을의 부뚜막」은 '조락'의 이미지에 더해서 타자(또는 자신)를 향한 연민
의 기미가 더 구체적으로 드리운다. "옛날을 다 탕진하고도/ 당신의 젖들
은 더는 자라지 않지만/ 그늘의 무미함 아래에서/ 최선을 다해 착해지려
는 그 저녁의/ 부뚜막들!", 가을이 와서 생활과 기억을 "탕진"하고 남은 자
신과 타자들에게 간절한 것은 부뚜막의 온기와 같은 그 무엇이다. 그것은
사랑일 수도 있고, 위로일 수도 있고, 그리움일 수도 있다. 하지만 화자의
기대가 간절할수록, 그 기대가 무산될 듯싶은 예감이 짙어지는 아이러니
또한 어쩔 수 없다.

어머니 손을 놓치고 바라본 북국의 바다,
바다는 여치 소리를 내고
상강(霜降) 이후 서리와 바람은 저마다 일로 바빴다.

샘물은 나지만 자두나무는 없고
엉덩짝마다 몽고반이 있는 저녁들.
기러기 오는 곳이 북국이던가?
발가락 시린 하늘,
땅엔 오두막 한 채,
월훈(月暈)은 늘고 살림은 줄어도
늙은 여자는 늙고 젊은 여자는 젊었다.
단 열매들이 낙과하는 늦가을 먼 곳을
나는 신앙도 없이 여행 중이다.

북국은 은둔자의 고장,
가끔 지붕이며 사람이며 집짐승이 날아가는 곳,
가난과 쓸쓸함을 빌미로 핀 국화들이 국화답던가?

저녁은 슬그머니 어여쁜 그늘을 내려놓던가?

—「북국 청빈」, 부분

"북국"은 중국 진(晉)나라 시인 도연명이 물러나 살던 와옥(蝸屋)과 주변의 풍경을 떠올린다. 스스로 오류선생(五柳先生)이라 일컬었던 그는 평생을 술과 국화 곁에서 한거(寒居)했다. "자두나무"의 부재, "발가락 시린 하늘" "오두막집 한 채" "줄어"드는 "살림"은 "북국"의 풍경을 구성하면서 시의 모티프인 가난을 직접 지시한다. 요는 가난이라는 현상이 아니라 가난을 받아들이는 자세다. 그것을 참괴히 여기지 않고 외려 당당히 드러내며, 그것에 굴복하지 않고 되레 오연한 자의 가난을 청빈이라 한다. 사람들은 도연명의 내력에서 청빈을 보아 왔다.

행간에 노출된 가난의 흔적에서 청빈을 끌어낼 수 있는 것이 "월훈(月暈)은 늘고 살림은 줄어도"다. 월훈, 즉 달무리는 인간의 생계에서 온전히 벗어난 채, 저 혼자 은은한 빛을 발한다. 살림은 속간의 경제현실이다. 이 부분의 외형적 의미와 별개로, 독자들은 "월훈"과 "살림"을 발음하는 순간 자신도 의식하지 못하는 사이에 둘을 하나의 의미묶음으로 읽기 쉽다. 그러면서 독자들은 자신의 의지, 또는 시인의 의지와 무관하게(시인이 기술적으로 이를 노리는 경우도 있을 수 있다) "월훈"과 "살림"을 비유관계처럼 인식하게 된다. 그때 인환(人寰)의 누추한 현실이 정재(淨財)처럼 빛나는 달무리 안에 포섭되면서, 독자들의 머릿속에서 일반적인 가난의 의미는 청빈의 뜻으로 정돈된다. "월훈(月暈)은 늘고 살림은 줄어도"는 비유의 질과 심미적 수준, 그리고 웅숭깊으면서도 단정한 함의라는 면에서 빼어난 솜씨를 드러낸다.

다른 하나는 "늙은 여자는 늙고 젊은 여자는 젊었다."에서 찾을 수 있다. 범상하기 이를 데 없는 표현이 범상하지 않은 의미를 인양하는 실례다. 굳이 언급할 필요가 없을 정도로 당연한 이 진술은 뜻밖에 자연의 순한 이법(理法)을 핍진하게 반향하면서, "북국"의 공간을 한순간에 여항(閻巷)의 명리(名利)와 치장과 다툼으로부터 벗어난 세계로 유인한다. 죽음도 질병도 없는 유토피아가 아니라, 생멸변전이 허락되는 바로 이곳과 닮았기 때문에 그 세계는 더욱 절실하고 그립다.

사족처럼 첨부한다면, 위에서 인용하지 않은 결미 3행, "허영심을 여러 필 팔아서라도/ 기어코 구하고자 했던/ 북국의 쓸쓸함과 청빈!"은 적이 의문스럽다. 시 전체의 얼개와 의미의 구도를 누름돌처럼 누르면서 안착시키는 효과가 있는 것은 분명하다. 동시에 그것은 "가난과 쓸쓸함을 빌미로 국화들이 국화답던가?/ 저녁은 슬그머니 어여쁜 그늘을 내려놓던가?"로 끝맺었을 때 느낄 수 있는, 형언하기 어려울지언정 청징하고 단정한 어떤 감정과 의미의 틈을 속수무책 메워 버리는 게 아닌가 하는 아쉬움을 남긴다. 없었더라면 시를 타고 흐르는 장력이 더 밀도 있게 갈무리되었지 싶기도 하다. 사람들의 기호에 따라 선호의 차이가 있을 수 있는 부분이다. 이러한 시비는 시인의 시 쓰기 입장으로부터 홀가분한 독자에게 주어진, 저 혼자 상상하며 행사(?)할 수 있는 시 읽기의 즐거운 특권이겠다.

「북국 청빈」과는 약간 다른 경로지만, 자연과의 연대를 통한 사유의 형식을 통해서 동양적 미학의 한 지경을 구성하는 작품으로 「가을 만사(萬事) 중의 하나」를 들 수 있다.

앉은 자리에서 꼬리를 들썩이는데,
눈꺼풀인 듯
괄약근이 조여졌다 풀어진 찰나!

조류(鳥類)의 소화기관을 가늠케 하는
배설물의 총량.

가을 만사(萬事) 중 갸륵하고 어여쁜
산 것의 일!

―「가을 만사(萬事) 중의 하나」 부분

감나무 가지에 앉은 멧새가 배설하는 광경을 묘사한 소품이다. "꼬리를 들썩이"(시인의 의도된 기획에 따른 것이라는 가능성을 고려하지 않고, 정서법에 따라 판단하면 올바른 표현은 '꼬리'가 아니라 '꽁지'다. 포유류의 그것을 '꽁지'라 하지 않는 것처럼, 조류의 그것은 '꼬리'라 하지 않는다)며 항문을 옴찔거리다가, 그것은 기어이 똥을 내지른다. "배설물의 총량"에서 멧새의 "소화기관" 크기를 "가늠"하는 모습이 시사하는 것은 화자가 인위(人爲)보다 무위(無爲)에 가까운 시선으로 바라보고 있다는 사실이다. "소화기관"의 크기에 비례해서 "배설물의 총량"이 결정되는 정직함은, 그 자명함은 기계(奇計)와 정상(政商)과 모독이 혼효된 인간세상의 일이 아니다. 그것은 물이 위에서 아래로 흐르고, 달이 차면 기우는 자연의 일과 닮았다. 스스로 자연에 참여하려는 화자의 시선 안에서 새가 "배설물"에 불과한 똥을 내지르는 일상적인 장면은 비로소, "갸륵하고 어여쁜/ 산 것의 일"이 되면서 화자에게 하나의 사건(事件)으로 다가오게 된다.

이 시에서 눈여겨볼 부분은 에피소드의 전경을 이루는 가을이다. 그것은 가을이 아니면 안 된다. 봄이나 여름, 또는 겨울은 상정하기 어렵다. 가을 가운데에서도 햇빛이 청명하고, 푸른 하늘이 살얼음처럼 맑고 투명한 오전 10시쯤이어야 한다. 그때 화자가 목격한 하나의 사건은 살아 있는 것들에 대한 근원적인 연민으로, 아니 그것마저 물질화된, 밝고 가벼운 유현(幽玄)의 어떤 영토로 독자들을 안내할 수 있다.

'자두나무', 그리고 '야만인'의 사유와 이미지는 이 시집에 빈번하게 등장한다. 빈도수를 생각하면, 시인의 전략적 선택이고 계산된 포석일 가능성이 크다. 그의 '자두나무'에서 먼저 떠올린 것이 19C 독일의 철학자 니체(Nietzsche, Friedrich)의 소위 초인(Übermensch)이다. 이 같은 발상은 분석과 추상화에 따른 귀납적 결과가 아니라, 단순히 직관에 기댄 것이다. 어쩌면 「저 여름 자두나무」의 무수한 검은빛에서 얼핏 느껴지는 숭고한 의지와 권력, 「미생(未生)」의 속스런 물생(物生)들에 대비된 '자두나무'의 "표표"한 고독, 「눈 속의 자두나무」에서 눈을 맞으며 서 있는 '자두나무'의 "초탈"과 "장엄" 때문에 그것을 떠올렸는지 모른다. 그러나 시인의 '자두나무'는 하나의 의미틀 안에 머물지 않고, 끊임없이 의미의 변화를 모색한다. '야만인' 역시 일관된 의미의 흐름을 파악하기 쉽지 않다. 「야만인들의 여행법 1」에 '자두나무'가 "망각의 풍요한 열매들"을 단 것에 대응하여, 그의 "트렁크에는 비밀과 망각이 없"는 것으로 나타난다. 추론이 쉽지 않을뿐더러, 그 밖의 시에 '자두나무'와의 관련 속에서 '야만인'을 이해할 만한 단서도 잘 눈에 띄지 않는다. 시편 속의 '야만인'들은 과거와 현재와 미래가 같은 지평선 위에서 착종을 일으키는 동안 종종 향수나 좌절, 또는 모반과 열패감의 우울한 기표로 작동한다. 그는 반문명적 속성을 띠기도 하고, 스스로 당시대 인간군상의 일상에 편입되기도 하며, 자의식을 일깨우는 인계철선으로 반응하기도 한다. 시인의 '자두나무'와 '야만인'이 거느리는 상징체계에 대해서는 더 많은 시간과 노력이 필요할 듯하다.

시인이 「지나간다」에서 말한 것처럼, 세계를 구성하는 뭇 질료들과 현상들은 뭇 질료들과 현상들끼리 서로를 비껴 그저 "지나"갈 뿐일 터이다. 그러니까 세계는 서로가 서로를 비껴 "지나가"는 것들의 간이역인지도 모른다. "지나가"는 것들과, 이 시집의 주요 모티프를 이루면서 소멸과 죽음을 환기하는 어떤 참을 수 없는 것들은 모두, 종당에 떠나가는 것들의 의미좌표 안에 위치하지 않을 수 없다. 혹은 서늘하거나, 혹은 따사로운 그림자만 남긴 채.

장석주의 시집 『일요일과 나쁜 날씨』는 그 모든 떠나가는 것들을 위한 비망록이고, 헌정(獻呈)이고, 또한 "천칭자리"다. 나는 이 시집을 접고 나

서, 그가 "혼자 자다 깨서/ 멍든 데를 가만히 더듬"(이상, 「백 년 인생」)는 장
면이 뇌리를 스쳤다. 내가 잘 알지도 못하는, 젊은 시절 제도권을 훌훌 털
어버린 그의 욕망과 '완전주의자의 꿈'과 무모와 처연한 잡념과 투신이 겹
쳐 보인다. 폭설 속에서 그의 "천칭자리"가 적막에 더 가까워질 것이다.

육체의 그리움, 그 황량한 에로티시즘의 미학

— 이화은 시집 『미간』

이화은의 시집 『미간』을 배달받고 처음 든 느낌은 책의 꽤 그럴싸한 장정에서 비롯했다. 반양장 제본을 감싼 표지의 때깔은 붉은 기운을 우려낸 자둣빛 같기도 하고, 베어낸 지 좀 지난 사과의 속살빛 같기도 하고, 초등학교 때 썼던 산수공책의 갱짓빛 같기도 하다. 거기에 캘리그래피로 구성한, 삐뚤빼뚤 장마끝물의 감또개만큼 한 먹색 '미간'을 정갈하고 맑은 명조의 '이화은시집 미간'이 허리께부터 살갑게 여미면서 세로줄로 받치고 있다. 단음계의 이 난처한 컨셉과 디자인은 빈티지풍을 넘어 앤틱풍처럼 비치다가, 어느 순간에는 되레 누보로망다운 표정으로 시치미를 떼기도 한다. 책등의 두께가 된다 싶은 생각도 없지 않으나, 간명과 개결의 미학은 서권의 깨끗한 향기를 지키기에 손색이 없다.

먼저 펼쳐 본 것은 시집의 표제시이기도 한 「미간(美間)」이다. 이 시가 '미간(眉間)'과 '미간(美間)' 사이의 언어유희를 수단으로 시인의 프로필을 베끼려 한다는 점은 내남없이 알아챌 일이다. "눈썹에서 눈썹까지 한 번도/ 당도"한 적이 없지만, "별을 보고 점을 치는 예언자처럼" "끝없이 방황"하는 모습은 시인의 운명을 예감하는 자의 외로운 고백과 같은 의미를 지닌다. 그러나 이 작품은 이화은이라는 고유명사의 시적 숙명성을 환기한다고 보기에는 의미의 조직이 하나의 완고한 전형을 이룬다. "잃어

버린 황금 눈썹 한 포기"나 "가장 뜨거운 시의 심장"이 갖는 시적 코드와, "흰 이마"에서 "뜨"는 "푸른 번개"의 함의는 뜻을 획정하는 밑금이 너무 뚜렷하여, 한 시적 개성의 환멸과 고뇌와 좌절을 드러낸다기보다는 시인의 원론적 개념을 시적 언어를 빌려 원론적으로 다시 규정한다는 인상이 더 짙다.

시인 이화은의 원형질에 더욱 다가서는 에피소드는 「물음표가 없는 질문」에서 발견할 수 있다.

밤중에 전화를 걸어
누 구 세 요
나더러 누구냐고 묻는다
그 목소리가 늦은 골목의 깊은 발자국처럼
빗물에 고인 불빛처럼 눅눅히 귓속으로 스며든다
전생을 오래 걸어온 듯 먼
전생을 묻는 듯
하마터면 내가 대답할 뻔했다
나도 모르는 내 전생을 말해버릴 뻔했다
그러나 그 질문에는 물음표가 없었으니
단 한 번 묻고 침묵하는,
어쩌면 자궁 속에 부호를 두고 나온
달이 덜 찬 미숙의 질문이었을까
다음 날도 그 다음 날도 전화는 오지 않았다
다시는 누구냐고 묻지 않는다
유리창에 스며든 산 그림자처럼
나도 그에게 스며들었던 것일까
그래서 내가 누군지
누구의 몇 번째 生인지 다 알아버린 것일까
밤마다 누군가에게 훔치듯 전화를 걸던

슬픈,

그 작은 물음표 같은 여자인 줄을

　　　　　　　　　　　　　　　　　—「물음표가 없는 질문」 전문

　화자는 밤늦게 누군가로부터 전화를 받는다. 그것이 유선전화인지 화자 명의의 휴대전화인지는 분명치 않지만, 그는 자기에게 걸려온 전화라는 확신을 한다. 자신에게 전화를 건 사람이 자신에게 누구냐고 묻는 역설적 정황이 시의 모티프를 이룬다. 한밤중의 느닷없는 질문은 스키토시베리아 무녀의 진언처럼 화자를 어두운 우주수 너머 자신도 "모르는" 전생의 한 지점으로 호출한다.

　정신을 수습한 화자는 그 질문에 물음표가 찍혀있지 않음을 깨닫는다. 전자신호를 타고 날아든 목소리가 "늦은 골목의 깊은 발자국"처럼, "빗물에 고인 불빛"처럼 비현실적인 공명을 일으키기 때문만은 아닌 듯하다. 일상적 발화로부터 일탈된 수상한 전언의 내용은 타자의 것이지만, 의문은 자신이 전부터 가슴 깊은 곳에 품고 있던 것이기 때문이다. 그러니까 의문부호는 전화를 받기 전부터 온전히 화자의 것인 셈이다. 화자는 "그"에게 "유리창에 스며든 산그림자처럼" "스며"드는 환상을 겪으며, "그"는 자신이 "누군지/ 누구의 몇 번째 生인지 다 알"고 있어서 전화기를 놓았다고 생각한다. 하지만 화자는 "그"가 안다고 믿는 것이 틀렸음을 진작부터 눈치채고 있다. 왜냐하면 "산그림자처럼" "스며든" "그"는 자신의 분신과 같으며, 자신도 실제로 그것을 알지 못하기 때문이다. 그래서 화자는 "그" 대신 "밤마다 누군가에게 훔치듯 전화를" 거는 "슬픈,/ 그 작은 물음표 같은 여자"일 수밖에 없다.

　더 이상 전화를 걸지 않는 발신자와 그래서 더는 전화를 받지 않는 수신자의 하염없을 듯한 통신 사이에, 그 적막한 교감 사이에 이화은의 운명이 가로놓인다.

책의 첫머리에 얹은 「나비」는 시와 나비의 교응 안에서 착상을 얻는다. 화자는 시를 말하면서 나비를 표현하고, 나비를 말하면서 시를 표현한다.

저 가벼운 터치를
시라고 말해도 되나

저 단순한 반복을
시라고 말해도 되나

저 현란한 수사를
시라고 말해도 되나

허공을 즈려밟는 위험한 스텝을

꽃에 얽힌 지루한 염문을

한 번쯤
하루쯤

한 生쯤 몸을 바꾸고 싶은

저 미친 외출을 시라고, 시인이라고 말해도 되나

— 「나비」 전문

먼저 떠오르는 것은 정작 그가 내놓는 의제가 시인가 나비인가 하는 문제다. 일단 나비의 날갯짓에서 간추렸을 3연까지의 "저 가벼운 터치" "저 단순한 반복" "저 현란한 수사"를 살펴보자. 이는 나비가 곡예를 하듯이, 날개를 치면서 여기저기 옮겨 앉는 모습의 직서나 은유로 이해할 수 있다.

그러나 시적 표현의 카테고리 안에서 보았을 때, 시 쓰기의 한 수단은 될 지언정 시를 결정하는 필요조건이나 충분조건이 될 수 없다는 점도 자명하다. 따라서 이 작품이 시를 말하기 위해서 나비를 인용한다고 보기에는 무리가 있다. 화자는 나비의 경묘한 비행에 집중하면서, 시에 대한 상념에 사로잡힐 뿐이다.

여기에서 주목할 부분은 역시 나비의 날갯짓과 생태에서 인양했을 "허공을 즈려밟는 위험한 스텝"과 "꽃에 얽힌 지루한 염문", 그리고 "한 生쯤 몸을 바꾸고 싶은// 저 미친 외출"이다. 이러한 진술은 시의 일반론을 불러일으키는 게 아니라, 이화은이라는 고유명사의 시적 정체성의 한 부분을 탐문할 수 있는 단서가 될 수 있기 때문이다. 그것들은 윤리와 규범에 길항하며 운명에 대한 모반을 꿈꾼다. 예술갈래인 시가 지니는 본능인 동시에 이화은이라는 에고의 쓸쓸한 욕망이기도 하다. 그리고 이러한 혼돈과 교란과 일탈의 아슬아슬한 모험은 농도와 경사의 차이는 있을망정, 이 시집의 근간을 이루는 에로티시즘적 사유를 전경에 둔다.

「약발」과 「절명(絕鳴)」은 그녀의 그것이 소위 현실원칙과 타협하지 않은 채 날것으로 드러나면서, 에로티시즘의 순일성, 또는 전일성에 다가서려 한다.

① 아무 떨림도 없이/ 삶은 오리알을 홀딱 벗기며

꽃의 엉덩이 같은/ 희고 둥근 알몸에 이빨을 박으며

내가 돌 던졌을 죄 하나를/ 잠깐 이해했을 뿐이다
　　　　　　　　　　　　　　　　　　　　　　　　—「약발」 전문

② 꿀이었을까

꽃의 더운 내면으로/ 한순간/ 제 生을 몰입시켜/ 나비가 더듬었던 것이/
꿀뿐이었을까

꽃 지는 소리

낙뢰 한 잎 떨어져 눕는 날/ 나는 귀가 멀었다

—「절명(絕鳴)」 전문

① 삶은 오리알의 껍질을 벗기고 흰 알의 표면에 앞니를 박는 한 컷의
일상을 담는다. 그런데 이 사소한 에피소드에서 간음이나 화간의 정경이
읽히는 것은 3연 1행에서 『신약』 '요한복음' 8장 7절의, 예수가 간음한 여
자를 두고 대중에게 한 "너희 중에 죄 없는 자가 먼저 돌로 치라"라는 발
언을 연상했기 때문이다. 그럼에도 불구하고 시에서 간음이나 화간이라는
낱말이 품는 죄의식의 그늘은 감지되지 않는다. 이는 2연에서 보이는 "희
고 둥근 알몸"의 육체성에서 관음증의 어두운 쾌락이 느껴지지 않는 사실
과 무관하지 않다. 그것은 "꽃의 엉덩이"라는 유쾌한 유머와 결합하는 과
정에서, 오히려 욕망의 어떤 대낮처럼 환한 형식을 비친다. 그렇기 때문에
더욱 성행위의 알레고리인 "이빨을 박"는 모습에서 순수 옥탄가의 기쁨을
제안할 수 있다.

이 지점에서 "내가 돌 던졌을 죄"의 뜻은 분명해진다. 죄를 지은 것은
간음한 쪽이 아니라, 그를 비난한 자신이라는 인식은 깨달음에 가깝다. 이
는 육체를 옥죄는 사회·윤리적 도그마에 대한 육체의 해방과 승리를 추
인하는 것과 매한가지다. 옛 문헌에 오리알은 음기를 보하며, 폐열로 인한
기침과 설사·이질에 효능이 있다고 기록된다. 화자가 실제로 오리알을
복용하며 썼다는 전제 아래, '약발'은 충분히 가능한 제목이다. 하나 이 시
의 '약발'은 오리알의 생약적 효능보다는 복약과정에서 경험한 문학적 상

상력의 효능에 근접한다. 그것은 앞에서 말한 대로 육체에 대한 새로운 인식을 의미한다. 그러나 화자는 결미에서 육체에 대한 황홀한 몰입을 "잠깐 이해했을 뿐"이라면서 한 걸음 물러선다.

② 화자는 「약발」에서 슬쩍 비췄던 현실원칙의 거추장스러움을 깨끗하게 걷어낸다. 「절명(絕鳴)」은 육체에 대한 순수탐닉의 한 찰나를 온전히 겨눈다. 이 시는 꽃과 나비의 관계 속에서 정인(情人) 사이의 육체적 교섭을 끌어내는 고전적 상상력에 기반한다. 화자는 꽃송이 속을 파고들어 꿀을 뒤지는 나비의 모습을 보며 성행위의 환상을 경험한다. 여성의 육체를 뒤지며 탐닉하는 정사의 장면을 생각하면 충분히 자연스럽다. 그러면서 "제 생(生)을 몰입시켜" 나비가 찾는 것이 과연 '꿀이었을까' 되뇐다. 1연과 2연 끝행에서 반복되는 물음은, 하지만 그만큼의 의미질량으로 작용하지 않는다. 이 부분은 표층의미의 통일성과 균제미를 살리거나, 숨결을 가지런하면서 탄력적으로 다듬는 형식적 효과 이상을 노리는 것 같지는 않다. "나비가 더듬었던 것"이 "꿀"이든 다른 무엇이든 중요하지 않다. 무언가를 찾는 것처럼 보이는 나비의 포즈를 정당화하는 장치적 성격을 띨 뿐이다.

이 작품의 키워드는 3연 "꽃 지는 소리"에 있다. 화자가 바라보는 낙화의 환상은 성행위의 임계점에서 순식간에 낙뢰의 환청으로 바뀐다. 숨이 멎을 듯이 팽팽히 긴장된 고요와 고막을 강타하며 무너지는 우렛소리가 싱겁도록, 아무렇지 않게 겹치는 이율배반은 성적 몰입의 극지를 구성한다. 미당은 그 상황에서 "떠러지는 홍시에 마음이 쏠려/ 또그르르 그만 그리로 굴러가버려"(서정주, 「우중유제(雨中有題)」)며 슬그머니 딴전을 부리나, 이는 도가적 탈속의 지경에서 있을 법하다. 시의 화자는 속절없이 우렛소리의 환청에 "귀가 멀"고 만다. 이러한 정황은 성애환경의 완전한 몰입이라는 의미뿐 아니라, 현실원칙과의 차단이라는 의미를 지닌다.

이는 시의 제목인 '절명(絕鳴)'과 이어진다. 쉽게 생각하면 시적 상황은 '단청(斷廳)'에 가깝다. '절(絕)'과 '단(斷)'의 차이를 계량하기는 어렵지만, '절

(絶)'은 행위주체의 어떤 비장한 감정이 개입된 듯하고, '단(斷)'은 상대적으로 행위주체의 그러한 감정이 덜 개입된 듯하다. '명(鳴)'은 '호곡성(號哭聲)'보다는 종소리와 같은 '공명음(共鳴音)'의 뜻에 가깝고, '청(聽)'은 '(소리를) 듣다'의 뜻을 지닌다. '절명(絶鳴)'이라는 낱말은 직역하면 '울음[共鳴音]을 끊음'이 되지만, 실제 사용례가 있는지는 불분명하다. 그러나 시인의 설계 과정에서 다분히 전략적으로 선택한(합성한) 말인 것은 분명하다. 제목이 본문에서 지니는 효과와 기능에 대해서는 더 따져봐야 할 듯하다.

이화은 시의 에로티시즘이 본질적 담론에서 현실적 담론으로 가파르게 선회한 것이 「쑥 캐기」다. 이 작품은 소위 연애사업의 매뉴얼을 환기한다.

쪼그리고 앉아
쉬하는 자세가 가장 좋다

멀리서 보면 제 것을 들여다보는 듯,
허나 정말로 들여다볼 필요는 없다 쑥이 다 올려다보고 있다

고로 바지보다는 통치마를 입어라 입어보면 안다
동의보감에도 나와 있다 아니 눈먼 소녀경이던가?

적당히 자란 연애를 자르듯 칼질은 정확해야 한다
싱싱한 추억으로 국을 끓여 먹을 수도 있다

오금이 저리거든, 오금 저렸던 기억들을 한 칼 한 칼 마음에 저며라
인생공부에 칼 같은 도움이 된다

쑥 캔 자리는 돌아보지 마라
칼잡이가 뒤를 돌아보면 이미 프로가 아니다

허리가 몹시 아플 것이다 그러나 그 이상의 후유증은 없다

—「쑥 캐기」 전문

이 시는 쑥 캐기와 연애의 중층적 의미를 다루지만, 정작 말하려는 것은 잠언적 성격을 띠는 연애론이다. 2연까지 쑥 캐는 장면에서 에로티시즘의 풍경을 해학적인 필치로 선묘한다. 그리고 보면 여자가 쑥을 캐는 모습은 쪼그리고 앉아 제 음부를 골똘히 살피는 것으로 여길 수 있겠다. 화자는 한 걸음 더 나가 쑥들이 이미 그것을 "올려다보고 있다"며 변죽을 울린다. 이 장면은 시의 성적 의제가 어두운 시간에서 밝은 시간으로, 닫힌 공간에서 열린 공간으로 이행하고 있음을 시사한다. 성적 의제의 공론화는 이어지는 처세적 연애기술에 간섭하면서, 문맥 전체를 상쾌한 골계미로 감싸는 데 기여한다.

3연에서 보이는 화자의 알뜰한 충고는 에로틱한 분위기를 노골적으로 드러낸다. 여성이 쪼그려 앉는 포즈는 "바지"가 아니라 "통치마"를 입었을 때, 성적 환상의 온도가 한층 훗훗하게 오르기 마련이다. 바람이라도 불어 치마가 부풀고, 바람으로 가득 찬 치마 속으로 여성의 흰 하체가 언뜻언뜻 비치는 상상은 허벅지를 온통 드러낸 바지로도 따라갈 수 없다. "동의보감"이든 "소녀경"이든 이를 기사화했을 가능성은 있지 않다. 그저 먼 하늘만 쳐다보는 듯한, 화자의 딴청부리기 수법으로 이해할 수 있다.

4연은 어느 정도의 수위로 무르익은 연애는 "팍팍한 완숙의 구린내"(「7분간의 연애」)가 나기 전, "싱싱한 추억"으로 곱씹어도 좋을 정도의 시점에 멈춰야 함을 제안한다. 다음으로, 설혹 연애과정에서 "오금 저릴" 정도로 위태로운 일을 겪더라도 잘 새겨 다시 실수를 저지르지 말기를 가르치며, 이어서 한번 스쳐간 연애상대에게는 절대 미련 두지 말기를 당부한다. 그리고 연애하면서 혹시 갖게 될 성행위를 장려하지는 않지만, 회피할 필요도 없다는 메시지를 전한다. 오래 쪼그리고 앉아 쑥을 캘 때 그런 것처럼

성행위는 허리통증을 유발할망정, 후유증을 낳을 정도로 위험하지는 않기 때문에 감수해도 좋다는 생각이다.

그렇다고 이 작품을 연애에 대한 공리적 담론으로만 이해하는 태도는 곤란하다. 시인이 겨누는 과녁은 쑥 캐기와 연애의 상황적 유사성을 가늠하고 맞춤의 언어로 찍어내는, 입안에 군침이 잔뜩 돌 만큼의 잔재미에 더욱 가까이 놓는다. 합리와 상식의 눈금에서 멀리 떨어질수록, 언어유희와 닮은 수용경로를 지닌 쾌감은 더 진진하게 증폭될 수 있다.

이화은의 현실적 에로티시즘은 사춘기의 성애적 환경에 노출되면서, 다시 신화적 색채를 띤다. 「은밀한 자두」와 「슬픈 성지」는 금기와 탐험(quest)을 모티프로 에로티시즘의 또 다른 점경들을 보여 준다.

① 어둠이 수초처럼 뒤엉킨 연못을 건너오는 동안/ 자두는 저 혼자 탱탱 배가 불렀고/ 여자가 되는 줄도 모르고 여자아이들은/ 사내아이들이 훔쳐오는 붉은 열매를 깨물었네/ 시고 떫은 시간의 어디쯤 앉아/ 달고 무른 과육을 빨아 먹으며/ 덜 자란 사내들의 사내아이를 하나씩/ 낳아주고도 싶었네/ (중략)/ 무릉도원이 없는 자두는/ 은밀한 자두 맛이 나지 않고 한 생이/ 한 저녁만큼 더디 간다는 생각을 오래 하네

　　　　　　　　　　　　　　　　　　　　　　　—「은밀한 자두」 부분

② 한쪽 무릎이 자라질 않아요

끊어진 필름처럼 그 후의 스토리가 전개되질 않아요/ 정갈한 손수건이 덮인 그대로 까까머리 덜 자란 손 하나가 내 교복 스커트를 걷어올리던 거기서,

무릎이 쫑긋 귀를 세우고 성감대를 들던 거기 딱 멈춰 서서 막무가내 새로운 경험을 거부해요 봉쇄수도원의 수녀들처럼

　　　　　　　　　　　　　　　　　　　　　　　—「슬픈 성지」 부분

① "자두"는 성적 환상을 불러일으키는 도구다. 그것의 "달고 무른 과육을 빨아 먹"는 모습은 성행위 자체를 지시하기도 한다. "자두"의 탱탱하게 성숙한 여성의 신체와 닮아 있는 형태적 특징에 상상력의 기초를 둔다. 그것은 사춘기를 건너는, 아직 어린 "여자아이들"과 "사내아이들"에게는 금단의 열매와 같다. "자두밭"은 "날카로운 이빨자국 투성이"의 "개 짖는 소리"를 뚫고, "어둠이 수초처럼 뒤엉킨 연못"을 헤쳐야 도달할 수 있는 "무릉도원"으로 비유된다. "개 짖는 소리"와 "어둠"은 신화 속 탐험의 지난하고 혼돈스런 여정과 교응한다. 그러므로 "사내아이들"이 기꺼이 감수하는 그러한 위험은 통과제의(passage rite)의 한 형식으로 해석할 수 있다. "어둠" 저편의 "무릉도원"은 세상의 오예로부터 차단된 신성공간이다. 이때 그들이 거기에서 "자두"를 "훔쳐오"는 장면이나, 그것을 받아먹는 "여자아이들"의 모습은 신탁에 의한 금기를 스스로 거스르는 행위와 다르지 않다.

여기에서 눈여겨볼 대목은 "여자아이들"의 태도다. 그녀들은 "자두"의 맛을 흐벅지게 즐기면서, "덜 자란 사내들의 사내아이를 하나씩 낳아주"는 당돌한 상상에 사로잡힌다. 금기를 어기는 모독과 죄의식을 배후에 둔 육체의 열락은 어둠의 깊이를 더할수록 순도와 열도가 고조되기 마련이다.

시간이 지나 "늙은 자두밭은 세월에 터를 팔"아, 이제 "무릉도원"은 기억 안에서만 존재한다. 이는 나이가 들어 성인이 된 화자에게 금기가 사라진 것을 의미한다. 위반할 금기가 없는 상황에서 "은밀한 자두 맛"의 창자가 연소되는 듯한 긴장과 황홀을 느낄 수 없다는 고백은 당연하다. 그러므로 "한 생"이 "한 저녁만큼 더디 간다는" 지루한 상념 역시 충분히 이해할 만하다. 「은밀한 자두」는 사춘기 성의식의 원형적 풍경을 그리면서, 성애의 전 과정에 대한 본풀이의 성격을 띤다.

② 미성년의 성을 기조로 시상을 전개한다는 점에서 ①과 비슷하다. 이 시는 학창시절의 첫 번째 성체험을 통해 신화적 상상력을 드러낸다. "당

신"이 "성감대"를 물으며 화자에게 접근하는 모습은 신화적으로 이해할 단서를 마련한다. 그녀의 "한쪽 무릎"에 "네 귀의 각도가 정갈한 흰 손수건"을 덮는 행동은 자신도 모르는 사이에 어떤 경건한 제차에 참여하는 낌새를 비친다. 화자의 입장에서 그에게 속절없이 몸을 맡기는 장면은 비로소 한 여성으로 거듭나는 통과제의적 미토스에 봉사한다. 그리고 "당신"과 화자 사이에 벌어지는 이 비밀스러운 사태는 그녀가 "너무 어"리다는 점 때문에 금기의 제유로 읽힐 수 있다.

문제는 이후 화자에게 펼쳐지는 상황이다. 그녀는 "그때부터" "어리지 않아 손등에도 목덜미에도 성감대의 새순이 쑥쑥 자라나 갈대밭처럼 알을 낳고 새끼를 치고 강물소리를 키우는 무성한 여자가 되"었음에도 불구하고, "무릎이 귀를 쫑긋 세우고 성감대를 듣던 거기 딱 멈춰 서서 막무가내로 새로운 경험을 거부"하는 당착에 빠지게 된다. 전자가 여성으로서의 생물학적 성숙을 뜻한다면 후자는 심리학적 자폐를 뜻한다.

그녀가 범속한 여성의 삶을 살아오면서도, 의식의 회랑 깊은 곳에 설계한 지하묘소에 자신을 견고하게 영어(圖圖)시키는 까닭은 무엇일까. 일단 무의식의 어둠 속에서 금기를 위반한 것에 대한 죄의식과 자신에게 내린 징벌과 관련지을 수 있다. 이는 '금기의 설정—금기의 위반—징벌'이라는 신화적 도식을 불러일으킨다. 동시에, 처음으로 "당신"에게 몸을 여는, 가슴 떨리는 비의에 가까운 사건은 그저 "내 무릎에 할 말이 있는 줄"로만 알았던 한 어리디어린 소녀에게 다시 돌아갈 수 없는, 그야말로 유일한 불가역적 진실로 인식되었기 때문이다. 그녀의 인식은 갓 부화한 어린 새가 처음으로 망막에 비친 대상만을 어미새로 믿는 '각인(刻印)'의 뜻에 다가간다. 진실은 하나만이 존재할 수 있다는 시각에서, 그 뒤에 벌어지는 모든 유사한 경험은 한갓 흉내나 모방에 불과할 따름이다.

이화은 시편에 나타나는 에로티시즘은 때로 우주적으로 교응·교감하며 성적 에너지를 분출하기도 한다.

물 흐르는 소리를 들으면 여자들은/ 참을 수 없이 오줌이 마려워진다/ 여자의 우주 속에 잠든 물줄기를 흔들어 깨우는/ 저 강이 마중물이다/ 여자들이 화답하듯/ 제비꽃 핀 강둑에 앉아 오줌을 눈다/ 한 바가지 뜨거운 전갈이여/ 수 세기를 걸어온 푸르고 찬 손이/ 막 여자의 마중을 받고 있는 참이다

—「마중」 부분

이 시는 펌프질을 할 때 물을 끌어올리기 위해 먼저 펌프 속에 쏟아 붓는 마중물에서 착안한다. 화자에게 '펌프—마중물'과 '여자—강물소리'는 정확히 대응한다. 여자들은 보름사리에 맞춰 홍게떼나 산호떼가 집단으로 산란하듯이, 강물소리에 맞춰 그녀들의 육체를 펌프질하는 것처럼 일제히 강한 요의를 느낀다. 그녀들의 요의는 출산의 욕망을 지시하고, 그것은 다시 성적 충동으로 나타난다. 여자들이 "제비꽃 핀 강둑에 앉아 오줌을 누"는 장면은 성적 충동의 집단무의식적 발현이랄 수 있다. 그러므로 "수 세기를 걸어온 푸르고 찬 손"의 강물소리도 그녀들에게는 "한 바가지 뜨거운 전갈"로 호소할 수 있게 된다. 「마중」은 강물과 여자의 몸이 전일적 우주의 순환회로에 놓여 있음을 의미한다. 「급소를 건드리다」도 이와 비슷한 상상력을 기초로 일상의 에피소드를 보여 준다. 화자가 고추밭에서 잡초를 솎다가 무심히 뽑아 올린 알뿌리는 남성의 음낭과 닮아 있다. 그것은 "지구의 급소"에서 "두 개의 말랑말랑한 해"로 이미지의 폭을 확장한다.

현실원칙과 쾌락원칙 사이에서 고민하는 것은 윤리와 규범으로 차단된 군락지에서 거주하는 인간에게 이미 선택할 수 있는 대상이 아니다. 그것은 기독교적 도구인 원죄와 같다. 짊어지고 세상을 건널 도리밖에 없다. 시인을 포함한 모든 인간이 조우하는 비극적 요소는 많은 부분 이 지점에서 비롯한다. 「아픈 보라로 피다」에서 보이는 자목련의 우울한 보랏빛은 그 정황을 예각으로 드러낸다.

두통을 꽃핀처럼 머리에 꽂고

308동 앞을 지나가는데

누가 곁눈으로 훔쳐보는 듯

오른뺨 언저리가 따끔거린다

그러나 나는 고개를 돌리지 않는다 내가

오른뺨 언저리 너머를

곁눈으로 이미 다 훔쳤기 때문이다

내 두통과 같은 계절에 피는 자목련 한 그루

이마에 서리꽃이 박힌 청교도의 푸른 피와

창녀의 붉은 피가 만나

저렇듯 아픈 보라로 피었는지

내 살 속에서 숨죽여 우는

꽃의 울음소리를 들은 이후 나는

다만 저 꽃을 곁눈으로 훔칠 따름이다

곁눈만 주고받으며 몇 生을 함께 걸어온 듯

통증으로만 교신하는 이런,

업을 끊어내듯 저 나무의 밑둥을

톱으로 잘라내는 꿈을 꾼 적도 있지만

내 두통과 저 꽃의 발화점은

한 켤레 구두처럼 언제나 나란하다

먼 길을 열 듯 단정하게 가르마를 긋고

잘 핀 두통으로 치장하고

안 보는 척 저 꽃나무를

스쳐 지나가기만 하면 그만이다

올해도 나의 봄은 무사할 것이다

—「아픈 보라로 피다」 전문

화자가 계절병처럼 두통을 앓는 시기는 자목련이 꽃잎을 펼치는 무렵과 일치한다. 자신의 두통과 자목련의 "발화점"이 "한 켤레 구두처럼 언제나 나란"함을 잘 알고 있는 화자는, 그것에서 동질감 이상의 감정을 느낀다. 둘의 관계는 "몇 生을 함께 걸어온 듯"한, 거울 앞에 전신으로 선 것처럼 서로 전 생애를 투사하는 만큼의 운명성을 띤다. 그녀가 자신의 "살 속에서 숨죽여 우는/ 꽃의 울음소리"를 엿듣는 동안은 몸속에 오래전부터 내장되었을 "오른귀의 낭만과 사철 부는 바람"(「이명」)을 자각하는 순간이며, 오래전부터 현실원칙에 강박된 채 여전히 문명으로부터 조련되지 않은 육체의 지도와 육체의 그리움을 깨닫는 순간이다.

그녀는 "업을 끊어내듯" 자목련나무를 베어 그 그리움의 통점을 밑동부터 뽑아내려 하지만, 그것은 한낱 부질없는 제스처에 그친다는 사실을 간파하고 있다. 몇 생애를 함께 거쳐온 두통은 앞으로도 몇 생애 동안 함께 지낼 것이기 때문이다. 이 "아는 병은", "이 썩은, 우정 같은 병"(이상 「아는 병」)은 "안 보는 척 저 저 꽃나무를/ 스쳐 지나가"듯, 무심히 동행하듯 다스려야 한다. 그때 그녀의 "봄은 무사"히 흘러갈 것이다.

"올해도 나의 봄은 무사할 것이다", 그런데 결미의 이 진술에서 따사로운 안도감보다 위태로우면서 슬픈 위로의 기미가 먼저 감촉되는 이유는 무엇일까. 그것은 그녀의 가슴 속에서 "서리꽃이 박힌 청교도의 푸른 피"와 "창녀의 붉은 피"가 충격하면서, "아픈 보라"의 피멍으로 여직 고요하고 생생하게 남아있을 터이기 때문이다. 그녀의 "봄"이, 그럼에도 불구하고 "무사"하지만은 않을 것이라는 아슬아슬한 예감이 드는 까닭도 거기에 있다.

현실원칙과 쾌락원칙이 벌이는 이러한 고투의 흔적은 이화은의 시편에서 어렵지 않게 발견된다. 왼쪽귀의 신성과 오른쪽귀의 육체성이 갈등을 일으키는 "데칼코마니 같은 내 몸의 경계"(「아는 병」)와, "옷을 벗으라"는 남자와 "몸을 벗으라"(이상 「난처한 관계」)는 신 사이의 거리는 그것의 안타까운 변주로 읽힌다. 또 "사랑은 늘 배고파 뒤뚱거렸고 젖은 손수건처럼 때가 탈까 두려워 꽃 피는 것이 두려워" "사랑의 멸종기를 쓰"(이상 「백목련 내 사랑」)는 수세와 내핍도 그러한 고투를 인증하는 자세와 다르지 않다. "이 제 불을 꺼야 해/ 냉정한 7분이 지나고 있어/ 서둘러 몸을 꺼야 해/ 비장 한 연애여 그만! 그만!"의 위트도, 그렇기 때문에 "여왕벌의 정사처럼 아 름다"(이상 「7분간의 연애」)운 시공 안에서조차 내파(內破)된 정서의 일말을 완전히 숨기지 못한다.

시의 화소가 에로티시즘에서 비껴 있을 때, 이화은의 시선은 자주 죽음 으로 향하는 듯하다. 그것은 때로 가족사의 한 문단 안에 적막하게 편입되 기도 하고, 때로 일상의 여러 에피소드들 틈에서 풍문처럼 무심히 정체를 드러내기도 한다.

> ① 죽지 않고도 나를/ 무덤으로 만드는 어머니, 어머니가 미워/ 나는 오랫 동안 슬픔을 방치했고/ 어머니 곁에 봄비처럼 나란히 누워/ 또닥또닥/ 쐐기풀 돋아나는 소리를 들었습니다/ 질긴 어머니/ 나에게서 이장해 가지 않는 어머 니/ 일 년에 두 번/ 내가 나를 성묘하면서/ 아니 이제는 어머니가 나를 성묘하 면서/ '애야 좀 자주 들르거라/ 끼니도 거르지 말고/ 네 공복이 너무 무성하구 나'/ 아 어머니/ 죽지 말아요 내 안에서/ 일백 번 고쳐 죽지 말아요/ 일백 개의 무덤이 너무 무거워요 어머니
>
> ─「나, 일백 개의 무덤」 부분

> ② ─당신은 벼랑 끝에 선 누군가의 등을 떠민 적이, 떠밀고 싶은 충동을 느 낀 적이 있습니까?
>
> 등 뒤에 잠시 목숨을 걸어두었다가 아주 잃어버린 사건이 종종 발생한다고 한다/ 지하철의 피 묻은 기억이 그렇고 휘파람 불던 그 고래도 등에 작살이 꽂 혔다고 한다/ 등나무는 아예 등이 있던 자리에 꽃 같은 조등을 내다 걸었다
>
> 강가에 바싹 붙어 앉은 낚시꾼/ 제 등에 얼마나 많은 충동의 시위가 당겨졌

는지 아는 것일까 모른 척/ 등허리에 과녁을 내다 걸고 열심히 찌만 노려보고 있다/ 모른 척 흘러가는 저 강물이 등을 보일 때까지 숨죽이고 기다리는 것이리라

— 「등이 없는 풍경」 부분

③ 어제도 그제도 그 짓을 되풀이하는/ 마약처럼/ 하룻밤에 몇 개의 파열음을 삼켜야 저 고양이 잠이 드는 걸까/ 목숨 건 게임을 밤마다 즐기는 밤, 밤이 저 짐승을 거리로 불러내는 것이다/ 어둠의 무대에서는 누구나 까닭 없이 절박해져/ 제 목숨을 맹렬히 몰아붙여 달려오는 죽음 앞에 웅크려보고 싶은 것이다/ 죽음이 급브레이크를 밟아야 겨우 제 삶을 확인하는,

— 「저 저 밤고양이」 부분

① 세상의 모든 죽음은 생물학적 기표가 아니라, 심리학적 기표로 산 자들에게 반응한다. "어머니"의 죽음은 화자에게 정서적 자기살해와 등가적 의미를 지닌다. 표층에서 화자의 자기살해는 "어머니"와의 불화가 원인인 것처럼 드러난다. 하지만, 미상불 그것은 "어머니"에 대한 극진한 추모의 다른 표현이다.

죽은 "어머니"에 대한 지독한 그리움으로 화자는 "오랫동안" 자신의 "슬픔을 방치"할 수밖에 없으며, "어머니 곁에 봄비처럼 나란히 누워" 무덤가의 "쐐기풀 돋아나는 소리"나 들을 수밖에 없다. 그녀에게 죽음과 같은 춥고 외로운 상실감을 안겨주는 "어머니"는, 그러므로 죽었으면서 "죽지 않"은 채 화자를 "무덤으로 만드는" 존재다. 화자는, 종당 어머니는 살아 있고 자신은 죽어 있는 환상에 사로잡히기에 이른다. 결미에서 그녀가 "일백 개의 무덤이 너무 무거워요 어머니"하고 지르는 비명은, 한없이 반복되면서 이어질 것 같은 "어머니"에 대한 치명적 그리움의 예감으로부터 발원한다.

② 역시 죽음 자체보다 죽음의 공포라는 심리학적 환경에 초점을 맞

춘다. 첫 행은 마치 보이지 않는 곳에서 음산하게 들리는 복화술사의 목소리 같기도 하고, 노이즈가 비처럼 내리는 무성영화의 음울한 내레이션 같기도 하다. 이 발언 안에는 프레데터로서의 인간 유전자에 새겨졌을 원시의 폭력적 기질이 그늘을 드리우는 것처럼 보인다. 그러나 뒤집어 생각하면 이 위악성의 뒷면에는 피식자이기도 했을 인간의 죽음에 대한 공포심리가 훨씬 더 깊은 그늘을 드리우고 있음을 알게 된다. 문제는 "등"이다. "등"의 노출이 위험한 것은 "등"에 눈이 없어서 경계망의 보호를 받을 수 없기 때문이다. 시의 에피소드를 이루는 "지하철의 피 묻은 기억" "휘파람을 불던 그 고래" "강가에 바짝 붙어 앉은 낚시꾼"이 포섭할 수 있는 사례들을 떠올리면, 살해충동보다는 아슬아슬한 불안감과 위기의식에 사로잡히는 것도 그 상황에 자신을 이입시켜 알 수 없는 위협에 스스로 "등"을 노출하는 공포를 먼저 느끼기 때문이다.

태곳적부터 낮보다는 어두운 밤에 천적의 표적이 되곤 했던 인간은 유전인자 깊숙한 곳으로부터 어둠에 대한 공포감을 지닌다. 이러한 기재는 사냥감으로부터 벗어난 이후에도 작동하여 어둠에 대한 공포감은 그대로 유지된다. 이 작품이 보여 주듯이 "등"의 노출에서 공포를 느끼는 것은 어둠 속에서 공포를 느끼는 것과 같은 심리기재의 프로세스에 따른다. "등"을 노출하는 행위는 죽음에 노출되는 상황을 유인한다.

③ 위의 두 작품이 죽음에 대한 염오와 공포를 배후에 둔다면, 이 시는 그러한 죽음과 대결하는 생의 한 간절한 포즈를 보여 준다. 길 위의 고양이가 질주해 오는 자동차의 헤드라이트를 바라보면서도 피하지 않고, 그것을 응시하는 모습은 일상에서 그다지 어렵지 않게 접할 수 있다. 헤드라이트의 실체를 미처 파악하지 못하여, 그래서 미구에 닥칠 불행을 깨닫지 못한 나머지 그렇게 있다고 이해한다면, 그것은 사실의 문제다. 하지만 화자에게 진실은 거기에 있지 않다. 그에게 고양이의 태도는 "마약처럼" 중독된 채, "밤마다 즐기는" 위태로운 "게임"과 같다. "제 목숨을 맹렬히 몰

아붙여 달려오는 죽음"과 대면할 때, 비로소 "제 삶을 확인하는" 심야의 러시안룰렛.

죽음에 직면한 사람보다 삶에 더 절실할 수 있는 사람은 없다는 명제는 자명하다. 그러니까 한밤의 고양이처럼 급브레이크의 격렬한 마찰음 같은 죽음과 끊임없이 마주하는 자세는 더 겸허하면서 가열한 삶을 꿈꾸는 자의 것일 수밖에 없다.

육체의 독도법(讀圖法)도, 여학생 시절 하복저고리의 서럽게 눈부신 비췻빛 그늘 같은 에로티시즘도, 막걸리 반 되들이 양은주전자 뚜껑도, 늘 가을비가 내리는 가족사도, 그래서 늘 지비(紙碑)처럼 어둡게 젖어 있는 가족사도, 이깔나무의 "크고 따뜻한 바깥"(「이깔나무의 바깥에 들다」)도, 제비꽃처럼 환한 치정도, 검은 비닐봉지처럼 바람에 날리는 살의도, 귀여리 마을의 "풋감 속에 가부좌 튼 아기부처"(「귀여리 마을을 지나다」)도, 죽음도, 죽음의 창백한 뒷모습도 넓은 의미에서 따지면 삶과 세계와 자신과 자신의 시에 대한 쓸쓸한 자의식의 기표와 다르지 않다.

「귀를 먹다」는 이화은이 지니는 쓸쓸한 자의식의 기표들이 개부심하듯이 말갛게 씻겨나간 공간이다.

> 널찍한 바위 등에 앉아
> 토란대를 벗기는 할머니
> 껍질을 벗긴 토란대를 가지런히 눕히고
> 웅얼웅얼
> 낯선 나라의 자장가인 듯 방금,
> 토란대들이 가을볕을 덮고 고요하다
> "할머니 금년에 몇이세요?"
> 지나가던 누군가가 물었지만 또 물었지만 꿈쩍 않으신다
> "귀를 잡수셨나?" 귀를 먹다니
> 칼을 든 손등도 한 덩어리 뭉쳐놓은 얼굴도

모두 깔고 앉은 바위 때깔이다
바위와 한통속이다
우물우물 귀를 먹으며 한 오백 년 걸어와
훌쩍 바위 위에 올라앉은 할머니
귀를 다 먹어야 바위가 될 수 있다고 누가 귀띔했을까
더운 볕을 걷어차고 잠든 토란대 옆에
꾸벅꾸벅 귀 없는 할머니 졸고 계시다
피붙이인 양 늙은 바위가
할머니와 토란대를 등에 업어 재우는
무섭도록 고요한 가을 한 채

―「귀를 먹다」 전문

 가을볕을 받으며 한 할머니가 바윗등에 앉아서 토란대의 껍질을 벗겨
내고 있다. 할머니가 껍질을 다 벗긴 토란대를 옆에 차곡차곡 쟁이며 뭐라
읊조리는 모습이, 화자에게는 토란대들을 가을볕의 홑이불로 감싸 다독다
독 재우는 것 같다. 누군가 그녀에게 나이를 묻지만 할머니는 아랑곳하지
않는다. 화자는 그녀가 귀먹은 게 아닌가 생각하면서, 문득 그녀의 자태가
깔고 앉은 바위와 닮았다고 여기게 된다. 그러고 보니 "손등"도 "얼굴"도
바위와 구별이 되지 않는다. 시원의 한 비경(秘景) 같은 그녀는 어느새, 비
뚜로 쟁여져 마치 가을볕의 홑이불을 걷어차며 개구지게 잠든 듯한 토란
대들 옆에서 꾸벅꾸벅 졸고 있다.
 할머니는 목숨을 양육하고 갈무리하는 여성성의 원형을 환기한다. 바위
가 되어 졸고 있는 그녀를 바라본 순간, 그녀는 이 땅의 화자와 화자의 어
머니와, 또 그 어머니의 무수한 어머니들의 전 내력이 수 세기, 어쩌면 수
십 세기 이상의 캄캄한 우주를 떠돌다가 무심히 집중하는 하나의 소실점
으로 변환된다. 그녀는 어느덧 화자가 자신도 모르게 조우하는 대모신의
모습을 띤다. 가을볕 아래 토란대를 일없이 벗기는 그녀는 미당의 "단군

적 박달나무 신발을 신고/ 두루미 우는 손톱을 가졌나니……/ 쑥 같고 마늘 같고 수숫대 같은/ 숨쉬는 걸 조금 때 가르쳐 준"(서정주, 「할머니의 인상」) 할머니와 빼다박은 듯이 닮았다.

귀먹은 채 바윗등과 혼연한 할머니는 동시에 무공용(無功用)의 에피파니이기도 하다. 밤하늘의 달은 세상일들을 낱낱이 지켜보아 알지만, 그것들에 참견하고 개입하지 않는다. 그저 존재하면서 밝게 비출 뿐이다. 이제 아무것도 듣지 못하여 세상일과 절연한 그녀는 바위 같은 배경이 된다. 수세기 수십 세기 이상의 풍화와 침식을 견뎌 하나의 배경이 된 그녀는 어느 가을날 다만 토란대의 새끼들을 모아 가만가만 재우며 졸고 있을 따름이다.

문면에 가려 있지만, 나는 이 시의 하늘에서 석청(石淸)처럼 윤기 있게 짙푸른 빛깔의 환각을 겪는다. 그리고 보이지 않는 곳에서는, 낮결의 맑은 빛발을 받으며 실개울이 자잘한 가을꽃잎들을 실어 나르는 물소리가 들려야 한다. 이 시공 속에서 화자는 바윗돌 위에 얹은 바윗돌처럼 졸고 있는 할머니를 바라본다. "무섭도록 고요한 가을 한 채", 그는 거기에서 자신도 알지 못하는 사이에, 세상에 태어나기 훨씬 전부터 걸어왔던 자신의 전 내력과 우주의 고즈넉한 비밀 한 채에 감응한다.

육체를 긍휼히 여기는 마음씨와 신을 흠모하는 마음씨가 둘이 아님을 발견할 때, 비로소 에로티시즘은 양달로 나올 수 있다. 육체를 향한 육체의 그리움은 신을 향한 인간의 그리움과 다르지 않다. 애초부터 육체성과 신성은 서로 갈등을 일으키거나 대결을 획책할 수 없다. 그러니까 육체성과 신성은 서로 타협을 모색하거나 화해를 예견할 수도 없다. 육체성과 신성은 근원적으로 다른 모음으로 호명하는 곡진한 하나일 수밖에 없기 때문이다.

이를 이화은의 민첩한 언어와 감각이 모를 리 없다. 하여 육체성과 신성 사이에서 그녀의 고투가 열도와 파고를 더할수록 패배할수록, 시의 진정성은 오히려 더 선명한 채색으로 살아난다. 그리고 그 지점에서 그녀의 에로티시즘은 혼자서 쓸쓸한 광도로 점등한다.

시인은 자서에서 "이 시집 속으로 사라진 9년이라는 시간 결코 용서하지 않을 것이다"라고 선언한다. 언어적 아레떼의 지향과 보장을 용서할 수 없는 "사라진 9년"에서 찾아야 한다는 자각은 서늘한 통증을 느끼게 한다. 그녀의 언명은 그것을 '용서할 수 없는 다가올 9년'에서 찾아야 한다는 뜻으로 읽히기도 한다. 이 숙명성의 간절하고 아득함이여!

한 견인주의자의 꿈과 밥의 현상학
— 박무웅 시집 『지상의 붕새』

　박무웅 시집 『지상의 붕새』가 거느리는 사유의 공간은 어림잡아 두 방향
으로 갈린다. 하나는 조락과 결빙의 바람 속에 자신의 온몸을 벼리는 경로
에서 얻은 내성적 · 탐미적 깨달음으로부터 발원한다. 다른 하나는 인환의
삶이 운명적으로 품는 내상(內傷)에 대한 위로로 채워지며, 그것은 자주 모
성에 대한 순하고 소박한 그리움의 음역(音域)으로 재편된다.
　책의 첫머리에 실린 「육탈」은 그가 지향하는 세계의 한 비밀을 고밀도로
요약한다는 점에서 박무웅이라는 육체의 시집을 효과적으로 스캔할 수 있
는 서문의 성격을 띤다.

　　얼어붙은 계곡물들은
　　비스듬히 서 있는 나무들의 몸속에
　　얼지 않는 물씨를 맡겨놓는다
　　한겨울 얼지 않는 곳은
　　겨울나무들의 목리(木理)뿐이다
　　　(중략)
　　폭설의 학기를 듣는 나무들
　　푸른 한때를 지나온 겨울 풍경들
　　돋는 이파리들은 순간을 보여주지 않지만

떨어지는 것들은 그 순간을 열어 보여준다
육탈로 보여주는 나무들의 말씀이다

―「육탈」 부분

"육탈"이 겨울나무들의 조락을 가리키고, 이는 살점이 흙으로 돌아가 형해만 남은 시신의 모습에서 채용되었다는 점은 내남없이 알아차릴 수 있다. "돋는 이파리들은 순간을 보여주지 않지만/ 떨어지는 것들은 그 순간을 열어 보여준다"는 진술은 노자의 '와즉영(窪則盈)', 즉 '비우는 것이 채우는 것'이라는 역설에 닿아 있다. 여기에서 "그 순간"은 "나무들의 말씀"을 경청하는 순간이기도 하다. 비움으로써 오히려 선명해지는 "나무들의 말씀"은, 의미의 흐름을 따르면 잎이 모두 지고 나서 비로소 드러내는 줄기와 가지의 맨살이고 그늘이며 그것의 떨림이다. 삭북의 풍설을 전신으로 받으며 견디는 줄기와 가지의 냉랭하고 견고한 광경은 화자를 어떤 장엄한 깨달음으로 안내한다.

그의 깨달음은 세상의 번요로부터 비접하듯 몸을 숨겼을 때 환영처럼 조우하는 "구름이 쉴 새 없이 피어나오는 신비한 바위" "세상의 모든 새들을 품고 있다 날려 보내는 포란의 고목 하나" "몇 천 년을 소리 내지 않고 엎드려 있는 짐승 한 마리"(이상 「숨은 그림」)로 변모된다. "세상의 말들을 골라 들을 수 있는 희디흰 귀 하나를 얻"었을 때 마주치게 되는 "환한 문처럼 일렁이며 열리는 자작나무 숲"(이상 「흰 귀耳」)도 그것의 황홀한 현현(顯現)과 다르지 않다. 또 화자로 하여금 "이렇게 맑아도 되는 것인가" 하는 육성을 뱉지 않을 수 없게 유인하는 "억새밭에서 불던 바람"의 "은빛"(이상 「은빛의 속도」)도 매한가지다.

시에서 눈여겨볼 부분은 "얼지 않는 물씨"다. 이는 "나무"를 나무답게 하는, 생명을 생명답게 하는 영구기관의 연료와 같다. 공자는 사람을 사람답게 하는 것을 '인(仁)'이라 명명한다. 이 낱말은 '어짊'이라는 윤리적 제한을 받는다기보다는, 다만 존재의 둘레를 밝히는 철학적 도구로 봉사한다. 그에 따르면 '인(仁)'은 사람을 사람으로 양육하는 유일한 씨앗이다. "얼지 않는 물씨"는 화자에게 "나무"의 '인(仁)'이며, 생명의 '인(仁)'이다. 그러므로 화자가 "얼지 않는 물씨"를 발견하고 의탁하는 모습은 세계의 혈(穴)을 짚고 있다는 점에서 "육탈로 보여주는 나무들의 말씀"을 경험하는 모습과 등가의 의미를 지닌다.

이 깨달음이 탐미적 채색을 띠면서 하나의 작은 우주로 다시 조성된 것이 「지상의 붕새」에서 "그날" 화자가 목격한 "백목련"이다.

> 그날, 백목련이
> 한 마리 새처럼 날개를 폈다
> 구만리장천으로 날아가려는 붕새처럼 날개를 폈다
>
> 새벽보다 먼저 하늘을 열고
> 흰 불꽃으로 날아올랐다
> 천지사방이 새의 불꽃으로 환해졌다
>
> 한 덩어리의 지혜처럼 시(詩)처럼
> 날아다니는
> 저 흰 깃털의 불꽃
>
> 그날, 내가 본 백목련은
> 바람에 날리는 흰 깃발이며
> 붕새의 부리가 토해 놓은 시(詩)였다
>
> ―「지상의 붕새」 부분

화자는 어느 봄날 무심히 바라본 백목련에서 붕새의 환상을 겪는다. 『장자』 '소요유편'에 따르면 붕(鵬)은 북해의 곤(鯤)이라는 물고기가 화한 것이다. 날개는 구름처럼 하늘을 덮을 만하며, 그것으로 해면을 치면 회오리 바람이 구만 리에 이른다. 기사 속의 붕새가 끊임없이 남으로 날아오르려는 자유혼을 표징한다면, 시의 붕새는 그에 더해 "새벽보다 먼저 하늘을 열고" "흰 불꽃"으로 세계의 어둠을 "환"하게 밝혀준다. 백목련이 겨울의 영어(囹圄)와 질곡을 뚫고 새로운 우주를 제안하는 것처럼, 그의 붕새는 현속의 혼돈과 미망을 "한 덩어리의 지혜"로 계몽한다. 그것은 다시 "시(詩)"로 의미의 경계를 가파르게 확장한다.

이 지점에서 시인이 지니는 시에 대한 자세를 확인하게 된다. 그에게 시는 "흰 깃털의 불꽃"으로 점등하여 세계의 혼돈과 미망을 재구하는 수단으로 복무한다. 19세기 낭만주의시대의 시관을 사뭇 환기하는 이러한 인식이, 고색창연하여 이제는 무의미한 잔향만을 남기지 않는 것은 그의 어조 때문이다. "지상의 나를 버리고/ 붕새가 되고 싶었다" "말의 첫머리를 가장 먼저 피워내는/ 흰 백목련 같은/ 지상의 붕새 같은 시(詩)를 토하고 싶었다"에서 간취되는 생경하고 범속한 직정성이 뜻밖의 방향으로 작용하여 그의 언어에 진정성을 선사한다. 그리고 이러한 직정성은, 때로 관념에 수원을 대면서 자칫 은유의 외화(外華)에 빠질 위험을 안는 그의 다른 시편의 가장자리를 다독이며 갈무리하는 순기능을 하기도 한다.

시인의 시선이 자연과 세계의 미적 질서에서 비껴나 자신과 가족사의 내력으로 향할 때, 그가 가장 먼저 만나는 것이 유년의 어머니다. 포유(哺乳)하는 어머니의 기억 속에서는 이미 성년을 훨씬 지난 그조차 눈도 제대로 못 뜬 한 마리 어리디어린 짐승일 뿐이다. 그에게 그녀는 평생 동안 허기와 같은 그리움의 절박한 이음동의어다.

장에 가셨던 어머닌 오지 않았지

쑥부쟁이 꽃을 세며 셈을 배웠지

내 시계 속에는 쑥부쟁이꽃이 가득 피어 있었지
키 큰 쑥부쟁이에게 배고픈 키를 빌렸지
물먹은 허기처럼 서서히 사라지던 붉은 노을이 있었지

손에 든 검정고무신도 어두웠지
지친 품에서 나던 아득한 저녁의 냄새
한 채의 집처럼 넓고 포근하던 어머니
슬그머니 장에 가시듯 떠나신 뒤

수많은 저녁에 나는 우두커니 서 있었지
불러도 돌아보지 않는 아득한 등이 있었지
솔밭 지나 그 옛날 길 끝에 서면
반가운 저녁들 다 사라졌다는 걸 알게 되지

먼 길 다 마을 어귀로 지워질 때까지
쑥부쟁이들 제 꽃 속으로 들어갈 때까지
목을 길게 빼고 서 있는 늙은 아이가 있었지
장대비 내린 풀밭처럼 웃자란 아이가 있었지

—「저녁마중」 부분

　장에 간 어머니를 기다리는 노을진 저녁은 화자에게 배고픔을 참아야
하는 인고의 시간이기도 하다. 그는 쉬이 돌아오지 않는 어머니를 기다리
며 하릴없이 길가의 "쑥부쟁이 꽃을 세"기나 할 따름이다. 그 행위는 허기
를 견디는 유년이 채택할 수 있는 유일한 방식일 터다. 어머니는 "슬그머
니 장에 가시듯" 세상을 떠난다. 이 무심해 보이는 비유는 돌아올 수 없는
어머니를 살아생전과 마찬가지로 언제까지든지 기다려야 하는 화자의 아
득한 운명을 예감하게 한다. 그는 이후 "수많은 저녁"을 "목을 길게 빼고
서 있는 늙은 아이"가 되어 어머니를 기다린다.

어머니가 세상을 뜬 뒤, 기다림의 나절은 그리움의 시간으로 환치된다. 이제 장에 간 어머니를 기다리는 동안 쑥부쟁이꽃을 세며 견뎠던 육신의 허기는 오롯이 그리움의 통점으로 바뀔 수밖에 없다. 하여 화자는 전 생애를 "장대비 내린 풀밭처럼 웃자란 아이"로 남을 도리밖에 없겠다.

어머니에 대한 허기와 같은 그리움은 시집 여기저기에서 다른 빛깔로 몸을 갈아입는다. 그것은 "고향의 붉은 황토밭"과 '군고구마 한 박스'(이상 「군고구마」), "한 끼 밥을 찾아 달려와 빛나는" "별"(이상 「밥 속의 生」)의 형상으로 모습을 드러내기도 한다. 또 "노을의 저녁 상돌"(「허풍」)과 "강강술래를 하는 여인들처럼" "달을 에워싼 달무리"(이상 「달무리」) 역시 화자의 그러한 그리움의 그늘 안에서 더 처연해진다.

성년이 되어서도 어린 짐승 같은 곡진함으로 침윤될 수밖에 없는 이 그리움의 내막은 「보름달에서도 파릇한 싹이」에서 사뭇 감각적인 음보(音譜)로 변주된다.

한 잎 베어 물자 꽃 다 버린 손맛
여물고 여문 어머니의 맛

화덕불 활활 타오르는 뒤뜰에서
둥근 해 끌어내려 솥뚜껑에 두르면 지지직
기름이 고소하게 흘러나왔다
그런 날 밤엔 기름기 채워진 배 속
뒷간 가다 올려다본 하늘엔
어김없이 보름달 떠 있었다
바지춤에서 고소한 냄새가 났다

막걸리 술잔에 떠오른 감자전
투박한 어머니의 손맛이

어느 후생의 허기 달래실 것 같아
보름달에서 파릇한 싹이 막 돋아나고 있었다

　　　　　　　　　　　　　　　　—「보름달에도 파릇한 싹이」 부분

　화자는 감자를 강판에 갈아 부친 감자전을 앞에 두고, 어린 시절 그것을 해 주던 어머니를 떠올린다. 감자는 강판 위에서 "반달"로 다시 "하현달"과 "상현달"로 위상 변화를 보이다가, 기름을 두른 뜨거운 "솥뚜껑" 속에 이르러 "보름달"(문면에는 "둥근 해"로 표현되었다)로 가득 찬다. 감자전을 "보름달"로 비유하는 설계의 전략은 형태의 유사성에 따른 것만은 아닌 듯하다. 그것은 서사에도 간섭하여 어린 화자가 감자전으로 모자람 없이 허기를 채우고 있다는 점을 시사한다. 화자는 "고소"하게 기름기 흐르던 그것으로 맘껏 배를 달래는 풍요로운 장면을 회상하면서도, 생각이 어머니에 미쳤을 때 어김없이 허기를 느끼게 된다. "어머니의 손맛"이 "달래실" "어느 후생의 허기"는 이제 나이가 든 화자가 그녀에 대해 품는 간절한 그리움의 표지와 같은 색온도를 띤다.

　앞부분 "한입 베어 물자 꽃 다 버린 손맛"은 시집 전체를 통틀어서 가장 우수한 표현이다. 의미는 성글어지고 그 자리에 감정의 모호하면서 웅숭깊은 떨림만 남는다. 이 구절이 불러일으키는 감정의 형언할 수 없는 낭자함과 깊이는 그 임리(淋漓)한 그리움의 구경(究竟)을 한껏 절실한 위도로 끌어올린다.

　「상선약수(上善若水)」는 시집에 수록된 다른 작품들과는 일정한 거리를 둔다. 거의 예외적이랄 수 있는 이 시는 관념의 도식과 가족사의 물기로부터 벗어나면서, 청명한 가을날 오후의 석간수 같은 밝고 개운한 눈맛과 귀맛을 느끼게 한다.

　물을 들여다보면 눈이 맑아져
　가장 빛나던 눈물과 만날 수 있다

물에는 빈자리가 없다
햇빛 좋은 어느 날 문득
물가에 앉아 물속 천지를 들여다보면
하나같이 제자리를 차지하는 것들
번잡한 소리는 들이지 않겠다는 듯
졸졸졸 제 소리를 따라 고여들고
흘러가는 물소리들이 있다

물에는 빈자리가 많다
산이 제 정수리에 빈 하늘을 펼쳐놓듯
물은 제 발치마다 모래섬을 늘어놓는다
작은 물그릇 담가 물 뜨면
빈자리마다 들어있던 풍경들 서둘러 숨는다
제 몸보다 수만 배 넓은 하늘과
구름 몇 채 담고 있다

나뭇잎 하나 떨어져 물 위에 떠 있고
구름보다 더 큰 나뭇잎을 오늘 보았다

— 「상선약수(上善若水)」 부분

'상선약수(上善若水)'는 세상의 名利와 격절한 채 한결같이 아래로 다투지 않고 흐르는 물의 미덕에서 절대선을 탐구한다는 의미와 이어지는 것으로 알려져 있다. 그러나 '선(善)'을 '착함(도덕적으로 따라야 할 미덕)'이라는 뜻으로 읽는 이러한 해석은 원의에 부합하지 않는다. '선(善)'은 '최선(最善)' '선방(善防)' 등처럼 '잘함(일 처리에 능숙한 기술)'이라는 뜻으로 읽어야 한다. 물과 같이하는 처신이 가장 잘하는 것이라는 뜻으로 해석함이 애초의 의도에 맞는다. 천하를 하늘의 뜻으로 다스린다는 은주(殷周)의 천명사상은 춘추시대를 통과하면서 기각된다. 그러면서 사회통합과 정치참여를 위한 새로운 의제의 필요성이 부각된다. 이때 등장한 것이 『논어』와 『도덕경』이다. 이 둘은 대극적인 방법론을 모색하지만, 지향하는 것은 공히 새 시대의 패러다임에 부응하고 참여하는 윤리의 창출이다. '상선약수(上善若水)'도 무위와 자연을 벤치마킹하고 있을지언정, 미상불 『논어』가 그런 것처럼 효과적인 사회참여를 위한 처세적 윤리관을 담는다.

하지만 당대의 사조와 현실의 필요에 따라 의미 변화를 탐험하는 것은 언어의 부정할 수 없는 본능이다. '상선약수(上善若水)'의 해석 문제는 옳고 그름으로 가를 대상이 되지 않는다. 시의 표제도 그것에 대한 고답적인 시야를 배후에 두는 듯하다.

작품의 시안이 되는 구절은 "물을 들여다보면 눈이 맑아져/ 가장 빛나던 눈물과 만날 수 있다"이다. 여기에서 체감되는 감각의 투명한 우물은 시의 주지가 '사(思)'가 아니라 '물(物)'을 위해 선택되었다는 사실의 명료한 물증이랄 수 있다. 그래서 2연과 3연의 모순어법이 결속하는 의미의 프로세스도 4연의 역설도, 경직된 관념(또는 신념)이 아니라 산뜻하고 조촐한 경물들의 순한 흐름 속에서 이해하게 된다.

박무웅은 「우화부전(羽化不全)」에서 "생의 정상을 오르려는 것 자체가/ 우화부전(羽化不全) 아닐까"하고 진술한다. 이 부분은 '날개가 온전히 돋지 못한 곤충이 날아오르려는 것처럼 "생의 정상"에 서리는 것은 무모한 시도가 아닐까' 정도로 읽힐 성싶다.

나는 이 구절의 곤충을 놓고 다소 다른 생각을 한다. 미성숙하거나 불구의 날개를 가졌을망정, 그래서 날개가 꺾이고 찢겨 곤두박질칠망정 녀석은 끊임없이 날아오르려들 것이다. 왜냐하면 비상의 욕망은 의지 이전의, 유전자에 기록된 본능과 같은 것이기 때문이다. 곤충의 비상을 시 쓰기로 치환하면 그 의미는 보다 또렷해진다. "정상"은 늘 불분명하다. 어쩌면 "정상"이 실재하는지조차 확실치 않다. 그럼에도 불구하고 그것을 꿈꾸는, 꿈꿔야 하는 시인의 손과 발은 피투성이일 수밖에 없다. 그도 시집의 '자서'에서 "내게 시는, 고난이기도 하고 그 승화이기도 했다"라고 말하지 않았던가. 나는 우정 "승화"보다는 "고난"에 무게를 싣는다. 그것은 시인의 숙명이다.

시집에 따르면, 이제 고희 이쪽저쪽에 머물 시인 박무웅은 생애의 풍상과 인환의 벼랑을 전면에서 겪으며 견뎌온 듯하다. 그에게 처절한 만큼 젊고, 젊은 만큼 처절한 시편을 더욱 기대하는 이유는 바로 그 지점에 있다.

죽간과 목독으로 엮은 모국어의 점경(點景)들
— 이희숙 시집 『울 엄마』

'책(冊)'은 죽간(竹簡)과 목독(木牘)을 노끈으로 엮은 형상을 가리키는 상형문자다. 죽간은 대를 얇게 자르고 화톳불에 쬐어 땀[汗簡]을 뺀 뒤, 파란 피막을 긁어내어[殺靑] 만든다. 목독은 나무를 넓고 편편하게 켜서 건조시킨 후, 표면을 곱게 갈아 사용한다. 먹물이 잘 배어 글씨를 쉽게 쓰기 위한 공정이다. 이것들을 노끈으로 꿰매어 만든 책은 제작과정에 따르는 시간과 노력 때문에 희소할 수밖에 없고, 그만큼 귀한 대접을 받았다.

『울 엄마』는 이희숙의 세 번째 시집이다. 이전의 『고호 가는 길』이 2004년에 상재되었다는 점에 비추면 13년 만에 노작이 결실을 맞은 셈이다. 시와 언어에 대한 그의 알뜰하면서 정성스러운 경사(傾斜)를 주변에서 지켜본 입장에서, 이번 시집이 비록 종이와 매킨토시로 제작되었을망정, 죽간과 목독으로 묶은 그 시절의 책 못지않은 지극함이 쪽마다 편철되어 있음 직하다. 서시적(序詩的) 성격을 띠는 「명사산(鳴沙山)」은 이희숙의 삶과 문학에 대응하는 자세를 가늠하는 우의적(寓意的) 풍경을 결곡하게 드러낸다.

　　모래가 운다

　　이름 하나를 완성하기 위해

너는 밤마다

산 하나를 쌓아 올리고

백 개의 산을 허문다

―「명사산(鳴沙山)」 전문

　명사산(鳴沙山)은 중국 감숙성(甘肅省) 돈황(敦煌)에 접경한 사막지대에 위치한다. 명칭은 고운 모래가 거친 바람결에 날리면서 내는 마찰음에서 유래한다. 어느 바람 부는 밤, 화자는 모래의 울음소리에 귀를 기울인다. 3연의 "너"는 바람을 가리킨다. 거세게 몰아치는 바람은 사막의 지형을 바꾸기에 부족하지 않다. 밤마다 화자는 낱낱의 모래알로 이루어진 산들이 바람결을 따라 동시에 소멸되면서 생성되는 장엄한 광경을 환상 속에서 목도한다. "산 하나를 쌓아 올리"기 위해 "백 개의 산을 허"무는 위태로운 모험. 여기에서 바람은 다시 화자와 등가적 의미를 지닌다. 화자가 끝없이 스스로 비워내는 이 건조하고 우울한 행위는 이미 "산 하나"를 이루어내기 위한 당위적인 색채를 띤다. "산 하나"는 2연의 "이름 하나"와 등가적 성격을 띤다. 시에서 화자가 밤새 모래의 울음을 겪는 갈증은, 과연 "이름 하나"를 얻기 위해 자신을 비워내며 고투하는 그의 내력과 겹쳐 읽힌다. "이름 하나"의 함의는 분명치 않다. 하지만 필생 시인을 도모하는 이희숙을 염두에 두면, 그것이 시와 언어의 극지를 향한다는 추정은 어려울 게 없다.

　시인이 시와 언어를 극지까지 예인(曳引)하려는 수단은 대략 네 방향의 경로를 통하는 듯하다. 먼저 이 땅에 서식하는 여러 토종 나물을 필두로 한 식물들에 관한 백과사전적 담론과 섭생법, 그리고 레시피가 눈에 띈다. 또 어머니, 남편과 아울러서 본인의 유년기를 포함한 자화상 등 가족사적

애환과 신산을 그린 작품도 여럿 발견된다. 그 외에 일상 속에 간섭하는 삶에 은폐된 코드를 읽기도 하고, 유명 화가와 그들의 그림에 조응해서 세계의 비의(秘儀)를 들추어내려는 모습도 보인다.

안동 헛제삿밥을 너무 많이 먹었나 보다
시냇가 너럭바위에 앉아 발을 담그고 있는데
안다리걸기에 이단옆차기?
뱃속이 막무가내로 헛발질이다
부글부글 들끓는 속을 달래며
풀숲으로 숨어들었다
산수국이 모닥모닥 헛꽃을 밀어올리고
달맞이꽃 씨앗 터뜨리는 소리
엉거주춤한 고요 속에 나도 엉거주춤
자세가 잡히지 않는다
산비알엔 곤드레랑 지칭개랑 가시엉겅퀴가
푸네기끼리 제법 꽃보라 집성촌을 이루고 있다
저도 부처지내는 주제에 도도록한 구와꼬리풀이
손사래를 살긋거린다
배롱나무꽃은 석 달 열흘
숨어서 고샅고샅 밝힌다
다 글렀다, 그만 저린 오금을 펴려는데
헛일에 물초되지 말고 어서 건너오라고
하회마을이 연꽃처럼 피어오른다

—「하회마을의 용변」 전문

이 시는 안동 하회마을 여행 중 급작스럽게 속이 거북해진 화자가 풀숲을 찾는 데서 시작된다. 용케 자리까지 잡았지만, 일행에서 홀로 떨어질 수밖에 없는 낯설고 난처한 정황에, 순조롭게 일을 치르기는커녕 "자세"

조차 제대로 가다듬기 어렵다. 결국 그는 목적을 달성하지 못하고 헛심만 쓴 채, 허위허위 일행의 꽁무니를 뒤쫓는다. 이 식은땀이 날 만큼 다급하고 곤혹스런 노천배변의 해프닝에서, 오히려 코믹한 여유를 느끼는 까닭은 화자의 의뭉스럽게까지 여겨지는 태도에서 찾을 수 있다.

생리적 욕구에 집중하기는 고사하고, 와중에 그는 자신을 둘러싼 풍경에 넋을 빼앗긴다. 그의 시선은 "모닥모닥 헛꽃을 밀어올리"는 산수국에 가 있으며, 그의 귀는 달맞이꽃의 "씨앗 터뜨리는 소리"에 모아진다. 또 각종 나물들이 "꽃보라 집성촌"을 이루고, 구와꼬리풀이 소작을 부치는 지점까지 상상의 외연을 확장한다. "고샅고샅" 밝히는 배롱나무꽃의 점등도 새삼 감동스럽다. 의도적 전술에 가까운 한눈팔기 수법은 시가 구성하는 프레임의 불화를 지시하는 것이 아니라, 뜻밖에 시에 내재된 정서를 해학과 무애(無碍)의 영역으로 인도할 가능성을 확보한다.

이러한 가능성은 토박이말의 세밀한 부림에서 더욱 힘을 얻는다. 산수국의 헛꽃들을 묘사하는 "모닥모닥"은 자잘하고 밝은 꽃잎들이 떼로 돋아난 모습에 박진하는 음성상징어다. "산비알엔 곤드레랑 지칭개랑 가시엉겅퀴"에서 '산비탈' 대신 "산비알"을 선택한 솜씨는 성공적이다. 약간 모호해진 의미를 담는 소리맵시가, 이어지는 산나물들의 그것과 교응하면서 되레 음악적 효과를 견인한다. 산나물들의 정체도 그렇지만, 그 이름을 구성하는 자모음의, 넌출지었다가는 겯고틀며 풀어지는 흐름의 뒷맛을 따라가는 슴슴하면서 흐벅진 재미를 선사한다. 구와꼬리풀을 수식하는 "도도록한"도 인상적이다. '조금 솟아올라 볼록한'이라는 의미만을 전달하는 것이 아니라, 그에 더해서 구와꼬리풀의 이미지(실제의 모습과 상관없이)를 사생하는 듯한 효과가 있다. "고샅고샅"은 숲의 부락에서 은성(殷盛)하는 배롱나무꽃의 이미지가 여기저기 생동하는 데 기여한다.

토박이말의 발굴과 채집, 그리고 그것의 운용은 이희숙의 가장 중요한 시적 전략이다. 이는 시집에 편재되어 있지만, 특히 나물 따위를 비롯한

식물적 이미지가 주종을 이루는 시편에서 도드라지게 나타난다.

> 갓밝이 는개에 소나무숲 어디쯤
> 망태버섯 노루궁뎅이 말굽버섯들이
> 깜냥깜냥 피워 올리는 아침 향내가 서늘하다
> 나무들이 허리를 알싸하게 씻는다
> > (중략)
> 어둠이 헤실바실 물러간다
> 전나무숲 사이 빗살무늬 햇살이 소락소락 쏟아진다
> 비췻빛 이내가 숨결을 고르고
> 발치엔 반디나물 이슬밭

— 「회양산 갓밝이」 부분

이 작품은 회양산 새벽 등정의 경험을 소재로 삼는다. "갓밝이"는 동이 갓 틀 무렵의 여명(黎明)을 지시한다. 는개가 보드랍게 날리는 이른 산길에서 먼저 화자의 시야에 비친 것은 "망태버섯 노루궁뎅이 말굽버섯"이다. 제각기 분수대로 "깜냥깜냥" 회양산길 어귀를 지킨다. 그들이 뿜는 싱그럽고 소담한 향기는 "서늘"한 피부감각으로 전화(轉化)한다. 이러한 공감각(共感覺, synesthesia)의 기재는 는개에 검게 젖은 "나무들의 허리"에서도 작동하여, "알싸"한 미각적 이미지를 제안한다. "빗살무늬 햇살"이 퍼지는 장면에서 "소락소락"을 채용한 것은 시인의 감성을 섬세하게 도려낸다. 애초의 의미에 청각적 인상이 덧씌워지면서 첫 햇살을 받는 숲의 청량감이 입체적으로 살아난다. "비췻빛 이내"를 배후에 둔 "반디나물 이슬밭"은 시각적인 연합을 통해 이미지의 선도(鮮度)를 노린다. 비취의 푸른빛 속에서 펼쳐지는 반딧불이들의 희고 소란한 비행을 환기하는 "반디나물 이슬밭"은, 함초롬하면서 생기 있는 새벽숲의 에피소드를 아름답게 묘파한다.

이팝나무꽃이 고봉으로 피었다
국수나무 국숫발은 낭창낭창
찔레꽃 나무순이 풋풋하다
메꽃 새하양 뿌리는 달큰
월계수 계피향
칠손이 떫은맛
생강나무 새앙물 냄새

— 「안산자락길」 부분

   이에 비해 「안산자락길」에 나오는 식물성의 이미지는 섭생적(攝生的) 성격이 깊게 개입된다. 이팝나무의 '이팝'은 '이밥', 즉 '입쌀로 지은 밥' '잡곡이 섞이지 않은 쌀밥'이란 뜻을 품는다. 춘궁기에 맞춰 흰 무더기로 피는 이팝나무꽃은 굶주린 민생들에게 사기그릇에 수북이 담긴 흰쌀밥의 환영을 불러일으킬 개연성이 충분하다. 시의 "고봉"은 그런 맥락과 통한다. 국수나무의 "국숫발"도 유사한 상상력으로부터 발원한다. 국수나무는 장미과에 속하며 학명은 'Stephanandra incisa'다. 가지가 국수처럼 희게 늘어진 데서 붙은 명칭이다. 『고려도경(高麗圖經)』에 따르면 국수는 연분과 장수를 상징하는 고급 음식이다. '잔치국수'는 거기에서 유래한다. 이팝나무와 마찬가지로 서민들의 원망(願望)이 배어 있었겠다. 수식어 "낭창낭창"은 "국숫발"의 '-발'과 대응한다. '-발'은 '빗발'에서 보듯 '가늘고 길게 열 지어선 형용'을 뜻하는 접미사다. "낭창낭창"의 '줄 따위가 탄력 있게 흔들리는 모양'과 어울린다. 울림소리 'ㅇ'을 끝소리로 삼고, 'ㄴ'과 'ㅊ'을 반복하면서 생긴 음성자질의 탄성이 의미를 절묘하게 감싼다. 여기에 메꽃 "새하양 뿌리"의 "달큰"한 맛, 월계수의 수피에서 나는 "계피향", 잎이 일곱 갈래로 난 칠손이의 "떫은맛"과 생강을 우려낸 "새앙물"의 향기 등이 어우러지면서 환상적인 상차림을 연출한다.

진초록 풀밭에 노랑들이 낭자하다

성근 겨울햇살을 포슬포슬 체로 쳤다
쳇불 가득 물기를 받쳐 내렸다
어느 손길이 흩뿌렸을까

꽃잎 진 자리마다 청정십배
비천(飛天) 옷자락
성냥불 하나씩 당기고 있다

첫 봄나들이
하양 십진법으로 날아다닌다

—「민들레 십진법」 전문

　화자의 식물적 상상력은 이 시에서 민들레와 바람을 탄 씨앗의 비행에
집중된다. 풀밭에 무리 지어 핀 민들레꽃이 "낭자하다", '낭자하다'가 함의
하는 액체성은 꽃들이 곳곳에 밀생해 있다는 것을 지시할뿐더러, 그 빛깔
의 채도를 한층 깊고 생생하게 돋운다. 물기를 빼고 쳇불로 친 겨울햇살이
"포슬포슬" 고운 입자로 알맞게 건조되면서 봄기운을 머금는다. 꽃이 진
뒤, 민들레씨앗은 흰 바람깃을 타고 하늘로 날아오른다. "청정십배"의 '청
정(淸淨)'은 '허공(虛空)'과 마찬가지로 극단적으로 미소(微小)한 수를 가리키
는 불교적 개념이다. "청정십배"는 꽃씨의 크기와 관련된 비유적 표현으
로 보인다. 더불어 화자가 민들레 꽃씨를 관찰하는 시공간의 기후에 간섭
한다. 시의 분위기가 더 환하고 청명하게 느껴지는 것은 그 때문이다. "비
천(飛天) 옷자락"은 허공을 누비며 당비파와 해금, 생황 등 각종 악기를 연
주하는 건달바(乾闥婆, Gandharva)와, 표표히 바람에 날리는 그들의 옷주
름을 연상시킨다. "성냥불"을 "당기"는 장면은 민들레꽃씨가 작은 폭약이

터지듯 공중으로 튕겨 오르는 모습을 선연히 포착한다. 바람을 탄 꽃씨의 비행을 "하양 십진법"으로 묘사하는 수법은 공교롭다. 잠자리가 머뭇머뭇 하다가 문득 점프하듯, 푸른 하늘을 가르며 희게 날아오르곤 하는 환상을 상쾌하게 떠올린다. '하얀'에서 파생한 명사인 "하양"은 흰빛의 색채감을 유화물감을 이겨놓은 듯이 더 짙고 밝은 톤으로 이끈다.

> 땅끝마을 바닷가
> 댕기물떼새 민댕기물떼새 흰물떼새
> 검은가슴물떼새들이 때록때록
> 봄볕을 물어 나른다
> 알겯는 소리
> 모래펄 화선지에
> 새발나물을 부리로 치고 있다
> 물떼새들이 놀다 간 자리
> 새발자국이 하르르 움돋는다
>
> —「새발나물」부분

「세발나물」은 세발나물의 '세발'과 '새발[鳥足]'의 음성적 유사성에서 착안한다. 세발나물은 갯개미자리, 나도별꽃 등으로 불리며 갯벌 부근에 서식한다. "때록때록"은 닭과 같은 조류가 두리번두리번 주변을 살피면서, 대가리를 일정하고 잦게 주억거리며 걷는 장면을 핍진감 있게 형용한다. "알겯는 소리"는 발정한 암컷이 수컷을 부를 때 내는 소리다. 여러 물새들이 붐비는 갯가의 생태를 굳이 묘사하는 것은, 세발나물과 새발자국이 지니는 발음의 유사성 외에 형태의 유사성 때문이기도 하다. 그러므로 갯벌에 널렸을 "새발자국"은 동시에, 곳곳에서 푸르고 무성하게 돋는 세발나물을 지시할 수밖에 없다. 음성상징어 "하르르"는 현실적 장면보다 화자의 밝고 가벼운 정서의 무늬를 더 분명하게 반영한다.

흐리마리해진 것은 자두나무 꽃빛깔만이 아니다
어둑새벽에 눈 비비며 대청에 서면 언제나
고랑포 임진각 석벽 위 고향집이 떠오른다
물안개 자욱한 강물 타고 산그림자가 흘러가고
하늘에선 자두나무 가지가 새벽달을 노 젓고 있다
오르르 피어오르는 놀이궁리는 끝이 없었다
그네를 탈까 강아지하고 술래잡기할까
뒤뜰 밤나무 숲은 여전히 깜깜하고
오빠가 깨어나기 기다리는 시간이
종아리에 꽁꽁 얼어붙곤 했다
먹감 타고 올라가 숨어버릴까
찬광에 간종간종 시래기막 들추고 숨어들까
토광 빈 항아리 속에 숨어볼까
아니지 별채 잠실 누에시렁에 숨어야지
어스름 저녁까지 깜박 잠들었던 적도 있었다
돌나물 참나물 솔나물 생울타리 뒤에 숨어볼까
열 손고락이 넘게 숨어들 곳을 찾아냈다
잠패기 오빠는 학교 갈 시간이 다 되도록 기척이 없었다
휑뎅그렁 다다미방 한가운데 혼자 있을 때면
건넛산 뻐꾸기 소리가 오소소 무서웠다
풋자두 따 먹고 배앓이를 한 적도 있었다
한나절 강 건너 백사장만 바라보다가
오빠가 미닫이문 여는 소리에
자두나무 자두꽃들이 펑! 펑! 폭죽을 쏘아 올렸다
연둣빛 오련한 분홍 자두꽃
고향 떠난 지 70여 년에
그 꽃빛깔도 흐리마리해지고
남매는 단 둘이라는 생각마저 흐리마리해지고

　　　　　　　　　　—「고향집 자두꽃엔 연둣빛이 오련했다」 전문

화자는 자두나무의 꽃빛이 희미하게 시드는 광경을 보면서, 어린 시절 고향집에서 오빠와 더불어 놀던 향수에 잠긴다. 그와의 놀이는 술래잡기를 중심으로 행해졌던 듯싶다. 그러나 화자는 70여 년이 흐른 지금, 그러한 아련하고 즐거웠던 기억에도 불구하고, 오빠와의 혈연이 자두꽃빛처럼 희미하게 바래지는 듯싶어 안타깝다.

"자두나무 꽃빛깔" "뒤뜰 밤나무 숲" "먹감" "찬광" "시래기막" "토광 빈 항아리" "별채 잠실 누에시렁" "돌나물 참나물 솔나물 생울타리" "강 건너 백사장" 등은 물론 화자가 살았던 고랑포의 임진각 부근의 것만은 아닐지언정, 고향다운 토속적인 정취를 자아낸다. "간종간종" "열 손고락" "잠패기" "오소소" 같은, 모국어의 순혈성 짙은 어휘 구사는 그러한 풍토를 감싸며, 화자의 아쉽고 안타까운 정서를 절실하게 끌어올린다. '간종간종'의 뜻은 '흐트러진 것들을 가리고 골라 가지런히 하는 모양'이다. "시래기막" 안에 갈무리해서 널어 둔 시래기의 모습을 형용한 것이다. 거기에다 화자의 날렵하고 재바른 동작까지 상상한다면 과외의 효과겠다. "손고락"과 "잠패기"는 사투리처럼 여겨진다. 사투리는 공용어인 표준어에 비해 모국어의 맨살이 잘 보존되어 있다. 사상(事相)을 더욱 원시적이고 순하게 표현할 수 있다. "오소소"는 본디 '바람에 작은 나뭇잎 따위가 연달아 떨어지는 모습이나 소리'를 가리킨다. 여기에서는 '으스스'의 작은말처럼 쓰여, 살갗에 소름이 돋는 듯한 피부감각적 효과를 보는 성싶다.

본문의 수미에서는 자두꽃이 "흐리마리"하게 묘사되지만, 제목에서는 구태여 "오련"한 것으로 표현된다. 본문은 오랜 세월이 지난 뒤 오빠와의 관계가 희석된 현실의 아쉬움을 우회해서 토로한다. 이에 비해 제목은 어린 시절에 대한 그리움의 농도를 드러내면서, 동시에 오빠와의 관계를 그때로 복원하고자 하는 화자의 간절한 바람이 깃들어 있는 것으로 해석할 수 있다.

향수를 더 개념화하면, 근원적인 것을 그리워하는 이드(id)의 한 형식으로 해석할 수 있다. 문명적인 인자(因子)를 온전히 걷어냈을 때, 그러한 모습은 결국 자신이 열 달 동안 젖줄을 빨았던 자궁내막의 온기와 습도에 대한 끌림으로 수렴된다. 고향에 대한 그리움은 곧 모성에 대한 그리움인 셈이다. 그러니까 고향에 대한 그리움과 모성에 대한 그리움이 같은 지점을 향하는 다른 노선일지 모른다는 생각은 비약만은 아닐 것이다.

시집에서 가족사를 다룬 시편 가운데 어머니에 얽힌 심회와 에피소드를 소재로 둔 작품이 자주 눈에 띈다는 점도 이와 무관치 않겠다.

조금 더 쓸쓸해지자고
바람이 지나간다 저녁 7시 둑방길
아카시아 꽃비가 자지러지게 떨어진다
노을 속에 오련히 날아오르는
해오라기 한 마리
모퉁이 마른 갈대가 쓰러진다

밤하늘을 가르며
유성이 떨어진 자리
문득

엄마가 있다

—「울 엄마」 전문

화자는 어느 봄날 저녁 둑방길을 걷는다. "조금 더 쓸쓸해지자"고 독백하는 모습은 세상을 버린 "엄마"를 그리워하는 자신을 향한 위로의 표지로 읽힌다. 무더기로 지는 아카시아꽃을 맞으며, 노을을 배경으로 "오련히" 날고 있는 "해오라기 한 마리"에서 '고(孤)'의 지경을 당한 자신을 투영해 이해하는 수법은 전통적 수사(修辭)다. 해오라기의 비행을 "오련히", 가

위로 오린 듯이 선명한 윤곽으로 인식하는 장면은, 화자가 현재 겪는 자의식의 볼륨을 예리하게 드러낸다. 그는 2연과 3연에서 "엄마"의 자태를 바라보고 있다. "유성이 떨어진 자리"를 고즈넉이 지키는 그녀의 환상은 전아(典雅)한 빈티지풍의 상상력을 자극하면서, "엄마"를 그리워하는 화자의 모습을 어린이다운 순전하고 곡진한 심회에 의지해서 보여준다.

> 기다릴 발소리가 없으므로
> 귀를 밝힐 이유도 없다
> 그래도 부축하는 손길은 한사코 사양한다
> 혼잣손으로도 낙낙하다며
> 집에 가겠다는 으름장에 이골이 났다
> 혼자 TV 보다 잠든 엄마의 얼굴을 내려본다
> 주름과 주름이 해맑게
> 떠올랐다가는 가라앉는다
> 한 살 두 살 나이를 빼먹어 버리고
> 이젠 두 살배기 떼쟁이
> 엄마 계집애
> 초신성(超新星) 아기별
> 울 엄마!
>
> ─「초신성, 아기별, 울 엄마」 부분

화자의 어머니는 오래 치매를 앓아 왔다. 그는 홀로 TV를 보다 잠이 든 그녀를 가만히 지켜본다. 낮결내 그녀에게 시달렸던 기억은 어느덧 사라지고, 주름진 얼굴에서 "해맑"은 평화가 느껴진다. 그것은 세상물정을 다 제쳐 둔 동심의 더없이 무봉하고 천연덕스러운 평화에 가깝다. 그는 치매에 걸린 어머니에게 시간은 나이를 누적(累積)하는 과정이 아니라, 나이를 체감(遞減)하는 과정이라고 생각한다. 그녀의 시간은 불가역적 물리규칙

으로부터 해방된다. 어머니는 한두 살씩 나이를 버리며, "엄마"에서 "계집
애"로, 다시 "두 살배기 떼쟁이"로 시간을 역류한다. 잠을 자면서도 그녀
는 시간을 거슬러 마침내 우주의 어느 지점으로 환원된다. 초신성이 폭발
한 뒤 남은 전리층과 가스구름은 별들이 탄생하는 아기집을 품는다. 이제
화자가 무심코 뱉는 육성, "울 엄마!" 안에는 어머니를 향한 안타까움과
연민을 넘어서, 생명, 또는 모성성의 원형질에 대한 어떤 하염없는 감정이
스며있는 성싶다.

시인의 시선은 어머니의 피를 받아 아내가 되고 스스로 어머니가 되어,
세상을 건너다 마주친 자신과 자신의 육체성으로 향한다.

등을 대고 누운 바닥이 칠성판 같았다 오른쪽 대퇴부가 고장났다 허리를 펴
고 걸을 수도 없었다 X-Ray의 네거티브로 인화되는 일흔 해의 우울한 이력
서 몸이 전하는 쓸쓸한 안부를 귀로 듣지 않고 눈으로 본다 한 생애보다 깊은
어둠이 대퇴골 부근 척추디스크 틈으로 고즈넉이 좌초되어 있다 능선마다 적
설이 하얗게 서려있다 문득 야곱의 환도뼈를 내리치신 당신의 손길이 등줄기
에 뜨겁다

안나푸르나 골짜기를 타고
올라가 다시 몰아쉬는 숨결
히말라야 만년설, 또는
눈 시리도록 정결한
장엄한 고요

—「어떤 평화」 전문

병석에 누운 화자는 임사체험을 하는 것처럼 절망스럽다. 그는 대퇴골
에 가까운 척추디스크에 "인화"된 병소(病巢)를 목격하며, 자신이 겪는 통
증이 오로지 "일흔 해" 동안 축적된 임상적 요인 때문만은 아니라는 생각

에 이른다. 지난 생애를 돌아보다가 문득 '야곱의 환도뼈'를 떠올린다. 이는 『구약』 '창세기' 32절에 나온다. 외삼촌의 재산과 형의 상속권을 편취해 쫓기던 야곱은, 야훼에게 기도하고 간구하는 과정에서 그에게 환도뼈를 얻어맞는다. 야곱은 비록 다리를 저는 불구가 되었을지언정 이스라엘이라는 이름을 하사받고, 자신과 식솔을 살해하려는 형에게 용서받는 은총을 입는다. 성경의 환도뼈는 야훼의 징치인 동시에 복음이다. 화자가 '야곱의 환도뼈'를 떠올린 것은 자신의 병변부위와 일치했기 때문이다. 그는 야곱에게 일어난 은사처럼 자신을 괴롭히는 통증이 신의 뜻이라고 여기면서, 비로소 마음의 평정을 찾는다. 뜬금없어 보이기도 하는 2연 안나푸르나의 경험도 이와 결부된다. 광막하게 펼쳐진 히말라야 만년설이 비장한 "고요"는, 그가 병원의 침상에서 신과 내통하면서 얻은 감동의 "정결"하고 "장엄"한 에피파니와 다르지 않다.

시라는 형식을 외국어로 번역하는 노력은 요령부득일 수밖에 없다. 시의 언어는 의미를 나르는 수레 이상의 뜻을 지닌다. 만약 의미만으로(또는 의미 위주로) 충전된 언어로 짜인 시가 있다면, 그것은 이미 시로 포장된 격문이나 짧은 에세이, 또는 경구(警句)와 매한가지가 될 터다. 시의 언어에 의미가 차지하는 비중은 많이 쳐 주어도 절반을 넘지 못할 것이다. 번역은 다만 다른 언어를 의미에 맞추어 1:1로 대응시키는 연속적 작업이다. 아무리 정교한 번역이라 할지라도 시가 안에 품는 것의 절반을 옮기기 어렵다. 그러므로 우리말로 번역된 외국시에서는 기껏해야 의미의 흐름을 인지하는 수준에 머물 도리밖에 없다. 원시가 애초에 지니는 맛을 제대로 감촉하는 일은 처음부터 가능하지 않다.

시의 언어는 의미와 다른 요소들이 교섭하면서 이루어진다. 모국어 생활자만이 느낄 수 있는 감정의 섬세한 층위, 자모(子母)가 연대한 소리맵시와 음절수에서 빚어지는 운(韻)과 율(律), 뜻밖에 시인의 의도와 무관하게 파생될 수 있는 이미지의 스펙트럼 등은 다른 갈래의 언어에서는 발견하기가 쉽지 않다. 이들은 한자어보다는 토박이말에서 더욱 효과적으로 빛을 발한다. 한자어가 의미를 조밀하게 분화시키는 데 용이한 반면, 토박이말은 정서와 음악과 이미지를 다채롭게 정돈하고 운용하는 데 유리하기 때문이다.

시집 『올 엄마』에서 무엇보다 두드러져 보이는 부분은 토박이말의 명석한 쓰임이다. 자음과 모음이 교응하고 간섭하면서 조성된 소리맵시는 시의 의미공간 안에서 작용하여 애초에 전달하려는 의도를 능률적으로 반향한다. 이러한 시인의 미덕은 앞에서 언급했던 것처럼, 특히 식물적 상상력으로 짜인 시편에서 제대로 발휘된다. 이는 두말할 나위 없이 토박이말을 발굴하고 채집하는 그의 오랜 수고에 따른 소산일 것이다.

이희숙은 〈시인의 말〉에서 "그러나 아직 멀었다. 다시 출발선에서 신발끈을 단단히 묶으려 한다"고 다짐한다. 시는 통속적인 이벤트가 되고 시인은 경박한 엔터테이너가 되고 만 요즘 문단의 풍향 속에서, 고희를 훌쩍 넘긴 그의 고백은 새삼 시와 시인의 위의에 대해 새기게 한다. 이 시집에 수록된 시들이 남편을 위한 헌정시편이란 의미에 덧대, 이희숙 시의 더 화려한 지평을 개간하는 길이 되기를 바란다.

파경 맞추기, 에로티시즘의 즐거운 점등(點燈)

― 백명숙 시집 『말, 말』

파경(破鏡)이라는 낱말이 있다. 이지러진 달을 뜻하기도 하지만, 대개 부부간의 결별을 가리킨다. 중국 송나라 때 편찬된 『태평광기(太平廣記)』에 따르면, 서덕언이 전란을 맞아 아내인 낙창공주와 헤어지면서 징표로 건네주었던 깨진 거울에서 비롯한다. 후에 그는 아내의 거울조각을 확인하고 거기에 '鏡與人俱去 鏡歸人不歸 無復姮娥影 空留明月輝(그대 거울과 더불어 떠났으나, 거울만 돌아오고 그대는 돌아오지 못하네 항아의 그림자는 찾을 길 없는데, 허공에서 달빛만 휘영청 비추고 있네)'라 명문(銘文)한다. 좋은 글은 동천지감귀신(動天地感鬼神)한다고 했던가. 그는 우여곡절 끝에 아내와 해후한다. 설화의 내용을 놓고 보면 파경은 이별이라는 의미보다는 재회를 위한, 정체성을 확인하는 도구라는 뜻을 더 분명히 지니는 듯하다.

칼이나 그릇, 또는 거울 따위의 깨진 조각을 맞추는 행위를 고대 그리스어로 심볼레인(symbollein)이라고 한다. 심볼의 뿌리가 되기도 하는 이 말은 자기 정체성을 찾는 모험의 역정을 함의한다. 그리고 그 모습은 신화속에서 종종 '아버지 찾기' 형식으로 나타난다. 플루타르코스가 쓴 『영웅열전』 '테세우스편'의 가죽신과 검(劍)조각, 『삼국유사』 '동명왕편' 유리(瑠璃) 설화에 나오는 칠령칠곡석상지송(七嶺七谷石上之松)의 단도(斷刀)도 '아버지 찾기'를 위한 징표이면서 모험을 의미한다. 외형적으로 아버지를 찾는 과

정처럼 보이지만, 실제는 자신의 정체성을 확인하는 도정이랄 수 있다.

백명숙은 화가이기도 하다. 그녀가 화폭에 채색하고 있는 이야기들의 수미(首尾)가 필경 그러하듯이, 그녀의 시적 사유와 환상 역시 많은 부분 신화 속 '아버지 찾기'의 전 여정이며, 자기 정체성을 탐험하는 지난한 파경, 또는 심볼레인이라 할 수 있다. 그 안에서 그녀가 발견한 것은 남편이고 아버지이며, 페르소나 이전의 여성성을 간직한 자신이다. 타자인 그들과의 만남은 결국 스스로 오래 분실했거나 방치하였던 자신의 조각들을 일일이 소환하여 맞추는 행위와 다르지 않다.

> 길을 걷다가 문득 마주친 막다른
>
> 골목 거기 물끄러미 서 있는
>
> 서늘한 집 한 채 같은
>
> 아주 오래전부터 나를 기다렸을
>
> 기다려도 기다려도 그대로인
>
> 내가 태어나기 전보다 더 오래된
>
> ─「그이」 전문

이 작품은 소위 '운명적인 만남'이라는 센티멘털리티에 빠지기 쉬운 모티프를 결곡한 언어와 웅숭깊은 비유의 울림으로 끌어올리고 있다. '막다른 골목'은 흔히 그렇듯 좌절이나 실패의 징후로 작용하는 것이 아니라, 운명의 불가역적 통로로 절박하게 의미영역을 확장한다. 그 끝에 "그이"가 자리한다. 거기에서 그는 "물끄러미" 화자를 바라본다. 우두커니 서서 무심한 듯 골똘한 듯 화자를 시야 안으로 받아들이는 그의 포즈 속에는 부부로 함께 나눈 수십 성상(星霜)의 애환과 미련과 아쉬움과 연민과 그리움이 이제 더는 분간할 수 없이 섞인 채, 말갛게 침전돼 있는 듯하다. 이 장면에서 "물끄러미"는 애초에 가진 뜻을 버리고 '간절함'이라는 새 뜻을 부여받는다. "물끄러미 서 있는" "그이"를 바라보는 화자의 '간절함' 안에, 평생을 더불어 건너오며 겪은 크고 작은 사달의 내막은 온전히 사라진다. 그것은 문득문득 안타까운 동통(疼痛)처럼 다가오는, 모호하면서 아련한 감정의 하염없는 흐름일 터이다.

"서늘한"도 예사롭지 않다. '따뜻한'의 의미계열이 아닌 "서늘한"이란 낱말로 수식된 "집"은 이미 생계를 영위하는 공간이란 기호를 뛰어넘는다. "그이"라는 문패를 단 그 주소지는 차안(此岸)의 시공에서 벗어난, 화자에게는 "태어나기 전"부터 신탁된 영혼의 거소(居巢)와 같다. 그리하여 그는 "기다려도 기다려도 그대로"일 수밖에 없고 "태어나기 전보다 더 오래된" 예감 같은 존재일 수밖에 없다. 새삼스럽지 않으면서 새삼스러운 이러한 인식은 때로 "그이"에게 "함께한 사십 년을 꼬옥 짜서 내민" "고ㆍ마ㆍ워"(이상 「세 글자—결혼 40년 아침에」)에서 보듯이 무맛처럼 맑고 슴슴한 일상의 깊이로 나타나기도 한다.

남편이 그녀의 삶 속에 "점자처럼"(「점자 같은」) 각인된 운명의 반려자라면, 가족사에서 삶의 향방에 가장 분명한 영향을 드리운 이는 아버지였던 듯싶다. 그가 "아주 오래 전" 그녀에게 한 "너 하고픈 대로 다 해라"라는 발언은 "씨말"이 되어 세상을 타진하고 견뎌내는 축심(軸心)이 된다. 세계에 대응하는 그녀의 태도는 "엄마"에게는 "거리귀신"이 든 "역마직성"(이상 「말타령」)으로 경계와 근심의 구실로 소용되지만, 아버지에게는 그녀의 실체를 인정하고 격려하는 근거로 작동한다. 그녀는 자신의 내부에 깃든 그것을 '말[馬]'이라는 상관물로 평생을 부양하고 조련한다. '말'은 "앞만 보고 내달리"기도 하고, "순종하고픈 그런 말"이기도 하면서 "냅다 뒷발질도 해"(이상 「말, 말」)댄다. 또 그것은 '말[言語]'로 언어유희의 수단이 되면서, "워워 고삐를 당겨도 멈"추지 않고 "불빛 아래 늘어진 그림자 속"에서 "화폭에 남아 있는 풀들"(이상 「어둠의」)을 무심히 뜯고 있을 따름이다. 그러나 그녀는 자신의 '말'이 아직 '말'이 되지 않았음을 잘 안다. "말이 될 때까지"(「말, 말」) 그녀에게 "도착하지 않을" "야간열차" 같은 "허기"(이상 「밤의 정체」)를 견디고, "맑은 하늘"에 걸린 "낮달" 같은 "외로움"(이상 「낮달」)에 시달리는 것 역시 숙명인지 모른다. 그것을 체감할 때마다 그녀는 자신의 안에서 끊임없이 "되새김질"하는 초식성의 동물처럼 "선한 눈"(이상 「아버지」)을 가진 아버지를 직접 만나러 모란공원으로 향한다. 거기에서 "길쭉한 손가락으로 엉킨 머리카락 차근차근 풀어주던"(「To Me, He Was So Wonderful」) 아버지의 손길을 감지하는 순간은 그녀에게 불쑥불쑥 "허기"와 "외로움"으로 도지는 삶의 신산(辛酸)을 이겨내는 힘을 충전하는 시간이며, 자신의 파경을 다시 맞추는 시간이다.

시집 『말, 말』에서 적지 않은 부분을 차지하고 있는 게 성에 관한 담론이다. 성을 관찰하는 백명숙의 시각은 문명과 윤리의 위리안치(圍籬安置)에서 벗어나, 그것이 지닌 골목과 골목을 그저 환하고 유쾌하게 드러낸다. 위트와 해학으로 조명하는 그녀의 성은 고답적인 준론에서 벗어나 있기 때문에 생생하고, 여항의 패설에서 비껴나 있기 때문에 환하다.

메뉴를 골라 요리를 시작해요
식재료를 꼼꼼히 살피신 후
괄한 불에 살짝 데쳐 주세요
보드라워져요 색이 선명해져요
날로 먹는 건 위험할 수 있어요

양념에 고춧가루를 섞어 가며

가볍게 버무려 보세요
오늘의 기분이 함초롬 밸 때까지
조물조물 무쳐 보세요
손맛 손맛이 필요해요

아님, 아예 푹 고아 보세요
삼계탕이나 도가니탕은
작작하니 고을수록 맛이 진해지니까요
그도 저도 아니면
냅다 쏟으세요

맷돌이나 믹서에 몽땅 갈아
뜨거운 팬에다 지지세요

살살 누르다가 발랑 뒤집기도 하다가
아직 뜨거울 때 호호 불며 드시는 거랍니다
결국 혼자 먹는 거랍니다

—「사랑, 이런 레시피」 전문

    음식은 살이를 영위하기 위한 에너지원인 동시에 살이 자체를 윤기 있게 구성하는 도구라는 점에서 성애와 닮았다. 성애와 욕망은 생물학적으로 종의 유지와 번성을 위해 DNA에 개인의 의지와 무관하게 등사(謄寫)된 채 전해진다. 문명의 외피를 걷어내면 그것은 생명의 유일한 목적이며 생명의 전 경로가 된다는 명제도 지나친 표현은 아닐 터이다. 그리고 음식물을 반드시 생존하기 위해 섭생하지는 않는 것처럼, 성애와 욕망은 관습과 규범의 그늘 뒤에서 아슬아슬한 즐거움으로 애초의 뜻을 비껴 삶의 무늬를 짜올리곤 한다.

    이 시를 읽을 때 먼저 눈에 띄는 것이 토박이말의 얄궂을 정도로 정황에 박진하는 구사다. "괄한 불" "조물조물" "작작하니" "고을수록" 같은 표현은 모국어의 순혈을 짙은 농도로 간직한다. 부엌의 부녀자들에 의해 전승되었을 이 말은, 그녀들이 맨손으로 식자재를 다듬고 버무리고 아궁잇불을 지펴 조리하는 전모의 실물(實物)을 감촉케 한다. 백명숙은 시치미를 뚝떼고 이것들을 성행위의 환경에 이입한다. 그러면서 성행위의 모습은 응달진 습기를 대명천지의 햇빛에 걷어 말리는 것처럼 밝고 산뜻한 위트와 해학의 풍경으로 변모한다. 여기에 더해 "함초롬"은 입안에 침이 잔뜩 고일 것 같은 소리맵시로 성적 분위기를 한층 띄워 올리며, "발랑"의 유음과 비음과 양성모음이 교직된 조합은 그 정황에 명랑한 박진감을 입힌다.

이 시는 성애와 욕망이 투사된 살이의 한 풍경을 음식물 조리법에 빗대 상쾌하고 흐벅지게 보여 준다. 남성의 성기를 터치하는 전희(前戱)의 과정에서 드러나는 진진하고 발칙한(?) 몰입의 자세에 비추면, 문명이나 윤리는 한갓 거추장스런 치장에 불과해진다.

「아이스 바나나를 먹어요」도 유사한 수법과 방향으로 조직된다. 냉동 보관된 바나나를 꺼내 먹는 요령의 디테일을 세필로 묘사하는 듯한 이 작품은 펠라치오의 매뉴얼을 읽는 듯하다. 이러한 남근을 환기하는 상상력은 "온통질척한내잉태를위한진저리나는그주체하지못하는"(「밤꽃」)처럼 육식성의 이미지로 활발하게 분기하기도 하고, 어느 호프집 화장실에서 경험한 노인의 "소낙비소리" 같은 "끗발난 오줌발소리"의 "개운"(이상 「샤워」)한 환청으로 변용되기도 한다.

시집의 3부는 시인 특유의 간명한 조사법으로 일상에서 채용한 에피소드를 다룬다. 그녀의 필치 아래에서는 삶의 긴장과 아이러니도 위트와 해학의 조명을 받으면서 대체로 화해의 국면을 지향하는 듯하다.

『말, 말』은 비교적 길지 않은 시편으로 채워져 있다. 이는 백명숙의 단도직입적이고 맺고 끊음이 명료한 성격과 무관치 않아 보인다. 자의든 타의든 제도권의 등단절차를 외면하고 이적까지 한 편 한 편 모아서 죽간(竹

簡)과 목찰(木札)을 엮듯이 엮어낸 이 시집은, 그녀가 겪어 온 생애의 전 내력이 소박하지만 오롯하게 배어 있다는 점에서, 다른 누구의 시집과 견주어도 손색이 없겠다.

나는 그녀의 개인 전람회에 아래와 같이 발(跋)한 적이 있다.

우리는 어디에서 와서 어디로 가는가, 하는 물음의 간절한 형식은 뼈와 살의 그리움이 품는 간절한 형식 이전(以前)에 놓인다 이는 우리 몸의 구성물질이 우주를 운행하는 저 무수한 별들의 구성물질과 어쩔 수 없이 같다는 사실만큼 자명하다 백명숙이 그 물음을, 그 물음의 간절한 숙명성을 추인하는가 추인하지 않는가는 중요하지 않다 안료를 뿌리고, 칼로 긁어내고, 또 한지나 맥주병뚜껑 등속을 인용(引用)하는 그녀의 작업이 때로 위트에 기대고, 해학에 머물지언정 달라지지 않는다 캔버스 앞에 선 순간, 이미 그녀는 스스로도 깨닫지 못하는 사이에 자신의 황막한 블루 안에서 온몸이 끝없이 난파되면서, 우주의 기슭과 기슭을 항해하는 스산하고 외로운 오디세이일 것이기 때문이다

— The 6th solo Exibition 〈展-TRANSIT〉, 2014. 5. 4～2014. 5. 19.
Insa ∣ Art ∣ Center

백명숙은 청년과 이후 생의 황금시대를 가정에 헌신한다. 그녀가 화필과 펜을 들고 세계에 다시 대응한 것은 50을 훌쩍 넘어서의 연치로 나는 알고 있다. 그녀가 캔버스에서 탐험하려는 것이 어떤 우회로를 걸을망정 결국 자화상으로 귀결될 수밖에 없듯이, 원고지에서 탐구하려는 것도 그렇게 될 수밖에 없다. 가족사와 관련한 연민과 향수든, 에로티시즘에 초점을 둔 질펀한 질의든, 일상 안에서의 환멸과 농담이든 종당에는 자기모색의 자세로 환원될 수밖에 없다. 그 점에서 이 한 권의 시집은 한 편의 자성록(自省錄)이라고 할 만하다. 『말, 말』 상재를 축하하고, 차후로도 견고히 이어질 그녀의 용감한 살이와 작업에 응원을 보낸다.

4부
현대시의 두 풍향

현대미술과 빈티지풍 원본의 시학

― 송상욱론

송상욱 선생님께,

장좌불와, 마지막 20년 동안 항아리처럼 반듯이 앉아서 정진하다가 입적했다는, 『삼국유사』 '감통'편에나 나올 법한 이야기를 남긴 성철 스님의 열반송입니다.

生平欺誑男女群 살아서 오로지 중생에 사기 친 일밖에 없으니
彌天罪業過須彌 죄업이 수미산을 넘어 하늘을 채웠구나.
活陷阿鼻恨萬端 산 채로 지옥에 떨어지는 듯 회한은 만 갈래인데
一輪吐紅掛碧山 청산에 걸린 수레바퀴의 붉은 빛이여!

어떤 종교집단에서는 이를 유일신을 믿지 않은 뼈저린 참회의 간구로 읽기도 합니다. 사뭇 서운하기 짝이 없는 아전인수격 해석입니다. 차라리 그보다는 평생을 공부하고 가르쳐온 것들이 지닌 지푸라기 같은 무게에 대한 깨달음, 또는 자신이 답파한 삶의 역정에 대한 겸허한 반성의 표현이라고 보는 게 그럴싸하게 여겨집니다. 어쨌든 글의 행간에서 제가 들은 것은 평생을 진리 탐색에 봉헌한 견자(見者)가 종당 죽음과 조우해서 발하는 경건하고 정직한 육성입니다.

성철스님의 열반송과 어느 부분 겹쳐 착시를 일으킬 위험이 있는 게 소위 비디오아티스트라 일컫는 백남준이 한 인터뷰에서 했다는 '예술은 고등사기'라는 발언입니다. 저는 이 말을 듣고 퍼뜩 떠오른 게 있었습니다. 바로 이문열이 쓴 소설 「금시조(金翅鳥)」의 마지막 대목, 고죽(孤竹)이 죽기 직전 생애의 노작들을 거둬들여 마당에 하치(荷置)해 놓고 불 지르는 장면입니다. 부와 영예를 안겨 주었던, 영원할 것 같았던 자신의 작품에 대한 치열한 반성이고, 고통스러운 속죄고, 참담한 절망의 안타까운 표현이겠지요. 자신의 전 생애를 완전히 부정한 그 순간, 비로소 고죽은 불길 속에서 비상하는 찬란한 금시조를, 예술정신의 장엄한 현현을 목격합니다. 그렇다면 백남준도 그 '금시조'를 증언할 수 있었을까요? (성철스님의 '일륜토홍(一輪吐紅)'은 '금시조'의 다른 이름으로 여겨집니다) 저는 적잖이 의문스럽습니다. 그의 발언 안에는 고죽만큼 치열한 반성과 고통스러운 속죄와 참담한 절망의 낌새가 전혀 비쳐지지 않기 때문입니다.

더욱 그가 '예술은 고등사기'라고 싸잡아 말한 부분에 대해 저는 참기 어렵습니다. 그렇게 말해서는 안 됩니다. 그건 동서와 고금을 통해서 예술이라는 메피스토펠레스(Mephistopheles)에게 기꺼이 신(神)과 명(命)을 매도한 수많은 파우스트(Faust)들에 대한 모욕이고 조롱입니다. 동시에 예술을 이벤트나 이슈로 포장해 온 자신의 작업을 평생 동안 명리(名利)의 길에서 벗어난 채 죽음보다 멀고 험한 도정을 창백하게 건너간 파우스트들의 궤적과 같은 시각으로 보는 염치없는 태도를 드러낼 따름입니다. 그의 말이 진정성을 갖기 위해서는 '나의 예술은 고등사기'라고 하거나, 더 양보해서 자신이 종사하는 '현대예술은 고등사기'라고 했어야 옳습니다.

백남준보다 피카소(Picasso, Pablo Ruiz)의 고백은 훨씬 더 진지할뿐더러 현대예술의 어두운 틈까지 조명합니다. 그는 "나는 지금껏 명성과 부를 아울러 누려 왔다. 그러나 홀로 있을 때면, 불행히 나 스스로 예술가라고 여길 수 없다. 진정한 화가는 조토, 티치아노, 렘브란트, 고야 같은 이들

〈인생〉(1903)

〈늙은 기타 연주자〉(1903)

〈우는 여인〉(1937)

〈풀밭 위의 점심〉(1961)

이다. 나는 기껏해야 이 시대 사람들의 허영과 어리석음, 욕망을 부추기는
어릿광대일 뿐이다."라고 했습니다. 미술사에서 청색시대(The Blue Period)
로 규정하는 불과 1901년부터 1904년 사이의 작품들에서 피카소의 진면
목을 느끼는 저는 이러한 피카소의 발언을 그의 나머지 전 생애를 관통하
는 소위 큐비즘계열의 작품들에 대한 냉엄한 자기 진단이라 생각합니다.
제 깜냥에는 아무리 뜯어보아도 그의 출세를 이끈 그러한 작품들에서 예술적 아우라는커녕 예술관의 새 패러다임을 인양할 어떤 근거도 발견할 수 없었습니다. 좀 과장스럽게 표현해서, 제 눈에 띈 것은 포크레인과 불도저로 위트가 정신을 강제 철거하고 남은 폐허의 을씨년스런 현장일 뿐입니다. 소위 미술사의 새 지평을 열었다고 하는 그의 큐비즘 계열의 그림을 보면서 제 머릿속에 떠올린 문장은 '그래서, 그래서 어쨌다고?'가 전부입니다.

피카소는 자신을 현재 살아 있는 거장으로 서게 만든 배경을 그다지 곱지 않은 시선으로 바라봅니다. 그는 "사람들은 예술품을 보면서 더 이상 위안과 즐거움을 누리지 못한다. 교양 있는 자들, 부호들, 무위도식자들, 인기를 맹신하는 자들은 예술 속에서 기발함과 독창성, 과장과 충격만을 추구했다. 나는 내게 떠오르는 수많은 익살과 기지로 비평가들을 만족시켰다. 그들이 나의 익살과 기지에 경탄을 보내면 보낼수록 그들은 점점 더 나의 익살과 기지를 이해하지 못했다."라고 말합니다. 이에 따르면 그의 작품은 한낱 익살과 기지로 치장된 마땅찮은 텍스트에 지나지 않습니다. 그리고 그것은 예술품을 대차대조표에 우아하게 기입할 항목으로 아는 생머리에 검은 원피스의 미술상과, 가치를 제대로 가늠할 곱자도 접시저울도 없이 새것이면 갖은 인문학적 이론으로 덕지덕지 장식하여 정당화하려는 비평가와, 기삿거리가 된다면 보도방이든 하수종말처리장이든 홍대앞 지하클럽이든 스캐빈저처럼 킁킁거리며 쏘다니는 저널리즘이 야합한 아이콘으로 화려하게 거듭납니다.

좋습니다. 미술상과 비평가와 저널리즘의 카르텔이 벌이는 스노비즘적 행각이 자본주의 시대의 저항할 수 없는 흐름이라고 치겠습니다. 또 그들이 주장하듯 피카소의 화법이, 또는 그의 '익살과 기지'가 문자 그대로 미증유의 수단이라고 치겠습니다. 그렇다고 그것이 피카소의 그림에 짜장 명작이라는 낱말을 헌정할 충분조건이 될 수 있을까요? 저는 그렇게 생각하지 않습니다. 예술품의 가치는 화법이나 '익살과 기지'로부터, 다시 말씀드리면 생산의 방식이나 수단으로부터 우러나오는 것이 아니기 때문입니다. 방식이나 수단이 결과를 한정한다면 그것은 예술품이 아니라, 설계도를 따라 일정한 공정을 거쳐 생산되는 압력밥솥이나 음성인식 내비게이션 같은 공산품입니다. 예술품의 아우라는 화가의 정신과 그림의 주제와 창작방식과 수단과, 무엇보다 화가의 전신을 숫돌에 벼리는 듯한 인내와 고통이 서로 삼투되어 완전한 화학적 결합을 이루었을 때, 한겨울 새벽 범종의 공명(共鳴)과 같은 깨끗하고 웅숭깊은 떨림으로 전달됩니다. 창작방식과 수단이 곧장 명작으로 간주되고 만 해괴한 사례는 백남준에게서 더 노골적으로 드러납니다.

선생님, 저는 앞에서 백남준의 '예술은 고등사기'라는 말씀드렸습니다. 자명히 자신의 작업행위나 작업에 대한 인식으로부터 투사된 발언이겠지요. 이 말만을 놓고 액면 그대로 판단한다면, 예술에 종사한 백남준은 '고등사기꾼'인 셈입니다. 이 고등사기꾼에게 뉴욕 구겐하임미술관의 영상·미디어아트 부문 수석 큐레이터인 존 핸하르트(Hanhardt, John)는 "한국은 우리 시대 가장 뛰어난 예술가 중 한 명을 배출하였다. 백남준은 한국이 세계에 준 선물이다. 그는 세상을 보는 새로운 방법을 알려 주었다."라며 찬사를 아끼지 않습니다.

저로서는 백남준의 걸작이라는 것들을 아무리 뜯어봐도 예술품으로서의 위의(威儀)는커녕 도대체 아무런 감흥을 느낄 수 없습니다. 존 핸하르트만큼 고상한 인문학적 교양과 섬세하고 수준 높은 예술적 감식안이 제게 부족한 탓일 수 있겠습니다. 조카뻘 되는 켄 백 하쿠다는 그의 타계 4주기 퍼포먼스 때, 이미 49재 때 부순 피아노를 다시 바이올린으로 세 번인가 후려쳤다지요. 그리고 그의 유골을 나눠 안치한 봉은사에 감사의 표시로 그 피아노를 기증했다고 들었습니다. 저는 봉은사 어디쯤 덩실, 얄궂게 놓여 있을 그 부서진 피아노를 상상합니다. 어떤 이들은 그것에서 인간 문명에 대한 통렬한 야유와 인간 존재로부터의 해방을 뜻하는 거창한 기호

TV부처(1978), 백남준

존 케이지(1990), 백남준

호랑이(2000), 백남준

를 찾으려 들지도 모르겠습니다. 하지만 제게 그것은 백남준이 자신의 전람회 때 가위로 싹둑 잘라 버린 독일 유학시절 스승 존 케이지(Cage, John)의 넥타이처럼 그냥 난처한 농담이고 느닷없는 스캔들일 뿐입니다. 그렇습니다. 누가 뭐래도 제가 백남준의 작업물들을 대했을 때 느낄 수 있는 것은, 기껏해야 TV 예능프로그램 패널의 발칙한 농담이나 삼류 아이돌가수가 대중의 관심을 사려 일부러 뿌리는 스캔들을 듣는 기분 이상도 이하도 아닙니다. 한 마디로 예술은 없고 포즈만 있다고 할까요? 피카소가 탄식한 "기발함과 독창성, 과장과 충격"만을 추구하는 부박한 시대의 속물적 흐름에 반성은커녕 앞장서 부응하고 나아가 그것을 정당화시킨 형국입니다.

이 지점에서 저는 백남준의 '예술은 고등사기'라는 말을 명료히 이해할 수 있을 듯합니다. 제 뜻은 그의 명제를 인정한다는 게 아니라, 그렇게 발언하게 된 정황을 알 것 같다는 말씀입니다. 그에게 평생에 걸쳐 한 일자(一字)만 쓰다가 결국 그조차 완성하지 못하고 숨을 거뒀다는 조선조 영정시대 예술가 일자거사(一字居士)의 일화는 까마득한 안드로메다은하에나 있을 법한, 도무지 납득이 안 되는 영구미제 사건이겠지요.

피카소든 백남준이든 재치나 이슈 자체(흔히 예술의 신개념을 구축하거나 방법론의 새 지평을 열었다는 식으로 포장되는)가 그대로 위대한 작품으로 둔갑하는 이상한 시대의 이상한 상징입니다. 이들의 작품은 수백억 원을 호가하고 많게는 천억 원 이상에 이릅니다. 살아서 부와 명예를 거머쥐었지만, 어쩌면 예술가로서 두 사람은 시대의 희생일지도 모릅니다. 그것에 대해서는 세계의 윤리와 풍속과 규범에 간섭하는 미국식 자본주의에 어떤 경로로든지 책임을 물을 수 있겠지만, 거기에 대한 논의는 제 말씀의 포인트가 아니므로 줄이겠습니다.

그 배후에는 '현대'라는 낱말에 빙의된 현대인의 의식이 짙은 그늘을 드리웁니다. 현대에 집착하게 되면 필연적으로 전에는 존재하지 않았던 '새것'에 대한 강박관념에 빠지게 되겠지요. 가치여부와 상관없이 파천황적인 것들만이 유일한 선입니다. 결국 그들은 지금까지의 정서와 관념으로는 느낄 수 없고 해석할 수 없는, 기괴한 오브제를 찾아, 낱말뜻 그대로 엽기적으로 헤매게 됩니다. 현대에 빙의된 비평가와 저널리스트들이 환호작약하며 마구 뿌려대는 꽃을 밟으면서.

물론 새것을 추구하는 것 자체가 문제될 수는 없습니다. 하지만 더 중요한 것은 의식이 아니라 결과물이어야 한다는 말을 하고 싶습니다. 어떤 경우든 의도나 주제가 곧 작품이 아니라는 말은 자명한 명제입니다. 이 소박하고 단순한 명제조차 현대에 빙의된 시대에는 눈에 띄지 않나 봅니다. 어떤 인문학자 몇이 유치원생의 낙서와 침팬지의 개칠을 그럴듯한 액자에 담아서 현대미술을 하는 저명한 화가들과 권위 있는 비평가들에게 감정을 의뢰했다고 합니다. 그러나 그것의 실체를 짚어낸 사람은 한 명도 없고, 예의 현란한 이론으로 정당화시키고 미사여구로 화려하게 치장한 찬사밖에 들을 수 없었다는 기사를 본 적이 있습니다. 전문가, 또는 지식인이라는 자들의 속물근성을 바닥까지 폭로한 이 실험들을 국부적이거나 우연한 에피소드로 치부할 수도 있습니다. 그러나 어떻게 보든 그 배후에는 현대에 빙의된, 그래서 새것에 편집하는 시대적 증후군이 도사린다는 의심이 드는 것은 어쩔 수 없습니다.

선생님, 제가 난데없이 그리고 얄팍한 식견을 바탕으로 미술에 대한 이야기로 말머리를 튼 것은 현대미술의 문제가 현대시의 그것과 적잖이 겹친다고 보기 때문입니다. 피카소와 백남준에 관한 담론은 요즘 발표되는, 소위 현대적이라고 믿어지는 글들에 대한 생각을 둘러 표현한 것으로 읽으셔도 됩니다. 언어미학적 쾌감도 가슴 떨리는 정서적 공명도 없이, 분명히 모국어로 쓰였음에도 불구하고 전혀 해득되지 않는 시들도 현대와 새것에 지나치게 경사된 데 가장 큰 책임이 있다고 생각합니다. 이러한 글들에서 발견하는 것은 불행하게도 모국어에 대한 살가운 경의와 애정과는 거리가 멉니다. 되레 모국어의 멱살을 잡아 패대기치고, 숨통을 조이고, 관절을 비트는 환영입니다. 어두운 지하감옥에서 모국어에 린치를 가하는 음산한 가학본능의 현장입니다. 이 비슷한 것들에 대해 다른 지면에다가 아래와 같이 쓴 적이 있습니다.

> 어쨌든 그 글들에서 먼저 느낀 건 서글픔이랄까, 황량함이랄까, 야속함이랄까, 뭐라 형언할 수 없는 착잡함이었다. 할렘가의 비에 젖은 팝아트전람회 포스터, 무례한 무기밀매상, 정화조, 구강기와 항문기의 반항, 고전주의의 난폭한 척살(擲殺), 콘돔 또는 물신주의의 분비물, 산업폐기물, 모노크롬으로 인화된 극우테러리스트의 뇌종양 단층사진, 아주 폭력적인 난교(亂交). 불행하지만 그 글들을 읽으며 머릿속에서 겹쳐 떠올린 고통스러운 환상이다.
>
> — 오태환, 『경계의 시읽기』, 고려대학교출판부, 2008, 44~45쪽

'현대'는 시대구분의 상대적이고 편의적인 개념일 뿐입니다. 100년 전에도 당시에는 현대고 100년 후에도 당시에는 현대겠지요. 현대라는 낱말 자체가 당시대의 아이덴티티를 획정짓는 절대적인 수단이 되지는 않습니다. 더구나 어느 시대에나 감명을 줄 예술품인 시를 규정하고 구속할 불가결한 조건이 될 수는 없습니다. '새것'도 언젠가는 '헌것'이 됩니다. 새것만이 좋은 것이라면 과거의 어떤 시도 좋은 시가 될 수 없습니다. 이때 '좋은 시는 언제 읽어도 좋은 시'라는 명제는 무색해지게 됩니다. 새것만을 추구하는 시인의 모습이 초라해 보일 수밖에 없는 이유입니다. 새것의 의미를 찾을 수 있다면, 그건 시인의 창작경로에서지 창작물에서는 아닙니다. 창작경로와 창작물은 피카소나 백남준의 문제에서 볼 수 있듯이 혼동해서는 안 됩니다. 좋은 시 안에서 새것과 헌것의 경계는 증발하고, 그것의 개념 자체는 이미 완전히 사라질 수밖에 없습니다.

송상욱 선생님, 선생님 시를 놓고 이야기해야 하는 자리에서 지금까지 애먼 이야기로 장황하게 변죽을 울린 것 같습니다. 선생님의 시를 읽으면서 피카소의 큐비즘계열 그림이나 백남준의 비디오아트를 떠올린 것은, 그들의 작업물이 선생님의 그것과 대극적인 지점에 놓인다는 생각 때문입니다.

먼저 선생님의 시편부터 살펴보겠습니다.

「허기」에서 화자는 달빛 비치는 들판을 거닐고 있습니다. 사물의 윤곽이 잘 보이지 않는 어둠 속이라면 아무래도 감각작용은 시각보다는 청각에 의존하겠지요. 화자는 "어둠을 씻는 강물소리"와 미루나무숲의 "어둠 이야기", 개울물소리인 듯싶은 "적막이 새어나오는 소리"에 귀를 열어 놓고, 자신의 지난 삶에 대한 고즈넉한 사유에 잠깁니다. 그런데 "껍질뿐인 어둠" "헛숨" "헛소리" "헛돌아 온" "실없이"가 시사하듯이 그가 여태 걸어온 삶의 여정은 덧없기만 합니다. 문면만 놓고 보았을 때 왜 그렇게 느끼는지는 분명하지 않습니다. 선생님께서는 어느 책에다 선생님 시를 이해할 단초를 마련해 놓으셨습니다.

> 나의 시가 어머님으로 인해 시의 원형이 무속성 또는 영성으로 나타나기도 했지만 그렇다고 맺힌 한은 풀 수 없음을 알기에 시로써 마음을 뚫어 시의 생을 빚는 일에 스스로 매질해야 함을 많이 느낀다.
> — 송상욱, 『현대시학』, 2004년 5월, 180쪽

이에 따르면, 시의 화자는 어머니에 대한 어떤 의식이 평생의 회한으로 남아 괴로워하고 있는 듯합니다. 미루나무숲과 까마귀들의 "어둠 이야기" 도 어머니에 대한 고통스런 기억에 닿아 있는 것 같습니다. 하지만 그녀가 세상을 뜬 지금은 그것을 되돌릴 수 있는 어떤 수단도 남아 있지 않습니다. 삶의 덧없음을 탄식할 이유가 될 수 있겠지요. 이러한 절망적인 인식은 수시로 늑막 어디쯤 사금파리로 에는 듯한 통증의 한으로 남게 되고, 자신의 삶 자체를 덧없는 "슬픈 벼랑"으로 여기는 촉매역할을 합니다.

어머니의 기억으로 말미암는 삶의 질곡은 화자를 무속적 환상으로 유인합니다. 화자가 달밤 벌판을 헤매는 정황은 입사의례의 한 제차인 무병을 떠올립니다. "어지럼병"도 그와 관련해서 이해할 수 있을 듯합니다. "내 몸 밖의 혼" "까마귀들이 하늘귀신인 양 날아와" "혼이 고픈 소문" "죽은 새들이/ 날아가고 없는" 같은 넋이나 죽음에 대한 잦은 사유도 그러한 추정을 받쳐 줍니다.

한밤중 홀로 벌판을 헤맨다는 것은 무엇을 찾는다거나 바란다는 뜻이지요. 제목 '허기'도 무언가 채워질 것을 전제로 한다는 점에서 같은 맥락으로 해석할 수 있겠습니다. 화자는 마치 허기진 듯이 무언가를 찾고 바랍니다. 그것은 당연히 자신을 벌판을 헤매도록 만든 원인에서 발견할 수 있겠지요. 바로 평생에 걸친 죄책감과 서린 한을 따뜻하게 감싸고 보듬어 줄

유일한 존재인 어머니입니다. 그녀는 달빛으로 화자에게 다가갑니다.

　이 시에서 어머니의 현신인 달은 "내 몸 밖의, 혼" "그늘의 새 같은 뼈" "정적의 꿈"으로 비유됩니다. 화자가 달을 자신의 몸을 빠져나온 혼백과 겹쳐 읽는 것은 피붙이로서 그녀에 대한 일체감을 느꼈기 때문만은 아닌 것 같습니다. 그보다는 '고뇌하는 혼'의 투사체로, 자신의 죄의식과 한의 발원지로 보았기 때문인 듯싶습니다. "그늘의 새 같은 뼈"와 "정적의 꿈"은 비슷한 뜻으로 이해됩니다. 무덤 속의 형해나 재처럼 식은 꿈을 떠올리는 이 구절은, 홀로 밤의 벌판을 헤맬지언정, 그래서 어머니인 달빛과 해후할지언정 자신이 간절히 찾고 바라는 것을 얻을 수 없다는 아픈 전망을 환기합니다. 그렇기 때문에 화자에게 돌틈의 물소리는 여전히 "혼이 고픈 소문처럼" 들리고, 달빛은 여전히 "허기"를 느끼게 하는 것이겠지요.

　「달, 달빛 웃음」에서도 거의 동일한 분위기와 어조를 채택하고 있습니다. 화자는 달빛 아래 어머니의 "빈 무덤" 앞에서 그녀에 대한 생각에 잠깁니다. 그러한 화자의 시야에 오롯하게 잡히는 것은 달빛이고 "달빛의 헛웃음"입니다. 달빛은 윗시와 마찬가지로 어머니를 뜻하는 부호입니다. 그녀를 생각하는 화자의 시선이 한결같이 달빛에 집중하는 장면과 "우러러" 절을 하는 모습에서 힌트를 얻을 수 있습니다. 무속에서 죽은 자의 세계는 영원하다고 믿습니다. "생멸(生滅)의 기원이 소멸된" 달빛은 세상을 등진 어머니의 거소인 동시에 어머니 자신이기도 합니다.

　이 시에서 여인으로 비유된 달은 "한 번도 죽어본 일이 없"습니다. 이는 모양만 바꿀 뿐 영원히 그 자리에 존재할 것 같은 달의 생태를 표현한 것이겠습니다. 두 차례나 나온 그 문맥 안에는 생전에 질곡 속에 살았던 어머니로 말미암은 화자의, 죽을 때까지 희석되지 않을 것 같은 한이 짙은 물그늘를 드리우고 있다면 지나친 해석이 될지도 모르겠습니다.

　손이 잘린 지평선 너머에

휘발성 냄새나는 영혼들이 환생의 길을 잘못 들어선
저, 속살이 흰
마녀의 거울 밖
여인은, 흰 전설을 쏟아내는 웃음을 웃는다
허공 가득 웃는다

— 「달, 달빛 웃음」 일부

어찌 보면 난해하게 여겨지는 부분입니다. "손이 잘린 지평선"은 화자,
또는 어머니가 겪은 불구의 삶을 투영하고, "휘발성 냄새나는 영혼들"은
육신을 빠져나와 허공을 부유하는 넋의 모습을 형용한 것이겠지요. "속살
이 흰/ 마녀의 거울"은 달을 은유합니다. 달을 "마녀"로 비유한 것은 달이
지닌 불사의 속성에서 착안한 듯싶습니다. 문제는 "환생의 길을 잘못 들
어선"입니다. 불교적 사생관에 따르면 사람이 죽으면 그것으로 종말이 아
니라 또 다른 몸의 옷을 입고 환생하지요. 그런데 이 부분은 무속의 조명
을 더 강하게 받고 있는 듯싶습니다. 무속에서는 세상에 미련과 한이 많은
사람은 저승에 이르지 못하고 이승에 원혼으로 남아 떠돈다고 이야기합
니다. "환생의 길을 잘못 들어선" "영혼들"이 한 서린 어머니의 넋을 가리
킬 가능성을 지나치기 어렵습니다. 어머니의 넋은 자신의 내력을, 해원굿
의 공수처럼 달빛의 "흰 전설"에 담아 토설하며 "웃음을 웃"습니다.

이 시에서 어머니인 달빛은 세상에 "고요한 헛웃음"만 보낼 따름입
니다. 이 웃음이 품는 의미는 어머니가 걸어온 질곡의 운명이기도 하면서,
화자를 괴롭히는 죄의식과 회한이기도 합니다. 이 작품은 「허기」와 마찬가
지로 무속적 사유의 틀 안에서 어머니에 얽힌 화자의 숙명적 정한을 펼쳐
드러냅니다.

선생님의 다른 작품 「사진 속 마그마」는 다소 난삽해 보이는 구문으로
필경 사진 속에 현상된 용암의 분출장면을 담아냅니다. 무수히 금이 간 채

붉게 이글거리는 잉걸불이 공기와 마주친 찰나 검게 굳기 시작하는 액체 금속(용암)의 모습에서 꿈과 현실이 교직하는 생의 이율배반과 견디기 어려운 회한을, 그 쓸쓸한 허허로움을 묘사하는 듯 보입니다. 결미 "찍지 말아야" 다음의 휴지부는 이어지는 "하는 거"와 어울려 화자의 간절한 정서를 더욱 안타까운 무늬로 상감(象嵌)합니다. 또 「모닥불」에서는 무속적 세계관 안에서 불이 품는 재생과 죽음의 원형심상을 형상화하고 있습니다. "꽃댕기 타는 냄새" "짐승들"의 "흘레" "영혼들"의 "춤"은 모닥불의 불꽃을 구성하는 원소이면서 재생과 죽음의 의식을 통해 거듭난 신화를 이루는 캐릭터이기도 합니다. 「어항」에서는 딴딴하게 박제화한 생의 한 모서리를 어항 안에서 권태롭게 헤엄치는 어족의 모습 위에 포개놓고 보여 줍니다.

송상욱 선생님, 선생님의 「허기」「달, 달빛 웃음」「사진 속 마그마」「모닥불」「어항」에서 감지되는 것은 대개 한, 또는 허무의식의 통주저음(通奏低音) 같은 것이었습니다. 뭐랄까요. 그것은 인사동 뒷골목 허름한 툇마루 어디쯤 막걸리와 홍어찜을 받아놓고 흐리게 취한 채 부르시는 트로트가락의 저음 같다고 할까요? 어쿠스틱기타 6번줄의 한숨을 가늘게 쉬는 것 같은 불안스러운 떨림, 또는 숨이 차 자꾸만 반음계씩 처지는 저음의 아슬아슬한 비브라토. 제가 술자리에서 간혹 듣는 선생님의 노래에서 느끼는 매력은 신시사이저음의 기계적 떨림이나, 악보를 세필로 복사하듯 베끼는 기술에서 느낄 수 있는 것과는 한참 거리가 떨어져 있습니다. 취기 때문이든, 가쁜 숨결 때문이든 중요하지 않습니다. 오히려 고르지 않기에 어쿠스틱기타 6번줄의 굵고 투명한 떨림은 더 아프고 아련한 비감을 환기합니다. 또 반음계가 처진 채 빠르게 닫는 저음의 비브라토는 생의 어떤 근원적인 애상에 닿아 있는 듯합니다. 선생님의 한과 허무의식이 지니는 의장(意匠)은 정련(精鍊)이라는 낱말과는 아귀가 잘 맞지 않습니다. 일반적인 문법으로 보면 어휘는 밀도가 성글고, 구문은 서툴러 보이기까지 합니다. 그러나 선생님의 의장은 때로 그렇기 때문에 더 곡진한 울림을 견인할 수 있습니다.

이는 위 다섯 편뿐 아니라 선생님 시 전편을 아우르는 특징일 것입니다. 그것은 피카소나 백남준으로 표상되는 현대미술과 견주면 중핵적인 부분에서 차이를 드러냅니다.

선생님의 시에는 현대와 새것에 대한 콤플렉스가, 말끔히 지워져 있다는 차원을 넘어, 애초부터 존재하지 않습니다. 현대와 새것의 도그마에 현혹되었을 때 번요(煩擾)한 기어(奇語)를 취하게 됩니다. 그리고 자칫 무민(誣民)하는 사문(詐文)에 빠지기 쉽습니다. 하지만 선생님의 시가 그렇게 될 가능성은 아예 생각하기 어렵습니다. 현대와 새것의 덫으로부터 벗어났을 때 비로소 사상(事象)이 전하는 말을 들을 수 있는 귀를 받게 됩니다. 선생님의 시편이 때로 비문(非文)스럽지만 거북하게 느껴지지 않고, 때로 거칠지만 남루하게 느껴지지 않는 것은 사상이 전하는 말을 온전하게 들을 수 있는 청력 때문입니다.

선생님 시의 힘은 위트나 기교에 의존하지 않는다는 사실에 있습니다. 문법은 전아한 복고주의와도 세련된 포멀리즘과도 거리를 둡니다. 소위 빈티지풍이라고 할까요? 저는 선생님 시에서 등피에 먼지때가 잔뜩 내려앉은 석유등잔, 다식판과 옥춘당(玉春糖)의 감미, 저녁놀빛이 부서지는 유년의 사금파리, 마호가니로 틀을 짠 망가진 진공관앰프, 노이즈가 가랑비처럼 날리는 무성영화의 영사막, 무쇠추 대저울의 다 닳은 눈금, 쇠방울 소리에 섞인 싸락눈 내리는 겨울저녁, 1960년대 서울 미아리 구멍가게의 손바닥만 한 유리로 창을 덧낸 낡은 미닫이문, 그 문짝의 난처한 삐꺽거림, 카바이드불빛 등속을 떠올립니다. 너무 평범해서 아무 감명도 없지 싶은 것들이 뜻밖에 지닌 눈물 나는 매력이지요. 그, 어쩌면 이미 존재하지 않을지 모를 고향에 대한 가슴 저린 향수와 어슷비슷한 채색의 매력을 저는 선생님의 조사법과 구문을 부리는 형식(시의 내용이 아니라)에서 감촉하곤 합니다. 그것은 시에 진정성을 부여하는 선생님만의 아이덴티티입니다.

저는 앞에서 피카소와 백남준의 작업물이 예술품이 아니라 공산품과 진배없다고 했습니다. 그들의 방식이 워홀(Warhol, Andy)의 타블로이드 사진을 이용한 실크스크린 제작방식이나, 리히텐슈타인(Lichtenstein, Roy)의 대중만화를 차용한 생산방식과 종국에는 다르지 않다고 보았기 때문입니다. 세부에서 차이가 없지 않겠지만, 위트와 기교를 입력해서 공정한다는 면에서 그들의 작업물은 실현 여부와 상관없이 대량생산의 가능성을 품습니다. 이상이 「오감도(烏瞰圖)」를 쓸 무렵 2,000편 정도의 시를 가지고 있다고 한 진술도 그런 쪽에서 보면 놀랄 일이 아닙니다.

그들과 대척점을 이룬다는 까닭에서 저는 선생님의 시세계를 원본의 시학으로 규정하고 싶습니다. 선생님의 작품은 성공했든 실패했든 위트와 기교를 수단으로 증식하는 사본이 아니라, 각각이 모두 유일한 원본이라할 수 있기 때문입니다. 그 세계는 희귀하지도 빼어나지도 고상하지도 기발하지도 않으면서 애잔한 노스탤지어를 자아내는 빈티지풍의 분위기를 지닙니다.

송상욱 선생님, 저는 선생님 시를 읽으면서 선생님의 모습과 제가 잘 모르는 생애를 함께 읽습니다. 미군 구제군복 같기도 하고 등산복 같기도 한 낡은 재킷과 각반을 댄 듯한 즈봉자락, 2,500원짜리 담배 '시즌', 일인시지『송상욱시지』에 손때처럼 밴 시에 대한 결기 어린 순정, 장발과 징소리, 부평초, 기타를 M1소총처럼 들쳐메고 저녁 10시의 가로등빛을 스치는 구부정한 뒷모습, 삐뚤빼뚤 오자가 섞인 채 빛이 바래는 활판본시집 같은 그 보행, 카페 '작은 인디아'가 있는 건물 3층의 달팽이집, 가을바람을 맞으며 붉고 푸르고 흰빛의 띠를 하염없이 감고 도는 이발소 표지등, 침 묻은 '뻐꾸'와 「타향살이」 또는 「애수의 소야곡」, 전라도와 부추. 저는 선생님에게서 시와 시인과 시인의 생애가 닮아 보이는, 당연하면서도 흔하지 않는 광경을 목격합니다. 위에서 선생님 시를 빈티지풍이라 여긴 것도 어느 정도는 선생님의 이미지가 간섭한 때문이겠지요.

　제가 선생님의 시편을 읽으면서 고민스러웠던 까닭은 보통의 시를 재는 잣대만으로는 해명하기가 어려울 거라는 생각 때문이었습니다. 선생님의 원고를 진작 받았음에도 불구하고 정말 오래도록 컴퓨터모니터 앞에 앉기 어려웠습니다. 선생님을 이야기하면서 이 글의 전반부를 멀쩡한 피카소와 백남준으로 에두른 것도 미상불 거기에서 이유를 찾을 수 있습니다. 그 고민은 지금도 여전히 지워지지 않은 채로 남아 있습니다. 선생님 시에 대해 얼기설기 꿰맞춘 제 소견이 어디까지 그럴듯한지는 저 자신도 믿음이 가지 않습니다.

　선생님께서는 요즘도 일인시지에 게재할 시를 얻기 위해, 서점 한구석에서 홀로 수많은 문예지를 들추며, 손수 필사하고 계시겠지요. 오불관언, 사람들의 관심과 호응은 저만치 고집스럽게 버려둔 채. 저는 선생님의 그 모습 자체가 언어로 쓰여진 어떤 시와 비교해도 손색이 없는 시라고 생각합니다. 시답지 않은 시들이 좋은 시 행세를 하며 발호하고, 그것을 낯색 하나 바꾸지 않고 정당화시키는 사문난적(斯文亂賊)의 시대에, 어쩌면 문학사의 옹색한 응달에서 한결같이, 고스란히 시에 투신하는 선생님의 전 생애가 제게는 그대로 한 편의 가슴 서늘한 서정시입니다.

　선생님, 밤이 깊어집니다. 저는 인사동 어느 주점에서 트로트가락에 흥건히 젖어 있을지도 모를 선생님을 떠올립니다. 생애의 통점들을 가만가만 어루만지듯이, 왼손가락으로 기타의 지판을 고쳐 짚으며 부르실 「부용산」의 저음이, 그 아득하고 순한 고통의 화성(和聲)이 귓바퀴에 자꾸만 감도는 듯합니다.

맛의 혈, 세상의 혈, 시의 혈

― 윤관영론

사람의 몸에 경락이라는 게 있는데 생기가 이합집산하는 복도와 같다. 풍수사상에서는 지리도 인체와 같은 원리로 구성된다는 믿음을 가진다. 바람과 물의 흐름을 따라 생기가 형성되며, 그것이 집중되는 곳을 혈(穴)이라 한다. 한방에서 급소와 비슷한 뜻으로 사용되기도 하는 혈은, 그러므로 생기가 가장 민감하게 반응하는 우주의 지극한 지점을 뜻한다.

이참에 읽은 윤관영의 시 「세상을 맛보다」 외 4편은 음식을 마주한 그의 절박한 심경이 드러나 있다. '절박한'이라고 표현한 것은 그의 사유가 평면적 자력장 속에 머물지 않고, 삶과 세계의 환유에 직핍하는 어떤 종류의 간절함에 닿아 있기 때문이다. 그 안팎에는 윤관영이 겪어 온 생애의 환멸과 잡념과 윤리가 군데군데 그다운 무늬로 상감된다. 이는 그의 조리사로서, 또는 음식점 주인으로서의 경험을 전경으로 이루어진다. 『어쩌다, 내가 예쁜』(황금알) 이후 그의 문학이 삶의 진정성에 더 가까이 육박한다면, 그 까닭의 중심에는 음식이 놓인다.

음식은 단순히 생명현상을 유지하기 위한 신진대사의 연료 이상의 뜻을 품는다. 그것은 개인적 입장에서 욕망의 다른 이름일 수 있으며, 공동체적 입장에서 문명의 한 기호일 수 있다. 어떤 경우든지 음식은 레시피와 관계된 물상들의 총합 이상의 절실한 성찰을 불러일으킨다. 백석의 시편에서 음식의 이러한 속성을 자주 발견할 수 있다.

　　이것은 어늬 양지귀 혹은 능달쪽 외따른 산녑 은댕이 예대가리밭에서
　　하로밤 뽀오한 흰김속에 접시귀 소기름불이 뿌우현 부엌에
　　산멍에같은 분틀을 타고 오는 것이다
　　이것은 아득한 녯날 한가하고 즐겁든 세월로부터
　　실같은 봄비속을 타는듯한 녀름 볏속을 지나서 들쿠레한 구시월 갈바람속
　　을 지나서
　　대대로 나며 죽으며 나며 하는 이 마을 사람들의 으젓한 마음을 지나서 텁
　　텁한 꿈을 지나서
　　집웅에 마당에 우물든덩에 함박눈이 푹푹 싸히는 여늬 하로밤
　　아배앞에 그어린 아들앞에 아배앞에는 왕사발에 아들앞에는 새끼사발에 그
　　득히 살이워 오는것이다
　　이것은 그 곰의 잔등에 업혀서 길여났다는 먼 녯적 큰마니가
　　또 그 집등색이 서서 재채기를 하면 산넘엣 마을까지 들렸다는
　　먼 녯적 큰 아바지가 오는것같이 오는것이다
　　아, 이 반가운것은 무엇인가
　　이 히수무레하고 부드럽고 수수하고 슴슴한것은 무엇인가
　　겨울밤 쩡 하니 닉은 동티미국을 좋아하고 얼얼한 댕추가루를 좋아하고 싱
　　싱한 산꿩의 고기를 좋아하고
　　그리고 담배내음새 탄수내음새 또 수육을 삶는 육수국내음새 자욱한 더북
　　한 삳방 쩔쩔 끓는 아르굴을 좋아하는 이것은 무엇인가
　　　　　　　　　　　　　　　　　　　　　　　　― 백석, 「국수」 부분

　　좀 장황하게 인용한 것은 이 작품이 음식을 시의 미학 안에서 아름답게
형상화한 드문 사례이기 때문이다. 백석은 '국수'에 먹거리에 대한 개인의
선하고 순연한 욕망으로부터 공동체적 생계와 풍속과 역사와, 또 그 운명
의 우물 속처럼 어둡고 아스라한 원형적 풍경까지 온전히 투사한다. 윤관

영의 시편도 이와 크게 다르지 않다. 그가 짚어내는 음식의 혈은 그것의 비밀에 박진할 뿐 아니라 삶과 문명의 현장에 가 닿는다. 그러니까 그가 읽는 음식의 혈은 사람의 혈까지, 세계의 혈까지 내통한다.

「어두워야 깊다」는 간장을 이용해 소스를 만드는 과정을 담는다. 간장에 물이나 육수를 반반 가량 섞고 적량의 설탕과 식초를 넣어 끓인다. 거기에 양파와 고추를 풀어넣어 맛을 낸다. 설설 끓어올라 간장이 달여지는 광경을 보고 있던 화자는 어느 순간 실체를 가늠할 수 없는 무서운 생각에 사로잡힌다.

화자가 느끼는 무서움은 간장이 기포 하나 없이 어둡게 끓어오르는 모습에서 생겨난다. 그것을 화자는 "중수(重水)"라 이른다. 물론 이 말은 화학에서 일컫는, 중수소와 산소의 결합으로 이루어진 분자식 D_3O인 '중수'와는 무관해 보인다. 필경 간장이 끓는 형상에서 착안한 듯한 그것은 질량감에서 '약수(弱水)'와 조응하는 성싶다. '약수'는 기러기깃털조차 가라앉는, 부력이 0인, 부피는 있지만 무게가 없는 강물을 이른다. 헤엄을 치든, 배를 띄우든, 어떤 수단을 이용할지언정 건널 수 없다. 이 시에서 흰 김을 내뿜으며 어둡게 꿈틀거리는 "중수"는 공기와 접촉한 표면은 어둡게 식은 상태지만, 안으로 용암이 무겁게 들끓어 오르며 흐르는 화산쇄석류를 연상시킨다. 화자에게 그것은 카오스와 같다.

'꿈틀거림'을 생명현상의 한 기표로 읽을 수 있다면, 화자가 간장을 달이는 과정에서 바라본 광경은 카오스에서 생명이 태어나기 직전의 어떤 정황을 환기한다. 카오스는 질서, 즉 생명 탄생을 위한 매트릭스로 기능할 때 의미를 지닐 수 있기 때문이다. 여기에서 화자의 무서움이 본색을 드러낸다. 그의 무서움은 보아서는 안 될 것을 보아 버린, 생명탄생의 천기를 자기도 모르게 목도하고 만 자의 황황한 감정에 닿아 있다. (음식물을 조리하여 맛을 내는 장면은 생명을 탄생하는 과정으로 볼 소지가 있다. 이러한 시각에서 '생명'을 '맛'의 의미로 이해하면 정돈된 논리를 얻을 수 있을망정, 해석의 옹색함은 피하기 어렵다) 하지만 그는 무서움의 까닭도 실체도 알지 못한다. 그저 무심히 양파를 "자꾸 뒤집어주"며 간장을 달일 뿐이다. 여기에서 느껴지는 일상의 이율배반은 삶의 이율배반으로 의미의 진폭을 확장한다.

「물의 혈을 짚다」도 음식을 조리하는 과정에서 생명과 삶의 의미를 끌어낸다. 이 작품은 육수조리법을 상세하게 전달한다. 육수를 만드는 요령은 살릴 맛은 살리면서 잡내는 제거하는 방향으로 전개된다. 맛을 살리기 위해 들어가는 식자재는 술·가죽나무·파·양파·무와 다시마·황태머리 등속이다. 잡내를 잡는 방식은 식자재를 첨가하는 것이 아니라, "달군 쇠봉"을 이용한다.

이 시의 중심모티프는 육수에서 잡내를 솎아내는 행위로부터 이루어진다. "달군 쇠봉"을 육수에 집어넣어 잡내를 그 열기로 태워서 없앤다. 이 과정은 육수를 만드는 데에 무엇보다 긴요하다.

> 침 맞은 육수는 정사 후의 나른함처럼
> 힘 뺀 맛을 보여준다는데—
>
> —「물의 혈을 짚다」 부분

결미에서 화자는 쇠봉으로 잡내를 물리친 후의 맛을 "정사 후의 나른함"으로 묘사한다. 이 표현이 쇠봉을 육수에 담가 젓는 행위와 섹스의 형태적 유사성에서 착안했으리라는 점은 쉽게 짐작할 수 있다. 요는 화자가 가장 이상적인 육수의 맛에서 "힘 뺀 맛"을 보고 있다는 사실이다.

그는 육수에 식자재를 넣어 맛을 내는 행위를 4연의 "숨통을 트"고 "길을 내는" 행위로 이해한다. 이는 육수에 생명을 불어넣는 모습과 다르지 않다. 다시 말해 육수에 생명을 입히기 위해서는 무언가를 투여해야 한다. 이에 반해 잡내를 없애는 과정에서 얻을 수 있는 육수의 가장 깊은 맛은 6연 "새구이맛은 날갯짓 때문/ 살 없는 살 때문"에서 유추할 수 있듯이, 무언가 버림으로써 획득한다는 잠언적 의미에 의존한다. 그리고 그것은 결미에서 섹스 직후의 "힘 뺀 맛"으로 변주된다.

이처럼 조리과정에서 얻게 되는 깨달음의 제스처는 「나이에는 테가 있다」와 「귀, 세상을 맛보다」에서 더욱 선명히 드러난다. 앞에서 살펴본 두 작품이 음식을 통하여 생명과 삶의 의미를 도출한다면, 이 두 작품은 조리하는 과정에서 도달할 수 있는 어떤 경지를 밝힌다.

「나이에는 테가 있다」는 제목이 함의하는 것처럼 연륜에 대한 이야기다. 이 시는 나이 듦이라는 것을 "무맛"을 감촉하고 그 섬세한 맛의 결을 알아차리는 데 있다고 말한다. 흔히 수박이나 참외나 배 같은 과물의 당도가 기대치보다 떨어져 실망스러울 때, '무맛 같다'고 표현한다. 물론 싱거워서 아무 맛도 느낄 수 없다는 의미다. 화자에 따르면 아직 삶의 경륜이 부족하여 입을 당장 즐겁게 자극하는 것에 집착하는 치기에 불과하다. 진정한 맛은 무처럼 아무 맛도 없는 것 같지만 가을날 오후의 하늘처럼 쾌청한 맛이 있으며, 아무 향기도 없는 것 같지만 여름날 아침 숲속의 시냇물그늘처럼 청량한 향기가 있다. 없는 듯하지만 더 그윽이 깊은 맛을 품는 무맛은 따라서 '아는 것'이 아니라, '깨닫는 것'일지 모르겠다. 화자에게 나이 듦은 자극으로부터 초연한 맛을 아는 과정이다. 그것은 "흙맛"과 "바람맛"처럼 자연과 자연의 내밀한 질서에 가까이 다가서려는 맛이기도 하다.

무청 잡힌 알무에 가슴패기를 맞아 吐血하고픈
무 속 같은 몸이고픈 저물녘이 있었다

— 「나이에는 테가 있다」 부분

하지만 어쩌겠는가. '안다는 것'과 '그렇게 한다는 것' 사이에서 느끼는 갈등과 번민은 삶의 신산에서 벗어날 수 없는 우리에게 운명과 같다. 그것을 자각하는 것은 세계의 통점과 맞서는 일과 다르지 않다. 무맛 같은 삶의 영위를 꿈꾸기란 더 말할 나위도 없겠다.

「귀, 세상을 맛보다」는 감각의 혼종(混綜)을 통해 세상을 보는 방식을 일깨운다. 그 바탕에는 다른 작품들처럼 음식, 또는 조리행위가 놓인다.

전통적 예술관에서 그림을 감상하는 행위를 '그림을 보다[看畵]'라 하지 않고 '그림을 읽다[讀畵]'라 한다. 그림은 훌쩍 보고 지나치는 것이 아니라, 찬찬히 뜯어보고 생각한다는 뜻을 지닌다. 임영조는 "눈으로 말하고/ 귀로 웃는"(「고도(孤島)를 위하여」)이라고 표현한다. 귀로 웃는 모습은 눈이나 입으로 웃는 모습과는 다른 질의 느낌을 일으킨다. 사심이 개입될 소지가 아예 없는, 더욱 순하고 더욱 흐벅진 웃음을 상상하게 한다.

윤관영의 "귀"는 듣는 귀나, 웃음을 짓는 귀가 아니라 맛보는 귀다. 그에 따르면, 맛은 입으로도 손으로도 코로도 몸으로도 느낄 수 있다. 허나 입맛은 "의심"스럽고, 손맛은 조급하고, 코맛은 쉽게 "마비"되고, 몸맛은 "길들여진다". 귀맛은 그 가운데 몸맛처럼 "반복해도 난해한 글처럼, 반복하고 반복해야 하는 음처럼 자꾸만 숨어드는 지극(至極)한" 맛이면서, 앞에서 열거한 모든 맛을 뛰어넘는다.

제목 '세상을 맛보다'에 비추면, 이 시의 "음식"은 세계에 편재한 살이의 어떤 형식을 의미한다는 것을 알 수 있다. 따라서 "귀명창"은 음식맛을 감정하는 분야에 일가를 이룬 소믈리에가 아니라, 세상의 일들을 투시하고 가늠하는 견자를 이른다. 문제는 "귀맛이라는 지극이" "절망하게 만"든다는 점이다. "지극"하기 때문에 "절망"스러울 수도 있고, "절망"스럽기 때문에 "지극"할 수도 있다. 어떤 경우든지 그것은 세계의 부조리를 환기한다. 세계를 묵묵히 건너는 뭇 군상이 지니는 숙명성의 아득함을 새삼 새기게 한다.

윤관영은 「밥에는 색이 있다」에서 다른 각도로 세상을 내다본다. 식당 영업을 하는 화자는 손님이 남기고 간 음식물, 특히 밥에 집중한다. 상에 차린 밥은 손님의 손을 아무리 희미하게 탈지라도 흔적을 남긴다. 그것은

"색"뿐 아니라 "입술지문"까지 고스란히 남기며, 그 위에 새 밥을 포개 얹으면 "공구리"를 친 느낌이 들 정도로 차이가 선명하다. 밥장사하는 입장에서 손님이 물린 밥은 반드시 버려야 하는데, 그때마다 화자는 "버리고 우는 마음"일 수밖에 없다.

그래서 그는 손님이 남긴 밥그릇을 치우며 생기는 야속한 심사를 감추기 어렵다. 그러한 마음은 단지 함부로 밥을 남겨 버리게 만드는 손님들의 무심함을 탓하지 않는다. 차라리 그것은 남긴 밥을 음식물쓰레기통에 던지는 자신의 송구스러운 손을 향한다. 밥은 한 철 내내 햇빛과 물을 자양 삼은 하나의 온전한 생명체이기도 했다. 누군가의 상에 놓일 때 그것은 그러한 자신의 전 생애를 바쳐서 다른 생명체의 먹거리로 보시하는 셈이다. 그런데 누군가의 손을 탔다는 이유로 거의 그대로 버리는 행위는 밥에 대해, 아니 생명 그 자체에 대해 범하는 끔찍한 무례와 다르지 않다. 화자는 그러한 자신의 처지가 한없이 송구스럽다. 이 순간 그는 식당주인이 아닌 생명체의 입장에 서게 되며, 그의 송구스러움은 밥이 아니라 생명을 위한 것이 된다. 그러므로 이 시는 생명을 향한 눈물겹게 착한 헌사의 뜻을 지닌다.

음식을 조리하는 행위는 맛의 혈을 짚어내기 위한 과정이고, 세상을 살아가는 모습은 세상의 혈에 감응하는 형식일 수 있다. 윤관영에게 음식을 조리하는 것은 맛의 혈을 포착할 뿐만 아니라, 세상의 혈을 탐험하는 것과 같은 의미를 띤다. 이제 그는 음식을 통해서 시의 혈을 찾아 나선다.

김종삼이나 천상병의 시를 읽다 보면, 시가 품는 비밀의 한 결과 마주치게 된다. 어휘는 검박하고 구문은 미숙하다. 타고 흐르는 의미나 정서도 대개 우직한 느낌이 들 정도로 간명하다. 그런데 이 언어의 초매(草昧)와 순명(順命)이 되레 그들의 시에 더없이 순한 생명의 떨림을 유인한다. 그들은 체질과 생리가 이미 시의 혈 안에 용해되어 있는 듯하다. 어찌 보면 윤관영의 시편은 그와 비슷하기도 하고, 또 그렇지 않은 것 같기도 하다. 설렁설렁 매만진 듯한 그의 문법은 세련과 거리를 두지만, 이는 외려 풍수에서 말하는 것처럼 바람과 물의 길을 터서 그의 시에 절실한 생기를 불어넣을 수 있다. 문면에 속기 비슷한 것이 "잡내"처럼 서려 있지만, 이는 되레 그의 언어에 더 절실한 생기를 불어넣는 수단이 될 수 있다. 윤관영의 "밥 풀 때" "착해지는 손"은, 그 어진 마음은 그의 미덕이면서 그러한 가능성의 무엇보다 중요한 근거를 이룬다.

이를테면 입에서 손이 튀어나올 성싶은 탐식이란 게 있다. 막무가내로 탐식하고 싶은 시를 만나고 싶다.

5부

시인을 읽는 창(窓)

비백(飛白)의 철학과 율려(律呂)의 미학

― 정진규 스케치

    내가 이즈막에 인상 깊게 읽은 작품으로 기억에 남는 게 선생의 '율려집 (律呂集) 연작'이다. 이 가운데 「율려집(律呂集)1-조선 채송화 한 송이」는 선 생이 율려(律呂)로 감싸고 보듬으려는 세계가 냉랭하고 날카롭게 팔굽을 드러낸다.

    세계는 음(陰)과 양(陽)의 하염없는 변전(變轉) 속에서 존재한다. 그걸 동 정(動靜)이라 일컫는데, 이는 율동(律動) 여정(呂靜)으로 갈린다. 앞의 것은 세계를 운행하는 기운이고, 뒤의 것은 그 기운을 충전하는 휴지(休止)의 뜻 을 지닌다. 세계를 지탱하는 기운의 발산과 수렴이라 할 만하다. 율려는 여기에서 나왔다. 『악학궤범』에는 그것을 다시 나누어 한 옥타브 12음계의 반음을 표시하는 수단으로 삼는다. 육률(六律)의 황종(黃種) 이칙(夷則) 등속 이나, 육려(六呂)의 협종(夾種) 남려(南呂) 등속이 그것이다. 각각이 목본(木 本)과 초본(草本)의 씨앗을 가리킨다는 점에 비추더라도 율려는 본래 천변 만화하는 자연의 질서를 의미한다.

    「율려집(律呂集)1-조선 채송화 한 송이」는 율려 이전(以前)의 태(態)를 보 여주며, '율려집 연작'의 서시(序詩) 구실을 맡는다. 하여 아침햇빛의 화살 은 방향도 순서도 없이 다만 "자옥"할 따름이며, "사랑의 운행"도 따로 시 간을 잡아두려 하지 않는다. 하필 "마악 피어난 작은 조선 채송화 한 송이"가 동시에 지천으로 "빼곡빼곡 쟁여" 있는 광경도 낯설지 않게 된다. "명적(鳴滴)"(이 시가 실린 『서정시학』 2010년 봄호에 '鳴滴'으로 표기돼 있다. 단순히 문맥에 맞춰 읽는다면 '鳴鏑'의 오기일 가능성을 지나치기 어렵다. '물방울 떨어지는 소리'보다는 '화살이 날아가는 소리'가 문맥의 흐름에 훨씬 더 매끈하게 어울린다고 여길 수 있기 때문이다. 그러나 어떤 경우든지 나는 '鳴滴'으로 읽고 싶다. 이때 의미적으로나 감각적으로나 시의 흉강에 한결 입체적인 공명을 일으킨다)은 이 시의 키워드다. 율동과 여정으로 갈리기 0.0001초 직전의, 견딜 수 없이 가슴 죄게 되는 깊이의 우주가 "명적(鳴滴)"의 시공에 밀집한다. 물방울이 어딘가 닿아 소리를 내는 명적(鳴滴)의 순간은 참을 수 있는 지점까지 참다가 정액을 배출하는 기쁨이 아니라, 그것을 배출하기 0.0001초 직전의 안타까움을 환기한다. "명적(鳴滴)"은 우주가 율동과 여정으로 파동을 일으키기 직전의 황홀하고 안타까운 떨림이다. 즐거운 오독일 수 있겠다.

선생의 최근 작업인 '율려집 연작'은 자연의 일거수일투족을 다룬다. 수유리 집을 버리고 석가헌(夕佳軒)으로 마음의 비접을 나간 이후 선생의 시는 자연에 한층 더 가까워진 듯하다. '율려집 연작'은 석가헌에서 소요하는 동안 터득한 자연의 당길심과 시의 당길심이 혼연하며 이루어진다. 선생은 시공 속에서 세계와 조우하는 실체를 '몸'이라 규정하고, 그 관계 양상에 주목하는 시를 '몸시'라 하였다. 그것의 천의무봉한 심미적 완성태를 '알시'라 명명하였다. 하지만 개념의 관념성과 보편타당함 때문에 그것이 선생이 탐구하는 시세계의 무늬를 효과적으로 인각(印刻)한다고 보는 데 어려움이 있었다. 이제 초입이라 많이 조심스러울 수밖에 없는 예단이지만, '율려'는 선생의 시론인 '몸시'와 '알시'의 연결선상에 놓이면서 선생이 다스리는 시세계의 궤적에 보다 분명한 육체를 입히는 것 같다.

선생을 처음 뵌 게 1980년대 중후반, 『현대시학』을 맡아 운영하기 시작할 무렵인 성싶다. 자주 뵙지는 않았지만, 당시 기억은 많은 부분 명정(酩酊)에 얽힌 일과 겹친다. 눈에 잘 띄지도 않는 학교 후배로 문단에 천둥벌

거숭이처럼 갓 튕겨나온 터수에 선생의 수유리 댁까지 드나들면서 요량없이 술기운에 몸을 적신 시절이었다. 선생도 그 무렵에는 청탁불문(淸濁不問)에다가 두주불사(斗酒不辭)였다. 나는 선생의 시 「천상열차분야지도(天象列次分野之圖)」에 주석(註釋)을 달면서 그때를 떠올렸다.

> 아득한 슬픔이다. 하마면 젖어들지 싶은 따뜻한 안타까움, 상강(霜降) 무렵
> 젖몸살 앓는 축생(畜生)의 겨드랑이 온기 같은.
> ──『시안』, 2010년 봄호

지금은 몸이 허락하질 않아 하도나 술을 아낄 수밖에 없는 선생의 젊은 시절에 대한 회한에 감정을 이입해 써 본 구절이다. 미상불 이는 선생을 향한 내 사사로운 심사의 밑그림이기도 하다. 글과 격절해 있을 때건 그렇지 않을 때건, 20년을 훌쩍 넘긴 세월 동안 나는 한결같이 선생으로부터 분에 넘치는 기대를 받았다. 나는 알지 못한다. 요즘도 선생을 뵙는 게, 그것도 거개가 무슨 공식적인 자리의 소매스침으로 일년에 예닐곱 차례나 될 둥 말 둥하지 싶을지언정, 선생을 생각하면, 송구스런 마음에 앞서 가슴 한 구석이 왜 늘 형언할 수 없이 아득한 슬픔으로 물무늬를 일으키는지.

누가 선생으로부터 배우고 싶은 점 하나를 들라고 하면, 나는 서슴지 않고 매서운 자기관리를 말할 것이다. 벌써 십수 해를 절제와 금욕으로 건강을 갈무리해나가는 모습 때문만은 아니다. 어두운 빛의 중절모와 펜던트형 타이, 그리고 단장(短杖)으로 맵시를 세운 선생의 모습도 자명히 내면의 단련을 투영한 것이겠다. 20여 년 동안 『현대시학』을 맡아 명불허전 '삶의 아름다움과 시의 위의를 지키는 시전문지'로 올곧게 키워, 최고의 월간시지로 올해 지령 500호를 앞두는, 현대시사의 '사건'을 이루어낼 수 있는 것도 그렇지 않다면 어림없을 것이다. 선생의 매서운 자기관리는 무엇

보다 시에 대한 집념에서 도드라지게 만져진다. 풍림(風霖)에 귀가 닳고 모가 뭉개지기는커녕 갈수록 예리하고 투명하게 날을 벼리는 선생의 언어를 겪는 느낌을 나는 어디엔가 그늘에 마음을 데는 것 같다고 표현한 적이 있다. 특히 앞에서 말한 '명적(鳴滴)' 또는 '명적(鳴鏑)'이나 '삽' '음예(陰翳)' '미필(未畢)' '물밥' '웅기중기' '수식(瘦式)' '청간(靑簡)' 같은 낱말들은 자음과 모음 사이의, 꽃둘레처럼 섬세한 그늘의 온도를 따로따로 감촉하지 않으면 쓰기 어렵다.

후한 때 채옹(蔡邕)이 창시했다는 비백(飛白)은 운필을 잽싸게 하여 획의 먹물에 흰 바탕이 자국눈에 비질한 것처럼 드러나는 서체를 이른다. 선생은 「되새떼들의 하늘」에서 비백을 "가슴팍에 바짝 당겨 넣은 새들의 발톱이 하늘을 찢지 않으려고, 흠내지 않으려고 제 가슴 찢고 가는" 것이라 하였다. '율려집 연작'에서 율려라는 철학적 사유가 미학적 형식으로 변용한다면, 이 부분에서는 비백이라는 미학적 형식이 철학적 사유로 변용한다. 이처럼 철학적 사유와 미학적 형식이 서로 엇갈리며 전도되는 아슬아슬한 서슬에 선생이 꿈꾸는 시의 비의(秘儀)가 있을지 모를 일이다.

아뿔싸, 작달비가 억수같이 내리는 저녁, 인사동 〈누리〉에서 와인잔과 막걸리사발을 섞자던 선생과의 약속을 아직 지키지 못했다.

뚜벅뚜벅 걷다가 길에서 말 걸기

― 박의상 스케치

    박의상 시인의 겉과 속을 두어 마디 말로 간추려 사생(寫生)하려 했을 때, 처음 머리에 떠올린 게 '뚜벅뚜벅 걷다가 길에서 말 걸기'였는지는 도대체 나도 까닭이 잘 짚어지지 않는다. 지난여름 조영서, 이유경, 김영탁 시인과 더불어 엮은 원서헌(遠西軒) 나들이참에 서초구민회관 앞길에서 무심히 눈을 준, 구형 대우 브로엄에서 막 내리는, 맨발에 아무렇지 않게 걸친 샌들의 인상 때문일는지. 아니면 세상과 사람과 풍속에 살뜰히 오지랖을 넓히며, 주유(周遊)하듯 배회하듯 거리를 서성일 것 같은 시인에 대한 환상 때문일는지 모르겠다.

    20년 가까운 선배시인께 '한쪽 젖이 큰 나의 아내여' 하는 시가 제일 좋다고 외람스레 얄망스런 주사(酒邪)를 놓은 적이 있을지언정, 시인과 명료한 정신에 대화를 나눈 것은 5, 6년 전이 처음인 듯하다. '마루콘서트홀'에서 그림을 놓고 지은 「사춘기 · 에드바르트 뭉크 1894~1895」를 낭송하고 뒤풀이하러 가던 길로 기억한다. 시인은 그것을 남의 상상력에 무임승차한 게으르고 불성실한 손버릇 비슷한 걸로 여겼다. 시인의 걱정은 담배 두어 개피는 짬을 두더라도 족히 축낼 시간만큼 이어진 것 같다. 그 살가운 나무람을 들으며 늑막이 멸균처리된 바늘에 콕콕 찔리는 것 같았다. 나는 시와 언어를 인식하는 투명하고 삼엄한 염결성을 배웠다. 아주 가끔 와

옥(蝸屋)에 모시고 술잔을 기울이기도 하며 말씀을 듣기도 하지만, 그것은 시인의 생리인 성싶기도 하다.

시인의 시는 얼핏 시각적으로 낯설다. 쉼표의 비일상적 사용과 줄표의 잦은 활용, 그리고 시행의 배치 방식 때문이다. 대개 쉼표는 "사랑한다,면 먼저"(『다이애나,를 위 —하여!』)처럼 의미의 분절을 선명히 도려내거나, "저기 날아가는 저 검은 새,가 아니라 —새,라는 말"(『내가 정말 사랑한 것』)처럼 의미를 애써 강조하려는 의도로 쓰인다. 줄표는 위에서 뵈는 것처럼 숨을 한 소쿰 늘이면서, 개수에 따라 늘이는 시간이 다르겠지만, 다음 낱말의 뜻을 새삼 다잡는 쓰임새를 지니는 것처럼 보인다. 시행 배열법도 이런 의도와 크게 다르지 않다. 이어지는 시행의 첫머리를 윗행의 첫머리께에 두지 않고 윗행 끝글자의 아래 어디쯤 두는 방식은 시선이 대각으로 이동하는 데 걸리는 숨결의 휴지를 두지 않고 바로 읽게 하려는 배려로 설명할 수 있다. 물론 의미와 이미지의 경중(輕重)이나 조도(照度)에 따라 시행의 간격을 선택하는 배열법일 터. 시인은 쉼표와 줄표 그리고 시행의 공간배치를 통해서 독자들이 시를 읽는 숨결의 파동을 섬세하게 조율한다. 그러면서 방점을 찍고 싶은 낱말을 짚어주고, 독자들이 행간을 읽는 데 소요하는 추리와 음미와 잡념과 상상의 시간까지 밀리미터 단위로 지시한다. 작곡가가 연주가를 위하여 악보 위에 스타카토, 안단테, 포르테시모 따위의 부호를 써넣는 것처럼, 어쩌면 그 이상인. 이는 시인이 고안한 가장 유니크한 의장(意匠)이다.

그의 시 쓰기 방식, 특히 시행배열법에 나타난 조형적 요소는 과거 초현실주의를 위폐(僞幣)처럼 찍어내었던 몇몇 시들이 노출하는 것과는 전혀 별개다. 그것은 앞에서 말했듯 낱말과 구문이 지니는 의미주파수의 소밀(疏密)을 섬세하게 조율한다. 그리고 시인의 의도에 비껴 있는지는 모르지만 시각적으로도 음악을 느끼도록 유인한다. 이는 물론 행간을 따라 읽는 시선의 변화 자재하고 탄력적인 동선(動線)으로부터 생긴다. 어쩌면 뜻밖의 곳에서 생긴 이 선율감은 뜻밖의 방향으로 시인의 시가 지닌 비밀을 가리킬지도 모를 일이다.

박의상 시인의 시에서 맨 처음 느끼는 것은 '가벼움'이다. 화자를 포함한 인물들이 펼치는 담론의 질 때문이기도 하지만, 무엇보다 그것은 시 전체를 감싸는 음악, 선율감 때문이다. 시인의 시에서는 희언(戱言)과 준론(峻論) 사이의 금을 때로 개구지게 지우며 넘나드는 무수한 발언들이 곧 휘발해 버릴 듯한 무수한 음부(音符)들처럼 세상의 공기 속을 가볍게 가볍게 부유한다. 모두(冒頭)에서 시인의 인상을 '뚜벅뚜벅 걸으며 길에서 말 걸기'로 간추렸다. 그렇다면 그의 시는 순례하는 견자(見者)의 우울한 희언이 되기도 하고, 방랑하는 국외자의 유쾌한 준론이 되기도 할 것이다.

친구가 화장실 가는 사이, 39만원 돈을 센다.
　어떻게 38장밖에 안 되지, 하고
　　　　　무심코 눈을 돌렸다가
　　그 집 개가 현관 밖에서 나를 보는 것을 본다.
세워놓은 내 검정 우산 옆에서
또록한 검은 눈 반짝이는 것이
　　　　저것은 왜 저렇게 생겼을까,
　　왜 저러고나 살까, 하고
　　　생각하는 것이 분명한 그 개를 보다가,
나는 또록거리며 생각한다.
　　　　저것은 왜 저렇게 생겼을까,
　　　　　　왜 저러고 있을까,
　　　생각하며 보는데
　　개가 돌아선다.
나는 돈을 다시 집어 든다.
　　　　들다가 본다.
　　개가 다시 돌아선다.

나는 돈을 내려놓는다.
　　　　— 박의상, 「그 때, 내가 왜 그랬던지, 알 수 없는 일 −6」 전문

　나는 이 시에서 극세필의 사실주의를 읽는다. 견자의 우울한 희언과 국외자의 유쾌한 준론 사이의 틈에서 도드라지는 것은 세상의 길에서 개와 시선을 교차하는 화자의 그(참으로 형언할 수 없는) 표정이다. 그것은 화자의 모습일 뿐만 아니라, 요즘 시대를 살아가는 무수한 익명의 참을 수 없는 풍속의 환유이기도 하다. 이쯤에서 견자의 우울한 희언은 문명비평이 되고, 국외자의 유쾌한 준론은 블랙코미디가 된다. 그 안에는 하찮은 자본주의보다 훨씬 더 깊은 사람의 본성, 또는 문명 그 자체에 대한 반성과 야유가 스며 있는 것처럼 보인다.

저기 날아가는 저 검은 새,가 아니라 −새,라는 말.
이 붉은 한 다발 꽃,이 아니라
　　　　　　그저, −꽃,이라는 말.

누군가 너를, 너만을,
　　　사랑한다고, 한다고, 하다가 버린
　사랑이 아니라
　　−사랑한다,는 말.

　　　또는 −사,라는 말과
　　　　−랑,이라는 말.

　　　그저, 말, 말, 말......
　　　　　　— 박의상, 「내가 정말 사랑한 것」 전문

　문명비평과 블랙코미디가 노골적으로 드러난 작품이다. 그러나 앞서 인

용한 시에서 느껴졌던 가슴 서늘한 정서적 충격은 많이 약화된다. 이 시 자체가 "저 검은 새"가 아니라 "─새"이며, "이 붉은 한 다발 꽃"이 아니라 "─꽃"인(비록 음악에 감싸였을지언정 건조한) "말"이라는 느낌 탓이다.

시인이 고안한 시의 의장은 분명히 유니크한 미덕이 될 수 있다. 그러나 그것을 읽는 독자들은 때로 아슬아슬하게 균형을 맞추는 접시저울을 보는 듯 마음을 죄게 된다. 그의 시는, 꼭 그 미덕만큼의 분량으로 희언과 준론들이 희언도 준론도 아닌 진짜 '무게중심을 놓친 가벼움'으로 증발해 버릴 위험을 지니고 있기 때문이다.

에스콰이어[鄕士]가 유럽식 표현이고 그래서 그 말이 어떤 의미공간을 거느리는지는 명확히 알 길이 없다. 하지만 박의상 시인에 대한 인상을 그렇게 거머쥘 수 있다는 내 뜻에는 변함이 없다. 원래 쓰임새는 그냥 무시하고 '에스콰이어'라는 낱말의 자모음에서 절제·예의·품격 따위를 완전 자동으로 떠올리는 것은 순전히 나 혼자만의 상상일 듯싶다. 어쨌거나 시인의 언행에서 얼핏 유럽식 교양으로서의 절제·예의·품격 등속을 무심히 겹쳐 읽으면서 그렇게 느끼게 된 것 같다. 나는 이 글을 쓰면서 21세기 한국의 한 에스콰이어가 서초동 어느 바에서 언제나처럼, 홀에 맡겨둔 양주를 꺼내 향기를 완상하는 모습을 떠올린다. 단정하고 투명한 명정(酩酊) 속에서 그의 희언과 준론이 세상과 사람과 풍속의 어느 모서리에다가 다시 뚜벅거리며 말을 걸지는 내가 알 리 만무하다.

바람꽃, 하쿠다케혜성, 어쿠스틱기타 6번줄의 떨림

― 강신애 스케치

내가 강신애 시인을 처음 만난 것은 한 너덧 해가량 전 어떤 행사자리였던 듯싶다. 문단동정에 소홀하고, 그래서 깜깜이로 일관해 온 푼수라 그녀 이름은 적잖이 생소할 수밖에 없었다. 기억이 맞다면 김영찬 시인의 오지랖에 포섭되어, 그녀와 한 자리를 차지한 채 얼음장아찌처럼 싱겁고 나무거울처럼 쓰일 짝 없는 말주변으로 안주를 삼았겠다. 그 뒤로 정진규 선생·박의상 선생과 한 차례씩 소찬을 앞에 두고 함께 한 사실 외에는, 이런저런 행사장에서 알은체하는 정도로 스친 느낌이 전부다. 그리고 몇 차례의 전화통화를 아울러서, 그녀와 공유한 시공은 명정(酩酊)까지는 아니라도 대개 술이 어느 정도 된 상태라 맥락이 희미할뿐더러, 애써 떠올린 그것마저 한갓 꼭두[幻]가 아니라고 단언하기 어렵다. 내가 그녀에 대해 아는 정보는 나이가 몇 살쯤이며, 어디로 등단했고, 책을 얼마 가량 냈는지, 인터넷만 열람하면 누구나 빤히 알아채는 수준 이상이 될 리 만무하다.

그럼에도 불구하고 그녀에 대한 '시인론'(편집자의 의도와 내 생각이 일치한다면 이는 '시인스케치'나 '시인의 실루엣' 등이 더 어울릴 법하다. '-론'은 너무 엄격하거나 장중한 형식을 요구하는 것 같아 거북하다) 청탁전화를 받았을 때, 그다지 주저하는 티를 내지 않고 수락한 까닭은 나도 잘 모르겠다. 뒷갈망에 대한 근심은 묻어두고 그렇게 한 데는, 문득 그녀의 모습이 오래전에 읽었던 어떤 소설의 윤곽과 희미하게나마 겹쳐진다고 여겼기 때문이지 싶다. 문제는 거의 20년 전에 읽은 그것의 작가도 제목도 내용도 잘 떠오르지 않고, 심지어 내가 왜 그렇게 느꼈는지조차 도무지 간추려지지 않는다는 점이었다. 믿기 어렵겠지만 나는 며칠 시간을 끌며 애면글면하다가 비로소 그 소설을 기억해낼 수 있었다. 이순원이 쓴 「은비령」이었다. 내 스스로 따져 봐도 이 얼토당토않은 정황의 가리사니를 추적하기 위해, 마치 수맥이라도 탐침(探針)하는 것처럼 다시 읽어내려 갔다.

소설은 잘 짜인 멜로물이다. 아내와 별거 중인 화자와, 그의 옛 친구였던 남편과 사별한 여인이 그리는 로맨스를 봄눈 내린 '은비령'이라는 공간 안에서 펼쳐 보인다. 적어도 그들에게 현속적(現俗的) 세계의 운행과 다른 궤도 위에 존재하는 그곳은, 승용차 안 디지털시계의 푸른빛도 '00:00'으로 멈출 수밖에 없다. 그들은 거기에서 사랑을 나눈다. 처음 사랑을 나누지만 "2천5백만 년" 전부터 예정되어 있었던 것처럼 절박하게. 처음 사랑을 나누지만 "2천5백만 년" 후에도 잊혀지지 않으려는 듯이 간절하게. 그 모습은 내용을 가늠하지 못하는 슬픈 꿈을 꾸고 난 직후, 문득 눈까풀을 스치는 알 수 없는 광망(光芒)을 겪는 것처럼 안타깝고 소슬하다.

두 인물 사이의 서사를 조율하는 소재로 '바람꽃'과 '하쿠다케혜성'이 있다.

'바람꽃'은 소설 속 여인의 이미지를 드러내거나, 운명의 비극성을 시사한다. 학명이 'Anemone narcissiflora'인 이 꽃은 한계령('은비령'은 화자가 한계령의 한 지역에 임의로 붙인 이름이다) 일대에 서식한다. 때로 흰 눈을 뚫고 꽃을 피우며, 독성이 있어 독고사리로 불리기도 한다. 그것은 "고사리순처럼 얄상하고 여리여리"하여 "밟으면 꺾이는 게 아니라 툭 부러지"며, 꽃과 꽃대는 "심당구(멍자국)가 든 것처럼 뽈그스름"하다. 하지만 "잘못 입에 들어가면 채달(풀독)이 오르"는 독초다. 뜻밖에 작가가 힘을 들인 것은 꽃의 독성이다. '바람꽃'의 이미지를 간직한 여인은, 화자의 군 후임의 애인을 포함하여 동일한 채도의 비애를 운명처럼 품고 살게 된다. 화자는 그것을 기정사실로 여긴다. 그리고 그녀는 '은비령'이라는 특수한 공간과 자의식을 감안해도, 그것을 지나치게 순순히 받아들이는 듯하다. 이러한 설정은 서사의 흐름에 긴요하지 않은 헛심이 될 여지가 있다. 그렇지 않다고 해서 그들의 순애보가 침해받을 일은 없기 때문이다. 외려 그 때문에 그녀에 대한 화자의 심정은 센티멘털리즘에 머물고, 둘 사이의 에피소드는 통속극으로 몰릴 위험에 노출된다.

내게 '바람꽃'의 이미지는 그러한 운명론적 시야에서 벗어나 있다. 스산한 잔설과 살얼음 위에 환각처럼 핀 '바람꽃'의 풍경. 그 터무니없이 가녀린 꽃과 꽃대의 춥고 불안한 순결. 이 장면에서 소위 고난과 역경을 이겨낸 생명의 미학 따위를 읽는 독법은 참기 어려울 만큼 속악스럽다. 잔설과 살얼음의 한기는 꽃과 꽃대가 불러일으키는 그 순결의 외곽을 그저 더 분명하게 오려낼 뿐이다. 줄기와 뿌리의 독성 또한, 위태로운 만큼 더 투명한 순결의 이미지에 봉사하는 역할 이상으로 진전되는 것은 당치 않아 보인다. 짜장 추운 눈밭을 뚫고 올라온 꽃의 독성이 해를 끼친다면, 대상은 타자가 아니라 틀림없이 자신일 듯싶기 때문이다.

'하쿠다케혜성'은 만남과 헤어짐의 질서를 환기한다. 화자와 그녀는 "천천히 아주 희미하게 눈빛같이 하얀 빛가루를 꼬리 쪽으로 흩뿌리며 북극성 위로" 운항하는 그것을 바라보며 자신들의 운명을 예감한다. 아니, 어쩌면 그들은 그 운명이 타원을 타고 도는 천체가 아니라, 이심률 1.0의 포물선을 그리는 또 다른 천체의 움직임에 가까울 거라는 예감을, 그래서 다시는 서로 만날 수 없을 거라는 예감을 '하쿠다케혜성'과의 조우 훨씬 이전부터 해 왔는지 모른다. 애써 의식 저편의 어둠에 은폐해 놓았던 그것은, 바로 그때 자신들이 바라보는 혜성처럼, 불현듯 발각되듯이 드러났을 테다. 하여 그들은 한 천체가 다른 천체를 공전하듯이, "2천5백만 년"마다 세계가 공전하여 사람들의 살이도 "2천5백만 년"마다 반복된다는 "천문학자 홀"의 짓궂은 조크를 구태여 현실로 수납하고 싶었을 것이다. 또 "은자당" 뒷방의 어둠 속에서 그들이 주고받는 대화는 초조하게 겉돌 수밖에 없고, 그들이 조바심치며 나누는 사랑은 봄눈이 내린 '은비령'의 환경에 녹아들면서 더욱 비현실적인 처연함과 비현실적인 아름다움에 젖을 수밖에 없다.

「은비령」을 뜯어읽으면서 당혹스러웠던 점은, 강신애라는 캐릭터에서 이 소설을 연상한 까닭을, 작가도 제목도 내용도 제대로 기억하지 못할 때와 매한가지로 갈피잡기 어려웠다는 사실이다. 푸른 펜선(線)처럼 섬세한 그녀의 실루엣, 또는 이목구비의 단정한 흐름과 흰 눈밭 위에서 찬바람을 맞으며 가녀리게 흔들리는 흰 '바람꽃'의 윤곽이 한순간 겹쳐 비친 적이 있다. 그러나 그, 위태롭고 투명한 이미지로만 돌리기에는 부족함과 아쉬움이 따를 수밖에 없다. 그녀의 에보니빛 숱한 머리채의 일렁임 속에서, 춥고 어두운 북극하늘을 배경으로 이심률 1.0의 엷고 희미한 궤적을 그으며 운행하는 '하쿠다케혜성'을 그렸다면, 예단에 의존한다는 의심을 살 뿐 아니라 자칫 감상적이라는 눈총을 받을 수 있다.(혜성을 가리키는 'comet'은 '머리카락 달린 별'이라는 뜻을 지닌다) 또 그녀의 때로 무심한 듯 수세적(守勢的)인 발언과 키를 낮춘 음색 뒷면에 은닉된 어쿠스틱기타 6번줄의 떨림으로부터 소설 속 분위기와 에피소드의 한 지점을 가늠했다면, 이 역시 환유와 비약이 객관으로부터 비껴 있을 법하다.

우리가 일주(日周) 원리를 규명하지 못한다고 해서 별들이 지금까지 이어온 운행을 그치는 일은 없다. 마찬가지로 근거를 명료히 도려내지 못한다고 해서 강신애와 「은비령」을 조응(照應)해서 살피려는 내 생각이 옅어질 것 같지는 않다. 그러기는커녕, 왜인지는 알 수 없지만 되레 확신에 가까워지는 성싶다. 내가 탐색하려는 것은 어쩌면, 그녀의 의식과 페르소나 이전의 원형질적인 무엇에 접근한다고 여길 수 있다.

한 인물의 캐릭터는 자족적으로 존재하는 것이 아니라, 관찰자에 의해 해석되거나 재창조되는 과정 속에서 변형생성하기 마련이다. 나와 같은 시각도, 설사 그것이 옹색하고 뜬금없이 비칠지언정 시인 강신애, 또는 그녀라는 세계를 더 다채롭게 개진하는 하나의 창(窓)일 수 있다는 점에서 무의미하지는 않겠다.

6부
현대시에 관한 질문과 어젠다

평면적 서정성, 그 관념화와 긴장의 이완에 관하여

1. 서정성과 관념의 안팎, 김광섭의 「성북동 비둘기」

'서정'은 '푸다, 떠내다, 쏟아 붓다'의 뜻을 지닌 '抒'와 '감정'으로 뜻을 새길 수 있는 '情'으로 구성된 낱말이다. 따라서 '서정'은 '감정을 풀어냄'의 의미로 해석할 수 있으며, 서정시는 '감정을 풀어내는 것을 위주로 하는 시' 정도로 풀이할 수 있다.

'서정시'는 개항기 이전의 문헌에는 보이지 않는 것으로 보아 재래의 시관에는 존재하지 않는 개념으로 보인다. 이 말은 서구 문학이론이 수입되면서 '리릭(lyric)'에 대응하는 개념으로 처음 등장한다. '리릭'은 비가(elegies)·송가(odes)·소네트(sonnets) 등의 형식을 아우른다. 이 노래들은 장엄한 서사적 전경(前景) 아래 삶의 희로애락을 펼쳐 보이기보다는 사적인 체험에서 얻은 밀도 높은 감정의 무늬를 정해진 운율에 투과해 전달하는 특징을 보인다. '리릭'이 고대 그리스의 칠현금 리라(lyra)에 연원을 두고 있는 데서도 알 수 있듯이 음악적 측면에 초점을 두고 만들어진 말인데 비해, '서정시'는 낱말의 조어과정에서 짐작할 수 있는 것처럼 '리릭'이 지닌 내용적 측면, 즉 감정의 개성적 표출에 무게를 두고 합성한 말이다.

'서정시'가 서구적 개념이라는 전제 아래 그 말의 의미는 일단 서사적 맥락보다는 개인의 정서를 진술의 근간으로 삼는 형식이라는 정의가 가능하다.

'현대문학 100년'에 즈음한 오늘 '서정시'라는 개념을 새삼 새기고, '서정'이라는 낱말을 담론의 한 가운데로 인양하려는 노력은 서정시의 주요 국면이랄 수 있는 서정성이 훼손, 또는 오염되고 있다는 위기의식이 최근 한층 고조되고 있는 현실을 반영한다. 오늘 심포지엄의 논제 '평면적 서정성, 그 관념화와 긴장의 이완에 대하여'도 그와 같은 흐름에서 이해할 수 있을 것이다.

'평면적 서정성, 그 관념화와 긴장의 이완'은 서정이 평면적으로 떨어지면 시가 관념화되거나 긴장이 이완된다는 풀이도 가능하고, 시가 관념에 흐르거나 긴장이 풀어지면 서정성이 평면화된다는 해석도 가능하다. 어느 쪽이든 의미에 큰 차이는 없어 보인다. 이를 좀 더 세밀하고 합리적으로 파악하는 과정에서 선결해야 할 과제는 '평면'과 '관념'의 뜻을 명확히 하는 것이다. 그러나 '서정'의 의미범주와 맞물려 유용한 뜻을 도출하기는 쉽지 않다.

'평면적 서정성'은 의도한 뜻을 대략적으로는 눈치챌 수 있을지언정 논리적으로 추론하여 명징하게 풀이해 설명하기 어렵다. '평면'을 손쉽게 '단순'이라는 말로 치환해 이해하는 데도 문제가 있어 보인다. 단순한 서정을 노래한 시편 가운데도 좋은 시를 얼마든지 찾아볼 수 있기 때문이다. 적어도 이 말이 객관적으로 의미공간을 마련하고 있다면, '입체적 서정성'이란 표현이 현실적으로 가능하고 일반적으로 통용되는 것을 전제해야 한다. 그런데 그러한 표현도 낯설게 여겨진다. 직관적으로 '평면적 서정성'은 정서를 표출하는 경로나 결과물이 유연하지 못하고 경직되어 진부하거나 도식적인 느낌을 환기하는 서정성 정도로 풀이할 수 있을 것 같다.

'관념'은 '①어떤 일에 대한 견해나 생각, ②현실에 의하지 않은 추상적이고 공상적인 생각, ③마음을 가라앉혀 부처나 진리에 대해 생각함, ④사고의 대상이 되는 의식의 내용, 심적 형상을 통틀어 이르는 말, ⑤어떤 대상에 대한 의식이나 인식의 내용'으로 풀이된다. 이 중 '서정'과 연관지어 선택할 수 있는 항은 ②와, ④ 또는 ⑤ 정도라 하겠다. 그렇다면 '관념'은 현실적 체험을 근거로 하지 않으며, 추상적인(순수한) 논리로만 대상을 이해하려는 시적 태도로 정리할 수 있지 싶다.

이런 시야에서 살펴보아 '평면적 서정성, 그 관념화와 긴장의 이완에 대하여'라는 논제는 현실에 기반을 두지 않은 생각(관념)을 치열한 고민 없이 경직되게 펼쳐내려는 시적 태도의 타성에 대한 반성으로부터 나온 것임이 자명해진다. 김광섭의 「성북동 비둘기」는 시가 지닐 수 있는 이러한 문제의 스펙트럼을 선명하게 드러낸다.

성북동 산에 번지가 새로 생기면서
본래 살던 성북동 비둘기만이 번지가 없어졌다.
새벽부터 돌 깨는 산울림에 떨다가
가슴에 금이 갔다.
그래도 성북동 비둘기는
하느님의 광장 같은 새파란 아침 하늘에
성북동 주민에게 축복의 메시지를 전하듯
성북동 하늘을 한 바퀴 휘돈다.

성북동 메마른 골짜기에는
조용히 앉아 콩알 하나 찍어 먹을
널찍한 마당은커녕 가는 데마다
채석장 포성이 메아리쳐서
피난하듯 지붕에 올라앉아
아침 구공탄 굴뚝 연기에서 향수를 느끼다가
산 1번지 채석장에 도루 가서
금방 따낸 돌 온기에 입을 닦는다.

예전에는 사람을 성자처럼 보고
사람 가까이서
사람과 같이 사랑하고
사람과 같이 평화를 즐기던
사랑과 평화의 새, 비둘기는
이제 산도 잃고 사람도 잃고
사랑과 평화의 사상까지
낳지 못하는 쫓기는 새가 되었다.

— 김광섭, 「성북동 비둘기」 전문

이 작품은 문명의 자연 잠식에 따른 환경 훼손의 위기를 비둘기의 행태에 감정을 이입하여 전달하는 수법을 쓴다. 1연에서 성북동이 개발되는 과정에서 진작 산에서 서식하던 비둘기는 보금자리를 잃고, 산을 깨는 폭음 때문에 공포에 질린다. 2연에서 서식 환경을 인간에 빼앗긴 채 새로 조성된 마을을 헤매던 비둘기는 전에 나고 자랐던 고향, 즉 자연을 안타깝게 그리워한다. 3연에서 사람과 친밀한 관계를 형성하였던 비둘기는 인간의 무분별한 개발정책으로 말미암아 보금자리였던 자연도 잃고 인간과의 관계도 망가져 어느 쪽에도 정주(定住)하지 못하고 이리저리 떠도는 신세로 전락한다.

소위 에코포엠이라는 개념으로 이해했을 때, 1968년에 쓰여진 이 작품은 인간의 개발을 목적으로 한 무분별한 자연 파괴에 경종을 울리는 선구적인 의미를 띤다고 할 수 있다. 그러나 '의도'가 '현실'을 재단하는 오류를 무모하게 드러내면서 시적 긴장은 탄성을 놓치며, 내용은 진정성을 잃고 가망없이 표류하게 된다.

우선 생각할 수 있는 것이 비둘기에 대한 시인의 생태적 착종이다. 이 시의 비둘기는 '산'에 '번지'를 지니고 있었음을 추정할 수 있는 진술에 비춰, 인간이 사육하고 개량·번식하는 집비둘기(domestic pigeon)가 아닌, 애초부터 야생에서 서식하는 멧비둘기(rufous turtle dove)를 가리키는 것으로 보인다. 멧비둘기는 야산이나 구릉의 숲에서 사는 텃새다. 하지만 도시화가 급속히 진행된 요즘은 도시의 거리나 공원에서 다른 어느 야생동물보다도 흔히 관찰할 수 있는 새이기도 하다. 이 말은 멧비둘기가 인간의 생활, 또는 문명에 매우 성공적으로 적응했음을 뜻한다. 그러나 이 시에서의 비둘기는 인간과 조화로운 삶을 꾸려나가기는커녕 "아침 구공탄 굴뚝 연기"나 "채석장"의 "금방 따낸 돌 온기"에서 절박하게 자연을 "향수"한다. 그 광경은 인간의 생활이나 문명을 기피하고 부정하는 모습 이외의 방향으로 해석하기 어렵다. 결국 비둘기는 자연과 문명 어디에도 포섭되지 못하는 "쫓기는" 새의 신세로 떨어진다. 시의 서사틀 안에 놓인 비둘기의 처지는 실제 비둘기의 모습과는 너무 동떨어져 있다.

시상 전개의 오류 역시 시의 내골격을 이루는 비둘기의 행동, 또는 시인의 비둘기에 대한 인식에 책임이 있어 보인다. 비둘기는 유독가스가 가득한 "구공탄 굴뚝 연기"를 피난처 삼아 자연, 즉 유린당한 고향을 그리워한다. 그리고 폭발의 위험을 무릅쓰고 "채석장"의 "막 따낸 돌 온기"에 부리를 댄 채, "향수"의 몸짓을 안타깝고 애처롭게 베껴낸다. 위에서 밝힌 대로 이 장면이 인간 문명의 자연 훼손의 결과에 따른 것이고, 인간과 문명에 대한 기피와 부정의 기호로 읽힌다면, 3연의 "예전에는 사람을 성자처럼 보고/ 사람 가까이서/ 사람과 같이 사랑하고/ 사람과 같이 평화를 즐기던/ 사랑과 평화의 새"와 정면으로 충돌을 일으키게 된다. 인용문은 말할 나위 없이 인간 또는 문명과 조화를 이루는 비둘기에 대한 헌사일 수밖에 없다. 이 부분을 자신의 생태공간인 "번지"가 온전했던 시절의, 인간 문명과 직접적으로 접촉하기 이전의 비둘기에 대한 인식으로 이해할 소지도 있지 않다. 이러한 모순은 시상의 흐름을 결정적으로 흩으러 놓는다.

「성북동 비둘기」가 노출하는 사실관계의 무모한 전복과 시상의 파행은

"사랑과 평화의 새"라는 관습상징을 맹목적으로 추수한 틀 안에서 자연 파괴의 메시지를 무리하게 전달하려 한 데 원인이 있다. 생동하는 '현실'에서의 비둘기가 아니라, 경직된 '관념'으로서의 비둘기의 이 같은 모습이 안고 있는 문제와 별개로, 이 시의 세목에서 역시 적잖은 문제를 노출한다. 1연의 "성북동 주민에게 축복의 메시지를 전하듯/ 성북동 하늘을 한 바퀴 돈다.", 2연의 "산 1번지 채석장에 도루 가서/ 금방 따낸 돌 온기에 입을 닦는다." "예전에는 사람을 성자처럼 보고" 같은 표현이 그러하다. 채석장의 폭음 때문에 공포에 떨던 비둘기가 원인 제공자들을 위해 "축복의 메시지를 전하듯" 하늘을 나는 광경으로 묘사하는 것은 자의적 해석이 지나치다는 의심을 살 수 있다. 화약냄새와 연기가 자욱할, 게다가 폭파열로 뜨거워졌을 돌조각에 달려들어 부리를 비비는 비둘기의 행동도 상상하기 어려울뿐더러, 설혹 그럴 수 있다 할지라도 그 장면을 자연(고향)에 대한 그리움의 표지로 읽는 것은 아전인수격 해석을 넘어 공소하고 무리한 픽션이랄 수밖에 없다. 또 비둘기가 "사람을 성자처럼 보"았다는 발상은 당황스러울 정도로 근거를 갈피잡기 어렵다. 이러한 표현들은 화자의 정서를 미학적으로 물질화하는 수단인 소위 감정이입과는 거리가 멀다. 외려 시의 대상을 의도에 맞게 왜곡하고 있다는 혐의가 짙다.

「성북동 비둘기」는 의미틀의 골격을 짜는 비둘기가 현실태가 아니라 관념태로 작용하면서 시적 긴장과 진정성을 상실하는 서정성의 문제를 노출하는 현대시의 한 전형으로 규정할 수 있다.

2. 관념과 현실 사이의 거리, 유치환의 「행복」과 황동규의 「즐거운 편지」

유치환의 「행복」과 황동규의 「즐거운 편지」는 둘 다 사랑 체험을 배경으로 쓰여진 작품으로 알려져 있다. 「행복」은 유치환이 시동인지 『죽순(竹筍)』

과 통영여자중학교에서 만난 시조시인 이영도에 대한 연정을, 「즐거운 편지」는 황동규가 서울고등학교 3학년 시절 연모했던 연상의 여인에 대한 감정을 모티프로 한다. 두 편 모두 이루어질 수 없는, 또는 이루어지기를 기대하지 않는 사랑의 속절없는 고통을 배후에 깔고 있지만 정조를 풀어헤치는 방식은 사뭇 다르다. 주제를 구현하는 경로에서 관념의 의상을 입히느냐, 현실에 직핍하느냐 하는 방법 선택에 따른 차이다.

—사랑하는 것은
사랑을 받느니보다 행복하나니라.

오늘도 나는
에메랄드빛 하늘이 환히 내다뵈는
우체국 창문 앞에 와서 너에게 편지를 쓴다.

행길을 향한 문으로 숱한 사람들이
제각기 한 가지씩 생각에 족한 얼굴로 와선
총총히 우표를 사고 전보지를 받고
먼 고향으로 또는 그리운 사람께로
슬프고 즐겁고 다정한 사연들을 보내나니

세상의 고달픈 바람결에 시달리고 나부끼어
더욱 더 의지 삼고 피어 흥클어진 인정의 꽃밭에서
너와 나의 애틋한 연분도
한 망울 연연한 진홍빛 양귀비꽃인지도 모른다.

—사랑하는 것은
사랑을 받느니보다 행복하나니라
오늘도 나는 너에게 편지를 쓰나니

―그리운 이여 그러면 안녕!
　　설령 이것이 이 세상 마지막 인사가 될지라도
　　사랑하였으므로 나는 진정 행복하였네라.

— 유치환, 「행복」 전문

　이 작품의 주된 정조는 1연과 5연의 "사랑하는 것은/ 사랑을 받느니보다 행복하나니라."라는 자못 아포리즘의 색채가 짙게 느껴지는 진술로부터 비롯하며, 그것은 고색창연한 종결사에 힘입어 절제된 숭고미마저 풍긴다. 2연과 3연에서는 화자가 현재 편지를 쓰고 있는 우체국의 분위기를, 4연에서는 자신이 품고 있는 연정의 실체를 드러내 보인다. 그리고 6연에서는 1연과 5연의 진술을 강조하며 끝을 맺는다.

　문제는 이 시의 중핵을 가르는 "사랑하는 것은/ 사랑을 받느니보다 행복하나니라."에서 느껴지는 어떤 의문이다. 그 안에 마련한 절제된 숭고미와 별개로, 이 구절은 화자의 정서가 당면한 현실적 고뇌로부터 정직하게 유로되지 않고, 어떤 관념으로 덧씌워진 흔적이 뚜렷하다.

　1연과 5연의 구절이 관념적이라는 의심은 의미를 따지는 과정에서 확실해진다. 사랑은 서로가 서로에게 사랑을 확인하는 과정에서 완성에 가까워지며, 그때 비로소 사랑의 기쁨과 행복을 느낀다. 사랑이 일방적일 때는 필연적으로 고통이 뒤따르게 마련이다. 상대의 태도 변화를 기대하지 못하는 상황에서라면 누구든 그에 대한 사랑의 열도만큼의 고통을 느낄 수밖에 없다. 상대의 태도는 견고한데, 다만 자신이 상대를 사랑하기 때문에 스스로 행복하다고 여기는 것은 관념적으로는 그럴 수 있겠지만 현실적으로는 가능하지 않다. 물론 봉사활동 같은 상황에서라면 도움을 베푸는 쪽이 도움을 받는 쪽보다 훨씬 큰 행복을 느끼게 되는 일이 비일비재할 수 있다. 종교나 모성과 연관된 정황에서의 사랑도 마찬가지다. 하지만 그것들과 남녀 간의 사랑은 혼동해서는 안 될, 다른 층위의 개념이다. 사랑을 지나치게 이기적이고 속되게 해석하는 것으로 치부할 수 있겠지만, 남녀 간의 사랑은, 가치판단의 여부와 상관없이 그 본질이 이기적이고(사랑의 감정이 성숙되기 전의 단계에서 그렇다는 뜻이다. 이것과 이미 사랑한다고 느끼는 상대에게 헌신하는 현실적 사례와 모순되지 않는다) 속될 수밖에 없는 하나의 '현상'이다. 이 점에서 1연과 5연은, 더욱이 유부남으로서 다른 여자를 20년 동안 사랑해야 했던 시인의 전기에 비춰보았을 때, 자신의 혼돈스런 심적 딜레마를 정당화하거나 애써 위로하기 위해 관념을 덧씌워 포장하는 서글픈 포즈로 비친다.

이러한 관념성은 4연에서도 확인할 수 있다. 이 시에서 유일하게 화자가 겪는 사랑의 모습을 형상화한다. 1행과 2행에서 묘사하는 "인정의 꽃밭"은 사람들이 모여 사는 세상의 수사적 표현으로 읽힌다. 화자는 그 안에서 이루어진 자신과 사랑하는 사람과의 "애틋한 연분"을 "한 방울 연연한 진홍빛 양귀비꽃인지도 모른다"고 진술한다. 여기서 눈여겨볼 표현은 '애틋한'이라는 수식어다. 현재 진행 중인 사랑에 빠진 당사자가 자신의 사연을 '애틋한'이라는 표현을 빌려 말하는 모습은 매우 부자연스럽다. 예컨대 '나와 그 사람의 추억을 떠올리면 내 마음이 애틋해져', 또는 '내 애틋한 사연 좀 들어 주겠니'가 생소한 것과 마찬가지다. '애틋한'은 '섭섭하고 안타까워 애가 타는 듯한'의 뜻이지만, 자신의 일에 대한 감정을 드러내는 표현으로는 아무래도 어색하다. '애틋한'은 '그 영화를 보니 마음이 애틋해져', 또는 '듣자니 참 애틋한 이야기로구나'처럼 어떤 상황에 대한 감정을 제삼자적 관점에서 수식할 때 적합한 표현이다. 그렇다면 "애틋한 연분"은 자신의 일을 제삼자적 입장에서 진술한 것이라는 해석이 가능하다. 이 말은 적어도 화자가 현재 겪고 있는 것을 개별적이고 구체적인 사랑으로 인식하는 것이 아니라, 관념적으로 인식하고 있음을 시사한다. 이 인식은 필연적으로 자신의 사랑을 "한 방울 연연한 진홍빛 양귀비꽃"과 같은,

있으나 마나 한 공허한 표현으로 처리할 위험을 안게 된다. "연연한" "진홍빛 양귀비꽃"이라는 비유는 구체적 현실성을 전혀 감지할 수 없다. 어느 누구의 사랑에나 붙일 수 있는 관념적 표현에 머문다.

「행복」은 6연으로 구성되었다. 2연과 3연은 우체국의 풍경을 그리고, 4연 5행에서 화자가 품는 연정의 실체를 간략하게 묘사하지만 그나마 현장성을 놓친 공소한 의미만이 희미하게 간추려질 뿐이다. 결국, 이 시는 1연과 5연의 "사랑하는 것은/ 사랑을 받느니보다 행복하나니라."라는 메마른 관념적 진술에서 시상이 한 발자국도 더 나가지 못한다. 6연은 그것의 자기 위안적 동어반복에 지나지 않는다. 이영도를 향한 연정이라는 현실에서 비롯하였지만, 그것에 관념을 덧씌우면서 예견된 실패를 보게 된 셈이다.

황동규의 「즐거운 편지」 역시 이루어질 것을 기대하지 못하는 사랑이라는 동일한 정서를 밑그림으로 하였지만 사뭇 질이 다른 시적 경험을 보여준다.

 I.
 내 그대를 생각함은 항상 그대가 앉아 있는 배경에서 해가 지고 바람이 부는 일처럼 사소한 일일 것이나 언젠가 그대가 한없이 괴로움 속을 헤매일 때에 오랫동안 전해 오던 그 사소함으로 그대를 불러 보리라.

 II.
 진실로 진실로 내가 그대를 사랑하는 까닭은 내 나의 사랑을 한없이 잇닿은 그 기다림으로 바꾸어 버린 데 있었다. 밤이 들면서 골짜기엔 눈이 퍼붓기 시작했다. 내 사랑도 어디쯤에선 반드시 그칠 것을 믿는다. 다만 그 때 내 기다림의 자세를 생각하는 것뿐이다. 그 동안에 눈이 그치고 꽃이 피어나고 낙엽이 떨어지고 또 눈이 퍼붓고 할 것을 믿는다.

— 황동규, 「즐거운 편지」, 전문

「즐거운 편지」가 유치환의 「행복」과 다른 색채의 느낌을 주는 것은 무엇보다 서정의 결이 관념에서 벗어나 있기 때문이다. 이는 시적 대상을 향한 정직한 태도로부터 비롯한다.

적잖이 난해하게 비쳐질 이 작품은 이루어질 가능성이 없는 사랑을 모티프로 한 고통의 낭자한 기록이다. 자신의 사랑이 이루어질 수 없을 것이라는 절망적 인식 속의 화자에게 이제 사랑은 오로지 순수 고통의 다른 이름에 불과하다. 사랑의 감정으로부터 벗어나려는 노력은 되레 그 고통을 가중시킬 뿐이다. 화자가 할 수 있는 일은 세월이 흘러 사랑의 감정이 무뎌지기를 기다리는 것밖에 없다.

이 시에서 I은 미래 어느 시점의 공간에서 벌어질 수 있는 정황을 가정하고 있고, II는 현재 화자의 내면 풍경을 묘사한다. 따라서 II부터 이해하는 것이 이 작품을 바르게 파악하는 요체가 된다.

II의 첫 문장이 혼란스럽게 느껴지는 것은 규범문법에 적합하지 않은 구문을 구사했기 때문이다. 'A의 까닭은 B인 데 있다'는 구문은 'B이기 때문에 A하다'로 고칠 수 있다. 그렇다면 이 문장은 일단 '내가 나의 사랑을 한없는 기다림으로 바꾸었기 때문에, 나는 진실로 그대를 사랑한다'로 고칠 수 있겠다. 그러나 의미 전달이 여전히 혼란스럽다. 이 문장에서 구문의 형식은 건드리지 않고, 앞뒤의 절을 다시 바꾸면 '(내가) 진실로 그대를 사랑하기 때문에 나는 나의 사랑을 한없는 기다림으로 바꾸었다'가 된다. 비로소 의미가 어느 정도 간추려진다. 이 문장의 혼란은 '까닭'과 '때문'이라는 '원인', 혹은 '이유'를 뜻하는 낱말을 바꾸어 사용한 데 있다. 시인의 의도에 따른 것인지는 분명치 않지만, 비문이기 때문에 낯설고 이상하다는 인상보다는 구문을 모호하게 함으로써 오히려 의미의 공명을 더 간절하고 웅숭깊게 일으킨다는 느낌을 준다. 이 문장은 '(내가) 진실로 그대를 사랑하기 때문에, 내가 할 수 있는 일은 그대를 한없이 기다리는 도리밖에 없다'로 해석할 수 있다. "한없이 잇닿은"의 "한없이"는 I의 "한없이"와 마찬가지로 '시간의 무한한 지속'을 뜻한다고 볼 수는 없다. 뒤의 "내 사랑도 어디쯤에선 반드시 그칠 것을 믿는다"와도 모순된다. I의 "한없이"가 '매우 오래갈 것 같은', 또는 '아주 심각한'의 의미를 담는다면, 여기에서의 "한없이"는 거기에다가 "그대"가 화자에게 결국 오지 않을 것이라는 의미가 추가된다. 행간에는 "그대"를 기다리는 일이 무의미하다는 고통스러운 자각이 숨겨져 있다.

이제 화자는 "골짜기"에 눈이 "퍼붓"는 장면을 바라본다. 그러면서 눈이 내리면 언젠가는 그칠 수밖에 없는 것처럼, 이루어질 수 없는 사랑으로 인한 고통도 시간이 지나면 언젠가는 반드시 그칠 것이라는 기대를 품는다. Ⅱ의 끝문장은 자연의 순환을 통한 세월의 흐름을 지시한다. 세월은 화자의 믿음과 상관없이 흘러간다. 그럼에도 불구하고 이 문장은 서술어 "믿는다"라는 낱말을 이용하여 끝을 맺고 있다. 세월이 흘러가면 자신의 사랑도 끝나고, 따라서 고통도 멎을 것이라는 화자의 기대, 또는 희망을 그 안에 담아 표현하려 했기 때문으로 읽힌다.

I은 시간이 흘러 "그대"를 향한 사랑의 감정도 완전히 희석되어, "그대를 생각"하는 일이 일상으로 접하는 자연현상처럼 아무 감동도 느끼지 못하게 된 시기를 상정한다. 화자는 그때 "그대"가 어떤 고통(어쩌면 화자가 현재 겪는 고통과 같은) 속에 있을 때 아무렇지 않은 마음(어쩌면 "그대"가 현재 화자를 대하는 마음과 같은)으로 "그대"를 "불러" 본다는 상상을 한다.

이 같은 서사적 문맥에도 불구하고 이 장면은 상황의 반전에서 느껴질 쾌감은커녕, 오히려 Ⅱ보다 더욱 간절하고 애잔한 분위기를 환기한다. 까닭은 무엇일까. 화자는 "해가 지고 바람이 부는 일" 같은 "사소한" 자연 현상마저 "그대가 앉아 있는 배경"에서 이루어지는 것으로 진술한다. 이는 화자의 시선이 아직도 늘 "그대"를 향하고 있음을 뜻한다. "한없이"는 화자의 감정이 어떤 정황에 놓인 "그대"의 감정을 그대로 투영하고 있음을 시사한다. "오랫동안 전해 오던"이 품는 뜻의 이면에는 화자의 "그대"를 향하는 그리움의 간절한 정서가 그대로 배어 있다. 이 부분 전체를 관류하는 애틋한 어조는 여기에 더하여 화자가 품는 사랑의 감정이 II와 전혀 다르지 않다는 것을 짙게 암시한다. 1에서 전달하려는 의미와 그것을 둘러싸는 표현방식의 이율배반은, 1의 내용은 미래지만 그것을 표현하는 화자는 현재에 있기 때문에 발생한다. "그대"를 간절히 사랑하는 현재의 화자가 미래를 상정하여 표현했기 때문에 감정의 잔상이 남아 그러한 모순을 유인한 것으로 보인다. 이는 시의 직정적 문법을 생각하면 오히려 당연하며, 리얼리티를 획득하는 요긴한 통로로 작용한다.

1의 서사구조에서 보이는 상상의 유희는 현재 화자의 심적 고통이 그만큼 크다는 것의 방증일 수 있다. 동시에 자신을 위로하려는 일종의 보상심리에 따른 포즈로도 읽힌다.

유치환의 「행복」과 황동규의 「즐거운 편지」는 공통적으로 화자의 사랑이 이루어질 가능성이 없다는 인식 아래 쓰여진다. 그러나 두 작품이 상이한 느낌을 주는 것은 무엇보다 화자의 정서를 풀어내는 방식의 차이에 원인이 있다. 「행복」의 화자는 자신의 고통을 바깥에서 바라보며 그것을 관념으로 포장하여 전달한다. 그런 면에서 이 작품이 공소한 수사와 감상으로 조합되고 만 것은 필연적이다. 「즐거운 편지」의 화자는 자신의 고통을 어떤 포장도 없이 정직하게 수용한다. 이는 이 작품이 소위 '기다림의 미학'이나 '영원한 사랑의 추구' 같은 박제화된 관념에서 벗어나 진정성을 확보할 수 있는 중요한 이유다.

3. 관념과 기교 사이의 거리, 한용운의 「님의 침묵」과 「알 수 없어요」

「님의 침묵」과 「알 수 없어요」는 한용운의 대표작으로 널리 알려져 있다. 이 두 작품은 동일 시인의 관념을 기저에 두고 정서를 펼쳐내는 작품임에도 아웃풋에서 현격한 차이를 노출한다. 그것은 「님의 침묵」이 의미 전달에 치중하고, 「알 수 없어요」가 기교적 측면에 관심을 둔다는 점에서 필연적이다.

> 님은 갔습니다. 아아 사랑하는 나의 님은 갔습니다.
> 푸른 산빛을 깨치고 단풍나무 숲을 향하여 난 적은 길을 걸어서, 차마 떨치고 갔습니다.
> 황금의 꽃같이 굳고 빛나던 옛 맹서는 차디찬 티끌이 되어서 한숨의 미풍에 날아갔습니다.
> 날카로운 첫 키스의 추억은 나의 운명의 지침을 돌려놓고, 뒷걸음쳐서 사라졌습니다.
> 나는 향기로운 님의 말소리에 귀먹고, 꽃다운 님의 얼굴에 눈멀었습니다.
> 사랑도 사람의 일이라, 만날 때에 미리 떠날 것을 염려하고 경계하지 아니한 것은 아니지만,
> 이별은 뜻밖의 일이 되고 놀란 가슴은 새로운 슬픔에 터집니다.
> 그러나 이별을 쓸데없는 눈물의 원천을 만들고 마는 것은 스스로 사랑을 깨치는 것인 줄 아는 까닭에
> 걷잡을 수 없는 슬픔의 힘을 옮겨서 새 희망의 정수박이에 들어부었습니다.
> 우리는 만날 때에 떠날 것을 염려하는 것과 같이, 떠날 때에 다시 만날 것을 믿습니다.
> 아아, 님은 갔지마는 나는 님을 보내지 아니하였습니다.
> 제 곡조를 못 이기는 사랑의 노래는 님의 침묵을 휩싸고 돕니다.
> ― 한용운, 「님의 침묵」 전문

현대시의 명편으로 알려져 많은 사람들이 애송하는 이 시는 한용운의 능기인 역설적 수법을 이용하여 이별의 정한을 다루고 있다. 사람살이에

서 만남과 헤어짐이 무상한 것을 잘 알지만, 막상 이별이 다가왔을 때, 화자는 깊은 슬픔에 잠기지 않을 수 없다. 그러나 이내 슬퍼만 하는 모습은 무의미하다는 것을 깨달은 화자는 님과 언젠가 재회할 것이라는 기대를 품고 살아갈 것을 다짐한다. 이 시의 문맥은 이런 정도로 간추릴 수 있겠다.

저명한 학승이었고 삼엄한 지사였다는 한용운의 전기적 사실과, 해방 후 쏟아져 온 수많은 찬사를 걷어내고 맨눈으로 읽었을 때, 이 작품이 미상불 그에 걸맞은 문학적 아우라를 품고 있는지는 다시 생각해 볼 여지가 있다. 시는 언어의 예술이라는 기초적이면서 궁극적인 명제에 충실하게 판단한다면 심각한 의문을 품지 않을 수 없다. 화자의 처지와 다짐을 다만 알게 되었다는 점 이외에 주목할 부분이 없다는 사실은, 이 시에 예술적 공정물로서 후한 점수를 매기기 어렵게 한다. 좋은 시는 언어의 절묘한 부림이 공명하는 미학적 기쁨이나 삶의 어떤 원리를 새삼 깨닫게 되었을 때의 정서적 감동 따위를 거느리기 마련이다. 그러나 불행히도 이 작품에서는 그러한 것들을 체감하기 어렵다. 이런 문제는 다른 무엇보다 언어에 대한 둔감과 표현기교에 대한 무신경에 책임이 있는 것으로 여겨진다.

이 시 안에서 "황금의 꽃" "한숨의 미풍" "운명의 지침" "눈물의 원천" "희망의 정수박이" 같은 비유를 쉽게 찾아볼 수 있다. 그러나 단조롭게 반복되는 'A의 B'의 간편하고 초보적인 은유구조는 비유를 접할 때의 언어미학적 쾌감보다는 지루하고 답답한 느낌이 앞서는 부작용만 초래한다. 비유의 내용을 따지더라도 시적 비유로 읽기에는 지나치게 상투적일뿐더러 원관념과 보조관념 사이의 거리가 너무 가까워 예술적 감흥을 얻을 수 없다. 산문적인 비유, 비유를 위한 비유는 오히려 시상을 개운하게 전달하는 데에 거추장스러운 방해물로 작용할 따름이다.

한용운의 다른 시편에서처럼 이 작품에도 역설적 표현이 빈번히 나타난다. "향기로운 님의 말소리에 귀먹고 꽃다운 님의 얼굴에 눈멀었습니다"나 "만날 때에 미리 떠날 것을 염려"와 같은 표현이 그것이다. 시에서 역설이 주는 효과는 견고한 고정관념을 허물고 그 안에서 날카롭고 신선한 깨달음을 감지하게 되었을 때 발생한다. 그러나 앞의 것은 '사랑하면 눈꺼풀에 콩깍지가 낀다' 같은 속담보다 의미면에서 한 걸음도 더 나가지 못하며, 언어적 감수성의 시야에서는 오히려 훨씬 더 비시적이다. 뒤의 역설 역시 관념의 단순한 표백, 또는 현실 적용이라는 점 때문에 어떤 시적 긴장도 발견하기 어렵다.

이러한 입장은 작품의 표피적 의미만을 판단의 근거로 삼고 있다는 의문이 제기될 수 있다. 그러나, 예컨대 송욱처럼 이 작품을 '사랑의 증도가(證道歌)'로 읽고, 『반야심경』의 색즉시공(色卽是空) 공즉시색(空卽是色)이라는 불교적 사유를 구동축으로 삼아 선적 깨달음을 향하는 구도의 과정으로 이해한다고 해서 이 발표의 논지에 영향을 주는 것은 아니다. 이 시의 의미층위 안에 어떤 심오한 사상이 숨겨져 있든, 어떤 알레고리를 지니고 있든 이 시의 외형 자체가 바뀌는 일은 없기 때문이다. 발표자가 그러한 견해에 동의하는가의 여부와 상관없이, 이 발표가 관심을 두는 것은 문자로 표기된 시의 외형이며 그 외형을 감싸는 표현수법이다. 예술품으로서의 시를 대하면서 '무엇을'보다 '어떻게'에 무게중심을 두는 것은 당연하다

「님의 침묵」은 회자정리(會者定離), 거자필반(去者必反)이라는 불교적 관념의 거푸집을 주조해 놓고 님과 이별에 처한 화자의 처지와 다짐을 날것으로 부어 만든 작품으로 여겨진다. 시 읽는 즐거움을 느낄 여지는 매우 협소해질 수밖에 없다.

이에 비해 「알 수 없어요」는 관념에 기초한 그리움의 정한을 다루면서도 한층 수준 높은 완성도를 보인다.

바람도 없는 공중에 수직(垂直)의 파문을 내며 고요히 떨어지는 오동잎은 누구의 발자취입니까?

지리한 장마 끝에 서풍에 몰려가는 무서운 검은 구름의 터진 틈으로, 언뜻 언뜻 보이는 푸른 하늘은 누구의 얼굴입니까?

꽃도 없는 깊은 나무에 푸른 이끼를 거쳐서, 옛 탑(塔) 위에 고요한 하늘을 스치는 알 수 없는 향기는 누구의 입김입니까?

근원은 알지도 못할 곳에서 나서 돌부리를 울리고, 가늘 게 흐르는 작은 시내는 굽이굽이 누구의 노래입니까?

연꽃 같은 발꿈치로 가이 없는 바다를 밟고, 옥 같은 손으로 끝없는 하늘을 만지면서, 떨어지는 해를 곱게 단장하는 저녁놀은 누구의 시(詩)입니까?

타고 남은 재가 다시 기름이 됩니다. 그칠 줄을 모르고 타는 나의 가슴은 누구의 밤을 지키는 약한 등불입니까?

— 한용운, 「알 수 없어요」 전문

그동안 연구자들은 이 작품을 한결같이 '불교적 진리의 탐구(또는 구도)'나 '선(禪)의 세계'라는 형이상적 카테고리 안에서 이해해 왔다. 몇 가지의 이유 가운데 특히 시의 전반을 관류하는 문장의 구문형식이 의문문을 취한다는 점, 마지막 행의 "타고 남은 재가 다시 기름이 됩니다"가 환기하는 선적 분위기, 표현 대상이 모든 자연 현상을 아우르는 절대적 존재처럼 묘사된다는 점 등은 그러한 이해에 의문을 제기할 가능성을 봉쇄해 온 게 사실이다. 그러나 더 세밀하게 관찰하면 이 시를 이별한 님을 그리워하는 연애시로 읽힐 가능성을 타진할 수 있다.(더 상세한 부분은 오태환, 「자기 연민이 빚어낸 극채의 미인도」, 『경계의 시 읽기』, 고대출판부, 263~293쪽 참조. 이 발표의 「알 수 없어요」와 관련된 논의는 이 글을 바탕으로 함)

첫째, 이 시의 구문은 형식적으로 설명의문문처럼 보인다. 그러나 실제로는 질문의 대상과 그것을 수식하는 말들은 이미 구하고자 하는 해답을 가리키고 있다. 이 시 거의 전반에서 패턴을 이루는 'A는 누구의 B입니까'의 구문은 '누구의 B는 A입니다'라는 점을 강조하기 위한 수사의문문이다. "누구"는 오로지 수사적인 의도 안에서만 봉사한다. 예컨대, 도자기를 깬 당사자를 마음으로 지목하면서, '도자기를 깬 것이 과연 누구의 소행이겠니?'하며 묻는 것과 같다. 여기에서 "누구"는 두말할 것 없이 '님'이다. 화자가 자신의 '님'이 누군지 몰라서 '누구'라는 의문사를 빌려 쓸 까닭은 없기 때문이다. 따라서 첫 행을 예로 들면, "누구의 발자취", 즉 '님의 발자취'는 바로 "바람도 없는 공중에 수직(垂直)의 파문을 내며 고요히 떨어지는 오동잎"이다. 이것을 시형에 맞게 고치면, '바람도 없는 공중에 수직(垂直)의 파문을 내며 고요히 떨어지는 오동잎은 님의 발자취입니다'가 된다. 모든 행을 다 그렇게 읽을 수 있다. 마지막 행의 "그칠 줄을 모르고 타는 나의 가슴은 누구의 밤을 지키는 약한 등불입니까?"도 마찬가지 방식으로 "그칠 줄을 모르고 타는 나의 가슴은 님의 밤을 지키는 약한 등불입니다"처럼 변용할 수 있다. 이런 맥락에서, 골격을 이루는 구문이 의문의 형식이기 때문에, 이 시에서 진리를 탐구하는 구도자의 모습을 끌어낼 수 있다는 주장은 설득력이 떨어질 수밖에 없다.

둘째, "타고 남은 재가 다시 기름이 됩니다"는 불교적 의미범주 안에서 해석해야 한다는 선입견을 버리면 그다지 어려울 게 없어 보인다. 한용운의 다른 시들에서도 무수히 발견되는 이러한 류의 역설은, 물론 그의 불교적 소양에 기반을 둔 것일 수 있다. 하지만 그렇지 않을 수도 있다. 이 부분을 풀어서 해석하면 '나는 (님을) 불길처럼 그리워했습니다. 그러다가 어느 순간 그 그리움이 가뭇없이 사그라지더군요. 한동안 평정심을 완전히 되찾을 수 있었습니다. 그래서 이제야 불길 같은 그리움이 불씨 하나 안 남기고 다 타 버렸다고 생각했습니다. 그런데 다 사라져 버린 줄로만 알았던 그리움이 다시 격렬한 불길로 도지는 게 아닙니까' 정도가 가능하다. 이러한 감정의 경험은 불교적 교양이 있든 그렇지 않든 누구나 겪을 수 있다. 그렇다면 이 부분은 별로 심오하지도 신비롭지도 않은 장삼이사의 일상적 경험을 반영한 것일 수 있다.

셋째, 표현대상이 자연 현상을 아우르는 절대적 존재처럼 묘사되고 있다는 점 역시 이 시를 구도자적 태도를 노래한 시로 볼 수 있는 필연적인 증거가 되지는 않는다. 잃어버린 사랑을 이미 되돌이킬 수 없음을 알면서도 그것 때문에 괴로워하는 사람들이, 괴로움으로부터 벗어나기 위한 수단으로 흔히 이용하는 것은 자신의 사랑과 관련된 모든 요소들을 절대화하는 형식이다. "님의 얼굴을 '어여쁘다'고 하는 말은/ 적당한 말이 아닙니다./ 어여쁘다는 말은 인간 사람의 얼굴에 대한 말이요./ 님은 인간의 것이라고 할 수가 없을 만치 어여쁜 까닭입니다."(「님의 얼굴」)하는 식으로 님을 절대화한 표현은 『님의 침묵』 도처에서 발견된다. 「알 수 없어요」는 돌아오지 않을 님을 향한 그리움을 절대화의 형식을 이용해서 다스린다.

「알 수 없어요」는 자연 속에서 님의 환상을 겪으며, 그 감회를 노래하는 연애시로 읽어야 한다. 불교적 진리를 탐구하는 구도자의 모습으로 반드시 읽어야 할 이유가 없다. 그렇다면 문자가 지시하는 의미에 충실하게 시를 이해해야 한다는 당위는 자명하다. 화자는 자신이 경험한 자연물이나 자연 현상, 즉 '오동잎' '푸른 하늘' '향기' '작은 시내' '저녁놀'을 이용해서 '님'의 외관이나 '님'과 관련된 것, 즉 '발자국' '얼굴' '입김' '노래' '시(詩)'를 묘사하는 형식을 지닌다. 그 경로는 앞에서 말한 '님의 B는 A입니다'라는 점을 강조하기 위한 수사의문문이다. 이 시는 자연의 가장 아름다운 부분을 모자이크해서 묘사한 미인도다. 그림 안의 미인은 현실 안의 미인이 아니라, 이미 절대적 존재가 되어 자연의 이상화된 풍경으로 조합되었다는 점에서 관념의 미인이라 할 수 있다.

이 시의 중요한 특징은 구문의 미묘한 뉘앙스 차이를 전략적으로 활용했다는 점이다. 이 시의 구문이 형식적으로는 ㉠'A는 누구의 B입니까'지만, 실제로는 ㉡'님의 B는 A입니다'라는 것은 언급한 그대로다. 요는 동일한 의미를 담고 있는 문장이라 하더라도 구문을 달리했을 때 체감하는 정서적 온도의 차이다. ㉡이 일으키는 정서적 자극의 가청주파대역은 경직된 채 닫혀 있다는 느낌을 주는 반면에, ㉠이 일으키는 그것의 가청주파대역은 유연하게 열려 있다는 느낌을 준다. 아래에서 확인할 수 있는 것처럼, ⓛ은 문맥적 의미가 주는 것 이상의 정서적 반향을 일으키지 못하지만, ㉠은 그것보다 훨씬 깊고 넓은 정서적 반향을 유인한다.

> ㉠ 바람도 없는 공중에 수직(垂直)의 파문을 내며 고요히 떨어지는 오동잎은 누구의 발자취입니까
> ⓛ 님의 발자취는 바람도 없는 공중에 수직(垂直)의 파문을 내며 고요히 떨어지는 오동잎입니다

계량화하거나 분석적으로 설명하기 어려운 이러한 차이는, 비록 사소하게 보일지라도 결코 사소하지 않다. 비시적인 것과 시적인 것 사이를 가르는 중요한 눈금이다. 동일한 의미의 문장으로부터 단지 구문의 변형을 통해서 훨씬 더 큰 정서적 울림을 견인하는 이러한 전략은, 이 시의 성공을 담보하는 빼놓을 수 없는 이유가 된다. 그것은 이 시의 모티프가 빠지기 쉬운 평면적 정조 내지는 유치한 센티멘탈리즘으로부터 이 시를 보호하는 데에 결정적으로 공헌한다.

「님의 침묵」이 불교적 사유로부터 발원한 만남과 헤어짐의 관념을 거의 날것 그대로 전달하면서 시적 장력을 잃고 어쩔 수 없이 실패의 길로 접어들어야 했다면, 「알 수 없어요」는 가장 아름다운 자연의 풍경을 모자이크한 이상적 미인이 함의하는 관념의 덫을 교묘한 화법으로 극복한다.

4. 맺는말

지금까지 몇 편의 현대시를 분석하면서 서정시에 미치는 관념성의 문제에 대해 살펴보았다. '1. 서정성과 관념의 안팎, 김광섭의 「성북동 비둘기」'

에서는 「성북동 비둘기」를 통해 관념성이 상상력의 확장과 시상 전개에 어떤 스펙트럼의 폐단을 낳는가에 주목하였다. '2. 관념과 현실 사이의 거리, 유치환의 「행복」과 황동규의 「즐거운 편지」'에서는 두 작품을 분석하는 경로에서 사변적 관념을 배경으로 한 작품과 현실적 직정성을 표현의 기본 수단으로 한 작품의 차이를 드러내려 하였다. '3. 관념과 기교 사이의 거리, 한용운의 「님의 침묵」과 「알 수 없어요」'에서는 이별과 그리움이라는 동일한 주제를 거의 날것인 관념으로 표출한 작품과 교묘한 기교로 포장한 작품의 차이를 통해서 관념성 극복의 단서를 제시하려 했다.

앞서 이 발표의 논제 '평면적 서정성, 그 관념화와 긴장의 이완에 대하여'는 현실에 기반을 두지 않은 생각(관념)을 치열한 고민 없이 경직되게 펼쳐내려는 시적 태도의 타성에 대한 반성으로부터 나온 것으로 추정하였다. 그리고 그것은 최근의 시적 경향이 서정시의 주요 국면이랄 수 있는 서정성이 훼손, 또는 오염되고 있다는 위기의식을 반영한다고 하였다. 여기에서 제기한 문제적 상황을 최근(contemporary)으로 적시하였음에도 불구하고 실제 논거로 삼은 작품은 1920년대로부터 1970년 가까운 무렵에 발표된 것들이었다. 일정 기간 이상의 여과를 통해 어느 정도 정평이 난 작품들을 살펴보고 따지는 것이 그렇지 않을 때보다 논의의 객관성과 효용성을 확보할 수 있다고 믿었기 때문이다. 시대에 따라 시의 위의와 미적 당위가 휘둘리는 것이 아니라면, 과거의 작품들을 진단하고 문제를 도려내는 외과적 작업은 요즘의 시인들에게 최소한 타산지석의 의미는 지니게 될 것이다.

현대시 공간에 드러난 아포리아의 두 지형[1]

— 정지용의 「파라솔」, 서정주의 「문(門)」을 중심으로

1. 현대시의 오독과 난해성의 문제

시는 리듬 · 정서 · 이미지 · 의미를 구동축으로 하여 얼개가 짜인다. 이 네 요소에 대한 명징한 이해가 시를 바르게 해석하는 전제가 된다는 것은 자명하다. 이 가운데 한 요소 이상에서 이해의 어려움이 발생했을 때, 텍스트 수용자는 오독의 가능성과 직면하게 된다. 리듬은 정서 · 이미지 · 의미가 서로 교응하고 삼투하면서 빚는 콘텐츠를 감싸고 조율한다. 그것은 수용자가 지니는 음악적 감수성의 세련과 관계된 문제다. 그러므로 이해에 어려움이 있을지언정 오독으로 이어질 가능성은 제한된다. 정서는 대개 리듬 · 이미지 · 의미가 상호 간섭하면서 파장하는 울림의 형식으로 전달된다. 따라서 정서의 오독은 자체로 저질러질 가능성보다, 리듬 · 이미지 · 의미를 잘못 파악했을 때 발생할 가능성이 크다.

시를 오독하도록 유인하는 까닭은 많은 부분 이미지나 의미와 관계

---

1) 이 발표의 주요 논제인 정지용의 「파라솔」과 서정주의 「門」은 필자의 「파라솔의 비유관계와 의미구조 연구」(『어문논집』 57권, 민족어문학회, 2008, 369~390쪽.)와 「신병, 검은빛과 황금빛 펜터치로 사생한 눈부신 전율」(『경계의 시읽기』, 고대출판부, 2008, 243~262쪽.)에 수록된 내용을 일정 부분 수정하고 보완하여 재구성한 것임을 밝힌다.

있다. 이미지는 비유의 틀 안에 있을 때 오독의 가능성이 커진다. 의미는 대체로 행간에 가려진 채 존재하므로 오독의 가능성을 떠안게 되는 수가 많다.

시 안에서 이미지와 의미는 두 가지 양상으로 나타난다. 하나는 이미지가 의미전달의 수레로 활용되는 것이 아니라, 감각작용을 통한 심미적 체험을 구체화하는 방향으로 기능을 하는 경우다. 이때 이미지는 오롯이 아름다움을 위해 봉사한다. 다른 하나는 이미지가 시에 내재하는 의미에 포섭된 채 드러난다. 이때 이미지는 자족적인 역할을 맡는 게 아니라 단지 상징으로 구실을 하게 된다. 이 두 모습의 변별은 시 해석의 통로를 지나는 문지방과 같다. 따라서 이 부분에서 범하는 오류는 결국 시를 전혀 엉뚱한 방향으로 오독할 위험에 노출시킨다.

현대시 연구목록 안에서 오독은 텍스트 수용자가 이미지와 의미가 시 안에서 지니는 위상을 혼동하거나 착종하는 지점으로부터 빚어질 때가 많다. 이상의 「오감도—시제일호」와 김수영의 「풀」은 그 표본적 사례다.

포르말린내가 창백한 실험실에서 수경재배된 식물성 이미지로 채워진 이상의 시는 도발적인 상상력과 표현수법의 이물감, 도착·왜곡된 정서의 질 때문에 많은 논의를 불러일으켰다. 그 가운데에서도 1934년 매일신보에 처음 연재된 「오감도—시제일호」는 그의 시가 지니는 한 시기의 특징을 잘 드러낸다는 점에서 이상 시 해독의 거점이 되어 왔다. 이 작품에 대한 논의는 대개 '아해(兒孩)'의 정체, '아해(兒孩)'와 주변을 감싸는 공포의 이유, 그리고 '13'이 지니는 뜻과 그것들의 교응양상에 주목한다. 이 부분들에 대한 해명이 시가 품는 비밀의 한 부분을 풀어헤치는 수단이라는 점은 부정하기 어렵다.

그러나 그것은 아무리 정교한 논리로 풀이할지언정 이해의 지엽이지 근간이 되지는 않는다. 이 시는 의미를 전달하는 데 초점을 맞추지 않고, 이미지를 축조해 보여주는 데 목적이 있기 때문이다. '아해(兒孩)'의 정체, '아해(兒孩)'와 주변을 감싸는 공포의 이유, 그리고 '13'이 지니는 뜻과 그것들의 교응양상을 통해 이 시를 알 수 있다고 믿는 태도는 골재의 재질과 설계도면만을 이해하고, 바티칸 베드로성당의 장엄한 아름다움을 감상했다고 여기는 모습과 진배없다. 예컨대 이상이 '13'의 의미에 '최후의 만찬에 참석한 기독 이하 13인'을 상정했든 '해체된 자아의 분신'을 염두에 두었든, '불길한 공포'나 '성적 상징'을 이입했든 시의 이미지구조는 달라지지 않는다. 수용자는 자신의 사적인 체험을 투영시켜 '13'을 이해하고, 그 기저에서 이 시가 전달하는 이미지의 풍경을 감상할 것이기 때문이다.

그러한 태도는 또 김춘수의 「샤갈의 마을에 내리는 눈」과 같은, 소위 무의미시에 쓰인 몇몇 시어의 속뜻을 추리하고, 그것들을 토대로 시에서 전달하는 메시지를 밝히려는 것처럼 무모한 것일 수 있다. 이상의 「오감도—시제일호」는 김춘수의 「샤갈의 마을에 내리는 눈」과 마찬가지로 이미지를 통해서 메시지를 전달하는 시가 아니라, 이미지 자체의 미적 구조를 독자들에게 구경시키기 위한 시로 볼 수 있다. 이상은 마치 어린아이가 기껏 쌓아올린 장난감블록을 무심히 손을 저어 허물어뜨리듯이, 스스로 부과한 의미를 아무 일 없는 것처럼 태연히 반납한다. 그렇기 때문에 "무섭다고" 한 "아해"는 이유 없이 "무서운 아해"로 표변할 수 있고, "막다른골목"은 갑자기 "뚫린골목"으로 교체될 수 있으며, 결국 "13인(十三人)의아해(兒孩)가도로(道路)로질주(疾走)하"든 "13인(十三人)의아해(兒孩)가도로(道路)로질주(疾走)하지아니하"든 아무 상관없는 일이 되고 마는 것이다. 이러한 다분히 의도적인(또는 장난기 어린) 의미 지우기의 결과로 남는 것은 김춘수의 소위 무의미시처럼 건조해질 대로 건조해진 물성의 이미지일 뿐이다. 이 작품은 개별 낱말이 함의하는 상징성을 추적하여 의미를 밝히는 시라기보다는 이미지의 구조와 거기서 겪는 미적 체험을 중시하는 시로 이해해야 한다.

1968년에 쓰인 김수영의 「풀」에 대한 그간의 입장은 한국현대시사에 나타난 오독의 대표적 사례다. 민중과 권력의 역학관계라는 민중사관적 시야에서 이해하려는 지금까지의 단선적 흐름은 불가사의하기까지 하다. 이 흐름은 역사적으로 민중을 '민초(民草)', 즉 풀로 비유해 온 언어관행과 군부독재라는 시대상황이 맞물리면서 기계적으로 형성된 듯하다. 그러한 관점이 많은 모순과 충돌을 유인함에도 불구하고 거의 반성 없이 수용되어 온 현실의 1차적 책임은 기존 학설에 대해 고민하고 비판하는, 치열하고 정직한 토론의 풍토가 제대로 마련되지 못한 데 있을 것이다.

「풀」은 김수영 자신의 시적 태도나 문학관은 고사하고, 시어의 함의와 그것들이 짜는 의미구조는 압제와 저항의 등식으로 이해하려는 태도와 전면으로 배치된다. 비를 머금은 봄바람(어떤 전제가 없다면 "동풍(東風)"은 봄바람으로 볼 수 있다. 일반적으로 남풍이 여름바람, 서풍이 겨울바람, 북풍이 겨울바람을 지시하는 것과 같은 맥락이다)에서 권력의 핍박을 환기하는 '파괴'의 이미지를 읽는 것은 합리적이지 않다. 굳이 따진다면 생명의 부활과 약동을 불러일으키는 기호에 가깝다. 더구나 '바람'을 부도덕한 권력의 민중에 대한 '압제'로 보아, '눕다'를 민중의 '굴복'으로, '일어나다'를 민중의 '저항'으로, '울다'를 민중의 '좌절(패배)'로, '웃다'를 민중의 '환희(승리)'로 읽었을 때 생기는 의미 혼란은 수습이 아예 불가능하다. '압제보다 더 빨리 굴복하고, 압제보다 더 빨리 좌절(패배)하고, 압제보다 먼저 저항하고, 압제보다 늦게 굴복하고, 압제보다 먼저 저항하고, 압제보다 늦게 좌절(패배)하고, 압제보다 먼저 환희(승리)하고'는 시간과 공간의 지배를 받는 현실세계의 논리로는 도저히 설명할 길이 없다. 이 시가 보여 주는 풍경은 마치 클라인씨의 병처럼 스케치는 가능하지만 3차원 공간에서는 실재할 수 없는 세계다. 이는 이 시에 대한 그 같은 설명이 얼마나 공소하고 무의미한지를 예각으로 드러낸다.

「풀」에 대한 오독은 이미지와 의미가 시 안에서 갖는 위상을 혼동·착종함으로써 발생한 것으로 이해할 수 있다. 이 작품 역시 「오감도—시제일호」와 마찬가지로 내포된 의미를 추리하고 분석하는 경로를 거쳐 시인의 메시지를 파악하는 시라고 보기 어렵다. 현란한 언어의 부림으로 빚어낸 이미지를 수용자가 감지하는 시로 읽어야 한다. 이 작품은 공교하게 설계된 반복의 프레임 안에서 부사어의 짝을 엇맞물리도록 배치하고, 시간의 앞과 뒤를 전복시키는 전략을 구한다. 그 경로에서 남는 것은 거추장스런 상징으로부터 개운하게 해방된 순수언어와 의미가 완전히 증발된 이미지의 견고한 집이다.

「오감도—시제일호」와 「풀」의 오독은 시의 성격을 본질적으로 잘못 이해한 데 말미암은 것이지, 난해성 때문에 발생한 것은 아니다. 위 두 작품의 지도 안에는 의미를 추리하고 분석할 골목이 전혀 표시되어 있지 않을뿐더러, 결과를 견인할 출구 자체가 애초부터 만들어져 있지 않다. 난해시는 해득을 전제로 씌어진, 다르게 표현하면 해득이 가능한 시를 가리킨다. 그 안의 골목은 아무리 비좁고 다기하다 할지라도 분명히 뚫려 있고, 출구는 비록 잠복해 있을지라도 엄연히 존재한다. 이 작품들은 해득을 위해 설계되지 않았다는 점 때문에 엄밀한 뜻에서 난해한 시로 분류할 수 없다. 동일 시인의 전형적인 난해시로 「오감도—시제일사호」와 「사랑의 변주곡」을 들 수 있다.

이 두 작품의 사례에서 알 수 있듯이 시의 오독의 가능성과 난해성이 반드시 일치하는 것은 아니다. 그러나 오독의 가능성과 난해성이 함수관계에 있다는 것은 분명하다. 난해성이 짙은 시는 그만큼 오독의 가능성이 커질 수밖에 없다.

시를 난해하게 이끄는 요인도 오독의 경우와 마찬가지로 많은 부분 이미지와 의미의 문제로부터 나타난다. 낯선 표현법을 이용해 미적 충격을 효과적으로 보장하려 하거나, 원관념과 보조관념 사이의 간격을 넓혀 이미지의 선도를 높이려 하는 문법은 언어를 부리고 다스리는 시인에게 본능에 가까운 것이다. 시인의 그러한 태도가 시에서 노골적이고 광범위하게 드러날수록 비유의 경첩을 드러내고 이미지의 실체를 탐색하는 수용자

입장에서는 혼란이 가중된다. 또 시는 생리적으로 최소의 언어를 활용하여 가능한 많은 것을 담아내려는 경제성의 원칙에 지배를 받는다. 그러한 성격이 강한 시는 필연적으로 비약의 수법에 의존하게 되고, 의미는 단절된 채 노출되기 마련이다. 이때 시를 타고 흐르는 의미와 의미 사이의 틈이 생긴다. 그 틈이 텍스트에 내장된 정보만으로 메우기 어려울 때 난해성은 증폭될 수밖에 없다.

이 발제는 난해시로 유인하는 위 두 가지 유형을 정지용의 「파라솔」과 서정주의 「문(門)」을 분석하는 과정에서 구체화하는 방향으로 논의를 전개한다.

2, 정지용의 「파라솔」, 생략과 비유로 짜인 언어의 난처한 감광도

정지용의 「파라솔」은 1936년 『중앙』 32호에 발표되고, 1941년 문장사에서 간행한 『백록담』에 수록되었다.

> 1연 : 연(蓮)닢에서 연닢내가 나듯이/ 그는 연(蓮)닢 냄새가 난다.
> 2연 : 해협(海峽)을 넘어 옮겨다 심어도/ 푸르리라, 해협(海峽)이 푸르듯이.
> 3연 : 불시로 상긔되는 뺨이/ 성이 가시다, 꽃이 스사로 괴롭듯.
> 4연 : 눈물을 오래 어리우지 않는다./ 윤전기(輪轉機) 앞에서는 천사(天使)처럼 바쁘다.
> 5연 : 붉은 장미(薔薇) 한가지 골르기를 평생 삼가리,/ 대개 흰 나리꽃으로 선사한다.
> 6연 : 월래 벅찬 호수(湖水)에 날러들었던것이라/ 어차피 헤기는 헤여 나간다.
> 7연 : 학예회(學藝會) 마지막 무대(舞臺)에서/ 자포(自暴)스런 백조(白鳥)인 양 흥청거렸다.

8연 : 부끄럽기도하나 잘 먹는다./ 끔찍한 비—으스테이크 같은것도!

9연 : 오쩨스의 피로(疲勞)에/ 태엽처럼 풀려왔다.

10연 : 람프에 갓을 씨우자/ 또어를 안으로 잠겄다.

11연 : 기도(祈禱)와 수면(睡眠)의 내용(內容)을 알 길이 없다./ 포효(咆哮)하는 검은밤, 그는 조란(鳥卵)처럼 희다.

12연 : 구기여지는것 젖는것이/ 아조 싫다.

13연 : 파라솔 같이 채곡 접히기만 하는것은/ 언제든지 파라솔 같이 펴기 위하야— —

— 정지용, 「파라솔」 전문

약 5년 정도의 시간 차이를 두고 발표한 두 작품의 내용과 표기는 같으나, 『백록담』에서는 '파라솔', 『중앙』에서는 '명모(明眸)'라는 제목을 붙이고 있다. 이 작품에 대한 단편적인 언급은 발견되나 본격적 논의는 찾아보기 쉽지 않다. 이숭원에 의해서 처음으로 전면적인 분석이 이루어지고[2], 이후에 권영민에 의해서 다시 다뤄진다[3]. 그러나 권영민의 연구는 이숭원의 그것을 거의 그대로 재생산한 폭이기 때문에 의미 있다고 보기 어렵다. 이숭원은 이 작품의 서지적 관계에 착안해서 이 작품을 '명모(明眸)'로 일컬어진 아름다운 직업여인의 모습과 일과에 대한 묘사로 접근방향을 맞춘 듯하다. 그러나 이 견해는 시의 내용구조에 견주면 적지 않은 삐꺽거림을 일으킨다.

'명모(明眸)'라 불리는 여인을 "**자포(自暴)스런** 백조(白鳥)인양 **홍청**"거리는 모습으로 묘사하는 것이나, "**끔찍한** 비—으스테이크 같은것"(이상의 굵은 활자—필자)도 부끄러워하면서 잘 먹는다고 표현한 부분은 어떻게 정당화시켜도 자연스럽지 않다. 더구나 "불시로 상긔되는 **뺨**"을 지닌 섬세한 성격의, "붉은 장미(薔薇) 한가지 골르기"도 "평생 삼가" "흰 나리꽃"을 가

2) 이숭원, 『정지용 시의 심층적 탐구』, 태학사, 1999.

3) 권영민, 『정지용 시 126편 다시 읽기』, 민음사, 2004.

려 "선사"할 정도로 조심스레 연모하는 여인에 대해 쓸 수 있는 표현으로
는 상상하기 어렵다.

그녀의 직업을 환기한다는 "윤전기(輪轉機)"와 "오피스"도 충돌을 일으
킨다. 일반적으로 윤전기 앞에서 바쁘게 일하는 공간은 '작업장'이라고는
해도 '오피스', 곧 사무실이라 이르지는 않는다. 한 여인이 윤전기 앞에서
바쁘게 작업하는 장면과 사무실에서 피로에 겨워하는 장면은 서로 어긋날
수밖에 없다. 또 6연의 "월래 벅찬 호수(湖水)에 날러들었던것이라/ 어차피
헤기는 헤여 나간다."를 어려운 과제를 처리해 가는 직업여성의 일상으로
보는 것은 의미 자체도 어색할뿐더러, 논지에 맞춰 견강부회하여 해석하
고 있다는 느낌이 짙다.

10연과 11연의 내용을, 일을 마치고 거처에 돌아와 잠이 드는 여인의 모
습으로 설명하면서 "장미꽃의 화려함보다는 흰 나리꽃의 소담함이 그에게
는 어울리며 그런 정결성이 있기에 검은 밤 속에서도 새알처럼 흰 내면을
유지할 수 있는 것"이라 한 부분도 다르게 해석할 여지가 있다. 작위적 해
석이라는 측면도 있지만, 5연에서 알 수 있는 것처럼 결벽에 가까운 심정
으로 그녀를 대하는 화자가 문을 안으로 걸어 잠근 그녀의 방안에서 잠들
어 있는 그녀와 함께 있을 가능성은 상정하기 어렵기 때문이다. 화자는 애
초부터 그녀가 잠든 모습을 바라볼 수 없고, 따라서 그것을 "조란(鳥卵)"으
로 비유하는 정황은 존재할 수 없다.

이 같은 해석상의 크고 작은 모순과 충돌은 '명모(明眸)'에 기대어 이해
하려 한 데 문제가 있는 것으로 여겨진다. 더욱이 '명모(明眸)'는 시인이 이
미 폐기한 제목이라는 사실을 생각하면, 그것에 의지하여 시를 해석하는
방법론은 합리적으로 여겨지지 않는다. 그것은 이 시를 해명하는 배경 내
지 보조수단 정도의 의미를 지닌다.

다른 이유를 든다면, 지용 시가 품고 있는 비유적 특성을 간과한 데 따
른 것으로 보인다. 일반적으로 시의 비유는 통일된 체계 위에서 구조화되

게 마련이다. 그러나 지용 시의 비유는 유기적 공간 안에서 혼재하면서 조화미를 환기한다기보다는, 많은 부분 특정 묘사대상에 대한 미적 상상력을 증폭시키는 데에 복무한다. 따라서 비유적 요소들은 인상적일 수는 있으나 개별적·파편적 성격을 띨 가능성을 지닌다.

제1단계 정지용 시의 은유들로는 심상은유들이 주로 쓰였으며, 그것은 작품의 중핵부분과는 무관하게 단편화되어 있었다. 단편화된 이 심상은유들은 대체로 감각에 바탕을 둔 지각심상들을 활용하여 단편적인 풍경들을 형상화하도록 기능하고 있다.[4]

권오만의 이러한 지적은 정지용 시가 지니는 비유적 특징을 명확하게 드러낸다. 그러나 「파라솔」에 대한 위 해석은 시 전체를 '명모(明眸)'라는 구심점을 향하여 설계된 하나의 통일된 비유구조로 짜여 있음을 전제로 한다. 필연적으로 해명의 오류나 해석의 무리를 품을 가능성을 띠게 된다.

'명모(明眸)'는 연꽃을 비유하는 과정에 나타난 이미지에 불과하며 단편적으로 형상화되었을 뿐이다. 13개 연 가운데 명료하게 '명모(明眸)', 즉 맑고 시원한 눈동자를 가진 정결한 여인의 뜻을 살려 해석할 수 있는 것은 일부에 지나지 않는다. 이 시의 묘사대상은 연꽃을 구심점으로 한, 연못과 그 위를 호들갑스럽게 헤치며 다니는 백조떼로 구성된 풍경이다. 파라솔은 연꽃과 비유관계를 맺는 소재로 이해할 수 있다.

1연과 13연에 따르면, 이 시에서 쓰인 비유의 틀은 '연꽃'과 '파라솔'을 동일한 대상으로 바라보는 시각에 바탕을 둔다. 화자는 파라솔을 말하는

---

4) 권오만, 「정지용 시의 은유」, 김종태 편저, 『정지용 이해』, 태학사, 2002, 170쪽.
　더 상세한 내용은 권오만의 위 논문 '감각시─심상은유의 단편적 활용' 참조. 위의 "1단계 정지용 시의 은유"는 1926년에서 1932년에 이르는 시기를 말한다. 「파라솔」이 1936년에 발표되었기는 하나, "1933년에서 1935년에 이르는 2단계"의 종교시나 "1936년에서 1941년에 이르는 3단계"의 "동양적·전통적인 것"을 추구했던 시기의 시들보다는 "1단계"의 시들과 유사한 성격을 지닌다.

듯하면서 연꽃을 이야기하고, 연꽃을 말하는 듯하면서 파라솔을 이야기한다. 1연의 "그"는 파라솔이지만, 13연의 표현대상은 연꽃인 셈이다. 물론 그것은 한낮에 꽃잎을 펼쳤다가 해질녘에 꽃잎을 오므리는 연꽃의 속성과, 해가 들면 펼쳤다가 해가 지면 접는 파라솔의 기능이 갖는 유사성에 근거를 둔다. 여기에서 제기될 수 있는 문제가 '연꽃'이라 하지 않고 "연(蓮)닢"으로 표현한 점이다. 그렇더라도 "연(蓮)닢"은 '연꽃'으로 치환해 읽어야 한다. '파라솔'과 유사한 속성을 지닌 것은 "연(蓮)닢"이 아니라 '연꽃'이기 때문이다. 지용의 '연꽃'과 '연잎'을 혼용한 사례는 다른 시에서도 발견된다. 「아침」에서는 연꽃의 화판을 "잎새"로 바꿔 표현하고, 「바다2」에서는 연꽃이 꽃잎을 오므렸다 펼치는 모습을 "연(蓮)닢인양 옴으라들고……펴고……"로 묘사한다. 어쩌면 그는 '연잎'을 '연꽃잎'의 준말로 인식했을 수 있다.

2연에서는 호수의 푸르름을 강조한다. 구문에 충실하게 해석하면, '호수를 해협 너머로 "옮겨다 심어도" 호수는 해협처럼 푸르리라' 정도로 새길 수 있다. 다시 말해 '어느 곳에 있는 해협도 푸르듯이 호수도 해협만큼 푸르리라'로 풀이된다. 여기에서 "해협(海峽)"은 색채의 의미를 강하게 띤다. 지도를 보면서 시상을 다듬은 아래의 시에서 보듯이, 지용에게 바다 이미지는 거의 무의식적으로 푸른빛이 강조되어 나타나는 듯하다.

> 지리교실 전용지도(地理敎室專用地圖)는
> 다시 돌아와 보는 미려(美麗)한 칠월(七月)의 정원(庭園)
> 천도열도 부근(千島列島附近) 가장 짙푸른 곳은 진실(眞實)한 바다보다
> 깊다.
>
> ― 정지용, 「지도」 부분

"해협(海峽)"이라는 낱말은 짙푸른 색감을 불러일으키려는 데 목적이 있어 보인다. "해협(海峽)을 넘어"는 그 자체의 지시적 의미를 전달하려는 의

도보다는 해협이라는 낱말을 경험했을 때 반사적으로 느껴지는 짙은 푸른 빛을 환기하려는 의도가 더 강하게 작용한다.

3연에서는 2연에 나타난 호수의 푸르름을 배경으로 붉은 연꽃을 묘사한다. 화자는 연꽃의 붉은빛을 상기된 뺨의 붉은빛으로 비유한다. 연꽃의 선연하고 맑은 붉은빛은 뺨을 곱게 물들이는 홍조와 비슷하다는 데서 딴 표현이다. 수시로 붉어지는 뺨은 속내를 남에게 들킬 수 있기 때문에 성가시게 느껴질 수 있다. 4연 1행 역시 연꽃에 대해 진술한다. 마치 토란잎새가 그런 것처럼 습기가 잘 침투하지 못하는 성질 때문에, 연꽃이나 연잎에 맺혔던 물방울은 여차하면 굴러떨어지거나, 바람과 햇빛에 쉬이 증발해 사라지기 마련이다. "눈물을 오래 어리우지 않는다"는 물에 잘 젖지 않는 연꽃의 속성을 의인화해서 묘사한다.

4연 2행에서 화자의 시선은 연꽃에서 호수 위로 부산하게 쏘다니는 백조떼로 옮아간다. 소란하게 짖어대면서 분주히 오가는 백조의 모습을 윤전기를 바쁘게 가동하는 천사로 비유한다. "천사(天使)"는 인쇄소에서 일하는 직공이다. 시간에 쫓기는 일간지 따위를 인쇄하는 윤전기 앞의 직공은 눈코뜰새없이 바쁠 법하다. 그것을 경험했을 화자가 부산하게 호수 위를 나대는 백조들의 모습에서 윤전기 앞의 직공들을 연상하는 것은 어색하지 않다. 화자가 직공을 천사로 비유하는 것은 백조의 흰 깃털과 보통 흰빛으로 표현되는 천사의 옷이 갖는 색채의 공통점에 근거를 둔다.

6·7·8연은 백조의 부산하고 소란스런 외형을 묘사한다. 6연 1행의 "벅찬"은 연꽃들로 넘칠 듯이 가득찬 상태를 지시한다. 2행은 처음부터 연꽃들이 가득찬 호수에 날아들었기 때문에, 백조들은 어쩔 도리 없이 연꽃들 사이를 헤집어나가야 한다는 뜻으로 풀이할 수 있다. 7연 1행의 "학예회(學藝會) 마지막 무대(舞臺)"는 물론 호수를 뜻한다. 붉고 흰 연꽃들이 가득한 호수에 백조들이 극성스럽고 바쁘게 오가는 모습은, 울긋불긋 치장한 무대에서 분장한 학동들이 춤추고 노래하고 연극하는 모습과 어렵지

않게 교응한다. 그것도 마지막 차례라면 "흥청거"림이 더할 수 있다. 여기에서 "자포(自暴)스런"은 '자포(恣暴)스런'의 오기로 보아야 할 듯하다[5]. '자포'는 자포자기의 준말이다. 물론 부분적으로 자포자기한 백조이기 때문에 "흥청거"리지 않는다고는 볼 수 없다. 그러나 의미가 부자연스러울뿐더러, 떠들썩 분주하게 오가는 백조가 자포자기 상태일 리 만무하다. 더구나 '자포'와 접미사 '-스런'의 연결꼴인 '자포자기스런'은 비규범적 표현이다. '자포(自暴)'를 '제멋대로 날뜀'의 뜻을 갖는 '자포(恣暴)'로 바꾸어 읽으면 의미의 흐름은 훨씬 부드러워진다. '-스런'과의 연결도 언어규범에 맞는다. 7연 2행의 비유는 백조를 백조로 비유한다는 점에서 어색하게 느껴질 수 있다. 그러나 비유의 초점을 '백조'가 아닌 "자포(自暴)스런"에 맞추면 문제가 되지 않는다. '철수는 육상선수처럼 빠르다'의 비유가 문제되지 않는 것과 마찬가지다. 백조가 아닌 것이 백조처럼 "흥청거"린다는 의미가 아니라, 백조가 '자포스런' 백조처럼 "흥청거"린다는 뜻으로 읽을 수 있다. 8연은 사람들이 먹다 떼어주는 "비—프스테이크 같은것"의 조각들을 받아먹는 백조떼의 모습을 표현한다. 1행은 처음에는 사람을 경계하여 멈칫거리다가 막상 먹이가 날아오면 잽싸게 덤벼들어 낚아채 가는 백조들의 모습을 묘사한다. "끔찍한"은 화자의 개인적 식성을 암시하면서, 아무거나 잘 받아먹는 백조떼의 모습을 보여준다.

화자의 시선은 9연부터 다시 연꽃으로 이동한다. 이 부분은 연꽃이 봉오리를 버는 모습을 묘사한다. "오ᅋᅵ스의 피로(疲勞)", 즉 사무직 근로자의 피로는 대체로 점심 이후 밀려들기 마련이다. 연꽃은 한낮에 핀다고 하여 자오련(子午蓮), 미시(未時, 오후 1~3시)에 핀다고 하여 미초(未草)라 불린다. 사무실에 피로가 오는 시각과 연꽃이 꽃잎을 여는 시각이 비슷하다.

---

5) '自暴스런'은, 사전에는 나와 있지 않지만, '스스로 폭력적인'의 뜻으로 사용해서 난폭스럽게 구는 백조의 모습을 형용한 것일 가능성도 배제할 수는 없다. 이때 '自暴'와 '恣暴'의 뜻이 통할 수 있다.

그렇다면 "태엽처럼 풀"리는 것이 무엇인지는 분명해진다. "태엽"은 연꽃의 꽃잎이며, "태엽처럼 풀"리는 것은 연꽃잎이 벌어지는 모습이다. 시계 태엽이 풀리는 장면과 연꽃잎이 펼쳐지는 장면은 단단하게 죄었던 긴장이 이완된다는 점에서 유사성을 띤다. 연꽃은 사무실의 피로가 그런 것처럼 시간을 두고 벌어지기 때문에 서술어를 "풀려왔"이라는 진행형으로 서술한다.

10연에서는 날이 어두워져 연꽃이 꽃잎을 오므리는 형상을 그리고 있다. 1행에서 램프에 갓을 씌우는 행위는 구체적으로 무엇을 뜻하는지 알아채기가 쉽지 않다. 하지만 어떤 경우든지 램프를 사용하는 행위는 저녁이 되어 어두워지고 있다는 것 이외의 뜻을 시사한다고 보기 어렵다. 2행의 "또어"는 연꽃의 꽃잎을 가리킨다. "또어를 안으로 잠"그는 행위는 연꽃이 꽃잎을 안으로 견고하게 오므리는 모습을 표현한 것이다. 11연 1행에서 화자는 봉오리진 연꽃으로부터 "기도(祈禱)와 수면(睡眠)"을 유추한다. 연꽃을 의인화해서 바라보는 화자에게 어두운 밤의 연꽃봉오리에서, 잠들기 전 침대맡에서 기도하고 잠드는 장면을 떠올리는 것은 어색하지 않다. 기독교의 세례를 받은 시인에게 그러한 상상은 충분히 개연성을 띤다. 2행 "포효(咆哮)하는"은 "검은밤"의 "검은"빛의 농도를 강조하는 표현으로 보인다. 다른 해석의 가능성을 타진하기 쉽지 않다. 단순하게 이해했을 때 "포효(咆哮)하는"의 주체를 백조로 볼 수도 있겠으나, 이는 한밤중 백조들이 "포효(咆哮)"할 특수한 상황을 문맥에서 상정하기 어려울뿐더러 "기도(祈禱)와 수면(睡眠)"의 분위기와 어울리지 않는다는 점에서 가능성이 희박하다. 어둠의 농도를 '포효'라는 청각적 이미지를 수단으로 형상화하는 수법은 '참신과 기발'에 경도됐던 그 무렵 지용의 창작태도에 비추면 큰 무리는 없어 보인다. "그"는 꽃잎을 오므린 흰 연꽃을 지시하며, "조란(鳥卵)"으로 비유된다. 연꽃의 흰 봉오리는 색채나 형태에서 새알과 가깝다. 게다가 낮 동안 호수의 연꽃 사이를 오가는 백조들을 보아 왔던 화자에게 연꽃의 흰 봉오리는 충분히 백조들이 낳은 "조란(鳥卵)"으로 여겨질 수 있다. 9연에서 꽃잎을 펼쳤던 연꽃은 10연에서 어두워지면서 꽃잎을 오므리고, 11연에서는 연꽃봉오리로 형태의 변모를 보인다.

12연은 연꽃의 속성을 묘사한다. 연꽃은 꽃잎을 오므릴 때도 낱낱의 꽃잎들을 차곡차곡 안으로 접어서 꽃잎을 구기지 않는다. 또 그것은 물에서 서식하지만, 물에 꽃이나 잎새를 적시지 않는다. 이 부분이 환기하는 금욕적 개결성을 토대로 5연을 이해할 수 있다. 화자는 "평생" "붉은 장미(薔薇)" 대신 "흰 나리꽃"을 "선사"한다고 말한다. 화려한 열정의 꽃 대신 수수한 절제의 꽃을 선택한다는 진술은 은연히 시인의 견인주의적 품성을 노출한다. "선사"의 객체는 물론 '명모(明眸)'로 비유된 연꽃이다. 그 여인은 연꽃의 정결함으로부터 유추되었기 때문에 그에 걸맞은 "흰 나리꽃"을 선택한 것으로 이해할 수 있다.

이 시는 호숫가 파라솔 속에 있는 화자가 자신의 눈에 비친 호수면 위의 연꽃과 백조를 독특한 비유구조 안에 포섭하는 형식을 지닌다. 1연·13연의 연꽃과 파라솔은 낮에는 펼치고 저녁에는 오므리는 속성의 유사성에 초점을 맞추어 비유관계를 형성한다. 2연은 호수의 푸르름을 강조한다. 3연·4연 1행·12연은 연꽃을 '명모(明眸)'에 비유해 묘사하며, 5연과 12연은 연꽃의 속성에 맞춰 비유물인 '명모(明眸)'의 정서와 심리를 반영하는 의미를 지닌다. 4연 2행과 6연, 7연의 표현대상은 호수를 부산하게 오가는 백조떼의 호들갑스런 모습이고, 8연은 슬금슬금 경계하며 관광객이 먹던 음식을 받아먹는 백조떼의 모습이다. 9연·10연·11연은 연꽃을 묘사하고 있지만, '명모(明眸)'를 환기하지 않는다. 9연과 10연은 꽃잎을 펼쳤다 오므리는 연꽃의 즉물적 모습을 비유한 것이고, 11연의 "조란(鳥卵)"은 밤이 되어 꽃잎을 오므린 흰 연꽃봉오리를 지시한다.

3, 서정주의 「문(門)」, 통과제례를 배후에 둔 고통스럽고 찬란한 주물(呪物)의 언어

서정주 작품연보[6]에 따르면 「문(門)」은 그의 첫 시집 『화사집』이 간행되기 3년 전인 1938년 『비판(批判)』 3월호에 게재된다.

밤에 홀로 눈뜨는건 무서운일이다
밤에 홀로 눈뜨는건 괴로운일이다
밤에 홀로 눈뜨는건 위태한일이다

아름다운 일이다. 아름다운 일이다. 왕망(汪茫)한 폐허(廢墟)에 꽃이 되거라!
시체(屍體)우에 불써 이러나야할, 머리털이 흔들흔들 흔들리우는, 오—이 시간(時間). 아까운 시간(時間).

피와 빛으로 해일(海溢)한 신위(神位)에
폐(肺)와 발톱만 남겨 노코는
옷과 신발을 버서 던지자.
집과 이웃을 이별(離別)해 버리자.

오—소녀(少女)와같은 눈동자(瞳子)를 그득히 뜨고
뉘우치지 않는사람, 뉘우치지않는사람아!

가슴속에 비수(匕首)감춘 서릿길에 타며 타며
오느라, 여긔 지혜(智慧)의 뒤안깊이
비장(秘藏)한 네 형극(荊棘)의 문(門)이 운다.

— 서정주, 「문(門)」 전문

---

6) 『미당 시전집』, 민음사, 1997.

이 작품은 극채(極彩)의 격렬한 정서가 수성(獸性)의 이미지를 감싸며 서정주 초기시의 특징을 잘 드러낸다. 그럼에도 불구하고 이 시에 대한 본격적 분석을 찾기는 쉽지 않다. 대개 서정주 시의 어떤 국면을 설명하기 위해 부분적으로 인용하는 수준에 머문다. 그런 경우에도 "운명적인 업고에서 떠나가려는 본능적인 어쩔 수 없는 표현"[7] 이상의 정교한 분석은 잘 보이지 않는다. 까닭은 비약과 단절로 짜여진 의미구조의 난해함에서 찾을 수 있을 듯하다.

이남호의 연구[8]가 이 작품을 독립항으로 놓고 분석을 시도한 유일한 경우인 듯싶다. 그는 이 시에 대해 논의를 전개해 나가면서, "밝은 세상에서 소외되고 가려져 있는 인간 본성의 또 다른 어두운 비밀을 적극적으로 추구하겠다는 시인의 의지의 표현"이라는 결론을 도출한다. 그러나 그의 입장에 대부분 동의한다 하더라도, 여전히 허전한 구석이 남아 있는 것은 어쩔 수 없다. 그는 화자의 정서를 "어둠의 욕구와 충동"으로 보고, 그것을 "사회적 질서와 금기를 벗어나는 충동이고, 화자를 사랑하는 사람을 배반하는 충동이며, 자신의 삶을 서러운 것으로 만드는 충동"으로 설명한다. 문제는 그러한 '상식적이고 인간적인' 충동으로는 이 시에 드러나는 섬뜩할 정도로 강렬한 정서의 온도와 공포를 자아낼 정도로 그로테스크한 이미지의 채도를 도저히 감당 못할 것 같은 느낌이다. 또 하나는 그의 결론이 포함하는 "인간본성의 또 다른 어두운 비밀"은 아직 어둠에 싸여 있다는 사실이다. 그 자신도 더 이상의 논급을 멈춘 '비밀' 안에는 이 시의 비밀을 푸는 키워드가 숨어 있을 수 있다[9].

---

7) 조연현, 「원죄와 형벌」
8) 이남호, 『서정주의 『화사집』을 읽는다』, 열림원, 2003.
9) 필자의 논지에 맞추기 위한 게 아니라도, 이 부분에서 "적극적으로 추구하겠다는 시인의 의지"는 시의 화자가 비정상적인 감정의 격랑 속에 휘말려 있는 점에 견주면, 지나치게 이성적인 심리상태를 환기한다는 점에서 다소 공소해 보인다. 이 시의 화자는 행위의 주체라기보다는

그 "어두운 비밀" 안에는 한국 무속에서는 많이 희석되었지만[10], 샤머니즘의 입사의례 때 입무자가 겪는 신병의 상징적 형식인 신체할단의식, 또는 임사체험의 현장이 가로놓인다[11]. 이 시에 대한 분석은 이러한 무속적 사유를 광원으로 해서 전개한다.

화자는 "밤에 홀로" 눈뜨는 것을 "무서운" "괴로운" "위태한" "일"로 여긴다. 화자가 밤에 홀로 겪은 상황이 무엇인지는 문면에 드러나지 않아 알 길이 없다. 그런데 2연에서 그 "무서운" "괴로운" "위태한" "일"은 순식간에 "아름다운 일"로 돌변한다. 이는 1연과 2연 사이에 화자의 심경을 변하게 할 어떤 상황이 벌어졌음을 의미한다. 그리고 그것은 두말할 나위 없이 밤에 홀로 눈을 뜬 화자를 무섭고 괴롭고 위태롭게 느끼도록 몰아간 상황이 될 터다. 1연과 2연 사이에서 벌어진, 화자의 심경을 극단적으로 돌변하게 한 상황을 추적하는 것이 이 시를 해명하는 단서가 된다. 그것은 신체할단의식, 또는 임사체험의 환상으로 추정할 수 있다.

악령은 샤만 후보자의 영혼을 수습, 지하계로 데려가 거기에 있는 한 집에다 3년 동안 가두어 둔다. 샤만 후보자는 바로 이곳에서 통과의례를 치른다. 악령은 샤만 후보자의 목을 잘라 옆으로 치우고 후보자는 생시인 것처

객체라는 느낌이 짙다.

10) 다른 지역 입사의례에 비해 우리나라 무속의 할단체험은 약화되거나 상징화되어 나타나나, 성격적인 면에서는 별 차이가 없다. 우리나라 신체해체모티프의 이러한 특징은 문명화되지 않은 부족의 샤먼이 체험하는 격렬하고 야성적인 원시 그대로의 환상이 문명적 사유의 체로 걸러졌기 때문에 생긴 것으로 이해할 수 있다. 김태곤,『한국의 무속』(대원사, 1991) 37쪽.

11) 이 작품을 신체할단의식, 또는 임사체험의 모티프를 밑그림으로 해서 이해하는 것에 대해, 시상을 따라 짚어 본 논리의 정당성이나 개연성 여부와 무관하게, 먼저 낯선 인상이나 저항감을 느낄 수 있다. 무엇보다 그러한 체험이 우리나라와는 격절한 지역 원시샤먼이 겪는 현상이며, 미당이 이 시를 쓸 시기에 그러한 정보를 가지고 있을 리 없다는 점 때문이다. 이는 세계의 샤머니즘과 한국 무속이 같은 뿌리라는 전제 아래, 교류가 있을 수 없는 전혀 다른 지역의 샤먼들이 수천 년 동안 유사한 경험을 공유해 온 것처럼 한국 샤먼, 즉 무(巫)의 혈액에도 그러한 경험을 유인할 인자가 녹아 이어져 올 수 있다는 점을 부정하기 어렵다는 정도로 해명되리라 본다. 미당에게 그러한 정보가 있기 어렵다는 점은 오히려 그의 시에 진정성을 강화하는 요인이 될 수도 있다.

럼 자신이 해체되는 과정을 눈으로 보고 있어야 한다. 육신을 토막내어 여러 종류의 질병의 악령들에게 나누어준다. 이러한 통과의 시련을 거쳐야만 샤만 후보자는 다른 사람의 질병을 치료할 수 있게 되는 것이다. 이 통과의례의 집 행자들인 악령들은 샤만 후보자의 뼈를 새 살로 싸 주고 새 피를 대 준다.[12]

후보자는 지쳐서 의식을 잃고 쓰러질 때까지 계속해서 걷거나 서 있어야 한다. 후보자가 의식을 잃으면, 의례의 집행자(靈神—필자)들은 여느 의례에서 처럼 후보자의 옆구리를 째고 내장을 들어내고는 새 내장으로 바꾸어 넣는다. 이어서 집행자들은 후보자의 머리 안에는 뱀을 한 마리 넣고, 코에는 주불(呪物, kupitja)을 끼우는데……. [13]

원시샤먼이 입무과정에서 경험한 환상이다. 이러한 사례는 샤머니즘의 습속이 있는 모든 지역에서 보편적으로 발견된다. 화자가 정도의 차이는 있을지언정 이와 가까운 심리적 체험을 했으리라는 가설은 아래의 몇 가 지 뒷받침을 얻는다.

먼저, 1연에서 화자가 밤에 홀로 눈뜨게 되는 정황을 "무서운" "괴로운" "위태한" "일"로 진술하는 이유를 단순히 자신의 심리적 갈등 때문으로 이 해하기에는 수식어가 지나치게 과장되어 보인다는 점이다. 스스로도 통 제하지 못하는 자신의 행동 때문에 벌어질 상황에 대한 심리적 태도로 읽 는다면 어느 정도 그럴듯해 보이나, 그건 다음의 "아름다운 일"과 정면으 로 충돌을 일으킨다. 이를 화자가 신체할단의식, 또는 임사체험에 준하는 상황을 환상 속에서 겪는 것에 대한 진술로 읽었을 때 이러한 문제는 부드 럽게 해결된다. "홀로"도 화자가 그 환상 속에 있음을 강하게 시사한다.

둘째, 2연에서 보이는 화자의 돌연한 심경변화를 설명할 수 있다. 신체 할단의식, 또는 임사체험은 입무과정에서 인격이 신격으로 전환하는 재차

---

12) M. 엘리아데, 이윤기 옮김, 『샤마니즘』(까치, 2005) 54쪽.
13) 앞의 책, 64~65쪽.

의 형식이다. 입무자는 어떤 힘이 주재하는, 자신의 육신이 해체되는 제의를 겪은 후 신격을 얻게 된다. 인격을 지녔을 때, 자신의 육신이 해체되는 과정, 또는 이와 유사한 과정과 직면하는 것은 자명하게 무섭고 괴롭고 위태로울 수밖에 없다. 하지만 그것을 통해 인격을 버리고 새로운 차원과 교섭하게 된 화자에게 그 "일"은 전혀 다르게, 오히려 "아름다운 일" 받아들여질 가능성을 얻는다.

그리고, 뜬금없어 보이는 2연의 "시체(屍體)"와 3연의 "신위(神位)"와 같은 죽음이미지, 그리고 "폐(肺)"와 "발톱"처럼 해체된 신체의 일부가 시어로 선택될 개연성을 확보할 수 있다. 이 시가, 화자 자신이 신체할단의식, 또는 임사체험과 유사한 어떤 제의의 희생이 되는 장면을 환상 속에 목격하는 장면을 바탕으로 씌어졌다면, 그러한 시어들은 뜬금없는 게 아니라, 오히려 시상의 흐름에 필연적으로 봉사하는 것이 된다. "피와 빛으로 해일(海溢)한 신위(神位)"는 신체할단의 제의가 벌어진 현장이다. "폐"와 "발톱"을 단순히 비유의 도구로 보기에는 그것이 빚어내는 시적 환경이 너무 강렬하고 생생하다. 이는 신체할단의 환상과 유관한 것으로 볼 유력한 단서가 될 수 있다.

이러한 신체할단 모티프는 체험의 흔적이 파편적이거나 농도의 차이가 있을망정 미당의 다른 시들에서도 찾아볼 수 있다. 이 점은 이러한 해석의 개연성을 높이는 데 기여한다.

　　목아지여/ 목아지여/ 목아지여/ 목아지여// 멀리 서 있는 바다ㅅ물에선/ 난타(亂打)하여 떨어지는/ 나의 종(鐘)ㅅ소리.
　　　　　　　　　　　　　　　　　　　　— 서정주, 「행진곡(行進曲)」 부분

　　닭의벼슬은 심장(心臟)우에 피인꽃이라/ 구름이 왼통 젖어 흐르나/ 막다아레에나의장미(薔薇) 꽃다발/ …중략…/ 애계(愛鷄)의생간(生肝)으로 매워오는 두개골(頭蓋骨)에/ 맨드람이만한 벼슬이 하나 그윽히 솟아올라……

— 서정주, 「웅계(雄鷄) 하(下)」, 부분

샛길로 샛길로만 쪼껴 가다가/ 한바탕 가시밭을 휘젓고 나서면/ 다리는 홀쳐 육회(肉膾) 처노흔 듯,/ 피ㅅ방울이 내려저 바윗돌을 적시고……

— 서정주, 「역려(逆旅)」, 부분

「행진곡」에서 "난타하"는 "종소리"의 이상한 배음(背音) 속에서 겪는, 무수한 "목아지"들이 한꺼번에 떨어져 내리는 도발적인 환상은 신체할단의식, 또는 임사체험의 가능성에 힘입지 않고는 설명하기 어렵다. 「웅계(雄鷄) 하(下)」 역시 입무자의 육신을 해체하고 장기를 뒤바꾸는 소위 '골격의 환원' 제의를 환기한다. 이는 신체할단체험에서 공통적으로 나타나는 현상이다. 그 과정은 엽기적이면서 미묘하고 황홀한 심리적 파장을 불러일으킨다. 「역려(逆旅)」의 화자는 고통스러워하기는커녕 처참하게 해체된 자신의 종아리를 마치 남의 것처럼 냉정하게 묘사한다. 이는 환상 속에서 하나하나 분리되고 있는 자기 육신을 똑바로 지켜보는 입무자의 모습을 연상하도록 한다.

「문(門)」은 신병을 앓는 화자가 겪는 신체할단의식 또는 임사체험을 바탕으로 이해할 수 있다. 이 시의 화자는 대부분 신격을 획득하는 과정에 있거나 신격을 획득한 후의 목소리를 낸다.

1연에서는 화자가 밤에 자주 목격하는, 자신의 육신이 죽어서 해체되는 환상에 대한 심경을 진술한다. 위에서 인용한 사례에서 보듯이 샤먼입무자는 자신의 육체가 분해되는 장면을 제3자인 것처럼 바라보는 경험을 한다.

2연부터 제의가 종료된 후 신격을 얻은 화자의 육성으로 시상이 펼쳐진다. 화자는 자신을 타자화(他者化)하여 새로운 정신을 얻게 된 감회를 풀어놓는다. 2행의 화자는 자신의 "시체(屍體)"를 빠져나오는 자신의 혼백을 바라본다. 머리털이 바람 따위로 '날리는' 게 아니라, "흔들흔들 흔들리우는"으로 묘사되는 데서 느껴지는 기괴하고 섬뜩한 느낌은 그러한 분위기에서 연유한다. 이미 巫로 신격을 얻어 전혀 새로운 희열을 느낀, 또는 정신적 체험을 한 화자는 그 경지에 이르기까지 겪는 모든 과정이 그저 "아까운시간(時間)", 시간의 낭비로 여겨진다. 그에게 자신은 "시체(屍體)우에 불써(벌써—필자)[14] 이러나야할", 즉 진작부터 죽음을 통해 초월적인 것으로 거듭나야 할 존재다. 한때는 무섭고 괴롭고 위태로운 일로 느껴졌던 제의의 모든 과정이 "아름다운일"로 다시 보일 법하다. 이제 사람들의 세상은 다만 아득히 넓은 "폐허(廢墟)"일 뿐이다. 화자는 폐허에 불과한 세상에서 홀로 "꽃"이 된 듯한 도취상태에 놓인다. '바리데기'의 '숨살이꽃'과 '뼈살이꽃'은 재생, 또는 환생의 상징성을 띤다. 또 무속에서 꽃은 신의 강림처인 신대[神竿]의 뜻을 지니기도 하는데 그러한 꽃을 '천궁맞이꽃'이라 한다. 이러한 시야 안에서 "꽃"은 세속의 몸을 버리고 신과 소통할 수 있는 몸으로 거듭난 존재로 해석할 소지를 얻게 된다.

3연, "피와 빛으로 해일한 신위"는 신체할단이 이루어지는 제단이다. 온통 피로 낭자할 수밖에 없다. 여기에서 "해일"의 바다이미지를 눈여겨볼 필요가 있다. '바다'는 미당의 시에서 흔히 초월세계를 향한 통과제의적 공간으로 기능한다[15]는 점에서 시사적이다. "폐"와 "발톱"은 해체된 육신의 제유다. 막 입무한 무(巫)의, 문명과 절연된 만큼 순하고 싱싱한, 날것 그대로의 강렬한 생명력을 환기한다. "옷"과 "신발"은 인격을 지녔을 때의

---

14) "불써"는 '불 켜'로 풀이할 소지도 있다. 중세국어의 'ㅎㅎ'은 '혈믈 > 썰믈' '혀다 > 켜다'에서 추정할 수 있듯이, 후대에 'ㅆ', 또는 'ㅋ'으로 바뀐다. 이는 'ㅆ'과 'ㅋ'이 혼용되었을 가능성을 시사한다. 지금도 지역에 따라 '불 켜다'를 '불 쓰다'로 표현하는 용례가 있다. 이러한 점은 이 시의 "불써"를 '불 켜'로 해석할 유효한 근거를 마련한다. 그러나 어떻게 해석하든 이 글의 논지와 본질적으로 어긋나지 않는다.

15) 오태환, 「서정주 시의 무속적 상상력 연구」(고려대학교, 2006) '3-1. 굿당 : 바다의 의미와 하강적 심상' 참조.

정체성을 뜻한다. "집"과 "이웃"은 화자가 그때까지 맺었던 세상과의 모든 인연을 가리킨다. 2·3·4행은 巫가 되기 전, 자신의 정체성과 세상에서 맺었던 인연과의 완전한 단절, 또는 결별 상태를 표현하고 있다. 무속에서 무는 내림굿을 받는 순간 과거의 정체성을 버리고 그때까지의 모든 인연을 끊는다. 실제로는 부부관계를 종결하는 것 같은 상징적인 형태로 이루어진다.

4연에서 "소녀와같은 눈동자를 그득히 뜨고"는 모든 것을 버리고 거듭 태어난 자의 순연한 시선을 강조한다. 그리고 화자는 신격으로 다시 태어나기까지 삶의 전 과정에 아무런 뉘우침도 느끼지 않으리라는 것을 타자화(他者化)해서 표현한다.

5연은 신체할단체험, 또는 임사체험을 하기 전까지 세상에서의 일을 간추린다. 화자는 "비수(匕首)"처럼 예리하고 "서릿"발처럼 서늘한 원과 한을 가슴에 보듬고 세상을 건넌다. 원과 한은 무(巫)가 입무하기 전 속계(俗界)에서 공통적으로 겪는 심리현상이다. 세상에 대해 원과 한이 맺힌 화자가 마침내 도달한 지점이 바로 "여긔 지혜의 뒤안깊"은 곳이다. 낮과 앞이 인간의 세계라면 밤과 뒤는 신의 세계다. "여긔"는 피가 낭자한 신체할단의 현장이며, 화자가 마침내 초월적 존재로 거듭나는 신성한 제의공간이다. "지혜"는 화자가 속계에서 풀지 못한 신들의 코드이며, 세상의 비밀을 밝히는 무(巫)의 권능이다. 결국 화자에게 "문(門)"은 원과 한을 품고 세상을 헤쳐온 자가 무(巫)로 거듭나기 위해 겪어야 하는 가시밭길의 통과의례를 상징한다. 이때 "운다"는 비애로 인한 호곡(號哭)의 의미보다는, "하눌하눌 국기(國旗)만양 머리에 달고/ 지귀(地歸) 천년(千年)의 정오(正午)를 울자"(「웅계(雄鷄) 상(上)」)나, "카인의 쌔빩안 수의(囚衣)를 입고/ 내 이제 호올로 열손까락이 오도도떤다."(「웅계(雄鷄) 하(下)」)에서처럼 전율이나 감격의 기호로 읽힌다.

서정주의 「문(門)」은 입무의식의 한 제차인 신체할단의 환상 속에 시상이 전개된다. 이 시 전반에서 느낄 수 있는 격심한 표랑충동과 냉정한 흥분과 전율도 그 안에서 이해할 수 있다.

4. 맺는말

지금까지 정지용의 「파라솔」과 서정주의 「門」을 분석하면서 난해시의 두 가지 유형에 대해 살펴보았다. 철학개념으로서의 아포리아(Aporia)는 막다른 골목, 또는 해결하기 어려운 난제라는 뜻뿐 아니라, 새로운 관점이나 방법을 모색하고 문제를 다시 풀어나가는 출발선이라는 뜻을 지닌다. 그렇다면 시적 아포리아라는 의미범주 안에서, 이 두 편의 시를 읽으려는 노력은 두 편에 얽힌 난해성을 극복하는 것만 아니라 두 시인의 시를 해석하는 관점이나 방법의 도구를 다시 탐색하는 의미를 품을 수 있을 것이다.

정지용의 「파라솔」은 비유의 원관념을 생략할 수 있는 지점까지 생략해서 의미의 연결고리를 끊거나 감추고 있다. 또 선명하고 인상적인 이미지의 효과를 위해서 통일미 있고 안정적인 이미지 공정을 희생한다. 때문에 텍스트 수용자는 온전한 의미공간 안에서 이 시를 부드럽게 이해하는 데 어려움을 느낀다. 이러한 전략은 정지용 초·중기 시를 아울러 관류한다. 따라서 「파라솔」의 문학적 완성도가 그다지 높지 않다는 사실과 무관하게, 이 작품의 해석 경로는 정지용 초·중기 시의 창작 방법과 원리를 가늠하는 키워드를 제안할 수 있다.

서정주의 「문(門)」은 행간 안에 시 해석의 수단이라 할 수 있는 무속적 사유의 한 형식이 가려져 있다. 그러한 점은 의미의 비약과 단절을 불러오고, 의미 전달의 크고 작은 단층면을 형성할 가능성을 안게 된다. 이는 텍스트 수용자로 하여금 해석의 모호하고 다기한 미로를 헤매도록 유인한다. 무속적 사유가 『화사집(花蛇集)』으로부터 『질마재신화』에 이르기까지 서정주 시세계의 중요한 원심력과 구심력으로 추동한다는 가설 아래, 「문(門)」을 무속적 통과제례의 제차인 신체할단모티프를 밑그림으로 하여 이해하려는 시각은 서정주 시의 비밀을 탐구하는 유의미한 방법론적 틀을 마련하는 게 된다.

시라는 형식이 지니는 유전자지도 안에는 갈래의 특성상 종종 비유와 생략, 또는 비약과 단절과 같은 난해성을 담보하는 요소가 각인되어 있다. 그렇다면 시텍스트 수용자에게 그 지도 안에 나 있는 의미골목의 형태와 지향을 살피고 추정하여 난해성을 헤쳐나가는 작업은 운명과 같은 것일 수 있다. 「파라솔」과 「문(門)」을 통해 고안한 가설이 타당하다는 전제에서, 이 발제는 그러한 작업을 위한 유용한 컴퍼스와 나침반이 될 수 있을 것이다.

혼과의 소통, 또는 무적(巫的) 제의의 문학적 층위
— 김소월·이상·백석 시의 무속적 상상력

1. 현대시에 투영된 무속의 국면

무속의 여러 요소들은 우리 현대시의 공간 안에서 다양한 무늬로 투영된다. 그러나 무속적 사유와 풍속이 오랜 기간 우리 겨레의 의식과 생활에 드리운 그늘[1]에 비하면, 현대시 안에 드러난 무속적 기미는 그리 명백하거나 광범위하다고 보기 어렵다.

그 이유는 우선 현대시 성립 무렵의 사회사적 현실에서 찾을 수 있다. 1920년대를 전후로 한 이 시기는 일본 유학생들로 구성된 소위 신지식인층이 본격적으로 등장한다. 이들이 주도한 문화운동[2]의 양상은 '반봉건 근대화'로 요약된다. 그들의 관심은 소위 봉건적 인습의 파기와 서구 근대

---

1) "환웅과 단검은 제천의식을 거행한 무당이며, 神市는 제천의식을 거행하는 굿당이다"(김용덕, 『한국의 풍속사』, 밀알, 1994, 92쪽)라는 견해에 따르면, 무속은 우리 민족의 역사와 더불어 시작된다. 또 우리 민족은 삼한시대부터 귀신을 섬기고 제사했다는 기록(三韓常以五月祭鬼神, 『삼국지(三國志)』, 三韓俗重鬼神 常以五月耕種畢 群聚歌舞 以祭神, 『진서(晉書)』)과 『위지(魏志)』, 『삼국사기(三國史記)』 등에 신라에서 무당이 귀신을 섬기고 제사했다는 기록(고대민족문화연구소 편, 『한국민속대관3』(고대민족문화연구소출판부, 1995) 402쪽 참조)이 있는 것으로 보아, 무속은 그 이후에도 우리 민족의 정신과 생활에 작용해 온 것을 알 수 있다.
2) 이 운동을 추동한 논리는 두 가지로 나뉜다. 하나는 서구자본주의를 모델로 한 문화적 진보를 이루기 위한 '실력양성론'이고, 다른 하나는 새로운 세계사에 편입하기 위한 조선의 개조론이다. 박찬승, 『한국근대정치사상사 연구』, 역사비평사, 1992, 179쪽.

문물의 적극적 수용에 있었다. 이러한 사회적 기류 속에서 당시대 문인들이 문학과 정치를 분리하려는 정서를 가지고 있었을지언정, 그들이 주창한 '탈정치'가 '탈계몽'을 의미하는 것은 아니었다[3]. 비록 그들의 문학이 사회적 계몽을 부르짖지는 않았을지라도, 문화운동의 세례를 민감하게 받아들인 그들의 창작 코드가 전통적 사유의 답습보다는 서구적 가치의 수용에 맞추어졌을 가능성은 훨씬 크다[4]. 미신에 불과하며, 타기해야 할 전형적 유산으로 치부되었던 사회적 분위기 속에서 무속을 그들의 창작 전략의 한 수단으로 이용할 소지는 매우 협소해질 수밖에 없다.

다른 이유는 무속 자체가 가지는 속성에서 비롯한다. 우주관이나, 사생관, 그리고 신지핌이나 혼교(魂交), 주술, 공수, 금기 따위의 무속적 요소에 드리운 초자연적 색채는 실증주의와 유클리드 기하학, 그리고 기계론적 세계관으로 표상되는 서구의 근대적 인식 체계 안에서 호소력을 발휘하기 어렵다. 무속이 단순한 소재적 기능에서 활용될 수 있을망정, 현대시의 사상적 배경이나 주제적 국면에까지 삼투하기 어려운 이유다. 설혹 그러한 예가 있다 할지라도 그것은, 서구의 근대적 인식체계 안에서 미신이나 불합리한 신비주의로 매도되기 십상이었을 것이다[5].

이러한 환경 속에서 무속은 나름의 생명력을 잃지 않고, 현대시의 맥박과 더불어 흐름을 살리고 있다. 그것은 무속, 또는 무속적 사유가, 의식했든 그렇지 않든 간에 우리 겨레의 풍속과 생활과 정서를 오랜 기간 간섭하

---

3) 김행숙, 「1920년대 동인지 문학의 근대성 연구」, 고려대 박사학위논문, 2004, 27쪽.
4) 당시대의 문학인들에게, 개인과 예술의 궁극적 가치를 의미하는 소위 '전적(全的) 생명'을 온전히 드러내기 위해서 제도와 인습의 파괴가 먼저 이루어져야 했다. 염상섭은 이러한 인식을 "(도덕의) 말뚝과 채쭉에 신음(呻吟)하는 자(者)의 묵은 우수(憂愁)는 스러지고, 지금(只今)의 사랑과 본래(本來)의 영화(榮華)를 꿈꾸는 자(者)의 단 미소가, 구변(口邊)에 흘러감니다"(염상섭 「폐허(廢墟)에 서서」, 『폐허(廢墟)』1호, 1~2쪽)라 밝힌다. 김행숙, 앞의 논문, 41~42쪽.
5) 그 단면적인 예로 최광열의 비평을 들 수 있다. 그는 서정주의 시를 "고작 설화나 미신으로 천년, 오백년 후의 무슨 부활 재생을 믿는 망상적 태도의 초자연적 현상을 미학의 근거로 삼는 것은 마신(魔神)의 재간(才奸)"으로 비판한다. 최광열, 「한국 현대시 비판」, 정봉래 편, 『시인 미당 서정주』, 좋은 글, 1993, 436쪽.

고 지배해 왔다는 사실에 비추면 당연하다. 현대시에 나타난 무속성은 대략 두 가지 방향에서 아웃라인을 그릴 수 있다.

① 시인이 지닌 무속적 세계관과 인생관의 조명 아래 쓰여지는 경우
　ㄱ. 무속적 요소가 시의 주제적 국면에 육박함
　ㄴ. 무속적 요소가 시의 소재적 기능에 한정됨

② 시인이 무속적 세계관과 인생관을 지니는 않지만 무속을 도구로 사용하는 경우
　ㄱ. 무속적 요소가 시의 주제적 국면에 육박함
　ㄴ. 무속적 요소가 시의 소재적 기능에 한정됨

①은 시인의 의식과 상관없이 자신이 현실적이고 구체적으로 지니고 있는 무속적 사유가 창작의 배경이 된다. 이들의 시에는 무속성이 사상(事相)을 바라보고 해석하는 방법론적 성격을 띠곤 한다. 그리고 그것은 그들의 시에 비교적 지속적으로 반영된다. 이때 무속성은 시의 메시지에 간섭하기도 하고, 무속과 관계없는 메시지를 전달하기 위한 도구로 기능하기도 한다. ②는 시인이 무속적 사고를 현실적이고 구체적으로 지니지 않는다. 무속적 습속의 영향을 의식·무의식적으로 받은 시인이 작품을 생산하는 과정에서 무속적 사유를 일시적으로 꾸어 쓰는 경우다. 이들의 시에서 무속성은 대체로 사상을 바라보고 해석하는 방법론적인 데까지는 미치지 않는다. 이 경우 이들의 시에서 그것은 제한적이고 단편적으로 드러난다. ①에서와 마찬가지로 무속성은 메시지에 반영되기도 하고, 메시지를 전달하기 위한 일시적인 수단으로서의 의미를 가지기도 한다.

우리 시사에서 ①에 해당하는 대표적 시인으로 김소월과 서정주를 꼽을 수 있다. 서정주의 시편에는 무속성이 다채롭고 광범위하게 나타난다. 이에 비하면 김소월의 시에 나타난 무속성은 대체로 정한이라는 단색적 정

서를 혼교라는 무속적 전경 아래에서 조명하는 형식을 지니는 것으로 보인다. ②에는 무속성을 시 속에 드러낸 대부분의 시인들이 해당한다. 무속적 사유 체계로 적극적으로 끌어들여 세계를 이해하지는 않지만, 무속에 대해 정서적·생리적 거부감은 가지지 않는다. 따라서 필요할 때는 의식을 했든 그렇지 않든 무속을 환기하는 정황이나 무속적 도구를 이용할 소지가 있다.

여기에서는 김소월과 이상, 그리고 백석의 시를 중심으로 현대시 안에서 무속이 어떤 윤곽으로 투영되어 나타나는가를 살핀다. 그들의 시편은 현대시사의 흐름 위에서 일정한 원심력과 구심력을 가진, 현대시의 좌표적 성격을 띤다고 보기 때문이다. 김소월은 보편적 화자의 언어를 통해 겨레다운 정한을 민요적 율격에 실으며 전통적 언어공간을 구현한다[6]. 이상은 초현실주의, 또는 다다라는 서구적 교양을 기저로 탈전통적이고 이색적인 언어공간을 빚어낸다. 이상 시는 사적인 상상력과 언어로 의식의 깊이를 심층적으로 탐험한다는 점에서 소월 시와 대척적 지점에 놓인다. 백석은 토속공간의 원형성을 토착어를 이용하여 재구한다. 그러나 표현수법은 전통적 방법론에 기댄다기보다는, 서구 모더니즘적 방법론에 의존한다[7]. 백석 시의 내용은 재래의 질서와 소재로 짜여진다는 점에서 소월의 그것에 근접하고, 시적 기법은 근대적 방법론을 채택하고 있다는 점에서 이상의 그것과 유사하다.

물론 김소월과 이상, 백석의 시편에서 무속적 요소를 탐색하려는 작업은 그들의 시가 무속성을 띤다는 전제를 기초로 출발하는 것은 아니다. 정

---

6) 오탁번은 이 같은 소월 시의 성격을 "무명(無名)을 향한 개체의 끝없는 확산과정은, 바로 민중이 무의식중에 원하고 있는 형태와 율조에 맞닿아지는 과정과 동일궤적이라고 할 수 있다"고 했다. 오탁번, 『현대시사의 대위적 구조』, 고려대민족문화연구소, 1988, 105쪽.

7) 고형진은 백석에 대해 "언어, 감각, 문장, 형식, 양식, 태도 등 시의 모든 미적 자질에 걸쳐 재래의 것을 벗어내고 새로운 것을 추구해나갔다. (중략) 그는 1930년대 그 어떤 시인보다 과감한 모더니스트"라 평한다. 고형진, 『정본 백석 시집』, 문학동네, 2007, 309쪽.

도의 차이는 있겠지만, 어느 시인의 시도 아울러서 무속적이라고 단언하는 것은 가능하지도 않을뿐더러 그러한 연구태도는 무의미하기 때문이다. 특히 이상 시에 반영된 무속적 상상력은 매우 제한적이며 우연적으로 드러난다. 이 연구의 목적은 특정 시인의 시가 무속성을 띤다는 사실을 확인하려는 데 있는 것이 아니라, 현대시의 공간 안에 잠복해 있는 무속적 인자들을 조명함으로써 한국 현대시의 문화사적 전경을 이루는 사상적 · 종교적 층위의 한 부분을 밝히려는 지점에 있다.

2. 김소월 : 사령과의 교감을 통한 한의 문학적 체현

서정주는 김소월을 "유명(幽明)의 양쪽에 걸쳐 살"면서, "유명의 길림길에서 양편을 다 바라보"[8]고 있는 시인으로 이해하며, 그의 시편을 무속적 시야에서 바라볼 단서를 마련한다. 이승과 저승을 아울러 의식한다는 것은 무적(巫的)인 시각으로 세계를 이해한다는 것과 동류항을 이룬다. 그의 시들을 무속적 도구로 해명하려는 노력은 그를 '새로운 근대적 예술적 샤먼'으로 보는 시각[9]을 유인하기도 한다. 또 소월 시가 품는 무속적 인자에 주목하고, 그의 시가 "민족의 아니마적 정조와 민족의 공통적인 정신사적 시원인 무속에서 싹튼 공통인자"를 지니는 것으로 보는 의견[10]도 눈에 띈다.

김소월 시에서 두드러지는 무속적 요소는 사령(死靈)의 인식, 또는 사령

---

8) 서정주, 『한국의 현대시』, 일지사, 1982, 117~118쪽.
9) 신범순, 『시안』 세미나(2002. 10. 12.~13.) 「한국현대시와 샤머니즘」의 주제발표 「샤머니즘의 근대적 계승과 시학적 양상—김소월을 중심으로」, 『시안』 2002. 겨울. 47쪽.
   그는 소월의 시에서 샤머니즘적 혼교의 여러 양상들을 발견하며, 생과 사의 경계선에 다리를 놓고 그것을 왕래하는 행위는 전형적인 샤먼의 행위로 규정한다.
10) 이몽희, 『한국현대시의 무속적 연구』, 집문당, 1990, 93쪽.

과의 교감이라는 무속적 사생관으로부터 발원한다. 사령과의 소통은 무속적 사유의 근간이 되는 테마며, 사령굿은 무속적 제례의 중심축을 형성한다[11].

> 그누가 나를헤내는 부르는소리
> 붉우수럼한언덕, 여긔저긔
> 돌무덕이도 옴즉이며, 달빗헤,
> 소리만남은 노래 서러워엉겨라.
> 옛조상(祖上)들의 기록(記錄)을 무더둔그곳!
> 나는 두루찻노라 그곳에서,
> 형적업는노래 흘녀퍼져,
> 그림자가득한언덕으로 여긔저긔,
> 그누가 나를헤내는 부르는소리
> 부르는소리, 부르는소리
> 내녁슬 잡아쓰러헤내는 부르는소리.
>
> — 김소월, 「무덤」 전문

이 시에서 화자는 한밤중 "옛조상(祖上)들의 기록(記錄)을 무더둔그곳"을 떠돈다. 낮은 현실세계의 질서에 따라 규제되고, 밤은 영적 세계의 규범에 의해 통제되는 시간이다. 그가 떠도는 시간인 밤은 죽은 자와의 소통이 가능한 시간대다[12]. 5행의 "옛조상(祖上)"은 자신의 조상뿐 아니라, 앞서 세상을 뜬 사람들을 통칭하는 것으로 보인다. "그곳"은 망자들의 시신이 묻힌 공동묘지를 일컫는다. 여기에서 시신을 "기록(記錄)"으로 인식하는 것은

---

11) 사령굿은 사령을 위로하고, 생시에 풀지 못한 욕구와 한을 풀어 준다. 그리고 죄업과 과오와 오예를 씻어, 망자가 깨끗한 상태로 낙지왕생할 수 있도록 기원한다. 조흥윤, 『한국 巫의 세계』, 민족사, 1997, 239~240쪽 참조.

12) 이러한 이유로 대부분의 굿은 밤에 이루어진다. 서울·경기 지역의 황제풀이나 성주맞이·영장치기·집가심 따위는 반드시 밤에 치러지며, 동신제 같은 큰 행사는 말할 것도 없고, 비손 같은 간단한 제의도 밤에 이루어진다. 김태곤, 「한국무속의 원형연구」, 민속학회 편, 『무속신앙』, 교문사, 1989, 307~308쪽 참조.

그것이 살아생전의 모든 내력이 응집된 결집체라는 생각이 작용했기 때문인 듯하다. 그러한 입장 안에는, 시신은 죽으면 무기물질이 되어 소멸하는 것이 아니라, 살아 있을 때의 의식이나 정서를 그대로 담고 있다는 믿음이 깔려 있다[13]. 이는 화자가 한밤중 공동묘지에서 들리는 소리를 죽은 자의 것으로 느낄 수 있는 근거를 마련한다.

무속적 사유체계에 따르면 죽은 자의 혼백이 이승세계에서 내는 소리를 공창(空唱)이라 한다. 공수가 무당의 입을 빌린 사령의 소리라면, 공창은 사령이 직접 내는 소리다[14]. 이 시에서 "나를헤내는 부르는소리" "돌무덕이도 옴즉이며, 달빗헤,/ 소리만남은 노래" "형적업는노래"는 모두 공창으로 이해할 수 있다. 그는 그것들을 통해 사령의 존재를 분명히 감지한다. 죽은 자의 영혼이 온전히 저승에 들지 못하고, 이승에 떠돈다는 것은 이승에서 맺힌 한을 풀지 못한 채 죽었다는 것을 의미한다[15]. 하여 혼백이 내는 소리는 화자에게 서럽게 들릴 수밖에 없다.

동시에 그것은 그 자신이 겪는 생의 한스러움과 공명을 일으킨다. 화자와 죽은 자는 동병상련하는 심리적 등가관계에 놓이게 된다. 이제 그에게 죽은 자의 혼백이 내는 공창은 마치 자신을 잘 알고 있는 사령이 자신을 부르고 끌어당기는 것 같다. 그 소리를 찾아 한밤중 공동묘지를 헤매는 모습은 화자가 빙의[16] 상태에 있음을 시사한다. 빙의는 신병증상과 비슷

---

13) 저승세계에 든 망자는 가족관계와 같은 이승에서의 인연은 완전히 단절되지만, 세상에서 가졌던 미련이나 욕망 같은 감정은 일정 기간 유지한다. 김태곤, 『무속과 영의 세계』, 한울, 1993, 52~58쪽 참조.
　저승세계의 이러한 모습은 불교에서 말하는 천상계의 둘째 하늘인 도리천(忉利天)의 성격과 유사하다. 도리천은 아직 식욕과 음욕, 수면욕 등이 남아 있는 죽은 자의 세계다.
14) 영혼은 생전의 형태로 나타나기도 하지만, 형체는 보이지 않고 그의 말소리만 들리는 예가 있는데 이를 空唱이라 한다. 최운식, 『한국설화연구』, 집문당, 1994, 245쪽.
15) 물에 빠져 죽거나, 교통사고 등으로 참사를 당해 이승에 대한 미련이나 한이 남아 있는 망자의 혼은 저승으로 가지 못하고 이승에서 원혼이 되어 떠도는 부혼(浮魂)이 된다. 김영진, 「충청북도무속연구」, 김택규, 성병진 공편, 『한국민속연구논문선4』, 일조각, 1986, 300쪽.
16) 빙의(posession)는 흔히 '신지핌'이라 하며 황홀경(ecstasy), 트랜스(trance)와 더불어 巫의 일반적 특징이다. 오태환, 앞의 책, 38~39쪽.

한 모습을 보인다. 신병에 걸리면 의식이 희미해지고, 꿈과 현실의 경계가 모호해진다. 꿈이 잦아지고 꿈뿐 아니라 생시에도 신의 환상과 환청을 경험한다. 이런 증세가 심해지면, 미쳐서 집을 뛰쳐나가 산과 들을 정신없이 헤매기도 한다[17]. 화자의 태도는 신병 들린 입무자의 모습을 환기하기도 한다.

「무덤」은 한밤중 공동묘지를 헤매는 화자가 빙의 상태에서 가슴에 품은 한을 망자의 공창에 의탁해 표출하는 작품으로 이해할 수 있다.

「묵념(默念)」은 화자와 시적 대상이 전도되어 나타난다. 화자가 한밤중 이승을 떠도는 사령의 배역을 맡고, 시적 대상은 그가 연모하는 살아 있는 자의 배역을 맡는다.

> 이슥한밤 밤긔운 서늘할제
> 홀로 창(窓)턱에거러안자, 두다리느리우고,
> 첫머구리소래를 드러라.
> 애처롭게도, 그대는 먼첨 혼자서 잠드누나.
>
> 내몸은 생각에잠잠할새, 희미한수풀로서
> 촌가(村家)의액(厄)맥이제(祭)지나는 불빗츤 새여오며,
> 이윽고, 비난수도머구리소리와함께 자자저라.
> 가득키차오는 내심령(心靈)은……하눌과쌍사이에.
>
> 나는 무심히 니러거러 그대의잠든몸우헤 기대여라.
> 움직임 다시업시, 만뢰(萬籟)는 구적(俱寂)한데,
> 희요(熙耀)히 나려빗추는 별빗들이
> 내몸을 잇그러라, 무한(無限)히 더갓갑게.
>
> — 김소월,「묵념(默念)」 전문

---

17) 고대민족문화연구소 편, 앞의 책, 217쪽 참조.

화자인 사령은 저승으로 들지 못하고 이승을 떠돈다. 이 시의 화자를 사령으로 이해하는 것은 우선 이 시의 내용에서 정황근거를 마련할 수 있다. 화자는 "그대"를 향한 그리움의 감정에 사로잡혀 있다. "홀로 창(窓) 턱에거러안자" 있던 그는 그리움을 이기지 못해 "그대"가 잠든 곳을 찾아가 "그대의잠든몸" 위에 "무한(無限)히 더갓갑게" 기댄다. "그대의잠든몸" 위에 "무한(無限)히 더갓갑게" 기대는 화자의 모습은 그리워하는 이를 만났기 때문에 그리움이 희석되고 있기보다는 오히려 그것이 더 간절하게 고조되고 있는 포즈로 비친다. 화자가 살아 있는 사람이라면 언제든지 가서 만날 수 있는 공간에 있는 연인 때문에 그리움으로 고통받지도 않을뿐더러, 하물며 가서 대면한 상황에서 그리움에 겨워할 가능성은 희박해질 수밖에 없다. 화자는 혼령이기 때문에 "그대"가 있는 곳으로 언제든지 갈 수 있었을 것이다. 하지만 혼령이라는 입장이라면 항상 "그대"는 그리움의 대상일 수밖에 없다. "그대"를 만난다 하더라도 자신은 "그대"를 볼 수 있을지언정, "그대"는 자신을 볼 수 없기 때문이다. 곁에 있지만 "그대"가 결코 자신을 지각하지 못한다는 현실은 살아 있을 때의 "그대"와의 만남과 대비되면서 화자의 안타까움과 그리움을 가중시킬 개연성이 있다.

화자를 사령으로 해석하는 방향은 "애처롭게" 잠든 "그대"의 모습과 "厄맥이祭"에서 간접적인 근거를 확보할 수 있다. "그대"는 화자의 죽음을 슬퍼해서 "애처롭게" 잠들었을 가능성이 크다. 그렇지 않다면, 화자와 언제든지 만날 거리에 있으면서 그렇게 잠든 이유를 상정하기 어렵다. 이러한 입장에서 다음 연의 "액(厄)맥이제(祭)"를 설명할 수 있다. 비난수[18]가 원혼

18) 이는 평안도 지역의 무속 제차며, '비나수'라는 표기도 보인다. 김태곤, 「북한지역의 무속실태와 전승」, 『북한』1977년 3월호, 북한문제연구소, 1977, 146쪽 이몽희, 앞의 책, 79쪽에서 재인용. 이몽희는 위 저술에 의거 '비나수'가 보편적인 명칭인 것으로 추정한다.(이몽희, 앞의 책, 79쪽) 그러나 소월의 다른 시 「비난수하는맘」, 백석의 「오금덩이라는곳」에도 '비난수'라는 표현이 있는 것으로 보아 김태곤의 오기일 가능성도 남는다.

을 달래 저승으로 보내는 제차라는 점에서 "액(厄)맥이제(祭)"는 젊은 나이에 사랑을 잃고 한스럽게 죽은 화자의 넋으로부터 입을 수 있는 액(厄)을 방지하려는 의례다. 화자는 "액(厄)맥이제(祭)"에서 달래어 천도시키려는 혼백으로 보는 것이 타당하다. 혼백인 화자는 자신의 죽음에 대한 슬픔으로 "애처롭게" 잠든 연인에 대한 안타까움으로 저승세계에 차마 들지 못하고 연인 곁을 배회한다.

이 시는 사랑하는 사람을 남겨놓고 젊은 나이에 세상을 떠난 자의 혼령을 화자로 해서 한과 그리움의 정서를 펼친다는 점에서 김소월의 다른 시들과 구별된다. 무속에서 저승으로 가지 못하고 이승을 배회하는 혼백을 원귀[19]라 일컫는다. 이 시의 화자는 몽달귀의 성격을 지니는 것으로 보인다. 그렇다고 무속적 속신처럼 원한에 사무쳐 사람들에게 횡액을 내리는 존재로 보기는 어렵다. 그것은 죽어서도 잊지 못하는 "그대"에 대한 안타까운 그리움과 사랑 때문에 이승을 떠돌 뿐이다. 「묵념(默念)」은 무속적 사생관을 배후로 사랑과 그리움, 또는 한이라는 소월 시의 주제적 국면을 사령을 화자로 삼아 형상화하는 특이한 형식으로 구성된다.

「접동새」는 서북지방에 전래되는 '접동새설화'를 모티프로 하면서 무속적 혼교(魂交)의 정황을 환기하는 작품이다.

접동/ 접동/ 아우래비접동

진두강(津頭江)가람까에 살든누나는/ 진두강(津頭江)압마을에/ 와서웁니다.

옛날, 우리나라/ 먼뒤쪽의/ 진두강(津頭江)가람까에 살든누나는/ 의붓어미 싀샘에 죽엇습니다.

---

19) 이런 유형은 산 자들에게 횡액을 내리는 수가 많다. 이를 일컫는 말로 왕신, 몽달귀신, 객귀, 영산, 상문 등이 있다. 김태곤, 『무속과 영의 세계』, 한울, 1996, 72쪽.

누나하고 불너보랴/ 오오 불설워/ 싀새음에 몸이죽은 우리누나는/ 죽어서 접동새가 되엿습니다.

아웁이나 남아되든 오랩동생을/ 죽어서도 못니저 참아못니저/ 야삼경(夜三更) 남다자는 밤이깁프면/ 이산(山) 저산(山) 올마가며 슬피웁니다.

　　　　　　　　　　　　　　　　　　— 김소월,「접동새」전문

이 작품은 의붓어미와 의붓자식 사이의 갈등을 대립축으로 한 '접동새 설화'에서 밑본을 구한다. 이 시의 접동새는 의붓어미의 "싀새움"으로 한스럽게 살다 죽은 자의 영혼이 투사된 한의 현현(顯現)이다. 이 시에 반영된 무속적 사유는 죽은 자의 영혼이 새의 몸을 빌어 지상을 떠돈다는 설정과, 영혼과 정서적으로 교감하는 화자의 사생관에서 끌어낼 수 있다.

솟대[守煞臺] 위에 나무로 만든 새를 1~3마리를 올려놓는 풍속은 예로부터 새가 천상과 지상, 저승과 이승을 매개하는 영물로 여겼다는 사실과 조응한다. 북방아시아에서 발견된 '샤머니즘의 대' 끝을 장식한 새는, 새가 샤먼의 영혼을 인도하여 천계로 간다[20]는 믿음을 추론할 수 있다. 브리아드족 전설 속에서 최초의 샤먼은 솔개의 전신(轉身)인 것으로 간주한다. 무당의 모자장식에 쓰는 새의 깃은 무당이 새의 깃을 타고 타계의 혼과 접촉하는 것을 의미하는 표지다[21]. 무당은 점을 칠 때 소반 위에 펴 놓은 흰쌀에 새의 발자국이 찍히면 망자가 극락왕생한 걸로 풀이한다. 망자가 새의 형상으로 천도한다는 믿음에 따른 것으로 보인다. 또 제주 시왕맞이굿의 본풀이에는 '지장아기씨'가 죽어 새로 환생하는 모티프가 나타난다[22]. 시왕맞이굿의 환생모티프는 '접동새설화'의 원형에 닿아 있는 것으로

---

20) 김열규,『한국의 신화』, 일조각, 1997, 37~38쪽.
21) 구미래,『한국인의 상징세계』, 교보문고, 1994, 164쪽.
22) 현용준,『제주도무속연구』, 집문당, 1986, 181쪽.

보인다. 무속에서 새는 천상과 지상, 신의 세계와 사람의 세계 사이를 오간다는 점에서 사령을 상징해 왔다. 이 시에서 그것은 접동새로 형상화된다.

이 시의 화자는 죽은 누이의 "아웁이나 남아되든 오랩동생" 중 한 명이다. 그는 "진두강(津頭江)가람까"에서 접동새의 서러운 울음소리를 듣는다. 화자는 접동새의 서러운 울음소리에서 "의붓어미싀샘" 때문에 죽고만 누이의 서러운 삶을 떠올린다. 화자는 접동새에 죽은 누이의 혼백이 깃들였다고 믿게 된다. 그는 누이의 혼백이 "아웁이나 남아되든 오랩동생"을 잊지 못하고 접동새의 몸에 의탁해서 자신이 살던 "진두강(津頭江)가람까"에 와서 울고 있다는 환상에 빠진다. 접동새가 자신이 살던 곳에 와서운다는 설정은 한 맺힌 사령은 자신이 죽은 곳이나, 살았던 장소에 머문다는 무속적 속신을 반영한다. 화자는 "누나"의 사령인 접동새의 서러운 울음을 들으며, 그녀의 한에 동참한다[23]. 이러한 정황은 사령제의 핵심제차인 공수와 유사한 성격을 띤다. 공수는 격렬한 무악과 도무에 의해 강신된 무당이 신, 또는 사령을 대신해서 1인칭으로 하는 말이다[24]. 공수의 내용은 망자가 생전의 내력을 밝히고 품은 한을 토설하는 형식으로 이루어진다. 이 시에서 접동새의 울음은 망자가 제3자의 몸을 빌려 내는 소리라는 점, 그리고 표면적으로는 동생들을 근심하지만, 그 이면에는 살아 있을 때의 한이 배경과 동기를 이루고 있을 수밖에 없다는 점에서 공수의 성격과 겹치는 부분을 찾을 수 있다.

「접동새」는 전래설화를 모델로 하여 한이라는 겨레정서의 원형질을 포착한다. 그 배후에는 새의 몸을 빌린 사령과 소통하는 무속적 혼교 모티프가 놓인다.

---

23) 정끝별은, 누나와 자신을 동일시하는 시인의 내면에는 현실을 설화화하여 현실의 고통을 초월코자 하는 김소월의 패러디적 욕망이 숨겨진 것으로 이해한다. 정끝별, 『패러디시학』, 문학세계사, 1997, 92쪽.

24) 최길성, 『한국 무속의 연구』, 아세아문화사, 1990, 17쪽 참조.

3. 이상 : 무적 임사체험과 문벌에 대한 강박의식

이상 시에서 무속적 요소를 탐색하려는 노력은 낯설고 어려운 모험을 요구한다. 그의 언어에 대한 짓궂은 희롱과 창백하게 부검된 이미지의 집산, 그 안에서 군데군데 드러나는 병적으로 날이 선 자의식은 재래식 독법을 부정하는 것처럼 보이기도 한다. 그의 시에 대한 이해를 초현실주의나 다다, 또는 정신분석학적 접근에 의존하려는 유혹에 쉽게 빠지는 이유가 된다. 그의 시세계를 네거필름적인 것으로 규정하고, 각각의 작품들이 시대를 넘어선 아득한 미래의 시점에 놓인다[25]는 평가도 그의 시가 지니는 탈전통적 기질을 전제한다.

그의 시에서 발견되는 무속성은 그 생래적 기질만큼 제한적이고 파편적일 가능성이 커질 수밖에 없다. 김소월의 시편에서와 달리, 화자가 무속적 사유의 틀 안에서 세계를 바라보고 해석한다고는 생각하기 어렵다. 무의식 안에 침전되어 있던 무속적 사유형식이 어느 순간 우연히 시 속에 드러나는 것 같다.

「오감도(烏瞰圖)」 연작 가운데 하나인 「시 제14호(詩第十四號)」는 무속적 입사의례의 한 형식인 임사체험을 사실적으로 재현한다.

> 고성(古城)앞풀밭이있고풀밭위에나는내모자(帽子)를벗어놓았다.성(城)위에서나는내기억(記憶)에꽤무거운돌을매어달아서는내힘과거리(距離)껏팔매질쳤다.포물선(抛物線)을역행(逆行)하는역사(歷史)의슬픈울음소리.문득성(城)밑내모자(帽子)곁에한사람의걸인(乞人)이장승과같이서있는것을내려다보았다.걸인(乞人)은성(城)밑에서오히려내위에있다.혹(或)은종합(綜合)된역사(歷史)의망령(亡靈)인가.공중(空中)을향(向)하여놓인내모자(帽子)의깊이는절박(切迫)한하늘을부른다.별안간걸인(乞人)은율율(慄慄)한풍채(風采)를허리굽혀한개의돌을

---

25) 오탁번, 앞의 책, 13쪽.

내모자(帽子)속에치뜨려넣는다.나는벌써기절(氣節)하였다.심장(心臟)이두개골(頭蓋骨)속으로옮겨가는지도(地圖)가보인다.싸늘한손이내이마에닿는다.내이마에는싸늘한손자국이낙인(烙印)되어언제까지지워지지않았다.

— 이상, 「시 제14호(詩第十四號)」 전문

　화자는 "모자(帽子)"를 벗어 풀밭 위에 놓는다. 이 시의 흐름으로 보아 "모자(帽子)"는 화자의 두개골을 가리킨다. 두개골을 내려놓은 화자가 성 위에서 한껏 돌팔매질을 한다. 돌은 "모자(帽子)", 즉 두개골의 내부에 들어 있는 것으로 추정할 수 있다. 그렇다면 그것은 그때까지 화자의 모든 정신작용이 총체적으로 '수록'된, 뇌에 준하는 어떤 것으로 해석할 수 있다. 화자는 그것을 '기억에 매단 돌'로 묘사한다. 이는 '돌에 매단 기억'의 전도된 표현으로 볼 수 있다. 돌은 화자의 전 생애를 스치며 날아간다. 돌이 공기를 가르며 내는 소리는 화자의 편에서 듣는다면 돌의 궤적인 돌팔매가 그리는 포물선을 거슬러 들릴 수밖에 없다. 화자에게 그 소리는 "역사(歷史)의슬픈울음소리"로 들린다. "역사(歷史)"는 화자의 기억에 남아 있는 전 생애의 기록이다. 그것을 "슬픈울음소리"로 인식하고 있다는 정황은 화자가 자신이 겪어온 삶의 전모를 비극적으로 인식하고 있다는 것을 뜻한다[26].

　문득 그는 자신의 모자, 즉 두개골 옆에 서 있는 "걸인(乞人)"을 발견한다. 그의 키는 막 성 위까지 뻗쳐올라온다. 화자는 그를 "종합(綜合)된역사(歷史)의망령(亡靈)"[27]이 아닌가 생각한다. 그는 화자를 포함한 모든 개인

---

26) 입무자들은 예외 없이 현실적 질곡으로부터 고통을 받는다. 이 시의 화자가 자신의 삶을 비극적으로 인식하는 것은 그가 입무자들이 공통적으로 지니는 환경 속에 놓였음을 시사한다.

27) 서정주는 귀신을 "육신을 이미 떠난 마음의 대집합"이라 한다. 서정주, 「역사의식의 자각」, 『현대문학』, 1964. 9. 38쪽.
　이상의 "종합(綜合)된역사(歷史)의망령(亡靈)"에서 '역사'를 개인의 기억으로 보았을 때, 서정주의 "육신을 이미 떠난 마음의 대집합"은 그것과 매우 흡사하다. 두 시인이 영(靈)의 존재를 거의 동일하게 이해한 점은 흥미롭다. 두 가지 다 그것을 정신의 어떤 현상으로 이해하는 듯하다. 이러한 점은 이 시에 대한 해석의 정당성을 간접적으로 뒷받침한다.

의 삶을 아우르는 기억의 집결체를 관장하는 신적인 존재다. 화자의 빈 두 개골은 하늘을 보고 뒤집힌 채 다시 채워지길 "절박(切迫)"하게 기다리는 중이다. 별안간 그것은 소름 끼치는 몸을 구부려 화자의 빈 두개골 내부에, 화자가 기억을 매달아 날려버린 돌 대신에 다른 돌을 채워 넣는다. 화자는 그 광경이 무서워 기절한다. 화자의 시야에 자신의 해부도 위로 심장이 두개골 속으로 들어가는 광경이 보인다. 기절한 화자의 이마에 누군가의 싸늘한 손길이 닿는다. 화자는 그 감촉이 "언제까지든지" 잊혀지지 않는다.

이 시의 내용은 입무자들이 겪는 신체할단(dismemberment)을 통한 임사체험의 모습을 놀라울 정도로 현실감 있게 보여 준다. 입무자들의 임사체험은 샤머니즘의 습속이 있는 전 지역에서 두루 발견된다.

입무자가 겪는 신체할단의 환상은 우리나라 무속에서는 약화되어 나타나지만[28], 시베리아나 남북아메리카, 오세아니아 등 샤머니즘의 세계에서 보편적으로 일어나는 현상이다. 위 기록에서처럼 신체할단과 더불어 신체에 이물질을 삽입하는 모습은, 오스트레일리아에서 입무자의 머리에 구멍을 내고, "레몬 크기 정도의 마법의 돌"을 박거나, 몸속에 "석영조각(atnongara)"을 채워 넣는 의식[29]에서도 발견된다. '바꿔 넣음'은 인격에서 신격으로 몸을 바꾸기 위한 제차다.

이 시에서 화자는 입무자로서 신체할단의 임사체험을 한다. 화자의 돌

---

28) 『삼국유사』에 신체할단 모티프를 추정할 만한 흔적이 나온다. '혁거세왕이 신라를 세우고 나라를 다스린 지 61년 만에 하늘에 올라갔다. 그후 이레가 지난 다음 왕의 유해가 산산이 흩어져 땅에 떨어졌다. 그것을 모아 합장하려 했으나 큰 뱀이 방해를 하여 분리된 유체를 다섯 능에서 각각 장사를 했다. 이를 사릉이라 한다.' 『삼국유사』 권1 기이(奇異)
또 이원수의 전래동화 「순이와 버들잎소년」에도 비슷한 추정을 할 만한 이야기가 나온다. '하늘에서 내려온 소년이 의붓어미 밑에서 고생하는 순이를 돕는다. 그러나 순이의 의붓어미에게 들켜 불에 타죽는다. 순이는 소년의 뼈를 모아 여러 가지 빛깔의 물을 뿌린다. 재생한 소년은 순이를 데리고 하늘로 올라간다. 이원수, 『전래동화집』(현대사), 이부영, 「입무과정의 몇 가지 특징에 대한 분석심리학적 고찰」, 김택규·성병희, 『한국민속연구논문선』(일조각, 1986), p.179에서 재인용.
29) M. 엘리아데, 이윤기 역, 앞의 책, 62~65쪽 참조.

팔매질은 자신의 역사, 즉 전 생애의 기억을 날려 보내는, 다시 말해서 자아를 교체하기 위한 제차라 할 수 있다. 인격에서 신격으로 전화(轉化)하기 위한 행위다. 그의 의례를 도와주는 것이 "걸인(乞人)"이다. "종합(綜合)된역사(歷史)의망령(亡靈)"으로 표현된 그는 신적인 존재다. 갑자기 키가 성위까지 치솟는 모습도 그를 인간으로 믿기 어려운 이유가 된다. 그는 영신(靈神)의 역할을 맡는다. 그는 비워진 화자의 두개골에 새로운 돌을 "치뜨려" 넣는 의식을 거행한다. 이는 화자의 인격이 전환되었음을 의미한다. 화자가 기절한 상태에서 목격하는 내장기관의 뒤바뀜도 입무자들이 겪는 보편적인 환상이다. 입무자들의 내장기관이 적출되거나, 교체·재배치되는 모습과 입무자들이 그 광경을 '숨죽여' 바라보는 모습은 임사체험의 전형적 풍경이다. 여기까지가 화자의 꿈으로 여겨진다. 그를 깨운 "싸늘한 손"은 환상의 고통과 전율스러움 때문에 "낙인(烙印)"처럼 그 감촉을 잊기 어려웠을지도 모른다. 그 손의 임자가 영신일 수도 있다.

이상의 다른 시, 「오감도(烏瞰圖)」의 「시 제 11호(詩第十一號)」나 「시 제13호(詩第十三號)」 등에도 신체할단 모티프가 나타난다. 그러나 이 시에 나타나는 신체할단이미지와 구별되는 분위기와 에피소드가 감지된다.

> 내팔은그사기컵을死守하고있으니산산(散散)이깨진것은그럼그사기컵과흡사한내 해골(骸骨)이다. 가지났던팔은배암과같이내팔로기어들기전(前)에내팔이혹(或)움직였던들홍수(洪水)를막은백지(白紙)는찢어졌으리라. 그러나내팔은여전(如前)히그사기컵을사수(死守)한다.
>
> — 이상, 「시 제11호(詩第十一號)」 부분

자세히보면무엇에몹시위협(威脅)당하는것처럼새파랗다. 이렇게하여잃어버린내두팔을나는촉대(燭臺)세움으로내방안에장식(裝飾)하여놓았다. 팔은죽어서도오히려나에게겁(怯)을내이는것만같다. 나는이런얄다란예의(禮儀)

를화초분(花草盆)보다도사랑스레여긴다.

— 이상, 「시 제13호(詩第十三號)」 부분

위 시들에 나타나는 신체할단이미지는 위트에 의존하며, 언어와 감각의 유희를 떠올리게 한다. 그리고 신체할단의 파트너가 존재하지 않는다. 이에 비해서 「시 제14호(詩第十四號)」는 이상 자신의 능기인 위트나 언어유희적 낌새가 거의 느껴지지 않고, 읽는 이가 고통을 느낄 만큼 진지하게 시상을 갈무리한다. 또 신체할단의 파트너가 명시되고 있다. 이러한 점은 이 시를 무적 입사의례의 제차인 신체할단의식의 한 장면으로 해석할 가능성을 뒷받침한다. 모든 임사체험에는 파트너가 필수적이다. 그것은 의례를 집전해야 하는 영신이기 때문이다. 입무자는 신체할단의 대상일 뿐이다. 더구나 이 시의 에피소드는, 화자가 자신의 바깥에서 자신을 바라보는 내용을 담는 이율배반적 경험을 담고 있다는 면에서도, 원시샤면의 전형적 임사체험 장면과 일치한다.

이상이 샤머니즘의 입사의례에 대한 정보를 접했을 가능성은 확인하기 어렵다. 그가 임사체험의 제차를 의식하고 이 시를 썼든 그렇지 않든 중요한 문제는 아니다. 임사체험은 시간이나 장소, 또는 정보의 소통 여부와 상관없이 샤면에게 보편적으로 일어나는 현상이다. 원시샤면의 생생하고 격렬한 신체할단의식을 환기하는 이 작품은 꿈의 내용을 시로 형상화했을 가능성이 크다. 문학적 수사나 과장을 염두에 두더라도 꿈이 아닌 생시의 상상이나 환상으로 보기에는 경험의 내용이 너무 적나라하고 격렬하다. 이상의 시들 가운데에서도 독특한 소재로 짜여진 이 작품은 소위 집단무의식(collective unconscious)이나 벤야민의 소위 '종합적 기억(gedächtnis)'[30]

---

30) 벤야민에 따르면, 이것은 일상에서 경험한, 의식하지 못하는 자료들이 축적되면서 형성된다. 프로이트의 '무의지적 기억'과 유사한 개념으로 경험의 본질을 형성한다. W. 벤야민, 반성완 역, 『발터 벤야민의 문예이론』(민음사, 1983), 119~205쪽 참조.

의 시야에서 이해할 수 있을 듯하다.

「문벌(門閥)」은 조상의 영혼과 소통하는 형식으로 가문에 대한 콤플렉스와 정체성의 갈등을 행간에 드러낸다.

분총(墳塚)에계신백골(白骨)까지가내게혈청(血淸)의원가상환(原價償還)을강청(强請)하고있다.천하(天下)에달이밝아서나는오늘오늘떨면서도처(到處)에서들킨다.당신의인감(印鑑)이이미실효(失效)된지오랜줄은꿈에도생각하지않으시나요—하고나는의젓이대꾸를해야겠는데나는이렇게싫은결산(決算)의함수(函數)를내몸에지닌내도장(圖章)처럼쉽사리끌러버릴수가참없다.

— 이상, 「문벌(門閥)」 전문

이상은 문벌과 가계의 중요성을 내세우는 조부와 백부의 유교윤리에 갇혀 지낸다[31]. 그의 시에는 그가 가문 또는 가정에 대해 어떤 강박의식을 가지고 있다는 흔적이 자주 발견된다. "크리스트에혹사(酷似)한남루(襤褸)한사나이가잇으니이이는그의종생(終生)과운명(殞命)까지도내게맡기랴는사나운마음씨다"(「육친(肉親)」), "두번씩이나각혈(咯血)을한내가냉청(冷淸)을극(極)하고있는가족(家族)을위(爲)하여"(「육친(肉親)의장(章)」) 같은 것이 그 예다.

이 시도 그가 가진 문벌과 가계에 대한 콤플렉스를 드러낸다. 이 시는 화자와 선산에 묻힌 조상들의 혼령과 교감하는 형식을 취한다. "혈청(血淸)의원가상환(原價償還)을강청(强請)"한다는 말은 가문 대대로 이어왔던 가풍을 지킬 것을 명령한다는 뜻이다. 조부나 백부와 같은 친척들이 조상 때부터 지켜 왔던 가풍대로 처신하도록 화자를 간섭하고 규제한 데서 연유한 것이겠다. 화자에게 조상의 유풍이 거추장스럽다. 화자는 그것으로부터 도피하고 싶은 욕망에 사로잡힌다. 그러나 그것은 욕망일 뿐, 일가친척의 간섭과 규제로부터 벗어날 수 없다. 화자는 그러한 자신의 처지를 "천

---

31) 김승희 편저, 『이상』, 문학세계사, 1993, 22쪽.

하(天下)에달이밝아서나는오들오들떨면서도처(到處)에서들킨다"로 표현한다. "달"의 밝기는 표면적으로 화자의 모습이 발각되는 이유가 된다. 한편 그것은 그 시간이 조령이 활동하는 밤임을 의미하기도 한다. 무속에서 밤은 인간세계의 풍속과 윤리로부터 벗어나, 신들의 질서와 규범의 지배를 받는 성스러운 시간이다. 화자는 자신을 집요하게 찾아다니며 간섭하고 규제하려는 조령에게, 시대가 바뀌고 사회가 바뀌었음을 들어 설득하려 한다. "의젓이"는 조령들에 대한 두려움을 숨기려는 꾸밈이다. 그러나 그것은 마음속의 결의에 지나지 않는다. 왜냐하면 가문의 구성원은 마치 함수관계처럼 가풍과 나란히 처신해야 하고, 따라서 가풍의 부정은 가문의 구성원으로서의 관계를 "결산(決算)"하는 것을 의미하기 때문이다. 화자는 가문과 결별하는 것이 "내몸에지닌내도장(圖章)"을 끌러버리는 것 같아 차마 하기 어렵다. 여기에서 "내몸에지닌내도장(圖章)"은 '나'가 반복된 것이나, 도장의 쓰임새로 보아 화자의 정체성을 뜻하는 것으로 해석할 수 있다.

이 시는 가문의 굴레에 대한 화자의 입장을 혼교라는 무속적 사유형식으로 전달하고 있다. 여기에서의 무속성은 메시지를 효과적으로 꾸미기 위한 알레고리적 장치를 형성하는 데 복무한다. 비유적 수단으로 무속을 끌어썼다는 것은 오히려, 이상에게 그것이 그의 의식 또는 무의식 안에 짙게 배어 있음을 반증하는 것으로 해석할 수 있다.

4. 백석 : 무속적 사유와 토속공간의 원형성

백석 시에 대한 논의는 모더니즘(이미지즘)적 요소나 리얼리즘적 요소, 그리고 낭만주의적 미학에 초점을 두고 작품에 자율적으로 내재하는 구조를 분석하려는 시도, 그리고 방법론적 도입을 통해 분석하려는 시도 등으로 대별된다[32]. 그의 시는 대체로 토속성[33]이나 모더니즘, 또는 리얼리즘 [34]의 관점에서 이루어진 듯하다.

백석 시에서 두루 목격되는 북방정서나 북방민의 생활상 안에는 그것들을 이면에서 간섭해 온 무속적 사유가, 눈에 띄든 숨겨져 있든 존재할 것이란 것은 자명하다. 그의 시에서 북방정서나 북방민의 생활상이 시원적(始原的)이고 생생한 날것으로 드러날수록, 안에 무속적 질서와 세계관의 원형질이 더 농밀하게 반영되었을 가능성이 크다.

「가즈랑집」은 무당인 "가즈랑집할머니"와 그녀의 마을과 집에 대한 이야기를 풀어놓으면서, 설화와 무속과 생활이 온전히 한몸이 되어 존재하는 자연색 그대로의 토속공간을 섬세하게 그려낸다.

승냥이가새끼를치는 전에는쇠메돞도적이났다는 가즈랑고개

가즈랑집은 고개밑의
山넘어마을서 도야지를 잃는밤 즘생을쫓는 깽제미소리가 무서웁게 들려오는집
닭개즘생을 못놓는
멧도야지와 이웃사춘을지나는집

예순이넘은 아들없는가즈랑집할머니는 중같이 정해서 할머니가 마을을 가면 긴 담뱃대에 독하다는막써레기를 몇대라도 붗이라고하며

간밤엔 섬돌아레 숭냥이가왔었다는이야기

---

32) 박주택, 『낙원회복의 꿈과 민족정서의 복원』, 시와시학사, 1999, 22~23쪽.
33) 김재홍은, 이미지즘의 장점을 찾아내어 특유의 설화적 내면 공간 또는 향토적 서정공간 속으로 끌어들였다고 평가한다. 김재홍, 『한국현대문학의 비극론』 시와 사학사, 1993, 230~258쪽 참조.
34) 윤여탁은, 백석의 서술시를 리얼리즘 확보를 위한 모색의 일환으로 간주한다. 윤여탁, 『시의 논리와 서정시의 역사』 태학사, 1995, 203~206쪽 참조.

어느메산(山)곬에선간 곰이 아이를본다는이야기

나는 돌나물김치에 백설기를먹으며
넷말의구신집에있는듯이
가즈랑집할머니
내가날때 죽은누이도날 때
무명필에 이름을써서 백지달어서 구신간시렁의 당즈깨에넣어 대감님께 수
영을들였다는 가즈랑집할머니
언제나병을앓을때면
신장님달런이라고하는 가즈랑집할머니
구신의딸이라고생각하면 슳버졌다

— 백석, 「가즈랑집」부분

　"가즈랑할머니"가 사는 "가즈랑고개"는 승냥이가 새끼를 치고, 한때는
쇠몽둥이를 든 도적들의 소굴이 있는 깊은 산속이다. 그곳에는 한밤중 가
축을 노리는 승냥이 따위의 산짐승을 쫓는 산 너머 마을의 꽹과리 소리가
들리기도 한다. 산짐승 등쌀에 가축들을 함부로 풀어먹이지 못하는, 가끔
멧돼지도 근방에서 어슬렁거리는 마을을 지나면, "가즈랑고개"에 할머니
의 집이 있다.
　할머니가 사는 "가즈랑집"을 포함하여 마을에서는 인가의 섬돌 아래까
지 승냥이가 들락거리고, 어느 산골에서는 곰이 아이를 돌본다는 믿기 어
려운 이야기가 사실처럼 들리는 곳이다. 이 공간은 사람들의 생활과 산짐
승들의 생태가 혼효된다. 사람과 자연이 서로 소통하면서 스스로의 삶을
이어간다. 서구적 합리주의로 치장한 문명적 사유가 틈입할 여지가 없다.
이 공간에서는 곰이 아이를 부양한다는 신화 같은 이야기도 이성의 접
시저울로 사실 여부를 가늠해야 하는 대상이 아니다. 다만 몇 번을 들어
도 그 신비로움에 눈을 빛내며, 두려움과 호기심으로 가슴을 두근거려야

하는 존재(sein)형식으로 인식된다. 5연에서는 병을 "신장님달련"으로 여긴다. 무속적 질병관에 따르면, 병은 원혼의 해코지나 신벌로 말미암는다 [35]. 따라서 치료의 주체는 무당이었으며, 그들은 활인서(活人署)라는 기관에 소속되어 의료행위를 담당하기도 했다.[36] "가즈랑집할머니"가 살고 있는 이 시의 공간은 사람과 자연뿐 아니라, 신까지 뒤섞여 소통하는 시원의 비경이다.

화자는 "돌나물김치에 백설기를먹으며" 할머니를 생각한다. 그녀는 화자와 누이의 이름을 적은 '명다리'를 신에게 바쳐 그들의 무병장수를 비는 무당이다[37]. "대감님"은 그녀의 몸주다. 신에게 "수영을들였다"는 말은 그들을 신의 가호 아래 들여 무병장수하도록 했다는 뜻으로 이해할 수 있다. 무당은 세속세계의 규범과 풍속으로부터 벗어나 신들의 윤리와 질서 속에서 살아간다. 3연에서 볼 수 있듯이 신성공간인 무(巫)의 세계에서 존재하는 할머니는 예순이 넘은 나이에도 "중같이 정"하게 늙을 수 있다. 그녀는 자연과 신과 섞여 서로 교섭하며 살아가는 마을 사람들의 삶의 내력과, 그들이 숨을 쉬며 생활하는 원형적 공간의 비밀을 탐색할 수 있는 하나의 기호로 기능한다.

「가즈랑집」은 무당인 "가즈랑집할머니"를 구심점으로 한, 무속적 사유와 질서 아래 사람과 동물과 신이 혼연하는 공간을 보여 준다. 화자에게 그 공간은 언제든지 그 안에서 의지하고 쉴 수 있는, 아기집과 같은 안식의 처소로 인식된다.

「오금덩이라는곧」은 무속적 색채가 축사의례의 풍속을 전경으로 구체적으로 드러난다.

---

35) 이부영, 「한국무속의 심리적 고찰」, 김인회 외, 『한국무속의 종합적 고찰』, 고려대 민족문화연구소, 1982, 154쪽.
36) 조흥윤, 앞의 책, 223쪽 참조.
37) 김명인, 「1930년대 시의 구조 연구」, 고려대 박사학위논문, 1985, 74쪽.

어스름저녁 국수당돌각담의 수무나무가지에 녀귀의탱을 걸고 나물매 갖후어놓고 비난수를 하는 젊은새악시들
— 잘먹고 가라 서리서리물러가라 네소원풀었으니 다시침노말아라

벌개늪역에서 바리깨를뚜드리는 쇠ㅅ소리가나면
누가눈을앓어서 부증이나서 찰거마리를 불으는것이다
마을에서는 피성한눈슭에 절인팔다리에 거마리를 붙인다

여우가 우는밤이면
잠없는 노친네들은일어나 팟을깔이며 방요를 한다
여우가 주둥이를향하고 우는집에서는 다음날 으레히 흉사가있다는것은 얼마나 무서운말인가

— 백석, 「오금덩이라는곧」 전문

이 시는 '오금덩이'라는 마을에 있는 서낭당의 한 모습을 소개하는 것으로부터 비롯한다. "수무나무" 가지에 걸린 "녀귀의탱"은 여귀(厲鬼)의 그림을 뜻한다. 여귀는 돌림병으로 죽음을 당한 자의 귀신이다. 제대로 된 제사를 받지 못한다. 그것은 객귀나 영산, 왕신, 몽달귀신과 마찬가지로 저승에 들지 못하고, 부랑고혼이 되어 사람들을 괴롭힌다. 마을의 젊은 색시들은 그것을 위해 나물과 젯밥을 갖추어 놓고 비난수를 한다. 이는 여귀를 위로하여 저승으로 돌려보내, 이승에서 더 이상 해코지하지 못하도록 하려는 의도에서다. 비난수하는 축이 젊은 색시들인 걸로 미루어 여귀는 처녀로 죽은 왕신일 가능성이 크다.[38]

---

38) 질투심이 많은 왕신이 제일 싫어하는 것은 마을의 혼사다. 특히 시집가는 것을 질투하여, 그 때는 정성을 다하여 왕신을 위로하고 하락을 받아내야 한다. 민간에서 가장 두려워하는 왕신이 되는 것을 막기 위해 처녀가 죽으면 특별한 절차를 거친다. 사람들의 내왕이 잦은 네거리에 엎어서 묻으며, 시신에 입히는 수의는 바늘 꽂은 남자의 옷이다. 그리고 생전에 좋아했던 화장품이며 책 따위, 그리고 참깨 세 되를 함께 묻는다. 이는 처녀의 넋이 무덤 밖으로 나오는 것을 방지하는 수단이다. 김태곤, 『무속과 영의 세계』, 한울, 1996, 73쪽.

2연의 "벌개늪"녘에서 주발뚜껑을 두드리는 행위는 소리로써 귀신을 퇴치하려는 재액주술(災厄呪術)이다. 궁궐에서 제석(除夕)에 행하던 의식이 민간에 내려오며 간소화된 형태다.[39] 이 시대에 명절날 폭죽 따위를 터뜨리는 것도 그 풍속의 잔영으로 보인다.

여우가 우는 밤이면 "잠없는 노친네"들이 일어나 팥을 바닥에 깔고, 오줌을 눈다. 물론 이러한 모습은 3행에서 보이는, 여우의 울음소리로 닥칠 흉사를 애초에 방지하기 위한 주술적 행위로 해석할 수 있다. 팥의 붉은빛은 벽사의 빛깔이다. 동짓날 팥죽을 먹는다거나, 환자가 팥밥을 먹는다거나, 우물에 팥을 넣는 행위는 모두 사귀나 역귀를 쫓거나, 그것들의 침입을 막기 위한 의식이다. 사귀들은 모두 적두(赤豆)를 두려워하므로 민간에서는 염기(厭忌)하는 성정을 이용하여 역귀구축의 방도로 삼았다.[40] 제주민속에 천화일(天火日)에 집을 지으면, 화재에 약하다는 믿음이 있다. 화재에 대한 방비로 일꾼들이 지붕에 오줌을 눈다. 이는 재액이 오줌과 더불어 실려간다는 일종의 유감주술(homeopathic magic)이라 할 수 있다. 또 불길이 잡히지 않을 때 여자 속옷에 오줌을 묻혀 네 귀퉁이에 휘둘러 진화하려는 습속[41] 역시 위와 같은 맥락에서 이해할 수 있다. 노인이 집주변에 팥을 까는 행위나 오줌을 누는 행위는 모두 축사를 위한 주술행위로 이해할 수 있다.

「마을은 맨천 구신이 돼서」에서는 집과 마을 모두가 무속의 지배를 받는다. 집과 마을 곳곳이 무속의 신들이 살아 숨쉬는 신화적 공간이다.

왕신을 달리 손각시, 손말명이라고도 한다. 이는 또래의 혼기가 찬 처녀에게 붙어 괴롭힌다. 그러면 결국 시집을 가지 못한다고 믿어, 무당을 불러 방액을 했다. 고대민족문화연구소 편, 앞의 책, 324~435쪽.

39) 대궐 안에서는 제석 전날에 대포를 쏘는데 이를 연종포(年終砲)라 한다. 화전(火箭)을 쏘고, 징과 북을 울리는 것은 대나(大儺)의 역질귀신을 쫓는 행사의 잔재다. 또 제석과 설날에 폭죽을 터뜨리는 것은 귀신을 놀라게 하려는 제도다. 홍석모, 『동국세시기』, 12월 '제석'

40) 임동권, 『한국민속학논고』 집문당, 1982, 93~97쪽.

41) 한국문화상징사전편찬위원회 편, 『한국문화상징사전2』 동아출판사, 1995, 534쪽.

나는 이 마을에 태어나기가 잘못이다

마을은 맨천 구신이 돼서

나는 무서워 오력을 펼수 없다

자 방안에는 성주님

나는 성주님이 무서워 토방으로 나오면 토방에는 디운구신

나는 무서워 부엌으로 들어가면 부엌에는 부뜨막에 조앙님

나는 뛰쳐나와 얼른 고방으로 숨어 버리면 고방에는 또 시렁에 데석님

나는 이번에는 굴통 모롱이로 달아가는데 굴통에는 굴대장군

얼혼이 나서 뒤울안으로 가면 뒤울안에는 곱새녕 아래 털능구신

나는 이제는 할수 없이 대문을 열고 나가려는데

대문간에는 근력 세인 수문장

나는 겨우 대문을 삐쳐나 밖앝으로 나와서

밭 마당귀 연자간 앞을 지나가는데 연자간에는 또 연자망구신

나는 고만 디겁을 하여 큰 행길로 나서서

마음 놓고 화리서리 걸어가다 보니

아아 말 마라 내 발뒤축에는 오나가나 묻어 다니는 달걀구신

마을은 온데 간데 구신이 돼서 나는 아무데도 갈수 없다

— 백석, 「마을은 맨천 구신이 돼서」 전문

화자는 집 안 여기저기 가득한 신들 때문에 무서워 "오력[42]"을 차릴 수

---

42) 오력은 불가에서 말하는, 수행에 필요한 신력(信力)·정진력(精進力)·염력(念力)·정력(定力)·자력(慧力)의 다섯 가지 힘을 가리킨다. 『잡아함경』 26권. 이 시의 "오력"은 이 낱말이 민간화되면서 뜻이 변질된 것 같다. "오력을 펼 수 없다"는 '정신을 차릴 수 없다' 정도로 해석될 여지가 있다. 시어사전에는 오금의 방언으로 설명한다. 김재홍 편, 『시어사전』, 고려대학교출판부, 1997, 797쪽. 물론 '오력'을 '오금'으로 풀이해도 의미상의 문제는 없다. 국어학적인 세밀한 탐구를 필요로 하겠지만, 일단 표준어가 고유어인데 사투리가 한자어인 점도 낯설고, '오금'과 '오력'의 음운상의 변동과정도 추정하기 어렵다.

가 없다. 그래서 화자는 집을 뛰쳐나가 보지만, 마을길에도 도처에서 귀신이 따라붙는다.

성주신은 애초에 집짓기를 가르쳐 준 가택신이었으나, 후에는 성주신앙이 이루어지면서 재복과 행운 따위를 관장하는 신으로 모셔진다[43]. 토방의 "디운구신"은 지운(地運)을 관장하는 신인 터주고, 부뚜막의 "조앙님"은 아궁이를 관리하는 조왕신(竈王神)이다. 조왕신은 집안의 운세를 담당하기도 한다. 고방에 걸린 시렁의 "데석님"은 제석으로 보인다. 제석은 인도에서 불교를 통해 제석천이란 이름으로 왔다가, 환인제석이라는 말에서 알 수 있듯이 하늘신을 가리키는 말로 쓰인다. 인간의 생명을 담당하는 가장 높은 신이다.[44] 쌀이나 돈을 담은 신주단지로 안방에 모셔지기도 한다. "굴통"은 뜻이 분명치 않다. '굴통'을 사전적 뜻을 따라 '굴대를 끼우는 부분'에 착안해서, 그것을 수레바퀴로 보면, 이 부분은 수레바퀴가 있는 모퉁이 정도가 되겠다. "굴대장군"은 키가 크고 몸피가 굵은 신장을 이르나, 그 居所나 역할은 알려지지 않았다. 이 신은 수레바퀴와 관련지으면 외양간이나 마구간의 쇠구영신일 가능성이 있다.[45] 이를 함경도지역에서는 군웅신(軍雄神) 또는 마부신(馬夫神)이라 하며, 성주신보다 더 위한다.[46] "장군"이라 한 것으로 보아 이 신을 가리킬 가능성이 크다. 곱새녕은 용마루나 토담 위를 덮는 지네 모양의 이엉이다.[47] 토담을 덮은 이엉 아래의 "털능구신"은 전라도에서 장독대를 관리하는 믿는 '철륭님', 즉 대추나무에서 산다는 '천륭대감'[48]과 같은 계열의 신일 가능성이 크다. 북방사투리의 특징인 역구개음화와 보통의 사투리에서 자주 나타나는 자음동화의 음운변

---

43) 김태곤, 「성주신앙고」, 『후진사회문제연구논문집2』, 경희대후진사회문제연구소, 1969, 297쪽.
44) 조흥윤, 앞의 책, 39쪽.
45) 고대민족문화연구소 편, 앞의 책 119쪽에서 재인용.
46) 문화공보부, 『한국민속종합조사보고서』 강원편, 1977, 159쪽.
47) 김재홍 편, 앞의 책, 117쪽.
48) 고대민족문화연구소 편, 앞의 책, 428쪽.

이 과정에서 추론할 수 있다. "수문장"은 대문을 지키는 신장이며, 대문을 통과하는 복운과 재액을 다스린다. "연자망구신"은 연잣간을 관장하는 여신으로 추정된다. 화자의 "발뒤축"에 "오나가나 묻어 다니는" "달걀구신"은 속설에 이목구비가 없는 귀신, 달걀에 몸을 숨겼다가 나타나는 귀신 등으로 일컫는다. 그러나 민속학적 자료 안에서 그것에 대한 논의를 발견하기 어렵다. 화자는 그것을 발뒤축에 걸릴 만한 크기, 아마 실제 달걀 크기 정도로 이해하는 것으로 보인다.

이 시에 나타난 무속적 풍경은 시적 화자에게 두려움으로 인식된다. 그러나 그것은 귀신에 대해 누구나 겪는 유년기 정서의 일말을 드러낸 것일 뿐, 백석 자신이 무속에 대해 두려움을 느끼거나 부정하는 증거로 작용하지 않는다.[49] 오히려 성년기 백석의 기억 속에 깊게 음각된 무속적 환경은 언제나, 돌아가 정주하고 싶은 그리움의 원형적 공간이며, 안식의 거소로 인식된다고 할 수 있다.[50]

5. 맺는말

지금까지 김소월, 이상, 백석의 시들에 투영된 무속적 상상력에 대해 살펴보았다. 그들의 시편을 텍스트로 삼은 것은 그들의 작품이 한국 현대시사의 흐름 위에 각각 좌표적 성질을 띠면서 현대시인들의 작품 생산에 깊고 넓은 파장을 미쳤다고 보기 때문이다.

---

49) 김학동은, 「넘언집 범같은 노큰마니」를 예시하며, 생사관을 샤머니즘에 두었던 마을에서 태어난 백석이 속신적 인습에서 벗어나지 못한 촌민들의 비극을 그려낸다고 하여, 백석이 무속에 대해 부정적으로 인식하고 있다는 시각을 드러낸다. 김학동, 『백석전집』, 새문사, 1990, 236쪽.

50) 박주택은 「마을은 맨천 구신이 돼서」를 들며, 현재적 삶의 공포와 불안의식을 드러내는 시는 신화적 세계를 향한 원망(願望)을 드러낸다고 분석한다. 박주택, 앞의 책, 80쪽

단군이 태백산에 신시(神市)를 마련했던 신화시대로부터 디지털시대로 일컬어지는 현대에 이르기까지 무속이 우리 겨레의 의식과 풍속과 윤리와 규범에 끼쳐 온 파급력에 비추면, 현대시의 공간 안에 드리운 무속적 모티프는 상대적으로 희미하다고 할 수 있다. 무속이 타기해야 할 전형적 유산으로 치부되었던 소위 근대라는 시대적 환경 속에 배아를 마련한 현대시가 지니는 태생적 기질에서 가장 큰 원인을 찾을 수 있겠다.

앞에서 현대시에 드러난 무속적 사유체계는 '①시인이 지닌 무속적 세계관과 인생관의 조명 아래 쓰여지는 경우, ②시인이 무속적 세계관과 인생관을 지니지는 않지만 무속을 도구로 사용하는 경우'의 두 가지 방향에서 가늠할 수 있다고 했다.

소월 시에서는 「무덤」 「묵념(黙念)」 「접동새」를 텍스트로 삼아 무속적 상상력을 탐색했다. 「무덤」은 한밤중 공동묘지를 헤매는 화자가 빙의 상태에서 가슴에 품은 한을 망자의 공창에 의탁해 표출하는 작품이다. 이 시의 에피소드는 신병 들린 입무자의 심리와 행동을 환기한다. 「묵념(黙念)」은, 한 맺힌 망자는 저승으로 들지 못하고 지상을 떠돈다는 무속적 사생관을 배후로 사랑과 그리움, 또는 한이라는 소월 시의 주제적 국면을 표출한다. 사령을 화자로 삼아 형상화하는 형식을 지닌다. 「접동새」는 서북지방의 전래설화를 모델로 하여 한이라는 겨레정서의 원형질을 포착한다. 이 시들의 배후에는 사령과 소통하는 무속적 혼교 모티프가 놓인다. 화자 자신이 무속적 사유를 배경으로 사상(事象)에 접근하고 그것을 해석한다. 그 과정에서 깊은 그늘을 드리우는 한은 '무속의 씨'로 무적 제례의 동인을 형성한다. 이 점에서 그의 시는 ①에 근접한다.

이상 시 가운데에서는 「오감도(烏瞰圖)」의 「시 제 14호(詩第十四號)」와 「문벌(門閥)」에서 무속적 요소를 감지할 수 있다. 「오감도(烏瞰圖)」 연작 가운데 하나인 「시 제 14호(詩第十四號)」는 무속적 입사의례의 한 형식인 임사체험을 사실적으로 재현한다. 신체할단을 통한 임사체험은 시대나 장소와 관계없이 원시샤먼들이 인격에서 신격으로 전환하는 과정에서 겪는 보편적인 현상이다. 이 시에 드러난 신체할단 장면의 전율과 고통은 원시샤먼들의 그것과 놀라울 정도로 일치한다. 이상 시에서도 우연적이고 예외적인 이러한 모습은 '집단무의식', 또는 '종합적 기억'의 현상으로 볼 수 있을 듯하다. 「문벌(門閥)」은 가문의 굴레에 대한 화자의 갈등과 고민을 혼교라는 무속적 사유형식으로 전달하고 있다. 여기에서의 무속성은 메시지를 효과적으로 꾸미기 위한 알레고리적 장치를 구성하는 데 복무한다. 이상의 시는 ②에 가깝다 할 수 있다.

백석의 시에서는 「가즈랑집할머니」「소금덩이라는곧」「마을은 맨천 구신이 돼서」에서 무속의 기미를 발견하려 했다. 그의 시가 보여 주는 극사실주의적 토속 공간의 원형성은 이미 그 안에 짙든 흐리든 무속적 세계가 겹쳐 있을 소지를 마련한다. 「가즈랑집」은 무당인 "가즈랑집할머니"를 구심점으로 한, 무속적 사유와 질서 아래 사람과 동물과 신이 혼연하는 신화적 공간을 보여 준다. 「오금덩이라는곧」은 무속적 색채가 축사의례의 풍속을 전경으로 구체적으로 드러난다. 여귀(厲鬼)를 위로하거나 재액을 방비하는 풍속을 묘사하면서 그 이면에 가려진 무속적 사유의 일단을 보여준다. 「마을은 맨천 구신이 돼서」에서는 집과 마을 모두가 무속의 지배를 받는다. 집과 마을 곳곳이 무속의 신들이 살아 숨쉬는 신화적 공간이다. 성년기 백석의 기억 속에 깊게 음각된 유년기의 무속적 환경은 언제나 돌아가 정주하고 싶은 그리움의, 원형적 공간이다. 백석 시는 ①과 ②의 중간쯤에 놓인다 할 수 있다.

김소월·이상·백석의 시편에서 무속적 상상력의 흔적을 찾으려는 노력은 그들의 시가 무속성을 띤다는 논지를 얻기 위한 것은 아니다. 현대시사에서 좌표적 공간을 확보하는 그들의 시 안에 잠복한 무속성을 탐험함으로써, 겨레의 의식과 규범과 윤리와 행동을 오래 지배해 왔던 무속이, 겨레정서가 가장 예리하게 집적된 물증이라 할 수 있는 현대시에 어떤 모습으로 간섭하고 있는가를 살피려는 데 이 연구의 의도가 있다.

지금까지 한국 현대시 연구는 서구식 사유와 도구로 재단되어 온 게 현실이다. 상대적으로 전통적인 것을 수단으로 한 연구는 도외시된 채 이루어져 온 점 또한 부정하기 어렵다. 무속은 합리성 여부와 상관없이 오랜 기간 이미 존재해 왔다. 무속이 품는 신비성이나 초자연성의 합리성 여부와는 무관하게 우리 겨레는 그것이 형성하는 공간 안에서 수천 년 동안 숨 쉬며 살아왔다. 서구적 저울과 잣대로 재면서 합리성 여부를 따질 만한 가치판단의 대상이 아니다. 시라는 장르가 앞에서 말한 것처럼 겨레 정서를 가장 민감하게 반향한다면, 겨레정서의 원형질을 이루는 무속을 광원으로 해서 우리 현대시를 조명해 보는 것은 의미 있는 작업으로 여겨진다. 이러한 작업이 더 심층적으로 축적되기를 기대하는 것이 철지난 민족주의나 국수주의로 읽히지는 않을 것이다.